Die Familienfehde

Im Econ & List Taschenbuch Verlag sind von Sharan Newman außerdem lieferbar:

Das Geheimnis von Abaelard und Heloïse (TB 27532)
Der Pilgermord (TB 25218)

Zum Buch

Catherine LeVendeur hat nach anstrengender Pilgerfahrt einem gesunden Jungen das Leben geschenkt und erholt sich mit ihrem Mann Edgar im trauten Heim in Paris. Doch das junge Familienglück wird jäh gestört: Edgar erhält von seiner Familie die Nachricht, daß zwei seiner Brüder grausam ermordet wurden. Er wird von seinem Vater nach Schottland zitiert, um die Verbrechen aufzuklären und die Familienehre zu retten.
Trotz aller Warnungen und gegen Edgars Willen macht sich Catherine mit ihrem Sohn auf die gefährliche Reise, um ihrem Mann zu folgen, und schon bald stellt sich heraus, daß nicht nur Räuber und Wegelagerer nach ihrem Leben trachten. Ein Mitglied aus Edgars Familie will offensichtlich alles zerstören, was ihm lieb und teuer ist, und das ist vor allem sein neugeborener Sohn ...

Zur Autorin

Sharan Newman hat Geschichte studiert, bevor sie zu schreiben begann. Bekannt wurde sie vor allem durch ihre historischen Kriminalromane um die Heldin Catherine LeVendeur.

Sharan Newman

Die Familienfehde

Historischer Kriminalroman

Aus dem Amerikanischen von
Christiane Bergfeld

Econ & List Taschenbuch Verlag

Veröffentlicht im Econ & List Taschenbuch Verlag

Der Econ & List Taschenbuch Verlag
ist ein Unternehmen der Econ & List Verlagsgesellschaft, München

Deutsche Erstausgabe

First published by Forge, New York
Titel des amerikanischen Originals: Cursed in the blood
Aus dem Amerikanischen übersetzt von: Christiane Bergfeld
Umschlagkonzept: Büro Meyer & Schmidt, München – Jorge Schmidt
Umschlagrealisation: Init GmbH, Bielefeld
Titelabbildung: Init GmbH, Bielefeld
Lektorat: Martina Sahler
Gesetzt aus der Caslon, Linotype
Satz: Josefine Urban – KompetenzCenter, Düsseldorf
Druck und Bindearbeiten: Ebner Ulm
Printed in Germany
ISBN 3-612-27440-6

*Dieses Buch ist Jeff und Diana Russell gewidmet,
für ihre jahrelange Unterstützung, ihren Rat und ihre
Freundschaft und weil sie mir einen Platz zum Fertigstellen
dieses Buchs gaben und mich mit Champagner begrüßten.
In Liebe und Dankbarkeit.*

Danksagung

Alle nachstehend Genannten haben mir sehr mit Ratschlägen für dieses Buch geholfen. Alle Fehler gehen ausschließlich auf mein Konto oder sind auf mein mangelndes Verständnis zurückzuführen.

Dr. Tess Gerritsen, weil sie mich nicht für verrückt hielt, als ich sie über Amputationen befragte, und für ihren ausgezeichneten Rat, was dieses grausliche Thema betrifft.

Professor Bert Hall von der University of Toronto, der mir die Funktionsweise von Windmühlen erklärte und Catherine und mir genügend Intelligenz zutraute, um seine Erklärung zu verstehen.

Rebecca T. Hill R. N., weil sie mir gesagt hat, was zu tun ist, bis der *Medicus* kommt.

Professor Lester Little vom Smith College, weil er den Fluch für mich fand, der diesem Buch den englischen Titel gab, und weil er mir erlaubte, ihn zu benutzen.

Professor Nicholas Howe, Ohio State University, weil er mir das Durham-Gedicht schickte und meine angelsächsischen Flüche prüfte.

Professor Brian Patrick McGuire, Universität Roskilde, Dänemark, vielen Dank für Rat und Hilfe bezüglich Aelred von Riveaulx.

Roger Norris und auch Wendy und Ivy aus der Bibliothek der Kathedrale von Durham, die mir erlaubten, in der Bibliothek zu recherchieren, und die Bücher und Manuskripte beschafften, bevor ich kam; weil sie eine Stelle fanden, wo ich meinen Laptop einstöpseln konnte, damit ich arbeiten konnte, und weil sie für eine freundliche Arbeitsatmosphäre sorgten.

Professor David Rollason, Universität Durham, weil er vorschlug, daß ich über die Bischöfe von Durham schreibe, und mir dann die Gelegenheit gab, dort zu recherchieren.

Prof. Jeffrey Russell, UC Santa Barbara, weil er meine Fragen über sich ergehen ließ, mein Latein korrigierte und sich meinetwegen mit Lawrence von Durhams schwülstiger Virgil-Imitation abmühte.

Professor Richard Unger, Universität von British Columbia, weil er alle – ohne Anachronismen (hoffe ich) – über den Ärmelkanal brachte.

Professor Linda Voigts, University of Missouri, für Hilfe bei *dwale* und Rat über die Heilkunde des Mittelalters.

Professor Alan Young, University College von Ripon & York, St. John; weil er mich seine Notizen für seine Monographie lesen ließ: *William Cumin: Border Politics and the Bishopric of Durham 1141–1144*, und weil er so begeistert darüber war, daß seine Arbeit zur Grundlage für einen Kriminalroman wurde.

Edgars Familie

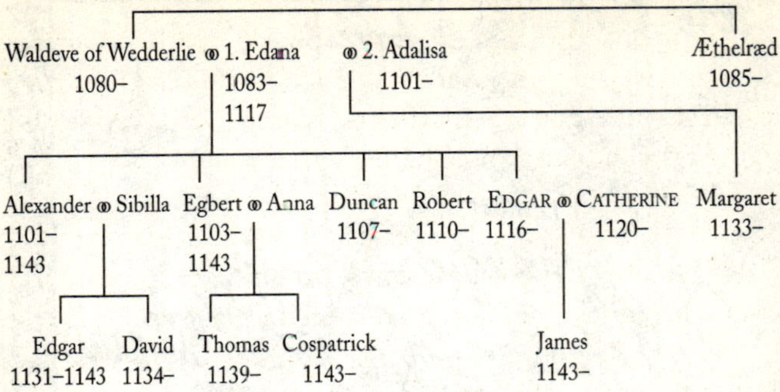

Catherines Familie

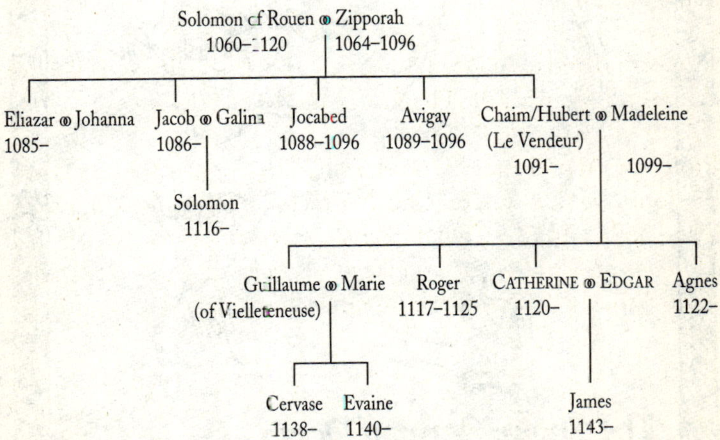

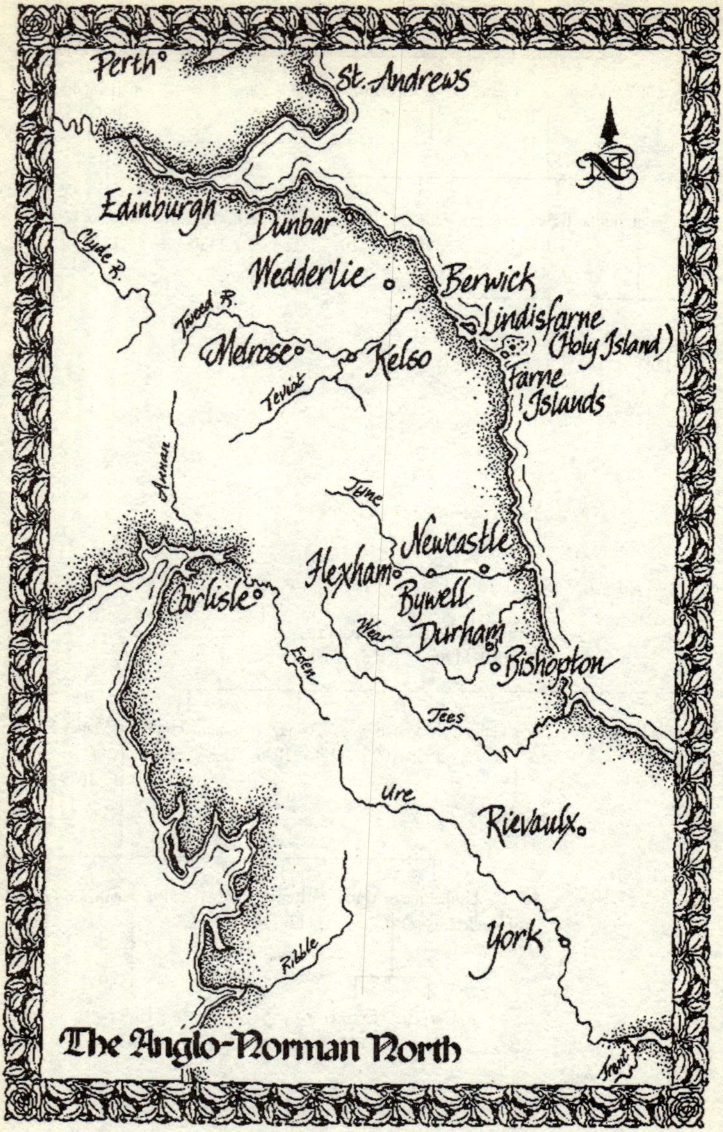
Perth
St. Andrews
Edinburgh
Dunbar
Clyde R.
Wedderlie
Berwick
Tweed R.
Lindisfarne
(Holy Island)
Melrose
Kelso
Farne
Islands
Teviot
Annan
Tyne
Newcastle
Hexham
Bywell
Carlisle
Wear
Durham
Bishopton
Eden
Tees
Ure
Rievaulx
York
Ribble
Trent
The Anglo-Norman North

Erstes Kapitel

Ein Graben an der Nordseite des Hadrianswalls, Schottland.
Himmelfahrtstag, Donnerstag, den 13. März 1143.

aðwear afeallen thaes folces ealdor, Æthelredes eorl; ealle gesawon heorðgeneatas that hyro heorra læg. Tha ðær wenden forð wlance thegenas, unearge men efston georne: hi wolden tha ealle oðer twega. lif forlætan oððe leofne gewrecan.

Dann fiel im Kampf der Herr des Volks, Æthelræds Earl; alle, die seinen Herd teilten, sahen ihren Führer erschlagen daliegen. Da eilten die stolzen Thane nach vorn, furchtlose Männer. Sie wünschten sich nur das eine oder das andere: ihr Leben zu lassen oder das des geliebten Herrn zu rächen.

Die Schlacht von Maldon
Zeile 203–209

»Hier ist es, meine Herren!« Der alte Mann keuchte vor Erschöpfung und Angst. »Ihr werdet sehen, daß wir nichts angerührt haben, ich schwöre es bei Sankt Cuddys Kuh! Genauso hat mein Neffe sie gefunden.«

»Verschont mich mit dem Geseire und macht weiter!« herrschte Urric, der Reiter, die beiden Männer an, die vor ihm herliefen. »Dumme *neyfs!*«

»Was ist denn das?« Sein Freund Algar führte sein Pferd näher heran, um ihn besser zu verstehen.

»Sie haben nichts angerührt? Die wären ja nicht recht bei Troste, nichts mitgehen zu lassen. Wahnsinn, überhaupt damit zu uns zu kommen. Erwarten die etwa eine Belohnung vom alten Waldeve? Dem sähe es ähnlich, sie am Fallgatter aufzuhängen, wenn sie ihm solche Neuigkeiten überbringen.«

Algar nickte zustimmend, dann änderte sich seine Miene urplötzlich. »Und was wird er deiner Meinung nach mit uns anstellen?«

Urric brummte nur. Jetzt war es zu spät, sich darum zu sorgen. Die beiden Bauern hatten angehalten, der ältere von ihnen keuchte, atemlos vom Lauf durch die hügelige Landschaft. Der jüngere deutete auf einen Haufen Zweige und Gestrüpp, die von der Grabenböschung abgerissen waren.

»Da drunter, meine Herren«, sagte er. »Nichts wurde von der Stelle bewegt. Ich habe sie zugedeckt, so gut es ging, aber offenbar waren die Vögel schon an dem Bein dort.« Er hielt inne und starrte auf das übel zugerichtete Bein, das in einem Lederstiefel steckte.

Urrics Miene blieb unbewegt. »Macht voran«, sagte er. »Zeigt sie mir.«

Die Reiter warteten, während die Bauern die Zweige wegzogen, die die Überreste der Leichen bedeckten. Schließlich stiegen sie ab und untersuchten, was davon übrig war.

»Sie sind es, das ist gewiß«, sagte Urric nach kurzer Zeit. »Alle beide. Zweifellos. Die Gesichter sind gut zu erkennen.«

»Und der Junge auch«, sagte Algar traurig. »Armes Kind. Zum erstenmal mit dem Schwert unterwegs. Man sieht, daß sie heftige Gegenwehr geleistet haben. Nicht, daß das den Alten sonderlich trösten wird. Seine beiden ältesten Söhne und sein Enkel abgeschlachtet. Das wird ihn umbringen.«

Urric schnaubte, würgte dann aber, als der Gestank aufstieg.

»Den alten Bastard doch nicht. Dafür kenne ich ihn zu gut. Wegen so etwas stirbt er nicht, das macht ihn höchstens noch wilder; der Haß hat ihn so lange am Leben erhalten. Nein, *wir* werden dran glauben müssen – in der Fehde, die diese Tragödie hier auslösen wird.«

Algar nickte, aber nicht verbittert. Es war recht und billig, einen Mord zu rächen. Als Lord Waldeves Mann hatte Algar pflichtschuldigst dafür zu sorgen, daß die Mörder der Angehörigen seines Herrn für ihr Verbrechen zahlten. Wenn Algar in Ausübung dieser Vergeltung starb, vertraute er darauf, daß sein Herr auch seinen Mörder richten würde.

Im Prinzip dachte Urric genauso, nur war er älter und kampferprobter als Algar. Hin und wieder fragte er sich, ob die Ehre, um welche es bei Blutfehden ging, den Verlust so vieler guter Männer rechtfertigte. Bisher hatte er solche Unsicherheiten immer im Keim erstickt, haftete ihnen doch der Ruch von Feigheit und der Predigten normannischer Priester an.

Wieder betrachtete er die Leichen. Der Anblick genügte, um jeden Zweifel auszulöschen. Diese Männer waren nicht nur seine Herren, sondern auch seine Freunde gewesen. Die Mörder verdienten nicht nur den Tod, sondern sie sollten auch den Schmerz fühlen, der jetzt in Urric aufstieg.

»He, du!« Er zeigte auf den älteren Bauern. »Erzähl es mir noch einmal. Wie hast du sie gefunden?«

»Es war mein Neffe hier.« Der Mann zeigte auf den Jüngling, der sich die triefende Nase wischte und mit verdrossener Miene zu ihnen blickte. »Er war auf der Suche nach einem trächtigen Schaf, das aus dem Pferch ausgebrochen war. Dachte, es könnte sich zum Werfen in die Einsamkeit zurückgezogen haben. Das tun Schafe hin und wieder.«

»Was Schafe treiben, interessiert mich nicht«, fuhr Urric ihn an.

»Ja, nein ... natürlich nicht.« Der Mann warf einen ängstlichen Blick auf das Schwert und das Messer, welche Urric trug. »Er sah die Vögel kreisen und dachte, das könnte das totgeborene Lamm sein. Als er dann sah, was es wirklich war, zog er das Strauchwerk über sie und holte mich. Ich habe auf der Stelle nach Euch geschickt, Herr.«

»Und alles ist so, wie es war?« fragte Urric. »Nichts angefaßt seitdem?«

Der Junge schüttelte heftig den Kopf. Sein Onkel antwortete für ihn.

»Alles ist noch so, wie es war«, beharrte er. »Bis auf das, was sich die Vögel geholt haben.«

Urric nickte. Er beugte sich über eine der Leichen und bedeutete Algar, seinem Beispiel zu folgen. Algars Augen weiteten sich vor Schreck, sein Magen rebellierte. Er packte Urrics Arm in ungläubigem Zorn. Am Ende jedes rechten Arms klaffte jeweils nur noch ein Stumpf.

»Die rechte Hand hat man ihnen abgehackt!« keuchte er. Hektisch begann er, nach den fehlenden Teilen zu suchen.

»Du wirst sie nicht finden«, meinte Urric. »Es geschah nach ihrem Tod. Siehst du? Kaum Blut.«

»Vielleicht hat man sie als Trophäen mitgenommen?« überlegte Algar. »Aber wieso Hände? Das wären doch wohl eher Köpfe.«

Urric schüttelte besorgt den Kopf. »Würde ich auch annehmen. Würdigen Gegnern nimmt man den Kopf. Aus welchem Grund könnte man eine Hand abschneiden?«

Der Bauer schien das für eine Frage an alle zu halten.

»Wenn es Diebe sind, Herr«, sagte er. »Bei Dieben und Wilderern und natürlich auch bei Eidbrechern.«

Urric warf dem Mann einen Blick zu, daß jener sich wünschte, er hätte den Mund gehalten. Er trat einen Schritt von den Leichen weg. Vielleicht könnte er sich jetzt mit seinem Neffen davonstehlen.

Algar bemerkte, daß sie weglaufen wollten. »Halt! Hiergeblieben!«

Sie blieben wie angewurzelt stehen.

»Helft uns, die Leichen von Herrn Alexander, Herrn Egbert und Edgar in diese Decken zu wickeln«, befahl Urric. »Algar, kann dein Pferd alle drei transportieren? Du kannst hinter mir aufsitzen.«

Widerstrebend gehorchten die Bauern. Urric beobachtete sie sehr genau, während sie die Toten jeweils auf eine Decke legten und mit Stricken banden. Der Tod an sich schreckte ihn nicht, auch nicht Mord aus dem Hinterhalt. Davon hatte er selbst mehr als genug verübt. Der Norden war noch nicht befriedet, und es gab keine Straßen, die vor Räubern sicher waren. Doch irgend etwas war faul. Räuber stahlen alles, einschließlich wollener Beinlinge und Hemden. Feinde nahmen zumindest die Waffen und den Schmuck als ehrlich errungene Beute an sich. Urric schüttelte den Kopf. Nichts hatte man Waldeves Söhnen geraubt, nicht einmal die Schwerter, die jetzt neben den Leichen lagen. Nur die Pferde und die rechten Hände fehlten.

Schaudernd bekreuzigte er sich und murmelte ein Schutzgebet.

Mit großer Mühe schafften es die vier Männer, die Toten auf Algars Pferd zu packen und sie festzubinden. Die Bauern wandten sich zu Urric um und sahen ihn halb hoffnungsvoll, halb entsetzt an.

»Ihr seht, daß wir nichts genommen haben«, sagte der ältere noch einmal. »Wir haben sofort den Vogt verständigt.«

Urric saß auf seinem Pferd und wollte Algar zu sich hinaufziehen. Algar zögerte. Er deutete auf die Bauern.

»Die sind harmlos, Urric«, flüsterte er. »Die hätten die Leichen ausrauben und wieder verstecken können. Und wie du schon sagtest, wird Waldeve es ihnen nicht danken.«

Widerstrebend stimmte Urric ihm zu. Er griff hinter sich in den Sattel und wühlte in seinem Gepäck. Schließlich förderte er ein Stück Leinen zutage. Er rollte es zusammen und warf es dem Mann zu.

»Da!« sagte er. »Du trägst es unmittelbar auf der Haut. Ist weicher als Wolle.«

Der Mann befühlte den Stoff mit freudiger Überraschung, stopfte ihn unter vielen Verbeugungen in seinen Gürtel und entfernte sich von dem Reiter, bis er es für sicher genug hielt, nach Hause zu rennen. Sein Neffe war ihm schon weit voraus.

Im Wegreiten knuffte Algar Urric in den Rücken. »Leinen? Was soll er denn damit anfangen?«

»Wenn er schlau ist, schenkt er es einem hübschen Mädchen als Dank für ihre Gunst«, antwortete Urric. »Doch jemand, der so pflichtbewußt ist, daß er eine Leiche meldet, ohne auch nur deren Stiefel zu stehlen, schenkt seine Belohnung vielleicht gar dem Gemeindepfaffen aus Angst um sein Seelenheil. So ein Dummbart!«

Er spie gegen den Wind. Algar wischte sich den Speichel von der Wange.

Die Bauern rannten, bis sie sicher sein konnten, außer Sichtweite der Reiter zu sein. Dann blieben sie stehen und stützten einander, um Luft zu schnappen.

»Ob die uns wohl geglaubt haben?« fragte der Jüngling.

»Aber gewiß doch.« Der Alte hielt lachend das Stück Leinen hoch. »Sie bilden sich ein, wir hätten zu große Angst vor ihnen, um sie anzulügen.«

»Dumme Bastarde«, stieß sein Neffe hervor.

Waldeve, Than der Grafschaft Wedderlie, zu der drei Dörfer, Wälder und ein fischreicher Bach gehörten, saß allein in seiner Schlafkammer. Er wußte, noch bevor Urric und Algar zurückkehrten, daß die gefundenen Leichen die seiner Söhne und seines Enkels waren. Schon vor drei Tagen hatte er ihren Tod geahnt, als sie nicht heimgekehrt waren. Seine Frau hatte ihm einreden wollen, daß sie nur von der Dunkelheit überrascht worden wären und Zuflucht in einem Dorf oder in einer Priorei gesucht hätten. Doch das hatte er von sich gewiesen. Er war so von ihrem Tod überzeugt, als ob er ihre letzten Schreie gehört und gespürt hätte, wie ihre Seelen durch seinen Leib fuhren, um so dem Fegefeuer zu entkommen.

Gern hätte er um sie getrauert, doch er konnte sich kein Gefühl abringen, nicht einmal für Edgar, seinen ältesten Enkel. Ein vielversprechender Junge, fast so aufgeweckt wie der Onkel, nach dem er benannt war. Waldeve schluckte die Galle, die ihm bei dem Gedanken hochstieg. Sein fünfter Sohn, auch ein Edgar, war für die Kirche bestimmt gewesen. Er hätte Bischof von St. Andrews oder Glasgow oder sogar vom neuen Bistum Carlisle werden können. Statt dessen hatte der Junge während des Studiums in Frankreich den Verstand verloren und eine Nonne geheiratet oder etwas in der Art. In den letzten zwölf Jahren hatte er Edgar nur einmal gesehen, und das aus keinem guten Anlaß. Der Junge war nur heimgekommen, um zu verkünden, daß er sich von seiner Familie lossagte. Dann hatte er das Land verkauft, das er von seiner Mutter geerbt hatte – alles für eine Frau ohne Titel, die noch nicht einmal mit ihm ins Bett gestiegen war.

Der alte Zorn erregte Waldeve heftiger als der unmittelbare Kummer.

»Herr, Urric und Algar sind zurück.«

Die Stimme war leise und ausdruckslos. Waldeve seufzte. Der Umstand, daß seine Frau ihm dies ausrichtete und kein Bediensteter, verschaffte ihm endgültig Gewißheit. Er sah auf. Adalisa stand unmittelbar vor dem Vorhang, ihre Hand hatte den dicken Stoff so fest gepackt, daß ihre Knöchel weiß hervortraten. Das Gesicht war tränenverschmiert.

»Was hast du denn zu jammern?« fuhr er sie an. »Sie waren ja nicht von dir.«

Adalisa nahm diesen Hieb mit wenig mehr als einem Wimpernzucken. Er hatte schon Grausameres zu ihr gesagt.

»*Deine* Söhne sind im Saal aufgebahrt«, erwiderte sie mit kaum merklicher Betonung auf dem ersten Wort. »Möchtest du sie sehen?«

Er sah sie nur böse an und erhob sich. Er machte einen Schritt vorwärts, hielt inne, die Augen geschlossen. Einen Augenblick taumelte er. Adalisa hielt ihm die Hand hin, um ihn zu stützen, und zog sie wieder zurück. Der alte Mann holte tief Luft, straffte die Schultern und reckte stolz das Kinn. Sie hielt den Vorhang auf, während er hervortrat, ohne sie zu berühren.

Urric und Algar standen in sicherer Entfernung, während Waldeve die Leichen untersuchte. Die anderen im Saal schwiegen entsetzt. Nur das Rascheln der Mäuse im Stroh auf dem Fußboden war zu hören.

Endlich drehte Waldeve sich zu seinem Haushalt um. »Jemand wird für das hier zur Hölle fahren«, sagte er mit einer Stimme, die um so erschreckender war, als sie leise und fest war. »Und ich werde diejenigen stückweise dorthin befördern.«

In den oberen Stockwerken des Bergfrieds brach eine Frau in Schreien aus. Bald gesellten sich die Klagelaute der anderen Frauen hinzu. Herr Waldeve schloß die Augen. Er erkannte die lauteste Stimme. Sie gehörte Sibilla, Alexanders Frau. Sie hatte Mann und Sohn verloren. Sie hatte das Recht zu trauern. Er würde es ihr nicht nehmen. Nur wünschte er sich, sie würde es woanders tun.

»Herr, soll ich den Priester rufen?«

Waldeve erschrak. Er hatte die Anwesenheit seiner Frau ganz vergessen. »Adalisa, ich habe zu tun. Wir brauchen diesen Lärm jetzt nicht. Kannst du sie nicht zum Verstummen bringen?«

»Aber nein«, sagte sie. »Es ist nur recht und billig, daß sie ihren Verlust zum Himmel schreien. Mir wäre es lieber, du würdest mit einstimmen, statt dein kaltes Schweigen beizubehalten und diese guten Männer dort stehen zu lassen, die doch zweifellos müde, hungrig, durstig und selbst bekümmert sind.«

Er machte den beiden Soldaten ein Zeichen.

Algar stand steif da und versuchte, jegliches menschliche Bedürfnis zu unterdrücken. Urrics linkes Auge zuckte, was wie ein Zwinkern wirkte. Rasch drehte sich Adalisa wieder zu ihrem Mann um, der die beiden seufzend wegwinkte.

»Geht«, sagte er. »Wascht euch und eßt. Danach schärft eure Klingen.«

Dankbar verließen die Männer den Saal. Adalisa ließ die Schultern hängen. Sie kniete neben Waldeves Stuhl und versuchte, ihn zu umarmen. Er stieß sie von sich.

»Warum flennst du?« wollte er wissen. »Was hat das mit dir zu tun?«

Adalisa erhob sich.

»Ich war ihre Stiefmutter. Ich habe ihre Hochzeiten arrangiert und ihre Frauen aufgenommen. Ich habe als erste nach der Hebamme den Säugling Edgar gehalten. An die zwanzig Jahre waren deine Söhne Teil meines Lebens. Und du kannst dir nicht vorstellen, warum ich weine.«

»Sie waren nicht dein Fleisch und Blut«, sagte er und tat sie mitsamt ihrem Kummer mit einer wegwerfenden Geste ab. »Jetzt geh und sorge für Ruhe bei den Frauen. Ja, laß auch den Priester holen. Sag ihm, er soll einen Monat lang ohne Unterlaß Messen für sie lesen lassen.«

»Und das Begräbnis?« fragte sie.

Er schluckte. »Auf der Stelle.«

Adalisa nickte und verließ ihn. Die Leichen mußten gewaschen und eingewickelt werden. Die Frauen in der Familie waren dafür zuständig. Doch nachdem die Leichen bereits drei Tage im Freien gelegen hatten, wäre das eine Aufgabe, mit der die Frauen von Alexander und Egbert überfordert wären. Adalisa hielt inne und lehnte sich an die kalte Steinwand. Natürlich würde sie es tun; es ließ sich einfach nicht vermeiden. Sie war die Herrin des Bergfrieds. Ihre Aufgabe war es, dafür zu sorgen, daß alles reibungslos ablief, daß Essen auf den Tisch kam und genug Betten für Gäste vorhanden waren. Sie verwahrte die Schlüssel zur Vorratskammer und zu den Speichern, für alles, nur nicht den zu dem eisenbeschlagenen Kasten, der unter ihrem Bett stand. Sie war die Herrin von Wedderlie und gleichzeitig dessen Sklavin.

Also war Weinen jetzt nicht angebracht. Warum sollte sie auch um die Söhne ihres Mannes trauern? Sie hatten ihr ja nichts bedeutet, wie er so höhnisch bemerkt hatte.

Rein gar nichts, sagte sie sich, während ihr erneut die Tränen kamen.

Die Küche war voller Menschen und lautem Geklapper, als Urric und Algar eintraten. Der Küchenjunge sah sie als erster und hörte auf, die Töpfe auszukratzen. Wellenartig breitete sich von ihm Stille aus, bis man nur noch den Braten brutzeln hörte. Die Soldaten sahen die Neugier in zwanzig Augenpaaren.

»Bier«, sagte Urric. »Und Suppe. Wir sind ganz durchgefroren von Regen und Wind.«

An dem langen Tisch wurde Platz für sie gemacht, zwischen geschnippelten Wurzeln und halbgerupften Vögeln. Die Männer setzten sich. Niemand sprach ein Wort, bis beide eine Schale Bier geleert und ordentlich Suppe gelöffelt hatten.

»Wann reiten wir los?« Die abrupte Frage kam nicht unerwartet. Jeder rechnete schon mit dem Marschbefehl, seit man die Leichen gefunden hatte.

Urric zuckte mit den Achseln. »Das hat der Alte nicht gesagt.«

»Wer war es?« Das war weniger wichtig.

Algar schüttelte den Kopf. »Niemand hat's gesehen.« Er goß sich noch eine Schale Bier ein. »Es war kein Raubmord. Es muß Vergeltung gewesen sein.«

Alles fiel wieder in Schweigen, sann darüber nach, welche der großen Familien Waldeve – oder seine Söhne – beleidigt haben könnte.

»Wir haben im Augenblick mit niemandem eine Fehde«, sagte der Koch mit Nachdruck. »Wenigstens nicht, soweit ich weiß.«

Sein Ton zeigte an, daß er erwartete, als erster davon unterrichtet zu werden.

»Es gibt viele, die nur zu gern alte Wunden heimzahlen würden.« Die Stimme kam von hinten. Alle nickten. Erinnerungen an alte Demütigungen waren so lang wie die Winternächte im Norden. Und Geschichten, die man sich am Feuer erzählte, schürten jahrelangen Groll, bis ein kleiner Funke genügte, um in Zorn zu explodieren.

»Irgend jemand wird es wissen.« Urric seufzte und versuchte, eine eingeklemmte Stelle im Rücken zu befreien. »Und dann erzählt er es im Suff einem anderen oder brüstet sich damit vor einer Frau, und sie trägt es weiter. Nein ...« Er hielt inne und richtete das Rückgrat auf. »Stimmt gar nicht. Warum sollte es ein Geheimnis sein? Wer immer es war, er muß gewollt haben, daß wir es wissen. Warum sonst sollte er sie töten und nichts nehmen außer ...?«

»Den Händen«, beendete der Koch den Satz. »Du brauchst nicht so zartfühlend zu sein, wir haben es alle gehört.«

Er rieb sich am Handgelenk, wie um sich zu versichern, daß seine eigene Hand noch daranhing. Er war nicht der einzige.

Algar aß seine Suppe auf und erhob sich. Gerade war ihm etwas eingefallen.

»Da Alexander und Egbert tot sind, heißt das, daß Duncan jetzt der älteste Sohn ist.«

Er zitterte. Irgend etwas an Waldeves drittem Sohn ließ ihn wünschen, stets kaltes Eisen und Weihwasser in seiner Nähe zu haben, um auf alle Fälle sicher zu sein.

Nicht nur eine Hand machte daraufhin in der verräucherten Küche das uralte Zeichen, das Böses abwehren soll.

Urric schnaubte verächtlich. »Das macht ihn noch lange nicht zum Than von Wedderlie«, sagte er. »Alexander hinterläßt ja noch einen Sohn – David –, der den Titel erben könnte, und dann ist da immer noch Robert.«

Der Koch wollte das nicht gelten lassen. »Alexanders Sohn ist ja noch ein Kind, und was Robert betrifft, so hat Waldeve anscheinend den Falschen zum Priester machen wollen.«

Alle nickten beifällig.

Die Trübsal in der Küche war dicker als der Rauch. Schrecklich, sich das Leben unter Duncan von Wedderlie auszumalen. Als Duncan nach Durham gezogen war, um sein Los mit dem des königlichen Kanzlers, William Cumin, in dessen Kampf um das Bistum zu verquicken, hatte der Haushalt über seinen Weggang gejubelt und gebetet, daß er nie zurückkehren möge.

Erst ein Spritzer von dem Spießbraten, den niemand mehr drehte, rief den Koch in die Gegenwart zurück.

»Es ist ja müßig, sich den Kopf über ungelegte Eier zu zerbrechen. Wir haben auch so schon genug Sorgen. Lord Waldeve hat noch viele gute Jahre vor sich. Wenn er einmal stirbt, wird David alt genug sein, um an seine Stelle zu treten. He! Gillecrist! Wer hat dir gesagt, daß du nicht mehr arbeiten sollst? Das Fleisch hier verbrennt auf einer Seite und bleibt auf der anderen roh.«

Der Knecht packte eilends den Spieß und begann, ihn zu drehen, beobachtete, wie die Hitze des Metalls durch den Lappen drang, den er sich um die Hand gewickelt hatte. Die anderen machten sich ebenfalls demonstrativ wieder an ihre jeweilige Arbeit. Doch die allgemeine Unruhe schwelte weiter im Raum. Das Entsetzen über den Verlust war schlimm genug, die Angst vor dem, was daraus entstehen könnte, war noch schlimmer.

Langsam stieg Adalisa in die Frauengemächer hinauf. Sie hatte mit dem Priester gesprochen, bei der Herrichtung der Leichname zugesehen, den Leichenschmaus in Auftrag gegeben und Boten zu mehreren Verwandten geschickt, darunter auch an Waldeves Vetter, den Earl von Dunbar. Jetzt mußte sie die Frauen ihrer Stiefsöhne und deren Kinder trösten gehen und ihnen die Angst vor der Zukunft nehmen.

Sie wünschte, es gäbe irgendein Fleckchen im ganzen Bezirk, wo sie sich verstecken könnte.

Oben angelangt, zog Adalisa den Vorhang beiseite und wappnete sich, Sibillas Klagen über sich ergehen zu lassen.

Die Witwen saßen auf Stühlen am Fenster. Egberts Frau, Anna, mit ihrem neugeborenen Sohn. Ihr anderer Junge war erst vier. Er saß neben ihrem Stuhl und lutschte am Daumen. Anna wußte, daß ihr wenig Zeit zum Trauern bliebe. Sie war die Erbin einer Burg und von fünf Dörfern. Man würde um sie freien, noch bevor Gras über das Grab ihres Mannes gewachsen wäre.

Sibilla starrte auf den Staub, der im Licht der Nachmittagssonne tanzte. Sie hatte jetzt nur noch ein Kind, und das war zur Ausbildung an den Hof des Earls geschickt worden. Adalisa konnte sich die Tiefe ihrer Verzweiflung wohl vorstellen.

Im Schneidersitz zwischen den beiden Frauen saß Margaret, die Sonne ließ ihr rotblondes Haar golden aufleuchten. Sie grüßte ihre Mutter mit einem zitternden Lächeln.

»Mama, ich bin so froh, daß du wieder da bist«, sagte sie. »Keiner will mir etwas erzählen.«

In einer anmutigen Bewegung erhob sich das Mädchen, und

Adalisa bemerkte, daß ihre Tochter schon wieder gewachsen war. Sie konnte jetzt das Kinn auf Margarets Kopf legen. Fast elf Jahre. Es schien unmöglich. Sie drückte das Kind fest an sich.

»Es gibt nichts zu erzählen, mein Liebling«, sagte Adalisa. »Die Vorbereitungen für die Beerdigung morgen sind getroffen. Heute werden wir die Totenwache halten und beten.«

Sie hielt inne, als Sibilla leise aufstöhnte und das Gesicht mit ihrem Schal verhüllte.

»Es tut mir leid, Sibilla«, fügte sie hinzu. »Margaret, du kannst mir einen Gefallen tun. Lauf hinunter und hole Wasser. Dann bring mir mein Kräuterkästchen. Wir brauchen alle etwas, um den Schmerz zu lindern.«

Als das Kind fort war, ging Adalisa zu den beiden Frauen. Sie wußte nicht, was sie ihnen sagen sollte. Sibilla sah hoch, rote Augen im bleichen Gesicht.

»Was soll aus mir werden?« fragte sie. »Was soll ich bloß tun?«

»Ich weiß es nicht«, erwiderte Adalisa. »Es ist nicht an der Zeit, darüber nachzudenken.«

»Und woran soll ich sonst denken? Etwa an mein armes totes Kind?« Sibilla hatte die Grenze zur Hysterie weit überschritten.

»An seine Seele, die im Himmel auf dich wartet?«

Sibillas Reaktion darauf war alles anderes als fromm. Erschrocken sah Anna von ihrem Säugling zu ihr hoch.

»Natürlich ist der kleine Edgar im Himmel!« sagte sie. »Oder wird es bald sein. Was hätte er denn zu bereuen? Und wir werden die Nonnen Tag und Nacht für ihn beten lassen, um sicherzugehen.«

»Nun, glaubt bloß nicht, daß ich ihnen im Kloster Gesellschaft leiste«, antwortete Sibilla. »Ich beabsichtige keineswegs, den Rest meines Lebens unter lauter Frauen zu verbringen. Ach, heilige Mutter Gottes, was soll nur aus mir werden?«

Adalisa stieß einen Seufzer der Erleichterung aus, als Margaret zurückkehrte, in einer Hand einen Wassereimer und das Kräuterkästchen an die andere Hüfte gedrückt.

»Gott sei Dank«, sagte sie. »Komm, gib mir das Kästchen. Gieß ein wenig Wasser in den Stieltopf und den Rest in die Schale neben dem Kohlebecken. Erhitze beide. Nun, was brauche ich denn?«

Sie nahm Borretsch, Eisen- und Zehrkraut heraus, legte sie auf ein Stück Leinen, welches sie dann mit Bindfaden umwikkelte. Als das Wasser im Topf brodelte, tauchte sie den Beutel hinein, bis er auf den Boden sank. Während sie die Kräuter ziehen ließ, holte sie eine kleine Phiole heraus und ließ ein wenig Öl in das dampfende Wasser in der Schüssel tropfen.

»Das ist Rosenöl«, sagte sie zu den Frauen. »Beugt euch darüber, und atmet es ein. Es wird euch Erleichterung verschaffen.«

Während sie inhalierten, holte Adalisa einen Krug mit starkem Gascognerwein. Sie mischte ihn mit dem Kräutertrank.

»Leert dies in einem Zug«, befahl sie. »Ihr werdet es brauchen. Heute nacht müßt ihr schlafen, denn morgen ist ein langer Tag.«

Sie gehorchten. Adalisa gab auch Margaret davon, allerdings stark verdünnt.

»Leistest du deinen Schwägerinnen Gesellschaft?« bat sie ihre Tochter. »Ich muß zu deinem Vater gehen.«

Margaret nickte. Adalisa küßte sie.

»Ich werde bald eine von den Frauen hochschicken. Sie sind jetzt mit Waschen beschäftigt.«

Sie waschen den Geruch des Todes ab. Das sprach Adalisa zwar nicht aus, aber etwas in Margarets Augen sagte ihr, daß sie Bescheid wußte.

Waldeve zog sich die Reitstiefel an. Er ging im Saal auf und ab und wirbelte dabei Wolken von Häcksel auf. Seine Männer standen beim Herd und bemühten sich, nicht zu husten. Sie brannten vor Tatendurst. Waldeve mußte nur den Befehl erteilen.

»Urric!« schrie Waldeve.

Urric nahm Haltung an. »Ja, Herr!«

»Wurde nach Robert geschickt?«

Urric sackte ein wenig in sich zusammen. »Ja, Herr.«

»Und wo ist er?«

Urric blickte zu Algar hinüber, der rasch antwortete, als wolle er sich von seinen eigenen Worten distanzieren.

»Herr Robert sagte, er müsse noch etwas beenden, aber er träfe noch vor Anbruch der Nacht hier ein.«

Die Männer erwarteten einen Ausbruch, aber Waldeve preßte nur die Lippen zusammen und setzte seinen Marsch fort.

»Bringt ihn zu mir, sobald er kommt«, sagte er. »Nun, Algar, du mußt meinen Bruder suchen.«

Algar starrte ihn an. »Euren Bruder, Herr?«

»Ja, du erinnerst dich doch an ihn.« Waldeve blieb lange genug stehen, um Algar eine Kostprobe seines Spotts zu geben. »Hochgewachsen, rote Haare, Schnabel wie ein Alk. Vollkommen verrückt.«

»Ja, Herr«, sagte Algar zögernd. »Wo soll ich denn zuerst suchen?«

Waldeve überlegte. »In Edinburgh«, sagte er schließlich. »Dort hält er sich oft auf. Wenn er nicht dort ist, mußt du weiter nördlich suchen.«

»Ja, Herr«, erwiderte Algar. »Ich werde beim ersten Licht der Morgendämmerung aufbrechen.« Erleichtert trat er zurück.

Urric schloß die Augen. Er wußte, wie der nächste Auftrag lauten würde.

»Urric!«

»Ja, Herr.«

»Du und Swein, ihr reitet sofort nach Durham.« Waldeve scherte sich nicht darum, daß beide Männer zusammenzuckten. »Sagt meinem Sohn Duncan, er braucht nicht mehr für jenen normannischen Emporkömmling zu kämpfen. Er ist soeben mein Erbe geworden.«

Zufrieden, daß die Dinge endlich geregelt waren, hielt Waldeve in seiner Saalwanderung inne, setzte sich und rief nach Wein. Gerade hatte er den ersten Becher geleert, als Robert, sein vierter Sohn, hereinkam, einen Jagdhund zu seinen Füßen.

»Vater!« rief er. »Wie konnte das geschehen? Wer hat das getan?«

Voller Verachtung musterte Waldeve seinen Sohn. »Wärst du bei ihnen gewesen, wüßtest du's!« antwortete er.

Prompt konterte Robert: »Wäre ich bei ihnen gewesen, dann wäre ich jetzt auch tot. Hast du mich kommen lassen, um mir zu sagen, ich hätte mich mit ihnen abschlachten lassen sollen?«

Waldeve streckte den leeren Becher zum Nachschenken aus. »Nein, ich habe nach dir geschickt, um dir mitzuteilen, daß du nach Franzien reisen wirst.« Er wartete auf die erschrockene Reaktion und lächelte. »Edgar mag seine Familie für seine französische Hure verlassen haben, aber er ist immer noch von unserem Blut, und es ist seine Pflicht, heimzukommen und mit uns zu kämpfen, um seine Brüder zu rächen.«

»Der kommt nicht, Vater«, antwortete Robert.

»Du wirst ihn dazu bringen«, erwiderte Waldeve ruhig. »Oder du brauchst auch nicht wiederzukommen.«

Robert öffnete den Mund zum Widerspruch, bemerkte aber, daß Adalisa ihm in der Tür ein Zeichen gab, er solle zustimmen. Wütend wandte er sich ab, gab dann aber doch nach.

»Sehr wohl«, sagte er. »Ich reise, sobald ich jemanden habe, der die Frühjahrsschur beaufsichtigt.«

»Du wirst auf der Stelle aufbrechen«, befahl Waldeve. »Und vor den Kalenden des Juli zurückkehren.«

Robert gelang es, aus dem Saal zu kommen, bevor er seinem Zorn freien Lauf ließ. Adalisa folgte ihm. Sie legte die Hand auf seinen Arm und hielt ihn davon ab, mit der Faust gegen die Steinwand zu hämmern. »Bitte, Robert. Tu, was er sagt. Und komm schnell wieder, so schnell es geht. Bedenke, daß niemand zwischen deinem Vater und Duncan und uns anderen steht, bis du mit Edgar zurückkehrst. Sag Edgar, daß er unbedingt kommen muß. Wir brauchen euch beide. Wir alle brauchen euch, um uns vor ihm zu beschützen.«

Robert lief es eiskalt über den Rücken. Sie hatte ja recht. Mörder zu suchen und zu bestrafen war die übliche sommerliche Beschäftigung hier in der Grafschaft Lothian. Die eigentliche Prüfung wäre, sich gegen seinen Bruder Duncan zu behaupten. Dafür brauchte Robert alle Hilfe, die er bekommen konnte.

»Wenn ich gehe, wirst du dafür sorgen, daß Lufen versorgt wird?« fragte er Adalisa.

Liebevoll bückte er sich, um der Hündin die Flanke zu reiben. Seine Stiefmutter lächelte.

»Ich gebe ihr die Reste meines eigenen Essens, wenn du möchtest«, versprach sie. »Und sie darf hier im Saal schlafen. Ich weiß, wieviel dir an ihr liegt.«

»Es gibt niemanden auf der Welt, der mir mehr bedeutet«, antwortete Robert. »Sie ist die einzige – außer dir –, der ich trauen kann.«

»Ich weiß«, sagte sie. »Also komm bald zu uns zurück.«

»Bis zu den Kalenden des Juli«, versprach er. »Und Edgar bringe ich mit.«

Zweites Kapitel

Paris, im Haus des Kaufmanns Hubert LeVendeur und seiner Familie: Mittwoch, den 26. Mai 1143, Tag des heiligen Augustinus, des Erzbischofs von Canterbury und Missionars der Engländer.

»Sire«, dist Evroïne, »n'alés pas co disans;
Il n'a en tot cest siecle arme nule vivant
Qui je creïsse mie a garder mon enfant.«

»Herr«, sagt Evroïne, »Ihr braucht es nicht zu sagen.
Keinem Menschen auf dieser Welt
würd' ich mein Kind zu geben wagen.«

La Naissance du Chevalier au Cygne
Laisse 74, Zeile 2349–2351

Wohlgemut saß Edgar im Garten hinter dem Haus seines Schwiegervaters, inmitten von Sägespänen und Walnußschalen. Er knackte noch eine Nuß, aß den Kern und rieb die Schale kreisförmig an dem Holzpferd, das er gerade schnitzte, schmirgelte es und färbte es dabei gleichzeitig dunkler. Er arbeitete langsam und gewissenhaft. Es gab ja keine Eile, er wollte ein Meisterstück schaffen.

Ein Schatten fiel zwischen ihn und die Morgensonne.

»Bei den Splittern in Sankt Josephs Händen! Edgar, schnitzt du da etwa ein Kinderspielzeug oder einen Reliquienschrein?«

Auch auf Edgars Gemüt fiel ein Schatten. Der Vater seiner Frau stand vor ihm und runzelte verwirrt die Stirn. Edgar mochte Hubert ganz gern. Er liebte Huberts Tochter so sehr, daß er seine Heimat, seine Muttersprache und seine Familie für sie aufgegeben hatte. Aber er wußte, daß er Catherines Vater immer noch Rätsel aufgab. Und wenn Hubert etwas nicht begriff, dann brachte er wenig Geduld auf.

Edgar seufzte. »Ich schnitze ein Trojanisches Pferd für James«, erklärte er. »Ich möchte nicht, daß es scharfe Kanten hat.«

»Dein Sohn ist erst vier Monate alt«, sagte Hubert. »Es wird noch ewig dauern, bis er damit spielen kann, und dann wird er es höchstwahrscheinlich kaputtmachen.«

Edgar nickte und setzte seine Arbeit fort. Jetzt seufzte Hubert. Er hatte doch einen Grund gehabt, hierherzukommen. Was war das noch?

»Ach ja!« Er bemühte sich um einen etwas versöhnlicheren Ton. »Wegen des Anbaus. Ich habe mit Prior Hervé in St. Denis gesprochen. Er ist willens, uns die Steine zu überlassen, die du für das Fundament haben wolltest.«

Das brachte ihm Edgars volle Aufmerksamkeit. Nach wochenlangen Auseinandersetzungen hatte er Hubert endlich überreden können, ihn den Bau eines Zimmers hinter dem Haus planen und beaufsichtigen zu lassen, für sich und Catherine. Es bedeutete ein großes Zugeständnis von Huberts Seite: damit gab er zu, daß Edgar für diese Art Arbeit begabt war und daß jener trotz seiner Behauptung, er sei ein englischer Adliger, vielleicht doch noch zu anderem nütze war, als Hubert Enkel zu zeugen. Doch viel hing vom Erfolg des Projekts ab.

»Und was stellt der Prior dir für die Steine in Rechnung?« wollte Edgar wissen.

Hubert zuckte mit den Achseln. »Ein Faß Wein, nicht einmal vom besten. Es ist nichts.«

»Nur daß die Steine, die ich haben will, Abfallprodukte sind«, sagte Edgar angewidert. »Zu klein oder verformt für die Kirche. Hervé hätte jemanden bezahlen müssen, um sich ihrer zu entledigen.«

»Das weiß ich!« erwiderte Hubert scharf, da er sich in seiner Kaufmannsehre getroffen fühlte. »Doch angesichts der Geschäfte, die wir mit der Abtei tätigen, schadet es nicht, sie in dem Glauben zu lassen, sie hätten einen Vorteil daraus gewonnen.«

Die beiden Männer starrten sich an, beide versuchten, sich etwas einfallen zu lassen, was keinen Keil in ihre vorsichtige gegenseitige Akzeptanz treiben würde. Lautes Lachen rettete sie.

Der ummauerte Garten, in dem sie sich befanden, ging bis zu einem seichten Bach hinunter, der in die Seine mündete. An diesem warmen Morgen war der Rest des Haushalts vernünftigerweise ans Wasser hinuntergegangen. Jetzt kamen sie nacheinander wieder zurück – naß, kühl und zufrieden. Vorneweg ging Edgars Frau und Huberts Tochter Catherine, die nur ein

Hemd trug, das kaum die Knie bedeckte. Sie hielt ihren Sohn James im Arm, der mit seinen vier Monaten Gefahr lief, von entzückten Verwandten nach Strich und Faden verwöhnt zu werden.

Hinter ihr tauchte die Dienstmagd Samonie mit ihren eigenen drei Kindern auf. Hubert war wenig erfreut gewesen, als Catherine Samonie erlaubt hatte, ihre drei Bankerten mitzubringen, gezeugt von Gott-weiß-wem. Doch er mußte wohl zugeben, daß sie sich zu benehmen wußten und man ihnen Aufgaben anvertrauen konnte. Das älteste Mädchen, Willa, hatte mit Zärtlichkeit und Geschick die Sorge um den Säugling James übernommen – bei den seltenen Gelegenheiten, wenn Catherine ihn hergab.

In diesem Augenblick war sie weit davon entfernt. James, der nur in ein Leintuch gehüllt war, gab seiner Mutter zu verstehen, daß er bereit war zu trinken.

Catherine steckte ihm einen Finger in den Mund, und er begann gierig daran zu saugen.

»Das wird ihn nicht lange befriedigen«, sagte Edgar.

»Ich weiß, ich gehe mit ihm hinein«, antwortete sie. »Samonie wird euch dafür füttern.«

James' Gesicht lief vor Enttäuschung rot an. Edgar streichelte ihm über den Kopf, ganz sicher, daß dies das bemerkenswerteste Kind aller Zeiten war. Sein Haar oder das, was man davon schon sehen konnte, war dunkel wie Catherines, und kleine Löckchen bildeten sich bereits, doch seine Haut war heller als ihre. Seine neugierigen Augen waren schon grau wie Edgars. Was den Rest betraf, so war alles am rechten Platz, Finger und Zehen waren komplett. Das allein war die lange Wallfahrt wert, die sie zum Schrein des heiligen Jakob in Spanien unternommen hatten. Sie hatten zum Heiligen gebetet, er möge ihnen ein lebensfähiges Kind schenken, und er hatte ihnen ein Wunder gewährt.

Just in diesem Augenblick war Edgar so glücklich, wie er je in seinem Leben zu sein hoffte.

Diesen Moment hätte er noch mehr auskosten sollen. Es sollte auf viele Monate der letzte für ihn sein.

Es war früher Morgen. Die Luft hatte sich abgekühlt, Nebel kroch vom Fluß hoch. Hubert war seinen Bruder Eliazar besuchen gegangen und hatte Catherine und den Säugling mitgenommen. Edgar döste in einem Stuhl am Fenster, das auf die enge Gasse beim Haus hinausging, die Füße auf einem gepolsterten Schemel aufgestützt. Durch halbgeschlossene Lider sah er Menschen vorbeigehen, die Stimmen vermischten sich zu einem lauten unverständlichen Gewirr. Plötzlich war er hellwach und richtete sich auf. Das war doch nicht möglich! Er stieß den Schemel beiseite und beugte sich aus dem Fenster, um besser sehen zu können.

Gerade kam ein Mann um die Ecke. Er betrat die Hauptstraße, die an der Grève vorbeiführte. Edgar rieb sich die Augen. Er mußte sich irren. Das war doch nur irgendein Nordländer. Der Mann war groß und sein Haar von einem viel leuchtenderen Blond als Edgars Strohfarbe. Doch er sah Robert nur ähnlich, das war alles. Edgar hatte das Gesicht nicht gesehen. Vermutlich handelte es sich um einen englischen Studenten in Paris oder um einen deutschen Kaufmann.

Dann hörte er auch schon den Eisenring an die Tür zum Hof schlagen. Edgar sank der Mut. Langsam ging er die Treppe hinunter, um den Besucher zu empfangen. Er mußte nicht erst das stockende Französisch oder die verwirrte Reaktion der Magd mit anhören, um zu wissen, daß es sein Bruder war. Und wenn Robert seinen geliebten Grund und Boden verlassen hatte, um sich auf den weiten Weg nach Franzien zu machen, dann mußte etwas Schreckliches geschehen sein.

»Edgar! Hwæt sægest thu, Broðer?«

Edgar blinzelte. Es war so lange her, daß er seine Muttersprache gehört hatte, daß es einen Augenblick dauerte, bis er verstand.

»Robert!« Edgar ließ die Umarmung seines Bruders über sich ergehen. »Es tut mir leid. Ich konnte gar nicht glauben, daß du es warst. Was führt dich hierher? Was ist geschehen?« Er schaltete auf Französisch um, um dem Botenjungen zuzurufen: »Ullo, bring Essen und Wein für meinen Gast.«

Dann wandte er sich wieder Robert zu. »Verschwenden wir keine Zeit mit Begrüßungen. Nur eine Katastrophe kann dich hergeführt haben. Sag es mir. Sofort.«

Und Robert berichtete.

Ullo brachte ein Tablett mit Brot, Käse, Erdbeeren und einem Krug Wein herein. Er sah, wie Edgars Gesicht vor Schreck erstarrte, und ängstigte sich selbst, da er nicht wußte, wovon dieser Ausländer redete. Die Worte klangen brutal in Ullos Ohren.

»Soll ich Meister Hubert holen?« fragte er.

»Was?« Edgar versuchte, sich auf den Jungen zu konzentrieren. »Nein, das hier hat nichts mit ihm zu tun. Stell das Tablett ab und geh.«

Robert brach sich ein Stück Käse ab. Edgar schenkte ihm Wein ein und füllte einen zweiten Becher für sich.

»Das ist ja furchtbar«, sagte er. Der Becher klapperte, als er ihn auf das Tablett zurückstellte, und er wurde gewahr, daß seine Hand zitterte. »Wer würde sie denn alle töten? Besonders den kleinen Edgar. Ich hatte schon fast vergessen, daß ich einen Namensvetter habe. Er kann noch nicht alt genug gewesen sein, ein Schwert zu schwenken?«

»Er war groß und stark für einen Zwölfjährigen«, antwortete Robert. »Wenigstens besaß er eine Waffe, um sich zu verteidigen. Und er gebrauchte sie auch. Alle Schwerter waren blutbefleckt.« Er nahm sich noch ein Stück von dem Käse. »Vater schickt mich, um dich heimzuholen. Wir brauchen dich.«

»Nein«. Edgar schüttelte den Kopf. »Nein.« Er wich zurück. »Nein.«

»Edgar, ich weiß, was er damals zu dir gesagt hat.« Robert

zerkrümelte den Käse in seiner Faust. »Er war zornig, er hat es nicht so gemeint.«

»Das ist es gar nicht«, antwortete Edgar. »Ich habe ihm ja längst verziehen. Schließlich kannte er Catherine gar nicht.«

Robert wischte sich die Käsehände ab und damit auch jegliches Interesse an Edgars Frau. »Wie kannst du dich dann weigern, Edgar?« wollte er wissen. »Es geht um die Familie. Es ist deine Pflicht, zurückzukommen.«

»Und wozu?« Der Wein schwappte in hohem Bogen aus dem Becher, als Edgar wütend mit den Armen gestikulierte. »Ich habe kein Talent für das Kriegshandwerk. Das habt ihr mir doch oft genug erzählt. Und wenn ich schon nicht zum Nutzen der Familie kämpfen konnte, sollte ich wenigstens beten. Nun, ich bin kein Priester geworden, Robert. Meine Gebete haben nicht mehr Wert als deine.«

Roberts wettergegerbtes Gesicht wurde erst rot und dann blaß. Er verkniff sich eine scharfe Erwiderung.

»Rache ist mehr als Kampf. Es gibt andere Wege, einen Feind zu vernichten«, sagte er. »Und wir haben genug Priester daheim. Allzu viele für meinen Geschmack. Hier zählt, was du deiner Familie schuldig bist. Deine Brüder sind ermordet worden, Edgar. Es ist deine Pflicht, nach Hause zu kommen.«

»Robert, hier ist mein Zuhause.« Edgar drehte sich zur Tür um. Er hatte Schritte und dann Flüstern gehört.

»Und hier ist meine Familie«, fügte er hinzu, als Catherine mit dem schlafenden Kind hereinkam.

Sie sah von Edgar zu Robert, riß die blauen Augen vor Überraschung weit auf. Dann nickte sie Robert zu.

»Ic gief the greting«, sagte sie. *»Ic eom Catherine, Eadgardes wif.«* Sie warf Edgar einen Blick zu. »War das richtig?«

Lächelnd sagte er: »Ziemlich gut. Er hat dich verstanden.«

Robert leckte sich die Lippen. *»Jo Robert, le freres. Diex te saut.«* An Edgar gewandt, murmelte er: »Du weißt, wie ich diese Sprache hasse.«

Willa erschien an Catherines Seite und nahm ihr sanft den Säugling aus den Armen, ohne ihn zu wecken. Catherine wandte sich wieder an Robert und lächelte nervös.

»Edgar, ich freue mich sehr, deinen Bruder bei uns willkommen zu heißen«, sagte er. »Aber warum ist er gekommen?«

»Ich erkläre dir alles später, *carissima*«, sagte er. »Würdest du jetzt erst einmal einen Schlafplatz für Robert herrichten?«

»Gewiß, er muß ja sehr müde sein«, antwortete sie. »Es tut mir leid.«

»Wir werden morgen darüber sprechen, Robert«, sagte Edgar. »Ich werde dir helfen, soweit ich kann, aber ich kehre nicht mit dir nach Schottland zurück.«

»Du mußt aber«, erwiderte Robert. »Vater braucht jetzt jeden von uns, auch dich. Ich brauche dich. Dir ist es noch nicht klar, wie? Jetzt wo Alexander und Egbert nicht mehr da sind, ist Duncan der älteste Sohn.«

Edgar erstarrte. Catherines Magen verkrampfte sich, als sie das Entsetzen in seinen Augen las. Worüber sprachen sie nur?

»Vater würde ihn doch nie als Erben einsetzen«, behauptete Edgar, doch seine Stimme klang unsicher.

»Das hat er bereits getan. Und wenn Vater stirbt, wer soll Duncan aufhalten?« fragte Robert. »Wir brauchen jemanden, der unsere Gesetze kennt und am Hof für die französische Sitte eintritt, daß der Sohn des ältesten Sohnes der Erbfolger wird, sobald er mündig ist. Das ist unsere einzige Hoffnung. Ich will Duncan nicht als meinen Oberherrn.«

»Dann such dir einen anderen Herrn oder tritt in die Kirche ein«, antwortete Edgar. »Wenn Vater beschlossen hat, daß Duncan Wedderlie bekommen soll, kann ich auch nichts dagegen tun.«

»Edgar ... um der Liebe Christi willen! Wir sind verzweifelt! Wir brauchen dich! Was muß ich denn noch alles sagen, damit du das einsiehst?«

Catherine ängstigte sich immer mehr durch dieses Gespräch.

Der Austausch war zu schnell, als daß sie ihm hätte folgen können, doch er klang in ihren Ohren wie eine von den traurigen Geschichten von herumirrenden Seeleuten und von Verbannung, die Edgar manchmal sang. Kalt lief es ihr über den Rükken. Was mußte das für ein Land sein, dessen Sprache nur aus Worten des Zorns und des Kummers bestand?

Edgar wollte sich an jenem Abend nicht auf weitere Diskussionen einlassen. Robert wurde beim Essen Hubert vorgestellt.

»Ich trauere mit deinem Vater um den Verlust seiner Nachkommenschaft«, sagte Hubert förmlich und wartete, daß Edgar das übersetzen würde.

Robert nickte zum Dank. Hubert sah von ihm zu Edgar. Er konnte die Spannung zwischen den beiden spüren. Und er erriet den Grund. Jeder wußte doch, welche Pflicht ein Mann in dieser Situation hatte. Aber würde Edgar sich überreden lassen, ihr nachzukommen?

Nach wenigen Versuchen einer gedolmetschten Konversation gaben sie es auf und aßen schweigend. Nach der Mahlzeit bekam Robert ein Bett zugewiesen und die Latrine gezeigt. Nachdem sein Bruder versorgt war und sie sich überzeugt hatten, daß James sicher in seiner Wiege lag, zogen sich Edgar und Catherine aus und kletterten ins Bett. Edgar schloß die Augen und rollte sich zu seiner normalen Schlafhaltung zusammen, aber Catherine hatte ihre Unruhe den ganzen Abend im Zaun gehalten und konnte nicht länger an sich halten.

»Wie schrecklich für deinen Bruder, den ganzen weiten Weg mit solchem Kummer im Herzen zu reisen«, eröffnete sie das Gespräch, immer noch im Sitzen. »Es muß ein furchtbarer Verlust für dich sein.«

Edgar stupste mit der Stirn gegen ihren Schenkel.

»So furchtbar, daß ich es nicht ertrage, daran zu denken«, murmelte er.

Sie fuhr ihm mit der Hand durchs Haar. »Ja, das verstehe ich«, sagte sie. »Wir werden alle für ihre Seelen beten, und ich schreibe an Mutter Heloïse und bitte, daß auch ihre Nonnen für sie beten.«

Er hob den Kopf. »Daran hatte ich nicht gedacht. Würdest du das tun?«

Catherine lächelte. »Gewiß doch. Nun, Edgar, erzähl mir den Rest. Ich weiß, dein Bruder ist nicht nur gekommen, um dir diese Nachricht zu überbringen, so schlimm sie für deine Familie auch sein mag.«

Edgar sah wohl, daß es nichts nützen würde, Müdigkeit vorzuschützen. Er verfiel auf eine andere Art der Ablenkung. Catherines Finger packten fest zu, zogen ihn am Haar, bevor er sehr weit kam. Sie rutschte im Bett hinunter, bis sie auf gleicher Höhe waren.

»Ich liebe dich«, sagte sie ruhig. »Aber bevor ich dir zeige, wie sehr, mußt du es mir sagen: Diese Morde waren doch Teil einer Blutrache, nicht? Wen sollst du töten helfen?«

Edgar rollte sich auf den Rücken. Catherine spürte seine Wut, war sich jedoch nicht sicher, ob diese sich gegen sie selbst richtete oder ob es wegen der Situation war. Er blieb so lange still, daß sie nicht sicher war, ob er ihr antworten würde. Endlich schluckte er, und sie begriff, daß er versucht hatte, seine Stimme unter Kontrolle zu halten.

»Das weiß niemand«, sagte er. »Und es schert mich auch nicht. Die müssen ihre eigenen Kämpfe austragen. Ich werde dich nicht verlassen.«

Catherine schmiegte sich an ihn. Sie hatte interessante Kurven zum Anstupsen, befand er wieder einmal. Sie wartete, bis sie sicher war, daß seine Aufmerksamkeit nicht auf das gerichtet war, was sie sagte, doch er hörte es trotzdem.

»Das brauchst du auch gar nicht«, flüsterte sie. »James und ich kommen mit.«

Er beschloß, sich die Auseinandersetzung für den Morgen aufzuheben.

Catherine und Edgar schliefen noch fest, als Hubert von seinem Neffen, Solomon ben Jacob, unsanft aus dem Schlaf gerissen wurde.

»Onkel!« flüsterte Solomon barsch. »Steh auf! Schnell! Du mußt sofort mitkommen!«

Schlaftrunken tat Huberts Herz dennoch einen erschrockenen Satz. »Was ist denn? Kommen sie uns abholen?«

»Nein, nein«, antwortet Solomon. »Tut mir leid, nein, wir sind nicht in Gefahr, hoffe ich wenigstens. Doch Onkel Eliazar hat betrübliche Neuigkeiten. Er schickt mich jetzt zu dir. Es duldet keinen Aufschub bis zum Tagesanbruch.«

Hubert ließ sich aufs Bett zurückfallen. Es dauerte eine Weile, ihn in die Gegenwart zurückzubringen. Er war kein Kind mehr, sondern ein Mann in den Fünfzigern. Und die Soldaten Christi standen nicht vor seiner Tür. Das lag schon über vierzig Jahre zurück, seit sie gewaltsam ins Haus gedrungen waren und seine Mutter und seine Schwestern in den Tod gezerrt hatten, während er sich im Schrank versteckt hielt. Vierzig Jahre war er Christ gewesen, wenigstens in den Augen der Welt. Doch ein Geräusch in der Nacht brachte ihn immer noch zum Zittern. In jeder Osterpredigt konnte er noch die Schreie seiner Mutter hören.

Solomon sah, daß Huberts Hände beim Ankleiden zitterten. Er verwünschte seine Gedankenlosigkeit. Seit seiner Geburt hatte es keine offenen Verfolgungen mehr gegeben, aber Solomon kannte die Geschichten aus den Tagen des großen Kreuzzugs. Er wußte auch, wie sehr es Hubert quälte, daß er die Sünde begangen hatte, sich taufen zu lassen, und daß er selbst am Leben geblieben war.

Als Hubert fertig war, brachen sie auf. Sie überquerten die Brücke über die Seine von der Grève zur Île de la Cité und tappten durch die dunklen krummen Gassen der alten Juiverie bis zum Haus von Eliazar, Huberts Bruder.

Das Tor wurde nicht von einem Dienstboten, sondern von Eliazars Frau Johanna geöffnet.

»Mein armer Hubert!« sagte sie leise. »Wir werden einen Ausweg finden, ganz bestimmt!«

Völlig verängstigt folgte Hubert ihr ins Haus und die Treppe hinauf, wo ihn sein Bruder am kalten Herd beim Schein einer einzigen Kerze erwartete. Auf dem Tisch neben seinem Schemel stand ein Weinkrug mit drei Bechern. Er setzte gerade seinen eigenen leeren Becher ab, als sie eintraten.

»Bruder!« rief er und umarmte Hubert. »Wir schweben in ernster Gefahr. Mir ist zu Ohren gekommen, daß man dich beim Bischof als Abtrünnigen denunziert hat!«

»Was?« Hubert nahm blindlings den Becher, den Johanna ihm in die Hand gedrückt hatte. »Wer denn? Wieso? Was für Beweise haben sie?«

Blitzartig fiel ihm seine andere Tochter, Agnes, ein, die vor zwei Jahren sein Geheimnis entdeckt hatte und sich seitdem weigerte, unter seinem Dach zu leben. Sie konnte ihn doch nicht verraten haben. So sehr konnte sie ihn doch unmöglich hassen, oder?

»Wir wissen nicht, wer es war«, antwortete Eliazar. »Aber es kann nicht viel Beweise geben, sonst hätte man dich sofort dem Bischof vorgeführt.«

»Einer der Kanoniker ist mit Edgar und mir befreundet«, erklärte Solomon. »Er hat es mir heute nachmittag erzählt. Aber er hält die Beschuldigung für unwahr.«

»Ja, aber glaubt Bischof Stephan das auch?« fragte Hubert.

Eliazar zuckte mit den Achseln. »Das wissen wir nicht. Du hast ja deine Geburt eigentlich nie verheimlicht.«

»Ich habe nur niemandem gesagt, daß ich als Jude geboren wurde, und auch nicht zugegeben, daß du nicht nur mein Geschäftspartner, sondern auch mein Bruder bist.« Hubert schüttelte den Kopf. »Die meisten halten mich für Gervase LeVendeurs leiblichen Sohn. Es gibt nicht viele, die das anders in Erinnerung haben.«

»Irgend jemand erinnert sich aber«, sagte Solomon. »Oder

glaubt, sich zu erinnern. Wir müssen Bischof Stephan überzeugen, daß diese Beschuldigung falsch ist, bevor sie publik wird.«

Eliazar pflichtete ihm bei. »Schon das Gerücht könnte uns ruinieren, Bruder. Die anderen Kaufleute würden glauben, wir hätten uns des unlauteren Wettbewerbs schuldig gemacht. Abt Suger würde uns nie wieder vertrauen.«

Hubert starrte auf seine Hände, sah aber nur das Gesicht seiner Mutter, als die Soldaten an die Tür hämmerten. Ihr wunderschönes dunkles Haar und die großen Augen. Ihr Gesicht war so sehr wie Solomons und so sehr wie ... »Catherine!« flüsterte er.

»Wie bitte?« fragte Eliazar, der seinen eigenen Erinnerungen nachgehangen hatte.

»Sie muß Paris verlassen«, sagte Hubert. »Wenn sie mich abholen kommen, soll er sie nicht auch mitnehmen. Ich habe den Pöbel erlebt, er ist wie ein wütendes wildes Tier ohne Verstand. Niemand wird glauben, daß sie Christin ist. Sie könnten sogar behaupten, wir würden versuchen, Edgar zu bekehren.«

»Ja, es wäre das sicherste, wenn wir sie und deinen Enkel fortschicken würden«, meinte auch Eliazar. Er sah seine Frau an.

»Du brauchst es nicht einmal auszusprechen«, sagte Johanna. »Ich habe durch Feuer, Flut und Hungersnot an deiner Seite ausgeharrt, und ich werde dich auch jetzt nicht verlassen.«

»Catherine wird auch nicht gehen, wenn sie den Grund erfährt«, gab Solomon zu bedenken.

Hubert seufzte. »Das weiß ich. Sie ist störrischer als Ballams Esel.«

»Würde sie denn zu deinem Sohn in Vielleteneuse gehen?« fragte Eliazar.

»Der ist nicht weit genug weg. Beim ersten Anzeichen von Schwierigkeiten käme sie zurück«, erwiderte Solomon.

Hubert konnte das nur bestätigen. »Nein, da gibt's nur eins, so sehr es mich auch schmerzt. Edgars Bruder ist mit Nachrichten von Todesfällen in der Familie gekommen. Ich vermute, daß er Edgar mitnehmen will. Ich muß Edgar überreden, mit Catherine und dem Kind mit ihm zu gehen. Und möge der Allerhöchste sie beschützen.«

»Die Überredung wird dich einige Mühe kosten«, warnte ihn Solomon.

»Nicht, wenn ich ihm die Wahrheit sage«, meinte Hubert. »Und nicht, wenn du ihn begleitest.«

Solomon machte ein langes Gesicht.

»Ich würde euch beide doch nicht in dieser Lage im Stich lassen!« sagte er. »Für wie feige haltet ihr mich denn?«

Eliazar wurde ernst. »Mein Bruder hat recht. Solomon, du bist der letzte in unserer Familie, der dem wahren Glauben anhängt. Wenn du getötet wirst, wird der Same unserer Väter nie wieder aufgehen. Es gibt ohnehin nicht viele von uns.«

»Durchaus nicht«, sagte Solomon.

Hubert und Eliazar wechselten in stummer Übereinstimmung einen Blick. Solomon würde gehen. Das würden sie ihm zu verstehen geben, und wenn sie die ganze Nacht dazu brauchen würden.

Edgar kam herunter, bevor Catherine aufgewacht war, und als er Hubert im großen Saal vorfand, erklärte er ihm die Lage. Die Reaktion fiel nicht so aus wie erhofft.

»Was soll das heißen, du meinst, ich sollte mitgehen?« Edgar war empört. Er hatte Unterstützung erwartet. »Ich weiß schon! Du möchtest deine Tochter als Witwe sehen, damit du einen geeigneteren Ehemann für sie findest!«

Hubert schnaubte. »Unfug! Glaubst du etwa, sie wäre das zweite Mal leichter zu handhaben?«

Es zuckte um Edgars Lippen. Das entbehrte nicht der Logik. »Wieso dann, bei den beiden Hälften von St. Basilla! Willst du, daß ich dorthin zurückkehre und kämpfe?« schrie er. »Was würde ich denen schon nützen? Ich wurde für eine kirchliche Laufbahn ausgebildet. Meinst du etwa, ich würde die Mörder meiner Brüder mit *Exempla* zur Strecke bringen?«

»Ich möchte Solomon euch als Begleiter mitgeben«, erwiderte Hubert. »Um mit dem König von Schottland und den Äbten dort über unsere Gewürze im Austausch für Wolle zu verhandeln. Die Flamen und die Dänen sind jetzt die einzigen, die in Schottland Handel treiben. Doch mit dem Krieg in England sind die üblichen Handelswege geschlossen, und wir könnten vielleicht neue Märkte finden. Du kennst die Landessitten und die Sprache. Du könntest ihm behilflich sein.«

Edgar zwinkerte nervös. Sein Schwiegervater kannte ihn besser, als ihm bewußt gewesen war. Hätte auch er an die Familienloyalität appelliert, er hätte nur in die gleiche Kerbe wie Robert gehauen. Doch die Aussicht auf eine Beteiligung an Huberts Arbeit war verlockend. Dennoch war hier irgend etwas nicht ganz koscher. Es paßte einfach zu gut zusammen. Edgar versuchte eine andere Masche.

»Catherine hat gesagt, sie läßt mich nicht ohne sie gehen«, verkündete er. Wenn das nicht Hubert auf seine Seite brächte, dann gar nichts.

Zu seiner Verblüffung schien Hubert sich darüber zu freuen.

»Das wäre eine ausgezeichnete Idee«, sagte er. »Es wird Zeit, daß Catherine deine Familie kennenlernt.«

Edgar plumpste auf den Boden. »Das glaube ich einfach nicht«, stieß er hervor. »Entweder bist du von Sinnen, oder irgend etwas ist faul.«

»Du hast recht.« Hubert half ihm wieder auf. »Es ist etwas faul. Ich benötige deine Hilfe, und Catherine darf nichts davon erfahren.«

»Das erste gewähre ich dir gern, das zweite wird sehr viel schwieriger. Nun erzähl es mir.«

Hubert biß sich auf die Lippe, während er sich bemühte, die richtigen Worte zu finden.

»Als du Mitglied meiner Familie wurdest«, begann er langsam, »als du uns so annahmst, wie wir sind, hast du eine große Bürde auf dich geladen, eine, von der ich zweifelte, daß du sie tragen könntest. Du denkst, daß ich dich für nutzlos halte. Das stimmt aber nicht. Ich halte dich für gefährlich.«

Edgar war vom Donner gerührt. Hatte er seine Loyalität nicht immer wieder bewiesen, nicht zuletzt auf ihrer kürzlichen Spanienreise? Er erinnerte Hubert daran.

»Es ist eine Sache, fern der Heimat zu uns zu halten, wo wenig Gelegenheit ist, jemanden zu treffen, der unsere Sicherheit hier bedroht«, antworte Hubert streng. »Es ist etwas anderes, sich dem Ruf der Ketzerei oder des Abfalls vom Glauben auszusetzen, wenn andere die Macht haben, dein Leben zu zerstören.«

Edgar schloß die Augen, verdrängte das Bild seines Mentors, Peter Abælard, den man gezwungen hatte, seine eigenen angeblich ketzerischen Schriften zu verbrennen. Das Bild eines Scheiterhaufens drängte sich Edgar auf, dessen Flammen an seinen eigenen oder Catherines Füßen leckten. Er holte tief Luft und schlug die Augen wieder auf.

»Ich kann mich und meine Frau gegen alle Vorwürfe verteidigen«, antwortete er. »Viel besser als du. Die Frage ist nicht, ob ich dich verraten würde oder nicht. Schon diese Frage nehme ich übel.«

Hubert sah ihn überrascht an. Obwohl Edgar nicht zum Soldaten ausgebildet war, so war er doch zum Führen erzogen, und die Traditionen seines Standes waren fester Bestandteil seines Charakters. In seiner Welt wog Verrat schwerer als Ketzerei.

»Verzeih mir«, sagte Hubert. »Ich werde dir alles sagen, dann kannst du tun, was du für richtig hältst.«

Jetzt war Edgar seinerseits überrascht.

Etwas später kam Catherine herein und fand sie in einer Nische des Zimmers tuschelnd beieinander hocken. Sie sahen beide schuldbewußt auf, als sie Catherine erblickten.

»Wo ist das Kind?« fragte Edgar.

»Frisch gebadet, eingeölt und gestillt. Willa wickelt es gerade«, sagte Catherine. »Darf ich mich jetzt am Gespräch beteiligen? Ich weiß, daß es um mich geht.«

Sie wartete. Hubert zuckte mit den Achseln und setzte sich ans offene Fenster. Edgar fühlte sich im Stich gelassen.

»Catherine«, begann er. »Ich habe beschlossen, mit Robert zurückzugehen und ...«

»Nun erzählt ihr beide mir bloß nicht, daß ich dich nicht begleiten darf«, unterbrach sie ihn. »Ich könnte acht weitere Gründe nennen, warum ich das tun sollte.«

»Nein«, sagte Edgar. »Dein Vater und ich sind übereingekommen, daß du und James mitreisen sollt.«

»Was?« Catherines Blick wanderte von einem zum andern. »Ihr meint, ich soll auch reisen?«

Hubert nickte. »Du hast gewisse Verpflichtungen gegenüber der Familie deines Ehemannes, und ich habe kein Recht, dich zurückzuhalten.«

Catherine runzelte die Stirn. Das wäre ihr dritter Grund gewesen. Irgend etwas stimmte hier nicht. Keiner der beiden gab normalerweise so schnell nach.

»Warum wollt ihr, daß ich mitgehe?« fragte sie argwöhnisch.

»Ich *will* es ja gar nicht.« Huberts Stimme klang vollkommen aufrichtig. »Doch ich meine, du solltest es tun. Du wirst mir fehlen, und ich werde mich jeden Tag um dich sorgen.«

»Tatsächlich?« fragte Catherine. »Ich meine, hältst du es wirklich für meine Pflicht, nach Schottland zu reisen?«

»Von ganzem Herzen«, sagte Hubert.

»Edgar?«

»Dein Vater hat mich überzeugt, daß es das beste wäre, wenn du meine Familie kennenlernen würdest«, sagte Edgar. Das klang weniger überzeugt als Huberts Aussage. »Ich hege allerdings meine Zweifel. In England herrscht Krieg, und der Norden wird auch in Mitleidenschaft gezogen. Die Reise wird beschwerlich sein.«

»Das ist jede Reise«, verwarf Catherine diesen Einwand.

»Du würdest mir schrecklich fehlen, wenn du hierbleiben würdest.« Das wurde mit mehr Überzeugung vorgetragen. »Wenn ich denn gehen muß, hätte ich dich lieber bei mir.«

Catherine lächelte. Sie war sich nicht sicher, wieso sie so leichtes Spiel gehabt hatte, aber sie würde sich nicht beklagen, sonst würden die beiden womöglich noch ihre Meinung ändern. Zeit genug, den wahren Grund auszuspionieren, würde sie haben, wenn es zu spät für einen Rückzieher war.

Plötzlich sprach Edgar englisch. »Du kannst eintreten, Robert. Ich kann dich da draußen atmen hören. Und ich habe beschlossen, mit dir zurückzukehren.«

Da er sich ertappt wußte, zog Robert den Vorhang beiseite und kam herein. Er eilte zu Edgar und umarmte ihn stürmisch. Dann umarmte er auch Catherine.

»Ich verstehe mehr, als du glaubst!« sagte er. »Sie hat dich dazu überredet, ja?«

Er packte Catherine, hob sie hoch und schwenkte sie im Kreis herum.

»Danke, *bele soeur*!« rief er aus. »Danke!«

Catherine grinste Edgar im Vorbeifliegen zu.

»Ich vermute mal, daß er mich mag?«

Edgar nickte, dann ging er ans Fenster, an dem Hubert saß. Er blieb einen Moment stehen, sah auf den Garten hinaus, zum Bach und der Stadt Paris, die dahinter lag. Dies war Catherines Welt. Sie hatte den größten Teil ihres Lebens nach den Stunden gelebt, die die Glocken von Paris anschlugen. Wie konnte er sie auf die Einöde, die Wildnis von Schottland vorbereiten? Oder auf die düstere Heimkehr, die ihn erwartete?

Auch Solomon bereitete sich auf die Reise vor, war aber fest entschlossen, dabei die ganze Zeit zu schmollen.

»Und wie soll ich diesmal heißen?« fragte er. »Ich bezweifele, daß Catherine immer daran denkt, mich Stephan zu nennen.«

»Das wird nicht nötig sein«, erwiderte Edgar. »In Schottland heißen viele Männer Solomon, und ich bin mir ziemlich sicher, daß keine Juden darunter sind. Wir verwenden die biblischen Namen viel mehr als ihr hier.«

»Ach, aber ich soll doch wohl trotzdem nicht als ich selbst gehen?« Eigentlich erwartete Solomon so etwas.

Edgar war es gelungen, seinen englischen Freund John dazu zu bringen, einen Nachmittag mit Robert auszugehen, so daß sie sich mit Eliazar über den finanziellen Aspekt der Reise unterhalten konnten.

»Ich hasse den Gedanken, daß du dich als einer der ihren ausgibst, Solomon«, murmelte Eliazar. »Es gibt keinen Profit, der es rechtfertigen würde, daß du dein Seelenheil aufs Spiel setzt.«

Solomon klopfte seinem Onkel begütigend auf die Schulter.

»Niemand zwingt mich dazu«, sagte er. »Nach all den Jahren besteht nicht die geringste Chance, daß ich konvertiere. Ich verspreche dir, daß ich kein Schweinefleisch anrühre oder das Abendmahl nehme.«

Eliazar schauderte bei dem Gedanken.

»Es muß sein«, gab Hubert zu bedenken, »wenn er mit Catherine und Edgar reist. Seine Ähnlichkeit mit ihr ist zu stark.«

Grinsend sah Solomon seine Base an. Die schwarzen Locken, der dunkle Teint, die gerade, entschlossene Nase, waren bei beiden gleich. Solomons Augen waren grün und Catherines blau, und Solomons Bart bedeckte das Kinn, das darunter genauso aussah wie das ihre, doch niemand, der sie zusammen sah, hätte geglaubt, daß sie nicht verwandt seien.

»Keine Sorge. Ich werde nicht zulassen, daß jemand dir ein Leid zufügt«, versicherte ihm Catherine.

»Ausgenommen du selbst natürlich«, fügte er hinzu und streckte die Hand aus, um sie an den Haaren zu ziehen. Sie wollte ihm ausweichen und fiel dabei vom Schemel.

Hubert sah beide böse an. »Ihr seid beide zu alt für solch einen Unfug«, verwarnte er sie. »Solomon, niemand wird dich als Händler ernst nehmen, wenn du deine Kusine an den Zöpfen ziehst. Und Catherine, du solltest bedenken, daß du eine verheiratete Frau bist, und deine Zöpfe bedeckt halten.«

»Ja, Vater.« Catherine fühlte sich versucht, ihren Rock hochzuziehen, um ihr Haar zu bedecken, befand aber, daß mit dem Alter auch die Weisheit käme, und unterdrückte den Impuls.

»Nun, sind wir jetzt lange genug aus dem Schulzimmer heraus, um zu planen, was ihr mitnehmen müßt?«

Solomon und Catherine falteten die Hände wie kleine Kinder und waren bereit, sich zu benehmen.

Endlich war alles bereit: Geschenke zurechtgelegt und eingepackt, Kleider ausgesucht und gepackt, Wachen gemietet für die Reise nach Boulogne und Samonie überredet, Willa als Kindermädchen für James mitreisen zu lassen, eine Entscheidung, für die Catherine ihr unendlich dankbar war.

»Ich könnte es wahrhaftig nicht ertragen, mich von ihm zu trennen«, sagte sie zu Edgar, als sie sich in der letzten Nacht vor der Abreise zum Schlafen bereitmachten. »Aber ich wüßte nicht, wie ich es schaffen sollte, allein für ihn zu sorgen.«

»Ich meine immer noch, daß wir auch eine Amme mitnehmen sollten«, sagte Edgar. »Was, wenn die Reise deine Milch versiegen läßt?«

»Du weißt doch, was ich davon halte«, antwortete sie. »Alle Experten sind sich darüber einig, daß ein Kind von der eigenen Mutter gestillt werden muß. Die heilige Ida stellte fest, daß eine Amme einen ihrer Söhne gestillt hatte und er die fremde Milch erbrach. Doch es war schon zu spät; die anderen beiden Söhne wurden Könige, aber Eustace brachte es nur zum Grafen.«

»Sicherlich beweist das irgend etwas«, sagte Edgar. »Aber James hat ohnehin nur wenig Chancen, auch nur Graf zu werden.«

»Edgar.« Catherine wollt etwas sagen, hielt aber inne und sah zu Boden. Edgar merkte, daß ein radikaler Themenwechsel bevorstand.

»Catherine? Was hast du denn?« Er beugte sich vor und umfaßte ihr Kinn, zwang sie, hochzusehen. »Irgend etwas nagt an dir, und du bist nicht zufrieden, bis es aufhört. Also, was ist es?«

Sie schloß die Augen, die Lippen für einen Moment fest zusammengepreßt.

»Es ist nur, daß du immer noch nicht richtig glücklich darüber bist, daß ich mitkomme ... Ich denke ständig darüber nach, was es in Schottland geben könnte, was ich nicht sehen sollte und ... Es macht wirklich nichts, wenn du ... besonders, bevor wir uns kannten.« Sie seufzte.

Edgar antwortete mit einem Seufzen. »Catherine«, begann er und bemühte sich, nicht allzu gequält zu klingen. »Wenn es das ist, was dich bekümmert, dann hör auf damit. Ich habe keine Bankerte daheim zurückgelassen, keine Frauen, die nach mir schmachten, und keine, zu der ich zurückkehren möchte. Warum hast du denn kein Vertrauen zu mir?«

»Ich vertraue dir ja«, antwortete sie. »Ich zweifle nur an mir selbst. Was habe ich schon, das dich hier bei mir hält, außer deinem Ehrgefühl? Die letzten paar Jahre waren so schwer für dich. Du hast alles für mich aufgegeben.«

»*Stulta carissima*!« Edgar drückte sie fest an sich. »Auf wie viele Arten muß ich es dir sagen? Ich habe nichts für dich aufgegeben. Ich habe alles gefunden, mehr als ich mir jemals auf Erden erträumt habe. Meine Liebe zu dir kommt einem Frevel gleich. Ich vergöttere unseren Sohn. Ich wünsche mir kein anderes Leben als das mit dir. Es gibt nichts, was mich nach Schottland zurückruft außer der Pflicht. Ist das klar? Nun hör endlich auf zu grübeln!«

Sie kuschelte sich an seine Tunika. Als sie wieder zu ihm aufsah, war der Abdruck seiner Silberbrosche auf ihrer Wange.

»Ich weiß, daß es dumm von mir ist«, sagte sie. »Aber ich weiß auch, daß du mir eine ganze Menge nicht erzählt hast, und ich werde das Gefühl nicht los, daß es da etwas gibt, was dein Bruder uns verschweigt. Was immer das sein mag, wir müssen zusammenbleiben, um es gemeinsam durchzustehen.«

»Und James?« konterte Edgar. »Würdest du ihn auch in Gefahr bringen wollen?«

»Es würde mich umbringen, ihn zurückzulassen«, sagte Catherine. »Und ich muß mit dir gehen. Wir müssen fest daran glauben, daß der heilige Apostel, der uns das Wunder seiner Geburt gewährt hat, auch weiterhin über ihm wacht.«

»Vielleicht liegt es an James, daß ich überhaupt erwogen habe, der Aufforderung meines Vaters zu folgen«, sagte Edgar. »Niemand hätte mich warnen können, daß ich so tiefe Gefühle für ein so kleines, nutzloses und streng riechendes Wesen haben könnte. Jedesmal, wenn ich ihn ansehe, möchte ich ...«

»Ich weiß.« Catherine lehnte sich an seine Schulter. »Mir geht es ebenso. Es tut mir leid, daß ich mich so merkwürdig aufführe. Ich fürchte ja nicht wirklich, daß du uns für eine Frau aus deinem eigenen Volk im Stich lassen willst.«

»Das ist gut«, sagte er und legte den Arm um sie.

»Aber, Edgar ...« Sie behielt die Wiege im Blick und seine rauhe Hand. »Ich fühle, daß etwas an dieser Sache faul ist, und obwohl ich sie durchstehen will, fürchte ich mich.«

Edgar erwiderte nichts. Sie ahnte nicht, wovor sie flohen oder was sie erwartete, er schon.

Und er hatte Angst.

Drittes Kapitel

Auf der Nordsee, eine Tagesreise von Niewpoort, Flandern, Sonnabend, 12. Juni 1143, Tag der heiligen Basilidus, Cyrini, Nabor und Nazar, römische Soldaten, die unter Diokletian gemartert wurden.

Cernens autem Edgarus Ethlinge … ascensa navi cum matre et sororibus in patriam reverti, qua natus fuerat, conabatur. Sed summus imperator, qui ventis imperat et mari, mare commovet, et spiritu procellarum exalti sunt fluctus ejus. Saeviente vero tempestate, omnes in desperatione vitae positi, sese Deo commendant, et puppim pelago committunt. Igitur post plurima pericula … coacti sunt in Scociam applicare.

Edgar Atheling … mit seinen Schwestern und seiner Mutter, schiffte sich ein und versuchte, in das Land seiner Geburt zurückzukehren. Doch der Herr über alles, der die Winde und Meere beherrscht, wühlte die Wasser auf. Die Wellen stiegen mit der Gewalt des Sturms. In dem tosenden Sturm, in dem jeder um sein Leben fürchtete, empfahlen sie sich Gott und überließen das Schiff den Wellen. So sahen sie sich nach vielen Gefahren … gezwungen, in Schottland zu landen.

Johannes de Fordun
Chronica Gentis Scottorum
Liber V, Capitulum XIV

Ich sterbe«, stöhnte Catherine. »Edgar, um Himmels willen, nimm dir keine zweite Frau, die grausam zu meinem Sohn ist!«

Edgar sah auf sie herab und lachte herzlos.

»Du stirbst nicht«, teilte er ihr mit. »Bald geht es dir wieder gut. Es ist ein schöner Tag. Wir haben die Winde auf unserer Seite. Morgen sollten wir die Küste von Northumbria sehen.«

Catherine hob den Kopf einen Zoll vom Deck hoch und bereute die Bewegung sofort.

»Ich hasse dich«, krächzte sie. »Geh weg.«

Sie drehte das Gesicht zur Wand des Segeltuchverschlags und versuchte vergebens, so zu tun, als ob die Welt unbeweglich wäre.

Edgar bückte sich, um Catherine tröstend zu tätscheln, entschied sich dann aber, ihr zu gehorchen und das Feld zu räumen. Er blieb im Türrahmen stehen, um sich zu überzeugen, daß Willa nicht so sehr litt wie Catherine und James mit seinem Hängetuch zufrieden war, das zwischen zwei Wänden befestigt war. So konnte er ruhig liegen, während das Schiff schlingerte. Das Kind schlief ganz fest. Edgar ging zur Reling an der Windseite, wo Solomon sich hinüberbeugte und sich die schwarzen Locken von der Brise zu gordischen Knoten verschlangen.

»Geht es ihr besser?« fragte Solomon.

»Sie kann sprechen«, erwiderte Edgar. »Obwohl es mir fast lieber wäre, wenn sie das unterließe.«

»Vielleicht hätten wir es wagen sollen, den Weg durch die Normandie nach Calais zu nehmen«, sagte Solomon. »Von dort hätte die Überfahrt nur wenige Stunden gedauert.«

Edgar schüttelte den Kopf. »Ganz und gar nicht. Das hätte

noch eine Woche auf gefährlichen Straßen bedeutet, mit Räubern an jeder Biegung und ohne Garantie für einen sicheren Schlafplatz. Ich wünschte, wir könnten noch weiter nach Norden fahren und in Berwick landen.«

»Sind die Zustände in England denn so schlimm? Was sagt denn dein Bruder? Wie ist er nach Frankreich gekommen?«

»Durch York und über den Humber«, erklärte Edgar. »Er sagt, jetzt ist die Reise leichter als damals, als ich das letzte Mal dort war, aber wir wollen das Wagnis nicht eingehen. Nein, das Wasser ist freundlicher. Na ja, wenigstens für die meisten von uns. Arme Catherine! Ich hätte nie vermutet, daß sie solche Probleme mit der Seekrankheit haben könnte.«

»Hat sie bisher auch nicht gehabt«, versetzte Solomon. »Du weißt doch, daß sie vor dieser Reise noch nie ein breiteres Gewässer als die Seine gesehen hat. So etwas kann man nicht beschreiben.«

»Wie bekommen wir sie nur wieder nach Hause?« sorgte sich Edgar.

Solomon hob die Schultern. »Catherine wird den Mut dafür allein aufbringen müssen.«

Er sah auf die blanke See hinaus. »Ich kann nur hoffen, daß wir dann noch ein Zuhause haben, in das wir zurückkehren können.«

Catherine fühlte sich elend. Als die Übelkeit etwas abebbte, kam sie sich lächerlich vor. Niemand litt so sehr wie sie. Was war denn nur mit ihr los?

Es ist einerlei, was los ist, Kind. Catherine unterdrückte einen Fluch. Süße Jungfrau! Vier Jahre aus dem Kloster, und die Stimmen ihrer Lehrerinnen verfolgten sie immer noch. Catherine zuckte zusammen, aber die Stimmen in ihrem Kopf fuhren fort. *Hör auf zu jammern! Trag dein Leiden in Geduld. Du bist eine erwachsene Frau und mußt dich um dein Kind kümmern. Was soll denn ohne dich aus James werden?*

Vorsichtig richtete Catherine sich auf. Sie stöhnte. Ihr Magen schaukelte mit dem Schiff auf und ab. Und der Geruch machte alles noch schlimmer. Gott sei Dank waren die Händler unterwegs nach England, um Häute zum Gerben zu kaufen und nicht auf dem Rückweg. Die Fracht auf dieser Reise war fertiges Tuch. Sie glaubte nicht, daß sie den Gestank frischer Tierhaut mit dem Teer und Fischgerüchen hätte ertragen können, welche die Luft erfüllten. Galle stieg ihr hoch, und sie beugte sich über den Eimer, den man ihr dagelassen hatte. Merkte denn niemand, daß sie in höchster Not war? Edgar war grausam und gefühllos und hatte sich vermutlich eine neue Frau auserkoren, die ihn in Schottland erwartete.

»Willa?« flüsterte sie.

Sofort war das Mädchen an ihrer Seite.

»Fühlt Ihr Euch besser, Madame?« fragte sie.

»Vielleicht warte ich mit dem Sterben bis morgen«, antwortete Catherine ohne große Überzeugung. »Wie geht es dem Kind? Ich habe es nicht gehört.«

»Gut«, antwortete Willa. »Es ist jetzt wach und beobachtet alles. Ihm scheint das Schaukeln der Wellen gut zu gefallen.«

»Treuloser kleiner Geselle!« brummelte Catherine. »Das hat er sicher von seinem Vater. Nun denn, er wird bald hungrig sein. Könntest du mir vielleicht etwas Leichtes zu trinken bringen. Etwa verdünntes Bier? Ich fürchte, meine Milch könnte versiegen, wenn ich nichts im Magen habe.«

»Gewiß.« Willa hob die Zeltklappe, um hinauszugehen. Sie zögerte einen Augenblick und sagte dann: »Es hätte nichts genützt, eine Amme mitzubringen. Sie hätte vermutlich mit den gleichen Schwierigkeiten zu kämpfen gehabt wie Ihr.«

Catherine lächelte dankbar. »Willa, woher weißt du denn, daß es mich reut, keine dabeizuhaben?«

»Ich habe es mir gedacht«, antwortete das Mädchen. »Doch Ihr habt keinen Anlaß zur Reue. Ihr sitzt ja schon wieder und fühlt Euch besser. Aus Sorge um James habt Ihr Eure Seekrankheit überwunden. Es steht doch alles zum Besten, nicht?«

Mit diesen Worten heiterte sie Catherine auf, obwohl sie nicht ganz zutrafen. Sie fühlte sich nämlich immer noch schlecht, und sie war schweißgebadet. Ihr sonst so dunkler Teint hatte einen Stich ins Grünliche bekommen. Das Schiff erklomm eine Welle und glitt wieder hinab. Catherine schloß die Augen und legte sich erneut hin. Warum hatte ihr niemand gesagt, daß das Meer derart schwankte?

Edgar verputzte gerade den eingelegten Aal und ließ den Saft auf ein Stück Roggenbrot tropfen, das er auf den Knien balancierte. Er nahm einen ordentlichen Schluck Bier aus der Lederflasche, die gerade herumgereicht wurde, und rülpste zufrieden.

Der Kapitän nickte anerkennend. »Ihr würdet gute Wikinger abgeben«, meinte er. »Alle beide.« Damit gab er das Bier an Robert weiter.

Robert brummte und gab vor zu trinken. Er war nicht so seefest wie Edgar, doch wollte er verdammt sein und sich braten lassen, wenn er das zugäbe.

Noch ein weiterer Passagier befand sich an Bord, ein junger Kleriker namens Leonel. Er nahm an der Geselligkeit nicht teil. Wenn er gerade nicht über der Reling hing, hockte er da und funkelte die anderen böse an, denen die Reise offensichtlich Freude machte. Solomon hatte versucht, ihn aufzumuntern, doch Leonels einzige Reaktion darauf war Stöhnen und Abwinken.

Solomon ging zu der Gruppe zurück und setzte sich neben Edgar.

Edgar lehnte sich zurück. »Man sagt, unsere Familie sei mit Hengst und Horsa nach England gekommen«, erzählte er. »Doch ich vermute, daß auch etwas dänisches Blut in unsern Adern fließt. Wir leben jetzt seit mehreren Generationen im Norden.«

Solomon nahm einen Streifen Aal und ließ ihn sich in den

Mund gleiten. »Verstehe gar nicht, warum Catherine so krank ist«, sagte er. »Wir stammen von einer langen Linie von Sarazenenpiraten ab.«

Die Matrosen verfielen in Schweigen und musterten Solomons dunkle Gesichtszüge. Solomon grinste sie frech an, und Edgar verdrehte die Augen. Schließlich beschloß der Kapitän, es für einen Witz zu halten, und alles lachte.

»In der Nordsee haben wir keine Sarazenen«, erklärte er. »Aber die Dänen machen immer noch die Küsten unsicher, besonders nördlich des Humbers. Die haben ihre Wikingersitten noch nicht abgelegt.«

»Ich habe sie im Osten gesehen, wie sie über den Dnjepr segelten«, sagte Solomon, jetzt ganz ernst. »Andere Kaufleute scheinen sie nicht sonderlich zu mögen. Ihre allgemeine Strategie scheint ›Entern, Stehlen, Töten und Versenken‹ zu lauten.«

Der Kapitän pflichtete ihm bei. »Aber wir hatten dieses Jahr noch keine Schwierigkeiten mit ihnen. Vielleicht meinen sie, sie hätten Northumbria schon völlig ausgeplündert, oder König David hat sie endlich befriedet. Was auch immer der Grund sein mag, ich bin dankbar dafür. Wir haben einen festen Vertragshändler in Wearmouth, der die besten Häute für uns aufhebt. Er hat uns sogar ein paar Jagdhunde versprochen, die sich mit einem hübschen Aufschlag in Bouillon verkaufen lassen. Dann kann ich bis zur nächsten Johannisnacht vielleicht zwei Schiffe auslaufen lassen.«

Er hielt inne und warf ihnen einen bangen Blick zu. »Verzeiht mir mein eitles Geschwätz«, fügte er eilig hinzu. »Ich weiß, Männer wie Ihr habt kein Interesse am Handel, es sei denn, Ihr hättet die Zehntrechte an einem Seehafen. Falls ja, vergeßt alles, was ich gerade gesagt habe. Um den Handel steht es schlecht. Das Meer holt sich fast alles, was ich verdiene.«

Argwöhnisch sah er in die Runde. Edgar lachte auf.

»Sehe ich etwa wie ein Abt aus?« fragte er. »Oder wie ein Earl?

In unserer Familie können wir froh sein, wenn wir das Horngeld einnehmen können und dem König noch genug zahlen können, wenn der uns besuchen kommt.«

»Ach ja. Von Eurer Sorte gibt es jetzt viele«, sagte der Kapitän. »Im Norden wimmelt es von angelsächsischen Lords, die sich abmühen, ihren Besitz zusammenzuhalten, und auf der Suche nach einer guten Partie mit einer reichen normannischen Erbin sind.«

Edgar wurde steif. »Unsere Familie hat es nicht nötig zu heiraten, um das eigene Land zurückzufordern.«

Neben ihm rutschte Robert unruhig hin und her. Edgar sah ihn an.

»Bist du krank?« fragte er.

Robert war es schon ein wenig blümerant zumute, doch er schüttelte den Kopf. »Sei doch nicht so empfindlich«, sagte er zu Edgar. »Der Mann wollte dich damit gewiß nicht beleidigen.«

»Aber gewiß nicht!« Der Kapitän war ehrlich überrascht. »Ich würde mir meinen Grund und Boden lieber in einem warmen Bett verdienen als im Kampf, und hätte die Frau auch lauter Warzen und röche ihr Atem nach Ziegenbock.«

»Ein nobles Vorhaben, werter Herr.« Robert reichte ihm den Bierkrug. »Ich trinke auf Euren Erfolg.«

Grinsend nahm der Kapitän den Krug entgegen. »*Wæs hael!*« Er machte ein Zeichen in die Runde und hob den Krug, um sich das Bier in die Kehle laufen zu lassen.

Als sie allein waren, sagte Edgar zu Robert: »Wie konntest du diese Beleidigung auf die leichte Schulter nehmen?«

Verwundert schüttelte Robert den Kopf.

»Welche Beleidigung denn?« fragte er. »Die Heirat ist von jeher der beste Weg zu Landbesitz und sichert einem Verbündete. Nur weil du den Verstand verloren hast und dir ein Weib nahmst, deren Verwandte sich nicht aufs Kämpfen verstehen, meinst du, alle sollten deinem Beispiel folgen? Wenn alle beim

Heiraten nur auf die Stimme ihres Herzens hören, was wird dann aus den Familien? Bald hätten wir alle nicht mehr als ein Häuschen auf einem Hügel, der selbst für Schafe noch zu steinig ist.«

»So hat man uns aber nicht erzogen, Robert«, murmelte Edgar.

»Die Zeiten haben sich geändert«, antwortete Robert knapp. »Das wirst du bald genug merken.«

Edgar antwortete nicht, sondern starrte auf das Wasser hinaus bis zum Horizont, wo sich ein Fleck aus grauen Wolken zusammenballte. Ihn schauderte. Wieder einmal bereute er, daß er sich zu dieser Reise hatte überreden lassen. Nur seine Sorge um Catherines und James' Sicherheit hatte das vollbracht.

Es war so friedlich auf dem Wasser. Edgar wünschte, ewig so weiterzusegeln, an England vorbei und auf das offene Meer hinaus. Die Iren erzählten sich von einer Insel weit westlich von ihrem eigenen Land, auf der es weder Kummer noch Leid gebe. In diesem Augenblick hatte Edgar das Gefühl, es könne sich durchaus lohnen, danach zu suchen. Alles wäre besser, als noch einmal seinem Vater gegenübertreten zu müssen.

Der Wolkenfleck, der Himmel und Meer miteinander verschmolz, schien zu wachsen. Edgar blinzelte, fragte sich, ob dies das erste Zeichen für Land sei. Doch es schien keine feste Masse zu sein. Als der Kapitän vorüberging, packte Edgar ihn am Arm und zeigte auf die graue Wand.

»Ja«, sagte jener. »Die habe ich auch schon beobachtet. Am besten bleibt Ihr heute mit Eurer Familie unter dem Segeltuch.«

»Wenn Ihr Hilfe braucht . . .«, begann Edgar.

»Keine Bange«, beruhigte ihn der Kapitän. »Wenn es darum geht, uns alle zu retten, werde ich Euch befehlen zu helfen.«

»Dem werden wir uns nicht widersetzen.«

Edgar ging, um Solomon und Robert vor dem heraufziehenden Sturm warnen.

»Du lebst wohl schon zu lange im Binnenland«, sagte Robert. »Ich konnte ihn schon vor Stunden riechen. Aber er kann uns nichts anhaben, obwohl deine Frau es nicht glauben mag. Diese Männer hier machen die Überfahrt fünf-, sechsmal im Jahr. Das Schiff ist sturmerprobt. Der Kapitän trägt ein Kreuz, in dessen Holz ein Fingernagel des heiligen Nikolaus eingebettet ist.«

Solomon schnaubte verächtlich, aber Robert nickte.

»Es stimmt wirklich. Er hat mir gesagt, daß er wie ein Diamant in der Sonne funkelt, wenn Gefahr heraufzieht. Der Nagel hat ihn durch sein Leuchten vor Seeräubern gewarnt und Wale vertrieben.«

»Dann können wir nur hoffen, daß er auch Macht über die Winde hat«, erwiderte Solomon. »Und ich werde selbst dafür beten, daß diese Männer so tüchtig sind, wie du sagst.«

Nicht nur Solomon betete in jener Nacht. Willa hielt ihren Rosenkranz umklammert und zählte einen *Nostre Pere* nach dem anderen an den hölzernen Perlen ab. Catherine, die zu verängstigt war, um seekrank zu sein, sagte im stillen Psalmen auf und versuchte, nicht in Gedanken zum Buch Jonas abzuschweifen. Robert und Edgar wechselten zwischen uralten Liedern von Wanderungen über das Meer und Anrufungen des heiligen Cuthbert und Kedigern in ihrer eigenen Sprache. Der arme Geistliche hockte völlig durchnäßt neben der Reling und wollte sich nicht von der Stelle bewegen.

Das Segeltuch flatterte im Wind und bot nur dürftigen Schutz vor den Elementen. Das Holz des Schiffes ächzte, als ob es im Begriff wäre, auseinanderzufliegen. Außerhalb des dünnen Zeltes hörte man Fluchen und Schreien, während die Mannschaft sich bemühte, den Mast zu retten.

James lag in Catherines Schoß. Sie stillte ihn diskret durch eine Öffnung in ihrer Tunika, und er war beim Trinken eingeschlafen. Seine Windeln rochen, denn es hatte keine Gelegenheit zum Wechseln gegeben. Bislang störte es ihn noch nicht. Von allen an Bord war er der einzige, der vollkommen zufrieden war.

Catherine fühlte ein sanftes Atmen auf der Haut und fühlte sich getröstet. Sie schmiegte sich an Edgar, der seinen Arm um Frau und Sohn legte.

»Der heilige Jakob wird ihn nicht sterben lassen«, sagte sie.

Edgar tastete nach dem Kopf des Kindes und streichelte ihn. Wie konnte er nur so friedlich schlafen in diesem ohrenbetäubenden Getöse.

»Ich wünschte, ich wäre genauso sicher, daß er auch uns beschützt«, murmelte er. »Es tut mir leid, Catherine.«

Sie schüttelte den Kopf und stieß im gleichen Moment einen Schreckenslaut aus, als eine Woge gegen das Schiff schwappte und es im Kreis herumwirbeln ließ.

»Nein«, sagte sie, als sie sich wieder gefangen hatte. »Es braucht dir nicht leid zu tun. Wir sind zusammen. Am meisten fürchte ich mich davor, von dir getrennt zu sterben.«

Seltsam. Selbst mitten im Sturm verlor Catherine ihre Angst, als sie dies sagte. Dort, wo sie sich jetzt befand, gefiel es ihr nicht. Sie betete darum, wieder festen Boden zu betreten, aber sie wußte, daß sie die Wahrheit gesagt hatte. Wenn jetzt der Tod käme, würde er sie alle mitnehmen. Sie hätte nicht den verzehrenden Kummer der Hinterbliebenen zu tragen, wie die Frauen aus ihrem Bekanntenkreis, deren Männer von einer Reise ins Heilige Land oder auch nur nach Reims nie zurückgekehrt waren. Jene Frauen wußten weder mit Sicherheit, ob ihre Männer tot waren, noch, wo deren Gebeine lagen.

Von irgendwo in der Nähe des Hecks schrie ein Mann, als ihm das Tau, das er halten wollte, die Hände durchschnitt. Nun fand Catherine Jonas doch recht passend.

»Et proiecisti me in profundum in corde maris et flumen circumdedit me; omnes gurgites tui, et fluctus tui super me transierunt.«

Nach einer Weile stimmte Edgar mit ein. Solomon hörte sich das einen Augenblick mit an und begann zögernd, in hebräischer Sprache zu beten.

Der Wind blies ihnen die Worte vom Mund und wütete noch lauter.

Ein Sturm ganz anderer Art braute sich in Schottland zusammen. Es war leicht für Herrn Waldeve, Algar mit der Suche nach seinem Bruder Æthelræd zu beordern. Es war nicht einmal schwierig für Algar, dem nachzukommen. Die eigentliche Schwierigkeit bestand darin, ihn zum Mitkommen zu bewegen.

Æthelræd hatte als einziger in der Familie auf Edgars Seite gestanden, als jener beschlossen hatte, Catherine zu heiraten, statt der Kirche zu dienen. Gemeinhin war man der Auffassung, er habe das lediglich getan, um Waldeve eins auszuwischen. Die meisten glaubten das nicht etwa, weil zwischen den Brüdern Feindseligkeit geherrscht hätte, sondern weil Æthelræd schon von Geburt an stets opponiert hatte. Er hatte nie Anlaß zu der Vermutung gegeben, daß er sich inzwischen geändert haben könnte.

Nach tagelanger Suche und mehreren falschen Fährten hatte Algar Æthelræd schließlich in Moray aufgespürt, im Haus eines Culdee-Priesters, von dem uralten keltischen Orden, der sich hartnäckig der Forderung der normannischen Bischöfe widersetzte, Ehefrauen und Häuser aufzugeben und Augustinermönche zu werden. Natürlich hatte sich Æthelræd auf die Seite der Culdees geschlagen und unterstützte sie tatkräftig bei der Suche nach anderen Formen des Lebensunterhalts, als man sie ihres Bodens und ihrer Pfründe beraubte. Im Gegenzug teilten sie ihre Mahlzeiten mit ihm und gaben ihm ein Bett, wann immer er vorbeikam.

»Gott schütze alle in diesem Haus«, sagte Algar höflich, als er eintrat. »Ich suche Herrn Æthelræd, Waldeves Bruder.«

Aus der Finsternis brüllte eine Stimme:

»Sag diesem Sohn eines einäugigen Menschenfressers und eines Narwals, daß ich keinen Wert darauf lege, mich suchen zu lassen!«

Algar drehte sich in die allgemeine Richtung, aus welcher der Sturm kam, und verbeugte sich.

»Ich bin's, Herr, Algar«, sagte er. »Erinnert Ihr Euch? Ihr habt mir früher von Euren Honigwaben gegeben, wenn ich Eure Stiefel geputzt habe. Ich bin kein Feind.«

Eine Hand streckte sich nah ihm aus und zog ihn hinunter. Algar starrte in ein Gesicht, das von flammendroten Haaren fast völlig zugewachsen war, in die meergrauen Augen, über denen sich feurige lockige Augenbrauen wölbten, mit einer hervorspringenden Nase und einem Rauschebart, den reinweiße Strähnen gleich Rauhreif durchzogen. Die Augenbrauen zogen sich beinahe zu einer Linie zusammen, während Æthelræd darum kämpfte, sich des Botens zu entsinnen.

»Bist du etwa einer meiner Söhne?« fragte er.

Algar schüttelte den Kopf. »Meine Mutter behauptet nein«, sagte er.

»Gut. Gibt ohnehin schon zu viele Bankerte auf der Welt.« Damit wandte sich Æthelræd wieder der Suppe zu.

Algar wartete. Endlich seufzte Waldeves Bruder und bedeutete ihm, Platz zu nehmen.

»Ita? Ist noch genug im Topf, um diesen Jungen hier zu füttern?« rief er.

In den Schatten bewegte sich eine Frau. Einen Augenblick später hielt jemand Algar eine Schüssel unter die Nase. Er murmelte einen Dank und holte seinen Löffel hervor.

»Herr«, hob er an, »Ich komme, Euch ein höchst betrübliches Ungemach zu melden.«

»Ja, ich weiß, meine ältesten Neffen sind gemeuchelt worden.« Æthelræd machte eine wegwerfende Handbewegung und bekreuzigte sich anschließend. »Um den Jungen ist es besonders schade, aber das Leben ist nun mal unsicher. Ich bin sicher, daß Ita und Kessog hier für ihn beten werden. Du kannst mich auch für eine Kerze in St. Andrews vormerken. Und nun iß erst mal.«

Algar sah auf die Suppe hinab. Sie war kalt und voller Hammelfett. Der Tag war warm, und Algar hatte einen langen Ritt hinter sich. Er aß mit Behagen. Æthelræd sah ihm voller Ungeduld dabei zu. Endlich konnte er das Schweigen nicht länger ertragen.

»Nun denn«, sagte er. »Was will der alte Drachen denn von mir?«

Mit Bedauern blickte Algar von der Suppe hoch. »Herr Waldeve will sich an den Mördern rächen«, sagte er. »Er ruft Euch, damit Ihr Eure Pflicht gegenüber der Familie erfüllt.«

Das kam allerdings viel weniger streng heraus als beabsichtigt. Algar beugte sich wieder über die Schüssel und wappnete sich für den Ausbruch.

Ein tiefer Rülpser waberte vom anderen Ende des Tisches zu ihm herüber. Offenbar hatte Æthelræd Bier zur Suppe getrunken. Æthelræd erhob sich, so daß kein Licht mehr von der Tür her hereinfallen konnte. Er langte nach seinem kurzen Umhang und wickelte ihn sich um die Taille. Algar zuckte entsetzt zusammen. Der alte Ketzer hatte splitternackt am Tisch gesessen, so wie die Barbaren in Galloway, die nur im Freien Kleider trugen, um sich vor den Elementen zu schützen. Und das im Beisein einer Frau. Algar war erstaunt, daß Ita und Kessog solch ein Benehmen in ihrem Hause duldeten.

»Darauf muß ich mir die Beine vertreten«, sagte Æthelræd. »Iß deinen Teller leer und folge mir zur Kirche.«

Er gürtete seinen provisorischen Rock mit einem gewebten Lederriemen und stapfte hinaus.

Algar kratzte das letzte Fettklümpchen aus der Schale und gab diese dann mit Dank an Ita zurück.

»Kennst du Æthelræd gut?« fragte er sie.

Die Frau lächelte. »Nicht so gut, wie du anzunehmen scheinst, mein Sohn, aber wir sind seit vielen Jahren befreundet. Er ist nicht von Sinnen, weißt du, auch wenn es den Anschein hat, er ist nur furchtbar unglücklich.«

»Wegen der Morde?« fragte Algar.

Sie schüttelte den Kopf. »Es ist ein viel tieferer Schmerz. Wir wollten ihn dazu bringen, dagegen anzubeten, damit Gott sein Leiden lindere, aber ohne Erfolg.«

»Glaubst du, er geht mit mir zurück?« fragte Algar. »Ich möchte gar nicht daran denken, was Waldeve mit mir anstellt, wenn ich ohne ihn zurückkomme.«

Sie schürzte versonnen die Lippen. »Sag ihm das«, schlug sie schließlich vor. »Dann geht er mit, um dich zu beschützen. Wenigstens wird ihm das Vorwand genug sein, um sein Gesicht zu wahren. Ich glaube, insgeheim freut er sich, daß man ihn holen will. Nun geh ihm nach. Er hatte genug Zeit zum Überlegen.«

Æthelræd zu finden war nicht schwer. Algar entdeckte ihn beinahe auf Anhieb. Er saß zwischen den Grabstellen bei der Kirche auf dem Hügel. Ganz offensichtlich hatte er seit Wochen wenig mehr als den Rock getragen. Seine Haut war sonnengebräunt, das Haar flammte vor dem Hintergrund grünen Weinlaubs, das die Steinmauer hinter ihm berankte. Als Algar den Berg hinaufstieg, Æthelræd entgegen, kam er sich vor wie einer der Ritter in den Geschichten um König Artus, der einem Riesen gegenübertreten soll. Die Vorstellung gefiel ihm.

Æthelræd erhob sich, als Algar sich dem Berggipfel näherte. Der Zufall wollte es, daß sein Haupt direkt in der Mitte eines der keltischen Steinkreuze auftauchte. Das Sonnenlicht, das durch die Zwischenräume fiel, umfloß Æthelræds Haupt wie ein Nimbus und ließ sein Gesicht dunkler erscheinen. Algar sah nur das Licht und die Silhouette des Mannes mit dem dunklen Kreuz dahinter. Ihm stockte der Atem, und rasch bekreuzigte er sich.

Æthelræd trat aus der Sonne und runzelte die Stirn.

»Warum hast du das denn getan, Junge?« grollte er. »Hältst du mich etwa für einen Dämon?«

»Nein, Herr.« Peinlich berührt blieb Algar stehen. Er hatte keine Erklärung parat.

Æthelræd blickt auf den jungen Mann hinab. Wenn Algar von Æthelræds Anblick vor dem Kreuz beeindruckt war, so war Æthelræd seinerseits gerührt über das Gesicht vor ihm. Im Schein der Abendsonne wirkte Algar so verletzlich. Er sah zu dem Mann hoch, für den er so weit gereist war, blinzelnd und arglos und viel zu vertrauensvoll für einen gebürtigen Angloschotten. Bei diesem Anblick faßte Æthelræd einen Entschluß, während er den Weg hinter dem Kreuz entlangschritt. Algar hielt sich an seiner Seite.

»Nun, welchen von den Feinden meines teuren Bruders sollen wir denn töten?« fragte er.

»Das weiß keiner«, räumte Algar ein. »Nichts wies auf den Täter hin, und wir haben auch nicht gehört, daß sich jemand damit gebrüstet hätte.«

Æthelræds Brauen zuckten vor lauter angespanntem Nachdenken.

»Das kann ich nicht glauben«, sagte er schließlich. »Nirgendwo in Schottland, Cumbria oder Northumbria kann ich mir einen Mann vorstellen, der es nicht der ganzen Welt brühwarm mitteilen wollte, wenn es ihm gelungen wäre, meinen Bruder zu besiegen.«

Er setzte seinen Weg fort. Die Sonne lag still auf dem Horizont im langen Zwielicht des Sommers, doch der Pfad war von dicken Beständen aus Föhren gesäumt und lag daher im Dunkeln. Algar lief es kalt über den Rücken. Je weiter man nach Norden kam, desto seltsamer wurde die Landschaft. Immerhin war dies hier noch besser, überlegte er, als die Aufgabe, die Urric übertragen worden war.

Alles war besser, als Duncan von Wedderlie unter die Augen zu treten.

Robert suchte den klaren Horizont ab. »Ich glaube, dein Wunsch geht in Erfüllung«, sagte er zu Edgar. »Wir sind viel weiter nördlich als Wearmouth.« Er schüttelte den Kopf. »Ich kann nur hoffen, daß wir nicht ganz um Schottland herum gepustet wurden.«

Edgar warf Catherine einen Blick zu, dann fiel ihm ein, daß sie das Gespräch nicht verstehen konnte. Der flämische Kapitän allerdings schon.

»Bilgenwasser«, erklärte er und hielt beim Schöpfen des Meerwassers aus dem Laderaum inne. »Die Sonne steht zu niedrig, als daß wir so weit nördlich sein könnten. Ich vermute, wir sind irgendwo südlich vom Firth, aber über Newcastle. Und Gott und dem heiligen Nikolaus sei Dank, wir haben den Mast und den größten Teil des Segels retten können.«

»Wie weit sind wir noch von der Küste entfernt?« fragte Edgar.

»Wir sollten gegen Mittag Land sehen können«, antwortete der Mann. »Aber nicht bald genug für Eure Frau, schätze ich.«

Edgar stimmte ihm mit traurigem Lächeln zu. Er fühlte sich schrecklich schuldig, als hätte er den Sturm selbst entfacht, um sie zu quälen. Er hätte nach einer besseren Möglichkeit suchen sollen, sie zu beschützen, statt sie in eine Gefahr zu bringen, die vielleicht ebenso groß war wie die, die sie hinter sich gelassen hatte.

Doch tief im Herzen wußte er, daß er das alles nicht bedacht hatte, weil er es nicht gewollt hatte. Er wollte sie nicht verlassen. Nie wieder. Er verwünschte seine Selbstsucht.

Edgar kehrte unter den Segeltuchverschlag zurück, der jetzt bei zunehmender Sonnenwärme dampfte. Catherine und Willa ölten James ein, bevor sie ihn in frische Windeln wickelten. Das Kind strampelte mit Armen und Beinen, froh, von dem einengenden Tuch befreit zu sein. Und just in diesem Augenblick geschah das Wunder. Catherine sah zu Edgar hoch und lachte.

Alle Dämonen, die Edgar zugesetzt hatten, wurden von diesem Lachen in die Flucht geschlagen. Er kniete bei dem Säugling nieder und versuchte, seine glitschige Hand festzuhalten.

»Sieh dir deinen Sohn an!« sagte Catherine ausgelassen. »Er wird von Tag zu Tag draller und stärker. Nicht einmal das Tosen des Sturms konnte ihn ängstigen.«

»Und du?« Edgar strich ihr die verfilzten Haare aus der Stirn, um ihr in die Augen zu sehen.

Catherine zuckte mit den Achseln. »Das war wirklich ein Segen. Das Entsetzen hatte die Übelkeit verjagt. Sie ist ... noch nicht ... zurückgekommen.«

»Der Kapitän sagt, wir halten jetzt Kurs auf Schottland«, versicherte ihr Edgar. »Er wird in das erste Dorf einlaufen, das er sieht, und uns hinauslassen.«

Catherine konnte einen Seufzer der Erleichterung nicht unterdrücken. »Und was machen wir dann?« fragte sie.

»Schauen, ob wir ein paar Pferde kaufen können, und nach Wedderlie aufbrechen«, antwortete Edgar.

Catherine sah an ihrer befleckten Kleidung hinunter und fühlte ihr fettiges Haar.

»Gibt es Badehäuser in Schottland?« fragte sie.

Edgar grinste. »Nein, aber Badezuber. Wir werden meine Familie nicht wie Bettler begrüßen, das verspreche ich dir.«

Er stand rasch auf, aber Catherine hatte seinen Gesichtsausdruck bemerkt. Was waren das nur für Menschen? Er hatte nie viel von ihnen gesprochen, nur hier und da eine Bemerkung fallenlassen. Er schien seine Stiefmutter sehr zu mögen, und die Geschichten über Waldeve hatten ihn immer bombastisch erscheinen lassen auf komische Art und Weise. Er hatte ihr nie die Namen seiner Brüder genannt, soweit sie sich erinnerte. Sie wünschte, sie könnte mit Robert englisch sprechen.

»Madame?«

Catherine schrak aus ihren Gedanken auf. Willa brauchte Hilfe beim Wickeln des Säuglings. Er strampelte so. Sie hielt ihn fest, während das weiche Linnen um ihn gewickelt wurde. Bald würde er stark genug sein, daß man seine Arme frei lassen würde.

»Ob er wohl wieder daheim ist, bevor er laufen lernt?« sagte Willa. Die Vorstellung erschreckte Catherine. »Oh, hoffentlich. Edgar sagt, der Winter hier ist finster. Ich glaube kaum, daß ich die Dunkelheit ertragen könnte.«

Doch es war nicht die Dunkelheit da draußen, die sie beunruhigte, sondern ihre Angst bezüglich der freudlosen Menschen, unter denen sie sich befinden mochten. Sie wollte nicht länger als nötig in einem Trauerhaus verweilen, sondern mit Freunden zusammensein, die sich freuen würden, wenn James seinen ersten Schritt tat.

Als sie sich hinsetzte, um das Kind anzulegen, kam ihr ein anderer beunruhigender Gedanke. Was, wenn Edgar beschloß, es sei seine Pflicht, für immer in Schottland zu bleiben?

»Land!«

Alles eilte nach Backbord. Catherine reckte den Hals, um zu sehen, wohin sie alle starrten. Willa stand auf und kam augenblicklich zurück, um es ihr zu berichten.

»Sieht genauso aus wie die französische Seite des Meeres«, sagte sie. »Dunkle Tannen fast bis ins Wasser. Felsen ragen am Strand empor. Vögel so wie unsere. Ich habe keine Spur von Straßen oder Menschen gesehen.«

An ihrem Ton erkannte Catherine, daß sie auf etwas völlig Fremdes gehofft hatte. Willa war immer noch Kind genug, um zu hoffen, daß ein neues Land mehr Zauber haben würde als das eigene. Drachen oder Einhörner, das wäre ihr einerlei. Aber ein neues Land sollte ein eigenes Geheimnis haben, nicht ein Spiegel des Heimatlandes sein.

Solomon kam und setzte sich neben sie.

»Ich hatte gehofft, wir würden kleine Männchen sehen, blau angemalt, die auf den Felsen tanzen«, sagte er.

Willa riß die Augen weit auf. »Waldgeister?« fragte sie.

Catherine antwortete, bevor Solomon die Geschichte ausschmücken konnte. »Nein, einfach nur Männer«, sagte sie mit fester Stimme zu dem Mädchen. »Man nennt sie Pikten. Und ich glaube, sie leben nicht auf dieser Seite von Schottland. Wenn es überhaupt noch welche davon gibt. Edgar sagt, in dieser Gegend leben schon seit Generationen die Angelsachsen.«

»Sehen wir dann vielleicht angelsächsische Elfen?« Willa war nicht bereit, ihre Phantasie fahrenzulassen.

Catherine merkte, daß dieses Land, so beängstigend für sie, für Willa ein lebendiges Gauklermärchen war. Vielleicht gab es Ungeheuer, aber sicherlich auch Helden. Und Gott sorgte dafür, daß die Helden immer siegten. Wer war sie denn, daß sie den Glauben eines anderen Menschen zerstören sollte?

»Vielleicht«, sagte sie zu Willa. »Wir werden Ausschau nach ihnen halten.«

Edgar glaubte nicht an Zauberei. Als sie sich der Küste näherten, fühlte er nur Furcht. Irgendwo auf jenem Boden liefen die Männer, die seine Brüder und seinen Neffen getötet hatten, frei herum. Ein Teil von ihm wollte die Angelegenheit der göttlichen Gerechtigkeit überlassen, wie seine frühe theologische Ausbildung es ihm vorgeschrieben hatte. Aber eine andere Seite kam hoch. Es erstaunte ihn, daß all die glücklichen Jahre des Exils in Franzien jetzt von ihm abfielen und Gefühle wieder aufstiegen, die er längst vergessen geglaubt hatte. Um seine Familie hatte er sich kaum geschert, aber irgendwer wollte sie ausrotten, und das hieß, man trachtete auch ihm nach dem Leben.

Wie weit würde dies reichen? Wie viele Generationen dauerte dieser Hader an? Edgar dachte an Catherine, die elend im Schutz der Plane lag, und James, der fröhlich die Wolken vorüberziehen sah. Hubert hatte ihn daran erinnert, daß er bei der Eheschließung mit Catherine auch die Feinde ihrer Familie geerbt hatte. Er hatte nicht berücksichtigt, daß das gleiche für sie galt. Die Erkenntnis ließ ihm das Blut in den Adern gefrieren. Wenn jemand versuchen sollte, seiner Familie ein Leid anzutun ...

Edgar hielt inne. Die Erinnerung an all die Jahre der Ausbildung in der Kathedrale verblaßte, und er wußte ganz genau: Sollte Catherine oder James Gefahr drohen und jemand ihnen auch nur ein Haar krümmen wollen, so würde er den Betreffenden niedermetzeln, und zwar mit Freuden.

Viertes Kapitel

Durham, vor dem Palast des Bischofs. Montag, 13. Juni 1143, Tag des heiligen Basileus, des Erzbischofs.

Anno MCXLIII: Rogerus, Prior Dunelmensis, et Ranulfus archidiconus, directa legatione ad Apostolicum, ei afflictiones ecclesiæ Dunelmi exposuere. Cujus auctoritate freti, convocaverunt ad se apud Eboracum in capella Sancti Andreæ ... paucos de personis diocesis Dunelmensis, quos vix habere poterant propter persecutionem Willelmi Cumin, in media Quadragesima. Consenserunt ergo omnes in electione Willelmi decani Eborancensis, qui in diebus cuidam concilio apud Lundoniam intererat.

Im Jahr des Herrn 1143: Roger, Prior von Durham, und Ranulf, Erzdiakon, berichteten ihm in direkter Mission vom Papst über die Bedrängnis der Kirche von Durham. Gestärkt durch seine Autorität, versammelten sie einige Menschen aus der Diözese in der Kapelle von St. Andrews in York, mitten in der Fastenzeit ..., denen die Teilnahme durch die Verfolgung von William Cumin erschwert wurde. Daher einigten sich alle auf die Wahl von William [Ste. Barbe], einem Diakon aus York, welcher zu der Zeit auf einer Versammlung in London weilte.

Chronik des Priors John von Hexham

Urric hatte eigentlich nichts gegen den Auftrag einzuwenden, Waldeves dritten Sohn in Durham aufzustöbern, auch wenn er in den Küchen lauthals lamentierte. Der Ritter hegte seit langem eine heimliche Bewunderung für Duncan. Urric verblüffte dessen ausgeprägte Selbstsicherheit. Gewiß hatte Duncan kein Mitgefühl mit den Schwachen oder Unentschlossenen. Sein Temperament war am Feuer von Waldeves Ausbrüchen gehärtet und dann zu eisiger Stille abgekühlt. Der Mann war die Ruhe selbst. Urric hatte Duncan im Kampf Männer in Stücke hauen sehen, ohne daß jener deren Schreie zu bemerken schien. Er war so selbstvergessen und mitleidlos wie der Tod.

Und doch vertraute Urric ihm. Duncan mochte grausam sein, aber nie ohne Ziel. Darin glich er nicht seinem Vater, der aufzublühen schien, wenn er alle in seinem Umkreis unglücklich machte. Waldeve verletzte andere nur zum Spaß, und man wußte nie, wann er sich wieder einmal zerstreuen wollte. Wenn Duncan jemanden folterte, dann würde der Betroffene den Grund lange kennen, bevor sich die Schlinge um seinen Hals zusammenzog.

Urric meinte, der Wechsel in der Herrschaft könne nicht so entsetzliche Folgen haben, wie andere befürchteten.

Das bedeutete jedoch mitnichten, daß er mit Feuereifer aufgebrochen wäre. Niemand ging dieser Tage freiwillig nach Durham. Die Grafschaft befand sich in einem Bürgerkrieg innerhalb des größeren Konflikts, der zwischen König Stephan und seiner Kusine Matilda stattfand. Vor drei Jahren, als Bischof Geoffrey von Durham gestorben war, hatte sein Akolyth William Cumin einige der Mönche überredet, den Tod geheimzuhalten, bis er aus Schottland käme und das Bistum für sich beanspruchen könnte. Mit der Unterstützung König Davids, dessen Kanzler er gewesen war, gelang es Cumin, den Bischofspalast zu besetzen und die Huldigung der meisten Peers der Grafschaft entgegenzunehmen. Doch die Mehrheit der Mönche der Kathedrale weigerte sich, ihn als Bischof zu akzeptieren, und ein irrwitziger Kampf setzte ein, währenddessen sich die Mönche in der Kirche und im Kloster verbarrikadiert hatten, umstellt von Cumins Leuten und dennoch geschützt von ihrem Schutzheiligen und den Reliquien von Sankt Cuthbert, der in den Augen der Einwohner der wahre Herr über Durham war.

Duncan verband seit seinen Tagen am Hof König Davids eine Freundschaft mit Cumin. Er schloß sich jenem umgehend an, da er auf eine Belohnung mit konfisziertem Land eines unbotmäßigen Lehnsherrn oder aus dem Patrimonium von St. Cuthbert hoffte. Duncans Respekt vor der Kirche endete dort, wo Besitz anfing.

Die vergangenen drei Jahre hatten Cumin nicht die erwünschte Anerkennung beschert. König David hatte längst dem Usurpator seine Unterstützung entzogen. Der päpstliche Gesandte hatte ihn exkommuniziert, und es ging das Gerücht um, daß einige der Mönche sich aus dem Kloster nach York flüchten konnten, wo ein neuer Bischof nach kanonischem Recht gewählt werden sollte. Doch Duncan hielt William Cumin die Treue.

Das wunderte Urric. Glaubte Duncan denn wirklich, es könne noch eine Belohnung für die Unterstützung des falschen Bischofs geben? Welche könnte überhaupt hoch genug sein, damit man als Exkommunizierter das Leben im Kampf aufs Spiel zu setzte? Das überstieg Urrics Vorstellungsvermögen, doch nur zu gern hätte er herausgefunden, was die ewige Verdammnis lohne, und wenn möglich, wollte er daran teilhaben.

Jetzt stand er mit seinem Kumpan Swein an der Barrikade an der Framwellgate Bridge. Über ihnen erhob sich der Steilhang, der bis in den Wear-Fluß hineinragte. Das an sich war schon sehr eindrucksvoll. Doch richtig atemberaubend war für sie der Anblick des Gipfels, auf dem die Kathedrale von Sankt Cuthbert stand, wuchtig wie das Schicksal und daneben, aus denselben massiven Steinblöcken, der Bischofspalast, mit Wachen, die von jedem Zinnenzahn herunterblickten.

Als Urric sich gerade den Wachen präsentieren wollte, spürte er ein Prickeln im Nacken und wandte den Blick von der uneinnehmbaren Festung ab.

Hinter ihnen auf der Straße stand eine Schlange von Männern – Bauern und Händler, der Kleidung nach zu urteilen. Sie trugen keine Waffen, sondern starrten den Ritter und den Sergeanten so haßerfüllt an, daß es durch Urrics Kettenhemd drang und ihn frösteln ließ und ihm bange wurde. Selbst das Wissen, daß Swein, der hünenhafte Däne, neben ihm stand, gab ihm kein sicheres Gefühl. Urric zeigte den Wachen seinen Paß und überquerte die Brücke. Was immer ihn in der Höhle des Usurpators erwarten mochte, es konnte nicht schlimmer sein als der offenkundige Zorn der Bewohner von St. Cuthbert, die vom Schrein ihres Herrn abgeschnitten waren.

Von der anderen Seite der Brücke warf Urric einen Blick zurück auf die Männer dort unten. Ihre Mienen genügten, um ihn den steilen Pfad zur Burg hinaufeilen zu lassen. Er wünschte sich dicke Mauern und harten Stahl zwischen sich und ihrem Zorn. Wie hatte sich Cumin angesichts solch erbitterten Widerstands so lange halten können?

Catherine kümmerte sich nicht um englische Innenpolitik. Sie hatte nur den einen Wunsch, nämlich daß der Boden unter ihr zu schwanken aufhörte. Sie verstand es einfach nicht. Sie hatte stundenlang begierig auf die Küste gestarrt, während das Schiff einen sicheren Landeplatz suchte, und nun, wo sie einen gefunden hatten, schien das Land genauso trügerisch wie vorher die Wellen.

»Was ist denn los?« stöhnte sie. »Schaukelt eure Insel genauso wie das Meer?«

»Das Gefühl geht vorbei«, versicherte ihr Edgar. »Setz dich und schließe die Augen.«

»Erst wenn wir an einem warmen, trockenen stillen Ort sind«, antwortete sie.

Sie waren in der Stadt Berwick, nicht weit von Wedderlie, gelandet. Edgar staunte, wie sehr der Ort in den letzten Jahren gewachsen war. Der Handel hatte sich wohl verbessert. Das Schiff war den Tweed hinaufgefahren zu den neu ausgebauten Hafenanlagen der Stadt. Auch das Zollhaus am Dock hatte man vergrößert, weiß getüncht und zur Verzweiflung des Kapitäns gut bemannt.

»Das ist noch ein Grund, warum ich nicht hier einlaufen wollte«, murmelte er. »Die Zölle sind viel zu hoch. Und außerdem wimmelt es hier von Mönchen. Entweder ich handele mit denen oder mit niemandem.«

»Was gibt es denn gegen Mönche einzuwenden?« fragte Solomon. Er hatte die letzten zehn Jahre für den Abt von St. Denis gearbeitet und war an den Umgang mit Mönchen gewöhnt.

Der Kapitän verzog das Gesicht. »Die bezahlen mit den schlechtesten Münzen, die mir je untergekommen sind. Die feilschen, bis kein Gewinn mehr für mich übrig bleibt.«

Er seufzte und kratzte sich einen Flohbiß im Schritt. Solomon zuckte mit den Achseln.

»Du könntest doch beidrehen und wieder nach Wearmouth fahren, wenn du willst«, sagte er zum Kapitän. »Tuch verdirbt ja nicht.«

Nachdem er den Floh ausgiebig traktiert hatte, wandte sich der Kapitän wieder Solomon zu.

»Das könnte ich schon«, sagte er düster. »Aber ich brauche jetzt Geld für Reparaturen. Ich muß hier möglichst viel verkaufen und kann nur hoffen, daß mein Lieferant sich seine Häute mit Münzen statt mit Tuch bezahlen läßt. Wenigstens«, fügte er hinzu, und seine Miene erhellte sich, »bekomme ich vielleicht König Davids Silbermünzen statt der halbgewichtigen Münzen, die Stephan prägen läßt.«

Leonel, von Hunger und Angst geschwächt, unterbrach sie. »Käptn«, sagte er, alle Kraft aufbietend in dem Bemühen, sein Recht einzufordern: »Ich habe dich bezahlt, damit du mich nach Wearmouth bringst, nicht nach Schottland. Wie soll ich denn nach Hause kommen?«

Der Kapitän starrte ihn an. »Du solltest den Heiligen danken, daß du noch am Leben bist, einerlei, auf welchem Strand«, antwortete er. »Ich nehme dich ohne Preisaufschlag wieder die Küste mit hinunter, oder du kannst sehen, ob dir die Mönche Obdach geben, und dann zu Fuß nach Hause laufen.«

»Aber ich muß in einer Woche in York sein«, protestierte Leonel.

Die Beschwerde des Passagiers interessierte Solomon nicht weiter, war sie doch altbekannt. Alle Reisenden und Händler hatten mit derlei Schwierigkeiten zu kämpfen. Wie man sie löste, hing davon ab, ob man arm oder reich war. Er überließ die beiden sich selbst und kehrte zur eigenen kleinen Schar zurück.

»Catherine?« Er ging neben ihr in die Hocke. »Geht es dir jetzt besser?«

Sie öffnete erst ein Auge und dann vorsichtig auch das andere. Dann holte sie tief Luft und stand auf.

»Ja«, antwortete sie schließlich. »Und was machen wir jetzt?«

Edgar sah seinen Bruder an.

»Der Abt von Kelso hat eine Herberge am Waldesgate«, sagte Robert. »Dort können wir übernachten. Ich werde Pferde und Wachen für die Reise nach Wedderlie besorgen.«

»Ist es weit?« fragte Catherine, nachdem Edgar es ihr übersetzt hatte.

»Nur ein paar Meilen flußaufwärts«, antwortete Edgar. »Wir werden morgen nachmittag dort sein.«

Catherine nickte und begann, ihre Siebensachen zusammenzupacken. Eine Herberge, das klang gut. Sie hoffte, daß es dort für sie und Willa eine Gelegenheit geben würde, sich das Salz aus den Haaren zu waschen, und daß sie jemanden finden könnten, der James' Windeln auskochte. Sie war so müde wie noch nie, und ihre Gesichtshaut rauh vom Wind und von der Gischt. Selbst ihre bange Erwartung in bezug auf Edgars Familie schien jetzt weniger wichtig. Sie wünschte sich nur noch, irgendwo zu sein, wo es warm und trocken und der Boden fest wäre.

Die Männer nahmen die Bündel und gingen voran, während Willa und Catherine, die James im Arm hielt, folgten.

Sie gingen am Briggate entlang, das parallel zum Fluß lag. Catherine ließ ihren Blick schweifen. Es gab Läden und sogar zweistöckige Häuser. Da stand auch eine Kirche, obwohl sie nicht erkennen konnte, welchem Heiligen sie gehörte. Tatsächlich schienen sich mehr Mönche als Laien auf der Straße aufzuhalten. Es sah gar nicht so anders aus als daheim. Sicher nicht wie in Paris, aber vielleicht wie in einem Dorf in der Nähe, eins, das von einem Kloster abhing. Es gab mehr Blonde und Rotschöpfe, als sie gewöhnt war, doch niemand trug den albernen Rock, in dem die schottischen Studenten in Franzien herumliefen. Doch, ein paar davon gab es schon, korrigierte sie sich, als eine Gruppe von Männern um die Ecke kam, mit nichts bekleidet als solchen Röcken und Tuniken, deren Ärmel sie sich um die Taille gebunden hatten. Willa stieß sie an und kicherte.

»Pst«, sagte Catherine. »Für die sehen wir vielleicht genauso komisch aus.«

Doch sie glaubte es selbst nicht.

Solomon stieß Edgar an, allerdings aus einem anderen Grund. »Mein Onkel hatte recht!« sagte er aufgeregt. »Hier könnten wir ein Vermögen verdienen. Die Mönche machen hier ein Riesengeschäft. Ich habe Benedektiner, Tironier, Zisterzienser gesehen und manche, die ich nicht einmal kenne. Die brauchen sicher Gewürze und Weihrauch und feine Seide. Nun, die Zisterzienser nehmen wohl weniger Seide, die anderen aber mit Sicherheit. Vielleicht war diese Reise doch nicht vergebens.«

»Wieso vergebens?« fragte Edgar. »Warum bist du denn mitgekommen?«

»Um auf Catherine und dich aufzupassen, natürlich«, antwortete Solomon. »Wie sonst hätten mich meine Onkel wohl überreden können, sie zu verlassen? Außerdem hatte ich gehofft, du würdest mir den See mit dem Ungeheuer zeigen.«

»Das ist weit weg von hier im Norden«, sagte Edgar gedankenverloren. »Auf uns aufpassen! Was für eine hirnverbrannte Idee ist das denn? Du kannst ja nicht einmal englisch sprechen!«

»Was macht das schon?« konterte Solomon. »Glaubst du, du kannst deine Feinde totreden? Ich bin hier, weil ihr mir vertrauen könnt. Gibt es noch einen in diesem Königreich, von dem du das behaupten kannst?«

Robert sah sie fragend an, wollte wissen, worum es ging. Edgar lächelte ihn entschuldigend an und wandte sich wieder an Solomon.

»Du willst also Olivier und Roland mit mir spielen?« fragte er. »Aufrichtigen Dank. Es stimmt, in ganz Britannien gibt es nur zwei Menschen, denen ich voll und ganz vertraue. Nein, nicht einmal Robert. Von meinen Brüdern ist er der beste, aber nicht mal bei ihm bin ich ganz sicher.«

»Wer sind sie also?« wollte Solomon wissen.

»Beide heißen Æthelræd«, erwiderte Edgar. »Und beide sind zu weit weg. Einer ist mein Onkel und der andere ein Freund aus der Zeit, als ich Page an König Davids Hof war.«

Solomon zog die Brauen hoch. »Es immer gut, einen Freund bei Hofe zu haben.«

»Es kommt noch besser«, fuhr Edgar grinsend fort. »Jener Æthelræd ist ein weißer Mönch geworden, irgendwo in der Nähe von York.«

»Ein Zisterzienser?« forschte Solomon weiter. »Wie ich höre, sind die in England fast so einflußreich wie in Frankreich. Aber York ist noch ein schönes Stück weit entfernt, wenn man Hilfe braucht.«

Edgar nickte. »Ja, darum freue ich mich, daß du hier bist, falls ich Hilfe benötigen sollte.«

In diesem Augenblick schrie Robert auf und rannte die Straße hinunter. Edgar sah den Mann, der gerade aufgetaucht war, und mit einem Freudenschrei rannte er ihm ebenfalls entgegen. Catherine blieb an der Stelle stehen, wo er das Gepäck hatte hinfallen lassen.

Willa rempelte sie von hinten an. Sie hatte den Menschen angegafft, der jetzt so überschwenglich von ihrem Herrn und dessen Bruder begrüßt wurde.

»Madame«, flüsterte sie zitternd, »ich glaube, jetzt haben wir Paris endgültig verlassen.«

Schützend legte Catherine den Arm um sie. Dann sah sie zu James hinunter, der mit Edgars steten grauen Augen zu ihr hochblickte.

»Ich vermute, das hier ist ein Verwandter von dir«, teilte sie dem Kleinen mit. »Und ich hatte schon Befürchtungen, wie Edgar auf *meine* Familie reagieren würde!«

Sie drehte sich zu Solomon um, der bei ihnen geblieben war.

»Ob er harmlos ist, Madame?« fragte Willa und zeigte auf den Mann.

Solomon grinste sie an. »Überhaupt nicht«, antwortete er. »Also sollten wir ihn am besten sehr höflich begrüßen. Edgars Reaktion allerdings deutet darauf hin, daß er ein Freund ist.«

Willa war sich da nicht so sicher. Sie hatte zauberhafte Wesen aus den Wäldern erwartet, aber doch nicht so große.

»Wovon der sich wohl ernährt?« fragte sie.

»Höchst wahrscheinlich von sehr viel Fleisch«, antwortete Solomon. »Wir müssen dafür sorgen, daß er genug davon bekommt, sonst holt er sich vermutlich ein Stück von dir.«

»Solomon!« fuhr Catherine ihn an. »Sie hat schon Angst genug!«

Solomon wollte sich gerade entschuldigen, als Edgar zu ihnen zurückgerannt kam.

»Das ist mein Onkel!« sagte er. »Æthelræd, von dem ich dir gerade erzählt habe. Kommt und lernt ihn kennen.«

Er zog an Catherine, die sich langsam vorwärts bewegte. Willa hielt sich hinter ihr versteckt. Æthelræd kam auf sie zu, dann sah er Willas erschrockene Miene, als jene an Catherine vorbeilugte, und blieb lachend stehen.

»Ic beo manne, swa swa min broðorsunnu, Edgar! Ne forhtiað, cild!«

Willa hielt sich an Catherine fest, um nicht Reißaus zu nehmen. Selbst Catherine erschrak über den plötzlichen Schwall fremder Worte. Sie hatte nur Edgars Namen herausgehört. Æthelræd wandte sich Edgar zu.

»Was haben die denn?« fragte er. »Rieche ich schlecht?«

»Sie können dich nicht verstehen«, erklärte Edgar. »In französischen Klöstern gibt es keinen Englischunterricht.«

Er ging zu Catherine und nahm ihr das Kind ab.

»Mein Onkel sagt, er ist ein Mensch, so wie ich«, sagte er. »Du brauchst dich nicht vor ihm zu fürchten. Er ist groß, aber nicht gefährlich – meistens wenigstens nicht.«

Nicht sonderlich beruhigt hielt ihm Catherine die Hand zum Gruß hin. Zu ihrer Überraschung verbeugte sich Edgars Onkel wie ein vornehmer Herr und parlierte in Latein mit starkem Akzent. *»In nomine Christi te saluto.«*

Catherine lachte überrascht auf. Es war, als ob ein abgerichteter Bär zu ihr gesprochen hätte. Dann errötete sie. »Verzeih mir bitte«, sagte sie eilig, ebenfalls auf lateinisch. »Ich war nicht auf eine derart ehrenvolle Begrüßung gefaßt. Ich danke dir und grüße dich ebenfalls im Namen des Herrn.«

Jetzt war Æthelræd überrascht. Seine Stirn legte sich in Falten, weil er ihrer flüssigen Sprache folgte. Dann grinste er Edgar an.

»Meine Informanten haben mir erzählt, daß sie gebildet ist«, sagte er. »Aber nicht, wie sehr. Sag ihr, ich habe seit dreißig Jahren nicht mehr als Psalmen und Dokumente gelesen und kann mit ihren eleganten Phrasen nicht mithalten.«

Edgar dolmetschte, und Catherine errötete noch tiefer. Sie hoben die Gepäckstücke auf und setzten ihren Weg zur Herberge fort. Im Gehen stieß Æthelræd Edgar in die Seite.

»Redet sie im Bett auch so daher?« murmelte er.

»Du solltest mal ihre Umschreibungen hören«, sagte Edgar anzüglich.

Æthelræd seufzte tief. »Du hast Glück, Neffe. Augen wie die ihren und auch noch lateinische Phrasen.«

Hubert dachte just in diesem Moment auch an Catherines lateinische Phrasen. Er erinnerte sich, wie sie aufgeblasene untere Chargen wie den, der jetzt vor ihm stand, mit wohlgesetzten Beleidigungen den Wind aus den Segeln nahm.

»Ich habe ein Recht darauf zu erfahren, wer mich beschuldigt«, sagte er zu dem Mann. »Ich werde nicht antworten, bis ich denen gegenüberstehe, die mich so übel verleumden, und jene mir Abbitte leisten.«

Der Geistliche von Notre Dame war ein völlig unauffälliger Mann, von der Art, wie man sie ein halbes dutzendmal täglich zu sehen glaubt, weil er so aussah wie jeder andere. Erst als er den Mund auftat und mit seinem rauhen okzidentalischen Akzent sprach, wurde er zum Individuum.

»Mein lieber Herr.« Der Geistliche gestikulierte beschwichtigend mit den Händen. »Bis jetzt wurden noch keine Anschuldigungen erhoben. Mein Herr Bischof bat mich nur, einem Gerücht nachzugehen, das zweifellos unbegründet ist. Doch bei Euren Verbindungen zur Abtei von St. Denis muß dieses unbedingt dementiert werden. Weiter nichts.«

»Ich dementiere es in der Tat«, sagte Hubert. »Keiner von meinen hebräischen Kollegen hat jemals versucht, mich zu ihrem verderblichen Glauben zu bekehren. Wir haben auf rein geschäftlicher Basis miteinander verkehrt, zu unserem und der Abtei Nutzen.«

Böse sah er den Boten des Bischofs an, wartete auf eine Provokation. Doch der Mann lächelte nur. »Gewiß«, sagte er. »Aber Bischof Stephan meint, es muß irgendeine ganz unschuldige Geste von Eurer Seite gegeben haben, die solchen Klatsch verursachte. Er wünscht, daß Ihr in Eurer Erinnerung kramt und ihm nächste Woche berichtet, was es wohl sein könnte, damit er den König und Abt Suger von der Festigkeit Eures Glaubens überzeugen kann.«

»Er will mich sehen?« wiederholte Hubert.

»Wann immer es Euch beliebt.« Der Geistliche lächelte wieder.

Hubert wünschte, Catherine wäre nicht so weit weg. Ihr Rat wäre in der kommenden Woche nützlich.

Catherine dachte gerade nicht an rhetorische Argumente. Ihre Gedanken kreisten um heißes Wasser und Seife. Die Mönche der Herberge in Berwick begrüßten sie herzlich. Catherine war erleichtert festzustellen, daß einige von ihnen Franzosen oder Normannen waren. So war sie nicht auf jemanden angewiesen, der die mühsame Aufgabe übernehmen mußte, alles zu wiederholen. Einer von ihnen erbot sich, den Sack mit den schmutzigen Windeln zu einer nahegelegenen Wäscherei zu bringen. Ein anderer bot ihr Streifen von altem Linnen für neue Windeln an. Die Herberge war nach Geschlechtern getrennt, so daß sie und Willa sich dankbar ins Bett im Frauengemach legten und James in ihre Mitte nahmen. Catherine schloß die Augen. Im Augenblick zählte nur der Schlaf. Sie spürte den leisen Atem ihres Sohnes an ihrem Hals. Draußen war eine fremde Welt, doch hier waren sie sicher. Die Ungeheuer konnten getrost bis zum Morgen brüllen.

Edgar, der nur wenig später hochkam, fand sie alle in tiefem

Schlaf. Er ließ das Gepäck leise auf den Holzfußboden fallen und widerstand der Versuchung, sein eigenes Bett zu suchen. Seine Muskel schmerzten; seine Augen waren rot von Sonne und Wind. Am liebsten hätte er einen ganzen Monat geschlafen. Doch statt dessen ging er wieder in den Speisesaal, wo Robert und Æthelræd ihn erwarteten. Etwas weiter weg hatte sich Solomon neben zwei französische Mönche gesetzt und kam vorsichtig auf das Thema Wollhandel zu sprechen. Edgar nahm neben seinem Onkel Platz.

»Woher wußtest du, daß du uns hier treffen würdest?« fragte er ohne Umschweife. »Wir sollten eigentlich viel weiter südlich landen.«

Das klang fast wie ein Vorwurf. Æthelræd lächelte. »Das weißt du sehr gut«, antwortete er. »Ich habe dich immer finden können. Es hat dich nie gestört, bis dich die Kleriker mit Theologie vollgestopft haben.«

Edgar ließ das nicht auf sich sitzen. »Doch, es hat mich immer gestört.« Er runzelte die Stirn, als er zurückdachte. »Einerlei, wo ich mich versteckte, du hast mich immer hervorgezogen und an die Arbeit getrieben. Ich dachte, du könntest mich erschnüffeln wie ein Wolf.«

Æthelræd lachte. »Vielleicht kann ich das auch. Du stinkst jetzt nach Fisch und schalem Bier. Jeder hätte dich finden können.«

»Auch von Edinburgh?« Robert hatte seinem Onkel nie getraut.

»Sogar von Orkney«, sagte Æthelræd fest. »Vielleicht haben mir ja auch unsere Vettern, die Seehunde, dein Kommen angekündigt.«

Edgar erbleichte unter seinem Sonnenbrand. »Erzähl solche Geschichten bloß nicht, wenn Catherine dabei ist«, warnte er. »Sie soll nicht annehmen, daß wir immer noch an diese heidnischen Geschichten glauben.«

Æthelræd lachte. »Das habe ich nie behauptet, Neffe. Aber

viele tun's. Deinem Vater gefällt es, die Leute glauben zu lassen, daß er nicht ganz menschlich ist.«

Robert nickte. »Er sonnt sich in allem, was seine Macht über die Landbevölkerung stärkt. Und manchmal bin ich mir selbst nicht ganz sicher, ob vielleicht irgend etwas in unseren Adern rollt. Großmutter pflegte zu sagen, sie wüßte, wann der Familie Unglück ins Haus stünde. Das gleiche habe ich immer von dir gedacht, Onkel. Bis unsere Brüder da draußen allein und unvorbereitet starben.« Er sah Æthelræd böse an.

Seufzend setzte Æthelræd seinen Krug ab. »Du glaubst, ich hätte deine Brüder vor ihrem Schicksal warnen können?« fragte er. »Sie hätten nicht auf mich gehört. Haben sie nie getan.« Er hielt inne. »Ich war ohnehin zu weit weg. Ich spürte nur, daß etwas faul war, und das ist weiß Gott nichts Neues im Haushalt eures Vaters. Mach mir also keinen Vorwurf, Robert. Ich bin doch kein verdammter Prophet.«

Edgar lief es kalt über den Rücken, denn er war sich dessen nicht so sicher. Vielleicht hatte die Großmutter aus Galloway tatsächlich das Blut von Dämonen in die Familie gebracht. Aber es gab auch Heilige in der Familie, wenn man den Geschichten glauben durfte – Äbtissinnen und Einsiedler, fromme Herren, die die Armen speisten und nur mit ihren Ehefrauen schliefen. Æthelræd fiel nicht in diese Kategorie. Er war ordinär und verfressen und nicht für Abstinenz auf irgendeinem Gebiet bekannt. Doch seine Augen, so wie Edgars, sahen weit in Dinge, die nur Gott wissen sollte. Nicht zum letztenmal wünschte sich Edgar, er hätte sich nicht zur Heimkehr beschwatzen lassen.

Am nächsten Morgen bestand Catherine auf einem Bad und Haarwäsche für sich selbst und Willa. Sie wollte auch alle ihre Kleider auspacken, ausschütteln und noch einmal bügeln.

»Catherine, das dauert ja den ganzen Tag«, jammerte Edgar.

»Bestimmt«, antwortete sie. »Aber ich werde deinem Vater und deiner Stiefmutter nicht wie eine Ausgestoßene entgegentreten. Also kannst du entweder warten oder ohne mich vorausgehen. Du könntest auch ein Bad und eine Rasur gebrauchen.«

Edgar holte Solomon und zog sich mit ihm in eine Schenke zurück. Er würde nicht lange brauchen, um sich zu waschen. Das hätte noch Zeit bis zum Abend, wenn Catherine fertig wäre.

»Ich finde, sie sieht ganz passabel aus«, sagte er zu Solomon. »Ich verstehe nicht, warum sie soviel Aufhebens macht.«

Willa verstand das schon und hörte aufmerksam zu, als Catherine erwog, welcher ihrer *Bliauts* der imposanteste sei und den Ritt überstehen würde.

»Es muß schon der aus Leinen sein«, befand sie schließlich. »Ich muß einfach sehr vorsichtig sitzen und mich bemühen, ihn nicht zu sehr zu verknittern. Was meinst du, Willa?«

»Die Rosen in der Bordüre sind hübsch«, sagte Willa. »Und die Ärmel sind so elegant, ganz in Gold eingefaßt und nach dem neuesten Schnitt. Wollt Ihr auch den güldenen Kettengürtel und die Armreifen tragen?«

»Ich weiß nicht recht.« Catherine dachte nach. »Vielleicht würde das Räuber anlocken. Aber sie sollen nicht denken, daß ich keinen Schmuck besitze. Ich lege die Armreifen und Ringe unmittelbar vor unserer Ankunft an. Mein Reitmantel sollte den Rest bedecken.«

Gemeinsam mit Willa saß sie in einem großen Holzzuber und spülte sich das seifige Haar, bis das Wasser klar war. Dann verbrachten sie den Rest des Nachmittags damit, einen Kamm durch Catherines schwarze Locken zu ziehen und sie rasch zu flechten, solange sie noch ganz naß waren und nicht so leicht den Händen der Friseuse entwischen konnten.

»Sieh mal her, wie findest du das?« fragte Catherine schließlich und breitete die Arme aus.

Willa betrachtete sie mit ehrlicher Bewunderung.

»Ich glaube, sie werden sagen, daß Ihr die schönste Dame seid, die je aus Paris kam, so schön wie die Königin selbst.«

»Na, das will ich hoffen«, erwiderte Catherine. »Und wenn ich jetzt meinen Magen beruhigen kann, überlebe ich vielleicht auch die Begegnung.«

Sie sprachen ihre Gebete und gingen schlafen.

Am nächsten Morgen brachen sie alle nach Wedderlie auf. Catherine saß im Damensattel hinter Edgar. Ihr Herz klopfte erwartungsvoll. Außer einem Pfiff bei ihrem Anblick hatte Edgar keinen Kommentar über seine Heimkehr abgegeben. Nur an seinem Herzklopfen, das sie unter ihrer Hand spürte, wußte sie, daß er genauso nervös war wie sie.

Der Ritt war viel zu kurz. Es schienen nur wenige Minuten vergangen zu sein, bevor Edgar ihr nach einer Straßenbiegung sein Elternhaus zeigte.

Catherine blickte zu dem steinernen Bergfried auf dem Berggipfel hinauf. Majestätisch thronte er über den Bäumen und dem Dorf, als ob er die Spitze von etwas viel Größerem sei, das aus der Erde schießen wollte. Sie schüttelte sich. Nein, das war Unfug. Sie ließ sich von Willas Ängsten anstecken und ihrem eigenen Gefühl, sich an einem außerirdischen Ort zu befinden. Dies war nur ein Bergfried, vermutlich so zugig und ungemütlich wie der, in dem ihr Bruder in Veilletenuse in Franzien wohnte. Catherine konnte nur hoffen, daß es innerhalb der kalten Steinmauern ein warmes Plätzchen für James und Willa gab.

Am Stadtrand stiegen sie ab und führten die Pferde zwischen den Hütten und Außengebäuden hindurch.

Als sie den Pfad hinauf durch das Dorf kamen, sah Edgar sich erstaunt um. War er so lange weggewesen, oder hatte er es einfach vergessen? Jetzt schien es mehr offenes Land zu geben, mehr Roggen- und Gerstenfelder, die in der Sonne reiften. Die Häuser der Pächter befanden sich alle in gutem Zustand, die Zäune waren ausgebessert und die Dächer neu gedeckt. Worauf war ein derartiger Wohlstand zurückzuführen? Er drehte sich um, um Robert zu fragen, doch ein Schrei von vorn ließ ihn innehalten. Jemand hatte die Schar erspäht und sie erkannt.

Zunächst begriff Catherine nicht, was da geschah. Die Menschen auf den Feldern ließen ihre Hacken fallen und kamen angerannt. Aus den Hütten tauchten Frauen auf, die zum Teil noch Löffel oder Spindeln in der Hand hielten. Sie blieben stehen und starrten die Ankömmlinge an. Catherine hielt James fest an sich gepreßt. Sahen diese Leute denn nie Reisende? Was würden die als nächstes tun? Selbst eine Spindel kann eine Waffe sein, und diesen hochgewachsenen stämmigen Frauen traute sie durchaus die Fähigkeit zu, diese mit tödlichem Geschick zu schwingen.

Plötzlich eilten die Dörfler vorwärts. Willa schrie auf, und Catherine holte tief Luft, bereit, mit einzufallen. Man hörte Gejohle und spitze hohe Schreie. Warum unternahmen Edgar und Robert denn nichts?

Edgar trat vor und hielt die Hände hoch.

»Nein!« schrie Catherine.

Mehrere Dinge geschahen jetzt gleichzeitig. Æthelræd brüllte der Menge etwas zu, das sie noch mehr anzustacheln schien. James begann zu greinen. Solomon sprang vor Catherine und Willa, um sie zu beschützen, und nahm ihnen die Sicht. Und Edgar wurde von einem Dutzend dreckiger Hände gepackt und von ihnen weggezerrt.

»Edgar!« schrie Catherine. »Solomon, mach Platz! Was wird hier gespielt? Was tun sie ihm an?«

Solomon trat zurück, schirmte sie jedoch immer noch von den Ausschreitungen des Pöbels ab. Catherine strengte sich an, um ihn herum zu sehen und gleichzeitig ihr Kind zu beruhigen. Alles schrie.

Als Catherine wieder versuchte, an Solomon vorbeizuschauen, stieß sie mit Robert zusammen.

»Was machst du hier?« fragte sie und vergaß, daß er sie nicht verstehen konnte. »Warum rettest du ihn nicht?«

Auch wenn Robert die Worte nicht verstand, war ihre Miene allzu klar. Er lachte sie an und versuchte, ihr den Arm zu tätscheln.

Catherine war entsetzt. Edgars Ängste waren wahr geworden. Es war eine Falle gewesen. O liebe heilige Genoveva, betete sie, wenn du mich von Paris her hören kannst. Bitte, beschütze uns vor diesen wüsten Barbaren!

Mit der freien Hand schlug sie nach Robert, der nur noch mehr lachte. Er packte sie am Handgelenk und wirbelte sie herum, so daß sie endlich sehen konnte, was los war.

Edgar war auf die breiten Schultern eines der Männer gehievt worden. Auf diesem erhobenen Posten trug man ihn im Eilschritt den Berg hinauf bis zum Bergfried.

»Catherine!« rief er ihr zu und hielt dabei die Hände als Trichter um den Mund. »Keine Angst. Mir geht's gut. Es sind Freunde!«

Freunde? Catherine sah sich noch einmal genau um. Jetzt, wo sie Edgar ergriffen hatten, zogen sich die Menschen ein wenig zurück. Sie spürte Dutzende neugieriger Blicke auf sich, fast so angsteinflößend wie Schläge. Sie erstarrte.

Denk daran, Catherine. Deine Vorfahren haben mit Karl dem Großen gekämpft! Verrate sie jetzt nicht durch deine Feigheit!

Catherine schüttelte sich. Diese verflixten Stimmen! Sie waren ihr sogar bis in diese Einöde gefolgt. Und wie immer hatten sie recht. Sie hob das Kinn und versuchte, nicht an den Zustand ihrer Frisur und der Kleider nach dem Ritt von Berwick zu denken. Sie warf ihren Umhang zurück, so daß für alle deutlich sichtbar das Gold in der Sonne funkelte. James' Gebrüll schwächte sich zu Wimmern ab, als sie sich den Dorfbewohnern stellte.

Beim Anblick des Säuglings grinste eine alte Frau und stieß ihre Freundin an, die vergnügt keckerte und etwas murmelte, das Catherines Haltung völlig zerstört hätte, wenn sie es hätte verstehen können. Dann brachten die beiden Frauen sie noch mehr in Erstaunen, als sie sich vor ihr verbeugten und zurückwichen.

Die anderen folgten ihrem Beispiel, und dann war der Weg

wieder frei. Solomon legte den Arm um sie und starrte die Leute argwöhnisch an, als sie die Anhöhe hinaufstiegen, die Edgars Träger genommen hatten. Willa folgte ihnen und hielt sich angstvoll an Catherines Ärmel fest. Hinter ihnen ertönte schallendes Gelächter, als Æthelræd den Leuten etwas erklärte.

Solomon klopfte ihr auf die Schulter.

»Ist schon in Ordnung, Kusine«, beruhigte er sie. »Ich glaube, die haben sich nur gefreut, ihn zu sehen.«

»Das vermute ich auch«, antwortete sie, immer noch zitternd. »Glaubst du, daß wir da drinnen auch so ... stürmisch ... begrüßt werden?«

Das bezweifelte er allerdings sehr, nach allem, was Edgar ihm erzählt hatte, doch er schwieg, als sie die Brücke über den tiefen Graben überquerten und den Erdwall hinaufkletterten bis zu dem Holzzaun, der das Gelände umgab. Innerhalb der Umzäunung stand ganz oben auf dem Berg der Bergfried, ein massiver Steinbau hinter einer hölzernen Palisade.

Das Tor stand offen. Catherine, Willa und Solomon blieben stehen. Menschen beobachteten sie, standen regungslos da, starrten sie feindselig an, wie alle drei übereinstimmend meinten.

Solomon schluckte und straffte stolz die Schultern.

»Vergiß nicht, wer wir sind, Catherine«, sagte er.

Catherine musterte ihn verblüfft. »Wir? Aber deine Vorfahren haben nicht gegen die Sarazenen gekämpft!« sagte sie.

»Nein«, antwortete Solomon ohne die geringste Spur von Humor. »Sie haben die Pharaonen bekämpft.«

Catherine merkte sich diesen Satz für spätere Diskussionen. Jetzt übergab sie das Kind Willa, strich sich die Kleider glatt und schritt durch das Tor, als ob ihr die Huldigung aller dort drinnen zustünde.

Es hatte Edgar einige Zeit gekostet, die Männer zu bewegen, ihn wieder abzusetzen. Er freute sich sehr über diesen herzlichen

Empfang, nachdem er vor so langer Zeit auf sein Erbe verzichtet hatte. Doch er wollte nicht wie ein übermütiges Kind vor seinen Vater getragen und vor ihm aufs Stroh geworfen werden.

»Alfred!« Er trat nach dem Mann unter ihm. »Laß mich herunter! Ich bin keins von deinen kranken Schafen. So betritt man kein Trauerhaus.«

Alfred blieb sofort stehen und ließ Edgar von seinen Schultern rutschen.

»Ihr werdet da drinnen keine Trauer vorfinden«, sagte er leise. »Euer nobler Vater läßt so eine Schwäche nicht zu.« Alfred befürchtete, eine Grenze überschritten zu haben. Doch Edgar kannte den Bauern schon von klein auf. Nicht zum erstenmal war er auf den starken Schultern dieses Mannes geritten. Darum nickte er nur.

»Danke für die Warnung«, sagte er zu Alfred, »aber ich brauche sie nicht. Ich weiß, wohin ich zurückkomme.«

»Um Euretwillen hoffe ich das, junger Herr.« Alfred verbeugte sich und wich zurück, damit Edgar seinem Vater allein gegenübertreten konnte.

Edgar überlegte, daß der Mann das auch beabsichtigt hatte. Alfred wollte, daß Edgar vor den anderen die Schwelle seines Vaters erreichte. Der alte Schäfer wußte, daß es besser war, Waldeve von Mann zu Mann zu treffen, ohne den Zwang, die Worte um der Familie willen sorgfältig zu wählen. Er stieg die Treppe zur Tür des Bergfrieds hinauf, die in der Sommerluft offenstand.

Drinnen lag alles im Schatten. Die Fenster waren schmal und tief in die dicken Mauern eingelassen. Kein Sommer würde je diese Eiseskälte durchdringen. Edgar stand auf der Schwelle und wartete, daß sich seine Augen an die Finsternis gewöhnten. Er erschrak aber nicht, als sie anfing zu sprechen, denn er hatte ihren Duft bereits wahrgenommen.

»Willkommen, Stiefsohn«, sagte Adalisa leise. »Du hast uns sehr gefehlt.«

Schon sah er sie aus den Schatten hervortreten, und er drückte sie fest an sich, wunderte sich wieder einmal, wie klein und wie stark sie war.

»Das mag sein«, antwortete er, »aber meinem Vater bestimmt nicht.«

Adalisa zog sich zurück und sah zu ihm auf. Sie lächelte. Da war etwas in seiner Miene, das vor wenigen Jahren noch nicht dort gewesen war, so etwas wie Selbstsicherheit. Sie war gegen diese Heirat gewesen, aus vielerlei Gründen, aber jetzt sah sie, daß diese ihm nicht geschadet hatte. Sie fragte sich, was für eine Frau ihn seinem eigenen Volk entfremdet und ihn dort behalten haben mochte.

Er drückte ihre rauhen Hände und erwiderte ihr Lächeln.

»Catherine trifft in Kürze hier ein«, sagte er. »Wirst du sie begrüßen und ihr unseren Platz zeigen?«

Sie nickte. »Dein Vater ist in der Kapelle«, sagte sie.

Er holte tief Luft. »Gut. Dort wird er mich nicht so ohne weiteres töten.«

Er ließ sie los und schritt zielstrebig den schmalen Flur entlang und fühlte sich dabei wie Daniel, der direkt ins Maul des Löwen marschiert.

Fünftes Kapitel

Im Bergfried von Wedderlie, Berwickshire, Schottland. Dienstag, den 15. Juni, Tag der Beisetzung der sterblichen Überreste der heiligen Eadburge, Jungfrau und Märtyrerin.

Siteð sorgcearig, sælum bidæled,
on sefan sweorceð, sylfum thinceð
thæt sy endeleas earfoða dæl.

Der Kummervolle sitzt, der Freude beraubt,
sein Geist umnachtet. Ihn dünkt,
daß dieses schwere Los ewig währt.

Deor 11, 28–30

In der Kapelle gab es wenig Licht. Sie war in das Fundament des Bergfrieds, tief in die Erde gegraben. Oder aber der Berg war allmählich herumgewachsen. Nur ein schmales Fenster in der Nähe der Zimmerdecke verhinderte, daß sie so schwarz wie ein Verlies war, in dem Gefangene oder Vorräte gehalten wurden. Neben dem Altar stand ein Öllämpchen, das jedoch nicht angezündet war. Waldeve saß auf dem einzigen Stuhl im Raum, wie es sein Recht als Herr war. Er war ganz allein.

Er schaute nicht auf, als Edgar eintrat.

Edgars Augen hatten sich an die graubraune Finsternis gewöhnt. Er machte die Form aus, sah den gedämpften Glanz des Rings an der Hand, die das Messer führte. Er ist nur ein Mensch, sagte er sich. Mein Vater. Es gibt nichts, vor dem ich mich fürchten müßte.

»Vater?« sagte er.

Waldeve rührte sich immer noch nicht.

»Du hast nach mir geschickt, Vater«, sagte Edgar lauter. »Und ich bin gekommen.«

Er wartete. Endlich hob sich der Kopf des alten Mannes und wandte sich ihm zu.

»Ich dachte, du hättest deine Ehre verloren«, stellte er fest. »Indem du dich mit diesen *wæpnedwifstres* in Paris herumtreibst.«

Beinahe hätte Edgar gelächelt. »Ich habe nicht vergessen, wer ich bin, Vater. Und die Körper der Franzosen sind nicht zur Hälfte vom einen und zur anderen vom anderen Geschlecht, das versichere ich dir.«

Waldeve versteifte sich. »Tatsächlich? Nun, du mußt es ja wissen. Hast du deine Metze mitgebracht?«

Diese Frage hatte Edgar erwartet. »Meine Frau ist bei mir«, antwortete er. »Catherine ist auf eigenen Wunsch, nicht auf deinen, mitgekommen. Sie wollte das Land kennenlernen, aus dem ich stamme.«

»Und nachsehen, wieviel du davon für sie aufgegeben hast?« Waldeve war irritiert, daß er seinen Sohn nicht aus der Fassung bringen konnte. »Vielleicht sucht sie Mittel und Wege, es zurückzubekommen.«

Jetzt lachte Edgar. »Ich habe ein paar *Davoch* vom Land meiner Mutter aufgegeben, kaum genug, um einen Mann in den besten Jahren zu ernähren. Und selbst wenn Catherine Wert darauf legte, wäre sie auf unser Land nicht angewiesen. Ihr Vater könnte uns zweimal aufkaufen.« Edgar bemerkte seinen Fehler, sobald er die Worte ausgesprochen hatte. Waldeve erhob sich langsam, wie die Flut. Er fixierte seinen Sohn, Auge in Auge.

»Uns kaufen, ja?« sagte der alte Mann allzu sanft. »Und uns am nächsten Morgen zweifellos mit Gewinn verschachern. Gold geht über Ehre. So tief bist du also gesunken, Junge?«

»Ich bin gekommen, um dir in deinem Kummer beizustehen und um meine Brüder zu trauern«, erwiderte Edgar und zwang sich, nicht mit der Wimper zu zucken. Wenn der alte Bastard Tiefschläge austeilte, gönnte er ihm zumindest nicht die Genugtuung, ihn zusammenzucken zu sehen.

Waldeve packte das Heft seines Schwertes. Edgar hatte nicht einmal gesehen, daß er eins trug. Doch einerlei. Er hatte seinen Vater zu lange gefürchtet. Der Alte konnte ohnehin viel schlimmer mit Worten verletzen als mit Stahl. Doch Waldeve wartete nur und betrachtete Edgar voller Verachtung.

»Warum hast du mich kommen lassen, Vater?« fragte Edgar noch einmal. »Du weißt daß ich nicht im Kampf ausgebildet bin. Ich kann dir bei deiner Rache nicht helfen. Habe ich diese weite Reise nur gemacht, damit du mich noch einmal verdammen und enterben kannst? Hast du nach mir nur geschickt, um in deinem Schmerz ein Vergnügen zu haben?«

Sein Vater funkelte ihn so lange an, daß Edgar fürchtete, die Antwort könnte ja lauten. Endlich wandte Waldeve den Blick ab, und während er das gezückte Schwert gegen die silbernen Beschläge an den Stuhlbeinen klimpern ließ, nahm er mit einem tiefen Seufzer wieder Platz.

»Du hast dich verändert, Edgar«, sagte er. »Du bist endlich ein Mann geworden, aber ich bin mir nicht sicher, was für einer. Ich habe dich gerufen, um mir beizustehen, wie es deine Pflicht ist, aber nicht, um zu kämpfen. Seit Henri Leclerc den Thron von England an sich gerissen hat, brauchen wir unentwegt Männer, die sich mit Urkunden so gut auskennen wie auf einem Schlachtfeld.«

Edgar war verwirrt über diesen jähen Umschwung. »Was haben denn Urkunden mit der Ermordung meiner Brüder zu tun?«

Waldeve ballte die Linke zur Faust und öffnete sie wieder. »Ich weiß es nicht«, sagte er endlich. »Aber ich glaube nicht, daß diese Bastarde sich mit deren Tod zufriedengeben. Meine Söhne und mein Enkel wurden nicht aus Ruhmsucht oder zum Zeitvertreib getötet. Es hat was mit Rache zu tun. Etwas, das seit Jahren im verborgenen gärt, wie ein Fluch, der mit Blut auf Pergament geschrieben ist und welchen man zusammengerollt auf dem Grund eines Fasses vor sich hin rotten läßt. Dunkler, tiefer Haß. Ich kann ihn spüren.«

Das sah Edgar auch so. Aber wer war es? Niemand konnte so stark hassen wie sein Vater.

»Nenn mir deinen Feind, Vater«, antwortete er. »Wenn er sich allein durch Worte besiegen läßt, werde ich ihn herausfordern.«

Waldeve lächelte grimmig. »Deine Priester sagen, Worte sind stärker als Speerspitzen. Ich kenne welche, die tiefer verwunden. Aber den Feind kann ich dir nicht nennen. Glaubst du etwa, ich würde hier herumsitzen wie eine alte Memme, wenn ich das könnte?«

»Was soll ich also tun?« Es hätte nicht viel gefehlt, und Edgar hätte diese Frage herausgeschrien.

Waldeve beugte sich vor, packte die Kordel von Edgars Tunika und zog ihn mit bösartiger Kraft herunter.

»Such die Bastarde«, zischte er. »Such den *orcðyrs ordbana,* du Tölpel! Such die Dokumente; rede mit den Männern in *wifscrud,* an denen du so hängst, mit diesen Mönchen. Finde die Täter und bring sie mir. Und dann kannst du in das Bett deiner wohlhabenden Frau zurückkriechen und dir deinen Unterhalt in *firenlust* verdienen. Zeig mir die Männer, die diese Tat begangen haben. Finde heraus, wer von meinen Feinden böse und verzweifelt genug ist, um auf solch eine Rache zu verfallen. Das ist alles.«

Seine Hand schnellte vor und packte Edgar am Handgelenk. Die Finger waren kalt und hart wie Eisenketten.

»Du sollst sie nur finden. Weiter nichts, hörst du? Sag mir ihre Namen, aber tu ihnen nichts an. Ich will sie selbst töten.« Waldeve verstärkte den Druck, bis Edgars Hand fühllos wurde. »Ist das klar?«

Es war Edgar nur allzu klar.

Adalisa wartete an der Tür, wie versprochen, auf Catherines Ankunft. Sie schirmte die Augen ab, versuchte, die Gesichter in der Gruppe der Ankömmlinge zu sehen. Sie erkannte Robert vorneweg, und auch der feuerrote Æthelræd war unverkennbar. Zwischen den beiden drückten sich drei weitere Personen eng aneinander, wie wenn sie bewacht würden. Das Kind war zu alt, um zu Edgar zu gehören, vielleicht eine Dienstmagd. Die Frau war zweifellos seine Gattin. Sie trug irgendein Bündel. Und der Mann ... sie kniff die Augen zusammen ... was für ein merkwürdig aussehender Mann! Schlank und dunkel mit einem Kopf voller widerspenstiger schwarzer Locken, die in seinen Bart übergingen. Was konnte der sein, ein versklavter gefangener Sarazene? Nein, nicht nach der Art zu urteilen, wie die Frau seinen Arm hielt. Wer und was war er nur?

Sie wartete. Würde und Erziehung besiegten die Neugier. Sie würden bald genug an der Tür sein.

Eine kleine Hand griff nach ihrer großen.

»Ist das Catherine, meine Schwägerin?« fragte Margaret.

»Ich glaube schon.« Adalisa lächelte ihre Tochter an. »Laß mich dich ansehen. Bist du präsentabel? Ach, Margaret, du bist ja barfuß! Du bist doch alt genug, um es besser zu wissen. Lauf und zieh dir rasch Schuhe an. Was soll sie von dir denken?«

Margaret rannte los. Verstohlen überprüfte Adalisa ihre eigene Erscheinung. Sie kannte Waldeves lautstark zum Ausdruck gebrachte Meinung, daß diese Catherine eine Küchenmagd sei, die Edgar verführt und ihn glauben gemacht habe, sie sei eine wohlerzogene Klosterschülerin. Doch Adalisa war sich da nicht sicher. Jedenfalls sah sie nicht wie eine Bäuerin aus, mit bloßen Armen und Füßen und Stroh im Haar. Sie wünschte, sie hätte sich heute mehr Mühe mit ihrer eigenen Frisur gegeben.

Das ist ja Unsinn, beruhigte sie sich. Ich bin die Herrin dieser Burg. Diese Leute sind meine Gäste, nicht meine Richter.

Als Catherine näherkam, erkannte Adalisa sofort, daß ihr eigenes Kleid hoffnungslos unmodisch war. Gürtel trug man jetzt tiefer, die Ärmel länger. Der Halsausschnitt und die *Chainse,* die über dem Kragen des langen *Bliaut* bestickt war, das war das gewisse Extra, wie eine Frau, die im Paris von Eleonore von Aquitanien wohnte, wohl wußte. Ihre Nervosität verzehnfachte sich.

Als die kleine Schar am Fuß der Treppe ankam, trat Adalisa in den Eingang, so daß die Sonne auf sie fiel. Catherine sah hoch, Adalisa direkt in die Augen. Sie lächelte matt. Adalisa sah hinunter und entdeckte, was das kleine Bündel war, das Catherine trug. Ihre Bedenken waren verflogen.

»Ma douce broiz!« rief sie aus. »Armes Ding, so weit zu reisen mit so einem kleinen Kind! Komm herein, komm sofort herein und ruh dich aus!«

»Danke!« antwortete Catherine. »Wir sind sehr abgekämpft und verdreckt von der Reise. Bist du Edgars Stiefmutter?«

Sie fragte das, weil Edgar nie erwähnt hatte, daß Adalisa so jung war, nicht annähernd so alt, wie ihr Ehemann wohl sein mußte.

Adalisa nickte. »Ja, meine Liebe. Mit der förmlichen Vorstellung können wir bis zum Abendbrot warten. Aber wer ist...?«

Sie hielt Solomon die Hand hin, der sich verbeugte und ihr die Finger küßte. Adalisa lief es kalt über den Rücken. Sein Bart war weich, so seidig wie die Fransen auf der Altardecke.

Catherine stellte die beiden vor. Adalisa nickte.

»Das habe ich mir gedacht, daß ihr verwandt sind«, sagte sie. »Vetter und Base?«

Solomon bejahte. Seine Augen senkten sich von ihrem Gesicht zu ihrer Taille hinunter, und er grinste. Adalisa griff nach ihrem Ärmel. Stimmte etwas nicht? Dann fühlte sie den Kopf, der unter ihrem Arm hindurchschlüpfte.

»Mama«, sagte Margaret. »Ich habe mir die Schuhe angezogen. Darf ich jetzt Catherine kennenlernen?«

Catherine blieb auf der obersten Stufe stehen. Sie bewunderte das hübsche elfenhafte Gesicht, das auf gleicher Höhe mit ihrem eigenen war. Dann riß sie sich zusammen und gelobte sich, ein langes Gespräch mit Edgar zu führen, bei dem hauptsächlich sie reden würde. Warum in aller Welt hatte er nie erwähnt, daß er eine kleine Schwester hatte?

Dann schoß ihr ein anderer Gedanke durch den Kopf. Mutter und Tochter hatten französisch gesprochen, nicht etwa normannisches Französisch, sondern die gute klare Sprache Franziens. In all seinen Schmähreden über seine stolze angelsächsische Familie hatte Edgar niemals erwähnt, daß seine Stiefmutter Französin war.

Das Gespräch versprach, sehr interessant zu werden.

Im Augenblick war Catherine allerdings froh, in ihrer Muttersprache begrüßt zu werden. So sehr, daß sie in Tränen ausbrach.

»Ach, meine Liebe!« rief Adalisa aus. »Ich habe dich müde und hungrig an der Schwelle stehenlassen, wie eine Bettlerin. Verzeih mir. Herein, herein. Willkommen!«

Während sie ihnen die Betten zeigte und heißes Wasser und warmes Essen kommen ließ, änderte Adalisa auch ihre Meinung über Catherine. Aber sie beabsichtigte keineswegs, sie mit ihrem Mann zu besprechen.

Das Abendessen begann mit einem Mißton.

»Wo zum Teufel ist Robert?« hob Waldeve an, noch bevor der Segen gesprochen war.

Nur Æthelræd traute sich, ihm zu antworten.

»Robert meinte, er sei schon zu lange von seinem Land weg gewesen; er müsse nachsehen, ob alles zum Besten stünde.« Æthelræd grinste seinen Bruder an. »Bewundernswert, nicht, daß er sich so sehr sorgt um das, was du ihm anvertraut hast?«

Waldeve gab dem nächststehenden Gefolgsmann ein Zeichen.

»Der wollte nur seinen verdammten Hund sehen!« schrie er. »Kümmert sich mehr um einen guten Jagdhund als um seine eigene Familie. Holt ihn sofort her! Ich habe ihm nicht erlaubt, sich zu entfernen.«

»Na, na, Bruder«, sagte Æthelræd begütigend. »Das hat doch Zeit, bis wir gegessen haben. Es ist noch lange hell. Laß mich mir den Bauch vollschlagen, dann hole ich ihn persönlich. Lufen ist ein schönes Tier. Ich kann es Robert nicht verübeln, daß er nachsehen will, wie es ihr geht.«

Doch Waldeve war nicht zu besänftigen. Der hungrige Knecht mußte auf der Stelle losrennen, sein Tablett mit getrockneten Oliven und Aprikosen auf dem Fenstersims stehenlassen, wo es am nächsten Morgen gefunden wurde.

»Jetzt erhebt euch alle für den Segen«, fuhr Waldeve fort, als ob nichts geschehen wäre. »*In nomine Patris et Filii et Spiritus Sancti.*« Alle bekreuzigten sich. »Herr Gott, segne diese Speise und vergifte das Essen von jedem, der sich gegen mich erhebt. Verdrehe die Eingeweide der verfluchten Mörder meiner Söhne, bis sie entsetzlich schreien und um den Tod betteln. Und dann liefere sie mir aus, damit ich es ihnen heimzahle. Das erbitten wir von dir in deinem Namen. Amen.«

Er nahm Platz und langte nach dem Salzstreuer. Die Knechte brachten die dicken Brotscheiben und Platten mit Bratgans herein. Alle griffen dankbar zu.

Nur Catherine nicht. Sie fixierte ihren Schwiegervater über den Tisch hinweg, wie er sich den Mund vollstopfte, als ob er ein Feuer schürte. Er hatte sie beim Eintreten keines Blicks gewürdigt, sie nicht willkommen geheißen. Im Augenblick war sie eher erleichtert als beleidigt. Wie hatte wohl das angelsächsische Gebet gelautet, auf das alle reagierten, als ob die Mahlzeit nicht gesegnet, sondern entweiht worden wäre? Sie wünschte, sie hätte mit Willa und dem Kind in ihrem Alkoven bleiben können.

Am anderen Ende des Tisches wünschte sich Edgar wieder einmal, er hätte sie nie nach Schottland gebracht.

Adalisa wußte, daß es ihr oblag, für heitere Konversation zu sorgen, damit das Mahl um so besser mundete. Sie ließ den Blick über die grimmigen oder bangen Gesichter in der Runde schweifen und verschob den Versuch auf morgen. So fand das Essen nur zur Begleitmusik von Kauen und Schmatzen statt, gelegentlich unterbrochen vom Knurren der Hunde, die sich um die herabfallenden Brocken balgten. Adalisa versuchte zu essen, doch die Bissen blieben ihr im Hals stecken. Sie brauchte ihre ganze Kraft, um die Tränen zurückzuhalten. Jahrelange Praxis kam ihr zugute.

Am gegenüberliegenden Tischende saß Solomon neben Catherine und beobachtete Adalisa. Ihm erschien Edgars Stiefmutter wie eine zarte französische Rose, die man in eine Wüste gepflanzt hatte mit der Erwartung, daß sie blühen würde. Er fragte sich, ob sie sich nach all den Jahren immer noch fremd in diesem Land fühlte.

Sie waren inzwischen bei Obst und Nüssen angelangt, als Robert mit seinem Hund eintraf. Er trug alte Lederhosen und eine ärmellose schweißgetränkte Tunika. Waldeve warf ihm einen Blick zu und knirschte mit den Zähnen. Er ließ das klebrige Naschwerk sinken, an dem er gerade geknabbert hatte.

»Du siehst ja wie ein *neyf* aus!« sagte er. »Nein, schlimmer noch. Wie ein Sklave ohne Stolz und Verstand.«

Robert zuckte mit den Achseln. »Ich war wochenlang von Haus und Hof weg«, sagte er. »Ich mußte mich darum kümmern. Schließlich muß ich arbeiten, um von meinem winzigen Stückchen Land leben zu können. Für Mahlzeiten mit der Familie bin ich viel zu beschäftigt. Ich bin nur gekommen, weil ich Neuigkeiten für dich habe.«

Er sprach jetzt lauter, obwohl es so still im Saal war, daß man auch Flüstern hätte verstehen können.

»Ein Bote erwartete mich«, sagte er. »Er überbrachte mir eine Nachricht, die er nicht hierher zu überbringen wagte.«

Einen kurzen Augenblick lang sackten Waldeves Schultern, als ob ein eisernes Joch auf sie gefallen wäre. Er faßte sich jedoch schnell.

»Und was fürchtete sich der feige Bote mir zu sagen?« fragte er.

Robert sah sich im Saal um und sonnte sich in der allgemeinen Aufmerksamkeit. »Man hat die Pferde gefunden«, sagte er. »In Hexham. Alexanders trug noch das Zaumzeug, das der König ihm in Carlisle geschenkt hatte.«

Das Schweigen schlug in Lärm um. Die Männer brüllten und klopften mit Messern und Bechern auf den Tisch. Alexanders Frau kreischte und brach in Wehklagen aus. Æthelræd machte sich nicht die Mühe, sich durch das Durcheinander einen Weg zu Robert zu bahnen. Er stieg einfach auf den Tisch, der bedenklich unter ihm zu knarren begann, daß Schüsseln vom Tisch flogen und Soße durch den Saal spritzte. Am anderen Ende sprang er herunter und baute sich vor seinem Neffen auf.

»Wo sind sie?« fragte er. »Wer hat sie? Wer hat das getan?«

»In der Priorei«, antwortete Robert. »In der Obhut des Priesters. Ich weiß nicht, wer es war. Die Pferde wurden mitten in der Nacht in der Kirche gefunden, wo sie am Lettner festgebunden waren.«

Daraufhin breitete sich wieder Stille aus. Edgar lief es kalt über den Rücken, er bekreuzigte sich. Viele taten es ihm nach. Solomon und Catherine tauschten Blicke aus. Wollte ihnen denn niemand sagen, was hier vor sich ging?

Waldeve beugte sich über den Tisch. Ein Krug mit Ale kippte um, und ein schäumender Wasserfall ergoß sich auf den Fußboden. Zweimal klappte er den Mund auf und wieder zu. Endlich fand er die Sprache wieder.

»Warum?« fragte er. »Wer spielt dieses Spiel mit mir?«

Ausnahmsweise empfand Robert einmal Mitleid mit seinem Vater. In den letzten Minuten schien er gealtert und geschrumpft zu sein. Adalisa legte eine Hand auf den Arm ihres Mannes. Er sah sie an, als ob sie eine Fremde sei. Dann wandte er sich Edgar zu.

»Steckt Gott dahinter?« fragte er. »Ist das die Strafe des Himmels für meine Sünden?«

Edgar schrak bei dieser Frage auf. Wann hätte sein Vater sich je um seine Sünden geschert? Und was für eine Antwort konnte er ihm geben? Wie sollte er Gottes Willen erkennen? Er war dankbar, daß Catherine das nicht verstehen konnte. Sie hätte sonst vielleicht versucht, ihre Theorien über göttliche Rache auszubreiten. Waldeve wollte jedoch keine Theologie, sondern Bestärkung.

»Eher jemand, der mit dem Teufel im Bunde steht«, befand Edgar. »Denn wenn der Herr dich strafen wollte, brauchte er dafür keine Schwerter.«

Getröstet nickte Waldeve. Der Gedanke gefiel ihm, daß er so mächtig sei, daß sich seine Feinde mit dem Teufel verbünden müßten, um ihn zu bekämpfen.

»Aber warum denn in Hexham?« wunderte sich Edgar. »Robert, gab es irgendeine Botschaft, einen Hinweis, etwas an den Pferden? Machten die Tiere einen erschöpften Eindruck?«

Robert warf die Hände in die Luft. »Ich habe euch alles gesagt, was man mir erzählt hat«, sagte er. »Und jetzt muß ich an die Arbeit zurück.«

Er wandte sich zum Gehen.

»Stehenbleiben!« brüllte Waldeve. »Wir brechen beim ersten Licht der Dämmerung auf, und du kommst mit.«

Robert seufzte und schüttelte den Kopf, ging aber weiter. Die Tür stand offen, um die Sommersonne hereinzulassen. So nahe an der Sonnenwende schien sie fast waagerecht in den Saal hinein. Er hielt an der Schwelle inne, eine schwarze Silhouette im grellen Licht, schüttelte noch einmal den Kopf und ging hinaus.

Einen Augenblick lang starrten alle auf die Stelle, wo er gestanden hatte, dann richteten sich aller Augen auf Waldeve.

Vorsätzlich schob Waldeve seinen Schemel zurück. Er wanderte am Tisch entlang und ignorierte seinen entsetzten Haushalt. Nahe beim Eingang zog er eine Armbrust von der Wand. Erschrocken beobachteten allen, wie er den Pfeil hineinschob, die Waffe erhob und in den Hof zielte.

Æthelræd sprang vor und stieß seinen Bruder um, als sich der Pfeil löste und in die Luft schoß.

»Bist du von Sinnen?« fragte er Waldeve. »Du kannst keinen deiner Söhne entbehren.«

Waldeve ließ die Armbrust sinken und spie auf Æthelræds nackte Füße.

»Ich habe ein Dutzend Söhne, die mehr taugen als dieser hier«, antwortete er gelassen. »Keiner dreht mir den Rücken zu.«

Æthelræd musterte ihn spöttisch.

»Du meinst wohl, keiner wagt es«, sagte er. »Robert hat lange genug nach deiner Pfeife getanzt, und er ist kein Verräter. Wer genug Mut aufbringt, um dir ins Gesicht ›nein‹ zu sagen, wird dich nie verraten.«

Waldeve schoß einen flammenden Blick an seinem Bruder vorbei auf die Leute, die am Tisch saßen. Schließlich blieb er an Edgar hängen.

»Kommst du mit nach Hexham?« fragte er.

»Ja«, antwortete Edgar. »Nicht deinetwegen, sondern zu meiner eigenen Genugtuung. Du hast mir die Frage nicht beantwortet, warum ausgerechnet dort? Ich will es herausfinden.«

»Gatte«, warf Adalisa ein. »Dein Sohn ist gerade erst angekommen. Er muß ruhen, bevor er erneut aufbricht.«

»Dazu hat er die Nacht«, sagte Waldeve. »Nimm die Frauen und zieh dich in eure Gemächer zurück, Frau. Wir brauchen euch hier nicht.«

Sie biß die Zähne zusammen und riß die Augen weit auf, um die Tränen zurückzudrängen. Sie würde nicht vor all diesen Leuten ihre Würde verlieren. Adalisa reckte das Kinn und neigte dann leicht den Kopf.

»Wie du wünschst«, sagte sie.

Catherine schrak auf, als sie so plötzlich aus dem Saal gescheucht wurde. Doch gleichzeitig war sie erleichtert. Jetzt konnte sie herausfinden, worum es überhaupt gegangen war. Sie hoffte auch, James wach und hungrig vorzufinden, denn sie war mehr als bereit für ihn. Im Hinausgehen schnappte sie sich ein großes Stück mit Bratenfett aufgeweichtes Brot vom Tisch und schob es sich in den Ärmel. Bestimmt hatte niemand daran gedacht, Willa etwas zu essen zu geben.

Adalisa bewegte sich würdevoll und ignorierte das Getuschel der anderen Frauen, als sie gemeinsam die Treppe hochstiegen. Ihr Herz klopfte so stark, daß es ihr in den Ohren dröhnte. Sie hatte Angst und fühlte sich verletzt, vor allem aber war sie zornig.

Sie kamen in die Frauengemächer. Margaret saß auf dem

Boden am Fenster mit Annas vierjährigem Sohn. Eifrig schaukelten sie die Wiegen der beiden Säuglinge. Margaret und Thomas beobachteten vergnügt, wie Willas lange Finger aus Bindfäden, Stoff und Stöckchen Figuren bastelten. Ein Pferd, ein Mönch, ein Ritter mit einem Schwert, diese Figuren standen bereits neben ihr auf dem Boden. Dazu summte Willa ein Lied aus der Champagne. Die Kinder sahen nicht einmal auf, als ihre Mütter eintraten.

Die Tränen, die Adalisa so mühsam unterdrückt hatte, quollen unaufhaltsam hervor. Rasch ging sie an ihre Kleidertruhe, öffnete sie und wühlte darin herum, als ob sie etwas suchte. Dort fielen ihr die Tränen auf die Wolle, die intensiv nach getrockneten Kräutern roch.

Bei ihrem Eintreten hatte Willa aufgehört zu singen. »Das andere Kind schläft noch. War es eine schöne Mahlzeit?«

Darauf gab es keine Antwort. Catherine holte das Brot hervor und gab es dem Mädchen, dann beugte sie sich über James' Wiege. Ihr Sohn sah sie mit den Augen seines Vaters an.

»An was für einem verwunschenen Ort sind wir hier gelandet?« murmelte sie, als sie ihn hochhob und ihn zum Stillen anlegte.

Anna und Sibilla sahen ihr mit einer Mischung aus Verachtung und Staunen zu. Catherine nahm keine Notiz von ihnen. Sie war an die allgemeine Auffassung gewöhnt, daß nur Bäuerinnen ihren Kindern die Brust gaben. Aber die Gelehrten erklärten übereinstimmend, daß man mit fremder Milch auch Charakterschwächen und -fehler einsaugen könne, also blieb sie bei ihrem Entschluß. Edgar hatte ihr versichert, daß König Davids Mutter alle ihre Kinder gestillt hatte. Wenn eine heiliggesprochene Königin das konnte, dann auch Catherine.

Nach einer Weile verloren die beiden jungen Witwen ihr Interesse an Catherines merkwürdigem Verhalten und zogen sich in eine Nische zurück, um die Ereignisse des Nachmittags zu besprechen. Adalisa tauchte aus den Wollsachen auf und hatte sich wieder gefaßt. Sie setzte sich neben Catherine auf die Binsen und bedeutete Margaret, zu ihr zu kommen.

Das Kind gehorchte und hielt die neuen Spielsachen an sich gepreßt. Adalisa drückte Margaret an sich und schmiegte das Gesicht in die weichen hellen Locken des Kindes. Dann lächelte sie Catherine wehmütig an.

»In dieser Familie gibt es zu viele Männer«, sagte sie.

Catherine erwiderte das Lächeln. »Vielleicht ist das der wahre Grund, warum wir unsere Söhne in fremde Familien schicken«, meinte sie. »Sie sind zu sehr wie ihre Väter, als daß sie friedlich mit ihnen leben könnten.«

Seufzend nickte Adalisa. »Vermutlich möchtest du erfahren, worum es eigentlich ging?«

»Unter anderem, ja«, antwortete Catherine.

Adalisa sah sie verdutzt an, doch dann erklärte sie in groben Zügen, welcher Streit unten stattgefunden hatte. Catherine hörte ihr zu, während James zufrieden trank.

»Ach so«, sagte sie, als Adalisa geendet hatte. »Merkwürdig, ich kenne zwar nicht die Landessitten, aber mich dünkt, diese Taten hat jemand begangen, der Herrn Waldeve vorsätzlich demütigen will. Seine Söhne gemeuchelt und verstümmelt wie Eidbrüchige, die Pferde zurückgeschickt, als ob sie wertlos seien. Ist das so Usus in schottischen Fehden?«

»Ganz und gar nicht«, erwiderte Adalisa. »Rache hier ist brutal, obwohl König David bestrebt ist, die Leute mit ihren Kümmernissen an seinem Hof zu empfangen. Doch Vergeltung wird in aller Öffentlichkeit geübt. Wenn ein Mann einen Strauß mit seinem Nachbarn auszufechten hat, tötet er ihn vor aller Augen und spießt sein Haupt auf seinem Tor auf, damit es alle sehen. Dies hier … ist wie ein Sakrileg, es ist widernatürlich.«

Catherine pflichtete ihr bei. »Und ihr habt keine Ahnung, wer sich so aufführen würde?«

Adalisa schien zu zögern. »Nein«, sagte sie dann. »Mein Gatte verspürte nie den Wunsch, Freunde zu haben, aber auf seine

Art ist er ehrenwert. Nie hat er seinen Lehnsherrn verraten, was in diesen Zeiten der wechselnden Bündnisse ein Wunder ist. Er ist nicht freundlich zu seinen Untergebenen, aber gerecht, glaube ich. Seine Familie behandelt er schlechter als Leibeigene.«

Catherine hatte trotz ihres kurzen Aufenthalts in Wedderlie genug gesehen, um ihr zu glauben. Sie legte James an die andere Brust und stellte noch eine Frage: »Warum, glaubst du, wurden die Pferde nach Hexham gebracht? Wo liegt das?«

»Südwestlich von hier«, antwortete Adalisa. »Unmittelbar hinter dem Römerwall.«

»Ist es auf schottischer oder englischer Seite?« fragte Catherine.

»Das hängt davon ab, wen man fragt«, sagte Adalisa. »Augenblicklich haben König David und sein Sohn, Earl Henry, den größten Anspruch. Doch die Kirche von Hexham steht unter dem Schutz des Erzbischofs von York.«

»Hat Edgars Familie denn eine Verbindung nach Hexham?«

Wieder ein Zögern. Dachte Adalisa sich eine Lüge aus, oder versuchte sie einfach nur, sich zu erinnern?

»Edgar und Robert hatten einen Freund, der dort aufwuchs«, sagte sie endlich. »Robert hat Geld für den Wiederaufbau der Kirche von St. Peter gestiftet. Waldeve hat sich natürlich geweigert. Viel ist das nicht, aber ich kann mich an keine weitere Beziehung erinnern.«

»Könnte es denn sein, daß es etwas mit Robert zu tun hat?« fragte Catherine. »Vielleicht ein Versuch, ihm die Schuld zuzuschieben?«

Adalisa seufzte. »Ich habe wirklich keine Ahnung, Catherine«, sagte sie entnervt. »Es dünkt mich nicht die Tat gesunder Menschen, darum kann ich mich auch nicht in sie hineinversetzen.«

Endlich begriff Catherine den Wink und gab auf.

James war eingeschlafen. In dem unbehaglichen Schweigen

mußte Catherine gegen den eigenen Schlaf ankämpfen. Sie spürte, daß Edgars Stiefmutter ihr nicht die ganze Wahrheit sagte, aber alles hier war zu neu und verwirrend für sie, als daß sie noch mehr zu fragen gewagt hätte. Sie wollte nur noch mit Edgar allein sein.

Sanft nahm sie James ab. Seine Arme zuckten unter den Windeln. Bald, so überlegte Catherine, würde sie kleine Hemdchen für ihn anfertigen, damit er den Oberkörper freier bewegen konnte. Sie legte ihn in die Wiege zurück und erhob sich.

»Meinst du, die Männer haben ihre Beratung beendet?« fragte sie. »Wenn wir morgen wieder aufbrechen, muß ich vorher noch mit Edgar sprechen.«

Adalisa reagierte erschrocken. »Catherine, du erwägst doch nicht etwa, nach Hexham zu gehen? Die Straße ist überhaupt nicht sicher. Und was sie dort vorfinden, mag noch gefährlicher sein.«

»Wir sind als Familie hierhergekommen«, erklärte Catherine. »Edgar wird nicht zulassen, daß wir jetzt getrennt werden.«

»Wenn du meinst.« Doch das klang nicht überzeugt.

»Catherine«, begann Edgar in einem Ton, der darauf schließen ließ, daß er auf längere Erklärungen gefaßt war. »Es gibt gar keinen Grund für dich, mit uns nach Hexham zu kommen, aber viele gute Gründe, hierzubleiben.«

»Meine Sicherheit? James?« fragte Catherine, die beides für gute Gründe hielt, jedoch nicht triftig genug, um sich beirren zu lassen.

»Ja, natürlich«, antwortete Edgar. »Aber viel mehr als das. Wenn ich meinen Vater begleite, kann ich die Situation in Hexham mit ihm untersuchen und ihn vielleicht daran hindern, den ersten besten Menschen niederzuschlagen, den er sieht.«

»Das klingt überzeugend«, meinte auch Catherine.

»Und was noch wichtiger ist«, fuhr Edgar fort, »ich möchte, daß ihr hierbleibt, weil mein Vater nicht hiersein wird.«

»Ach ... ja!« Catherine begriff. »Dann kann ich mich ja nützlich machen, nicht? Die Leute werden in seiner Abwesenheit freier reden. Die kleine Margaret kann für mich dolmetschen.«

»Ja, *carissima*!« Den Heiligen sei Dank, daß er so eine aufmerksame Frau hatte!

Dankbar küßte er sie, und sie küßte ihn aus Liebe zurück, war aber noch nicht fertig mit ihm.

»Da wir das nun geklärt hätten, kannst du mir jetzt etwas anderes verraten, *carissime*«, flüsterte sie verführerisch. »Warum hast du mir nie erzählt, daß dein stolzer angelsächsischer Vater sich eine Französin als zweite Frau genommen hat? Und warum hast du nie erwähnt, daß du eine so niedliche kleine Schwester hast?«

»Ach.« Edgar biß sich auf die Lippe. »Das ist eine lange Geschichte. Hat die nicht bis morgen Zeit?«

Er küßte sie noch einmal, begann, sich an ihrem Hals herunterzuarbeiten, nestelte an den Kordeln ihrer *Chainse*. Insgeheim verwünschte ihn Catherine, dann aber auch sich selbst, denn sie wußte, daß sie sich verführen lassen würde.

Nun ja, so hoch im Norden würde der Morgen sehr früh kommen.

Doch auch die Morgendämmerung kam für Waldeve nicht schnell genug. Noch im Grau des ständigen Sommerzwielichts wurden alle aus dem Schlaf gerissen.

Algar weckte Edgar mit einem zaghaften Schütteln der Bettvorhänge, was die Ringe klimpern ließ.

»Mein Herr wünscht, daß Ihr in einer Stunde zum Aufbruch bereit seid«, teilte er Edgar mit.

Edgar sah ihn aus trüben Augen an. »Wie spät ist es denn, zum Teufel noch mal?« fragte er.

»Ich habe vor kurzem die Glocken zur Frühmette läuten hören«, antwortete Algar. »Zu den Laudes noch nicht.«

»Beim Schwein des heiligen Servanus!« brüllte Edgar. »Sogar die Vögel schlafen noch, Mann!«

Wie um ihn Lügen zu strafen, krähte in diesem Augenblick ein Hahn. Edgar fluchte wieder, schwang aber die Beine über den Bettrand.

»Catherine.« Er stupste die Decke an. »Catherine?«

Sie war nicht da. Er erinnerte sich dumpf, wie sie vor einiger Zeit über ihn geklettert war, doch das war eine normale nächtliche Aktivität. Vor dem Morgengrauen war sie immer zurückgekehrt.

Algar hüstelte: »Ähem, Herr Edgar, ich glaube, Eure Frau ist schon unten in der Halle und packte Eure Sachen für die Reise.«

Edgar runzelte die Stirn. Das hörte sich so sehr nach einer gehorsamen, pflichtbewußten Gattin an, daß es ihn irritierte. Jedenfalls hatte es den Anschein, daß er jetzt zum Wachbleiben verdammt war.

Das fahle Licht des Mittsommermorgens sorgte eher für eine Verschleierung der Sicht statt für eine klare Wahrnehmung. Im Sall und im Hof bewegten sich Gestalten, die alle gleich aussahen. Edgar fand Solomon, indem er über ihn stolperte.

»Was machst du denn noch auf dem Fußboden?« fragte Edgar.

»Schlafen«, antwortete Solomon. »Ich gehe nirgendwohin, darum sah ich keinen Anlaß, mein Bett zu verlassen. Offenbar habe ich mich getäuscht.«

Er ließ sich von Edgar aufhelfen. Gemeinsam traten sie in die neblige Luft hinaus.

»Ich bin froh, daß du hier bei Catherine bleibst«, sagte Edgar.

»Ich wußte doch, daß du mich früher oder später schätzen lernen würdest«, antwortete Solomon.

Edgar musterte ihn besorgt.

»Ihr beide führt doch nicht etwa irgend etwas im Schilde?« fragte er.

Solomon lachte. »Keine Sorge, *vieux compang*. Ich bleibe, weil dein Bruder und ich ein paar Ideen über den Wollhandel haben, die wir weiterverfolgen wollen. Gut, daß deine Stiefmutter dolmetschen kann. Warum hast du uns nicht gesagt, daß sie aus Franzien kommt?«

Edgar zuckte mit den Achseln, doch dann wurde er abgelenkt. »Da bist du ja!« rief er erleichtert aus. Er eilte auf Catherine zu.

Catherine schüttelte gerade seinen schweren Mantel aus, um ihn neu zusammenzulegen und wieder einzupacken. Edgar fand das sinnlos, doch er hatte gelernt, daß Frauen so etwas zu tun pflegen. Die höhnische Reaktion, welche er sich mit der Frage nach dem Sinn eingehandelt hatte, weckte in ihm die Erkenntnis, daß dies Teil der verborgenen weiblichen Rituale war, von denen selbst Catherine ihn ausschloß.

Catherine sah auf und winkte ihn zu sich. »Ich bin fast fertig«, sagte sie. »Das Packpferd, das wir in Berwick gekauft haben, ist beladen, und dein Vater sagt, du sollst deinen alten Sattel für das andere Pferd suchen. Weißt du, wo er ist?«

»Als ich das letzte Mal hier war, habe ich die Ställe nicht betreten«, antwortete Edgar. »Er muß wohl im Speicher liegen. Ich hole eine Laterne und gehe nachsehen.«

Adalisa war rechtzeitig dazugekommen, um den letzten Satz aufzufangen.

»Nein, Edgar«, sagte sie sofort. »Du wirst ihn zwischen den ganzen Vorratsfässern niemals finden. Ich schicke Algar.«

»Schon gut«, sagte Edgar. »Algar hat selbst genug zu tun. Ich bin sicher, daß ich ihn finden kann.«

»Nein!« wiederholte sie, so scharf, daß sie aufschraken. »Ich will nicht, daß du dort herumwühlst und die Sachen durcheinanderbringst. Algar hat wohl ein paar Minuten übrig.«

Sie ging, um sich darum zu kümmern, und ließ die drei anderen verblüfft zurück.

»Sicher war das alles zuviel Aufregung für sie«, mutmaßte Catherine. »Dieses Kommen und Gehen und dann der Kummer...«

Edgar schaute hinter Adalisa her. »Das wird's sein«, sagte er versonnen. »Solomon, laß Catherine und James nicht einen Augenblick aus den Augen. Versprich mir das.«

»Natürlich«, versicherte ihm Solomon. »Keine Angst. Hier wird uns kein Haar gekrümmt.«

»Stimmt«, sagte Catherine. »Du bist derjenige, der sich in acht nehmen muß. Deine Familie ist schließlich überfallen worden.«

Edgar verkniff sich die Bemerkung, daß es jetzt auch ihre Familie sei. Vielleicht war sie das ja nicht. Die Ereignisse des Abends hatten Zweifel in ihm geweckt, ob das überhaupt noch seine Familie sei. »Catherine«, begann er.

Sie sah ihn an und wandte dann rasch den Blick ab, doch es war zu spät. Er hatte die Angst in ihren Augen gelesen.

»Komm mit mir«, sagte er.

Sie schüttelte den Kopf, ohne ihn zu heben. »Nein, es ist besser, wenn ich hierbleibe«, sagte sie leise. »Bedenke doch, wie es ist, Frau und Kind in einer Kriegerschar mitzuführen. James und ich werden hier besser aufgehoben sein.«

Sie machte sich an seinem Kettenhemd zu schaffen, damit ihm die Glieder nicht in die Tunika schnitten. Edgar nahm ihre Hände.

»Ich lasse mich nicht umbringen«, sagte er.

»Gewiß nicht.« Ihre Unterlippe zitterte.

»Ach, *carissima.*« Er drückte sie an sich, ungeachtet der Menschen um ihn herum. »Es tut mir so leid, ich hätte euch nicht mitnehmen sollen.«

»Glaubst du denn, in Paris hätte ich weniger Angst?« Catherine rief sich in Erinnerung, daß dies das Los der Frauen war, warten und sich sorgen. Ihre Aufgabe war es nicht, ihm seine schwerer zu machen. Aber sie verabscheute es. Alles daran.

»Ich sehe nichts Ehrenvolles im Kampf«, sagte sie. »Aber wenn du kämpfen mußt, um dich zu retten, dann tu es. Alles, was du tun mußt, um unversehrt zu mir zurückzukehren. Versprich es mir.«

Edgar lächelte zu ihr herab. »Mit Freuden, meine Liebe. Ich habe starke Überzeugungen, wenn es darum geht, meine Haut zu retten.«

»Bei Sankt Drostins tropfenden Tränen, Edgar! Nun küß sie zum Abschied, und heb deinen Arsch in den Sattel, sonst lasse ich dich hinaufbinden!«

Edgar biß die Zähne zusammen. »Ich komme, Vater«, sagte er.

Er wandte sich wieder an Catherine. Sie legte ihm die Hand über den Mund.

»Ich weiß zwar nicht, was er gesagt hat. Aber offensichtlich will er, daß du gehst. Es hat keinen Sinn, die Sache zu verschlimmern.«

Er gab ihr einen Abschiedskuß und stieg auf sein Pferd.

Die Sonne erhob sich eben über dem Horizont, als sie zur Burg hinausritten. Sie bahnten sich einen Weg hinunter und über den Erdwall, an den Hütten vorbei und auf die Straße zu.

Der Morgen wurde wärmer, als sie in südliche Richtung ritten, auf den Römerwall zu. Edgar erwog gerade, sich das lederne Kettenhemd auszuziehen, als sie um eine Biegung kamen und auf einen zehn Mann starken Trupp in Rüstung und Helmen stießen. Alle hatten die Schwerter gezogen. Edgar umklammerte sein Messer.

Waldeve brüllte: »Das wird aber auch Zeit. Bei St. Makarius' jungfräulicher Mähre! Warum kommt ihr so spät?«

»Mein Herr Bischof konnte mich nicht entbehren«, antwortete der Anführer und zog sich den Helm ab. »Es dauerte einige Zeit, bis ich ihn überzeugen konnte, daß meine Sohnespflichten Vorrang vor meinem Treueeid ihm gegenüber haben. Nun, Vater, ich stehe zu Diensten.«

Edgar schloß die Augen. Eben gerade war das Leben unendlich viel schwerer geworden.

Sein Bruder Duncan war heimgekehrt.

Sechstes Kapitel

Auf der Straße nach Hexham. Mittwoch, 16. Juni 1143.
Gedenktag der heiligen Julitte, die als Christin gemartert wurde, und an deren Sohn Cyrus, drei Jahre alt, der gemartert wurde, weil er dem römischen Gouverneur in den Bauch trat.

Est in Northanhymbrorum provincia, haud procul a Tine Flumine, ad austrum site, villa quædam, nunc quidem modica, et raro cultore habitata, sed, ut antiquitatis vestigia tenantur, quondam ampla et magnifica. Hæc ... Hestild vocatur.

Es liegt in der Provinz Northumbria, nicht weit vom Fluß Tyne entfernt, auf der Ostseite ein gewisses Dorf, jetzt ziemlich bescheiden und spärlich bewohnt, doch trägt es die Spuren alter Zeiten, war einst bedeutend und prächtig. Sein Name lautet Hexham.

Richard von Hexham
Geschichte der Kirche von Hexham
I. Kapitel

Duncan grinste in die verdutzten Mienen seiner Familienangehörigen. Das Grinsen wurde noch breiter, als er Edgar erkannte.

»Brüderchen!« rief er aus. »Ich kann's nicht fassen, daß man es für nötig hielt, dich gewaltsam nach Hause zu holen. Vater muß ja wirklich verzweifelt sein. Was hast du vor? Willst du unsere Feinde in Grund und Boden predigen, bis sie tot umfallen? Oder meint Vater etwa, unsere Brüder wurden von Geistern ermordet, und will jetzt, daß du sie bannst?«

Edgar war zu verdattert, um zu antworten. Er hatte sich nach Kräften bemüht, die Wirkung zu vergessen, welche sein Bruder Duncan auf ihn hatte. Aber wieder einmal kam er sich vor wie ein Kalb auf dem Weg zur Schlachtbank, das schon hörte, wie das Messer gewetzt wurde. Er wußte, daß er hätte fliehen sollen, doch jetzt war es zu spät.

»Ich grüße dich, Bruder«, brachte er hervor. »Kommst du mit uns nach Hexham?«

Falls er das nämlich verneinte, würde Edgar auf der Stelle umkehren und nach Wedderlie zurückeilen. Um nichts in der Welt würde er Catherine unter einem Dach mit Duncan ihrem Schicksal überlassen.

Zu Edgars Erleichterung nickte Duncan. »Wir waren hierher unterwegs, als wir erfuhren, daß man die Pferde gefunden hat. Darum wollten wir auf euch warten, damit die Familie geschlossen antreten kann, falls sich die Kanoniker zum Angriff entschließen sollten.«

»Spotte nicht, Neffe!« brüllte Æthelræd. »Dies könnte doch eine Falle sein. Sollen wir unvorbereitet hineintappen?«

Duncans Blick wanderte von Edgar zu Æthelræd. Er zog die Brauen hoch, als er seinen Onkel erkannte. Dann sah er prüfend über die Schar der Krieger und entdeckte vertraute Gesichter unter Waldeves Mannen. Alle waren sie uneheliche Söhne, einige davon seine eigenen. Alle doppelt an sie gebunden durch Blut und Blutschwur. Er lächelte beifällig. »Ausnahmsweise hast du einmal recht, Onkel. Sehr gut! Die Mörder werden wissen, daß wir zusammenhalten. Alle außer Robert, wie ich sehe. Vater, du wagst es wirklich, dieses wuselnde Wiesel zurückzulassen?«

Waldeve schnaubte verächtlich. »So ein *bædling*! Der ist harmlos. Ich lasse ihn seine Äcker bestellen, wie ein Bauer. Adalisa wird sich hüten, ihm die Kontrolle über meinen Bergfried einzuräumen, und er besitzt nicht die *hangelles*, sie an sich zu reißen.«

Duncan lächelte wieder, sagte aber nichts mehr. Er wußte, daß Wedderlie praktisch schon ihm gehörte. Edgar empfand dieses Lächeln als triumphales Grinsen und sehnte sich danach, den älteren Bruder in den Dreck zu werfen.

Ihr Vater war sich dessen wohl bewußt. Befriedigt musterte er seine Söhne und nahm Edgars mühsam unterdrückte Wut wahr. Wurde auch langsam Zeit, daß er so etwas zeigte, dachte Waldeve. Sein letzter Sohn entwickelte sich offenbar doch noch zum Besseren.

»Nun, gut«, sagte Waldeve. »Wenn ihr auf uns gewartet habt, seid ihr wohl ausgeruht. Wir wollen keine Zeit mehr verschwenden. Bis morgen mittag können wir die Tyne-Furt durchqueren.«

Gemeinsam setzten sie ihren Ritt fort, und Edgar sah Duncan auf sich und Æthelræd zukommen.

»Bleib in meiner Nähe, Onkel«, murmelte Edgar. »Ich will heute keinen Ärger mit Duncan.«

Doch Duncan gab sich leutselig. Er versetzte Edgar einen brüderlichen Knuff, der ihn fast aus dem Sattel fliegen ließ. Edgar zuckte zusammen und fragte sich, ob Duncan wohl seine Gedanken gelesen hatte, sagte aber nichts.

»Kaum zu glauben, daß du wieder da bist!« sagte Duncan lachend. »Wir dachten ja alle schon, du hättest uns für deine französische *galdricge* aufgegeben. Was ist geschehen? Hat sie gemerkt, was ein Schreiber im Bett taugt?«

Edgar biß sich auf die Zunge und schnappte nach Luft. »Meiner Frau geht es sehr gut, danke. Ich werde ihr deine Grüße bestellen.«

»Vielleicht fahre ich mal nach Frankreich und gebe ihr noch ein bißchen mehr«, sagte Duncan.

Edgar starrte ihn verächtlich an. Wenn Duncan nichts Besseres einfiele, war seine Sorge vielleicht doch unbegründet. Dennoch sah er keine Veranlassung, ihm mitzuteilen, daß Catherine sich ganz in der Nähe aufhielt.

»Bevor du diesen Besuch in die Tat umsetzt, Duncan, sollten wir vielleicht das gegenwärtige Problem lösen. Wer hat deiner Meinung nach unsere Brüder auf dem Gewissen?«

»Was fragst du mich?« Duncan zuckte mit den Achseln. »Die letzten beiden Jahre habe ich in Durham verbracht, war fast nie zu Hause. Welche Fehden Alexander und Egbert hatten, geht mich nichts an.«

»Und was ist mit deinen Fehden?« fragte Edgar.

Duncan runzelte die Stirn. »Meine?« fragte er überrascht. »Ich habe niemanden beleidigt. Ich diene treu meinem Herrn Bischof und handele ausschließlich auf seinen Befehl. Wer sollte sich da an mir rächen wollen?«

Æthelræd beugte sich herüber, so daß er in Duncans Gesichtsfeld rückte. »Vielleicht die Einwohner von Durham?« fragte er.

Duncan wehrte ab. »Wir haben dort nur den Zehnten für den Bischof eingetrieben.«

»Ihr habt ihre Häuser niedergebrannt«, erinnerte ihn Æthelræd.

»Auf Anordnung Bischof Williams«, beharrte Duncan. »Und nur diejenigen, die dem verräterischen Erzdiakon Ranulf gehörten. Jedenfalls waren die Morde nicht das Werk von Leibeigenen. Wie könnten die Männer mit Schwertern töten? Und die Morde richteten sich auch nicht gegen mich. Ich kann von ihnen ja nur profitieren. Nein, wenn du Motive suchst, dann sieh dir Vaters Sünden an.«

Edgar mußte Duncan insgeheim recht geben, auch wenn ihm das sehr widerstrebte. Dabei hätte er mit Freuden seinem älteren Bruder die Schuld zugeschoben. Dann hätte er nämlich dieses Spielchen abbrechen und ohne Gewissensbisse heimkehren können.

Voller Wehmut dachte er an Catherine.

Nachdem Waldeve Wedderlie verlassen hatte, lockerte sich dort die Stimmung merklich auf. Zwar blieb die Trauer, doch jetzt konnte man ihr geziemend mit Gebeten und Wehklagen begegnen. Catherines Schwägerinnen gaben sich jetzt ganz ihrem Kummer hin, ohne daß Waldeve sie deswegen anbrüllen konnte.

Sibilla, die außerdem ihren Erstgeborenen verloren hatte, wollte sich nicht trösten lassen. Sie hatte ihren Vater benachrichtigt, daß sie heimkehren würde, und traf entsprechende Vorkehrungen.

»Meinst du nicht, daß du besser hierbleiben solltest?« fragte Adalisa, während Sibilla in Windeseile packte. »David ist doch bei Earl Cospatrick in Sicherheit, und nach normannischer Sitte ist er genau wie Duncan erbberechtigt. Du solltest für sein Recht kämpfen.«

Sibilla ließ sich nicht beirren.

»Das beabsichtige ich auch«, sagte sie. »Und das kann ich am besten, wenn ich in den Schoß meiner Familie zurückkehre. Wenn du mir helfen willst, dann sorge dafür, daß dein alter Bock am Leben bleibt, bis David volljährig ist. Was mich betrifft, so bin ich froh, euch allen den Rücken zuzukehren.«

Adalisa nickte. Von Sibilla erwartete sie keine Loyalität. Waldeves Söhne waren noch nie für die pflegliche Behandlung ihrer Ehefrauen bekannt gewesen. Sie fragte sich, wieso Edgar so anders war. Das mußte er ja wohl sein, denn Catherine vergötterte ihn ganz offensichtlich. Solche Liebe vertrug sich nicht mit Angst.

Adalisa spürte wieder Tränen aufsteigen und biß sich auf die Lippe. Wie es wohl wäre, mit einem Mann verheiratet zu sein, den man nicht fürchtete?

Als sie die Treppe hinunter in den Saal ging, hörte sie fröhliches Kinderlachen, vermischt mit dem Knurren und Bellen aufgeregter Hunde. Als sie hereinkam, sah sie ihre Tochter, das sonst so scheue Mäuschen, auf Solomons Rücken reiten, der auf allen vieren herumkroch. Sie jagten Catherine, die sich die Röcke zwischen den Beinen hochgebunden hatte, um ihnen besser entwischen zu können. Willa saß auf der Fensterbank, ließ den Säugling in ihrem Schoß auf- und abhüpfen und sah dem lustigen Treiben zu. Die Hunde liefen im Kreis um alle herum.

Bei Adalisas Eintreten fing Solomon gerade seine Beute, und alle fielen hin und rollten über den Boden.

»Margaret!«

Ihre Tochter sah auf. Sie las das Erstaunen in Adalisas Miene und hielt es für Mißfallen. Eilig rappelte sie sich auf, bürstete sich das Stroh und die getrockneten Blumen von der Kleidung.

»Bedaure, Mama«, sagte sie rasch. »Solomon war mein Bär und Catherine der Jäger. Wir haben sie aus dem Wald vertrieben.«

Auch Solomon stand auf und half Catherine hoch.

»Entschuldigung, Madame«, sagte er. »So spielen wir immer daheim. Es ist unverzeihlich, aber wir haben vergessen, daß dies ein Trauerhaus ist.«

»Ja«, pflichtete Catherine ihm bei. »Es ist meine Schuld. Wir hätten mit den Kindern hinausgehen sollen, statt meine Schwägerinnen zu kränken.«

Adalisa schüttelte den Kopf. »Ich glaube nicht, daß sie euch gehört haben. Ich bin nicht ärgerlich, nur überrascht. So ein Betragen ist in diesem Hause nicht üblich.« *Leider,* fügte sie in Gedanken hinzu.

Catherine ergriff Adalisas Hand. »Ich kann mit allen Kindern auf die Wiese gehen, wenn niemand Einwände erhebt. Komm doch mit. Es ist so ein schöner Tag.«

»Ja?« Wann hatte Adalisa zum letzten Mal auf das Wetter geachtet? Sie konnte sich nicht daran erinnern. »Nein, ich habe zu tun, aber ihr könnt tun, was euch beliebt. Ihr seid Gäste und braucht mir nicht zu helfen.«

Sobald sie den Bergfried in sicherer Entfernung wußten, sah Solomon Catherine stirnrunzelnd an.

»So ist unser Edgar also aufgewachsen?« fragte er. »Selbst das Kloster muß dagegen anheimelnd gewesen sein.«

»Ich glaube nicht, daß er hier viel Zeit verbracht hat, bevor er nach Franzien kam«, erwiderte Catherine. »Zuerst schickte man ihn an den Hof des Königs von Schottland und danach auf die Schule der Kathedrale von Durham. Aber vielleicht herrscht hier nur diese Atmosphäre wegen des tragischen Vorfalls.«

»Liebe Base«, schalt Solomon. »Zwei Tage auf Wedderlie, und ich weiß, daß die eigentliche Tragödie hier der Hausherr ist. Das weißt du auch.«

»Ja«, antwortete Catherine nachdenklich. Sie hatten sich jetzt der Wiese genähert, die Kinder liefen voraus. Willa hatte bereits eine Decke für James ausgebreitet und wickelte ihn aus. »Aber schau dich doch einmal um. So grausam Waldeve sein mag, ein schlechter Herr ist er wohl kaum. Das Dorf ist sauber, und die Leute hier, die ich gesehen habe, schienen mir gesund und munter.«

Ihr fiel ein, daß sie nur wenig Menschen in der Nähe des Bergfrieds gesehen hatte – nach der anfänglichen Aufregung über ihr Kommen. Gewiß arbeiteten sie zu dieser Jahreszeit alle auf den Feldern und hüteten die Herden in den Bergen.

»Die Bauern scheinen besser dran zu sein als die Herren«, gab Solomon zu. »Ich bin in vielen fernen Ländern gewesen, Catherine, aber dieses hier befremdet mich mehr als jedes andere. Es sieht nicht sehr viel anders aus als unsere Heimat, aber es weckt ein beklemmendes Gefühl, fast so, als ob es verwunschen wäre. Verstehst du, was ich meine?«

»Ja«, sagte Catherine. »Hier stimmt etwas nicht. Irgend etwas ist von Grund auf falsch. Ich glaube, Edgar empfindet das auch so.«

»Ich jedenfalls gebe keinen Pfifferling darum, wer oder was für die Morde verantwortlich ist«, schloß Solomon. »Ich will nur meine Geschäfte abwickeln und sobald wie möglich heimkehren.«

Catherine, die noch im hellen Sonnenschein fröstelte, stimmte ihm lebhaft zu.

Edgars Reise nach Hexham verlief ohne besondere Vorkommnisse. Obwohl in der Gegend Räuberbanden ihr Unwesen trieben und es oft im Gebüsch raschelte, was unmöglich von Rehen stammen konnte, wurde die Schar nicht überfallen. Einer so gut gerüsteten Schar drohte kaum Gefahr von den Gesetzlosen des Waldes. Nur ein Heer hätte es mit ihnen aufnehmen können.

Zuerst kam es Edgar merkwürdig vor, nur noch englisch zu sprechen, doch während sie tiefer ins Landesinnere vordrangen, begannen die französischen Jahre von ihm abzufallen. Er kam sich wieder vor wie der kleine Junge, der einen Heidenrespekt vor den Kriegern hatte, die sein Universum lenkten, und sich von Herzen wünschte, so wie sie zu sein. Es war, als ob ihm sein Wunsch endlich erfüllt worden wäre. Hier war er, ritt mit der *feolagscipe* seiner Familie, um sich zu rächen. Er fühlte sich stark, gefährlich, unbesiegbar.

Er kam sich lächerlich vor, wie ein Schwindler. Doch für einen kurzen Augenblick hatte er so etwas wie Ruhmsucht empfunden.

Wie Waldeve prophezeit hatte, erreichten sie Hexham am späten Vormittag des folgenden Tages. Sie hatten die lange Helligkeit des Sommers genutzt, um bis spät in die Nacht zu reiten. Die Stadt breitete sich am Südufer des Tynes aus und verteilte sich terrassenartig auf Erdboden und Felsgestein. Als sie sich der Furt näherten, sahen sie die verbrannten Ruinen aus dem Gemetzel, das König Davids Soldaten hier vor fünf Jahren auf dem Rückzug hinter den Wall angerichtet hatten, nachdem sie im Kampf um das Banner unterlegen waren. Doch auf der anderen Seite des Flusses, innerhalb des Rings sakraler Kreuze, war das Dorf verschont geblieben.

Die Ruinen von Hexham waren alt. Römische Gebäude, von den Angelsachsen zerstört; angelsächsische von den Dänen; dänische, jetzt englische Heimstätten, die Wilhelm der Bastard bei seiner Heimsuchung des Nordens vor siebzig Jahren verwüstet hatte. Jetzt lagen neue Häuser innerhalb uralter Grenzmarkierungen. Bäume wuchsen aus den Steinritzen des Hofs am alten Kloster. Schweine schnüffelten an den Überresten von Weinstöcken, die heimwehkranke Legionäre dort angepflanzt hatten.

Normalerweise wären Dorfbewohner beim Anblick von zwanzig Bewaffneten schutzsuchend in den Bergfried gerannt, doch die Menschen von Hexham streiften sie nur mit flüchtigen Blicken und gingen weiter ihrem Tagwerk nach.

Duncan schüttelte verwundert den Kopf. »Die glauben wohl immer noch, daß sie gegen eine Invasion immun sind«, sagte er. »Unglaublich!«

»Wer sollte sie jetzt schon überfallen?« fragte Urric. »Jeder weiß doch, daß St. Wilfrid und St. Cuthbert die ganze Stadt beschützen. Was außer einem Wunder hätte sie vor König Malcolm und dann vor König David retten können?«

Duncan spuckte verächtlich aus. »Plötzlich auftretender Nebel und Überschwemmungen sind in diesem Land nicht wundersamer als der Sonnenaufgang«, spottete er. »Wenn Malcolms Heer aufgehalten worden wäre, weil es Frösche geregnet hätte, dann könnte ich vielleicht an ein Wunder glauben.«

Urric schwieg, war aber nicht überzeugt. Hexham war zweimal dank seiner frommen Verehrung für die Heiligen Wilfrid und Cuthbert der Zerstörung durch die Schotten entronnen, und damit hatte es sich. Jeder konnte sehen, wo die Linie der Verwüstung verlief. Dennoch ließ sich der Soldat durch Duncans Skepsis beeindrucken. Hier war ein Mann, den nichts aufhalten konnte, nicht einmal die Macht der Heiligen. Urric beabsichtigte keineswegs, gemeinsam mit seinem Herrn der ewigen Verdammnis anheimzufallen, doch vielleicht könnte man sich noch eine hübsche Beute holen, bevor es an der Zeit wäre, Buße zu tun.

Edgar sah sich suchend um. »Ich erwarte eigentlich, Æthelræd hier zu sehen«, meinte er zu seinem Onkel. »Er stammt von hier. Du erinnerst dich doch an deinen Namensvetter?«

»Aber gewiß doch, mein Junge«, erwiderte Æthelræd. »Nur, daß er sich jetzt Aelred nennt, seit er Zisterzienser geworden ist.«

»Aelred?« Edgar kniff die Lippen zusammen. »Noch ein Zugeständnis an die Leute, die sich weigern, das ›*th*‹ richtig auszusprechen.«

Æthelræd lachte. »Und wenn schon! Vielleicht gefällt ihm der Name einfach besser. Mit seinem Eintritt ins Kloster ist er ein neuer Mensch geworden. Warum sollte er da nicht auch einen neuen Namen annehmen, wenn die französischen Mönche ihn leichter aussprechen können? Du warst zu lange fort, Edgar.«

»Ja«, seufzte Edgar. »Anscheinend hast du recht. Aber er fehlt mir, einerlei, wie er sich nennt. Vielleicht könnte er uns helfen. Æthelr ... Aelred kannte immer den neuesten Klatsch. Vielleicht sollte Robert ihn aufsuchen. Die beiden waren so dicke Freunde. Ich kann mir nicht vorstellen, daß er sich so sehr verändert hat.«

Æthelræd dachte darüber nach. »Ich meine zwar auch, daß jemand mit ihm sprechen sollte«, sagte er, »allerdings nicht gerade Robert. Die beiden hatten ein Zerwürfnis, als Aelred beschloß, Mönch zu werden. Robert will nicht darüber reden, aber seitdem ist er nicht mehr bei Hof gewesen. Er bleibt auf seinem Stück Land und widmet sich seinen Äckern und seinen Hunden. Wenn es uns hier nicht gelingt, eine Antwort auf unsere Fragen zu finden, dann werde ich deinen Vater bitten, uns beide nach Rievaulx zu schicken, um mit Aelred zu reden.«

»Edgar!« Beide schraken auf, als die Stimme aus unmittelbarer Nähe erklang.

Edgar hob den Kopf. »Ja, Vater?«

»Wir sind gleich bei der Priorei«, rief Waldeve. »Komm nach vorn. Ich will, daß jemand mit den Kanonikern in ihrer eigenen Sprache spricht. Verdien dir deinen Unterhalt, Junge! Spuck mal ein bißchen Latein aus, und zeig denen da, daß wir keine ungehobelten *Neyfs* sind, die sie mit ihrem gedrechselten Geschwätz zum Narren halten können.«

»Gewiß, Vater«, antwortete Edgar. Leise brummte er vor sich hin: »›Spuck mal ein bißchen Latein aus!‹ Etwa häppchenweise oder gar in ganzen Sätzen? Dir würde der Unterschied ja gar nicht auffallen, du alter *irrumator.*«

Edgar gehorchte seinem Vater, grummelte aber ständig vor sich hin. Er stieg vom Pferd und schlug mit dem eisernen Klopfer an das Tor der Priorei.

Die Tür ging auf, und Edgar sah grimmig in das freundlich lächelnde Gesicht eines etwa gleichaltrigen Kanonikers, das aber schnell einen besorgten Ausdruck annahm. Eilig riß Edgar sich zusammen.

»Verzeihung«, sagte er. »Ich bin Edgar, Herrn Waldeves Sohn. Man teilte uns mit, daß einige Pferde, die uns gehören, hier gefunden wurden.«

»Ach, ja«, antwortete der Mann. »Ich bin der Pförtner und heiße Meldred.«

Meldred. Ein guter englischer Name. Edgar fuhr in jener Sprache fort.

»Wenn das so ist, Meldred, dann würde mein Vater gern mit dir sprechen.«

Meldred öffnete die Tür weit.

»Gewiß, wenn Prior Richard es gestattet«, erwiderte er. »Aber Ihr und Eure Schar werdet Euch sicher zuerst ausruhen und waschen wollen. Wir haben nicht genügend Platz, um Euch alle zu beherbergen, aber vielleicht ginge das irgendwo im Ort?«

»Ich glaube, mein Vater würde eine sofortige Auskunft bevorzugen«, antwortete Edgar. »Ist der Prior zu sprechen?«

Der Pförtner dachte nach. »Doch, ich glaube schon«, sagte er. »Vielleicht arbeitet er an seiner Chronik, doch vermutlich wird er die Notwendigkeit der Unterbrechung einsehen.«

Er sah an Edgar vorbei auf den Trupp von Männern, die so offensichtlich miteinander verwandt waren und alle so groß und gut gerüstet waren.

»Vielleicht genügt es, wenn nur Ihr und Euer Vater eintretet?« fragte er schüchtern. »So viele Menschen würden die Ruhe des Klosters stören, vor allem mit den Pferden. Ihr seht ja, wie wenig Platz wir haben. Wir mußten unsere eigenen Pferde aus dem Stall holen, um Eure unterzubringen. Zuerst hielten wir die Pferde natürlich für ein Geschenk«, fügte der Kanoniker hinzu, während sie darauf warteten, daß Waldeve absaß und zu ihnen kam.

Seine Stimme klang hoffnungsvoll, doch Edgar kannte seinen Vater besser. Der würde nicht drei gute Schlachtrosse an Geistliche spenden. Die Priorei durfte sich glücklich schätzen, wenn er ihnen auch nur einen Bruchteil des Gegenwerts als Almosen gab.

Waldeve schien nicht sehr wohlwollender Stimmung, als er durch das Tor schritt. Der Pförtner hatte einige Mühe, auf dem Weg zum Prior vorn zu bleiben.

»Wir haben sie gefüttert und gestriegelt, meine Herren«, sagte er. »Seit Jahren habe ich keine so schönen Pferde gesehen. Die stammen aus einer Zucht in Durham, nicht wahr?«

Mit einem Blick gebot Waldeve ihm Schweigen. »Woher wußtet ihr, daß sie mir gehören?« fragte er scharf.

»Vom Zaumzeug, Herr«, stammelte Meldred. »Vom Wappen auf dem silbernen Beschlag. Ich stamme aus Wedderlie. Offenbar erinnert Ihr euch nicht an mich. Ich bin einer von Alfreds Enkeln und wußte, daß das Pferd einem Eurer Söhne gehört.« Er nickte Edgar zu.

Waldeve knurrte: »Dem da nicht, sondern Alexander. Der wurde mit seinem Bruder und seinem Sohn ermordet. Nun sag mir, wie die Pferde hierhergekommen sind. Wer hat das getan?«

Meldred hatte das Gefühl, zwischen die Zähne einer Dogge geraten zu sein. Er versuchte, sich in seiner Kutte zu verstecken, und wich zurück.

»Vielleicht klärt Ihr das mit Prior Richard«, sagte er zitternd.

Doch Waldeve war nicht bereit, ihn gehen zu lassen. »Hast du sie gefunden?«

Der Geistliche schüttelte den Kopf, als ob ihn fröstelte. »Nein, Herr«, widersprach er. »Das war der Mesner, als er die Kerzen für die Mette anzünden wollte.«

»Bring mich sofort zu ihm.«

»Herr, dies ist die Stunde der Meditation ...«, setzte Meldred an.

Waldeve brüllte: »Bring mich auf der Stelle zu ihm, sonst kannst du mit meiner Stiefelspitze im Arsch meditieren!«

Meldred lief schnell davon. Als er durch den Eingang zum Friedhof vorbeihuschte, raunte Edgar ihm zu: »Vergiß nicht: Die Sanftmütigen sollen die Erde besitzen!«

Meldred blieb stehen und schüttelte den Kopf. »Nur so viel davon, wie eine Grube mißt!« antwortete er.

Waldeve schnaubte verächtlich. »Glattrasierte Männer sind

mir zuwider«, brummte er. »Dich meine ich damit auch, Edgar. Du bist doch kein Mönch und solltest dir einen Schnurrbart wachsen lassen wie ein rechter Angelsachse. Wo zum Teufel bleibt denn nur der Prior? Man sollte doch meinen, er würde zumindest nachsehen kommen, was hier für ein Radau ist. Nutzlos, die ganze Bande.«

»Vielleicht nicht ganz so nutzlos, wie Ihr denkt.«

Waldeve erstarrte, dann wandte er sich langsam um. Prior Richard stand unmittelbar hinter ihm.

Der Prior war fast genauso groß wie Waldeve und schaute auch fast genauso grimmig drein.

»Ihr wollt Euch also um meine Stelle bewerben«, stieß Prior hervor.

»Was brabbelst du da?« brüllte Waldeve nur wenige Zoll von der Nase des Priors entfernt.

»Eure Befehle an meinen Pförtner konnte man von hier bis nach Edinburgh hören.« Richards lautes Organ konnte sich durchaus mit Waldeves messen. »Wer seid Ihr denn, daß Ihr meinen Leuten Anweisungen erteilt? Ihr habt kein Recht, ohne meine Genehmigung das Gelände auch nur zu betreten!«

Waldeve hielt inne. Es behagte ihm nicht, so unerwartet angegriffen zu werden. Schließlich war ihm ein Leid zugefügt worden. Er beeilte sich, zum Gegenschlag auszuholen.

»Ich bin hinter den Männern her, die meine Söhne aus dem Hinterhalt überfielen, du anmaßender Esel«, sagte er.

Nun war Prior Richard verwirrt. »Meldred meldete mir einen Trupp Schotten, die die Herausgabe der Pferde fordern, die man bei uns fand.«

»Das wollen wir auch.« Waldeve winkte Edgar heran.

Edgar näherte sich behutsam. Er kannte diesen Mann nicht. Zu seiner Zeit war der alte Asketill Prior gewesen, ein hochbetagter Verwaltungsmensch, der es nie für notwendig erachtet hatte, seine Stimme zu erheben.

»Prior Richard.« Er sprach bewußt leise, um den Mann zum

Zuhören zu zwingen. »Mein Vater, Herr Waldeve, ist untröstlich über den Verlust meiner Brüder. Er glaubt, Ihr wüßtet etwas über deren Mörder. Vergebt ihm sein Aufbrausen.«

Der Prior bemühte sich sichtlich, seinen Ärger zu bezähmen.

»Nun denn«, sagte er und holte tief Luft. »Mir war nicht klar, daß Ihr persönlich gekommen seid, um der Sache nachzugehen. Wir alle trauern um Euren Verlust und werden für Eure Familie beten. Ich bedaure, daß Meldred mir den Sachverhalt nicht richtig dargestellt hat. Man hätte Euch nicht warten lassen sollen.«

Waldeve mochte ein widerwärtiger Tyrann sein, schlecht erzogen war er nicht. Gnädig nahm er die Entschuldigung an.

»Ein verzeihlicher Irrtum«, sagte er. »Wir wollen nicht mehr davon sprechen.«

Der Prior führte sie in sein Zimmer. »Ich lasse Wein und Essen für Euch kommen«, sagt er. »Und Euren Gefolgsleuten kann ich Bier zur Erfrischung bringen lassen, wenn Ihr gestattet.«

»Meinetwegen können Sie sich vollaufen lassen«, sagte Waldeve. »Heute brauche ich sie nicht mehr. Laßt sie irgendwo ein Lager aufschlagen. Wir ziehen erst weiter, wenn ich dieser Angelegenheit auf den Grund gegangen bin.«

»Vater«, flüsterte Edgar, »ich glaube kaum, daß Duncan und Æthelræd es schätzen, draußen zu bleiben.«

»Hie hie fulbrecon mægon«, erwiderte Waldeve.

Edgar hielt das auch für möglich, allerdings nicht in aller Öffentlichkeit. Es war allerdings klar, daß sein Vater keinen der beiden hereinholen wollte.

Sie ließen sich zu Wein, Obst und Brot nieder.

Prior Richard wollte etwas sagen, doch Waldeve ließ ihn nicht. »Ich wünsche keine weiteren Beileidsbekundungen«, sagte er. »Ja, ich werde der Priorei etwas stiften, damit ihre Seelen Ruhe finden, aber kein Land, verstanden? Ich lasse mir etwas einfallen. Aber jetzt nicht. Sag mir nur, was du weißt.«

Der Prior wußte dieser Zurechtweisung mit Würde zu begegnen.

»Da gibt es kaum etwas zu berichten, Herr«, sagte er. »Die Sache gibt uns Rätsel auf. Die Tore waren für die Nacht verriegelt, so wie Ihr sie vorfandet. Die Kirche liegt innerhalb der Mauern. Mein Mesner kam vor der Morgendämmerung herein und fand die Pferde. Er hielt es für möglich, daß sie den Heiligen Wilfrid und Cuthbert gehören und ein Zeichen für eine bevorstehende Invasion sein sollten.«

Waldeve war drauf und dran, seine Meinung dazu zu äußern, besann sich jedoch eines Besseren. Er bedeutete dem Prior fortzufahren.

»Mehr weiß ich auch nicht«, sagte Richard. »Der Mesner merkte bald, daß sie nicht himmlischer Herkunft waren. Sie waren gut im Futter und unversehrt bis auf die Haare. Und wir haben gut für sie gesorgt, während sie sich in unserer Obhut befanden.«

»Daran zweifele ich nicht«, sagte Waldeve. Doch dann stutzte er. »Was ist denn mit den Haaren?«

Prior Richard war verdutzt. »Hat es der Bote denn nicht ausgerichtet? Man hat ihnen Schweif und Mähne abgeschnitten, ganz dicht am Körper.«

Waldeve sprang auf, stieß dabei den Becher mit Wein um, der die Kutte des Mönchs bespritzte. »Edgar!«

»Ja, Sir!«

»Rede du mit ihm. Hol die ganze Geschichte aus ihm heraus. Ich will nach meinen Pferden sehen.«

Damit stürzte er hinaus, und Edgar wußte nicht, was er sagen sollte.

»Prior Richard ...«

»Ihr braucht Euch nicht für ihn zu entschuldigen«, unterbrach ihn Richard, der sich den Wein mit den Händen abwischte. »Er treibt es bei weitem nicht am ärgsten. Es herrschen schlimme Zeiten, und die Menschen sind hart geworden, um sie zu überleben. Ich bin an ihr brüskes Benehmen durchaus gewöhnt.«

»Dennoch«, fuhr Edgar fort, »mein Vater vertritt den Standpunkt *›hoc voluit, sic iubet, sit pro ratione voluntas‹*. Ich war zu lange fort, ich hatte vergessen, wie sehr er sich als Herr aufführt.«

Prior Richard lächelte. »Ich habe Juvenal seit Jahren nicht mehr gelesen. Ihr glaubt also, Euer Vater macht seine eigenen Gesetze?«

»In Wedderlie gilt sein Wille als Gesetz«, sagte Edgar. »Es setzt ihm zu, daß er keine Gerechtigkeit für meine Brüder findet. Die Täter handelten nicht gemäß den Sitten oder der Tradition. Wären sie aus Habgier getötet worden, dann hätte man auch ihre Leichen ausgeraubt. Aus Rache hätte man ihnen die Köpfe abgeschnitten, Pferde und Waffen als ehrliche Beute betrachtet. Gab es irgendeinen Hinweis, vielleicht eine Botschaft, an den Pferden, als man sie fand?«

Der Prior schüttelte versonnen den Kopf. »Mir ist nichts aufgefallen. Ich habe keine Ahnung, es sei denn, es ist ein Zeichen, daß sie ausgerechnet hierhergebracht wurden. Doch ich entsinne mich nicht, daß Eure Familie je eine Verbindung mit Hexham gehabt hätte.«

Edgar schüttelte den Kopf. »Das hat sie auch nicht, abgesehen von ein paar Vermächtnissen zu Lebzeiten meines Großvaters. Doch als ich in der Kathedrale von Durham studierte, brachte mich mein Freund Æthelræd manchmal als Besuch mit hierher. Damals lebte sein Vater noch. Ich mochte den alten Eilaf sehr gern.«

Er hielt einen Augenblick inne und dachte an den freundlichen alten Mann, dessen Lebensweise man so verunglimpft hatte. Und obwohl man sie ihm raubte, hatte er sich nicht von Bitterkeit überwältigen lassen.

»Aber dieses Verbrechen hat nichts mit mir zu tun«, fuhr er fort. »Ich war seit meinem vierzehnten Lebensjahr fort. Das liegt beinahe fünfzehn Jahre zurück. Die wenigen, die sich an mich erinnern, kannten mich nur als Kind.«

Prior Richard sann darüber nach. »Vielleicht liegt das Motiv dieser Greueltat in jener Zeit«, meinte er schließlich.

Edgar richtete sich auf. »Aber ich habe nichts getan!«

»Das habe ich auch nicht behauptet.« Richard hob beschwörend die Hände. »Doch im Norden hat man ein langes Gedächtnis, und mehr als ein Mann wurde dazu erzogen, ein Unrecht zu rächen, welches man an seinem Vater beging.«

Dem konnte Edgar nicht widersprechen. Er trank von seinem Wein, der Qualität nach zu urteilen, mußte der Prior Verbindungen nach Burgund haben.

Auch dieser Becher fiel zu Boden, als Waldeve wieder hereingeplatzt kam.

»Was für Ungeheuer haben diese Tat auf dem Gewissen?« schrie er. »Du weißt doch, wer es war, oder? Sie haben dich bezahlt, damit du schweigst. Rede, oder ich presse es aus deiner Kehle heraus!«

Er packte den Prior an den Halskordeln seiner Kutte und begann, sie fest zusammenzuziehen.

»Vater!« Edgar wollte dem Prior zu Hilfe eilen, doch das war nicht nötig. Richard ließ sich nicht beeindrucken.

»Laßt von mir ab, Herr Waldeve.« Seine Stimme klang fest und drohend, das Atmen fiel ihm schwer, während sich die Schnüre immer enger zusammenzogen. »Sonst werde ich wegen Mißhandlung eines Dieners von Gott, St. Andrew, St. Cuthbert und St. Wilfrid einen Fluch über Euch und Eure Familie verhängen, wogegen das, was Euch widerfahren ist, sich wie ein Segen ausnimmt.«

Regungslos stand er da und stierte Waldeve furchtlos in die wutentbrannten Augen. Einen kurzen Augenblick lang stockte allen der Atem. Dann lockerte Edgars Vater seinen Griff und wandte den Blick ab.

»Ein Fluch?« wisperte er. »Ich brauche nicht noch mehr Katastrophen über meinem Haupt. Nicht jetzt. Ich bin schon verflucht genug.«

Die Prior strich sich die Kutte glatt. Edgar sah, wieviel Mühe es ihn kostete, sich zu fassen. Endlich fand er die Sprache wieder. »Verzeiht, Herr Waldeve«, sagte er. »Meine Worte waren im Zorn über Euer Handeln gesprochen. Ich bin wie Ihr zum Befehlen geboren, nicht, um zu dienen. Das Schwerste, das Gott mir auferlegt hat, ist die Demut.«

»Akzeptiert«, entgegnete Waldeve. »Nun komm mit mir und sieh dir an, wie du und die anderen Diener Gottes euch um meine Pferde gekümmert habt. Edgar, untersuche sie. Irgend etwas muß uns doch verraten, warum sie hier sind.«

Die Pferde standen im Hof vor der Kirche. Ihr Anblick versetzte Edgar einen Stich. Die edelsten Pferde, die sein Vater besaß, waren der Lächerlichkeit preisgegeben. Irgendwie erregte ihn das mehr als der Tod seiner Brüder. Männer kämpften hier im Norden ständig miteinander. Es gehörte zum Leben, und Alexander und Egbert und sogar der kleine Edgar waren dafür ausgebildet. Doch die Pferde hatten sich nichts zuschulden kommen lassen, um solch eine Behandlung zu verdienen. Man hatte sie ihrer Würde beraubt. Irgendwer wollte den Herrn von Wedderlie demütigen, ihn nicht einfach nur vernichten.

Zum erstenmal seit Robert ihm in Frankreich die Nachricht überbracht hatte, spürte Edgar wahrhaftig den dringenden Wunsch, das Motiv herauszufinden. Es mußte doch eine Antwort auf diese Frage geben.

Was hatte sein Vater verbrochen, um sich so einen Feind zu schaffen? Ja, wie weit würde dieser Feind noch gehen?

Dann traf es ihn plötzlich mit der Wucht eines Rammbocks.

Alle kampffähigen Männer von Wedderlie waren hier versammelt. Außer ein paar Wachsoldaten gab es niemanden mehr, der den Bergfried verteidigen konnte.

Er hatte Frau und Sohn zurückgelassen und sie in Sicherheit gewähnt.

Statt dessen hatte er sie ungeschützt gegen einen Angriff

gelassen. Edgar fühlte eine Welle der Panik. Die Gefahr in Wedderlie konnte schlimmer sein als die in Paris, vor der sie geflohen waren.

Siebtes Kapitel

Im Bergfried von Wedderlie. Freitag, 18. Juni 1143, Tag der Sommersonnenwende und der heiligen Gemma, die lieber ihr Leben als ihre Keuschheit ließ.

Ne thæt aglæca ylden thote,
ac he gefeng hraðe forman siðe
slæpendne rinc, slat unwearnum,
bat banlocan, blod edrum dranc
synsnædum swealh; Sona hæfde
undlyfignendes eal gefeormod,
fet ond folma.

Der Dämon zögerte nicht lang und fing sich flink einen schlafenden Krieger, biß ihm die Glieder ab, trank sein Blut, schlang ihn in großen Bissen hinunter; bald hatte er ihn mit Haut und Haar gefressen.

Beowulf, 11.739–744

Wolken hingen über dem Land, zerstreuten das Sonnenlicht, so daß die Farben der Welt in Nuancen gedämpft wurden, wie Catherine sie noch nie erlebt hatte. Langsam lichtete sich der Nebel, das Licht brach hie und da in goldenen Strahlen heraus. Sie hatte nicht die geringste Ahnung, wie spät es war. Aus der Ferne hörte sie zwar die Glocken, doch die könnten für alles mögliche von der Frühmette bis zur Prime gleich nach dem Morgengrauen geläutet haben. In den letzten beiden Tagen hatte sich die Sonne fast nur als Streifen am Horizont gezeigt. Auf gewisse Weise war das schön, andererseits bestärkte sie das seltsame Licht nur in dem Gefühl, daß dieser Ort nicht ganz von dieser Welt war.

»Es scheint, daß sich der Nebel lichtet und Feen auftauchen, die am Fluß tanzen.« Solomon tauchte neben ihr am Fenster auf. Er trug nur seine Tunika, und seine schwarzen Locken waren vom Schlaf zerzaust. Catherine lehnte sich an ihn, fühlte sich bei ihm sicher und geborgen.

»Das würde ich gern sehen«, sagte sie leise.

»Ich auch.« Er grinste. »Die Geschichten stimmen überein, daß sie nackt tanzen.«

Die Welt wurde real. »Was machst du denn schon so früh?« fragte Catherine. »James hat mich vor einer Weile geweckt, weil er sein Frühstück wollte, aber er konnte kaum zu Ende trinken, da war er schon wieder eingeschlafen. Sonst habe ich noch keinen gehört.«

»Das Licht hat mich, glaube ich, aus dem Schlaf gerissen. Vielleicht war es auch der Traum.« Seine Stimme wurde wieder ernst. »Ich dachte, ich hörte jemanden weinen, um Hilfe rufen, ohne jegliche Hoffnung, gehört zu werden. Ich konnte fast die Tränen schmecken.«

Catherine zog sein Kinn herunter, um ihm ins Gesicht zu sehen. Ihre Blicke trafen sich. Sie sah kein Lachen in seinen Augen. Also wollte er sie nicht mit einer dramatischen Geschichte aufziehen. Doch es sah ihm nicht ähnlich, sich von Träumen beeinflussen zu lassen.

»Glaubst du, das könnte eine Warnung sein?« Sie versuchte, ihre Stimme ruhig klingen zu lassen.

Er zuckte mit den Achseln. »Sehe ich aus wie Josef? Ich kann keine Träume deuten. Ich weiß nur, daß ich mit der Erinnerung an den Traum nicht mehr im Bett bleiben will.«

»Vielleicht ist es nur die Stille«, sagte Catherine. »Jetzt, wo Sibilla und Anna und ihre Zofen und auch die meisten Männer fort sind, hallen die Flure wider, weil es so leer ist. Nur die Wachen vom Dorf sind noch hier. Wenn ein Stiefel zu Boden fällt, hört es sich an wie das Trampeln von hundert Soldaten.« Sie seufzte. »Ich wünschte, Edgar käme zurück. Ich wünschte, wir könnten heimkehren.«

Solomon legte den Arm um sie. »Er kommt doch bald wieder. Inzwischen muß ich meine Verhandlungen mit Robert und seinen Freunden weiterführen. Die Flamen lassen sich bereits hier nieder. Sie werden den Wollhandel ganz unter ihre Kontrolle bringen, wenn ich die Einheimischen nicht davon überzeugen kann, daß wir ihnen mehr dafür bieten können.«

»Du als Kaufmann, das kann ich mir eigentlich gar nicht vorstellen.« Catherine schüttelte den Kopf. »Wenn du auf Reisen gehst, glaube ich immer, du kämpfst den ganzen Tag mit Seeräubern und Drachen und verbringst die Nächte in verrufenen Spelunken.«

»Alle Spelunken sind verrufen«, versicherte ihr Solomon. »Aber ich tu mein Bestes, um Drachen und Seeräubern aus dem Weg zu gehen. Gewöhnliche Räuber und hübsche Mädchen mit häßlichen Vätern und Brüdern machen mir genug zu schaffen.

Ich lebe vom Handel, Catherine. Edel ist das nicht, aber nützlich. Und ich muß gut sein. Man hat uns aus jedem anderen Beruf herausgedrängt. Die Sonderabgaben für Juden und die Gesetze, die uns kontrollieren, werden von Jahr zu Jahr schärfer.«

»Ich weiß«, sagte sie, aber Catherine wollte es nicht hören. Für sie lag die Lösung auf der Hand: Solomon mußte Christ werden. Doch die einzigen Gelegenheiten, daß sie ihn wirklich zornig erlebt hatte, waren die, als sie versuchte, ihn zum Übertritt zu überreden.

Sicherer wäre es, das Thema zu wechseln. »Was hältst du denn von meiner Stiefschwiegermutter?« fragte sie.

»Ich glaube, sie ist die schwermütigste Frau, die ich je gesehen habe«, antwortete er. »Vielleicht war sie es ja, die in meinem Traum geweint hat.«

Catherine nickte. »Ich kann mir nicht vorstellen, wie irgendwer in der Ehe mit Waldeve glücklich sein kann. Ich frage mich, wie Edgars Mutter wohl war. Edgar erinnert sich überhaupt nicht an sie.«

»Die Dorfbewohner könnten es uns sicher sagen«, meinte Solomon. »Ich wünschte, wir könnten die Sprache. Sie ist mit Deutsch verwandt, aber doch so verschieden, daß ich den Gesprächen nicht folgen kann. Ich *weiß*, daß sie hinter unserm Rücken über uns reden. Jedesmal, wenn ich vorbeigehe, tuscheln sie.«

»Das stört mich nicht«, sagte Catherine. »Aber das Gefühl, daß alle außer uns genau wissen, was gespielt wird. Ich kann einfach nicht glauben, daß Waldeve sich solch einen mächtigen Feind macht und nicht weiß, wer es ist.«

»Ich auch nicht«, stimmte Solomon zu. »Kommt es dir nicht so vor, als ob man dich mit verbundenen Augen in ein Unwetter geführt hat?«

Catherine seufzte. »Ja, seit ich Paris verlassen habe.«

»Meinst du nicht auch, wir sollten herauszufinden versuchen, aus welcher Richtung der Sturm bläst?«

»Ja«, sagte Catherine. »Und vor allem, ob es etwas ist, das Edgar ein Leid zufügen kann.«

»Da sind wir ausnahmsweise mal einer Meinung«, versetzte Solomon lachend. »Nun, wie machen wir das, ohne die Sprache zu verstehen?«

Catherine dachte nach. »Margaret.«

»Das Kind? Was kann sie denn?«

»Englisch und Französisch«, sagte Catherine. »Und außerdem kennen die Leute aus dem Dorf sie und sind nett zu ihr. Ich habe es gesehen. Ich glaube, sie haben Mitleid mit ihr.«

Solomon sinnierte: »Mitleid? Wieso denn? Ihr Los ist nicht schwerer als das anderer Kinder ihres Standes und verdammt viel besser als das eines Bauernkindes.«

»Warum, das kann ich dir nicht sagen«, antwortete sie. »Aber ich lese es in ihren Augen. Ja, ich nehme Margaret heute mit ins Dorf. Kommt Robert hierher?«

»Ja, Adalisa wird für mich dolmetschen.« Er gähnte. »Weißt du, ich glaube, ich könnte doch noch eine Stunde Schlaf gebrauchen.«

»Schön.« Catherine knuffte ihn. »Ich glaube, ich sehe mir noch ein Weilchen den Nebel an.«

Nachdem Solomon gegangen war, sah sie noch eine Zeitlang den Schwaden zu und kam sich dabei halb wie im Traum vor. Dann blinzelte sie, lehnte sich gefährlich weit aus dem Fenster und versuchte, besser zu sehen.

»Was ist das?« Ihr Atem ging schnell. Da war etwas Riesenhaftes, was immer es sein mochte. Sie konnte keinen klaren Umriß erkennen, nur eine dunkle Masse, die über die Straße wogte. Sie schien aus den Fellen von einem Dutzend Tieren zu bestehen. Vorn lugte ein Geweih heraus und so etwas wie das Horn eines Einhorns. Während sie es beobachtete, blieb es stehen und gab ein lautes Geräusch von sich, das eigentlich die Leute aus den Häusern hätte locken müssen.

Nichts geschah.

Catherine versuchte zu schreien, konnte jedoch nur wie ein Fisch am Ufer nach Luft schnappen. Entsetzt mußte sie zusehen, wie das Ding weiterkroch und im Wald verschwand.

Sie schloß die Augen. »St. Nauritius und alle deine Soldaten, beschützt mich vor dem Ding«, flüsterte sie.

Die Nebelbänder kräuselten sich um die Stelle, wo das Ungeheuer verschwunden war.

Vor ein paar Jahren noch wäre Catherine hinausgelaufen, um die Sache aufzuklären. Sie hätte den Riegel von der Tür geschoben, wäre ohne Schuhe hinausgegangen, über die Brücke des Erdwalls gelaufen, unter dem Fallgatter herausgeschlüpft und hätte auf der Straße die Spur des Tiers verfolgt, bevor es so völlig hätte verschwinden können.

Allmählich aber war sie vorsichtiger und vernünftiger geworden, so meinte sie.

Sie versuchte, sich genau an das zu erinnern, was sie durch Sonnenlicht und Nebel gesehen hatte. Es schien einen Kopf zu haben, und zwar mit einem Geweih. Hatte es auch Füße? Sie konnte sich nicht daran erinnern. Es war irgendwie vorwärtsgeglitten, so wie eine Riesenschlange, nur mit Fell.

Ach, du liebe Zeit, sie konnte sich lebhaft vorstellen, was Solomon dazu sagen würde.

War das wirklich, oder hatte sie es sich eingebildet? War es ein Traum aus Edgars angelsächsischen Geschichten? Das große Ungeheuer, das in dem See wohnte, zum Beispiel. Der heilige Columba hatte es angeblich schon vor Jahrhunderten vertrieben, doch Edgar behauptete, es lauere immer noch im dunklen Wasser. Vielleicht handelte es sich hier um einen landbewohnenden Vetter jenes Dämons?

»Logik, Catherine«, ermahnte sie sich. »Denk rational. Ordne die Informationen. Bilde dir eine klare und wohlüberlegte Hypothese.«

Beinahe meinte sie, Mutter Heloïse stehe neben ihr und gebe ihr Anleitungen.

»Ich muß dorthin und den Boden untersuchen«, beschloß sie. »Wenn es Spuren hinterlassen hat, war es real. Wenn es ein Dämon war, kann ich nur hoffen, daß Gott mich beschützt.«

Ihre Kleider lagen alle in den Frauengemächern. Catherine sah sich um, als sie zur Tür eilte. Da hing eine Kordel am Haken, damit konnte sie ihr Hemd gürten, und ein sauberes Tischtuch, mit dem sie den Kopf bedecken konnte, wie es einer verheirateten Frau geziemte.

Nein, Schuhe würde sie keine finden.

Im letzten Augenblick schnappte sie sich etwas, mit dem sie sich verteidigen konnte.

Niemand bemerkte sie, als sie die Tür entriegelte und die Treppe hinunterlief. Die Torwachen hörte man schnarchen. Catherine war gleichzeitig erleichtert und verärgert darüber, daß das Fallgatter am Abend vorher nicht ganz heruntergelassen worden war. Darunter gab es noch genügend Platz zum Durchkriechen.

Catherine warf den schlafenden Wachen einen verächtlichen Blick zu. Und diese Leute sollten ihr Kind beschützen? Besser wäre es, Willa zu bewaffnen.

Die Steinchen auf dem Weg schnitten ihr in die bloßen Füße. Catherine ging so rasch wie möglich hinunter durch die Ansammlung von Hütten und trat dann auf den weichen, taufeuchten Wegesrand.

Also, wo war das Ding aus dem Wald gekommen? Sie ging jetzt langsamer. So etwas Großes konnte doch unmöglich vorbeiziehen, ohne Spuren zu hinterlassen.

Da! Platt, als ob ein Heer durchgezogen wäre. Catherine schob die Zweige einer Föhre beiseite, in der Hoffnung, die Spur zu sehen, die zur Höhle des Ungeheuers führte. Doch dort war nur ein tiefer Abdruck im Boden, plattgewalzte Wildblumen, deren Duft zu ihr aufstieg.

Catherine zerbrach sich darüber den Kopf. Hatte das Ding etwa auf der Lauer gelegen und war mangels Beute wieder aufgestanden? Sie ging auf die andere Straßenseite, da sie dort aufgewühlten Dreck und gekerbte Wagenspuren entdeckte.

Ja, hier war es hinübergegangen, so wie sie es beobachtet hatte. Und dann war es zwischen den Bäumen verschwunden.

Catherine zögerte. Was, wenn es immer noch da wäre? Und wenn es sie angriffe?

Ich sollte das hier sein lassen, dachte sie. Wenn ich umkomme, was wird dann aus meinem Kind?

Dennoch spähte sie in den Wald, hoffte, doch noch einen Blick von dem Monster zu erhaschen.

Die Zweige bewegten sich heftig. Catherine sprang auf die andere Straßenseite zurück. Sie erhob die Waffe, als sich die Blätter teilten.

Zwei Frauen kamen aus dem Wald. Sie trugen Körbe mit Erdbeeren. Als sie Catherines ansichtig wurden, warfen sie sich schreiend auf den Bauch.

Catherine ging auf sie zu, um ihnen aufzuhelfen. Doch sie hielt inne, als die Frauen sie anzusingen begannen und die Körbe am ausgestreckten Arm von sich forthielten.

»Ic on sunu thinne sodne gelyfe
hælenda cyning, hider asende...«

Was sollte das nur? Catherine erstarrte. Belegten die Frauen sie etwa mit einem Fluch? Ob sie davonlaufen könnte? Sie würde es zumindest versuchen.

Die Frauen sangen weiter, ohne aufzublicken.

»... thone Gabriel, godes ærendraca,
sanctan Marian sylfre gebodode...«

Halt! Diese Worte klangen ihr vertraut. *»Sanctan Marian?«* O nein!

Jetzt rannte Catherine tatsächlich. Die Frauen hatten sie für eine Erscheinung der Jungfrau Maria gehalten. Entsetzlich! Vor einem Sakrileg scheute sie noch mehr zurück als vor einem Fluch. Sie betete, daß sie außer Sichtweite wäre, bevor es die Frauen wagten, hochzusehen. Wie konnten sie nur so einem Irrtum verfallen?

»Wie wohl, Catherine? Sieh dich doch einmal an! Du solltest dich schämen!«

Die Stimmen des Klosters übertönten ihr laut pochendes Herz. Sie schlüpfte wieder unter dem Fallgatter hindurch, nahm drei Stufen auf einmal, verriegelte den Durchgang und rang nach Luft.

Dann sah sie an sich hinunter: barfuß, weißes Hemd, ein blaues Tischtuch über dem Kopf – und ein Schwert, das Annas Sohn zurückgelassen hatte. Es war ein ganz schlichtes Spielzeug, zwei zusammengebundene Holzlatten. Es sah einem Kreuz sehr ähnlich.

Schuldbewußt ließ sie es fallen. Es schepperte auf der Schwelle aus Stein.

»Was ist das denn?«

Adalisa sah vom Tisch beim Herd auf. Er war mit Papieren überstreut. Als sie Catherine erblickte, starrte sie sie mit offenem Mund an.

»Guten Morgen«, sagte Catherine rasch. »Ich war nur ... nur eben ...«

Adalisa schüttelte den Kopf. »Einerlei. Ich will es gar nicht wissen.«

»Nein!« Catherine war erschrocken. »Nicht, was du denkst. Ich dachte, ich hätte etwas in den Wäldern gehört. Ich bin hinausgegangen, um nachzusehen.«

»Natürlich«, antwortete Adalisa. »Und was hast du gefunden?«

»Nichts«, sagte Catherine. »Nur zerbrochene Zweige.«

»Vermutlich ein Hirsch.« Adalisa beugte sich wieder über die Papiere.

Catherine errötete, eher aus Zorn als aus Verlegenheit. Diese

Frau glaubte ihr einfach nicht! Sie meinte, Catherine sei zu irgendeinem Tandaradei hinausgegangen.

Mein Gott, dachte sie. Von der Jungfrau Maria zu Maria Magdalena, und das alles noch vor dem Frühstück.

Catherine sah ein, daß es nutzlos wäre, sich zu verteidigen. Sie durchquerte den Saal und ging die Treppe hinauf.

»Catherine?«

Catherine blieb stehen. »Ja, Madame?«

Adalisa seufzte. »Wenn du angezogen bist, könnte ich deine Hilfe bei diesen Dokumenten gebrauchen. Bitte. Und Catherine ... Von mir hast du nichts zu befürchten. Ich würde dich nie verraten.«

Catherine biß die Zähne zusammen und stieß hervor: »Ich habe nichts getan, daß ich mich vor dir fürchten müßte. Ich helfe dir gern. Laß mich nur schnell nach dem Kind sehen und mir den *Bliaut* und Schuhe anziehen.«

James schlief noch, aber Willa war schon wach.

»Habt Ihr mit den Elfen getanzt, Madame?« fragte sie.

»Hast du etwa mit Solomon gesprochen?« erwiderte Catherine streng.

»Nein, Madame«, sagte Willa. »Ich sah Euch vom Fenster aus. Darf ich nächstes Mal mitkommen?«

Catherine fragte sich, wie viele andere sie noch gesehen hatten und was sie nach deren Meinung wohl getrieben hatte. Falls sie jemals die Chance gehabt hatte, als respektable französische Frau angesehen zu werden, dann hatte sie sich diese durch eine einzige unbedachte Handlung verdorben. Ihr einziger Trost war, daß Edgar den Vorfall wahrscheinlich amüsant fände.

Sie zog sich sorgfältig an, obwohl sie zweifelte, daß sie mit korrekter Kleidung ihren angeschlagenen Ruf bei Adalisa wiederherstellen konnte. Dann ging sie in den Saal hinunter.

Ein Diener hatte einen Krug Bier und eine Platte mit Fleisch und Brot gebracht. Adalisa hatte eine Schale Bier eingeschenkt, das Essen aber nicht angerührt. Ihr Finger bewegte sich langsam über ein viereckiges Pergament, das sich immer wieder einrollte. Bei Catherines Eintreten blickte sie hoch.

»Iß erst einmal.« Sie winkte in Richtung des Tischchens mit dem Essen. »Dann kannst du mir hierbei helfen. Hier ist eine Formulierung, aus der ich nicht schlau werde. Mein Latein besteht aus dem wenigen, was mir der Gemeindepfarrer beigebracht hat.«

Catherine goß sich Bier ein. Es war saurer als das französische, doch sie gewöhnte sich allmählich daran. Das Brot war von der Fleischsoße aufgeweicht, und sie riß sich ein Stück vom Rand ab und knabberte daran, als sie über Adalisas Schulter blickte und las.

»Wo ist denn die schwierige Stelle?« fragte sie.

Adalisa zeigte sie ihr und rückte zur Seite, damit Catherine besser sehen konnte.

Catherine legte ihr Brot hin und beugte sich über den Text. Doch dann schoß ihr ein Gedanke durch den Kopf.

»Du willst mich doch nicht etwa prüfen? Ob ich die bin, die ich vorgebe zu sein?«

Beinahe hätte Adalisa gelacht. »Nein, dann hätte ich dir eine Aufgabe stellen können, die ich besser beurteilen kann. Ich habe Edgar schon als kleinen Jungen gekannt, besser als sein Vater. Er konnte noch nie dumme Frauen, dumme Menschen überhaupt, ertragen. Ein hübsches Gesicht könnte ihn vielleicht ein paar Nächte lang fesseln, aber wenn er seine Heimat und seine Familie verließ, dann muß schon mehr als Sinnenlust im Spiel sein. Gewiß hast du die Bildung, die er für dich in Anspruch nimmt. Und nun sieh dir dies einmal an.«

Beruhigt wandte sich Catherine wieder ihrer Aufgabe zu.

»Sciatis me concessisse et reddidisse ... ego pro delictione Dei et redemptione anime mee ...« Sie sah hoch. »Das ist ein ziemlich durchschnittliches Dokument einer Schenkung.«

»Den Teil meinte ich nicht«, sagte Adalisa. »Weiter unten. Nach St. Cuthbert.«

»Laß mal sehen.« Catherine las weiter. Es war keine sehr ordentliche Abschrift. Es gab herausgekratzte und überschriebene Stellen. Sie hielt das Pergament gegen das Licht. »*Sancto Cuthberto et Willelmo Cumino, episcopo.*«

Sie sah wieder auf. »Ich dachte, William Cumin wurde nie zum Bischof von Durham gewählt. Kämpft Edgars Bruder Duncan nicht dafür?«

»Ja«, sagte Adalisa. »Aber das hinderte Cumin nicht daran, Dokumente auszustellen, in denen er kirchlichen Grund und Boden verschenkt. Aber das macht mir kein Kopfzerbrechen, sondern das, was folgt.«

»Sehr wohl.« Noch einmal. »*Unam carractam terre de feudo meo in* ... ist das etwa der lateinische Name für Berwick? Also, Berwick, dann ... *pro escambio terre de* ...«

»Das ist es!« sagte Adalisa. »*Escambio,* was bedeutet das?«

»Im Austausch für ...«, antwortete Catherine. »Es ist ziemlich eindeutig. Waldeve hat Land in Berwick dem Bischof von Durham überschrieben und dafür drei Pferde, vollkommen beschlagen und mitsamt Schabracken, erhalten. Wie ich meinen Schwiegervater einschätze, sieht es ihm ähnlich, einen Verkauf wie eine Schenkung aussehen zu lassen. Ist das Land in Berwick denn drei Pferde wert? Der Preis dünkt mich doch recht hoch.«

»Ich wüßte nicht, wieso«, sagte Adalisa. »Das ist ein Teil von dem, was mich irritiert. Ich wußte hiervon nichts. Er hat mir erzählt, er habe die Pferde auf dem Jahrmarkt in Roxburgh gekauft. Das Grundstück in Berwick ist nur ein Häuschen mit einem Stückchen Land. Es gehörte zur Mitgift seiner ersten Frau. Ich glaube, er hat nicht einmal das Recht, es zu verschenken. Ich dachte, Robert hätte es bekommen.«

Catherine sah sich die Unterschriften der Zeugen an.

»Robert hat diese nicht unterzeichnet«, sagte sie. »Duncan und die anderen beiden Brüder schon. Hier steht, daß die Transaktion in Durham stattfand, aber nicht wann. Vielleicht ist der

Besitz an einen der anderen gegangen. Oder einer von ihnen hat ihn Robert abgekauft.«

»Das glaube ich kaum«, erwiderte Adalisa. »Wie alt dieser Beleg wohl sein mag? Waldeve bewahrt die Familienpapiere in einer Schatulle unter dem Bett auf. Ich habe die Schlüssel zu allem anderen, aber diesen hier hat er bis jetzt selbst gehütet. Er fand wohl, daß mich seine Familie nichts angehe.«

Catherine hörte die Bitterkeit heraus. Adalisas Schicksal war grausam: ein Ehemann, der ihr so viel Verantwortung übertrug und so wenig Respekt zeigte.

Adalisa fuhr fort: »Heute habe ich die Schatulle zum erstenmal allein geöffnet. Mir fiel ein, daß der Grund für die Verfolgung vielleicht in irgendeiner Vereinbarung liegen könnte, die mein Mann vor langer Zeit gemacht hat. Vielleicht fühlte sich irgendwer um sein Geburtsrecht betrogen.«

»Du vermutest also, daß Robert sich dafür rächt, daß man ihm sein Land vorenthält?« Catherine war entgeistert. »Das wäre aber doch ziemlich drastisch, nicht?«

»Robert?« Adalisa machte eine wegwerfende Handbewegung. »Der Arme ahnt vermutlich gar nichts davon. Nein, aber siehst du es denn nicht? Du hast ja selbst gesagt, daß William Cumin nicht der offiziell erwählte Bischof ist. Er hat alles versucht, um die Kanoniker dazu zu bringen, er hält sie sogar in ihrem eigenen Kloster unter Arrest, aber sie haben ihn nicht gewählt. Dennoch führt er sich auf, als sei er der Bischof.«

»Das verstehe ich nicht«, sagte Catherine. »Bedeutet das, daß dieses Dokument ungültig ist? Wurden die Pferde gestohlen?«

»Das weiß ich nicht«, antwortete Adalisa. »Nein, was mir angst macht, ist der Umstand, daß mehr Männer aus unserer Familie außer Duncan mit Cumin Geschäfte machen. König David hat ihn anfänglich unterstützt, aber jetzt hat er fast gar keine Anhänger mehr. Die Stadt wird belagert, der Leichnam von St. Cuthbert als Geisel gehalten. Entsetzliche Dinge sind dort verübt worden, ich habe von Folter und Vergewaltigungen und Brandschatzung gehört.«

»Aber es werden doch nicht alle ermordet, die zu diesem Cumin stehen?« gab Catherine zu bedenken. »Warum sollte gerade diese Familie ausgesondert werden? Doch wohl kaum, weil Waldeve ein paar Pferde gekauft hat.«

»Vielleicht, weil die Pferde meine Stiefsöhne nach Durham brachten, wo sie solche Grausamkeiten begingen? In den letzten paar Jahren sind sie immer für längere Zeit weggeritten. Sie gaben an, den König oder Earl Cospatrick zu besuchen. Was, wenn das gar nicht stimmte?«

Adalisa begann, die Dokumente zusammenzurollen und mit Bändchen zusammenzubinden. Sie rieb die Flecken vom Tisch, die die Wachssiegel dort hinterlassen hatten.

Catherine konnte sehen, daß weiteres Argumentieren zwecklos war, doch ihrer Meinung nach wies diese Theorie hundert Schwachpunkte auf. Der größte war wohl die Vorstellung, daß irgend jemand, der dem König einen Ritterdienst schuldete, dem entgehen konnte. Wären Waldeve und seine Söhne nicht am Hof aufgetaucht, wäre jemand gekommen, um sie zu suchen.

Allerdings wäre *das* eine Möglichkeit. Männer, die sich vor dem militärischen Lehnsdienst drückten, könnten wohl den Tod eines Verräters sterben.

Plötzlich fand Catherine zu viele Gründe für den Mord an Edgars Brüdern. Trafen davon überhaupt welche zu? Und, o heilige Genoveva, war Edgar sicher vor diesem Übel, besonders wenn er mit seiner eigenen Familie unterwegs war?

In diesem Augenblick war Edgar vollkommen in Sicherheit, obwohl er sich langweilte und ihn seine Familie vollkommen anwiderte. Ein Weilchen hatte er sich damit die Zeit vertrieben, sich zu entsinnen, welche der Bewaffneten seine Brüder und welche seine Neffen waren. Er fragte sich, ob jemand von ihnen

Waldeves legitime Söhne genügend haßte, um sie zu töten. Doch es gab keine Mittel und Wege, das festzustellen, daher blieb er in dem provisorischen Lager vor der Priorei und mußte deren schwülstige Reden und Demonstrationen ihrer Kühnheit über sich ergehen lassen.

Duncan ließ sich neben ihm nieder.

»Für dich müssen das hier wohl sehr rauhe Sitten sein nach deinem Lotterleben in Franzien.« Duncan lächelte.

Edgar mußte an die sechs Monate lange Reise denken, die er vor kurzem nach Santiago de Compostella unternommen hatte, und an die Gefahren, die er mit Catherine nur durch Gottes Gnade überstanden hatte. Es lag ihm nichts daran, Duncan davon zu erzählen.

»In Paris nennt man uns Schotten Barbaren«, erwiderte er. »*Rauh* ist noch eine der freundlicheren Bezeichnungen.«

»Sicher ist es für dich sehr demütigend, dich als Abkömmling einer solchen Rasse zu bekennen«, sagte Duncan.

»Ich war schon immer stolz darauf, Angelsachse und Schotte zu sein.« Edgar wußte, daß Duncan ihn reizen wollte. Verdammt. Duncan wußte stets, wie er ihn irritieren konnte.

»In Durham erinnern sich einige Mönche noch an dich«, fuhr Duncan fort. »Sie sagen, du warst ein gleichgültiger Student.«

»Vielleicht waren sie gleichgültige Lehrer«, antwortete Edgar.

»Vielleicht. Erinnerst du dich an einen gewissen Lawrence?« Duncans Stimme wurde schärfer.

»Ja, natürlich«, erwiderte Edgar. »Der war ziemlich begeistert von Virgil. Wie geht es ihm?«

»Das letzte, was ich hörte, war, daß er einer jener Unzufriedenen ist, die sich meinem Herrn Bischof William nicht unterwerfen wollen. Die Mönche haben sich im Kloster verbarrikadiert. Hat er dich jemals mit ins Bett genommen?«

»Was? Natürlich nicht!« Edgar sprang auf. »Worauf willst du hinaus?«

Duncans Grinsen wurde breiter. »Nichts, Brüderchen, nur daß du beträchtliche Zeit mit Geistlichen verbracht hast und auch mit Aelred befreundet warst.«

»Aelred gab mir den Lateinunterricht, den der Kanoniker Lawrence nicht unterrichten konnte«, sagte Edgar. »Ich habe ihn immer sehr bewundert, jetzt mehr denn je, denn ich höre, daß er ein weißer Mönch geworden ist.«

»Und es stört dich nicht, daß er deinen Bruder verdorben hat?« fragte Duncan.

Jetzt verstand Edgar zumindest teilweise, was Duncan beabsichtigte. Er wollte Edgar nicht nur zum Zorn reizen, sondern suchte auch Informationen, um Cumins Widersacher in Mißkredit zu bringen.

»Dachtest du etwa, die Natur von Aelreds und Roberts Freundschaft sei mir unbekannt?« fragte er. »So ein Unschuldslamm war ich gar nicht. Sie waren nicht die einzigen an König Davids Hof. Mir drohte mehr Gefahr von den Männern dort als von denen im Kloster. Du bringst mich nicht dazu, die Kanoniker von Durham für deine Zwecke zu verraten. Sie haben nichts Schlimmeres verbrochen, als mir lateinische Verben einzubleuen.«

Duncan erhob sich und gab sich keine Mühe, seinen Zorn zu verbergen.

»Das sind Lustknaben und Memmen, alle miteinander«, zischte er. »Hätte der Bischof doch nur auf meinen Rat gehört, dann hätten wir jeden einzelnen von ihnen niedergemacht und Männer an deren Stelle gesetzt, die tun, was man ihnen sagt.«

»Memmen fürwahr – wenn sie bewaffneten Männern nur kraft ihres Glaubens widerstehen«, konterte Edgar.

Duncan funkelte ihn böse an und suchte nach einer scharfen Entgegnung. Als ihm nichts einfiel, fluchte er laut vor sich hin, wandte sich ab und ging seiner Wege.

Edgar hatte sich lange nicht mehr so wunderbar gefühlt.

Beseelt von diesem Hochgefühl kehrte Edgar in die Priorei

zurück, wo sein Vater den Geistlichen den ganzen Tag lang das Leben zur Hölle machte.

»Irgendwer muß doch was gehört haben!« brüllte er, wohl zum hundertsten Mal. »Jemand mußt sie gesehen haben. Ihr könnt ja nicht allesamt Schwachköpfe sein.«

Edgar ließ ihn gewähren. Jetzt würde sich wohl keiner mehr plötzlich an ein Geräusch in der Nacht erinnern. Und falls doch, so würde er es kaum Waldeve mitteilen. Edgar war sich nicht sicher, ob hier überhaupt etwas herauszufinden war, doch er hielt es für das beste, noch einmal die Pferde zu untersuchen.

Die Ställe waren an diesem Sommermorgen warm, der Geruch der Tiere war stark. Edgar sog den Geruch ein. Es lag etwas Tröstliches in der Vertrautheit. Er ging zu den Pferden hin. Er kannte sie nicht, aber sie waren offensichtlich aus Durham. Die Gegend war berühmt für die Qualität ihrer Pferdezucht.

Er untersuchte die Hufe, ohne zu wissen, was er eigentlich suchte. Er streichelte ihnen die Flanken und den Widerrist. Nichts war ungewöhnlich, ausgenommen ihre geschorenen Mähnen und Schweife. Edgar ging zu der Stelle, wo das Zaumzeug lag.

Die Sättel und Decken befanden sich in keinem guten Zustand und waren nicht für den Kampf geeignet, ein Reiter konnte unmöglich schnell auf- und absitzen. Das hätte wohl den Kampf erschwert. Das Zaumzeug war schmucklos, ausgenommen Alexanders. Edgar hob es auf. Die silberne Scheibe trug das eingravierte Siegel des Königs. Edgar untersuchte es eingehend, mit professionellem Interesse. Er hatte sich einmal in geheimer Mission bei einem Silberschmied verdingt. Jene Zeit zählte zu den glücklichsten Episoden seines Lebens.

Es war plump ausgeführt, doch das Silber war gute Qualität. Keine Botschaft war eingeritzt. Nichts, was angezeigt hätte, wer die Pferde genommen und sie dann zurückgegeben hatte. Edgar hängte das Zaumzeug wieder an den Haken und stierte es angewidert an. Das Metall klirrte leise, während es hin und her schwang.

Edgar kniff die Augen zusammen. Da war ja nur eine silberne Scheibe. Sollten da nicht eigentlich zwei sein, eine auf jeder Seite? Er verstand zwar nicht allzuviel von Pferden, aber so viel nun doch. Er untersuchte das Zaumzeug noch einmal. Ja, wie hatte er die rauhe Kante nur übersehen können, wo das Metall gesessen hatte?

Jetzt wußte er also, ein Stück fehlte. Na und? Er würde fragen, ob es schon vor Alexanders Tod verloren gegangen war, das wäre ja möglich. Doch selbst wenn die Mörder es genommen haben sollten, was nützte dieses Wissen? Er konnte schwerlich die Habseligkeiten jedes einzelnen Mannes im Norden nach einem bißchen Silber durchsuchen. Wahrscheinlich war es ohnehin schon eingeschmolzen und anderweitig verwendet worden.

»Edgar! Wo bist du?« Waldeve schrie aus dem Hof herüber. »Nie bist du da, wenn man dich braucht. Komm sofort her, Junge!«

Mit einem tiefen Seufzer ging Edgar zu seinem Vater. Was war jetzt schon wieder los?

Waldeve zog sich gerade die Reithandschuhe an.

»Diese Dummköpfe wissen gar nichts«, knurrte er. »Ich lasse ein paar Männer hier zur Beobachtung zurück, falls noch mehr geschieht. Du kommst mit mir.«

»Kehren wir denn nach Wedderlie zurück?« fragte Edgar hoffnungsvoll.

»Kaum«, sagte Waldeve. »Ich habe mit deinem Bruder gesprochen. Wir brauchen mehr Hilfe. Ich gehe nach Durham.«

Durham?

»Aber wieso denn, Vater?« Edgar lief hinter ihm her, als Waldeve das Lager verließ. »Gibt es da denn keine Unruhen? Die können auch bestimmt auf niemanden dort verzichten.«

»Cumin steht in meiner Schuld«, sagte Waldeve. »Entweder hilft er mir, oder er bekommt noch mehr Schwierigkeiten.«

»Sollte denn nicht jemand in Wedderlie nach dem Rechten sehen?« fragte Edgar.

»Ich schicke jemanden hin«, sagte Waldeve. »Nein, nicht dich, das kannst du dir aus dem Kopf schlagen. Es ist ja widernatürlich, wie du an deiner Frau hängst. Wenn sie wirklich so gut ist, werde ich sie selbst mal ausprobieren.«

Edgar ballte die Fäuste. Waldeve lachte.

»Ein Scherz, Junge, nur ein Scherz.«

Edgar glaubte ihm nicht. Waldeve redete weiter.

»Jedenfalls reite ich mit Duncan und den übrigen Männern nach Durham, während du mit deinem Onkel nach York gehst.«

»Wieso denn nach York?« Edgar schwindelte vom plötzlichen Richtungswechsel.

»Na schön, dann nach Rievaulx«, sagte Waldeve. »Wenn diese Narren hier in Hexham nichts wissen, dann kann uns Roberts Freund vielleicht weiterhelfen. Er wuchs dort auf. Er kennt unsere Familie. Ich dachte, du würdest darauf brennen, ihn wiederzusehen.«

Das stimmte auch. Selbst wenn jener seinen Namen in Aelred französisiert hatte, so wollte Edgar doch gern seinen alten Freund sehen. Und Aelred wüßte vielleicht tatsächlich etwas, was dieses Rätsel lösen könnte.

Doch Rievaulx lag weit im Süden, noch viel weiter weg von Catherine und James. Sie waren mit nach Schottland gekommen, weil sie sich nicht von ihm trennen wollten. Jetzt waren sie so weit weg, als ob sie bei Hubert in Paris geblieben wären. Hatte er sie nur aus einer Gefahr errettet, um sie in eine noch größere zu bringen?

»Wieder einmal habe ich die falsche Entscheidung getroffen.« Er seufzte. »Verzeih mir, *carissima*.«

Achtes Kapitel

Wedderlie. Mittwoch, den 23. Juni 1143, Johannisnacht und Tag der heiligen Æthelthrytha, Königin der Angelsachsen, die zweimal heiratete und dennoch als Jungfrau starb.

Heo wearð geuntrumod swa swa heo ær witegode
Swa that an geswel weox on hire swuran
mycel under that cynn-bane and heo swiðe thancode gode . . .
»Forðan the ic on iugoðe frætwode minne swuran
mid mænis-fealdum swur-beagum and me is nu gethuht
thæt godes arfæstnyss thone gylt aclænsige.

Sie war von Krankheit gebeutelt, wie sie vorausgesagt hatte,
so daß eine Schwellung groß wurde an ihrer Kehle,
unter dem Kinnknochen, und sie dankte Gott überschwenglich . . .
Denn in meiner Jugend schmückte ich meinen Hals mit
mancherlei Juwelen, und jetzt, dünkt mich,
will Gott mich von der Schuld reinwaschen.

Ælfric, Homilies,

Das Leben der heiligen Æthelthrytha
11 49–58

Bist du sicher, Margaret?« fragte Catherine noch einmal. »Keiner von den Dorfbewohnern hat dieses Geschöpf jemals erblickt?«

»Ganz sicher, Catherine«, antwortete Margaret. »Sie haben mich ausgelacht, als ich danach fragte.«

»Das verstehe ich nicht«, sagte Catherine. »Wirklich niemand? Hast du es ihnen denn beschrieben?«

»Ja, Schwester.« Margaret sprach rasch, sie fragte sich, ob die Frau ihres Bruders wohl ein wenig einfältig sei. »Sie sagen, du mußt wohl die Männer gesehen haben, die zum Angeln an den Fluß gegangen sind. Die Lachse springen in der Morgendämmerung, dann kann man sie gut fangen.«

»Angeln?« Catherine war sich nicht mehr so sicher, was sie vor zwei Tagen gesehen hatte. Es war neblig gewesen. Kescher und Fischreusen mit Ringen und Haken, die Männer zusammen mit den kleinen Flußbooten auf dem Rücken trugen, könnten wohl wie ein großes Tier ausgesehen haben, falls die Männer dicht beieinander gegangen waren und sich zum Schutz vor der morgendlichen Kälte in Wollmäntel gehüllt hatten. Vielleicht.

»Aber warum war dann das Gras niedergetrampelt?« dachte sie laut nach. »Warum haben sie die Straße überquert, statt weiterzugehen?«

»Ach, das kann ich dir sagen«, meinte Margaret. »Sie bewahren die Netze und Boote dort in der Senke auf. Auf der anderen Seite gibt es einen Pfad, der zum Fluß hinunter führt. Hast du den nicht gesehen?«

»Ich habe an jenem Morgen nichts derartiges gesehen, auch

nicht nachmittags, als ich noch einmal hingegangen bin«, erwiderte Catherine.

Margaret verdrehte die Augen. »Nun, ich könnte ihn leicht finden. Warum hast du mich nicht gefragt, ob ich mitkomme?«

»Ich wollte nicht, daß das Ungeheuer dich schnappt«, sagte Catherine lächelnd. »Wenn ich es das nächste Mal sehe, denke ich daran und rufe dich. Jetzt komme ich mir doch etwas albern vor. Die Erklärung scheint so eindeutig.«

Margaret seufzte. »Ich wußte doch, daß es bei uns keine Ungeheuer gibt. Nur Geister.«

»Geister?«

»Ja, einer spukt im Bergfried, die anderen bei den heidnischen Steinen. Aber sie sind harmlos.« Margaret nahm Catherines Hand und führte sie zum Bergfried zurück. »Sie stöhnen und weinen nur.«

»So?« fragte Catherine zögernd.

Margaret blieb stehen. »Du sagst doch Mutter nichts davon, daß du etwas darüber weißt?« Ihr kleines blasses Gesicht nahm einen besorgten Ausdruck an. »Sie denkt, daß ich Angst habe, aber das stimmt nicht. Ich habe eine Feder von einer von St. Cuthberts Möwen, und die beschützt mich.«

Catherine war erleichtert, daß das Kind sich nicht nachts im Bett fürchtete. Sie war sich nicht so sicher, ob sie mit zehn Jahren so mutig gewesen wäre. Gewiß, Margaret kannte nur diese Welt. Vielleicht waren Geister für sie etwas so Natürliches, daß sie sich nicht weiter darum kümmerte. Vielleicht kamen die ihr freundlicher vor als der eigene Vater.

Soweit es das Ungetüm betraf, das sie gesehen hatte, erschien ihr die Erklärung doch etwas zu simpel. Auch wenn ihr die Gebräuche in Schottland nicht geläufig waren, so war sie doch am Ufer der Seine aufgewachsen und hatte nie gehört, daß man Angelausrüstungen auf einem Haufen an der Straße liegen ließ. Auch glaubte sie nicht, daß Männer, die früh am Morgen angeln gingen, dabei großen Krach machten.

Andererseits klang es viel plausibler als große haarige Tiere, die unbemerkt durch die Gegend streifen.

Im Bergfried setzten Robert und Solomon derweil ihre Verhandlungen fort. Die beiden Männer saßen sich am Tisch gegenüber, Adalisa in der Mitte. Es war eine lange Sitzung gewesen, doch Solomon fand, sie hätten Fortschritte gemacht.

»Es wäre viel vorteilhafter für euch, mit uns ins Geschäft zu kommen«, sagte er. »Frau Adalisa, sagt ihm, daß wir Gewürze direkt aus Frankreich nach Berwick liefern können. Allerdings brauchten wir einen gewissen Nachlaß auf den Einfuhrzoll.« Solomon wartete die Übersetzung ab.

Robert antwortete: »Ich könnte vielleicht einige Abteien wie Melrose davon überzeugen, daß es für sie von Nutzen wäre, wenn sie den König oder Earl Cospatrick dazu brächten, dir eine Ausnahmegenehmigung zu erteilen. Könntest du auch Weihrauch liefern? Die Kirchen brauchen es, und die Kosten sind immens.«

»Wir beziehen es über Spanien«, sagte Solomon. »Wir lassen es aus dem Orient durch Afrika von Händlern mitbringen, die ich persönlich kenne. Ich hole es selbst aus Saragossa ab. Unsere Preise liegen weit unter denen der Flamen.«

Adalisa warf ihm einen seltsamen Blick zu, dann übersetzte sie es für Robert.

Der nickte. Dann stand er auf und schüttelte Solomon die Hand.

»Ich werde mich mit einigen Freunden in Verbindung setzen«, erklärte Robert. »Ich glaube, da können wir etwas arrangieren. Melrose und Jedburgh, vielleicht auch die Kanoniker von St. Andrews könnten sich dafür interessieren. Ich schicke sofort Boten aus.«

»*Thanc the*«, sagte Solomon. »Bitte laß es mich wissen, wenn sie zurückkommen.«

»Abgemacht«, sagte Robert. »Komm, Lufen!«

Die Hündin hatte die ganze Zeit über still unter dem Tisch gelegen. Jetzt erhob sie sich anmutig und folgte Robert gehorsam wie ein Schatten zur Tür hinaus.

Solomon setzte sich seufzend wieder hin. Adalisa goß ihm und sich je eine Schale Bier ein. Er leerte sie in einem Zug.

»Der Handel ist ein trockenes Geschäft«, bemerkte er schmunzelnd. »Und man wagt nicht, vor Abschluß des Vertrages seinen Durst zu löschen.«

»Ich sehe wohl, daß Ihr geschickt darin seid.« Adalisa rieb sich den Nacken. »Ihr habt Euch nicht von Roberts Auslassungen über seine Freunde oder über Waldeves Grausamkeit ablenken lassen.«

»Ich habe gelernt, sie reden zu lassen, wenn sie sich mir anvertrauen wollen«, sagte Solomon. »Aber ich ermutige keine Vertraulichkeiten.«

»Und gebt auch keine von Euch.« Adalisa versuchte, die schmerzende Stelle in ihrem Rücken zu erreichen.

Solomon beobachtete sie.

»Ihr gestattet?« fragte er. Er stand auf, stellte sich hinter sie und massierte ihr die angespannten Muskeln zwischen den Schulterblättern. »Ich habe keine Kümmernisse oder Geheimnisse mitzuteilen«, sagte er. »Fragt Catherine.«

»Wenn das stimmt, dann seid Ihr ein glücklicher Mann«, antwortete Adalisa. »O ja, das tut gut! Doch ich bezweifele, daß ihr gar keinen Kummer oder kein Geheimnis habt.«

»Nichts Weltbewegendes, kann ich Euch versichern«, erwiderte er.

Er bewegte die Hände zu ihren Schultern hoch, während er mit den Daumen ihren Nacken massierte. Adalisa versteifte sich, dann schloß sie die Augen und ließ den Kopf nach vorn rutschen. Es war schon lange her, daß jemand außer Margaret sie berührt hatte, ohne ihr weh zu tun. Es war so still in der Kammer, daß sie die Schreie der Brachvögel hörte, die draußen vorüberflogen, zurück zum Meer.

Solomon sah, daß ihr kleine Strähnen aus den Zöpfen entflohen waren, die weich zwischen seinen Fingern lagen. Es duftete schwach nach Weinrose, als er die Locken berührte. Solomon riß sich zusammen. Was hatte er sich nur gedacht? Sie war Edgars Stiefmutter und eine Dame, keine gefällige Schankwirtin, mit der man ein, zwei Nächte spielen konnte.

»Au!«

»Bedaure, Madame!« Vor lauter Schreck hatte er zu fest zugepackt. Sofort ließ er sie los. »Besser so?«

»Ja«, sagte Adalisa. »Ich fühle mich gar nicht mehr steif. Ich bin dankbar für Eure Massage.«

»Da das Unbehagen durch die Zeit verursacht wurde, die ich Euch hier am Tisch sitzen ließ, war es meine Pflicht, Euch Erleichterung zu verschaffen«, antwortete er. »Ich weiß Eure Hilfe zu schätzen. Selten findet man einen vertrauenswürdigen Dolmetscher, der beide Seiten gleich gut versteht. Es ist sehr gütig von Euch, mir so viel von Eurer Zeit zu opfern.«

Sie sah auf und lächelte. Sie ist Edgars Stiefmutter, ermahnte sich Solomon erneut.

»Das Gespräch fand ich interessant«, versicherte sie. »Doch jetzt muß ich mich wieder um meinen Haushalt kümmern. Ich glaube, ich höre den kleinen James weinen. Vielleicht sollte ich mal nachsehen, ob Willa Hilfe benötigt.«

»Der hat vermutlich schon wieder Hunger«, bemerkte Solomon. »Für so einen kleinen Körper braucht er erstaunlich viel. Ich sehe mal, wo Catherine bleibt.«

Zitternd ging er zur Tür. Offenbar hatte er schon zu lange enthaltsam gelebt, wenn er so stark auf den Duft einer Frau reagieren konnte, die so weit über seinem Stand war und ihm durch Sitte und Gesetz absolut verwehrt war. Ob es nicht klüger wäre, für ein paar Tage nach Berwick zurückzukehren? Dort gab es eine Schenke, wo er alles bekäme, was er sich wünschte, und das zu einem Preis, den er viel leichter zahlen könnte.

Adalisa stieg die Treppe zu den Frauengemächern hinauf. Sie

hörte schon, daß Willa James' Gebrüll nicht eindämmen konnte. Hoffentlich kam Catherine bald wieder. Das war eins der Probleme, wenn man keine Amme parat hatte.

Adalisa drehte den Hals im Gehen und genoß das Gefühl, keine Muskelanspannung mehr zu fühlen. Solomon war so ein netter Junge und so gewieft in seinen Geschäften. Und freundlich dazu. Er war nicht nur mit Catherine verwandt, sondern auch ein guter Freund von Edgar. Es hatte sie beruhigt, daß Waldeves Jüngster, der so weit weg war, Menschen hatte, die sich um ihn kümmerten.

Schade, daß sie allmählich vermutete, Catherines Vetter sei nicht ganz der, für den er sich ausgab.

Ob Edgar wohl davon wußte, oder sollte die Familie seiner Frau ihn hinters Licht geführt haben? In dem Fall schwebte der arme Edgar in Paris in ebenso großer Gefahr wie in Wedderlie.

Sie spürte, wie sich ihre Nackenmuskeln wieder verkrampften.

»Bist du sicher, daß dies hier der richtige Weg ist?« fragte Edgar seinen Onkel, als ihm schon wieder ein Zweig ins Gesicht schlug.

Æthelræd lachte. »Das ist ein Schleichweg ins Tal. Auf der Hauptstraße wimmelt es von Karren, die mit Steinen beladen sind. Die Mönche bauen ununterbrochen.«

»Onkel, ich glaube, diesen Pfad hier benutzen nur die Rehe. Wir haben uns verlaufen.«

Als Antwort schob Æthelræd einen Zweig beiseite und hielt ihn hoch, bis Edgar neben ihm stand.

»Da! Die Abtei von Rievaulx.«

Bei dem Anblick stockte Edgar der Atem. Einen kurzen Augenblick lang wünschte er sich nichts sehnlicher, als sein Leben an solch einem Ort verbringen zu dürfen. Vor ihnen lag ein Tal, das sich an den Fuß einer bewaldeten Hügelkette schmiegte. Sturzbäche fielen herab, und die Mönche, wie alle guten Zisterzienser, hatten bereits deren Läufe umgeleitet, um das Kloster mit Wasser zu versorgen. Um die Gebäude der Abtei herum floß ein Bächlein, bei Bedarf verlief es auch unterirdisch. Es gab einige provisorische Hütten, einen niedrigen Steinwall mit einem Tor und einem Torhaus und natürlich eine halb fertige Kirche. Männer kamen und gingen in wohlgeordneten Reihen, ohne sich beobachtet zu fühlen. Es war das Porträt einer Klosteridylle.

»Es ist vollkommen«, sagte Edgar. »Ich verstehe, warum Æthel ... Aelred sich bei einem Besuch dort einfangen ließ. Auch ich wäre in Versuchung geraten.«

»Aber du hast deine Frau aus dem Kloster gezerrt«, bemerkte Æthelræd grinsend. »Wärest du so grausam, sie zu verlassen, um deinerseits Mönch zu werden?«

»Mitnichten«, antwortete Edgar. »Hätten wir nicht geheiratet, hätten wir sicherlich brennen müssen. Doch manchmal scheint das Leben eines Mönchs so ruhig, jeder Tag wohlgeordnet, definiert durch die Stunden und den Willen des Abtes. Besonders jetzt, wenn nichts in der Welt hier draußen irgendeinen Sinn ergibt.«

Æthelræd lachte, ein schallendes, ausgelassenes Lachen, das über das ganze Tal hallte. Edgar starrte ihn an, er fühlte sich verspottet.

»Neffe.« Æthelræd gluckste immer noch. »Wenn deine ganze Sehnsucht nach dem Kloster nur daher rührt, daß ein anderer für dich denkt und dir sagt, wann du scheißen sollst, dann bin ich froh, daß du dich davor gedrückt hast. Und was die Sinnlosigkeit der Welt betrifft, wer sagt denn, daß sie einen Sinn haben soll? So einen Haufen Möwenkot habe ich ja noch nie gehört.«

Er sprang auf den Pfad, der nach Rievaulx hinabführte, und ließ Edgar oben auf dem Berg stehen, halb wütend, halb verlegen. Nur bei Meister Abælard war er sich jemals so wie ein dummer kleiner Junge vorgekommen. Seufzend nahm er den Tadel an und sah auf den Weg hinunter, den sein Onkel genommen hatte.

»Er ist wirklich von Sinnen«, sagte sich Edgar. »Wie könnte ich das bezweifeln. Nicht einmal die Rehe laufen hier herum. Bei der schnatternden Gans des heiligen Martin! Onkel! Komm sofort zurück. Man wird dich umbringen.«

Die einzige Antwort war erneutes Gelächter.

Seufzend brachte Edgar sein Bündel in eine bequemere Lage. Er versuchte, Æthelræds Spuren zu folgen, gab auf und stürzte hinter ihm her ins Gebüsch.

Beide brachen unten lachend und schreiend und im hohen Tempo aus dem Gebüsch hervor, so daß ein junger Novize vor lauter Schreck seine Wassereimer fallen ließ.

»*Libera nos a malo!*« schrie er, als sie auf ihn zukamen, und er glitt in der Pfütze aus, die er selbst verursacht hatte.

»Nicht schimpfen, Mann!« rief Æthelræd. »Wir sind nur gekommen, um einen deiner Brüder zu besuchen.«

»*Veritatem dicit!*« fügte Edgar hinzu und rutschte an dem verdutzten Mönch vorbei. »Wir wollen zu Aelred!«

Der Mönch hatte sich soweit gefaßt, daß er sich nach den Eimern bückte und den Saum seiner Kutte auswrang.

»Bruder Aelred meditiert gerade«, sagte er. »Aber wenn ihr mit zur Pförtnerloge kommt, dann werde ich ihm ausrichten lassen, daß ihr hier seid. Wer seid ihr denn?«

Sie sagten es ihm, und dann folgten sie ihm, triefend, mit zerrissener Kleidung, bedeckt mit Schlamm und kleinen Zweigen, um ihren alten Freund zu sehen.

Manche Gesichter, die Edgar im Vorübergehen sah, kamen ihm vertraut vor, obwohl er nicht die Namen der Mönche hätte nennen können. Er fragte sich, ob Aelred so wie Abt Bernhard bei seinem Eintritt ins Kloster Freunde und Verwandte überredet hatte, mitzukommen. Oder aber die Männer hatten mit ihm in jungen Jahren in Durham studiert. Edgar beschlich ein merkwürdiges Gefühl, weil er einige von diesen Menschen einst gut gekannt haben mochte, die ihm jetzt fremd waren und ein völlig anderes Leben führten.

»Edgar! Mein lieber Junge!« Zwei starke Arme zerdrückten ihn fast. »Gut siehst du aus, wenn auch ein bißchen abgekämpft.«

»Aelred?« Edgar trat einen Schritt zurück, um ihn anzusehen. »Ich erkenne dich kaum wieder. Ich meine, du siehst auch gut aus, aber so verändert. Natürlich auch viel dünner.«

Aelred lachte. »Sobald ich die Küchen König Davids verließ und nicht mehr von allem auf seiner Tafel kostete, überraschte mich selbst, wieviel neue Löcher ich in meinen Gürtel stanzen mußte.«

Auch Edgar lachte. Aber die Veränderung lag nicht nur an Aelreds Gewichtsabnahme. Aelred war nur vier, fünf Jahre älter als er, doch die Furchen in seinem Gesicht ließen ihn erheblich älter wirken. Das Haar war schon von grauen Strähnen durchzogen. Edgar fragte sich, ob sein Freund wohl den Eintritt in einen so überaus strengen Orden bereute. Obwohl er jetzt eine gewisse Leichtigkeit an sich hatte, welche Edgar nie zuvor an ihm beobachtet hatte.

Ein paar von den Zweigstückchen waren an der Kutte des Mönchs hängengeblieben, und Edgar wollte sie abbürsten. Der Stoff war dabei auch etwas feucht geworden, aber Aelred wehrte ab.

»Ich trage nicht mehr Samt und Seide wie bei Hofe, Edgar«, sagte er. »Ein bißchen Schmutz schadet mir nicht. Ich freue mich so, dich zu sehen.«

Edgars Lächeln erstarb. »Ich wünschte, ich könnte sagen, daß ich den weiten Weg von Paris gekommen bin, um dich zu sehen«, sagte er. »Aber Onkel Æthelræd und ich brauchen deine Hilfe. Hast du gehört, was meinen Brüdern zugestoßen ist?«

»Ja.« Auch Aelred wurde auf der Stelle ernst. »Ich teile den Kummer deiner Familie. Weiß man, wer es war?«

»Wir haben nicht die geringste Ahnung«, seufzte Edgar. »Darum sind wir hier.«

»Bei mir?« Aelred schien erschrocken. »Was weiß ich denn? Das letzte Jahr war ich auf einer Romreise. Wie du bin ich gerade erst zurückgekehrt.«

Æthelræd hatte schweigend abseits gestanden, doch jetzt trat er vor.

»Aelred, ich kenne dich von klein auf.« Er baute sich vor dem Mönch auf. »Und es gibt keinen in ganz Northumbria, der das Gras so wachsen hört wie du. Wenn es über diese Affäre überhaupt irgendwelchen Klatsch gibt, dann hast du davon gehört.«

Aelreds Willkommensmiene war verschwunden. »Nicht mehr, Æthelræd. Jetzt bleibt mir keine Zeit mehr dafür. Ich bin hier der Novizenmeister, und man spricht davon, mich als Abt eines neuen Tochterhauses nach Lincoln zu entsenden. Überdies bat mich Abt Bernhard von Clairvaux, ein Traktat zu schreiben, der meine armselige Gelehrsamkeit arg auf die Probe stellt.«

Sanft schob Edgar seinen Onkel von Aelred fort. Er trat ganz nah an seinen alten Freund heran und legte ihm den Arm um die Schultern.

»Bitte, Aelred«, flehte er. »Irgend jemand versucht, meine Familie auszurotten. Die einzigen Spuren führen nach Hexham und möglicherweise nach Durham. Du kennst beide Orte gut und auch die Lage dort. Gibt es irgend etwas, das mein Bruder Duncan getan hat, was jemanden zur Rache an uns allen verleiten könnte?«

Lange schaute Aelred ihn an, bevor er sprach: »Gibt es überhaupt etwas, das Duncan *nicht* getan haben könnte?«

Edgar spürte, wie es ihm eiskalt über den Rücken lief.

»Du weißt also etwas?«

Aelred seufzte: »Möglicherweise. Komm mit. Hier draußen können wir uns nicht unterhalten.«

Er führte sie in ein Kämmerchen im Torhaus. Dort befand

sich nur eine Sitzbank aus rohem Holz. Auf der Fensterbank standen ein Krug und drei Trinkschalen, und Aelred schenkte für alle Wasser ein.

Argwöhnisch schnupperte Æthelræd an der Schale. »Wasser?« fragte er. »Wie tief bist du gesunken, Aelred! Dein Vater hätte uns mit Wein und Fleisch bewirtet.«

Aelred ließ sich nicht beirren. »Mein Vater entstammte einer anderen Zeit, mein Freund, als Priester sich noch ein Weib nahmen und ihre Pfründe an ihre Söhne vererbten. Doch selbst er konvertierte am Ende und starb als Mönch in Durham.«

Æthelræd erwiderte nichts darauf, starrte nur finster ins Wasser, als ob er erwartete, ein Meeresungeheuer daraus aufsteigen zu sehen.

Edgar wollte sich nicht mit Erinnerungen an alte Zeiten aufhalten. »Duncan, Aelred«, sagte er. »Erzähl uns, was er getrieben hat.«

Aelred holte tief Luft und erzählte alles.

»Das meiste weiß ich von Erzdiakon Ranulf«, sagte er warnend. »William Cumin vertrieb ihn aus dem Kloster, als er sich mit anderen weigerte, jenen zum Bischof zu wählen. Vielleicht stimmt nicht alles davon.«

»Aelred . . .«

»Nun denn, Edgar. Man munkelt, Duncan sei der Mann, den Cumin mit der Unterwerfung der Stadt und der Eintreibung der Pacht und des Zehnten aus den abhängigen Dörfern beauftragte. Er und seine Mannen hatten freie Hand, die Einwohner nach Belieben zu terrorisieren. Die Geschichten von Folter, Vergewaltigung und Sakrileg spotten jeder Beschreibung.«

»Tatsächlich?« fragte Æthelræd interessiert.

»Das verstehe ich nicht«, sagte Edgar. »Es steht außer Frage, daß Duncan solcher Dinge fähig ist, doch welcher Zusammenhang besteht denn zwischen den Untaten, die er im Dienst seines Herrn beging, und der Ermordung meiner Brüder?«

»Man sagt«, fuhr Aelred fort, »Duncan sei besonders hart

gegen den Besitz von Roger de Conyers verfahren, der als einziger Cumin aktiv Widerstand leistete. Roger hat Macht und Freunde nördlich des Tynes.«

Æthelræd konnte jetzt nicht länger an sich halten. »Aelred, das glaube ich einfach nicht. Roger de Conyers ist ein Ehrenmann. Wenn der zurückschlägt, dann gegen Duncan, nicht dessen Familie. Hat denn Duncan irgendwen aus Conyers' Familie aus dem Hinterhalt überfallen und gemeuchelt?«

»Nein«, räumte Aelred ein. »Nur wurden die Häuser niedergebrannt, das Vieh gestohlen und die Pächter gefoltert und umgebracht.«

»Das ist Krieg«, sagte Æthelræd. »So etwas geschieht überall. Diese Morde aber sind anders.«

Aelred strich sich über das Kinn und rieb sich die Stoppeln. »Der einzige Unterschied liegt darin, daß der Täter sich nicht öffentlich mit dem Tod deiner Brüder brüstete. Man hat sie ja nicht unbewaffnet oder unvorbereitet getötet. Irgendwer sollte doch damit prahlen.«

»Was ist mit Conyers' Mannen?« fragte Edgar. »Hat Duncan sich vielleicht jemanden herausgepickt, um ihn besonders zu quälen?«

»Das weiß ich nicht«, antwortete Aelred. »Du warst fort, Edgar. Du ahnst nicht, wie es seit König Heinrichs Tod hier zugeht. Nirgendwo herrscht Ordnung, seit sich Stephan und die Kaiserin um die Krone streiten. Niedere Barone bauen sich Burgen und plündern das Land, und niemand hält sie auf. Der Kanzler von Schottland bemächtigt sich des Bistums von St. Cuthbert und hält die Mönche in ihrem eigenen Kloster gefangen, und nur ein einziger Landesherr ist Manns genug, sich gegen ihn zu stellen. Ich danke Gott, daß mein Vater diesen letzten Frevel nicht mehr miterleben mußte.«

Die Stimme versagte ihm. Edgar stand auf und klopfte ihm unbeholfen auf den Rücken. »Es tut mir leid, Aelred«, sagte er. »Ich hatte vergessen, wie sehr deine Familie Cuthbert verehrt.«

»Meine Vorfahren verehrten ihn seit Jahrhunderten«, erwiderte Aelred. »Wir waren Priester von Cuthbert, nicht von Durham, und ich wäre auch einer geworden, hätte mir meine Geburt nicht das Recht dazu verwehrt. Dennoch diene ich ihm genauso wie mein Vater und mein Großvater vor mir.«

»Es tut mir leid.« Edgar meinte es wirklich. »Ich dachte, du hättest mit deinem Namen auch deine Einstellung geändert. Verzeih mir.«

Aelred zwang sich zu einem Lächeln. »Ich bin mehr Engländer als du, Edgar. Bedenke, daß Citeaux eine englische Gründung war, auch wenn unser Mutterkloster so französisch anmutet. Die Hälfte der Mönche sind Angelsachsen. Wir vergessen unser Volk niemals; wir haben nur eine noch größere brüderliche Gemeinschaft in Gott gefunden.«

Beschämt lehnte sich Edgar wieder zurück. »Ich hätte mit der Sache nicht zu dir kommen sollen, Aelred. Ich sehe schon, du hast das alles weit hinter dir gelassen.«

Der Mönch musterte Edgar eingehend, dann lächelte er. Sein Gesicht veränderte sich dabei vollkommen, und Edgar merkte, daß die Veränderung, die ihm gleich aufgefallen war, nicht körperlicher, sondern geistiger Art war. In Durham und bei Hof hatte Aelred seine Pflicht gewissenhaft, aber freudlos erfüllt. Hier war er glücklich.

Edgar und Æthelræd wandten sich zum Gehen, doch Aelred überredete sie zu bleiben.

»Heute nacht ist die Vigil des heiligen Johannes, der die Wahrheit kannte, bevor sie der Welt offenbart ward«, erinnerte er sie. »Bleibt hier und betet mit uns. Morgen begleite ich euch, wenn der Abt es erlaubt, nach Durham.«

»Aelred!« Edgar war verblüfft. »Wieso denn? Du bist uns gegenüber doch zu nichts verpflichtet.«

Aelreds Lächeln zitterte. »Doch, schon. Als ich ins Kloster Rievaulx eintrat, ließ ich jemanden zurück, ohne ihn angemessen auf meinen Verlust vorzubereiten. Das reut mich, und ich glaube, daß ich jetzt endlich die Kraft habe, mich ihm zu stellen.«

Edgar begriff. »Robert ist in Wedderlie geblieben. Er kommt nicht nach Durham.«

»Seltsam, ich habe eine Vorahnung, daß er doch dorthin kommt«, erwiderte Aelred. »Doch ich schulde St. Cuthbert auf jeden Fall dieselbe Verehrung wie mein Vater und Großvater. Sollte der Tod deiner Brüder Teil dieser Entweihung der Kirche von St. Cuthbert sein, so ist es meine Pflicht, die Ursache zu erforschen.«

Erleichtert schloß Edgar die Augen. Bis jetzt hatte er nicht ermessen, welche Bürde auf ihm lastete, doch jetzt nahm ihm Aelreds Hilfsangebot aus alter Freundschaft einen Teil davon ab.

»Danke, Aelred«, sagte. »Danke!«

Catherine fühlte sich von dem Leben auf Wedderlie schwer angeödet. Sie war es gewöhnt, sich als gebildete Frau zu betrachten und mit ihrem Wissen zu glänzen. Doch die Hälfte der Leute, die sie hier kennenlernte, ließen sich mit Latein nicht beeindrucken und fanden sie dumm, weil sie kein Englisch sprach. Es war ein neues, unbehagliches Gefühl, obwohl die Klosterstimmen sie gemahnten, daß Demut eine Lektion sei, die sie dringend benötige.

Gewiß ging in dem Dorf irgend etwas Seltsames vor. Wie könnte sie das aber aufdecken, wenn sie jede Frage über Margaret stellen mußte? Und was könnte sie fragen? Warum hier alles so wohlgeordnet war? Warum sie nie jemanden allein bei der Arbeit sah? Selbst in den Gärten hinter den Hütten arbeiteten die Frauen immer zu zweit. Die Männer gingen in Gruppen auf die Felder. Hatten sie vor irgend etwas Angst? Wenn ja, wovor? Die jüngeren Männer und die Knaben waren den Sommer über mit den Schafen in die Berge gezogen, und die Wachsoldaten waren fast alle mit Waldeve unterwegs. Die wenigen noch anwesenden Männer reichten, um Diebe oder wilde Tiere abzuwehren.

Oder lauerte dort im Wald etwa noch etwas Schlimmeres?

Catherine fragte sich, welche Stunde wohl geschlagen habe. Sie hatte die Glocken gehört, als James sie aufgeweckt hatte, aber sie hatten womöglich zur Frühmette geläutet. Von unten drangen bereits Geräusche herauf, aber Willa schlief noch in ihrer Nische. Sie hatten jetzt das Frauengemach für sich allein, das war zwar ruhig, aber einsam. Catherine hatte beim Stillen ihres Sohnes zuviel Zeit zum Grübeln. Obwohl die anderen Frauen es mißbilligten, erfüllte es Catherine mit großer Befriedigung, ihn zusammengerollt an ihrer Seite zu haben und zu wissen, daß sie immer noch seine Nahrungsquelle war.

Doch jetzt schlief er wieder und ließ sie mit ihren Gedanken allein. Eine andere Befürchtung machte ihr zu schaffen.

Was war nur mit Solomon los?

Die letzten paar Tage hatte er entweder allein die Gegend durchstreift, was Catherine gefährlich fand, trotz Margarets Erklärung für das Ungetüm, oder er hatte am Tisch gesessen und Listen erstellt, in seiner merkwürdigen Mischung aus französischen und hebräischen Worten. Er sprach kaum mit ihr, neckte sie nie und schien nur zum Leben zu erwachen, wenn er mit den Kindern spielte. Als sie ihn fragte, was los sei, antwortete er achselzuckend, es behage ihm nicht, die Entscheidungen anderer abzuwarten.

Catherine mußte sich damit zufriedengeben. Es stimmte ja, daß Robert lange brauchte, um seine Freunde wegen der Handelsvereinbarungen zu befragen. Doch sie kannte Solomon zu gut, um nicht zu bemerken, daß ihn etwas beschäftigte.

Letztes Jahr hatte er sich sehr eingehend mit der Magie der Sarazenen und Weissagung befaßt. Viel zu sehr, fand Catherine. Schon seit langem hatte er nicht mehr darüber geredet, und Catherine hoffte, daß er von der Besessenheit kuriert war, mit der er die Zukunft und den Sinn des Lebens erforschen wollte.

Vielleicht hatte diese seltsame Umgebung jene Leidenschaft wieder aufflammen lassen.

Sie fröstelte, aber nicht vor Kälte. Nur die Fundamente der Burg und das Erdgeschoß waren aus Stein, die oberen Teile aus Holz gebaut, und die Sommersonne erwärmte die Räume schnell. Irgend etwas stimmte nicht mit Wedderlie. Obwohl Waldeve und seine Söhne fort waren, lag Spannung und böse Vorahnung in der Luft. Nicht nur im Bergfried, sondern auch im Dorf. Auf wen oder was warteten denn bloß alle?

James wachte wieder auf, dieses Mal wollte er spielen. Catherine erwog, Willa aufzuwecken, damit sie sich um ihn kümmerte. Doch das Mädchen schlief so friedlich, daß sie es nicht über sich brachte. Willa hatte James schon so oft in unruhigen Nächten hin und her getragen, während Catherine schlief.

Sie warf die schmutzige Windel in einen Eimer und wickelte ihn von der Taille aufwärts lockerer. Die Arme ließ sie frei. Prompt griff er als erstes nach ihrem Haar und zog daran.

»Au!« sagte Catherine. »Laß das, junger Mann. Du hast gut gefrühstückt, aber mein Magen ist leer. Laß uns mal nachsehen, ob es in der Küche etwas Käse oder Brot gibt.«

Sie trug ihn die wackelige Treppe hinunter. In einer Saalnische lag Solomon tief schlafend und mit offenem Mund auf dem Rücken. Catherine huschte an ihm vorbei zum steinernen Teil des Bergfrieds, in dem die Küchen lagen.

Das Feuer war schon geschürt und der Kessel aufgesetzt. Catherine schnupperte. Hafergrütze, in Molke gekocht. So sehr plagte der Hunger sie auch wieder nicht. Aber warum paßte niemand darauf auf? Wo waren der Koch und seine Helfer?

Durch das schmale Fenster konnte sie niemanden sehen. Waren sie alle angeln gegangen? Oder zur Frühmesse? Wohl kaum. Wenige Bauern hatten Zeit und Neigung für Gottesdienste, ausgenommen vielleicht zu Ostern.

»Nun, James, offenbar sind wir allein«, murmelte sie. »Irgendwo muß doch ein angeschnittenes Käserad herumliegen.«

Von den Deckenbalken hingen Kräuter und Fleischstreifen und andere geheimnisvolle Bündel herab. Catherine meinte, keine etwaigen Wintervorräte anbrechen zu dürfen. Wo bewahrten sie wohl den frischen Käse auf?

»In den Berg neben der Kapelle ist eine Speisekammer eingegraben«, sagte sie. »Sollen wir mal den Eingang suchen gehen?«

James wirkte gelangweilt und versuchte, den flirrenden Sonnenschein zu fangen, der auf Catherines Brust schien.

Die Tür war nicht schwer zu finden. Sie war niedrig und in die Nische gegenüber dem Fenster eingelassen. Die Scharniere waren gut geölt. Wahrscheinlich gingen die Küchenhelfer ein dutzendmal am Tag durch diese Tür. Drinnen stand eine Leiter. Catherine ging auf die Knie und spähte hinein.

»Kein Licht«, murmelte sie. »Wie soll ich nur hinabsteigen und dabei eine Lampe und dich dazu halten?«

James machte ein Bäuerchen.

»Das hilft uns auch nicht weiter, *mon mignot fils*«, sagte sie. »Aber ich kann dich nicht allein in der Küche lassen. Dort gibt es nichts, in das ich dich legen könnte.«

Sie band ihren Schal zu einem Tragetuch, suchte sich eine Öllampe und zündete sie am Feuer an. Mit knurrendem Magen stieg sie die Leiter hinab. Was tat man nicht alles, wenn der Hunger einen dazu trieb!

Es war nicht schwer. Bald hatte sie Boden unter den Füßen. Sie hielt die Lampe hoch und drehte sich um.

Aus einer gebogenen Nische kam ein Wimmern und hektisches Scharren. Vorsichtig leuchtete Catherine in jene Richtung.

Eine weiße Gestalt kauerte an der Steinwand und starrte sie aus großen dunklen Augen an. Das Ding zuckte vor dem Licht zusammen und bedeckte das Gesicht sofort mit einer zum Skelett abgemagerten Hand.

Catherine schrie.

Neuntes Kapitel

Im Keller von Wedderlie; ein Augenblick später.

Fere vero antiqui tales aegros in tenebris habebant, eo quod iis contrarium esset exterreri, et ad quietum animi tenebras ipsas conferre aliquid iudicabant. At Asclepiades, tamquam tenebris ipsis terrentibus, in lumine habendos eos dixit. Neutrem autem perpetuum est . . .

Die Alten hielten solche [gewalttätige Wahnsinnige] im Dunkeln, denn sie hielten es deren Wohlergehen für abträglich, sich zu ängstigen, und die Finsternis für beruhigend. Doch Asklep meinte, sie sollten sich im Hellen aufhalten, da die Finsternis für sich schon Furcht auslöst. Keines von beiden trifft immer zu . . .

Celsus
De Medicina
Buch III, Teil 18

Die Erscheinung schrie sogar noch lauter als Catherine, sie brach in gräßliches, schrilles Jammern aus.

James fing an zu weinen.

Catherine hielt inne, doch die anderen beiden nicht. Die Gestalt vor ihr wich dem Licht aus, hielt die langen weißen Hände vors Gesicht geschlagen. Erst in seiner Nische hörte es auf zu jaulen und drückte sich an die Wand.

Da es Catherine offenbar nicht angreifen wollte, trat diese zögernd einen Schritt vor, immer noch die Lampe in der Hand, während sie mit der anderen James beruhigend schaukelte.

Nach einer Weile nahm das Ding langsam die Hände von den Augen und stierte sie entsetzt an, blinzelte im Licht.

»Was bist du?« keuchte Catherine.

Es antwortete nicht.

Sie schluckte. »Beim Vater, beim Sohn und Heiligen Geist, sag es mir«, befahl sie. »Bist du aus Fleisch oder ein Geist?«

Die Erscheinung starrte sie an, dann auf seine Hände und machte schließlich statt einer Antwort den Versuch, sich zu bekreuzigen. Catherine fühlte sich besser. Wenigstens war es ein christlicher Geist. Sie ging näher heran. Dabei wich das Ding noch weiter zurück und versuchte, sich in die Kellerwand zu verkriechen.

Offensichtlich war seine Angst größer als ihre. Verwundert und mitleidig beugte sich Catherine über das, was wohl Margarets Geist sein mußte.

Was sie sah, war genug, um ihr das Herz zu brechen. Es war ein Mensch oder einst einer gewesen. Vermutlich ein Mann, obwohl es keinen Bart hatte. Das Haar hing lang und zottelig herunter, so blond wie Edgars. Auch die Haut war bleich, so weiß wie Maden im Speck. Catherine glaubte, Hunger zu haben, doch dieser Mann mußte wirklich darunter leiden. Hier, inmitten von Vorräten, sah er aus, als ob er seit Monaten nichts gegessen hätte. Er bot eher das Bild eines mit Fleisch überzogenen Skeletts als das eines menschlichen Wesens.

James war still, jetzt wo sich der Lärm gelegt hatte, und beobachtete das Flackern der Lampe voller Entzücken. Catherine ging näher an den Mann heran und streckte die Hand nach ihm aus.

»Ich tu dir nichts«, sagte sie, als er wieder zu schreien begann.

Sie wich zurück, und sein Schreien wurde zu leisem Gewimmer.

»Wer bist du?« fragte sie leise. »Warum bist du hier? Was hast du verbrochen, daß man dich so behandelt?«

Er antwortete nur mit einem leeren Blick.

Catherine stellte die Lampe auf ein Faß und kniete neben dem Mann nieder. James drehte sich im Tragetuch herum, um besser zu sehen, und streckte die Hand nach dem verfilzten Haar des Mannes aus.

»Nein, James.« Catherine hielt seine Hand fest. Sie wußte nicht, was sie mehr fürchtete: daß James dieses traurige Geschöpf ängstigte oder daß jenes James ein Leid zufügte.

Beim Anblick des Säuglings kam etwas Bewegung in das Gesicht des Mannes. Er wirkte verdutzt. Ganz langsam streckte sich ein langer knochiger Finger nach den dunklen Locken des Kindes aus. Catherine versteift sich, bereit, sich beim ersten Anzeichen böser Absicht zurückzuziehen. Doch die Berührung war sanft und schnell. Der Mann schloß die Augen, und Catherine sah Tränen auf seinen eingefallenen Wangen glitzern.

Was sollte sie tun?

Sie ging sogar noch näher heran. Der Mann trug eine Fußfessel, die mit einer kurzen Kette an einem Ring in der Mauer befestigt war. Sie würde sie nicht lösen können. Wenn sie nur wüßte, wer er war. Ein Unhold? Eine Geisel? Ein gefangener Feind? Oder ein armer Irrer, den man zu seinem eigenen Schutz eingesperrt hielt?

Wen könnte sie danach fragen? Die meisten Menschen auf Wedderlie würden von dem Gefangenen wissen. Der Koch und seine Helfer stiegen mehrmals täglich hier hinunter. Sie schnupperte. Es gab nur einen leichten Geruch von Harn neben dem von Stroh, Pökelfleisch und Lake. Irgendwer mußte sich wohl um einige seiner Bedürfnisse kümmern, auch wenn sie ihm nichts zu essen gaben. Wie lange er wohl schon dort im Dunkeln angekettet war?

Dann traf es sie wie ein Schlag.

Wußte Edgar etwa davon?

Sie glaubte es nicht. Sie wollte es einfach nicht glauben. Er hatte den größten Teil seines Lebens außerhalb seines Elternhauses verbracht. Tausend Dinge konnten hier geschehen sein, von denen er nichts ahnen würde. Edgar würde nie zulassen, daß jemand so grausam behandelt wurde.

Catherine betrachtete den Mann forschend. Er starrte einfach nur ins Licht. Er schien sich nicht mehr zu fürchten. Sie war sich nicht einmal sicher, ob er sie überhaupt wahrnahm. Seit er James berührt hatte, bewegte er sich nicht mehr. Außer dem schrecklichen Jaulen, mit dem er sie empfangen hatte, gab er keinen Laut von sich. Ob man ihm die Zunge herausgeschnitten hatte?

Sie wußte nicht, was sie tun sollte. Ihr Herz sagte, sie solle diese arme leidende Kreatur freilassen, doch die Vernunft gemahnte sie, man habe ihn nicht ohne Grund hierhergebracht. Würde sie es wagen, Adalisa zu fragen?

James strampelte, versuchte, das Licht zu erhaschen. Catherine spürte, daß sie schnell eine Entscheidung fällen mußte.

»Du mußt noch ein wenig hier ausharren«, sagte sie zu dem Mann, nicht sicher, ob er sie verstand. »Ich komme bald zu dir zurück, das verspreche ich dir.«

Sie kletterte die Leiter zur Küche hoch. Dieses Mal fand sie sie nicht leer.

»Madame Catherine!« Verwundert ließ der Koch das Fleischmesser fallen. »Was treibt Ihr denn in der Speisekammer? Laßt mich Euch helfen.«

Er nahm ihr die Lampe ab und half ihr, aus dem Loch zu steigen.

»Ich bin zu früh heruntergekommen«, erklärte Catherine. »Es war niemand hier. Ich habe etwas zu essen gesucht, aber der ganze Käse war versiegelt.«

Ob das für ihn genauso seltsam klang wie für sie selbst?

»Gewiß sind die Vorräte versiegelt«, antwortete er. »Hier gibt es eine Kiste für Käse und Brot.«

Er zeigte auf einen Holzkasten mit Scharnieren, der an die Wand genagelt war, um die Lebensmittel vor Nagetieren zu sichern.

»Natürlich!« sagte Catherine. »Wie dumm ...« Sie hielt inne. »Du bist auch Franzose?«

Er schüttelte den Kopf.

»Flame«, sagte er. »Aber ich habe am Hof des Grafen von Poitou gelernt. Ich bin mit Madame Adalisa nach Schottland gekommen.«

Das bedeutete, daß er eher gegenüber ihr als Waldeve loyal war. Catherine musterte ihn. Er schien sich nicht zu sorgen, daß sie im Vorratsraum gewesen war, außer daß es ihn schockierte, daß ein weiblicher Gast sich an einem so unschicklichen Ort aufhielt. Er mußte wissen, daß unten ein Gefangener war. Glaubte er, daß auch sie es wußte? Oder hoffte er, daß sie nicht weit genug gegangen war, um ihn zu finden?

»Ach so.« Sie beschloß, dies niemandem gegenüber zu erwähnen, bis sie mit Solomon gesprochen hätte. »Danke. Sollte ich noch einmal hungrig aufwachen, dann weiß ich, wo ich etwas zu essen finde.«

»Ihr hättet einen Diener rufen oder Euer Mädchen hinunterschicken sollen«, sagte der Koch streng. »Dieser Ort schickt sich nicht für Euch.«

»Ja, ich weiß.« Catherine seufzte. *Dieser Ort schickt sich für keinen Menschen,* dachte sie. *Wenn doch Edgar nur zurückkäme und uns heimbrächte!*

Langsam ging sie die Treppe zum großen Saal hinauf und knabberte an dem Käsestück, das der Koch ihr gegeben hatte. Sie konnte es nicht begreifen. Es war so schön hier – Wiesenblumen im beinahe ewigen Sonnenschein, Felder, auf denen Hafer und Gerste heranreiften, ein Fluß voller Fisch – und doch, wohin sie auch ging, fühlte Catherine sich fremd.

»Bestimmt fühlt man sich so, wenn man verzaubert ist«, sagte sie zu James. »Hoffentlich ist dies wirklich Käse und keine Einbildung.«

Sie biß noch ein Stück ab. Es schmeckte wie Käse. Sie kam oben auf der Treppe an, wo der Anblick von Solomon, der auf der Bettkante saß und sich unter der Tunika kratzte, sie in die reale Welt zurückbrachte.

»Guten Morgen, Vetter.« Sie ging zu ihm und setzte sich neben ihn. »Möchtest du etwas Käse?«

»Erst, wenn ich etwas Bier getrunken habe«, sagte er. »Komm, gib mir den Kleinen. Du läßt ja Krümel auf seinen Kopf fallen.«

Er setzte James auf seinen Schoß und spielte Hoppereiter mit ihm. Catherine wischte sich die Käsekrümel von der Tunika.

»Solomon«, sagte sie. »Da unten in der Speisekammer ist ein gefesselter Gefangener. Ich glaube, er ist von Sinnen.«

»Das überrascht mich nicht«, versetzte Solomon. »Wenn wir noch länger hierbleiben, werde ich wohl auch den Verstand verlieren. Gibt es Platz für zwei da unten?«

»Solomon, ich meine es ernst!«

»Ein Gefangener.« Solomon brach das Reiterspiel ab, worauf sich James für die Zugschnüre interessierte, die Solomon vom

Hemd herunterhingen. »Hat dieser Wahnsinnige auch einen Namen?«

»Den konnte er mir nicht sagen«, antwortete Catherine. »Du würdest nicht mehr scherzen, wenn du ihn sähest.«

»Ich scherze gar nicht«, versicherte ihr Solomon. »Vermutlich ist er eine Geisel und wartet darauf, daß man Lösegeld für ihn zahlt.«

»Falls das so wäre, dann wäre man damit lange in Verzug. Ich fürchte, das arme Ding hat seit Jahren das Licht der Sonne nicht mehr erblickt.«

»Catherine«, sagte Solomon in warnendem Ton. »Das ist nicht unsere Angelegenheit. Waldeve hat das Recht, seine Leute zu verurteilen und zu bestrafen, wie er es für richtig hält. Auch wenn der Mann jetzt dein Mitleid erregt, war er vielleicht einmal ein ausgemachter Schurke.«

»Dann hätte man ihn gehenkt oder verstümmelt oder freigelassen«, beharrte Catherine. »Und warum wüßte dann Margaret nichts von ihm? Sie glaubt, im Keller spukt ein Geist.«

»Würdest du etwa einem Kind sagen, daß jemand in deinem Haus an eine Wand gekettet ist?«

Catherine biß die Zähne zusammen. Ihr Vetter wußte aber auch auf alles eine Antwort. Manchmal irritierte er sie sehr.

Sie suchte nach einem Gegenargument, als die Diener hereinkamen, um das Bettzeug wegzubringen und den Saal für den Tag herzurichten.

»Adalisa kommt bald herunter.« Nervös blickte Solomon zur Treppe hin. »Hier gibt es heute nichts für mich zu tun. Ich glaube, ich frage mal, ob ich mit Margaret zu Robert reiten kann. Vielleicht hat er Nachricht von seinen Mönchen.«

Catherine sah ihn scharf an. »Da unten verhungert ein Mann in Ketten, und du kannst nur an dein Geschäft denken?«

Er hielt ihrem Blick stand. In seinen Augen war eine Härte, die sie zurückzucken ließ.

»Catherine«, sagte er. »Überall gibt es Verhungernde und

Menschen in Ketten. Manche verdienen es sogar. Du kannst sie nicht freilassen, weil sie jetzt zu bedauern sind. Wenn es dich so tief bekümmert, dann frag doch unsere Gastgeberin, warum er dort unten ist. Ihre Antwort ändert vielleicht deine Einstellung ihm gegenüber.«

»Das tu ich auch«, erwiderte Catherine. »Doch bezweifele ich, daß es meine Gefühle ändert. Ich kann es nicht ertragen, jemanden in Ketten zu wissen.«

Solomon schüttelte den Kopf. Manchmal hielt er es für ein kleines Wunder, daß Catherine außerhalb der idealisierten Welt des Klosters überlebt hatte. Ihr Herz war so weich, daß es sich selbst Satans erbarmt hätte.

Catherine ging in ihre Kammer hinauf, wo Willa schon wartete und im Begriff war, James' schmutzige Windeln in den Hof zu bringen, um sie dort auszukochen.

»Willa, war Frau Adalisa heute morgen schon hier oben und hat nach mir gefragt?« wollte sie wissen.

Willa schüttelte den Kopf. Ihr Gesicht bekam allmählich etwas Farbe von der Sonne, doch in diesem Augenblick war sie schreckensbleich. »Heute habe ich noch niemanden gesehen, aber vor einer Weile hörte ich ein furchtbares Geheul, als ob eine arme Seele aus dem Grab führe.« Sie hielt inne, ihr Kinn zitterte. »Ich glaube, mir gefällt es hier nicht.«

Catherine ging zu ihr und schloß sie in die Arme, mit James in der Mitte.

»Ist ja gut, Willa, das war ich doch, ich habe geschrien, weil ich in der Küche eine Ratte gesehen habe«, beruhigte sie das Mädchen. »Es tut mir leid, daß ich dich erschreckt habe. Mir gefällt es hier auch nicht. Wenn Edgar zurückkehrt, fahren wir heim. Bis dahin werde ich gut auf dich aufpassen. Vertraust du mir?«

Willa nickte und versuchte zu lächeln.

»Jetzt gibt es aber Arbeit für uns.« Catherine warf einen bedauernden Blick in Richtung Eimer. »Zuerst muß ich Frau

Adalisa suchen und fragen, ob wir dies alles hier ihrer Wäscherin geben können.«

Sie ließ Willa mit dem Kleinen spielen und kehrte in den Saal zurück. Solomon war fort, und Adalisa saß an Tisch und gab den Bediensteten Anweisungen für den Tag. Catherine wartete, bis sie damit fertig war.

»Dein Vetter ist unterwegs zu Robert«, begann Adalisa. »Er hat Margaret zum Dolmetschen mitgenommen, und ich habe ihnen einen Soldaten mitgegeben. Das ist doch in Ordnung?«

»Solomon wird gut auf sie achtgeben«, antwortete Catherine. »Adalisa, hast du vorhin einen Schrei gehört?«

»Ja«, sagte sie. »Der Koch sagte mir, daß du es warst. Was war denn los?«

»Ich bin in die Speisekammer hinabgestiegen, weil ich etwas Eßbares suchte«, erklärte Catherine. »Niemand hat mir erzählt, daß da unten ein Gefangener ist.«

»Ein was?« Adalisa schien verblüfft.

Catherine schilderte ihr den Mann, den sie gesehen hatte.

»Das ist doch Unfug, Catherine«, sagte Adalisa. »Das mußt du geträumt haben. Da unten wird niemand gefangen gehalten. Das müßte ich wirklich wissen, besonders wenn er im Vorratsraum wäre. Ich bin oft da unten und überprüfe den Zustand der Lebensmittel.«

»Das habe ich nicht geträumt!« entrüstete sich Catherine. »Ich weiß sehr genau, was ich gesehen habe. Komm mit, dann beweise ich's dir.«

Doch noch bevor sie den Satz beendet hatte, wußte sie, daß jetzt keine Spur mehr von dem Gefangenen zu sehen wäre. Sie folgte Adalisa in die Küche und überzeugte sich, daß in der Speisekammer nichts weiter als Fässer und Bündel waren. Sie hätte sofort nach ihrer Entdeckung mit Solomon zurückkommen sollen. Jetzt blieb ihr nichts anderes übrig, als sich zu entschuldigen und zuzugeben, daß sie sich wohl geirrt hatte. Margaret hatte die Geschichte von dem Ungeheuer im Nebel schon überall herumerzählt, also konnte man das mit auf die länger werdende Liste von Catherines Eigenheiten setzen. Catherine konnte sich gut vorstellen, wie man im Dorf über diese Geschichte lachen würde. Sie fragte sich, ob sie sich über ihren Wahnsinn amüsieren würden oder aber über ihre Dummheit, weil man sie so leicht hinters Licht führen konnte.

Wedderlie wurde zusehends bedrohlicher. Catherine spielte mit dem Gedanken, mit Willa und James nach Berwick zurückzugehen und sich bis zu Edgars Rückkehr unter den Schutz der Mönche zu stellen.

Es erfüllte Margaret mit großem Stolz, plötzlich nicht mehr einfach »das Kind«, sondern ein wichtiger Mensch zu sein. Nie wäre ihr in den Sinn gekommen, daß ihre Kenntnisse in der französischen und englischen Sprache jemandem nützen könnten. Doch Catherine und jetzt auch Solomon schienen ihre Dienste unentbehrlich zu finden. Das war so ein neues Hochgefühl, daß sie gar nicht recht wußte, wie sie damit umgehen sollte.

»Und wenn Robert Worte benutzt, die ich nicht kenne?« fragte sie bang, als sie ankamen.

Solomon streckte die Arme aus, um ihr herunterzuhelfen. »Bestimmt nicht.«

»Bist du sicher?«

»Ja.«

Margaret glaubte es zwar nicht so ganz, aber Solomon war ja erwachsen und wußte, wie man die Dinge anpackt. Sie mußte sich einfach auf ihn verlassen und hoffte, daß sie nicht versagen würde, wenn es darauf ankäme.

Noch fassungsloser aber war sie, als Solomon ihre Hand auf seinen Arm legte und sie ins Haus führte, wie bei einer Dame mit Juwelen und Schleier.

Roberts Behausung war nur wenig besser als die seiner Pächter. Es gab einen umzäunten Hof, wo die Hühner scharrten, aber keine Wachsoldaten. Das Haus selbst hatte zwei Ebenen, auf der ersten lagerten die Vorräte, auf der zweiten war das Wohnquartier. Als sie durch das Tor gingen, fing Lufen an zu bellen.

Solomon spürte, wie sich die Hand des Mädchen an seinem Arm festhielt, doch sie reckte ihr Kinn und beachtete den Hund nicht, als er ihnen entgegenlief. Zum erstenmal merkte er, daß sie etwas von ihrem Vater hatte. Keins von Waldeves Kindern hätte je Angst zu zeigen gewagt.

Auf das Gebell hin kam Robert heraus und unterband dieses sofort. Margaret lockerte ihren Griff.

»Sag ihm, wir wollen ihm einen Freundschaftsbesuch abstatten«, bat Solomon. »Ich hatte Langeweile und frage mich, ob er schon Nachricht von den Mönchen hat wegen des Geschäfts mit Wolle und Spezereien.«

Als Margaret das übersetzt hatte, schüttelte Robert den Kopf.

»Aber sag Solomon, daß ich bald Nachricht erwarte«, erwiderte er. »Da ihr schon mal hier seid, wollt ihr vielleicht etwas Bier und Brot? Ich wollte gerade nach den Karnickelfallen sehen. Ihr könnt mitkommen oder hier warten.«

Margaret entschied sich fürs Warten. »Ich habe nichts gegen Kaninchenragout«, erklärte sie. »Aber ich finde es schlimm, sie in der Schlinge zappeln zu sehen.«

Robert begriff gar nicht, wie man sich so anstellen konnte.

»Lufen!« rief er, und die Hündin kam gesprungen. Gemeinsam gingen die beiden aus dem Garten hinaus in den Wald.

Auf halber Strecke blieb Robert stehen und bückte sich. In dem Augenblick sprang die Hündin auf irgend etwas, zuckte und fiel heulend hin. Robert schrie auf, als ob er selbst verletzt sei.

»Bleib hier«, sagte Solomon zu Margaret.

Er lief zu der Stelle, wo Robert kniete, und versuchte, Lufens Bein aus einer zugeschnappten eisernen Falle zu ziehen.

»Lufen! Lufen!« weinte er, als die Hündin nach ihm schnappte, während er sie befreien wollte. »*Thu ert mine heahgesceaft! Hilpst me, Solomon!*«

Solomon zog sich die Tunika aus und hielt sie Robert hin.

»Wirf sie ihr über den Kopf«, rief er. »Halt sie fest!«

Robert verstand seine Gesten und schaffte es, die Hündin festzuhalten. Solomon zog das Messer, das er immer an seinen Arm geschnallt trug, und schob die Klinge zwischen die beiden Eisen der Falle.

Margaret hielt sich nicht an das Verbot und tauchte neben ihnen auf.

»Was kann ich tun?« fragte sie Solomon.

»Sag Robert, er soll den verdammten Hund ruhig halten, sonst verliert er das Bein, bevor ich ihn befreien kann«, keuchte Solomon.

»Das versuche ich ja!« sagte Robert, als sie es ihm erklärt hatte. »Meine arme Lufen leidet Todesqualen. Sie hat mich gerettet! Meine schöne, edle Lufen hat sich für mich geopfert!«

Endlich sprang die Falle so weit auf, daß die Hündin das Bein herausziehen konnte. Robert nahm sie in seine Arme und trug sie ins Haus. Auf dem Weg dorthin murmelte er dem verwundeten Tier beruhigende Worte zu. Doch Solomon hatte den zersplitterten Knochen gesehen. Er wußte, daß Lufen nicht zu retten war.

Robert rief nach dem Soldaten, den sie mitgebracht hatten.

»Reite so schnell du kannst zum Bergfried zurück«, befahl er. »Sag meiner Stiefmutter, sie muß sofort herkommen. Und sie soll etwas *dwale* für den Hund mitbringen. Beeil dich!«

Der Mann brach auf der Stelle auf. Robert setzte Lufen in ihre Kiste am Herd und ging eine Decke suchen. Margaret kniete neben der Kiste nieder. Lufen zitterte, ihre Augen waren vor Schmerzen glasig. Solomon war hinter ihnen eingetreten.

»Margaret«, sagte er leise. »Robert will das arme Tier doch nicht etwa retten?«

»Er liebt Lufen mehr als alles auf der Welt«, antwortete Margaret. »Ihn schert es nicht, wenn sie nur drei Beine hat.«

»Aber sie wird die Amputation nicht überleben«, beharrte Solomon. »Er läßt sie ohne Grund noch mehr leiden.«

»Wenn das *dwale* sie nicht umbringt, dann überlebt sie vielleicht«, erklärte Margaret. »Ist das in Frankreich nicht üblich? Die Medizin ist stark. Davon schläft man ein und spürt selbst den schlimmsten Schmerz nicht mehr. Aber manchmal schläft man so tief, daß man nie wieder aufwacht. Mutter hat mir das schon vor langer Zeit erklärt und mich davor gewarnt, ihr Gefäß mit *dwale* mit Wein zu verwechseln.«

Robert kehrte mit der Decke zurück und hockte sich neben seine Hündin. Sanft streichelte er sie hinter den Ohren und murmelte tröstende Worte.

»Du darfst nicht sterben, Lufen«, sagte er unter Tränen. »Aelred habe ich verloren. Wenn ich dich auch noch verliere, warum sollte ich dann noch weiterleben? Sei stark, edles Herz. Hilfe naht.«

»Robert?« Solomon mußte lauter sprechen, bevor Edgars Bruder ihn überhaupt wahrnahm.

»Was ist denn?« fragte er unter Tränen.

»Wie ist das geschehen?«

Robert streichelte das zitternde Tier weiter, während er antwortete. So zornig die Stimme klang, so sanft waren seine Hände.

»Ein Lappen lag auf der Erde«, sagte er. »Zwischen dem Gemüse. Ich wollte nachsehen, was es war, aber Lufen ist draufgesprungen und ... mein armes, tapferes Mädchen!«

»Wieso liegt so eine Falle in deinem Garten?« fragte Solomon.

Robert unterhielt sich lange mit Margaret. Als er endlich fertig war, wandte sie sich Solomon zu.

»Robert benutzt solche Fallen nicht«, erklärte sie. »Nur Schlingen für die Karnickel. Die muß jemand aufgestellt haben, der weiß, daß Robert kaum Diener hat und im Garten meist allein arbeitet.«

»Du meinst also, es war auf ihn gemünzt.« Solomons Stirn legte sich in Sorgenfalten. »Und in den Lappen, der da herumflatterte, sollte er wohl hineinfassen, wie er es ja fast auch getan hätte.«

Margaret nickte.

»Wenn er auch nicht unbedingt gestorben wäre, so hätte er vermutlich doch dabei seine Hand verloren.« Solomon schüttelte den Kopf. »Wir sollten seinen Vater darüber benachrichtigen. Wer auch immer für den Tod eurer Brüder verantwortlich ist, er muß sich ganz in der Nähe aufhalten.«

Sobald Solomon die Worte ausgesprochen hatte, bereute er sie. »Natürlich kann er jetzt schon über alle Berge sein«, fügte er rasch hinzu.

Das Kind kniff den Mund zusammen, sagte aber nichts.

Da Robert alles Erdenkliche für den Hund tat, konnten Solomon und Margaret nichts weiter tun als abwarten. Sie ließen sich auf einem Holzklotz am Haupttor nieder und hielten nach einem Boten von Adalisa Ausschau.

»Dieses *dwale*«, sagte Solomon neugierig. »Davon habe ich noch nie gehört. Nimmt man es hier oft für Tiere?«

»Nicht, daß ich wüßte«, erwiderte Margaret. »Aber ich bin ja nicht viel herumgekommen.«

Solomon lächelte. »Und wo bist du gewesen?«

Sie dachte nach. »Einmal war ich an König Davids Hof in Carlisle. Und in Berwick. Das ist alles.«

Sie hielt das für unzureichende Erfahrungen.

»Wo bist du denn überall gewesen?« fragte sie wehmütig.

Eigentlich wollte Solomon ausweichend antworten, aber sie war ja nur ein Kind. Was könnte es schon schaden? »Ich bin am Rand von Spanien gewesen«, erzählte er. »Und in Afrika, wo die Berber herrschen und wo es fast gar keine Bäume gibt. Und im Land der Reußen, wo man noch heidnische Götter anbetet und rohes Fleisch ißt. Ich habe Berge gesehen, die sind so hoch, daß dort auf den Gipfeln ewiger Winter herrscht, und auf dem Ozean habe ich Geister im Nebel gehört, die unser Schiff auf die Felsen locken wollten. Ich war auch in Rom und fast bis Konstantinopel.«

Margaret staunte ihn mit offenem Mund an. Er mußte lachen.

»Und nirgendwo habe ich ein so hübsches Mädchen gesehen wie dich, Kleine«, endete er und zog sie am Zopf, um ihr zu zeigen, daß er sie neckte.

Dennoch errötete sie. Er lächelte. Sie schien jetzt weniger nervös zu sein. Wie dumm von ihm, sie so in Angst zu versetzen. Sie betrug sich so gut, und so vergaß er leicht, daß er ein kleines Mädchen vor sich hatte.

Hufgeklapper ließ sie aufhorchen. Sie packte ihn am Ärmel. Das Messer, das sie dabei erfühlte, beruhigte sie. Zusätzlich erleichtert war sie jedoch, als der Reiter auftauchte und sie ihre Mutter mit einer Ledertasche über der Schulter hinter dem Wachsoldaten reiten sah.

Sie sprang vom Pferd und nahm Margaret in die Arme.

»*Ma douce.*« Adalisa küßte sie. »Ich habe Catherine allein im Bergfried zurückgelassen. Ich möchte, daß du mit Oswin hier zurückreitest und ihr erklärst, was geschehen ist. Ich habe ihr Anweisungen gegeben, also solltest du ihr gehorchen wie mir. Verstehst du?«

»Ja, Mutter.« Margaret hielt sich einen Augenblick lang an ihr fest. »Wann kommst du denn zurück?«

»Morgen früh, hoffe ich«, sagte Adalisa. »Ich muß heute nacht bei Lufen wachen.«

»Ich werde sie begleiten«, erbot sich Solomon.

»Wenn es Euch nichts ausmacht, dann bleibt lieber hier«, bat Adalisa. »Oswin muß noch einen Trupp zur Bewachung des Bergfrieds zusammenstellen, und ich brauche jemanden, der mir den Hund festhält. Ich fürchte, Robert wird nicht zusehen können bei dem, was ich tun muß.«

Solomon schluckte. Er wußte nicht, ob er das selbst durchstehen würde.

»Versteht Ihr Euch denn darauf?« fragte er.

»Ja.«

Sie erwähnte nicht, woher ihre Kenntnisse stammten, und er hielt es für das Beste, sie nicht danach zu fragen.

Er hob Margaret hinter Oswin auf das Pferd, und dieser tätschelte sie wohlwollend, während sie die Arme um seine Taille schlang.

»Ihr wird nichts geschehen«, versprach er Adalisa.

Als die beiden fort waren, holte Adalisa tief Luft und fragte Solomon: »Brennt irgendwo im Haus ein Feuer?«

»Der Herd ist kalt«, sagte er.

»Dann zünde bitte eins für mich an«, bat sie. »Ich brauche glühende Kohle zum Kauterisieren.«

Er folgte ihr ins Haus und bewunderte die ganze Zeit ihre Ausgeglichenheit. Wo hatte sie gelernt, wie man ein Amputation durchführt? Selbst bei einem so kleinen Tier wie einem Hund erforderte es Kraft und Genauigkeit, den Knochen durchzusägen. Er selbst fühlte sich dem nicht gewachsen.

Adalisa kniete nieder und untersuchte den Hund, während Solomon mit dem Zunder Feuer machte. Dann ließ sie Robert eine Krug Wein und eine große Schüssel holen.

»Glaubt Ihr, daß Ihr sie retten könnt?« fragte Solomon.

»Das weiß ich nicht«, antwortete Adalisa. »Doch wenn nicht, dann stirbt sie wenigstens friedlich und ohne weitere Schmerzen.«

Sie streichelte den Hund und hielt vor dem Herzen inne. Besorgt biß sie sich auf die Lippen.

»Wenigstens hat Robert daran gedacht, ihm das Bein abzubinden«, sagte sie, »sonst wäre Lufen schon verblutet. Brennt das Feuer schon?«

»Ja«, sagte Solomon, »aber es dauert einige Zeit mit den Kohlen.«

»Das macht nichts. Ich muß sie zuerst betäuben«, sagte Adalisa. »Ich kann nur beten, daß ich die richtige Dosis erwische.«

Robert kehrte mit dem Wein zurück. Adalisa stand auf und holte eine kleine Phiole aus ihrer Tasche. Sie stellte die Schüssel auf einen Tisch und goß sie halb voll. Dann ließ sie etwas von der Flüssigkeit aus der Phiole in den Wein tropfen. Fasziniert sah Solomon ihr zu.

»Was ist dieses *dwale* eigentlich?« fragte er.

»Etwas, was die Angelsachsen verwenden«, antwortete sie. »Aber nicht sehr oft, denn es kann zu leicht tödlich wirken. Es enthält Schierling und Mohnsaft. Die Hündin wird davon einschlafen, so fest, daß sie das Sägen nicht spürt.«

»Erstaunlich!« sagte Solomon. »Und muß man es trinken? Ich habe gesehen, wie Leute den Duft eines Tranks aus einem Schwamm inhaliert haben, aber trinken? Wie lange schläft man denn danach?«

Adalisa schaute nicht hoch.

»In manchen Fällen für immer«, sagte sie. »Ich muß heute nacht bei ihr wachen und ihren Atem beobachten. Wenn sie keucht und würgt, muß ich versuchen, sie zu wecken.«

Sie hob die Schüssel auf.

»Jetzt kommt der schwierige Teil«, sagte sie. »Ich muß dem Tier genug davon einflößen.«

Dabei war Roberts Hilfe von unschätzbarem Wert. Er brachte Lufen dazu, ein paar Tropfen von seinen Fingern zu schlecken.

»Reicht das?« fragte er.

»Wir müssen es abwarten«, antwortete Adalisa. »Besser zuwenig als zuviel. Sie sollte bald ruhiger werden.«

Adalisa blickte auf Roberts Hände, die in banger Erwartung zitterten.

»Robert«, sagte sie mit fester Stimme. »Ich werde dir auch einen Trank zubereiten. Du würdest mich mit deiner Besorgnis nur behindern. Ich möchte, daß du heute nacht schläfst, damit du morgen Lufen pflegen kannst.«

»Ich muß bei ihr sein!« widersprach Robert.

»Nein, das würde dich zu sehr bekümmern«, sagte sie. »Solomon wird mir helfen. Wenn das *dwale* wirkt, weiß Lufen ohnehin nicht, ob du hier bist oder nicht.«

Robert gab nach. »Wenn sie schläft, dann schlafe ich auch.«

Es dämmerte schon, bevor Robert überzeugt war, daß Lufen unter der Einwirkung von *dwale* friedlich schlief. Doch Adalisa hatte unbemerkt ein wenig Baldrian und Mohnsaft in seinen Wein geträufelt, so daß er ruhig zu Bett ging und man ihn bald schnarchen hörte.

»Nun stellt mir die Lampe so hin, daß ich gut sehe, und haltet dem armen Ding das Bein fest«, wies Adalisa Solomon an.

Sie holte eine kleine Säge aus der Tasche, die Art, mit der man neue Zweige von Obstbäumen schneidet. Als das Sägeblatt im Licht blitzte, bildete Solomon sich ein, es sei am Leben und habe Hunger. Er schüttelte den Gedanken ab. Dies war nicht der geeignete Zeitpunkt für Phantastereien. Er kniete neben Adalisa nieder. Wegen der Hitze hatte sie sich die lange Tunika ausgezogen und trug nur ihre *Chainse,* die Halskordeln waren lose gebunden. Solomon riß sich vom Anblick ihre Brüste unter dem dünnen Stoff los und zwang sich, sich auf den Hund zu konzentrieren.

»Vergewissert Euch, daß die Aderpresse stramm sitzt«, sagte Adalisa. »Und jetzt haltet sie fest und betet.«

Es war schnell vorbei, die Wunde wurde kauterisiert und verbunden. Außer einem schwachen Fiepen hatte Lufen keinen Mucks von sich gegeben.

Adalisa bückte sich und stieß einen tiefen Seufzer aus. Dann richtete sie sich auf und stand auf, um sich das Blut und die Hundehaare abzuwaschen.

»Ihr habt mit großem Geschick gesägt«, sagte Solomon. »Ihr habt das schon früher machen müssen.«

»Einmal«, bestätigte Adalisa. »An einem Mann.«

Solomon öffnete den Mund, um zu fragen, ob der Mann überlebt habe, überlegte es sich aber anders.

»Und was tun wir jetzt?« fragte er.

»Ich muß abwarten und sie beobachten.« Sie kam zurück und setzte sich neben die Hündin, lehnte sich mit dem Rücken an die Wand. »Ihr könnt aber schlafen. Ihr müßt ja erschöpft sein.«

Das war ein guter Rat, aber Solomon holte statt dessen alle Kissen und alles Bettzeug, was er finden konnte, und machte zwei Lager auf dem Fußboden zurecht.

»Ihr müßt bequem sitzen«, sagte er. »Ich werde nur ein bißchen dösen, dann könnt Ihr mich anstoßen, wenn Ihr mich braucht.«

Sie nickte und schloß kurz die Augen, den Kopf an die Holzwand gelehnt. Solomon neben ihr musterte sie. Eine Haarsträhne klebte an ihrer Wange. Aus einem Impuls heraus strich er sie ihr aus dem Gesicht. Adalisa schlug die Augen auf. Ihr Körper verkrampfte sich.

»Ich wollte Euch nicht erschrecken«, sagte er leise.

»Schon gut.« Sie entspannte sich. »Ich war fast eingeschlafen. Als Ihr mich berührtet, hielt ich Euch für Waldeve.«

Das würde ihr plötzliches Hochschrecken erklären. Solomon empfand großes Mitleid mit ihr, weil sie mit einem Mann zusammenlebte, den sie fürchtete.

Er hatte sich nicht gerührt. Sie sah ihn an. Was sie in seinen Augen las, ließ sie erstaunt den Mund öffnen. Das war zuviel für Solomon. Gegen alle Vernunft küßte er sie.

Halb erwartete er, sie würde ihn zornig von sich stoßen. Doch statt dessen erwiderte sie nach einem kurzen Augenblick der Überraschung seinen Kuß voller Leidenschaft. Sie schlang die Arme um ihn und zog ihn an sich.

Der Gedanke, was mit ihnen beiden geschehen würde, falls jemand sie ertappte, schoß Solomon durch den Kopf und verschwand wieder. Er streifte ihr die *Chainse* ab und spürte, wie sich ihre Muskeln unter seinen liebkosenden Fingern entspannten.

Mit traurigem Lächeln half sie ihm hoch, damit er zuerst seinen Gürtel und dann die Zugschnur seiner *Brais* lösen konnte.

In der Kammer über ihnen schlief Robert weiter. Neben ihnen rührte Lufen sich nicht, nicht einmal, als Solomon in der Eile mit dem Kopf an ihren Kasten schlug, als er sich die Stiefel auszog.

Zehntes Kapitel

Paris, im Hause Hubert LeVendeurs. Sonntag, 28. Juni 1143, Tag des heiligen Emission, Bischof von Nantes, der starb, als er die Soldaten Christi gegen die sarazenischen Eindringlinge führte.

Erat autem miles quidam Rogerius de Coincneris, vir bonus et fidelis; hic non acquievit communicare actibus Willelmi Cumin. Unde in possessione sua, scilicet Biscoptum, firmavit sibi munitiunculam, quia locus congruebat.

Es gab einen gewissen Ritter, Roger de Conyers, ein guter und loyaler Mann; mit William Cumins Taten wollte er nichts zu schaffen haben. Darum verstärkte er seine Befestigungen im nahegelegenen Bishopton.

Simeon II
Kapitel IV des Durham-Gedichts

Hubert wußte, daß es noch zu früh für eine Nachricht von Catherine war. Mittlerweile mußten sie Schottland wohl erreicht haben, sagte er sich. An Seeräuber oder Stürme auf See, Wegelagerer oder Wölfe in den Wäldern wollte er gar nicht denken. Nein, bestimmt nicht. Es ging ihr gut. Sie waren alle in Sicherheit vor dem Sturm, der sich hier in Paris zusammenbraute.

Der Bischof hatte ihn nicht persönlich sehen wollen, als Hubert auf seinen Wunsch bei ihm erschien. Doch einer seiner Sekretäre hatte ihn stundenlang über die Art seiner Beziehungen zu einem gewissen Eliazar, einem Pariser Juden, verhört.

»Er ist mein Geschäftspartner«, hatte Hubert erklärt. »Das ist wohlbekannt. Unsere beiden Familien haben schon seit meiner Geburt in Rouen zusammengearbeitet.«

»Ihr seid also Normanne?« fragte der Sekretär. »Euer Vater war auch Kaufmann? Hatte er jüdische Partner?«

»Ja, er handelte im Norden mit Pelzen und Elfenbein«, sagte Hubert. »Eliazars Vater reiste nach Spanien und Italien, um Tuch und Spezereien zu kaufen. Sie taten sich zusammen, um an die Normannen, auch die in England, zu verkaufen. Viele von Eliazars Familie waren unter den Juden, die Herzog Wilhelm in London ansiedelte, als er England eroberte. Als ich jung war, schickte mein Vater mich nach Paris. Mit Eliazar sollte ich das gemeinsame Unternehmen unserer beiden Familien fortsetzen.«

Hubert wartete, bis der Mann sich das auf seiner Tafel notiert hatte. Im Kern stimmte die Geschichte schon, nur daß Gervase LeVendeur Huberts Adoptivvater war. Und daß Gervase versucht hatte, in seinem Sohn die Erinnerungen an dessen jüdische Vergangenheit auszulöschen. Huberts Vater war in Paris gewesen, als seine Frau und seine Töchter umgebracht wurden, und Gervase hatte ihn wissen lassen, Hubert sei ebenfalls umgekommen. Der Kummer verkürzte das Leben jenes armen Mannes. Er war längst tot, als Eliazar Hubert fand und ihn wieder in den Schoß der Familie führte.

Es gab nicht mehr viele Menschen, die sich erinnerten, was geschehen war, oder die wußten, daß Hubert nicht Gervases Sohn war. Huberts ältestes Kind, Guillaume, ahnte davon nichts. Guillaume hatte seinen Erstgeborenen nach dem Mann benannt, den er für seinen Großvater hielt. Edgar, Catherine und ihre Schwester Agnes waren die einzigen Christen, die wußten, daß Hubert und Eliazar Brüder waren. Wer konnte sie also angezeigt haben? Hubert hätte gern danach gefragt, doch das hätte noch mehr Verdacht erregt. Jetzt verriet ihm der Sekretär nur so viel, daß der Bischof sich sorgte, weil einige Juden die Studenten zum Glaubensübertritt verleiten wollten, und Huberts Verbindung zur jüdischen Gemeinde wurde daher überprüft.

»Ihr seht also«, schloß Hubert, »meine Verbindung mit Eliazar reicht lange zurück. Unser Geschäft profitiert von den unterschiedlichen Beziehungen, die wir unterhalten.«

Der Sekretär entgegnete nichts. Er machte sich ein paar Notizen. Schließlich sah er auf.

»Wenn Ihr etwas gehört hättet, daß man versucht, Christen vom Glauben abzubringen, dann hättet Ihr es doch gemeldet?«

»Aber gewiß doch!« Hubert bemühte sich nach Kräften, Entsetzen zu heucheln. »Aber ich kann mir gar nicht vorstellen, daß es so etwas in Paris gibt. Die Juden hier verehren den König und sind dankbar für die Güte des Bischofs.«

»Davon sind wir immer ausgegangen«, sagte der Sekretär.

Er ging hinaus, Hubert blieb die Angst. Sein erster Impuls

war, zu Eliazar zu laufen und ihm Bericht zu erstatten. Doch dann fürchtete er, jemand würde ihm folgen und er könnte noch mehr in Verdacht geraten.

Was war denn in letzter Zeit in Paris los? In einigen Vierteln gab es von jeher Feindseligkeit gegen die jüdische Gemeinde, doch in den beinahe tausend Jahren, die sie nun schon dort wohnten, hatten sie immer unter dem Schutz der Krone und der Kirche gestanden. Jetzt schien dieser Schutz langsam zu zerbröseln.

Hubert fröstelte trotz der Sommerhitze. Er wußte einfach nicht, wie er dieser üblen Nachrede begegnen sollte.

Nur für eins war er dankbar, nämlich daß Edgar, Catherine und das Kind nicht in Gefahr schwebten.

Edgar hatte das Gefühl, unbewaffnet in die Höhle des Löwen marschiert zu sein. Nervös wartete er mit Aelred und Onkel Æthelræd auf den Mann, der sich William Cumin und in den letzten drei Jahren auch dessen Stellvertretern, Duncan und Waldeve, widersetzt hatte. Edgar war überrascht über Aelreds Vorschlag, sich mit Roger de Conyers zu beraten, bevor man versuchte, in die Festung von Durham zu gelangen.

»Meinst du nicht, der könnte uns als Geiseln nehmen, statt uns zu helfen?« hatte Edgar daraufhin gefragt.

»Das glaube ich nicht«, hatte Aelred erwidert. »Er ist ein Mann, der an Gerechtigkeit glaubt. Er hielt Durham und St. Cuthbert die Treue, als alle anderen Peers sich Cumin ergaben.«

»Aber gerade darum ordnete er höchstwahrscheinlich die Ermordung meiner Brüder an«, gab Edgar zu bedenken. »Besonders nach Duncans Übergriffen auf seine Vasallen und seine Familie.«

»Dennoch meine ich, wir sollten ihm Gelegenheit geben, seine Unschuld zu beweisen, bevor wir fortfahren«, warf Aelred ein. »Dein Onkel hält Conyers doch auch für vertrauenswürdig, oder, Æthelræd?«

»Nach allem, was ich gehört habe, ja«, meinte Æthelræd zögernd. »Aber mein Schwert lege ich deshalb noch lange nicht ab.«

Aelreds Entschluß, Conyers aufzusuchen, hatte Edgar im sicheren Hort von Rievaulx überzeugt, doch hier, im Bezirk der Burg von Bishopton, war er sich nicht so sicher. Die Männer um ihn herum trugen alle Kettenhemden, trotz der Sommerhitze. Sie schienen bereit, jeden Augenblick loszuschlagen. Weder Aelred noch Æthelræd schienen sich Sorgen zu machen, doch Edgar fühlte sich sehr verwundbar. Er war froh, daß er Catherine und James in Schottland zurückgelassen hatte, obwohl sie ihm schrecklich fehlten. Er sah sich von viel scharfem Stahl umgeben.

»Aelred!« rief eine Stimme aus. »Ich wähnte dich in Rievaulx? Was machst du denn hier? Hast du schon von der Wahl gehört?«

Der Mann kam herüber und begrüßte Aelred herzlich. Dann bemerkte er dessen zwei Begleiter.

«Æthelræd! Beim heiligen Gall und seinem Bären! Ich dachte, du lebst in einer Höhle in Moray!«

Æthelræd grinste. »Ich bin zur Sommersonnenwende gekommen, Ranulf, ich will mal sehen, was für eine Frau ich mir in der Johannisnacht auf dem Feld schnappen kann. Doch stattdessen verbringe ich diese nun in der Gesellschaft von Mönchen.«

Der Mann erwiderte sein Lächeln. »Das ist auch besser so, Æthelræd. Man sollte doch meinen, daß du langsam zu alt dafür wirst. Und wer ist das hier?« fragte er mit Blick auf Edgar.

Edgar hielt ihm seine Hand hin. »Erzdiakon Ranulf, erinnert Ihr Euch denn nicht an mich?«

»Enondu! Der kleine Edgar!« rief er aus. »Du bist doch vor Jahren nach Paris gegangen, um zu Füßen des Ketzers Abælard zu sitzen. Ich wußte ja gar nicht, daß du heimgekehrt bist.« Er hielt inne und sah alle drei forschend an. Etwas Furchtbares muß

geschehen sein, daß ihr alle drei hierherkommt, etwas, das tiefer geht als die Entweihung des Bistums meines Vaters durch den Usurpator Cumin.«

Aelred erzählte es ihm.

Edgar wurde plötzlich schüchtern, als er Erzdiakon Ranulf nach so langer Zeit wiedersah. Er hatte immer Respekt vor diesem Mann gehabt. Es war ein offenes Geheimnis, daß jener der Sohn des Bischofs Ranulf Flambard war, der sich durch seine Wahl zum Bischof von Durham nicht von seinen amourösen Abenteuern hatte abhalten lassen. Der Bischof hatte fast so viele anerkannte Kinder hinterlassen wie Waldeve. Doch der kirchlichen Laufbahn seines Sohnes hatte die uneheliche Geburt nicht geschadet. Und dieser Ranulf hatte sich der Priesterschaft würdiger erwiesen als der alte Bischof vor ihm. Als Erzdiakon von Durham hatte er sich als ehrlicher Verwalter und als loyaler Anhänger des jeweiligen Bischofs bewährt. Er besaß eine natürliche Autorität und eine Art, die Jungen der Schule anzusehen, als ob er jede ihrer Sünden kennen und verdammen würde.

Doch Edgars Schüchternheit wurde völlig überwältigt von der ehrlichen Empörung und Sympathie, die Ranulf zeigte, als man ihm die Lage schilderte.

»Sollte sich wirklich bewahrheiten, daß diese feigen Morde mit Ereignissen hier in Durham zu tun haben«, sagte er, »dann ist das eine Tragödie mehr, die auf William Cumins Konto geht. Früher hielt ich ihn einfach nur für ehrgeizig und raffgierig. Jetzt glaube ich, daß er sich in einen Dämon verwandelt hat.«

Edgar schluckte einen Kloß herunter. Er hatte sich ja nie Illusionen hingegeben, was die Heiligkeit seiner Verwandten betraf, doch daß sie verdammt seien, hatte er nie ernsthaft in Betracht gezogen. Gewiß, alle, die Cumin unterstützten, waren mit ihm zusammen exkommuniziert worden, aber das konnte man wieder rückgängig machen. Dennoch, wenn die Geschichten stimmten – und Edgar sah keine Anzeichen dafür, daß sie es nicht taten –, dann hatte Duncan während seines Dienstes in

Durham unzählige Grausamkeiten begangen. Edgar bezweifelte, daß sich jene außer durch einen Märtyrertod sühnen ließen.

»Ihr wollt also hier nach den Mördern deiner Brüder suchen?« fragte ihn Ranulf.

»Ich bin heimgekehrt, weil mein Vater mir befahl, ihm bei seiner Rache zu helfen, aber ich weiß nicht, ob ich noch daran glauben soll.« Edgar seufzte. »Ich fürchte allmählich, wenn ich die Mörder finde, wird mein erster Gedanke sein, sie vor dem Zorn meines Vaters zu schützen.«

»Das ist die Pflicht eines Christenmenschen«, sagte Ranulf. »Sie sollten der Gerichtsbarkeit des Königs überstellt werden.«

Dessen war sich Edgar auch nicht so sicher.

Aelred spürte sein Unbehagen und führte Ranulf von den anderen weg. Er fragte ihn nach der kürzlichen Wahl in York von William von Saint-Barbe auf den Bischofsstuhl von Durham und wie der glücklose Saint-Barbe sein neues Amt denn antreten wolle, wo sich doch die Stadt in den Fängen Cumins und seines Heers befand.

Edgar wandte sich an Æthelræd.

»Was tun wir hier?« fragte er. »Ich komme mir vor wie ein Fisch, der am Strand herumzappelt. Wenn mein Vater und Duncan Cumin unterstützen, dann haben das Alexander und Egbert vielleicht auch getan. Vielleicht war ihr Tod eine gerechte Strafe.«

Æthelræd schüttelte den Kopf. »Wenn das stimmt, dann hätte jemand sich dazu bekannt«, sagte er. »Darauf läuft es doch immer hinaus. Blutrache wird zelebriert. Männer geben ihre Siege bekannt und lassen Barden Lieder darauf dichten. Dies war Mord, und wir müssen herausfinden, warum, bevor wir irgendeinen Sinn erkennen.«

»Nun, dann hoffe ich, daß wir die Antwort hier finden«, sagte Edgar müde. »Ich möchte noch vor Herbst zu Hause sein.«

Sein Onkel warf ihm einen scharfen Blick zu. Er merkte wohl, daß Edgar damit nicht Wedderlie, sondern Paris meinte.

Edgar nahm es gar nicht wahr. Er erinnerte sich an das Holzpferd, das er für James zu schnitzen begonnen hatte. Wenn das hier nicht bald zum Abschluß käme, wäre sein Sohn alt genug für ein richtiges Pferd, bevor er es beenden könnte. Er wünschte, er könnte sofort etwas unternehmen, um einen Schlußstrich zu ziehen. Sein Wunsch nach Rache verminderte sich zusehends.

Als Solomon aufwachte, war es noch grau um ihn herum. Er konnte kaum Adalisas Silhouette ausmachen, als sie an Lufens Kiste kniete.

»Wie geht es ihr?« fragte er und versuchte, gleichmütig zu klingen.

»Sie schläft noch, aber ihr Atem geht regelmäßig«, antwortete sie, ein wenig stockend.

»Adalisa ...«

Sie eilte auf ihn zu und gab ihm einen leidenschaftlichen Kuß.

»Entschuldige dich nicht«, sagte sie. »Und fürchte nicht, daß ich mehr von dir erwarte. Seit zwanzig Jahren habe ich mich gefragt, wie es sein würde, richtig zu lieben, statt meine eheliche Pflicht zu erfüllen. Jetzt weiß ich es, und ich bin dir so dankbar.«

Das hörte Solomon nicht zum erstenmal von einer Frau. Es war nur das erste Mal, daß er es für bare Münze nahm. Und zum erstenmal empfand er etwas dabei.

»Ich hatte kein Recht dazu«, sagte er.

»Nein«, versetzte sie lachend. »Und ich auch nicht. Ich muß wohl von Sinnen gewesen sein, besonders, wo mir klar ist, daß du nicht das bist, was du vorgibst, aber letzte Nacht spielte das keine Rolle. Und heute ... immer noch nicht.«

Solomon stützte sich mit einem Ellenbogen auf. »Was meinst du damit?«

Sie richtete sich wieder auf. »Du bist Jude«, sagte sie in sachlichem Ton. »Das hatte ich schon vermutet, aber jetzt weiß ich es sicher. Wenigstens wurdest du als Jude geboren.«

Solomon schloß die Augen und nickte bedächtig.

»Und ich werde auch als Jude sterben«, sagte er. »Da ich nun deine schlimmste Befürchtung bestätigt habe, was wirst du tun?«

»Nichts.« Adalisa wandte sich von ihm ab und betastete die Flanke der Hündin. »Ich glaube, sie kommt durch. Wir sollten Robert aufwecken und ihm die Pflege überlassen.«

»Nichts?« wiederholte Solomon.

Adalisa sah ihn erneut an. »Ich vermute, daß ich mich beschmutzt fühlen sollte. Vermutlich habe ich die Sünde des Ehebruch mit etwas Schlimmerem verstärkt. Doch im Augenblick habe ich keine Schuldgefühle, empfinde keinen Ekel, nur Dankbarkeit. Weiß Edgar über dich Bescheid?«

Solomon nickte.

»Und trotzdem ist er noch dein Freund?«

»Der beste Freund auf der ganzen Welt, glaube ich.«

»Und Catherine, ist sie Christin?«

»Hundertprozentig.« Er seufzte. »Sie versucht unablässig, mich zu bekehren.«

»Dann bete ich, daß es ihr gelingt«, sagte Adalisa. »Aber ich beabsichtige durchaus nicht, dich zu verraten, wenn du mir versprichst, daß du niemandem verrätst, was wir gestern nacht getan haben.«

»Ich bin kein Narr, Adalisa«, erwiderte er. »Und auch kein Verräter. Ich weiß, daß man uns beide töten würde, wenn dies bekannt wird. Keine Sorge.«

»Schwör's!« verlangte Adalisa.

»Mein Volk schwört nicht«, sagte er. »Aber ich verspreche es, und das ist bindend.«

»Nun denn.« Sie stand auf und bürstete sich das Stroh von der

Chainse. »Ich gehe jetzt Robert aufwecken, aber vorher habe ich noch eine Bitte.«

»Welche?«

»Küß mich noch einmal.«

Solomon gehorchte. Es dauerte sehr lange.

Obwohl Catherine verstehen konnte, warum Adalisa gehen mußte, und sicher war, daß Margaret alles gewissenhaft übersetzte, konnte sie sich des Gefühls nicht erwehren, daß man sie herzlos ihrem Schicksal überließ. Umgeben von lauter Fremden, deren Sprache sie nicht verstand, ängstigte sie sich mehr, als sie zu zeigen wagte. Sie zog sich mit Willa und James ins Frauengemach zurück.

Sieh dich nur an, wie du dich vor der Sonne verkriechst. Catherine hätte wissen müssen, daß die Stimmen des Klosters nicht schweigen würden. *Schäme dich!* schalten sie. *Wir haben dich doch besser erzogen. Sollen diese Barbaren etwa annehmen, daß du Angst vor ihnen hast?*

Aber ich habe doch Angst, dachte Catherine. Diese blonden Männer mit ihren langen Schnurrbärten und diese großgewachsenen Frauen mit dem neugierigen Blick. Sie mögen mich nicht, und ich habe keine Worte, sie für mich einzunehmen.

Dann überzeuge sie durch deinen Mut und deine Frömmigkeit, mahnten die Stimmen. *Sind denn hier nicht alle Christen?*

Wenn ich mir dessen nur sicher sein könnte, dachte Catherine. »Ich wünschte, Edgar käme zurück«, sagte sie laut.

»Ich auch, Madame«, stimmte Willa ihr zu.

Der Gedanke an Edgar erinnerte sie, daß man sie zurückgelassen hatte, nicht nur zu ihrer eigenen Sicherheit, sondern auch, weil sie herausfinden sollte, was sich im Leben auf Wedderlie unter der Oberfläche abspielte. Damit stand sie erst am Anfang und hatte sich noch nicht die Mühe gemacht, sich hinzusetzen und ihre Entdeckungen rational zu analysieren. Die Stimmen tadelten sie also völlig zu Recht.

Margaret hatte ihnen erklärt, was Lufen widerfahren war, und auch Solomons Vermutung, daß die Falle für Robert gedacht war. Catherine hatte zwar versucht, die Angst des Kindes wie auch die eigene zu beschwichtigen, doch es blieb beunruhigend. Tröstlich zu wissen, daß die Wachen am Tor durch die übrigen Männer aus dem Dorf verstärkt werden sollten. Doch ob man denen trauen konnte?

Willa erzählte Margaret Geschichten, während sie James wiegte. Catherine sah derweil ihre Kleider durch und suchte die heraus, die sie ausbessern mußte und aus welchen sie einfache Tuniken für James nähen könnte, damit er anfangen konnte, immer seine Arme auszustrecken. Während ihre Finger nähten, ordnete sie im Geist die wenigen ihr bekannten Fakten.

Mord war der erste. Edgars Brüder und Neffe waren getötet und verstümmelt worden. Das war eine Tatsache. Die Pferde waren geraubt, dann aber in Hexham retourniert worden. Das war auch eine Tatsache.

Edgars Vater war ein hochmütiger, selbstsüchtiger Mann, der sich viele Feinde gemacht hatte. Nun, letzteres war eine Tatsache. Ersteres war nur Catherines subjektive Meinung. Sollte jemand die Tat begangen haben, den ihr Schwiegervater vor Jahren gekannt hatte, dann gab es eine Reihe von Gründen, die sie nicht aufdecken konnte. Doch die Falle, die man Robert gestellt hatte, zeigte an, daß es jemand war, der die ganze Familie kannte. Vielleicht war es sogar jemand aus der Familie selbst.

Robert hätte die Falle auch aufstellen können, um den Verdacht von seiner Person abzulenken. Er konnte nicht wissen, daß der Hund hineintappen würde. Würde Robert seine Brüder umbringen, um Wedderlie zu erben? Das schien wenig wahrscheinlich. Falls Schottland Franzien auch nur im entferntesten ähnelte, ging das Land an den, der es bestellen konnte, oder fiel an die Krone. Es war wichtig, der älteste Sohn zu sein, doch nicht immer entscheidend. Unmittelbar nach Waldeves Tod würden neben Robert auch seine Neffen oder – falls sie zu jung waren – deren Verwandte mütterlicherseits Ansprüche erheben.

Und dann war da noch diese seltsame Urkunde. Land, das rechtmäßig Robert gehörte, war gegen Pferde eingetauscht worden, vielleicht sogar gegen die, welche gestohlen worden waren. Wußte Robert davon? Störte es ihn? Und warum sollte dieser Bischof in Durham so viel Wert auf ein Haus in Berwick legen, daß er dafür wertvolle Pferde hergab?

Außerdem beunruhigten Catherine einige Merkwürdigkeiten auf Wedderlie. Was hatte sie an jenem Morgen im Nebel gesehen? Angler oder ein Ungeheuer. Die Vernunft legte ersteres nahe, doch das Geräusch, an das sie sich erinnerte, hatte nicht menschlich geklungen.

Schließlich, wer war der junge Mann, der im Bergfried gefangengehalten wurde. Niemand konnte Catherine einreden, sie habe sich ihn nur eingebildet. Sein bedauernswerter Zustand verfolgte sie mehr als alles andere. So sehr sie sich auch wünschte heimzukehren, es wäre ihr unmöglich, dieses armselige Geschöpf nicht zu retten. Wo konnten sie ihn versteckt haben? Warum hielten sie ihn überhaupt gefangen? Warum gestand niemand seine Existenz ein?

Catherine konnte sich nicht des Gefühls erwehren, daß er der Schlüssel zu allem war. Waldeve konnte seine Mannen auf der Suche nach einer Antwort von einem Ende des Landes zum anderen führen, wenn ihm das gefiel. Aber Catherine glaubte immer mehr, daß Edgars Vater sie anlog und sich selbst vielleicht auch. Des Rätsels Lösung lag hier in Wedderlie, im Nebel verborgen oder in den Eingeweiden des Bergfrieds.

Und nun war Robert wahrscheinlich überfallen worden. Catherine beunruhigte daran am meisten, daß diese neue Bedrohung als Falle gekommen war, nicht als offene Herausforderung. Das bestärkte sie in ihrem Glauben, daß es hier um mehr ging als um Blutrache, eher um einen tiefen Haß, der aus einer Schandtat geboren war. Robert hätte die eiserne Falle wohl überlebt, doch mit Sicherheit hätte sie ihn verstümmelt. Warum diese Entschlossenheit, die Schwerthand abzuschneiden? Bestand die Familie aus Feiglingen oder Verrätern? Gewiß, überlegte sie, die Rechte war auch die Schwurhand. Da, das konnte es sein. Waldeve hatte einen Treueeid gebrochen, und das hatte eine Katastrophe ausgelöst. Doch für wen?

Sie wünschte, sie könnte mit Edgar darüber diskutieren. Zusammen waren sie besser.

Sie sah zu James hinüber, der jetzt in der Wiege quengelte, die dunklen Locken feucht in der Hitze. Sie stand auf, um ihm vom einengenden Linnen zu befreien, und lächelte angesichts dieses Wunders. Ja, mit Edgar zusammen gelang ihr alles viel besser.

Edgar hatte Roger de Conyers noch nie gesehen und war nicht auf den Mann vorbereitet, der jetzt vor ihm saß. Der einzige Peer, der in den letzten drei Jahren gegen William Cumin ausgeharrt hatte, war ein kleiner zartgliedriger Mann. Vermutlich war er Ende Vierzig, sein graubraunes Haar lichtete sich. Er wirkte eher wie ein Schreiber als wie ein Edelmann. Als er endlich Zeit für die Zusammenkunft fand, bat er, Edgar allein zu treffen. Æthelræd hatte protestiert, doch Aelred überzeugte ihn, daß man besser dem Wunsch des Herrn entspräche.

Conyers sah zu ihm auf. Seine Augen waren auch sanft, als sie Edgar fixierten.

»Die Nachricht von den Todesfällen in Eurer Familie erfüllte mich mit tiefem Bedauern«, begann er. »Der Norden hat in den letzten Jahren zuviel sinnloses Gemetzel erlebt.«

Edgar fuhr sich mit der Zunge über die Lippen. »Das stimmt«, sagte er. »Und leider war wohl mein Bruder Duncan teilweise dafür verantwortlich.«

Conyers zog die Brauen hoch. Er nickte ernst. »In Durham zu einem großen Teil«, pflichtete er ihm bei. »Die Bewohner dieser Stadt haben guten Grund, ihn zu fürchten.«

»Gibt es irgend jemanden, der ihn so sehr haßt, daß er sich an seiner Familie schadlos halten würde?« fragte Edgar.

Die Brauen stiegen noch höher. »Ihr seid sehr direkt, junger Mann.« Conyers lächelte beinahe. »Die Antwort darauf weiß ich nicht. Wer kann im Herzen eines anderen Mannes lesen? Viele haben ihr Heim und ihre Familien verloren, viele davon hat dein Bruder gefoltert, damit sie ihm verrieten, wo sie ihr Gold versteckt hielten. Sicher glühen manche noch vor Zorn, doch wie viele würden den Mut oder die Mittel aufbringen, drei bewaffnete Männer zu überfallen? Wie viele hätten gewußt, wo sie zu finden waren?«

Darauf wußte Edgar keine Antwort. Conyers bedeutete ihm schließlich, Platz zu nehmen.

»Wein?« fragte er einladend. »Es ist nicht der beste. Der Krieg erschwert Lieferungen aus der Normandie.«

Edgar schüttelte den Kopf. Er sann noch über Conyers' letzte Frage nach. Warum hatte man sie bisher nicht gestellt? Wer wußte denn, wo seine Brüder waren? Unter Schock hatte Edgar nicht daran gedacht nachzufragen, was sie getan hatten oder wohin sie unterwegs waren, als sie überfallen wurden. Waldeve war so sicher gewesen, daß diese Tat gegen ihn gerichtet war, daß zu viele andere Punkte nicht beachtet wurden.

»Danke, Herr Roger«, sagte er. »Ihr habt mir Stoff zum Nachdenken gegeben.«

»Habe ich denn Euren Verdacht zerstreuen können, daß ich etwas mit der Sache zu tun hatte?« Jetzt lächelte Conyers.

Edgar erwiderte das Lächeln. »Ich glaube, mein Freund Aelred hatte recht. Das war nicht die Art Rache, die Ihr anordnen würdet.«

»Vielleicht nicht«, antwortete Conyers. »Tatsache ist, daß mich hier zu viele Dinge beschäftigen. Gerade kam die Nachricht nach Durham, daß ein richtiger Bischof gewählt wurde. Sie sagen, Cumin schäume vor Wut und läßt diese an den Mönchen aus, die sich noch in der Kathedrale aufhalten. Ich weiß auch, daß Euer Vater und Euer Bruder mitsamt ihren Mannen vor ein paar Tagen in die Stadt eingelassen wurden. Ihr könnt Euerm Bruder berichten, daß ich meine Position hier stärke und er uns nicht so leicht wird einschüchtern können wie unbewaffnete Dorfbewohner.«

Edgar war erstaunt. »Ihr versprecht mir sicheres Geleit nach Durham?« Er war sich gar nicht sicher, ob er es haben wollte.

»Erzdiakon Ranulf hat für Euch und Euern Onkel gebürgt«, sagte Conyers. »In Aelred setze ich vollkommenes Vertrauen. Man kennt ihn als Freund der Mönche und wird ihn nicht in die Stadt hineinlassen, aber Ihr beide könntet mit einer Botschaft zu ihnen vordringen. Erinnert Ihr Euch an den Kantor Lawrence?«

»Sehr gut sogar«, sagte Edgar.

Lawrence hatte sich an der anderen Seite des Stocks befunden, wenn Edgar sich in der Klasse schlecht betragen hatte. Er war ein hochtrabender Mensch gewesen, hatte Virgil stets falsch zitiert, obwohl Edgar das erst viele Jahre später herausgefunden hatte.

Conyers lächelte verschmitzt, denn er merkte wohl, wie Edgar bei seiner Antwort zuckte. »Ja, das sehe ich. Er gehört zu den Mönchen, die noch drinnen sind. Bis vor kurzem erhielten wir Briefe von ihm, die er in einem Korb von den Klippen zum Fluß hinabließ. Doch seit einigen Tagen hören wir nichts mehr von ihm. Entweder hat man ihn dabei entdeckt, oder die Mönche können jetzt das Klostergelände gar nicht mehr verlassen.«

Edgar versuchte, sich Bruder Lawrence derart tapfer vorzustellen. Er hatte den Mann ja immer für einen hochtrabenden Rüpel gehalten, aber vielleicht hatte das Unglück eine edlere Saite in ihm anklingen lassen.

Conyers beobachtete ihn. »Vielleicht hat man ihn gefoltert oder gar getötet.«

»Das würde mir aufrichtig leid tun«, war Edgars ehrliche Antwort. »Eine minderschwere Demütigung ist das Schlimmste, was ich ihm je gewünscht hätte. Und ich bin auch einigen anderen Mönchen zugetan und habe große Hochachtung vor St. Cuthbert. Niemand, auch mein Bruder nicht, sollte sein Land verschandeln oder seinen Schrein entweihen dürfen.«

»Wollt Ihr mir also helfen?« fragte Conyers.

»Ich werde Euch nicht behindern«, antwortete Edgar. »Ich werde den Mönchen Eure Botschaft überbringen und tun, was ich kann, um sie vor Cumins Zorn zu schützen. Aber ich kann meine Hand nicht gegen meinen Bruder oder meinen Vater erheben, einerlei, was sie getan haben mögen.«

Conyers erhob sich und hielt Edgar die Hand hin.

»Hättet Ihr etwas anderes behauptet, ich hätte es nicht geglaubt«, sagte er. »Ich will Bruder Lawrence nur über kürzliche Geschehnisse informieren und benötige eine Rückmeldung über die gegenwärtige Lage im Kloster.«

»Wird gemacht«, versprach Edgar. Er schüttelte Conyers die Hand. »Ich schwör's.«

»Dann habt Ihr freies Geleit bis vor die Tore von Durham«, erwiderte Conyers.

Edgar kehrte zu Æthelræd und Aelred zurück und berichtete über sein Gespräch mit Conyers.

»Mir war gar nicht klar, daß ich vielleicht zu bekannt bin, um eingelassen zu werden«, bemerkte Aelred. »Doch vermutlich hat Herr Roger recht. Irgendwer könnte Euch verdächtigen, wenn er Euch in meiner Gesellschaft sähe. Ich habe allerdings die Erlaubnis, mich so lange wie nötig von der Abtei fernzuhalten. Jetzt bleibe ich erst einmal in Bishopton. Vielleicht kann ich Euch nach Eurer Rückkehr behilflich sein.«

Æthelræd kratzte sich durch den Bart am Kinn. »Die Kanoniker von Durham sind mir egal«, sagte er. »Aber sie dienen dem Heiligen, und man sollte sie nicht dabei behelligen. Ich bin mit auf diese Expedition gekommen, um auf dich aufzupassen, Edgar, und um die Pläne meines lieben Bruders Waldeve zu durchkreuzen, dem vielleicht eine Rache in Form eines Rundumschlags vorschwebt. Es ärgert mich, in diese politischen Querelen hineingezogen zu werden. Aber …« Er seufzte. »Jetzt ist es wohl zu spät. Morgen marschieren wir also in den Höllenschlund, nur mit der Reinheit des Herzens und schnellen Zungen bewaffnet.«

Edgar sah ihn an. »Wir wollen uns bemühen, uns nicht zu sehr auf erstere zu verlassen«, sagte er. »Ich glaube, St. Cuthbert würde uns lieber nicht um unserer Rechtschaffenheit willen beschützen.«

»Da muß ich dir recht geben«, räumte Æthelræd ein.

Catherine war so erleichtert, als Solomon und Adalisa zurückkehrten, daß sie nicht einmal die Befangenheit zwischen den beiden bemerkte.

»Hast du den Hund gerettet?« fragte sie, als Solomon Adalisa von seinem Pferd hinunterließ.

»Es dauert noch, bevor wir das wissen können«, antwortete Adalisa. »Aber anscheinend ja. Robert kümmert sich um sie wie eine Mutter um ihr Kind.«

»Da bin ich aber froh«, stimmte Catherine zu. »Die Wachen wurden inzwischen verdoppelt, und Margaret sagt, daß die Dorfbewohner eine Straßensperre errichten.«

»Ja, die haben wir schon gesehen.« Solomon war abgestiegen und übergab die Zügel dem Stallburschen. »Einem ernsthaften Angriff kann die aber nicht standhalten.«

»Ich weiß«, stimmte Catherine zu. »Doch anscheinend waren sie froh, irgend etwas tun zu können.«

Adalisa war mittlerweile in den Bergfried gegangen, um nach Margaret zu sehen. Catherine rückte näher an Solomon heran.

»Meinst du, wir sollten Waldeve kommen lassen?« fragte sie.

»Das habe ich Adalisa geraten«, antwortete Solomon. »Sie

fand die Vorstellung schrecklich. ›Was wäre, wenn er den weiten Weg macht und hier keine ernstliche Bedrohung vorfindet?‹ hat sie mich gefragt.«

Catherine lief es eiskalt über den Rücken. »Und wenn es doch eine gäbe?«

Solomon versuchte nicht, sie zu beruhigen. »Ich habe mir schon Gedanken darüber gemacht«, erwiderte er. »Wer eine Wolfsfalle für Robert aufstellt, operiert entweder allein oder mit wenigen Helfern. Dagegen können wir uns verteidigen.«

»Aber?« fragte Catherine.

»Aber es würde mich beruhigen, wenn ihr alle unten im Saal schlafen würdet«, fuhr Solomon fort. »Oder wenigstens in Adalisas Gemach. Ich glaube, wir bleiben besser zusammen.«

»Du fürchtest also, ein einzelner könnte dort eindringen, wo ein Heer es nicht vermag?« fragte Catherine.

»So ist es«, sagte er.

»Aber wir wissen ja nicht einmal, ob man auch uns nach dem Leben trachtet«, warf Catherine ein. »Vielleicht haben sie es nur auf Waldeves Söhne abgesehen.«

»Das hoffe ich«, antwortete Solomon. »Aber darauf würdest du doch nicht das Leben deines Sohnes wetten?«

Darauf brauchte sie nichts mehr zu erwidern. »Schläfst du bitte vor unserer Tür?« flehte Catherine.

»Ich werde überhaupt nicht schlafen«, versprach er.

Solomon hielt Wort. Er bezog Posten vor der Tür zu Adalisas Gemach, wo Catherine, Willa, Margaret und James zusammengerückt waren. Oswin, der Anführer der Wachsoldaten, beharrte ärgerlich darauf, daß er ohne die Hilfe eines Gastes Wache halten könne.

»Das hoffe ich«, erwiderte Solomon. »Doch ich ziehe es vor, meine Base selbst zu bewachen.«

»Wie Ihr wünscht«, sagte Oswin. »Sollte ich dich schlafend vorfinden, werde ich ein Kissen neben deinen Kopf legen.«

Er stürmte davon und schnauzte einige Dörfler an, die sich die Zeit mit Würfelspiel vertrieben.

Endlich wurde es Nacht, und mit ihr kehrte Stille ein.

Im Vertrauen auf Solomon schlief Catherine fast sofort ein, Willa kuschelte sich neben ihr ein, und James lag in der Wiege. Einige Stunden später weckten Schreie sie auf. Solomon rüttelte sie.

»Schnell, Catherine!« rief er. »Wir müssen sofort raus!«

»Was?« Schlaftrunken schlug sie die Augen auf.

Dann kam ein Schrei aus Adalisas Bett.

»Ach, du lieber Gott, rette uns! Feuer!«

Elftes Kapitel

Wedderlie, in der Stunde vor der Dämmerung. Montag, 28. Juni 1143, Tag des heiligen Irenäus, Bischof von Lyon und Ketzerfeind

In ðeos burch breoma geond Breotenrice,
steppa gestaðolad stans ymbutan
wundrum gewæxen. Weor ymbeornad,
ea yðum stronge, and ðer inna wunað
feola fisca kyn on floda gemonge …
Is in ðere byri eac bearnum gecyðed
ðe arfesta eadig Cudburch …

An dieser ummauerten Stadt, weithin bekannt in Britannien,
umgaben die festen Fundamente Steine, die auf wundersame
Weise wuchsen. Das Wasser umfloß sie in hohen Wellen, und
es gab mancherlei Fisch in der Flut …
Und zu diesem Ort, so die Kunde, kamen die Frommen und
mit ihnen der heilige Cuthbert.

– Aus dem Durham-Gedicht –

Catherine nahm sofort James auf den Arm. Sie roch Rauch und hörte jetzt auch Schreie. Die schmalen Fenster gingen nach Osten, doch der Schein kam von den Palisaden, die an vielen Stellen gleichzeitig in Flammen standen.

»Willa!« Das Mädchen war an ihrer Seite. »Schnapp dir so viele Decken und Kleider, wie du nur tragen kannst. Aber übernimm dich nicht. Und beeil dich!«

Adalisa war schon auf. Sie hatte sich einen Mantel über die *Chainse* geworfen und hielt Margaret in den Armen.

»Brennt die Treppe?« fragte sie Solomon.

»Noch nicht«, sagte er. »Gib mir Margaret, sie ist zu schwer für dich. Ist noch Wasser im Krug?«

Willa sah nach. »Ein bißchen, ja.«

»Dann tränk ein Stück Stoff damit und reiß es in sechs Streifen, wenn es geht. Legt ihn euch auf das Gesicht zum Atmen. Schnell!«

Catherine legte den feuchten Stoff auf James' Gesicht. Er wehrte sich dagegen, aber sie hielt es auf ihn gepreßt.

»Fertig?« fragte Solomon.

Das spielte ohnehin keine Rolle mehr, denn es blieb ihnen keine Zeit. Hinter Solomon liefen sie die hölzerne Treppe hinunter.

Die Stufen waren warm unter Catherines bloßen Füßen, aber der Rauch war nicht dick. Je tiefer sie kamen, desto schneidender wurde die Luft. Willa begann zu husten.

»Halte dich an mir fest«, sagte Catherine. »Schließe die Augen, und taste dich vorwärts.«

Die Treppe machte eine scharfe Wendung, unmittelbar vor

dem großen Saal. Die Wände unten waren aus Stein und Erde, alles darüber aus Holz. Der Saal brannte an einer Seite. Stücke waren herausgefallen, und die Nachtluft drang herein, entfachte die Flammen. Sie rannten quer durch den Saal und zur Tür. Solomon schob den Riegel hoch.

Er sah ins Leere. Die Außentreppe war verschwunden. Bis hierher war das Feuer noch nicht gekommen. Unten lagen zersplitterte Holzdielen. Er nahm sich nicht die Zeit, darüber nachzudenken.

»Gibt es eine Leiter?« fragte er Adalisa.

»In der Speisekammer, aber von hier aus kommen wir nicht dran!« Schreckensbleich versuchte sie, sich zusammenzureißen.

»Können wir in die Kapelle gehen?«

Sie sah sich um. »Ja, aber dann sitzen wir da unten in der Falle. Sie liegt unter der Erde.«

»Für Geheimnisse ist keine Zeit, Adalisa!« schrie er. »Uns bleibt kein anderer Ausweg!«

Der unmittelbare Schrecken siegte über ihre Angst vor Waldeve.

»Mir nach!« sagte sie.

Fast wäre sie mit Catherine zusammengestoßen, als sie sich umdrehte. Dann führte sie die anderen durch den Geheimgang in die Kapelle.

Die Luft wurde kühler, während sie hinuntergingen, aber Catherine wußte, daß es nur eine Frage der Zeit war, bis das Feuer die Decke erreichte und große Brocken auf sie herunterfallen würden. Sie küßte James und murmelte Worte des Trostes.

Dann erreichten sie die kleine Kammer. Es war pechschwarze Nacht, aber Adalisa tastete sich an der Wand entlang, bis sie beim Altar stand, wo der Priester sonst die liturgischen Geräte für die Messe reinigte. Sie zerrte am Gitter und riß es auf.

»Ihr müßt kriechen«, rief sie den anderen zu.

»Margaret, folge deiner Mutter.« Solomon ließ sie hinunter. »Willa, nach Margaret, Catherine ...«

Catherine wußte, wohin sie gingen. Es war nur ein kurzes Stück bis zum Vorratsraum, wo sie die Angstschreie des Gefangenen hören konnten.

Adalisa stieg schon die Leiter zur Küche hinauf.

»Halt!« rief Catherine. »Wir können ihn nicht hier sterben lassen.«

Sie konnte Adalisas Gesicht im Dunkeln nicht sehen, aber aus ihrer Stimme klang Verzweiflung. »Es geht nicht anders. Der Schlüssel liegt noch oben.«

»Weiter!« rief Solomon von hinten. »Wir haben keine Zeit!«

Adalisa stieß die Luke zur Küche auf. »Hier ist Rauch, aber ich sehe keine Flammen. Wir müssen nur die Tür zum Hof erreichen.«

»Aber wir können doch nicht ...«, begann Catherine.

Der Rauch drang in den Vorratsraum. Da wußte Catherine, daß sie es doch konnte. Es würde ihr Gewissen auf ewig belasten, aber jetzt zählte nur noch ihr Sohn. Sie stieg hinter Adalisa und den Mädchen die Leiter hinauf, folgte ihnen durch die Küche und durch die Tür hinaus ins Freie.

Die vier drängten sich dicht an den Erdwall. Die Brücke war verschwunden.

»Wo sind die Wachen?« fragte Catherine.

»Ich weiß es nicht«, antwortete Adalisa. »Sie können doch nicht einfach weglaufen und uns den Flammen überlassen!«

Catherine sah sich um. »Und wo ist Solomon?«

»Er war doch unmittelbar hinter mir? Ach, heiliger Janvier. Solomon, was hast du getan? *Nein*!« Adalisa wollte durch die Küchentür zurück, doch Catherine hielt sie fest.

»Holt er die Schlüssel?« fragte sie und hoffte, Adalisa würde nein sagen.

»Sie sind an meinem Gürtel, der am Bettrahmen hängt«, sagte Adalisa. »Er weiß, wo sie sind. Aber es bleibt keine Zeit mehr!«

Jetzt hörte Catherine neben dem Prasseln des Feuers Metall auf Metall stoßen. Unter ihnen auf dem Burggelände fand ein Kampf statt.

»Wir werden angegriffen«, rief sie Adalisa zu. »Wir müssen weg, bevor die Wachen überwältigt werden. Solomon!«

Mit rauchheiserer Stimme schrie sie seinen Namen. Endlich bewegte sich etwas in der Dunkelheit des Eingangs, und Solomon tauchte mit einem in Decken gehüllten Bündel auf.

»Gott sei Dank«, flüsterte Catherine.

»Er kann nicht laufen«, sagte Solomon, als er näherkam. Sie sahen über den Rand des Burggrabens, wo fünf oder sechs Wachsoldaten eine ganze Horde abzuwehren schienen. Manche hatten Schwerter, aber die meisten trugen Piken und Fackeln.

»Wer ist es?« jammerte Adalisa. »Wer tut uns das an?«

»Die Männer verteidigen sich gut«, meinte Solomon. »Aber sie sind zahlenmäßig hoffnungslos unterlegen. Ich muß euch alle hier heraus an einen sicheren Ort bringen.«

An einen sicheren Ort, dachte Catherine. Das hier sollte doch ein sicherer Ort sein.

»Können wir hinunter auf die andere Seite des Flusses gelangen?« fragte sie Adalisa.

»Vielleicht«, überlegte Adalisa. »Ich weiß nicht, ob die Mädchen es schaffen würden.«

»Doch, Mama, das kann ich. Ich kenne den Weg, ich bin ihn schon oft gegangen!«

»Margaret!« Adalisa merkte, daß jetzt nicht der Augenblick war, um sie zu tadeln. »Zeig ihn uns.«

Die fünf muteten wie eine Szene aus einem Fresko über die ewige Verdammnis an, als sie im Zickzack den Erdwall hinabkletterten, der im Feuerschein manchmal klar zu erkennen und dann wieder unsichtbar war. Der Pfad, den Margaret nahm, eignete sich nur für Ziegen und Kinder. Catherine rutschte die meiste Zeit, dankbar, daß der andere Lärm James' Geschrei übertönte, da er in ihren Armen ordentlich durchgerüttelt wurde. Solomon ging wie ein buckliger Bär hinunter, mit dem Gefangenen auf dem Rücken.

Endlich gelangten sie unten an. Der Kampflärm war jetzt weiter entfernt. Wer auch immer die Angreifer sein mochten, sie hatten nicht daran gedacht, die Rückseite des steilen Erdwalls zu bewachen. Der Fluß verteilte sich hier über ein freies Feld. Jetzt hieß es beten und laufen.

»In die Wälder«, keuchte Solomon. »Nicht zurückschauen!«

Sie platschten durch das seichte Wasser und in den Schutz der Bäume. Plötzlich blieb Margaret stehen.

»Wir halten auf die heidnischen Steine zu«, jammerte sie. »Die Geister dort werden uns verschlingen.«

Alle starrten sie an. Bisher war sie so still gewesen. Entsetzt klammerte sie sich an Adalisa, tränenüberströmt.

»Wir müssen nicht dorthin«, sagte Adalisa. »Wir sollten auf die Küste zuhalten und uns dann nach Süden schlagen. Wenn Robert entkommen ist, dann wird er uns an einer bestimmten Stelle suchen.«

Margaret sah auf. »St. Cuddy?«

»Ja, Liebes.« Adalisa wischte dem Kind das Gesicht ab. »Wir sollten versuchen, Holy Island zu erreichen.«

Catherine wußte nicht, was oder wo das war, doch der Name klang wie eine Zuflucht. Wie lange ihre Schar – barfuß, ohne Proviant, behindert durch die Kinder und einen Mann, der weder laufen noch sprechen konnte – wohl brauchen würde, um dorthin zu gelangen? Doch immerhin war es ein Silberstreif am Horizont. Sie wickelte James fester in die Decken und bereitete sich auf einen langen Marsch vor.

Die Stadt Durham ist auf einer felsigen Halbinsel erbaut, die in den Fluß Wear hineinragt. Die Kathedrale und die Burg waren so massiv, daß sie jedem Angriff widerstehen konnten. Die Hüter der Reliquien des heiligen Cuthbert waren von dänischen Invasoren quer durch das Land gejagt worden und wollten sich nicht noch einmal gewaltsam vertreiben lassen. Das Umland hatte sich unter den Schutz des Heiligen gestellt, und der Bischof war gleichzeitig Landesherr.

Es war später Vormittag, als Edgar und Æthelræd das Südwesttor erreichten. Anders als Urric und Swein, die zu Pferd und in voller Rüstung kamen, unterschieden sie sich in der Kleidung nicht von den Bauern und waren zu Fuß. Æthelræd hatte sich immer noch seinen Kilt um die Taille geschlungen. Auf äußeren Druck hin hatte er sich auch eine kurze Tunika angezogen, doch er beklagte sich, daß diese kratzig sei, und tat Edgar lauthals kund, er freue sich darauf, wenn das hier alles vorbei sei und er wieder nackt herumlaufen könne.

Sie schienen für niemanden eine Bedrohung darzustellen und wurden ohne weiteres eingelassen.

Edgar kannte den Weg zur Burg hinauf gut. Er war als Junge oft dort hinaufgestiegen. Doch als sie jetzt durch die Stadt gingen, erschrak er über die Veränderungen, die drei Jahre unter William Cumins gestrengem Regiment bewirkt hatten. Häuser waren zerstört und lagen immer noch in Schutt und Asche. Die Läden waren größtenteils mit Brettern vernagelt. Steine waren aus der Hauptstraße geklaubt und hatten Löcher hinterlassen, die das Reiten unmöglich machten. Die wenigen Menschen, die sich auf der Straße aufhielten, hatten es offensichtlich eilig, möglichst schnell wieder heimzukommen. Auf der Allmende am Fuße des Steilhangs spielten keine Kinder. Nur Soldaten schienen sich in diesem Umfeld wohlzufühlen.

Einer von ihnen kam auf Edgar und seinen Onkel zu.

»He, ihr zwei da!« sagte er, so daß beide stehenblieben und sich langsam umdrehten, nicht aus Angst, sondern verärgert.

Æthelræd lächelte spöttisch. »Ja, wir sind da«, sagte er zu dem Soldaten. »Und wer magst du wohl sein?«

Verwirrt stockte der Mann. Von Bauern war er diesen Ton nicht gewöhnt.

»Das geht euch gar nichts an«, platzte es endlich aus ihm heraus. »Was habt ihr in der Stadt zu suchen?«

»Wir suchen gar nichts«, erklärte Edgar. »Wir sind unterwegs zur Burg des Bischofs.«

Der Mann schnaubte verächtlich. »Und was wollt ihr von seiner Exzellenz, dem Herrn Bischof?«

Æthelræd war jetzt ganz in seinem Element. »Vom Bischof will ich gar nichts, ich will zu meinem Bruder. Hast du ihn etwa gesehen?«

Der Soldat musterte ihn herablassend. »Ich habe keinen gesehen, der dir auch nur im entferntesten ähnelt«, sagte er. »Nicht, seit wir in der Schlacht um das Banner die Leute aus Galloway hinter die Grenze zurückgetrieben haben.«

Æthelræd nickte. »Ich war stolz, dabeizusein«, sagte er sanft. »Mein Bruder war irgendwo in den hinteren Reihen, zusammen mit dem König. Wir kämpften in vorderster Linie.«

Edgar zupfte ihn am Ärmel. »Onkel, das könnte den ganzen Tag dauern.«

»Hör sich einer den Jungen an, ›Onkel‹ sagt er!« höhnte der Soldat. »Und jetzt ab mit euch. Nein, nicht dorthin«, fuhr er fort, als die beiden den Berg hinaufgehen wollten. »Dorthin, wo ihr hergekommen seid.« Er zückte sein Schwert. Æthelræd tat, als sehe er so etwas zum erstenmal. Dann schüttelte er traurig den Kopf, wickelte blitzschnell den Schottenrock ab und warf ihn über die Arme des Soldaten. Er hielt sie fest gepackt, bis jener das Schwert fallenließ. Edgar hob es auf.

»Onkel«, sagte er. »Du bist von der Taille abwärts nackt.«

»Versuch mal, mir die Frauen vom Leib zu halten, bis ich dies erledigt habe«, versetzte Æthelræd grinsend. »Nun, mein Junge. Ich werde dich nicht töten, weil du unverschämt bist und nicht weißt, wie man mit Edelleuten spricht. Ich töte dich, weil du die Leute aus Galloway verspottet hast.«

Der Mann sah ihn böse an und schrie laut um Hilfe.

»Onkel«, sagte Edgar müde, »es gibt leichtere Wege, meinen Vater zu finden.«

»Aber dieser hier macht am meisten Spaß.« Æthelræd zog den Kilt fester um den Soldaten.

«Æthelræd!« ertönte eine vertraute Stimme. »Bedeck deinen häßlichen Arsch!«

Æthelræd ließ den Soldaten los und stopfte sich den Kilt wieder unter den Gürtel.

»Hoffentlich ist dies nicht einer von deinen Männern«, sagte er. »Diesen armseligen Wicht hätte ich gleich nach der Geburt ertränkt.«

Ohne den Gift und Galle spuckenden Mann noch eines Blickes zu würdigen, schickte sich Æthelræd jetzt an, Waldeve zu begrüßen. Edgar folgte ihm, immer noch das Schwert in der Hand.

»Habt ihr die Bastarde gefunden?« hieß Waldeve sie willkommen.

»Sei gegrüßt, Vater«, erwiderte Edward. »Nein, Aelred hatte nichts gehört, was uns weiterhelfen könnte.« Sein Vater war von bewaffneten Mannern flankiert, jeder hing, dem Gesichtsausdruck nach zu urteilen, ganz eigenen Gedanken nach. Die Sonne stand jetzt fast senkrecht über ihnen, und Licht drang in jeden Winkel der schmalen Gasse. Doch Edgar schien es, als stehe sein Vater im Schatten.

Waldeves Antwort fiel knapp aus. »Nur noch mehr Rätsel. Los, ihr zwei. Genug der Faxen, Æthelræd.«

Offenbar würden sie nichts mehr hören, bis sie die Burg erreicht hätten. Edgar und Æthelræd folgten Waldeve, der sich kommentarlos umgedreht hatte und den Weg hinaufging. Hinter sich hörten sie die Verwünschungen des gedemütigten Soldaten.

»Den haben wir uns zum Feind gemacht«, sagte Edgar.

Æthelræd zuckte mit den Achseln. »So einen möchte ich auch nicht zum Freund haben.«

Oben angelangt, hätte Edgar fast empört aufgeschrien. Die Veränderungen unten in der Stadt waren nichts, verglichen mit jenen zwischen der Burg des Bischofs und der Kathedrale. Wo einst grüner Rasen lag, standen jetzt nur noch Zelte. Der Eingang zur Kirche war versperrt und wurde von mehreren Männern bewacht. Abfallgruben auf der einen Seite stanken zum Himmel.

»Bei Sankt Ethelwolds giftigem Wein!« rief Æthelræd aus. »Was haben diese Männer bloß gegessen?«

Waldeve sprach, ohne sich umzudrehen. »Der Bischof hat die Bestattung all jener angeordnet, die seit seiner Exkommunikation gestorben sind. Die Kanoniker weigerten sich und wollten auch nicht die heilige Messe lesen, solange über Cumin die Kirchensperre verhängt ist.«

Edgar versuchte, sich vorzustellen, wie Bruder Lawrence Bewaffnete auf diese Art und Weise bekämpfte. Andere schon. Viele der Jungen, mit denen er studiert hatte, die jetzt unter den Kanonikern waren, stammten aus Familien von Kriegern, so wie er selbst. Sie würden es in vielerlei Hinsicht leichter finden, sich dem Usurpator zu widersetzen, als vor ihm zu kapitulieren.

»Aber Vater!« Edgar versuchte, Waldeve mit langen Schritten einzuholen. »William von Saint-Barbe wurde vor drei Tagen in Winchester geweiht. Cumin hat keine Möglichkeit, sich als rechtmäßiger Bischof zu betrachten.«

Waldeve blieb stehen und fuhr herum. »Er wohnt hier in der Residenz des Bischofs, sitzt auf dessen Thron und versieht seine Korrespondenz mit dem Siegel des Ordenskapitels. Er erhebt den Zehnten von Durham. Und er teilt mit seinen Anhängern. Das macht ihn zum Bischof.«

Sie standen jetzt zu ebener Erde, auf gleicher Augenhöhe, und Edgar bemerkte verdutzt, daß er seinen Vater jetzt überragte.

»Und zählst du auch zu den Anhängern dieses Mannes?« fragte er.

»Kaum«, höhnte Waldeve. »Ich bin einer seiner Anführer.«

Die Augen, in die Edgar starrte, waren grau wie seine eigenen und wie die von James. Doch der Mann, dem sie gehörten, war ihm in keiner Weise wesensverwandt.

»Du hast dich also mit einem Mann verbündet, der sich gegen den Papst und die Heiligen stellt?« fragte Edgar voller Abscheu. »Vielleicht hat Gott selbst meine Brüder aus Vergeltung niedergestreckt.«

Waldeve erschauderte unwillkürlich. »Der Papst ist in Rom und weiß nur, was die Günstlinge des Erzbischofs und der Legat ihm erzählen«, antwortete er. »Und wenn St. Cuthbert William Cumin mißbilligt, warum hat er ihn dann nicht schon längst mit einem Blitz gefällt? Vielleicht gefällt den Heiligen die neue Ordnung ja besser.«

»Die Wege des Himmels sind nicht so einfach«, erwiderte Edgar.

»Lebende Menschen haben meine Söhne und meinen Enkel auf dem Gewissen«, sagte Waldeve entschlossen. »Männer voller Bosheit und Haß im Herzen. Versuch ja nicht, mit deiner geistlichen Logik zu verwirren.«

»Nun denn«, räumte Edgar ein, denn er war sich wenigstens in dieser Hinsicht sicher, daß sein Vater recht hatte. Doch trotzdem handelte es sich hier um Rache. Welche von Waldeves Sünden fielen hier auf ihn selbst zurück? Finster folgte er mit Æthelræd seinem Vater zur Bischofsburg.

»Ihr müßt im Saal mit den Rittern schlafen«, eröffnete ihnen Waldeve. »Oder ein Zelt mit den Soldaten teilen.«

»Wo ist Duncan?« erkundigte sich Edgar.

»Auf Patrouille vor den Mauern«, sagte Waldeve. »Er kommt heute abend zurück.«

»Und jetzt, wo ich hier bin, was soll ich tun? Etwa ein bißchen Latein ausspucken?«

Waldeves Miene wurde verschlagen. »Möglich. Vielleicht kannst du auch etwas für mich schreiben. Ich lasse es dich zu gegebener Zeit wissen.«

Er ließ Edgar und Æthelræd allein, damit sie sich mit ihrem Gepäck zwischen den anderen niederlassen und einen Platz zum Waschen suchen konnten.

»Es würde mich gar nicht wundern, wenn wir unser Lager direkt neben dem Mann aufschlügen, den du so gedemütigt hast«, meinte Edgar.

»Nun, er hat ja schon eine Kostprobe von mir bekommen«, sagte Æthelræd schmunzelnd. »Vielleicht will er ja jetzt Freundschaft mit uns schließen.«

»Ich suche mir einen Platz an der Wand«, beschloß Edgar. »Was mein Vater wohl ausheckt?«

»Wie üblich nichts Gutes«, sagte Æthelræd. »Aber jetzt will ich nur eins wissen. Wo ist die nächste Schenke?«

»Es gab mal eine auf der anderen Seite der Klostermauer«, antwortete Edgar.

»Bring mich sofort dorthin«, bettelte Æthelræd. »Der Durst von der staubigen Straße überwältigt mich. Dort können wir genauso gut über die Bösartigkeit deines Vaters spintisieren.«

Edgar führte ihn dorthin, dachte dabei aber keineswegs an seinen Vater. Er hatte nur Catherine im Sinn. Wie ging es ihr? War James wohlauf? Er seufzte. Und wann würden sie endlich wieder beisammensein?

In der heillosen Verwirrung hatte Catherine nicht weiter vorausgeplant als bis zum nächsten Schritt. Sie wollte nur so weit wie möglich von den Männern mit den Schwertern und den Fackeln weg. Doch als sie sich etwas gefaßt hatte, wurde ihr klar, daß sie ohne Hilfe und Rast nicht weit kommen würden.

Sie hatten eine verlassene Köhlerhütte im Wald gefunden. Sie lag so weit weg, daß man die Schreie nicht mehr hörte, aber Catherine fürchtete, es könne noch nahe genug sein für jemanden, der ihre Flucht beobachtet hatte. Aber sie waren alle erschöpft. Catherines Füße waren arg zerschunden, und sie fürchtete, daß es Willa nicht anders erging.

Solomon setzte seine Last ab. Der Gefangene saß zitternd in den Falten der Decke und sah sich mit weit aufgerissenen Augen um.

»Wer ist das?« wandte sich Solomon an Adalisa.

»Seinen Namen kenne ich nicht«, erwiderte sie. Er konnte ihr Gesicht nicht sehen, da sie neben Margaret kniete und die Fußverletzungen des Kindes untersuchte.

»Seit wann war er dort in dem Loch?« Solomon versuchte, seinen Zorn zu zügeln, aber er hatte dieses Geschöpf über eine Meile weit getragen. Der Mann gab die ganze Zeit über kleine Schreckenslaute von sich. Er war leichter als Margaret, und seine Knochen hatten Solomon in den Rücken gestochen.

Adalisa verlagerte ihr Gewicht auf die Hacken und schloß die Augen. »Beinahe zehn Jahre«, gab sie zu. »Es geschah gleich nach Margarets Geburt. Waldeve brachte ihn mit, auf ein Packpferd gebunden. Er hat ihm selbst die Fesseln angelegt und verbot allen, sich ihm zu nähern. Ich war noch im Wochenbett, aber ich konnte das Schreien, das Flehen hören. Es schien tagelang anzudauern.«

»Und du hast nie gefragt, wer er ist oder warum man ihn so behandelte?« fragte Solomon ungläubig.

»Ich habe versucht, es von Urric zu erfahren«, erwiderte Adalisa. »Doch er hatte Anweisung, nichts zu sagen. Einmal, ein paar Monate später, ging ich in den Vorratsraum hinunter und versuchte, mit dem Jungen zu sprechen; er muß damals etwa zwölf Jahre alt gewesen sein. Doch er wimmerte nur. Man hat mich da unten entdeckt, und Waldeve verprügelte mich so schlimm, daß ich es nie wieder versuchte.«

Sie sah Solomon und Catherine eindringlich an. »Ihr habt hier nur ein paar Wochen verlebt, aber das dürfte reichen, um euch eine Vorstellung zu machen. Ich hatte Angst um mein Leben. Und noch mehr um Margarets.« Sie legte den Arm um ihre Tochter.

»Solomon«, sagte Catherine, »das tut doch jetzt nichts zur

Sache. Er ist hier bei uns, und wir müssen für ihn sorgen, so gut es geht. Aber für uns selbst natürlich auch.«

»Ja, ich weiß«, stimmte Solomon zu. »Wenn jemand aus dem Dorf überlebt hat, wohin würde er fliehen?«

Adalisa überlegte. »Wenn sie Angst hätten, nach Hause zurückzukehren, wäre Berwick am sichersten, aber nur vorübergehend. Ich hatte daran gedacht, nur so lange dort zu bleiben, um Pferde und Proviant zu besorgen und Waldeve zu benachrichtigen. Offensichtlich will jemand unsere ganze Familie ausrotten. Darum können wir uns nur zu den Mönchen auf Holy Island flüchten.«

»Wie weit ist das weg?«

»Weniger als ein Tag von Berwick, wenn wir reiten können. Zu Fuß dauert es länger.«

Catherine ließ den Blick vom Gefangenen zu Willa wandern. Willa versuchte zu lächeln, aber ihr zitterte das Kinn. Dies war ein größeres Abenteuer, als sie erwartet hatte. Und James, wo würde sie Windeln für ihn finden? Hätte sie noch genug Milch für ihn, wenn sie zu ausgezehrt wäre? Catherine war selbst den Tränen nahe.

Wo ist dein Glaube, Kind? Diese nörgelnden Stimmen klangen ausnahmsweise mal beinahe gütig. *Wo ist dein Mut?* Das klang schon fast wieder normal. *Ergeht es dir etwa anders als einem armen Kriegsflüchtling? Von Anbeginn der Zeiten haben Frauen solche Dinge erduldet. Du bist doch jung und stark. Du kannst überleben und auch für dein Kind sorgen.*

Catherine konnte die Stimmen in ihrem Kopf fast schreien hören, um die Angst, den Zweifel und das Wissen zu verdrängen, daß viele Frauen und Kinder das nicht überlebten. Sie würde nur an die denken, die es geschafft hatten. Allerdings wäre es hilfreich gewesen, sinnierte Catherine, wenn die Stimmen nicht nur mit ermunternden Worten, sondern auch mit ein paar praktischen Vorschlägen aufgewartet hätten.

»Wenn man dem Bachlauf hier folgt«, sagte Adalisa, »fließt er ein paar Meilen weiter in den Tweed. Danach sollten wir Berwick morgen nachmittag erreichen. Er schlängelt sich ein wenig, aber der Wald ist in dieser Gegend nicht zu dicht. Ich halte es für besser, nicht die Straße zu nehmen.«

Alle stimmten zu.

»Ob wir es wagen können, um Hilfe zu bitten, falls uns unterwegs jemand begegnet?« fragte Catherine.

Adalisa sah Solomon fragend an. Er schüttelte den Kopf. »Lieber nicht. Wenn wir wüßten, vor wem wir davonlaufen ...«, sagte er mit Blick auf Adalisa.

»Ich schwöre, beim Schleier der Jungfrau, daß ich es nicht weiß«, antwortete Adalisa müde.

»Dann müssen wir es von Fall zu Fall entscheiden«, sagte Solomon. »Und jetzt brauchen wir etwas, um eure Füße zu schützen.«

Er hatte in voller Kleidung und Stiefeln geschlafen, daher war er besser gerüstet als die anderen. Er machte Anstalten, die Stiefel auszuziehen.

»Sei nicht albern«, sagte Catherine. »deine Füße sind viel größer als unsere. Wir würden darin mehr fallen als laufen.«

Sie begann, von einer der Bettdecken, die Willa mitgeschleppt hatte, Streifen abzureißen. Adalisa stand auf und untersuchte die Bäume in der Nähe.

»Solomon, ich brauche dein Messer«, rief sie kurz darauf. »Birkenrinde sollte sich leicht ablösen lassen. Die Schafe haben damit zumindest keine Schwierigkeiten.«

Bald hatte sie einen langen Streifen Borke abgezogen, die sie in Stücke schnitt. Dann nahm sie Catherines Lappen und wickelte ihn um eins davon.

»Margaret gib mir deinen Fuß«, sagte sie.

Das Mädchen setzte sich auf den Boden, während die Mutter den restlichen Stoff um den Fuß wickelte, bis sie einen primitiven Schuh mit Borkensohle angefertigt hatte.

»Ich weiß zwar nicht, wie lange der hält, aber er ist besser als nichts«, meinte Adalisa.

Mit Catherines Hilfe umwickelten sie sich die eigenen und Willas Füße. Dann sahen sie den Gefangenen an. Er hatte sich nicht von der Stelle bewegt und auch keinen Laut von sich gegeben.

»Ich kann ihn tragen«, versicherte Solomon. »Er hat ja kaum Fleisch auf den Knochen.«

Beim Probegehen erwiesen sich die neuen Schuhe als etwas huckelig, aber nicht unbequem.

»Wir sollten versuchen, heute möglichst weit zu kommen«, sagte Solomon. »Jetzt im Hochsommer finden wir reichlich Beeren im Wald und Fisch im Fluß. Wir kommen schon zurecht.«

»Daran habe ich keinen Augenblick gezweifelt«, sagte Catherine. »Aber könnte ich vielleicht erst einmal die Windel wechseln, bevor wir aufbrechen?«

Solomon schnupperte. »Ich glaube, das würden wir alle gutheißen.«

Sie verwendete dafür das letzte Stück der zerrissenen Decke und dachte über den Mann aus dem Vorratsraum nach.

»Er sollte einen Namen haben«, sagte sie. »Selbst wenn er nicht mit uns spricht. Wir können nicht immer ›er‹ oder ›der Gefangene‹ sagen.«

»Er heißt Lazarus«, sagte Willa prompt.

Alle Augen richteten sich auf sie.

»Ja? Woher weißt du das denn?« fragte Adalisa.

»Seht ihn nur an«, sagte sie nur. »Wie könnte er anders heißen?«

Sie hatte recht. Die weiße Haut, die sich über die Knochen spannte, und der verwunderte starre Blick ähnelten nichts so sehr wie einem wiederauferstandenen Leichnam, welcher verwirrt und entsetzt darüber war, wieder auf die Welt gezerrt zu werden.

»Nun denn, Lazarus.« Solomon bückte sich und lud ihn sich auf. »Dann gehen wir wohl besser mal.«

Edgar stand auf und warf voller Abscheu seine Bierschale hin.

Æthelræd musterte ihn mit verhaltener Neugier.

»Schmeckt dir das Bier nicht?« fragte er.

»Das Bier ist in Ordnung, Onkel«, erwiderte Edgar. »Genauso, wie ich es in Erinnerung habe. Aber ich bin nicht nach Durham gekommen, um in einer Schenke zu sitzen und Bier zu zischen. Jetzt sind wir schon seit drei Tagen hier und haben fast nichts anderes getan.«

»Na, na, nun beschwer dich mal nicht, wenn alles wie geschmiert läuft«, mahnte Æthelræd.

»Gar nichts läuft wie geschmiert, Onkel.« Edgar setzte sich wieder hin, schäumte aber immer noch. »Jedesmal, wenn ich Vater frage, was ich tun soll, hält er mich hin. Ich habe versucht, von Cumin eine Genehmigung zu bekommen, die Mönche zu besuchen, aber er gewährt mir nicht einmal eine Audienz. Was soll ich eigentlich hier?«

Æthelræd leerte seine Schale und rülpste.

»Ich habe mich schon gefragt, wann du des Wartens überdrüssig würdest«, sagte er. »Warum tun wir nicht ein paar Sachen ohne Genehmigung?«

Er langte in die Tasche, die von seinem Gürtel herabhing, und zog einen Schlüssel heraus. Edgar grinste.

»Woher hast du den denn?« fragte er. »Ich dachte, Cumin hätte alle Schlüssel einkassiert?«

»Einen hat er anscheinend übersehen«, antwortete Æthelræd. »Jeder der Mönche hat einen Schlüssel zur Nordtür. Der Erzdiakon nahm diesen mit und gab ihn mir.«

»Warum hast du das nicht eher gesagt?« fragte Edgar entrüstet.

»Ich wußte nicht, wieviel Ärger du dir einzuhandeln bereit bist«, erwiderte sein Onkel. »Wenn uns Cumins Leute im Kloster erwischen, dürfen wir uns in die Reihen derjenigen einreihen, die den Zehnten nicht zahlen wollten. Die feiern vor ihren eigenen Häusern Hochzeit mit des Seilers Tochter.«

Edgar hatte sie hängen sehen, nicht mit dem Hals, sondern mit der Taille in der Schlinge und Gewichten an Händen und Füßen. Eine langsame Todesart.

»Ich kenne jeden Winkel im Kloster und in der Kathedrale, wo sich die Jungen verstecken. Uns erwischen sie nicht.«

Sie beschlossen, am nächsten Morgen dorthin zu gehen, da zwei Männer, die sich in der Nähe der Kathedrale aufhielten, bei Tag nicht so sehr auffielen. Noch nie hatte Edgar seit seiner Rückkehr nach Britannien der Fischeintopf so gut gemundet wie an diesem Abend. Wenigstens tat er jetzt endlich etwas, war nicht nur ein Spielball seines launischen Vaters.

Der Mann, der neben ihm am Tisch saß, kam ihm irgendwie bekannt vor. Edgar hatte ihn unter den Gefolgsleuten seines Vaters gesehen. »Ich kann mich nicht an dich erinnern aus meiner Zeit in Wedderlie«, gab er zu. »Wie heißt du denn?«

»Algar«, antwortete der Mann. »Ich erinnere mich aber an Euch. Ich bin Alfreds Enkel. Als ich klein war, habe ich für den Bergfried Botengänge gemacht. Einmal habt Ihr mir Honigkuchen geschenkt.«

»Das weißt du noch?« staunte Edgar.

»Das war Komplizenschaft, keine Barmherzigkeit«, sagte Algar lächelnd. »Ihr gestandet mir, daß ihr ihn aus der Küche gestohlen hattet.«

»Vermutlich schon.« Edgar dachte nach. »Es waren nie welche übrig, wenn die Männer gegessen hatten. Manchmal konnte meine Stiefmutter ein paar für mich zurücklegen. Sind wir . . . äh . . . verwandt?«

Algar grinste. »Das hat Euer Onkel mich auch schon gefragt. Meine Mutter sagt nein, und ich glaube ihr.«

»Sie muß es ja wissen.« Edgar hielt ihm die Hand hin. »Sehr erfreut, dich wiederzusehen, Algar. Schön zu wissen, daß es einen Mann in der Gesellschaft meines Vaters gibt, der weder mein Bruder noch mein Neffe ist.«

Edgar musterte sein Gegenüber. Algar mußte fünf, sechs Jahre jünger sein als er selbst. Der Vorfall, an den jener sich erinnerte, mochte sich während Edgars letztem Besuch ereignet haben, bevor er nach Franzien gegangen war. Fünfzehn Jahre – und diese kleine Sache war im Gedächtnis dieses Mannes hängengeblieben. Den mußte man wohl im Auge behalten.

Als er am nächsten Morgen aufwachte, hatte er den Kopf voller Pläne, wie er Bruder Lawrence die Botschaft überbringen könnte. Er achtete nicht auf den Lärm im äußeren Bezirk. Doch dann hörte er jemanden seinen Namen rufen.

»Edgar, komm schnell.« Das war Æthelræd, der ungewöhnlich grimmig dreinblickte. »Es gibt Neuigkeiten aus Wedderlie!«

Edgar eilte hinaus und fand einen Haufen Männer um einen Reiter geschart, der noch nicht die Zeit zum Absteigen gehabt hatte. Dann erkannte er Oswin, der die Wachen auf Wedderlie befehligte. Sein Herz klopfte schneller.

»Wo ist Herr Waldeve?« schrie Oswin. »Herr Edgar, wo ist Euer Vater? Er muß es sofort erfahren: Vor zwei Tagen wurden wir nachts überfallen. Wir haben die Eindringlinge abgewehrt, aber die meisten Männer kamen dabei um, und der Bergfried brannte bis auf die Grundmauern nieder.«

Edgar spürte, wie ihm alles Blut aus dem Kopf wich. Er blieb nur aufrecht stehen, weil der starke Arm seines Onkels ihn festhielt.

»Meine Frau?« brüllte er über den Tumult hinweg. »Wo ist sie?«

Oswins Gesicht war noch rauchgeschwärzt, sein Kopfverband war blutdurchtränkt.

»Ich weiß es nicht, Herr«, jammerte er. »Wir fürchten, daß sie alle drinnen waren.«

Edgar starrte ihn an, verstand nichts. Das konnte doch einfach nicht wahr sein. Der Mann mußte sich irren. Catherine mußte entkommen sein. Er hatte sie dort zurückgelassen, damit ihr und James nichts geschehen konnte. Oswin konnte doch nicht meinen, daß sie verletzt waren?

»Wieso bist du hier?« schrie er. »Warum bist du nicht daheim und beschützt meine Familie?«

»Herr . . .«, stammelte Oswin unter Tränen. »Verzeiht mir, Herr, aber es gibt nichts mehr zu beschützen.«

Zwölftes Kapitel

Eine verlassene Kate bei Berwick. Donnerstag, an den Kalenden des Juli, (1. Juli), 1143, Tag des heiligen Serf, eines Briten, über den nichts weiter bekannt ist.

Quae vero pestis efficacior ad nocendum quam familiaris inimicus?

Und welche Plage fügt wahrhaftig schlimmeren Schmerz zu als ein Mitglied des Haushalts, das zum Feind geworden ist?

Boethius
Trost der Philosophie
Buch III, Teil V, 41–42

Solomon sollte jetzt eigentlich schon zurück sein«, sorgte sich Catherine.

»Glaubt Ihr, er ist unter die Räuber gefallen?« fragte Willa.

Sofort bedauerte Catherine, laut gedacht zu haben. Willa hatte sich in den letzten Tagen so beherzt gezeigt, auch wenn sie vor Angst mit den Zähnen geklappert hatte. Es wäre grausam, sie zusätzlich zu belasten.

»Nein, das glaube ich nicht«, sagte sie zu dem Mädchen. »Wahrscheinlich konnte er nur schwer jemanden finden, der ihn genügend verstand, um zu erklären, was geschehen ist.«

»Ich hätte ihn begleiten sollen.« Adalisa sorgte sich ebenfalls. »Die Mönche im Gästehaus hier kennen mich.«

Catherine schüttelte den Kopf. »Nein, Solomon hatte schon recht. Wenn jemand die Familie ausrotten will, dann ist es besser, wenn es den Anschein hat, daß niemand das Feuer überlebt hat.«

Adalisa versuchte, sich das Haar mit den Fingern zu kämmen. Unzufrieden zupfte sie daran herum.

»Warum sind sie so feige?« rief sie aus. »Wie können wir gegen einen Feind ohne Gesicht kämpfen?«

Catherines Nackenhaare sträubten sich bei dieser Vorstellung. Das war das Schlimmste daran. Da sie nicht wußten, wer ihnen nach dem Leben trachtete, wußten sie nicht, wem sie vertrauen konnten. Selbst um Hilfe bitten war gefährlich, darum hatte Solomon darauf bestanden, allein in die Stadt zu gehen.

Da half nichts als warten. Catherine sah James an, der nackt auf einer Decke in der warmen Frühlingsmorgensonne lag. Er schien jetzt zufrieden zu sein, aber sie hatten seine Windel nur im Bach ausspülen und an den Sträuchern zum Trocknen aufhängen können. Auf seinem armen kleinen Po waren bereits viele Wundstellen. Sie hatten nichts, um ihn zu ölen, und keine sauberen Tücher, um ihn zu wickeln. Die Lappen, die sie als Schuhe benutzt hatten, waren verdreckt.

Andererseits war James der einzige von ihnen, der keinen Hunger hatte. Sie hatten reichlich Beeren und eßbare Pflanzen gefunden, allerdings keinen Fisch gefangen, den sie ohnehin nicht hätten braten können. Catherine hatte sich in der vergangenen Stunde Brot mit Hammelbratensaft so lebhaft vorgestellt, daß sie das Fett förmlich zu riechen glaubte.

»Wenn Solomon nicht jemanden findet, der uns ein Pferd leiht«, fragte sie Adalisa, »glaubst du dann, wir könnten uns mit den Kindern und dem da nach Holy Island durchschlagen?«

Sie deutete mit dem Kopf in Lazarus' Richtung, der zusammengerollt dalag und fest schlief. Von den Beeren war er anscheinend satt geworden. Er hatte sie in seinem Mund herumrollen lassen und mit solcher Wonne hineingebissen, daß es fast wehtat, ihm dabei zuzusehen. Aber er hatte immer noch kein Wort gesprochen, und seine Beine war offenkundig zu schwach, auch nur seinen zerbrechlichen Körper zu tragen.

Adalisa hatte überlegt, wie sie ihn notfalls mit Catherine tragen könnte, doch sie wußte, selbst wenn sie eine Tragbahre für ihn anfertigen würden, könnten sie nur eine Meile oder so gehen, bevor sie eine Rast einlegen müßten. Jedenfalls würde es unter Umständen eine Woche dauern, in Sicherheit zu gelangen. Und das würden Margaret und James nicht durchstehen.

Sie strich Margaret über das glänzende Haar, als das Kind schlief, mit dem Kopf im Schoß der Mutter.

»Wenn Solomon nicht bald zurückkommt«, befand sie »müssen wir ihn selbst in die Stadt bringen. Unsere Feinde finden dann mit Sicherheit heraus, daß wir noch am Leben sind, aber wenn wir hier noch viel länger bleiben, überleben wir bestimmt nicht, und dann haben sie gewonnen.«

Traurig mußte Catherine ihr beipflichten. Sie sah James zu, wie er fröhlich in der Sonne strampelte, Willa saß neben ihm.

Es war Catherines Pflicht, sich um beide zu kümmern, und diese Verantwortung belastete sie schwer. Als sie damals das Kloster verließ, hatte sie nur an Edgar, die Liebe und, um ehrlich zu sein, an die Sinnenlust gedacht. Mutter Heloïse hatte ihren eigenen Sohn verlassen und ihn von der Familie seines Vaters großziehen lassen, als sie den Schleier genommen hatte. Catherine wußte, daß sie das nicht über sich bringen würde. Sie hatte nicht den Wunsch, ins Kloster zurückzukehren. Aber warum hatte ihr niemand erzählt, welch entsetzliche Konsequenzen die Liebe haben würde?

Am späten Nachmittag hörten sie jemanden durch das Gehölz kommen. Im Nu waren sie alle zusammen, Adalisa hielt das lange Messer, das Solomon als dürftigen Schutz dagelassen hatte. Ihre Erleichterung war überwältigend, als er selbst erschien und einen mit Proviant beladenen Maulesel mitbrachte. Sie ließ das Messer fallen und eilte auf ihn zu, um ihn an sich zu drükken.

»Ist ja gut«, sagte Solomon immer wieder, während sie weinte. »Bedaure, daß ich so lange gebraucht habe.«

Catherine war überrascht, wie zärtlich er Adalisa tröstete. Wie er ihr über das Haar strich und ihr die Augen abtupfte. Und wie er ihr in die Augen lächelte! Catherine sah weg, beunruhigt durch diesen Anblick.

Sie betrachtete aufmerksam den Proviant, den er mitgebracht hatte.

»Heißt das, daß wir Berwick nicht betreten dürfen?« fragte sie und deutete auf den bepackten Maulesel.

»Die Nachricht hat sich schon verbreitet, daß wir in den Flammen umgekommen sind«, sagte Solomon. »Ein paar von den Dörflern haben sich vorübergehend Unterschlupf in den Herbergen gesucht, aber sie kehren bald nach Wedderlie zurück. Ich glaube nicht, daß mich einer von denen gesehen hat. Der

Händler, mit dem ich mich unterhalten habe, erzählte mir, daß in den Schenken die Gerüchte schwirren. Sie nennen es eine gerechte Strafe Gottes für Waldeve und sagen, wie merkwürdig es ist, daß die Burg zerstört wurde und das Dorf verschont blieb.«

»Da bin ich aber froh«, sagte Adalisa. »Auch wenn das bestätigt, daß es unsere Feinde nur auf unsern Tod abgesehen haben.«

»Konntest du etwas über Robert in Erfahrung bringen?« fragte Catherine.

Solomon nickte. »Sein Hof wurde auch niedergebrannt, aber er konnte entkommen. Man munkelt, daß Waldeve und seine Mannen nach Durham gezogen sind. Robert soll auch dorthin unterwegs sein, um die Nachricht zu überbringen. Hoffentlich lebt die Hündin noch.«

»Robert hat sie bestimmt gerettet«, sagte Adalisa.

»Aber das bedeutet, daß Edgar uns für tot hält!« rief Catherine. »Das dürfen wir nicht zulassen, Solomon, das ist sein Tod!«

»Uns bleibt keine Wahl«, erwiderte Solomon. »Es war niemand da, dem ich eine Botschaft hätte anvertrauen können. Wenn wir nach Holy Island kommen, gehe ich selbst nach Durham. Aber zuerst müssen wir für euch eine sichere Zuflucht aus diesem Alptraum finden.«

Catherine wußte, daß er recht hatte, obwohl der Gedanke an das, was Edgar durchmachen würde, entsetzlich war. Jetzt galt es, so schnell wie möglich die Insel zu erreichen.

Sie aßen den Käse und das gedörrte Fleisch, das er mitgebracht hatte, und Catherine rieb das Fett vom Einwickelpapier auf James' Po und wickelte ihn in die getrocknete Windel. Solomon brauchte sie nicht zur Eile anzutreiben. Doch er sah ihnen voller Ungeduld zu. Er hatte noch einen anderen Grund, um so schnell wie möglich aufzubrechen. In der Schenke in Berwick hatte er zu seiner Überraschung Leonel, den Kleriker, gesehen, der mit ihnen aus Franzien gekommen war. Der Mann hatte ihn erkannt, da war er sich sicher. Aber statt ihn zu grüßen, war Leonels Gesicht vor Unruhe blaß geworden, und er war schnell aufgestanden und weggegangen. Solomon wußte nicht, was er davon halten sollte. Hatte der Geistliche geglaubt, einen Geist zu sehen? Oder hatte er ein anderes Motiv für seine Reaktionsweise? Warum hielt sich der Mann immer noch in Berwick auf, wo er doch so betont hatte, er wolle nach York?

Solomon suchte nach einem harmlosen Grund für Leonels Anwesenheit in der Schenke, doch es wollte ihm keiner einfallen. Nur eine Möglichkeit ging ihm immer wieder durch den Kopf. Daß der Mann nicht zufällig mit ihnen gereist war, sondern jemand ihn geschickt hatte, ihnen zu folgen. Und der einzige Grund, der ihm plausibel erschien, war, daß er Informationen über ihn haben wollte oder vielleicht über seine Beziehung zu Catherine.

Was, wenn Leonel nach Paris zurückkehren und dem Bischof melden würde, daß er sich als Christ ausgegeben hatte und daß Catherine und Edgar sich mit ihm verständigt hätten?

Gewiß, seine erste Pflicht war nun, zu sehen, daß sie alle heil nach Holy Island kämen. Aber Solomon konnte nicht umhin, sich zu fragen, ob es für ihn oder seine Familie eine Zufluchtsstätte gäbe, sollte dies in Paris gemeldet werden.

Edgar fühlte sich wie betäubt. Er starrte ins Leere, konnte nicht begreifen, was man ihm soeben mitgeteilt hatte. Das war einfach nicht geschehen. Catherine war wohlauf. Sie hatte schon so viele Gefahren überstanden, selbst James' Geburt. Gott konnte die beiden ihm nicht schenken und sie ihm wieder wegnehmen. Es lag kein Sinn in solcher Grausamkeit.

Ringsum schrien, weinten, erregten sich die Männer und verlangten von Oswin zu wissen, ob ihre Familien entkommen waren.

»Nur der Bergfried wurde ein Raub der Flammen«, berichtete

Oswin. »Aber die Leute haben sich in alle Winde verstreut. Ich weiß nicht, wer sich retten konnte.«

Waldeve sah dem Treiben zu, ungewöhnlich schweigsam. Aber Edgar bemerkte nichts. Er war in seiner eigenen Welt verloren, versuchte etwas anderes aus dieser Neuigkeit herauszulesen als das, was gesagt wurde.

»Edgar!« Jemand rüttelte ihn. »Edgar, komm zu dir. Ich sage dir, sie sind nicht tot. Sie sind nicht tot.«

Edgar blinzelte und sah in das struppige Gesicht seines Onkels.

»Hör mir zu«, sagte Æthelræd versonnen. »Du weißt doch, daß es mir immer gelungen ist, dich zu finden? Ich bin dir in Berwick entgegengekommen, obwohl du nicht plantest, dort zu landen. Ich habe den Tod deiner Brüder erahnt. Ich wußte, daß mein Vater gestorben war, obwohl ich damals in Dänemark war. Niemand in dieser verfluchten Familie stirbt, ohne daß ich es merke. Dein Sohn hat überlebt; dessen bin ich sicher. Margaret auch. Und wenn sie leben, ist es nur logisch, daß ihre Mütter auch am Leben sind.«

»Catherine?« Edgar begriff immer noch nicht.

»Sie sind nicht in den Flammen umgekommen«, sagte Æthelread wieder. »Robert auch nicht. Darauf würde ich meine Seele verpfänden. Edgar!«

Æthelræd rüttelte ihn wieder. »Hörst du mich?«

»Ja«, antwortete Edgar wie aus weiter Ferne. »Du sagst, daß sie noch leben. Natürlich ist es so. Sonst wäre ich auch gestorben.«

Æthelræd seufzte und rieb sich die Stirn. Der Junge stand zu sehr unter Schock, um jetzt ansprechbar zu sein. Am besten, man brachte ihm einen Schlummertrunk und hoffte, er wäre wieder bei sich nach dem Aufwachen.

Um sie herum war Stille eingetreten, inmitten des dichten Gewühls. Æthelræd stützte Edgar und führte ihn zum Tor des Bischofspalastes. Mit dem freien Arm schob er alle zur Seite, die ihnen in die Quere kamen.

»Ich brauche euren Infirmar«, sagte er zu dem Torwächter.

»Wir haben keinen«, erwiderte der Wächter. »Es gibt einen Mönch in der Kathedrale, der unsere Wunden versorgt. Das ist alles. Aber Ihr könnt nur mit Erlaubnis des Bischofs dorthin.«

»Schön«, antwortete Æthelræd. Er packte Edgar wieder an der Schulter und ging auf die Menge zu, bahnte sich seinen Weg durch die Masse. Von dort drängelte er sich auf die andere Seite und zu dem Pfad, der zum Kloster führte.

Als sie gerade zwischen den Bäumen verschwinden wollten, entdeckte sie Waldeve.

»He, ihr beide!« rief er, »kommt her. Hier gibt es Arbeit für euch!«

Æthelræd ignorierte ihn und steuerte Edgar zum Nordeingang des Klosters. Er holte den Schlüssel aus seiner Gürteltasche, schloß auf und zog Edgar hinein.

Waldeve sah ihnen in ohnmächtiger Wut nach. Er konnte sie durch die Menschenmasse um ihn herum nicht erreichen, die ihn anflehten, mit ihnen zurückzukehren, damit sie ihre Familien suchen könnten. Er hatte nur Verachtung für seine Mannen. Männer, die ihre Gefühle so äußerten, konnte er nicht gebrauchen. Aus Kummer mußte Wut werden und aus Wut Haß, sonst verlor ein Mann den Willen zu kämpfen. Er mußte sofort die Kontrolle über sie zurückgewinnen.

»Ihr hört jetzt auf zu heulen!« brüllte er und schlug den nächsten Mann mit der flachen Seite seines Schwerts. »Mit Eurem Geflenne könnt ihr sie nicht rächen. Und wenn wir heimkehren, tappen wir in eine Falle.«

Der Mann zuckte nur zusammen und schluchzte weiter.

Waldeves Wut wuchs. »Bei den fliegenden Fürzen des heiligen Finian!« bellte er. »Gibt es hier denn keine Männer mehr?«

»Waldeve, laß sie in Frieden.«

Waldeve sah hoch. Vor ihm stand William Cumin, einstiger Bischof von Durham.

»Sie verzehren sich vor Angst um ihre Lieben. Du hast viel mehr verloren als sie. Warum trauerst du nicht mit ihnen?«

»Mein Herr Bischof«, sagte Waldeve förmlich. »Ich habe vor vielen Jahren gelernt, daß meine Tränen niemanden lebendig machen. Sie zehren nur an meinen Kräften, bis ich zu schwach bin, um zu kämpfen. Meine Männer nützen mir in diesem Zustand nichts.«

»Wenn sie ihren Kummer herausschreien dürfen, sind sie um so stärker, wenn du sie in den Kampf führst«, erwiderte Cumin. »Ich werde eine Messe für die Seelen deines Weibs und Kinds morgen früh lesen. Laß die Männer teilnehmen, es wird ihnen guttun.«

Waldeve enthielt sich des Kommentars, daß die Hälfte der Männer sich weigern würde, an einer Messe teilzunehmen, die ein Exkommunizierter halten würde. Er hegte selbst seine Zweifel über die Wirksamkeit von Totenmessen, die Cumin für eine Seele las. Könnten sie nicht den gegenteiligen Effekt haben und der Seele noch größere Höllenpein aufbürden?

Er konnte sehen, daß es keinen Weg gab, etwas zu erledigen, bis sich die ersten Wogen der Emotion gelegt hätten. Waldeve suchte sein Zelt auf und ließ sich eine Flasche Wein von einem der Diener des Bischofs bringen. Während er darauf wartete, überlegte er, ob einige der Pferde wohl gerettet wären. Gut, daß er die besten bei sich hatte. Für die hätte er schwerer Ersatz gefunden als für seine Gattin.

Edgar kam langsam zu sich, wußte jedoch nicht, wo er sich befand oder warum ihn dünkte, die Welt sei soeben untergegangen. Ein Gesicht schwebte über ihm, das er seiner Meinung nach vor Jahren zuletzt gesehen hatte.

»Bruder Lawrence?« flüsterte er. »Was ist geschehen? Warum seid Ihr hier?«

Der Mönch tätschelte ihm den Arm. »Sorg dich deswegen nicht, mein Junge. Ruh dich erst einmal aus. Ich sag deinem Onkel, daß du wach bist.«

Edgar mißachtete den Rat des Mönchs und richtete sich auf. Ja, er befand sich in der alten Krankenstube in Durham. Das letzte Mal war er hier gewesen, als er am Fleckfieber erkrankt war. Er war tagelang im Delirium gewesen, hatte man ihm erzählt. Ob jetzt dasselbe geschehen war? Er betrachtete prüfend seine Hände. Keine Flecken. Und diese Hände gehörten einem erwachsenen Mann. Er war hier nicht mehr Student, war nicht Priester geworden ... Er war nach Franzien gegangen und hatte ... Catherine kennengelernt.

Jetzt schwappte es wie eine gewaltige Woge über ihn. Die Hände zu Fäusten geballt, schlug er sich an die Stirn, versuchte, das Wissen herauszutreiben. Alles seine Schuld. Einerlei, wie gefährlich es in Paris war, dort wären sie sicherer gewesen als in Schottland. Wenn sie dort gestorben wären, dann zumindest gemeinsam, wie Catherine es sich gewünscht hatte. Was sollte er nur tun?

Æthelræd trat ein, packte ihn und hielt ihm die Fäuste fest.

»Edgar, hör mir zu«, sagte er eindringlich. »Bitte glaub mir. Dein Weib und dein Sohn sind am Leben. Sie sind den Flammen entkommen, das weiß ich. Du mußt damit aufhören. Ich brauche dich mit klarem Kopf. Alle anderen aus Wedderlie sind wahnsinnig geworden, auch dein Vater.«

Edgar starrte ihn trübsinnig an. »Onkel, ich weiß, daß du es gut meinst, aber dies hier ist nicht eines von euren Ritterspielen. Der Bergfried wurde angegriffen und vollkommen zerstört. Es gibt keine Hoffnung.«

»Humbug!« rief Æthelræd aus. »Was meinst du mit ›meinen Spielen‹? Ich habe das zweite Gesicht, so wie meine Großmutter. Wie kannst du daran zweifeln? Ich sah dich in Berwick und spürte den Tod deiner Brüder. Und jetzt sehe ich, daß Robert sich uns naht. Er konnte nicht vor Oswin hierhergelangen, weil er seinen Hund trägt, aber bis zum Nachmittag wird er hier eintreffen.«

Er klang sehr selbstsicher, soviel mußte Edgar ihm zugestehen. Und noch überzeugender war, daß Æthelræd wegen Edgars Skepsis gereizt schien. Zu gern hätte Edgar ihm geglaubt, aber er konnte es nicht ertragen zu hoffen, um dann doch der Wahrheit ins Auge sehen zu müssen.

»Robert kommt am Nachmittag?« fragte er.

Æthelræd nickte heftig. »Bevor die Vesperglocke läutet, wird er hiersein.« Æthelræd zog verblüfft die Stirn in Falten. »Ich verstehe nur nicht, warum er den verflixten Hund trägt.«

Catherine fand, sie seien eine seltsame Schar: ein Mann, zwei Frauen, zwei junge Mädchen, ein Säugling und ein bleiches elendes Geschöpf, das an einen Maulesel gebunden war, damit es nicht herunterfiele. Aber die Menschen, die ihnen unterwegs begegneten, warfen ihnen nur einen flüchtigen Blick zu. Einmal kamen zwei Soldaten vorbei, so daß sie rasch ins Gebüsch springen mußten und Lazarus fast von seinem Reittier gestürzt wäre.

»Was ist denn mit denen los?« beschwerte sich Catherine, als sie nachsah, ob der Staub, den die Reiter aufgewirbelt hatten, dem Säugling nicht ins Gesicht geweht war. »Haben die denn nicht gesehen, daß wir Hilfe brauchen?«

Willa erklärte es ihr. »Wir sind für die nur Bauern oder Flüchtlinge«, sagte sie. »Seht uns doch an, Madame. Wir unterscheiden uns kaum von anderen Reisenden. Niemand hält an, um denen zu helfen.«

Adalisa pflichtete ihr bei. »Der Norden ist voller Menschen wie wir, die durch die Kriegswirren von Haus und Hof getrieben wurden. In gewisser Weise ist das unser bester Schutz. Niemand wird uns so genau mustern und erkennen. Aber, ach, meine Füße tun mir weh!«

»Ist es noch weit?« fragte Solomon.

»Ich glaube nicht«, antwortete Adalisa. »Wir sollten morgen ankommen. Dann müssen wir nur die Flut abwarten.«

Catherine hielt bestürzt inne. »Ich habe vergessen, daß es eine Insel ist! Wir müssen ein Boot nehmen.«

»Nein, nein, keine Bange, *ma douz broiz*«, beschwichtigte sie Adalisa. »Zweimal am Tag, bei Ebbe, kann man die Insel zu Fuß erreichen. Wir müssen nur achtgeben, daß das hereinkommende Wasser uns nicht erfaßt.«

Das fand Catherine viel weniger beängstigend als den Gedanken, wieder in See zu stechen.

»Was geschieht, wenn wir dort eintreffen?« verlangte Solomon zu wissen. »Kennt dich jemand von den Mönchen?«

»Nein, aber ich glaube, ich kann sie von meiner Identität überzeugen, und sie nehmen uns auf jeden Fall auf«, sagte Adalisa. »Von dort können wir eine Botschaft nach Durham schicken. Und wir können auf der Insel bleiben, bis uns jemand abholt. Weiter weiß ich noch nicht. Waldeve wird uns sagen, was zu tun ist.«

Solomon war nicht gewillt, sich auf Waldeves Launen zu verlassen. Sobald er sicher wäre, daß seine Schützlinge in sicherer Hut wären, würde er wieder aufbrechen, zuerst nach Durham, um Edgar Bericht zu erstatten, dann in eigener Angelegenheit. Es gab da einen Mann in Berwick, der sich nicht dort aufhalten sollte. Er mußte herausfinden, was jener Mann wußte und wem er etwas erzählen wollte. Es lag kein Sinn darin, dieses Abenteuer lebend zu überstehen, wenn sie nach ihrer Rückkehr nach Paris verhaftet würden.

Catherine dachte etwas sehnsüchtig an Paris und den Holzzuber im Garten hinter dem Haus. Sie dachte nicht einmal so sehr an Edgar, fühlte sich nur einsam. Sie konzentrierte sich voll und ganz auf James. Gestern war er unruhig, nur nicht beim Stillen, was er öfter als gewöhnlich wollte. Sie wußte nicht, was los war. Hatte sie nicht genug Milch für ihn? Oder scheuerte die Windel an den Wundstellen? Vielleicht hatte dieses ganze Hin und Her ihn krank gemacht. Bisher hatte er noch kein Fieber, aber was könnte sie tun, wenn er es bekäme?

»Mein lieber Schatz, mein liebes Kind«, sang sie ihm vor. »Heiliger Jakob, beschütze ihn. Halt ihn sicher. Laß ihn gesund bleiben.«

Auch Lazarus wimmerte unaufhörlich. Er konnte den rukkelnden Gang des Maulesels nicht vertragen und erbrach das bißchen, was er zu essen bekommen hatte. Er hielt die Augen geschlossen, bis Margaret meinte, die Sonne könne zu grell für ihn sein. Willa fertigte einen Hut aus Weidenruten an. Sie setzte ihn Lazarus auf und band ihn ihm unter dem Kinn mit der Kordel aus ihrer *Chainse* fest.

Zappelnd wollte er sich davon befreien, dann öffnete er langsam die Augen. Seine Hand ging hoch, um zu erforschen. Willa stand in seiner Nähe, falls er versuchen sollte, den Hut abzunehmen. Er tat es nicht. Nachdem er ein paarmal an der Schnur gezogen hatte, ließ er davon ab. Wenige Augenblicke später bemerkte Willa, daß er gerade saß und sich umsah.

»Lazarus kommt zu sich«, sagte sie zu Adalisa.

»In der Tat.« Adalisa lächelte. »Vielleicht gelangt er so weit zu Bewußtsein, daß er uns eines Tages sagen kann, wer er ist.«

»Du hast wirklich keine Ahnung?« Catherine konnte nicht glauben, daß eine Frau so wenig über die Vorgänge in ihrem eigenen Haushalt wußte.

»Wahrlich nicht«, antwortete Adalisa.

»Aber es muß jemand gegeben haben, mit dem Waldeve damals im Streit lag, ein Nachbar oder Anhänger seines Herrn«, beharrte Catherine.

»Ja, aber den gab es immer«, erklärte Adalisa. »Waldeve lebt nicht, wenn er nicht seine Rechte durchsetzen kann. Ich weiß nur noch, daß es Ärger mit den Dorfbewohnern gab, irgendwas über die festgesetzten Abgaben.«

»Das hört sich normal an«, kommentierte Solomon. »Darüber beschweren sich alle.«

»Richtig, aber damals schien es schlimmer als sonst«, sagte Adalisa. »Ich hörte von meiner Kammer aus, wie sie schrien. Waldeve drohte, die Anführer hängen zu lassen, aber das ist nicht geschehen.«

»Und bald darauf brachte er Lazarus mit?« fragte Solomon.

»Nachts, glaube ich.« Adalisa hielt inne. »Es war vor so langer Zeit, und ich war noch geschwächt von der Geburt. Margaret hat sich dagegen gesträubt, auf die Welt zu kommen, mein liebes kluges Kind. Aber ich erinnere mich an Pferdegetrappel am späten Abend. Ich dachte, Waldeve wäre nur bei einer seiner Frauen gewesen. Dann hörte ich das Weinen und Flehen.«

»Er hat gesprochen?« fragte Catherine.

»Ich bin mir nicht mehr sicher.« Adalisa schloß die Augen, um besser in die Vergangenheit zurückschauen zu können. »Vielleicht war es nur der Tonfall. Die Worte hätte ich ohnehin nicht verstehen können.«

»Wie lange war Waldeve denn fort?« fragte Solomon.

»Seit der Terz«, sagte Adalisa. »Den ganzen Monat lang war er nicht über Nacht weg. Ach so!«

Sie sah Solomon voller Bewunderung an. »Daran habe ich nie gedacht. Lazarus muß aus der näheren Umgebung stammen. Aber warum ist dann niemand für ihn gekommen?«

Alle wandten sich nach der knochigen Gestalt auf dem Mauleselrücken um. Lazarus starrte das Licht an, das durch seine Finger fiel. Er hielt die Hand hoch in die Nachmittagssonne. Er schien völlig gebannt und selbstvergessen zu sein.

Niemand sagte ein Wort. Aber jeder von ihnen fragte sich, ob dieser Mann schon als Zwölfjähriger so schlicht gewesen war. Wer hätte in dem Fall sich um seine Befreiung bemüht?

Sie hatten den Wald verlassen und wanderten jetzt durch Marschland. Adalisa deutete auf die Pflanzen, die zwischen dem Wald und dem Meer wuchsen.

»Das ist ein Leberblümchen«, erzählte sie Catherine. »Wir nennen es *pèrelle* in Frankreich. Wenn man es sammelt und trocknet, zu Pulver mahlt und mit Harn vermischt, bekommt man eine wunderschöne Purpurfarbe, mit der man Wolle färben kann.«

»Ich werd's mir merken«, sagte Catherine.

Möwen und Brachvögel kreisten über ihren Köpfen. Das

Land war offen und leer, und vom Meer wehte der Wind mit dem Geruch nach Salzlake herüber. Selbst an diesem warmen Tag drang er durch ihre Kleidung. Sie hatten sich alle in die Umhänge oder Decken gewickelt, die sie aus dem Feuer gerettet hatten. James wimmerte, aber man konnte nichts für ihn tun, bis man sicheren Unterschlupf für die Nacht fand.

»Es gibt eine Pflanze, die nur auf Holy Island wächst. Aus der läßt sich Öl und Salz gewinnen«, fuhr Adalisa fort. »In Bier genommen wirkt sie gegen Wassersucht, und wenn man das Aroma des Öls inhaliert, mildert es die Hysterie.«

Catherine mutmaßte, daß sie es bald alle brauchen würden. Sie verstand, warum Adalisa so viel redete. Sie waren nicht länger geschützt. In dieser Landschaft konnte sie jeder von einem höher gelegenen Standort ausmachen. Sie spürten es alle. Willa und Margaret gingen zusammen, hielten sich an den Händen. Solomon drehte sich ständig um. Adalisa schwatzte, und Catherine zitterte.

»Nur noch einen Tag länger«, sagte sie sich. »Noch einen Tag, und wir sind endlich in Sicherheit.«

Wenn doch Edgar nur wüßte, daß sie wohlauf waren. Catherine konnte den Gedanken nicht ertragen, was er jetzt durchmachte. Dann überfiel sie ein noch schrecklicherer Gedanke. Was, wenn er auch in Gefahr wäre? Ach, warum waren sie nicht zusammengeblieben?

Edgar stellte sich dieselbe Frage, immer wieder. Trotz Æthelræds Beteuerungen, daß Catherine und James noch am Leben seien, verzweifelte er. Er hatte zu lange im rationalen Franzien gelebt, um irgendwelchen Familienlegenden vom zweiten Gesicht und der Wahrsagerei Glauben schenken zu können.

Er schöpfte keinen Trost aus dem Umstand, daß er ohne Mühe Bruder Lawrence die Botschaft übermitteln konnte, die ihm übertragen war, von der Wahl von Wilhelm von Saint-Barbe zum Bischof von Durham und der Massierung einer Armee, um sie zu befreien.

Bruder Lawrence schien davon nicht sonderlich überrascht.

»Ich wußte, daß uns der heilige Cuthbert beistehen würde«, bemerkte er.

Edgar dachte, daß Lawrence von jeher unerträglich selbstsicher gewesen war.

»Was habe ich hier zu schaffen?« beklagte er sich zum hundertsten Male bei Æthelræd. »Wenn Sankt Cuthbert sich um die Seinen kümmert, dann brauche ich mich nicht zu bemühen. Mit Sicherheit braucht mich mein Vater nicht. Alles, was er von mir wollte, war, daß ich mit Geistlichen spreche, was er leicht selbst hätte tun können. Verflucht noch mal! Laß mich wenigstens nach Wedderlie zurückkehren und meinem Weib und Kind eine richtige Bestattung geben.«

Seine Tränen tropften in den Weinkelch. Æthelræd hatte gedacht, er täte gut daran, Edgar aus dem Bett zu holen und in die Schenke zu bringen, aber Edgar nahm das als weitere Möglichkeit, seinen Schmerz zu betäuben. Der Wein war stark, und er hatte ihn nicht mit Wasser verdünnt.

»Edgar.« Er berührte seinen Neffen an der Schulter. »Ich wünschte, du würdest Vertrauen zu mir haben. Dein Kummer ist unnötig.«

Edgar sah ihn mit glasigen Augen an. »Schön«, sagte er.

Auf der Straße vor der Schenke gab es einen Menschenauflauf. Die Leute lachten und verhöhnten jemanden. Æthelræd drehte sich neugierig um. Lachen jedweder Art gab es dieser Tage selten in Durham. Der Eingang war von Schaulustigen blockiert. Æthelræd stand auf, um über die Köpfe zu schauen.

»Was ist los?« fragte er.

Einer der Männer drehte sich um.

»Nur ein zerlumpter Trottel auf dem Weg zur Kathedrale«, sagte er. »Zweifellos erhofft er sich ein Wunder. Hat einen dreibeinigen Hund auf dem Buckel.«

»Hoffentlich keine Hündin«, versetzte ein anderer lachend. »Jeder weiß doch, daß der heilige Cuthbert kein weibliches Wesen an seinem Schrein duldet.«

Edgar hob den Kopf. Æthelræd wirkte selbstgefällig.

»Siehst du, das ist Robert«, sagte er. »Er trägt den Hund, wie ich es prophezeit habe. Glaubst du mir jetzt?«

Es war lächerlich, doch ein winziges Hoffnungsfünkchen glomm in Edgars Herzen auf. Er stand auf und folgte Æthelræd, der sich schon einen Weg durch die Schaulustigen bahnte, um zu dem Mann auf der Straße zu gelangen.

»Robert!« Edgar rief hinter dem Mann her, der sich die arme Lufen auf den Rücken geschnallt hatte.

Robert drehte sich um. »Edgar!« Es war mehr ein Klagen als eine Begrüßung. »Sie haben meinen Hof niedergebrannt und die Äcker zertrampelt. Lufen und ich sind mit dem Leben davongekommen, aber sieh sie nur an! Wenn sie hieran stirbt, dann muß ein Kopf dafür rollen!«

Sie hatten ihn inzwischen eingeholt. Robert umarmte Bruder und Onkel, die Tränen flossen auf ihre Tuniken.

Edgar packte ihn an den Schultern. »Robert, hast du Catherine gesehen? Was ist aus den Leuten im Bergfried geworden?«

»Ich weiß es nicht.« Robert schüttelte Edgar ab. Er wischte sich das Gesicht am Ärmel ab. »Ich hatte nur Zeit, Lufen zu schnappen und in die Wälder zu laufen. Bis zum Morgen habe ich mich am Fluß versteckt. Ich bin in Richtung Wedderlie aufgebrochen, aber an dem Rauch und dem Schweigen merkte ich, daß nichts mehr übrig war.«

»Du hast nicht einmal nachgesehen, ob noch jemand lebte?« Edgar war zornig.

»Ich habe Alfred unterwegs getroffen«, sagte Robert. »Er sagte, es sei niemand im Burgbezirk übrig, und die Leute aus dem Dorf hätten sich in die Wälder geflüchtet. Er riet mir, hierher zu gehen und Vater zu suchen.«

Angewidert musterte ihn Edgar. Als Robert zu einer Erklärung ansetzen wollte, trübte sich plötzlich sein Blick, er taumelte und wäre gestürzt, hätte Æthelræd ihn nicht aufgefangen.

»Er ist erschöpft«, sagte Æthelræd. »Dem Anschein nach ist er den ganzen Weg zu Fuß gelaufen. Verurteile ihn nicht, bis du die ganze Geschichte kennst.«

»Er hat den Hund über sein eigen Fleisch und Blut gesetzt.« Edgar brachte keinerlei Mitleid für Roberts Mühen und Beschwerden auf.

»Der Hund liebt ihn mehr«, sagte Æthelræd einfach. »Hier, hilf mir, ihn zur Burg zu bringen. Du nimmst Lufen.«

Sie nahmen Robert mit dem Hund in die Mitte und brachten ihn von den Spöttern weg zum Zelt ihres Vaters vor der Burg des Bischofs.

Sie setzten ihn ab, und Edgar holte eine Kelle Wasser, um es Robert ins Gesicht zu spritzen. Prustend kam Robert wieder zu sich.

»Du hättest mich nicht anzubrüllen brauchen«, protestierte er. »Wenn etwas zu ihrer Rettung hätte getan werden können, dann hätten Alfred und die anderen Männer es getan. Bedaure. Ich mochte deine Frau. Aber er sagte, ich solle meine eigene Haut retten, und das schien mir eine gute Idee.«

Edgar erhob die Faust, aber Æthelræd gebot ihm Einhalt.

»Es tut nichts zur Sache«, sagte er. »Robert hat wohlgetan. Ich sage dir, sie waren bei Anbruch des Morgens schon weit weg.«

»Wirklich?« Edgar klang nicht überzeugt. »Und wohin sind sie gegangen?«

Æthelræd blinzelte, als ob er sie in der Ferne sehen könnte, schüttelte dann aber den Kopf. »Ich weiß es nicht. Es geht leichter, wenn Gefahr besteht. Jetzt müssen sie irgendwo geschützt sein.«

Er schien sich seiner Sache so sicher zu sein. Edgar wollte ihm nur zu gern glauben, aber er konnte sich nicht dazu überwinden. Es war besser, die Tatsache zu akzeptieren, daß sein Leben mit Catherines und James vorbei war.

Æthelræd widmete sich wieder Robert.

»Wann hast du zum letzten Mal gegessen?« fragte er.

»Ich weiß es nicht.« Robert schien nicht daran interessiert zu sein. Er fiel neben dem ohnmächtigen Hund auf die Knie. »Sie war noch nicht kuriert, als wir überfallen wurden. Ich habe versucht, sie behutsam zu behandeln, aber die Straße war so schlecht. Könnt ihr denn gar nichts für sie tun?«

Sein Jammer war so ergreifend, daß sogar Edgar einen Anflug von Mitgefühl spürte, das noch wuchs, als Robert zu ihnen aufschaute, von einem plötzlichen, gräßlichen Gedanken durchzuckt.

»Ach, Gott, ich muß jetzt vor Vater treten, ja?«

Dreizehntes Kapitel

In den moorigen Ebenen von Northumbria, Sonnabend, 3. Juli 1143, Tag der heiligen Mustiola, Jungfrau, gemartert von den Römern, die ihr eine Spindel in den Kopf rammten.

Venienti igitur a se episcopo, rex locum sedis episcopalis in insula Lindisfarnensi ube ipse petebat, tribuit. Qui videlicet locus accedente ad recedente reumate bis quotidie instar insulae maris circumluitur undis, bis reundato littore contiguus terrae redditur . . .

Darum, als der Bischof kam, gab ihm der König die Insel Lindisfarne für ein Bistum, wo er es wünschte. Zweimal täglich liegt dieser Ort dank der Gezeiten wie eine Insel im Wasser, und zweimal täglich ist die Verbindung zum Land wiederhergestellt.

Der Ehrwürdige Beda
Historia Ecclesiastica Gentis Anglorum
Liber III, Capitulum III

James wollte nicht aufhören zu weinen. Er hatte alle die ganze Nacht wachgehalten. Jetzt war Catherine mit ihrem Latein am Ende. Sie hatte ihn so oft angelegt, daß ihre Brustwarzen schmerzten. Alle außer Lazarus hatten ihn auf dem Arm getragen, aber er wollte nicht aufhören zu brüllen. Er wimmerte sogar noch während seiner kleinen Nickerchen.

»Ich weiß, es ist wegen der Windeln«, stöhnte Catherine, »aber hier kann ich sie nicht wechseln. Ich habe nichts Sauberes mehr, und im Wind würde er mir erfrieren.«

»Wir sind bald in Lindisfarne«, sagte Adalisa. »Der Damm, der nach Holy Island führt, liegt da drüben.«

Sie deutete auf ein Gebiet am Fuß der Düne, auf der sie standen. Eine Straße führte ins Meer, wie es schien , stellenweise mit Seetang und Sand bedeckt. Nicht weit weg gab es einen hölzerner Wetterschutz, wo ein paar andere Schutz gesucht hatten.

»Sie warten auf die Flut«, erklärte Adalisa. »Sie muß hereinkommen, sonst wären sie schon gegangen. Das bedeutet, daß wir hier warten müssen, bis wieder Ebbe eintritt. Aber wir dürften noch vor der Dunkelheit hinübergehen können.«

Catherine war zu erschöpft zum Jubeln. Sie stolperte hinter ihren Gefährten her, als diese zu den anderen hinabstiegen, die darauf warteten, daß das Wasser so weit zurückweichen würde, bis sie passieren könnten.

Solomon sorgte sich mehr um Catherine als um den Säugling. Er würde mit einer kranken Mutter ohnehin nicht lange überleben. Auch hatte sie sich noch nicht vollständig von all den Fehlgeburten vor James erholt. Falls einem von beiden etwas zustieße, würde Edgar Solomon töten. Solomon verfluchte im stillen seinen Freund, daß er plötzlich beschlossen hatte, Krieger zu werden. Es muß etwas Angeborenes sein, befand er. Man sollte meinen, daß fünfzehn Jahre Gelehrtendasein ihn von der Kampflust kuriert hätten.

Solomon wandte sich wieder der Gegenwart zu. Vom Strand konnte er die Insel sehen, die sich als langer Schatten am Horizont abzeichnete. Am Nordende gab es eine hochgelegene Stelle, doch der Rest schien nicht sehr weit über dem Meeresspiegel zu liegen. Dennoch war es ein so begehrtes Ziel wie Jerusalem geworden. Zum erstenmal in seinem Leben war Solomon begierig, einen Ort voller Mönche zu erreichen.

Beim Näherkommen sahen sie, daß es sich bei den anderen Reisenden um zwei Männer handelte. Ihre Pferde waren hinter dem Unterstand für die Wartenden angebunden. Sie saßen an einem Feuer aus Treibholz und mummelten sich als Schutz vor dem Wind in ihre Kleider. Der Geruch des Rauchs stieg der kleinen Schar beim Überqueren des Sandes in die Nase. Er war mit einem anderen Duft vermischt, der sie alle schneller laufen ließ. Es war das Aroma von Bratfisch.

»Glaubst du, daß sie mit uns teilen?« fragte Catherine ihren Cousin.

»Ich werde ihnen keine Wahl lassen«, antwortete er. Er schirmte die Augen ab, um die Leute besser zu sehen. Die beiden Männer am Feuer regten sich nicht, nur der Wind bewegte ihre Mäntel. Ihre Gesichter waren in den Kapuzen verborgen.

Irgend etwas an ihren Gestalten behagte ihm nicht. Wahrscheinlich waren das Pilger oder heimkehrende Mönche, mutmaßte er. Doch vorsichtshalber öffnete er die Schnalle, die das Messer an Ort und Stelle hielt. Eine armselige Verteidigung, falls die Männer Schwerter besaßen, aber besser als völlig unvorbereitet zu sein.

Willa bemerkte seine Bewegung als einzige. Sie trottete hinter Catherine her und trug die paar Habseligkeiten, die sie aus dem Feuer hatte retten können. Sie hatte sich große Mühe gegeben, Stärke zu zeigen. Catherine brauchte sie. Ihre Mutter hatte ihr viele Male eingeschärft, wie freundlich Catherine zu ihnen allen gewesen war. Nicht viele Leute hätten eine Frau mit drei Bankerten aufgenommen und ihnen ein Heim gegeben. Sie wollte alles tun, was in ihrer Macht stand, um die Schuld abzutragen. Aber die letzten paar Tage hatten sie gezeichnet. Sie fror und hatte Schmerzen und war entsetzt. Zu wissen, daß Solomon meinte, sie wären immer noch in Gefahr, war zuviel. Sie begann, stumm und gleichmäßig zu weinen.

»Heilige Genoveva«, betete sie, »geleite uns nur sicher nach Paris zurück, dann will ich dich mein Leben lang ehren.«

Sie waren jetzt nahe genug, um von den Männern gesehen zu werden. Einer zeigte in ihre Richtung, aber keiner machte Anstalten, sich zu rühren. Sie hielten Stöcke mit aufgespießtem Fisch über das Feuer. Der Anblick und Geruch waren genug, um bei Catherine jedes Zögern zu überwinden.

Margaret war hinter den anderen zurückgeblieben. Sie lief Willa nach und nahm deren Hand.

»Ich glaube, die kenne ich«, sagte sie.

»Die Männer?« fragte Willa noch ängstlicher. »Woher denn?«

»Nein, nicht die Männer«, erwiderte Margaret, »nicht mit den Kapuzen über dem Kopf. Die Pferde. Sie sehen wie zwei von Vaters Pferden aus.«

Für Willa waren alle Pferde gleich. Sie waren überwiegend Kolosse auf der Straße, um die sie möglichst einen Bogen machen mußte, wenn Edelleute vorbeigaloppierten. Daher nahm sie Margarets Behauptung nicht weiter ernst.

»Vielleicht haben sie ihre Pferde beim gleichen Händler gekauft«, sagte sie. »Ach, warmes Essen! Sieht aus wie Hering. Ich habe ja so einen Hunger.«

Sie zog Margaret mit, um die anderen einzuholen.

Solomon winkte ab und ging auf die Männer zu. Catherine beobachtete ihn beunruhigt.

»Gott sei mit euch!« sagte er. »Ihr sprecht wohl kein Französisch?«

Der eine der beiden grummelte etwas. Solomon sah über seine Schulter zu Adalisa, die sich neben ihn stellte.

»Sie halten dich für einen Normannen«, sagte sie.

»Hal beo thu!« begann sie. »Wir sind Pilger, wie ihr, unterwegs nach Holy Island. Wir können nur Käse mit euch teilen, aber das tun wir gern, im Austausch für ein bißchen von euerm Fisch für die Kinder.«

Die beiden Männer sahen sich an. Nickten. Dann stand der eine auf.

»Es hat lange genug gedauert«, sagte er.

Adalisa riß die Augen weit auf, als sie das Gesicht in der Kapuze erkannte. »Was suchst du denn hier? Warum ... ach herrje!«

Schnell drehte sie sich um, entriß Solomon die Zügel des Maulesels. Blitzschnell setzte sie Margaret auf den Rücken des Tieres, hinter den erschrockenen Lazarus. Sie übergab Catherine die Zügel und sagte nur:

»Lauf!«

Solomon zückte das Messer. Er war erleichtert zu sehen, daß die Männer keine Schwerter hatten, nur Messer, kleiner als sein eigenes, und Keulen. Aber immerhin waren sie zu zweit. Er wich zurück, bewegte die Klinge in langsamen Kurven vor den Männern.

»Wer hat euch geschickt?« fragte er.

»Frag doch *sie*!« sagte der erste Mann mit trockenem Lachen. »Sie weiß es, nicht wahr, meine Dame?«

»Du bist von Sinnen«, antwortete sie. »Ihr habt keinen Grund für solch ein ...«

»Wir haben hundert Gründe«, antwortete der zweite Kapuzenmann. »Ich würde sie sogar aufzählen, nur will ich nicht, daß du noch so lange lebst.«

Er stürzte sich auf sie. Solomon trat ihm in den Weg und

stach nach der Hand, die das Messer hielt. Der Mann war zu schnell. Er duckte sich zur Seite, und die Klinge ging durch seinen Ärmel, ritzte nur die Haut. Er verlor das Gleichgewicht und plumpste in den Sand. Solomon kam näher heran.

Adalisa schrie auf, als der erste Mann auf sie zukam. Fieberhaft schaute sie sich nach einer Waffe um. Als er vorpreschte, bückte sie sich, riß ein Stück Seetang ab und klatschte es ihm wie eine triefende Peitsche ins Gesicht.

Sie traf ihn im Auge, und er blieb stehen, heulte vor Schmerz auf. Aber nicht lange. Er kam wieder auf sie zu, rieb sich das Auge mit der Linken, das Messer immer noch in der Rechten.

Solomons Gegenpart rollte sich am Boden, war sofort wieder auf den Beinen und stach auf Solomon ein. Der hörte Adalisa rufen. Der Mut der Verzweiflung machte ihn unvorsichtig. Er ignorierte das Messer, stieß das seine direkt in die linke Seite des Mannes und drehte es seitlich, in der Hoffnung, ihn zwischen den Rippen zu treffen. Gleichzeitig spürte er in seiner Seite einen brennenden Schmerz, während das Gesicht des Mannes Erstaunen zeigte, dann Leere.

Solomons Messer glitt aus dem fallenden Körper.

»Adalisa«. Er drehte sich um, suchte sie.

Sie lief am Strand entlang, folgte dabei nicht dem Damm, sondern führte ihren Angreifer von den anderen weg. Von weit her konnte er Margarets schrilles »Mama! Mama!« hören, es wurde schwächer, als der Maulesel sie auf die Insel zutrug.

Solomon setzte Adalisa nach. Sie hatte noch einen Vorsprung vor dem Mann, aber ihre Röcke behinderten sie. Als Solomon hinter ihr herrannte, rutschte sie aus und ging zu Boden. Sofort war der Mann bei ihr. Das Messer glitzerte in der Sonne, als er es hob.

»NEEEEIN!« schrie Solomon verzweifelt auf.

Er sprang auf den Mann, als das Messer wieder hochkam, rotglänzend.

Der Zusammenprall ließ beide Männer auf Adalisa fallen.

Solomon rollte herum und zog den Angreifer von ihr weg. Ohne zu zögern, packte er den Mann an den Haaren, zog den Kopf nach hinten und schnitt ihm die Kehle durch.

Blut spritzte ihm über den Arm und versickerte im nassen Sand. Solomon unterdrückte den Impuls, sich zu erbrechen. Dazu fehlte die Zeit.

»Adalisa«, flüsterte er.

Sie lebte noch. Eine Hand streckte sie nach ihm aus.

»Margaret«, keuchte sie. »Sag es Catherine. Nimm sie mit heim. Waldeve darf nicht ...«

Solomon nahm seine Tunika ab, um den Blutfluß einzudämmen. Er merkte nicht, daß sie schon von seinem eigenen Blut durchtränkt war.

»Ich bringe dich zu den Mönchen«, sagte er. »Die werden dich versorgen.«

»Ja«, murmelte sie. »Mir ist so kalt.«

Das Blut sprudelte nur so aus ihr heraus.

»Du wirst nicht sterben!« befahl er.

Ihre Hand sank über seine, als er versuchte, Leben in ihren Körper zurückzupressen.

»Solomon.« Ihre Stimme war kaum noch zu hören. Er beugte sich dicht über ihr Gesicht.

»Gib mir einen Abschiedskuß.«

Ohne die Hände von ihrer Wunde zu lassen, drückte Solomon seine Lippen auf ihre.

Er fühlte den letzten Funken von Wärme aus dem erschlaffenden Körper entweichen. Auch später noch glaubte Solomon, daß sie ihm ihre Seele eingehaucht habe und ein Teil davon in seiner eigenen verblieben war. Er sprach nie darüber, aber die Überzeugung ließ ihn nie wieder los.

Er hob sie auf und folgte den anderen auf den Damm. Die Leichen lagen hinter ihm am Strand. Als der Wind einen Augenblick lang anhielt, roch Solomon den verbrannten Fisch.

Für Catherine hätte es der Warnung Adalisas nicht bedurft. Sie nahm die Zügel in die freie Hand und brachte sich in Sicherheit, zwang den Maulesel, ihr zu folgen. Von hinten, zwischen Margarets flehenden Rufen nach ihrer Mutter, hörte sie Willa nach Luft schnappen.

»Willa, schaffst du's?« rief sie.

»J-ja!« stieß das Mädchen keuchend hervor.

Sie hatten etwa die Hälfte des Weges auf dem erhöhten Weg zurückgelegt, bevor Catherine das Tempo verlangsamte. Sie drehte sich um und sah Solomon und den Mann, der mit ihm rang, und dann, wie Adalisa weglief. Sie biß sich auf die Lippe, um nicht zu weinen. Sie konnte gar nichts tun. Ihre erste Pflicht hatte sie gegenüber den Kindern.

»Heilige Mutter Gottes«, flüsterte sie. »Beschütze sie vor dem Bösen.«

Dann sah sie nach unten. Eine Welle war über ihren Fuß geschwappt. Die Männer hatten auf sie gewartet, nicht auf die Flut. Aber jetzt kam sie.

Es blieb ihnen keine andere Wahl, als die Insel so bald wie möglich zu erreichen.

»Willa, kannst du James einen Augenblick halten?« Sie versuchte, ruhig zu klingen. Dann nahm sie Margaret vom Maulesel.

»Wenn du vor Lazarus sitzt«, erklärte sie dem Kind, »und Willa hinter ihm, kann sie ihn festhalten, und du kannst das Halfter halten. Der Maulesel ist stark genug, um euch alle drei zu tragen. Sitz auf, Willa. Du bist zu müde für dieses glitschige Terrain. Gib mir James wieder.«

Sie brachen wieder auf. Catherine beobachtete, daß jede Welle jetzt ein wenig höher stieg. Vor ihnen lag eine Senke, die schon überflutet war. Das eiskalte Wasser schlug gegen ihre Knöchel und spritzte ihr an den Beinen hoch, als sie hindurchwatete.

Es war wie in einem Alptraum, wenn man sich bewegen will,

aber nicht kann, und alles verzerrt ist, sogar die Zeit. Catherine hatte das Gefühl, sie seien die einzigen Überlebenden auf der Erde, und bald würde die Flut sie verschlingen. Gott strafte die Welt erneut, und sie dürften nicht in die Arche.

Willa saß auf dem Maulesel, die Arme um Lazarus und Margaret geschlungen. Sie hielt ihren Kopf in die schmutzige Tunika des Mannes gedrückt und konnte seinen Herzschlag hören, der lauter war als das Rauschen des Meeres. Wie Catherine war auch sie zu benommen, um beten zu können.

Margaret hielt sich an der zotteligen Mähne des Tieres fest und rief immer wieder »Mama! Mama!« Sie glaubte nicht, unterwegs zu einem sicheren Hort zu sein. Die einzige Zuflucht, die sie je gekannt hatte, lag hinter ihr am Strand.

Als sie sich der Insel näherten, wagte es Catherine, sich noch einmal umzudrehen. Sie sah Solomon in weiter Ferne, wie er mit Adalisa auf den Armen durch die Wellen watete.

In der Priorei hatte man sie gesehen, und einige Leute standen bereit, um sie zu begrüßen. Zwei der Mönche kamen zu ihnen ins Wasser gewatet, um ihnen zu helfen.

»Mein Vetter«, sagte Catherine. »Er ist dort hinten und trägt eine Frau. Ich glaube, sie ist verletzt. Bitte helft ihnen.«

»Wenn ihm das Wasser bis zu den Knien reicht, bevor er ankommt, holen wir sie mit dem Boot. Vorher geht es nicht«, erwiderte der Mönch.

Er gab den Leuten am Strand Anweisungen auf englisch. Als sie festen Boden betraten, kamen Frauen mit warmen Mänteln und einem Krug gewürzten Biers herbeigelaufen. Eine entdeckte James in Catherines Armen und schrie irgend etwas. Dann kehrte sie um und rannte ins Dorf zurück.

»Was hat sie gesagt?« wollte Catherine von Margaret wissen.

»Ic hæbbe cildclathas«, sagte Margaret unter Tränen.

»Nein, mein Liebes, auf französisch natürlich.« Sie hoffte inständig, daß Adalisa nicht schlimm verletzt war. Das arme Kind konnte nicht noch mehr ertragen.

»Ach so.« Margaret rieb sich die Augen. »Sie sagte, ›ich habe Windeln‹.«

Das war zuviel. Catherine sank schluchzend zu Boden.

»Jetzt wird alles gut, mein Schatz«, sagte sie zu James. »Die gute Frau hat schöne trockene *cildclathas* für dich.«

Jemand faßte sie an den Schultern und zog sie hoch.

»*Thanc the*«, sagte Catherine. »Mehr Englisch kann ich nicht.«

Die Frau neben ihr lächelte und tätschelte ihr die Wange. Catherine hatte keine Kraft mehr für Mißtrauen. Sie ließ sich mit den Kindern und Lazarus zu einem brachliegenden Feld mit einer kleinen Ansammlung von Häusern im Schutz der Priorei führen. Im Gehen wandte sie sich noch einmal zu dem Mann um, der mit ihr Englisch gesprochen hatte.

»Mein Vetter!« rief sie ihm zu.

»Das Boot läuft schon aus. Wir lassen sie nicht ertrinken.«

Catherine vertraute ihm. Endlich war sie auf Holy Island. Wer sollte sie hier schon anlügen?

Solomon spürte zwar etwas Nasses an seiner Seite herunterlaufen, wußte aber nicht, daß es sein eigenes Blut war. Das Gehen fiel ihm schwerer, weil das Wasser stieg. Adalisas Arm baumelte bei jedem seiner Schritte und schlug gegen sein Bein. Gerne hätte er ihren Arm hochgelegt, doch dazu hätte er sie hinlegen müssen, und das war ihm zu riskant.

Plötzlich fiel ihm ein, daß heute Schabbat war. Ihm war unbehaglich, weil er etwas trug, wenn das Gesetz es verbot. Seit wann hatte er den Feiertag nicht mehr geheiligt? Es gab so viele Regeln, er konnte sich nicht an alle erinnern, aber mit Sicherheit sollte er nichts tragen. Von daher gesehen, hätte er auch das Messer nicht haben dürfen. Nach französischem Gesetz dürfte er überhaupt nie eine Waffe tragen. Ob es wohl eine doppelt schwere Sünde war, an einem Schabbat mit einem illegalen Messer zu töten? Er würde Onkel Eliazar danach fragen, wenn er wieder daheim wäre.

Ein einzelner Brecher erfaßte ihn, hätte ihn beinahe umgerissen. Solomon blinzelte und legte sich Adalisas Kopf wieder auf die Schulter. Wo war er nur? Warum lief er im Wasser herum? Wer waren jene Menschen, die auf ihn zugerudert kamen? War er womöglich schon tot und auf dem Weg in die *Sheol*.

Die Menschen ihm Boot riefen ihm etwas zu, was er nicht verstand. Endlich waren sie so dicht dran, daß ein Mann herausspringen und ihm Adalisa abnehmen konnte. Der Mann erschrak, als er sah, daß sie tot war. Sanft bettete er sie auf den Boden des Boots. Dann schob er Solomon hinein, während der andere Mann ruderte. Irgendwie schafften sie es, es nicht unter Wasser zu setzen.

Halb ohnmächtig lag Solomon im Bug, so daß er die Ruderer nicht behinderte. Jetzt würde er seinem Onkel erzählen können, daß das Leben nach dem Tod naß und eiskalt war. Ein Alk flog vorbei. Und Vögel gab es dort auch. Er lernte allerhand dazu. Schade, daß er tot war.

Böse Geister hatten ihn aufgehoben und trugen ihn davon. Irgendwer rief etwas. Eine neue Pein.

»Das ist eine böse Wunde«, sagte die Stimme. »Wir müssen sie nähen.«

»Tote bluten nicht«, murmelte Solomon.

»Dann bist du wohl auch nicht tot«, antwortete die Stimme trocken.

Solomon sann darüber nach. Das mußte ein Trick sein. Er sollte doch ... sollte doch ...

Endlich verlor er die Besinnung.

Catherine hatte James der Frau übergeben, die sie mit nach Hause genommen hatte. Sie sah zu, wie ihre Gastgeberin ihn auswickelte, über die wunden Stellen erschrak und ihn mit flinken Händen einölte. Margaret und Willa saßen am Feuer, beide in eine trockene Decke gehüllt, in der Hand eine dampfende Trinkschale. Catherine trank ein paar Schlückchen, und eine wohlige Wärme weckte ihre Lebensgeister. Sie stand auf. »Ich muß nachsehen, wie es meinem Vetter geht«, erklärte sie.

Die Frau sah Margaret an, und das Mädchen dolmetschte. Die Frau lächelte und bedeutete ihr durch Zeichen, sie solle nur gehen, sie würde sich schon um die Kinder kümmern.

Catherine ging zum Tor der Priorei. Es stand offen, und im Außenhof herrschte geschäftiges Treiben von Mönchen und Laienbrüdern. Sie hielt den erstbesten an und fragte radebrechend nach den Leuten, die man aufgefischt hatte.

Zu ihrer Erleichterung kam die Antwort in fließendem Französisch mit englischem Akzent.

»Man hat sie ins Gästehaus gebracht«, teilte er ihr mit. »Bist du mit ihnen gereist? Waren es Freunde von dir?«

»Es ist mein Vetter und meine Stiefschwiegermutter. Aber wieso denn *waren*? Was soll das heißen?«

Der Mann nahm sie beim Ellenbogen und führte sie durch die Menge zum Gästehaus auf der anderen Seite des Hofes.

»Es tut mir leid«, sagte er. »Ich wollte eigentlich nicht so damit herausplatzen. Die Frau war tot, als wir an Land gingen. Der Mann ist sehr schwach und fiebert, doch der Infirmar meint, er hat eine gute Chance.«

»Adalisa tot?« Das war ein Schock zuviel. Zum Entsetzen des Mönchs sank Catherine ihm ohnmächtig in die Arme.

Nur kraft seiner Autorität und aufgrund der Tatsache, daß die Leute von Wedderlie schon in der Wiege Waldeve zu fürchten gelernt hatten, gelang es jenem, seine Männer bei der Stange zu halten, als sie von dem Überfall erfuhren. Und dann sprach auch William Cumin selbst zu ihnen und versprach, für die Ergreifung der Täter ihnen mit seinen eigenen Truppen beizustehen. So blieben sie.

»Ich bitte euch nur um ein paar Tage«, argumentierte er. »Während ich hier zu euch spreche, befestigen unsere Feinde Bishopton. Und woher wollt ihr wissen, daß nicht Roger de

Conyers' Verbündete dies getan haben? Der Mann ist doch zu allem fähig, um mich niederzuzwingen. Vielleicht rächt ihr sogar eure Familien, wenn ihr das Patrimonium von St. Cuthbert beschützt.«

Edgar staunte, daß die Männer so bereitwillig blieben.

»Wieso bestehen sie nicht darauf, auf der Stelle heimzukehren?« fragte er Æthelræd. »Womöglich wurden ihre Frauen geschändet, und ihre Kinder müssen verhungern oder werden ein Fraß der Wölfe.«

»Das überrascht mich auch«, erwiderte Æthelræd. »Einige haben schon ein wenig gemurrt, aber keiner verlangte Urlaub. Vielleicht wagt es niemand, sich Waldeve und Cumin öffentlich zu widersetzen. Sie haben die Leichen gesehen, die an den Dachvorsprüngen hingen. Sie haben die Schreie der mutmaßlichen Verräter gehört, wenn ihnen die Schlinge um den Hals so lange festgezogen wurde, bis der Schädel platzte. Wir sollten uns das gut überlegen, ob wir solch eine Strafe riskieren wollen. Nach meinem Tod geht's meiner Familie um so schlechter.«

»Vermutlich schon.« Edgar war nicht überzeugt. »Doch mir kommt es seltsam vor. Wozu kämpfen, wenn man kein Heim hat, in das man zurückkehren kann. Aber ich für meinen Teil werde zurückgehen. Ich bin ja kein Soldat.«

»Du mußt bleiben, weil du hier ihre Nachricht empfangen wirst.« Æthelræd seufzte. Wie oft würde er das erklären müssen?

»Ja, wenn du recht hast und sie noch leben«, seufzte jetzt Edgar. »Onkel, du weißt gar nicht, wie gern ich dir glauben möchte, und gerade darum kann ich es nicht.«

Æthelræd zuckte mit den Schultern. Er gab sich geschlagen.

»Nun denn«, sagte er. »Hast du irgendwem erzählt, daß wir vorher in Bishopton waren?«

»Niemand hat mich danach gefragt. Warum?« antwortete Edgar.

»Jemand gibt Informationen weiter. Cumin weiß, daß die

Burg befestigt wird«, sagte Æthelræd. »Darum ist er so erpicht auf einen sofortigen Angriff, bevor er unmöglich wird.«

Edgar sah zum bedeckten Himmel hoch. »Kein höherer Erdwall oder tieferer Graben wird einen Angriff verhindern, eher ein nettes sommerliches Unwetter«, sagte er. »Die Erde um Bishopton ist jetzt hart, aber ein Schauer würde sie so aufweichen, daß sie modderig wie Bohnensuppe wird. Selbst Pferde hätten Schwierigkeiten durchzukommen. Es wäre doch amüsant, wenn der Kampf um das Bistum letztlich durch höhere Gewalt entschieden würde.«

Æthelræd fand das gar nicht lustig. Tatsächlich ließ ihn die Bitterkeit in Edgars Stimme frösteln. Bisher hatte Æthelræd gehofft, sein Neffe habe von seiner Familie nicht die Veranlagung geerbt, seinen Schmerz in Wut zu verwandeln und gegen die Welt zu kämpfen. Doch nach dem ersten Schrecken war Edgar viel zu still geworden. Aus solcher Heiterkeit heraus hatte Waldeve seine schlimmsten Tobsuchtsanfälle.

Zum Glück unterbrach Robert die beiden, bevor Æthelræd zu trübsinnig wurde. Edgars Bruder war alles andere als ruhig.

»Du mußt für mich mit den Mönchen sprechen, Edgar«, beharrte er. »Diese Kretins wollen mich nicht mit Lufen an St. Cuthberts Schrein heranlassen. Sie sagen, der sei nur für Menschen.«

»Er befindet sich in einer Kirche«, gab Æthelræd zu bedenken.

»Viele Herren und Bischöfe bringen ihre Jagdhunde mit zur Messe«, erwiderte Robert. »Das habe ich selbst gesehen.«

»Kannst du nicht einfach zu St. Cuthbert beten, daß er Lufen genesen läßt?« fragte Æthelræd.

»Sie soll nicht einfach nur genesen«, widersprach Robert. »Der Heilige soll ihr das Bein zurückgeben. Für so etwas Großes muß ich unmittelbar über seinen Gebeinen beten.«

Æthelræd sah Edgar hilfesuchend an. »Erklär diesem Tölpel mal, wie Wunder wirken«, sagte er.

Edgar hatte anscheinend nicht zugehört. Er sah seine Verwandten an. »Wunder? Das ist alles Betrug. Der heilige Jakob hat mir einen Sohn geschenkt. Und dann, als ich mein Leben für vollkommen hielt, nahm er mir alles weg. Bitte St. Cuthbert nicht darum. Er wird Lufen ihr Bein nur geben, damit sie später noch übler zugerichtet wird.«

Er drehte sich um und ließ die beiden stehen.

Erschrocken schauten sie ihm nach.

»Das ist Gotteslästerung!« keuchte Robert. »Oder?«

»Noch schlimmer«, antwortete Æthelræd. »Das ist Verzweiflung. Wir behalten ihn besser im Auge. Gott, ich wünschte, Aelred wäre hier. Der könnte uns Edgar zurechtbiegen.«

Robert zuckte zusammen. »Den lockst du für keinen aus seinem Kloster hervor«, sagte er.

Ohne nachzudenken, meinte Æthelræd: »Doch, das haben wir ja schon getan. Er ist in Bishopton, wenn er nicht schon in Hexham ist. Er war beunruhigt, weil unsere Pferde in der Kirche seines Vaters gefunden wurden, und auch über die Probleme hier in Durham.«

Robert erbleichte. »Wo ist er? So nah?«

Æthelræd verwünschte sich. Wie hatte er das vergessen können? »Ja, er ist mit uns nach Bishopton gegangen und muß wohl noch da sein.«

Robert nickte versonnen. »Ich glaube, ich werde mit meinem Vater nach Bishopton reiten«, sagte er. »In letzter Zeit war ich kein guter Sohn. Ich werde tun, was du vorschlägst, und Lufen in der Obhut des bischöflichen Hundewärters lassen. Ich kann ja überall für sie beten.«

Als er fort war, stützte Æthelræd den Kopf auf die Hände. Warum hatte er sich aus dem Norden zu dieser unseligen Familie zurücklotsen lassen.

Waldeve wunderte sich, alle drei noch lebenden legitimen Söhne in vorderster Reihe zu sehen. Es stimmte, daß Edgar kein Schwert trug, dafür aber ein Kettenhemd und einen Helm. Der

Helm war zu klein und saß ihm schief auf dem Kopf wie ein umgestülptes Hornissennest. Waldeve brach in Lachen aus, fing sich aber sofort. Das war das erste Anzeichen von Loyalität, das dieser Junge zeigte. Man sollte ihn nicht entmutigen.

»Urric.« Er rief den Soldaten herbei. »Mein *preostlic* Sohn scheint doch noch kämpfen zu wollen. Behalte ihn im Auge.«

»Ihn beschützen, meint Ihr, Herr?« fragte Urric vorsichtig.

»Ja, hauptsächlich vor seiner eigenen Tolpatschigkeit«, sagte Waldeve ebenso vorsichtig. »Er wird wohl kein Schwert schwingen wollen. Aber ich will nicht, daß er nach dem Angriff zurückbleibt und sich verirrt und womöglich zu nahe an die Burg kommt.«

»Verstanden«, antwortete Urric. »Ich lasse ihn nicht aus den Augen.«

Dann wandte sich Waldeve wichtigeren Dingen zu. Cumin kam heraus, um sie zu segnen. Er trug Reitkleidung, hielt seine Teilnahme augenblicklich jedoch für überflüssig. Waldeve näherte sich ihm und beugte sich über seine Hand. Der Bischofsring saß dort zwar nicht, doch die Fiktion wurde aufrechterhalten, daß Cumin ihn unter dem Handschuh trug.

»Wieviel Verstärkung bekommen wir denn?« fragte er.

»Earl Henry hat uns fünfzig aus seinem Söldnerheer versprochen«, informierte ihn Cumin. »Mit meinen treuen Baronen und Euren Leuten sollten wir stark genug sein, Bishopton einzunehmen und Conyers ein für allemal zu vernichten. Mein Neffe kommt aus Northallerton, um Euch vor den Burgmauern zu treffen. Er wird auch alle Hilfstruppen abwehren, die Conyers vom Süden erwarten könnte.«

»Dann wird sich Conyers seinen Widerstand wohl zweimal überlegen«, sagte Waldeve. »Wenn wir die Burg stürmen, sollen wir sie schleifen, oder sollen wir sie deinem Neffen als Lehen übergeben?«

»Verbrennen und schleifen«, antwortete Cumin.

Waldeve verkniff sich die Frage, ob der Bischof auch Salz auf die Erde gestreut haben wollte. Dieser Mann war besessen von dem Zwang, alle auszumerzen, die ihm das Recht auf den Bischofsstuhl streitig machten. Das hielt Waldeve für Energieverschwendung. Doch solange er den Zehnten von der Grafschaft eintrieb und Silber aus den Minen holte, war Cumin nützlich. Einerlei, wie die Sache ausging, Waldeve könnte seinen Anteil an der Beute nehmen und nach Schottland zurückkehren. Keine Vergeltung würde ihn dort einholen.

Es sei denn ... Waldeve stutzte. Falls sie ihn nicht schon eingeholt hätte. All die Anschläge auf seine Familie konnten die Ursache in seiner Unterstützung William Cumins haben. In dem Fall konnte er noch unbedenklicher töten. Es wäre dann kein Kampf oder Mord, sondern Gerechtigkeit.

Als Urric neben ihm ging und lächelte, wußte Edgar genau den Grund. Duncan ließ ihn schon seit seiner Ankunft in Durham von Urric beschatten. Oder aber sein Vater.

Edgar erwiderte das Lächeln. »Ein guter Tag zum Kämpfen, nicht wahr?« sagte er. »Nicht zu heiß, genug Wolken, um nicht von der Sonne geblendet zu werden. Ich freue mich darauf.«

Urric musterte ihn von oben bis unten. »Womit beabsichtigt Ihr zu kämpfen?« fragte er, als er kein Schwert sah.

»Ich hege die Absicht, Flüche auf den Feind hinabzuschleudern«, versetzte Edgar. »Die sind viel mächtiger als Stahl.«

Eilig bekreuzigte sich Urric.

Edgar begrüßte die Geste. »Und Gottes Macht wird mein Schild sein.«

Urric trat einen Schritt zurück. Entweder war Edgar von Sinnen, oder er besaß göttliche Autorität. Urric wußte nicht, was ihn mehr ängstigte. Diese Aufgabe würde ihn viel schwerer ankommen als vorhergesehen.

Æthelræd kam, um nach dem Rechten zu sehen. Er trug immer noch seinen kurzen Rock, außerdem aber ein Lederhemd mit kleinen Metallplättchen. Sie klimperten, als er sich näherte.

Irgendwo hatte er einen alten runden Wikingerhelm aufgetrieben. Sein rotgrau meliertes Haar quoll darunter hervor wie ein brennender Busch.

»Schade, daß keiner aus Galloway hier ist«, sagte er. »Dann muß ich den ersten Angriff wohl allein übernehmen.«

Urric wich noch weiter zurück. Von Æthelræd hatte er wenigstens immer schon gewußt, daß er verrückt war. Aber die beiden zusammen konnten etwas Widernatürliches auslösen. Er beschloß, Edgar aus der Ferne zu beobachten.

Æthelræd bemerkte das Unbehagen des Soldaten und lachte auf. »Wenn wir den eigenen Truppen Angst einjagen, wie wird es erst beim Feind sein«, sagte er zu Edgar.

Edgar beugte sich näher zu ihm herüber und senkte seine Stimme. »Aber wer ist eigentlich der Feind?« fragte er. »Ich beabsichtige, mich unterwegs in die Büsche zu schlagen und Conyers eine Warnung zukommen zu lassen.«

»Man wird dich nicht lassen.« Æthelræd nickte lächelnd in Richtung Urric.

»Wie können wir dann verhindern, daß Cumins Männer die Burg einnehmen?« fragte Edgar.

Æthelræd befühlte Edgars Stirn. Wenn der Junge nicht närrisch war, dann mußte er Fieber haben.

»Wie kommst du darauf, daß wir das könnten?« fragte er. »Es liegt an Roger de Conyers, Bishopton zu verteidigen.«

»Aber die Männer meines Vater haben allein schon mehr Pferde und Waffen, als wir in Bishopton sahen«, sagte Edgar. »Und wenn Earl Henry und William von Aumale Verstärkung schicken, welche Chance hat dann Conyers?«

Æthelræd dachte nach. »Vielleicht sollten wir das Gott überlassen«, befand er.

Edgar war nicht geneigt, auf den Glauben zu bauen. Bis jetzt hatte er nicht viel genützt.

Doch just in diesem Augenblick setzte der Regen ein.

Vierzehntes Kapitel

Auf der Insel Lindisfarne, Freitag, 18. Juli 1143. Die Sonne steht im Löwen. Tag der heiligen Thanay, der unbeugsamen ledigen Mutter des heiligen Kentigern.

Nec mora; jam tristes pœnas et pallida vexat
Gens tormenta, truces plena furore manus
Ecce! catenarum tristi plus pondere vinctos,
Qua nexu juvenes pœna temenda vocat. [sic]

Verweile nicht, denn das gequälte Volk straft eine Schlächterhand mit schlimmer Pein.
Siehe! Schlimmer lastet die Strafe und kettenschwer auf den Besiegten, als sie mit derlei Fesseln die Jungen beschwert. [sic]

Lawrence von Durham
Diologues
Buch II, 11 307–310

»Solomon, ich mache mir Sorgen um Margaret.« Catherine schreckte ihren Vetter aus seinem Dämmerzustand auf. »Ich weiß ja, daß sie um ihre Mutter trauern muß, aber sie ißt nicht und hat lauter Alpträume mit Ungeheuern. Fällt dir nicht etwas ein, wie wir ihr helfen können?«

Catherine machte sich auch Sorgen um Solomon. Es war ein glatter Messerschnitt gewesen, der gut verheilte. Das konnte nicht das Problem sein. Irgend etwas ging in ihm vor, was sie nicht begriff, etwas, das mit Adalisa zu tun hatte. Es waren nicht einfach Schuldgefühle, weil er sie nicht hatte retten können. Er hatte die Totenwache bei ihrem Leichnam gehalten, als ob sie zu seiner Familie gehört hätte, und hatte während der Totenmesse mit gesenktem Kopf vor der Tür der Prioreikirche gestanden. Es schien, als ob irgend etwas in ihm zerbrochen sei; kein lebenswichtiger Teil, aber doch ein Stück, das ihm half, Abstand zu der fremden Welt zu halten, in der er überleben mußte.

Margaret spürte, daß er Anteil an ihrer Trauer nahm, und lief zu Solomon, um sich Trost zu holen. Die beiden machten lange Spaziergänge miteinander, drehten Runden um den Rand der kleinen Insel, sahen den Vögeln zu und unterhielten sich. Manchmal setzten sie sich einfach an Adalisas Grab auf dem Dorffriedhof; Margaret lehnte sich an Solomon, und beide schauten aufs Meer hinaus, als ob sie auf die Rückkehr eines Reisenden warteten.

Auch Catherine war über Adalisas Tod betrübt, doch trauern konnte sie nicht. Es war unverzeihlich, daß sie so wenig empfand. Was war nur mit ihr los?

Endlich wurde sich Catherine darüber klar, daß ein Teil von

ihr sich freute, daß Edgars Stiefmutter nicht mehr leiden mußte. In dieser Welt hätte sie bestenfalls darauf hoffen können, Witwe zu werden, doch danach wäre sie mitsamt ihrem Wittum vielleicht einem neuen Mann in die Hände gefallen, der sie womöglich noch grausamer als Waldeve behandelt hätte.

Solomon hatte ihr nicht geantwortet. Jetzt stieß sie ihn in die Seite. »Solomon?« sagte sie noch einmal. »Was können wir für Margaret tun?«

Wenigstens nahm er jetzt ihre Anwesenheit wahr. »Gib ihr Zeit«, antwortete er. »Sie hat jetzt niemanden mehr, der für sie sorgt.«

»Sie hat uns«, lautete Catherines spontane Entgegnung. »Wir werden sie doch nicht im Stich lassen, oder?«

Solomon warf ihr einen Blick zu, aus dem sein altes Selbst hervorblitzte. »Niemals«, sagte er. »Sie wird nicht zu ihrem Vater zurückkehren. Und wenn ich sie entführen müßte.«

»Da gibt es sicher einfachere Möglichkeiten!« Catherine war beunruhigt. Er hörte sich tatsächlich so an, als ob er dazu fähig wäre. Der bloße Gedanke war entsetzlich. Ein Jude, der ein Christenmädchen raubte, auch wenn dieses damit einverstanden wäre! Solomon könnte sich glücklich schätzen, wenn man ihn deshalb nur aufhängen würde.

»Ich habe ihrer Mutter versprochen, daß wir das Kind nicht an Waldeve zurückschicken«, sagte Solomon. »Ich werde nicht wortbrüchig. Adalisa mußte genug leiden und soll sich nicht noch im Grab wegen Margaret ängstigen müssen.«

»Ja, das stimmt.« Catherine wußte, daß sie an offene Wunden rührte, aber nicht, was genau es war. »Und wir konnten ihr nicht helfen. Aber wir müssen etwas für ihr Kind tun können.«

Solomon stand auf. »Laß Margaret wissen, daß wir für sie da sind. Mehr können wir nicht tun. Diese Art Schmerz heilt nur von innen.«

Damit war das Thema abgehakt. Doch Catherine machte sich weiter Gedanken. Was war nur zwischen Adalisa und Solomon vorgefallen? Sie wußte, daß der Charme ihres Vetters sowohl auf Christinnen wie auch auf Jüdinnen wirkte, doch das waren doch immer Frauen, die nicht ... die dazu neigten ... doch nicht eine wie ... ach, herrje! Vielleicht war Adalisa noch empfänglicher gewesen als Bierbrauer- und Schankwirtstöchter. Armes Ding! Und trauerte Solomon, weil er ihre Einsamkeit ausgenutzt oder weil er das gerade nicht getan hatte?

»Meinst du wirklich, daß das deine Sache ist, Kind?«

Ach, das mußte der Einfluß des naheliegenden Klosters sein. Jene Stimmen klangen höchst selbstgefällig, was ihre unchristlichen Gedanken anging. Catherine bat Solomon jetzt in einer anderen Sache um Rat.

»Den Prior scheint es nicht zu beunruhigen, daß der Bote, den er zu Edgar geschickt hat, noch nicht zurück ist. Aber das ist jetzt zwei Wochen her. Sollten wir nicht noch jemanden ausschicken?«

Solomon stand am Fenster, das auf die Herberge und die Nordsee hinausging. Selbst bei schönem Wetter machten die Wellen Catherine angst. Auch an einem sehr milden Tag kam ihr das Meer vor Holy Island bedrohlich vor. Der Wind pfiff über das Wasser und sorgte für einen Wirbel, der sich zum Strand hin verstärkte. Nicht einmal Bäume konnten ihm widerstehen. Es gab wenige davon auf der Insel, die alle an geschützter Stelle standen. Catherine hatte noch nie irgendwo gewohnt, wo man so weit sehen konnte. Irgendwie hatte es etwas Tröstliches nach allem, was sie erlebt hatten. Man konnte einen Feind schon in der Ferne sehen. Andererseits sah der Feind sie auch.

Solomon nahm sich Zeit für die Antwort auf die letzte Frage. Fast schien es, als müsse er jedesmal seinen Geist in den Körper zurückrufen, wenn er mit einem anderen Menschen kommunizieren wollte. Catherine versuchte, Geduld aufzubringen, doch die zählte noch nie zu ihren Tugenden. »Soll ich Edgar suchen gehen?« fragte er endlich.

»Nun.« Sie hielt inne. »Das hattest du ja ursprünglich vor. Das heißt, falls du bei Kräften bist.«

»Meine Gesundheit ist nicht das Problem«, antwortete er, »sondern die Tatsache, daß dieses Übel uns zu verfolgen scheint, obwohl ich mich bemüht habe, alle zu überzeugen, daß wir im Feuer umkamen. Jetzt meine ich allerdings, daß wir zusammenbleiben sollten. Ich will dich und die Kinder nicht schutzlos lassen.«

»Hier sind wir so sicher wie überall sonst in Britannien«, warf sie ein. »Solomon, ich habe keine Angst mehr um uns, nur um Edgar. Es gibt Leute, die seine ganze Familie ausrotten wollen. Vielleicht ahnt er nichts von dem Feuer oder der Falle in Roberts Garten. Oder schlimmer noch, vielleicht weiß er nicht einmal, daß wir noch leben. Willst du etwa, daß er uns für tot hält?«

»Gewiß nicht«, erwiderte Solomon. »Doch soll er auch nicht feststellen müssen, daß man dich erneut überfallen hat, während ich nach ihm suchte.«

Catherine verkrampfte sich vor lauter Enttäuschung. Am liebsten hätte sie auf irgend etwas eingeschlagen. Solomon wäre eine mögliche Zielscheibe gewesen, doch sie konnte seine Argumente durchaus nachvollziehen. Es wäre nicht recht, ihren Zorn an ihm auszulassen. Also stampfte sie nur mit dem Fuß auf.

»Ich halte das nicht mehr aus!« schrie sie. »Es muß doch einen Ausweg geben! Oh, Solomon, mich schert nicht, was diese Menschen sich antun. Ich will nur Edgar finden und heimkehren.«

Sie brach in Tränen aus. Solomon legte den Arm um sie.

»Ist ja gut, Catherine«, sagte er und klopfte ihr leicht auf den Rücken. »Ich wünschte, ich könnte es geschehen lassen.«

Er wünschte sich auch, Neues von daheim zu erfahren. Er hatte nichts von Hubert oder Eliazar gehört. Möglicherweise war es in Paris ebenso gefährlich wie in Schottland. Wohin sollten sie sich dann wenden?

»Warum wickeln wir nicht James ein und gehen mit Willa

und Margaret zum anderen Ende der Insel?« schlug er vor. Wir können den Seevögeln zusehen, wie sie ihre Beute fangen. Vielleicht sehen wir auch einen Alk.«

Catherine schniefte und versuchte zu lächeln. Solomon fand ihre Vorliebe für diese albernen Vögel seltsam. Vor dieser Reise hatte sie noch nie einen gesehen, und nun fand sie deren überdimensionale Schnäbel und neugierigen Augen ausgesprochen putzig.

»Schön«, willigte sie ein. »Aber wenn wir nicht bald etwas von Edgar hören, schnappe ich mir James und suche ihn selbst.«

Edgar hatte das gleiche Bedürfnis, doch er wußte nicht, wo er mit seiner Suche beginnen sollte. Mittlerweile war er unter die Soldaten geraten, die Roger de Conyers' Burg in Bishopton einzunehmen versuchten.

Wäre er einen Tag früher aufgebrochen, hätte er eine Chance gehabt. Aber zwei Nächte mit heftigen Regenfällen hatten die ganze Gegend in einen Sumpf verwandelt. Es ging langsam vorwärts. Ein falscher Schritt, und man sank in scheinbar festen Boden ein. Man mußte die Pferde aus dem Schlamm ziehen. Als die Verteidiger der Burg mit Cumins Leuten kämpfen wollten, fanden sie keine einzige Stelle, wo sie lange genug hätten stehen können.

Cumin entschied sich für eine Belagerung. Er zählte auf Verstärkung durch die Truppen des Grafen Henry von Huntington. Die Entscheidung traf bei den Männern nicht auf Begeisterung. Viele mußten nur ein paar Wochen Kriegsdienst ableisten und wollten nach Hause, um ihre Ernte einzubringen. Waldeve hinderte seine Leute nur am Desertieren, indem er ihnen drakonische Strafen nach seiner Rückkehr nach Wedderlie androhte.

Am meisten jedoch fürchteten die Soldaten für ihr Seelenheil. Die Nachricht, daß ein neuer Bischof geweiht worden sei, verbreitete sich wie ein Lauffeuer. Cumin konnte nicht mehr hoffen, das Bistum Durham zu bekommen. Er war ganz offiziell exkommuniziert und hatte seine Pfarrei in Winchester verloren. Man munkelte, er mißhandele die Geistlichen, die sich noch im Kloster der Kathedrale aufhielten.

»Einen Mann wegen seines Geldes zu foltern ist eine Sache«, hörte Edgar jemanden sagen. »Aber einen Priester mit einem Messer am Hals zum Lesen der Messe zu zwingen, das bringt Feuer und Pest über das Land. Ich will nichts damit zu schaffen haben.«

Edgar stimmte zu. Nicht einmal der übereifrige Bruder Lawrence hatte solch eine Behandlung verdient. Allerdings, dachte er schmunzelnd, ergäbe sich hier die Chance auf ein Martyrium für den Geistlichen. Kaum jemandem eröffnete sich in diesen Tagen eine solche Möglichkeit, es sei denn, er unternähme eine beschwerliche Reise ins Land der Sarazenen.

Wie kam er überhaupt auf solche Gedanken? Edgar kratzte sich am Kopf. Das war die Art von Bemerkung, die Catherine von sich geben würde.

Der Schmerz durchbohrte ihn tiefer, als ein Schwert es vermocht hätte. Er wollte nicht mehr an ihr Lachen, ihre Neckereien denken, wie sie sich über die aufgeblasenen Geistlichen an den Schulen von Paris mokierte. Die Erinnerungen rissen nicht ab, ließen ihn spüren, was er auf ewig verloren hatte.

Er bekam ernsthafte Zweifel an Gottes Barmherzigkeit.

Der Matsch unter seinen Stiefeln enthielt lauter Laub und andere Pflanzenreste. Man rutschte eher, als daß man ging. Die Kleider waren vollkommen verdreckt. Und das sollte nun der ruhmvolle Kampf sein, den die *scops* in ihren Balladen besangen? Edgar kämpfte sich durch das Lager und erreichte endlich die Stelle, wo Robert sich seinen Unterschlupf aufgebaut hatte.

»Setz dich, Bruder«, begrüßte er Edgar. »Irgendwohin – es ist überall gleich naß.«

Edgar nahm Platz, und Robert reichte ihm einen dampfenden Becher. Edgar schnupperte.

»Was ist das denn?« Edgar zog die Nase kraus.

»Ein Kräutertrank«, sagte Robert. »Er stammt von einer Frau in der Nähe. Soll vor Fußpilz schützen.«

Edgar setzte den Becher ab. »Das will ich gern glauben. Aber bist du sicher, daß man das trinken soll? Vielleicht ist es besser, das Leder damit einzureiben?«

»Hmmm ...« Robert nahm den Becher wieder an sich. »Vielleicht hat sie tatsächlich so etwas gesagt ...«

Edgar schnitt eine Grimasse. »Wenn du mir schon wieder dumme Streiche spielst, muß Lufen wieder gesund sein.«

Robert lächelte. »Der Hüter der Hunde hat mich wissen lassen, daß sie gut frißt und die anderen Hunde sie in Ruhe lassen, obwohl sie schwach und verkrüppelt ist. Solch ein Verhalten möchte ich mal bei Menschen beobachten.«

»Verbringst du deshalb mehr Zeit mit Hunden als in menschlicher Gesellschaft?« wollte Edgar wissen.

Roberts Miene wurde ernst. »Kein Hund hat mich je verraten oder im Stich gelassen«, erklärte er. »Glaubst du, Aelred hält sich noch in der Burg auf?«

Edgar begriff, daß dies für Robert kein Themenwechsel war. »Nach meinen Informationen, ja. Er wartet darauf, daß William Saint-Barbe das Bistum übernimmt. Aelred wird bei den Begrüßungsfeierlichkeiten den Abt von Rievaulx vertreten.«

»Das wird eine interessante Zeremonie«, sagte Robert. »Die Geistlichen werden alle Kettenhemden unter ihren Chormänteln tragen. Selbst wenn Cumin die Burg nicht einnehmen kann, so wird er doch Saint-Barbe am Betreten der Kathedrale hindern können. Durham ist eine der stärksten Festungen in England.«

»Robert.« Edgar rückte näher an ihn heran. »Kümmert es dich wirklich, wer den Kampf gewinnt? Schert es dich, wer Bischof ist?«

»Natürlich nicht«, erwiderte Robert. »Ich bin nur hier, weil sich ja das Burgtor öffnen und die Brücke heruntergehen könnte. Und dann käme Aelred heraus und würde mich begrüßen wie damals, als wir … Freunde waren.«

»Das kann ich verstehen«, gestand Edgar. »Ich wünschte nur, Catherine und James könnten auch so unvermittelt auftauchen.«

Robert warf ihm einen Blick zu und wandte sich wieder ab. »Bedaure«, sagte er. »Ich habe nicht daran gedacht.«

Edgar schüttelte den Kopf. Wie konnte man das vergessen? Ihn wunderte, daß die Sonne sich nicht verfinstert hatte und erloschen war. Seufzend verließ er seinen Bruder wieder. Waldeve sollte Robert als Wachposten einsetzen, starrte jener doch ohnehin unablässig auf das Tor.

Edgar hielt inne. Verdammt! Würde er den Rest seines Lebens immer denken, was Catherine gesagt hätte?

Falls ja, hoffte er, es wäre kurz.

Der Wind blies Catherine das Haar ins Gesicht. Sie wollte es sich unter die Haube stecken, doch es entwischte immer wieder. Willa und Margaret hatten kein widerspenstiges Haar. Willas dunkelbraune und Margarets rotgoldene Zöpfe schaukelten im Wind, als die beiden Mädchen vor Solomon und Catherine hergingen. Solomon trug James und sang ihm etwas vor.

»Was singst du denn da?« fragte Catherine. »Das klingt ja so schwermütig.«

»Das ist ein altes hebräisches Lied«, sagte Solomon. »Tante Johanna hat es mir vorgesungen und meine Mutter wohl auch, bevor sie starb.«

»Und wie lautet der Text?«

Solomon hielt schützend die Hand vor James' Kopf, doch dem Kleinen schien die Brise zu gefallen. Er schloß die Augen und ließ sich den Wind vergnügt um die Nase wehen.

»›Mein Geliebter ist mein, und ich bin sein‹«, deklamierte Solomon, ohne Catherine anzusehen.

Es dauerte ein Weilchen, bis Catherine in Lachen ausbrach.

»Sie haben dir das Hohelied Salomos vorgesungen«, japste sie. »Kein Wunder, daß du so hochmütig geworden bist.«

»Bin ich gar nicht!« entrüstete er sich. »Das sagst du nur, weil ich dir deine bizarre Logik nicht durchgehen lasse!«

Sie lachte erneut. So war es besser. Der alte Solomon kam aus seinem Winkel hervorgekrochen. Wenn jetzt nur Edgar noch käme, dann könnten sie ihr Leben wiederaufnehmen.

Als sie aus einer Senke herausstiegen, ließ Catherine ihren Blick über die Insel schweifen und blieb starr vor Schreck stehen.

»Bei den sieben Söhnen der heiligen Felizitas!« rief sie aus und zeigte auf den Felsen am Nordende der Insel. »Es ist uns hierher gefolgt! Solomon, sieh doch! Da drüben! Das ist das Ungeheuer, das ich gesehen habe!«

Solomon beschäftigte sich gerade mit James' Windel, die pitschnaß war. »Ja, gewiß, Catherine, lauter Ungeheuer.«

Willa schrie wie am Spieß. Solomon sah hoch und erblickte, was Catherine ihm zeigen wollte.

»Was, zum Teufel, ist das?« fragte er.

Es sah wie ein riesiges braunes Tier aus, mit weit vom Körper hängenden Armen und einem Dutzend Beinen. Es schleifte einen langen Schweif hinter sich her, und plötzlich kamen zwei Männer unter dem Bauch des Monsters hervor, zogen den Schwanz ab und schlangen ihn sich zum Tragen über die Schultern.

Solomon wandte sich an Catherine. »Das hast du also gesehen?«

»Im Nebel konnte ich nicht erkennen, daß die Beine Menschen gehörten. Und selbst wenn, hätte ich es für einen bösen Geist gehalten. Was hättest du denn gedacht?«

Nach eingehender Betrachtung des Apparats, den die Männer offensichtlich aufbauen wollten, gestand Solomon, daß man es für ein plumpes Drachenkostüm halten könnte.

Bis jetzt hatte Margaret kein Wort gesagt. Seit dem Tod ihrer

Mutter schien sie nicht mehr wahrzunehmen, was um sie herum vor sich ging. Jetzt aber sagte sie: »Das ist ein Geheimnis. Ihr dürft es nicht weitersagen.«

»Das ist aber ein verdammt großes Geheimnis!« sagte Solomon mit Blick auf jenes monströse Gebilde.

»Was willst du damit sagen, Margaret?« fragte Catherine.

»Es tut mir leid.« Angstvoll drehte und wendete sich das Kind. »Aber ich habe Alfred und den anderen Leuten im Dorf versprochen, nichts zu verraten. Ich habe bei meiner Möwenfeder von St. Cuddy's geschworen! Sie waren alle sehr böse auf mich!«

»Margaret...«, begann Catherine, aber Solomon unterbrach sie.

»Wenn wir jene Männer dort fragen, was sie da machen, und du es uns übersetzt, dann brichst du deinen Eid doch nicht?«

Nein, das glaubte Margaret auch nicht. Also liefen sie hinter dem »Ungeheuer« her, das oben auf dem Berg anhielt. Dort hatte man einen dicken Holzklotz senkrecht in die Erde eingelassen und ihn mit drei zusätzlichen Holzbeinen abgestützt, die ebenfalls in der weichen Erde steckten. Catherine hatte diesen Pfosten schon früher gesehen und vermutet, daß man ihn an Feiertagen zum Kreuz umgestalten würde.

Die Männer merkten, daß man sie beobachtete. Einer von ihnen winkte sie heran.

»Frag sie bitte, was sie da bauen, Margaret«, sagte Catherine.

»Das weiß ich schon«, antwortete Margaret. »Es ist eine Windmühle.«

»Eine was?«

»Eine Mühle, um Korn zu mahlen. Aber die hier wird nicht mit Wasserkraft, sondern vom Wind angetrieben«, erklärte sie. »Der Mann will euch zeigen, wie sie arbeitet.«

»Der hält es anscheinend nicht für ein Geheimnis«, sagte Catherine.

»Nein«, bestätigte Margaret. »Warum wohl nicht? Alfred hat mir klipp und klar verboten, über die Mühle von Wedderlie zu sprechen.«

Der Mann brannte förmlich darauf, ihnen die Funktionsweise der neuen Wundermaschine vorzuführen. Die anderen hatten die Segeltuchhülle von dem Ding entfernt, und jetzt erkannte Catherine ein kleines Häuschen, gerade groß genug, um zwei aufrecht stehenden Männern Platz zu bieten. Daran befestigt waren vier lange Ruder, auf die Öltuch genagelt war. Mit geballter Kraft und nach mehreren Beinahe-Fehlschlägen gelang es den Männern, das Häuschen in ein passendes Loch im Holzklotz zu setzen.

Der Wind hatte die Ruder erfaßt, schon bevor das Häuschen an Ort und Stelle stand. Doch erst als einer der Männer den Schwanz wieder anfügte und ihn langsam in den Wind drehte, erkannte Catherine, was das für eine wunderbare Sache war.

»Du meine Güte«, sagte sie. »Das ist ja wie ein Vogel oder ein fliegendes Schiff. Und drinnen gibt es ein Räderwerk und einen Mühlstein?«

Solomon staunte mit offenem Mund. »Man kann hören, wie sich die Mühlsteine drehen, sie übertönen den Lärm der Segel«, sagte er. »Das ist ja phantastisch! Woher kommt das Ding?«

Margaret fragte den Mann, der offenbar das Sagen hatte.

»Das ist eine neue Erfindung aus dem Süden, sagt er, östlich von London. Die Bauern haben sich das gebaut, weil sie weitab von ...« Sie hielt inne und bat den Mann, es noch einmal zu erklären. »... weitab von einer zuverlässigen Quelle schnell fließenden Wassers wohnen«, endete sie.

»Erstaunlich!« Solomon konnte sich nicht von diesem Anblick losreißen.

»Das müßte Edgar mal sehen«, sagte Catherine. »Maschinen begeistern ihn.«

»Die hier scheint nicht sehr stabil zu sein«, meinte Solomon. »Wenn der Wind sie von der falschen Seite erfaßt, kippt sie um. Ich glaube kaum, daß sie viel Zukunft hat.«

»Ich verstehe immer noch nicht, warum die Bauern von Wedderlie sie verstecken wollten.« Der Anblick der kreisenden Windmühlenflügel ließ Catherines Kopf schwirren. »Ich weiß jetzt, daß dies hier das Gras am Wegrand plattgedrückt hat. Aber sie hätten es nicht zu dem schmalen Pfad hinunterschaffen können. Wohin haben sie es gebracht?«

Sie sah Margaret an, die die Lippen zusammenkniff und den Kopf schüttelte, mit angsterfülltem Blick. Catherine kniete bei ihr nieder.

»Du brauchst deinen Eid nicht zu brechen«, beruhigte sie das Mädchen. »Das würde ich nie von dir verlangen. Es ist auch nicht wichtig. Ich war nur neugierig.«

»Bist du enttäuscht, daß es kein böser Geist ist?« fragte Margaret.

»Natürlich nicht«, rief Catherine. »Ich bin sehr erleichtert. Warum fragst du?«

Margaret spielte mit ihrem Zopf. »Früher habe ich oft geträumt, daß ein großer Drache käme und das ganze Land verwüsten würde. Und dann flogen Mama und ich auf seinem Rücken zu den Westlichen Inseln, wo ewiger Sommer herrscht und keiner mit den anderen schimpft. Ich hatte mir schon gedacht, daß dein Ungeheuer die Windmühle war, aber ich hatte auf den Drachen gehofft.«

Das klang wie eine Beichte. Catherine wußte nicht, wie sie reagieren sollte, aber Solomon sprang ihr bei.

»Ich weiß über den Drachen Bescheid«, sagte er. »In Paris habe ich nachts oft gelauscht, ob ich seine Flügelschläge in der Luft höre. Diese Mühle sieht fast so aus, wie ich mir den Drachen vorgestellt habe. Schade, daß er nur Korn mahlt und uns nicht in phantastische ferne Länder bringt.«

Willa hatte bisher nichts gesagt. Als die Mühle errichtet wurde, hatte sie sie in sicherer Entfernung umrundet und sie genauer betrachtet. Jetzt bürstete sie sich den Staub von den Röcken und streckte die Arme nach dem Säugling aus.

»Es ist ja nur eine Maschine«, sagte sie traurig. »Es hat nicht einmal ein Herz. Ich dachte, es wäre eine Zaubermühle, die ein tapferer Recke den Elfen gestohlen hätte. Aber die hier ist nicht einmal gut konstruiert. Laßt uns umkehren.«

Catherine wäre gern noch geblieben, um mehr zu erfahren und es Edgar weitererzählen zu können, doch James schwamm schon in seiner Windel. Also folgte sie den anderen zur Priorei zurück.

Es lag immer noch keine neue Nachricht für sie vor. Nur ein Mönch, Bruder Hugh, begrüßte sie. Vom ersten Tag an hatten sie sich selbst um Lazarus gekümmert, hatten ihn gelehrt, in einem Bett zu schlafen, mit dem Löffel zu essen und hundert andere Dinge, die er in der Zeit seiner Gefangenschaft verlernt hatte. Oder auch nie beherrscht hatte.

»Euer Schützling kommt zu Kräften. Vielleicht kann er bald wieder gehen. Er lernt schnell und scheint beinahe zu verstehen, was ich sage.«

»Danke, Bruder Hugh. Aber er hat nicht gesprochen?«

»Keine Silbe«, sagte der Mönch. »Aber er gibt Geräusche von sich, wenn er erschrickt, also kann er nicht völlig stumm sein. Vielleicht will er noch nicht sprechen. Er muß lange im Dunkeln ausgeharrt haben.«

»Leider ja«, bestätigte Catherine. »Wo ist er denn jetzt?«

»Auf der Wiese vor der Kirche. Ihr hört ja, daß die Brüder schon die Terz singen. Ich sollte mitsingen, wollte aber Eure Rückkehr abwarten. Ihm scheinen unsere musikalischen Bemühungen Freude zu machen.«

»Mir auch«, sagte Catherine. Sie wünschte, sie dürfte auch daran teilnehmen. Die vertrauten Psalmen spendeten Trost. Sie erinnerten sie an ihre Zeit im Paraklet. Sie hatte unbedingt mit Edgar fortgehen wollen und bereute ihren Entschluß nicht. Doch manchmal wünschte sie sich geistliche Führung von Mutter Heloïse und sogar von der zänkischen Schwester Bertrada. Die Verantwortung, die sie jetzt für ihre Schützlinge trug, belastete sie fast so sehr wie ihre Sorge um Edgar.

»Ich will dich nicht von deiner Andacht abhalten, aber weißt du zufällig, ob ein Bote für uns angekommen ist?«

Bruder Hugh schüttelte den Kopf. »Aber die Ebbe setzt bald ein. Vielleicht kommt jemand, wenn die Straße wieder passierbar ist.«

»Ja, gewiß.« Catherine spürte, daß ihm mehr daran gelegen war, das Offizium nicht zu verpassen. Mit einem Ausdruck des Bedauerns eilte er davon.

Catherine überließ Willa James' Pflege und ging zu Lazarus, der noch im Windschatten der Kirche saß und ins Licht blinzelte. Sie hockte neben ihm nieder.

»Du brauchst deinen Hut.« Sie sah sich suchend um, und Lazarus zog an der Schnur, als sie ihm die Kopfbedeckung wieder aufgesetzt hatte.

»Nein, setz ihn nicht ab.« Sanft schob Catherine seine Hände weg. »Deine Haut ist zu bleich, um die Sonne zu vertragen. Du willst doch keinen Sonnenstich bekommen, oder?«

Sie suchte in seinen Augen nach einem Anzeichen, daß er sie verstand. Hatte sie dort etwas aufblitzen sehen, oder bildete sie sich das nur ein?

»Lazarus?« fragte sie. »Weißt du, wer du bist?«

Sie erhielt keine Antwort. Die winzigen weißen Blumen im Gras schienen ihn zu entzücken. Er warf sich bäuchlings hinein und liebkoste damit seine Wangen. Catherine pflückte eine und gab sie ihm. Er setzte sich auf, nahm sie in die Hand und umschloß sie mit den Fingern. Als er sie wieder öffnete, war die Blüte zerquetscht. Er betrachtete sie ein Weilchen, schloß die Augen und ließ sie fallen. Dann ließ er sich wieder ins Gras fallen und streichelte die Pflanzen.

Catherine gab sich geschlagen. Vielleicht gelänge es Bruder Hugh, einen Zugang zu Lazarus' verwirrter Seele zu finden. Ihr jedenfalls nicht.

Willa brachte ihr den Kleinen zurück. »Ich habe ihn nur von der Taille abwärts gewickelt«, erklärte sie. »Er will anscheinend seine Hände bewegen. Und es ist auch warm genug, wenn wir den Wind meiden.

Dankbar nahm Catherine ihr das Kind ab. Wenigstens James war meistens leicht zu enträtseln. Stillen, Bäuern, Wickeln und Knuddeln. Ein Wunder, daß etwas so Vollkommenes von ihr sein konnte. Sie sah in Edgars graue Augen, und ihre Augen füllten sich wieder mit Tränen.

Nein. Sie würde sie hinunterschlucken. Edgar würde sie hier abholen und mit ihnen heimkehren. Alles würde wieder gut.

Und was geschieht mit Margaret? drängten sich die Stimmen dazwischen. *Und mit Lazarus?*

Catherine sah, daß Margaret wieder mit Solomon zusammen war, und Lazarus war mit einem Gänseblümchen an der Nase eingeschlafen. Solomon und sie selbst hatten die beiden bis hierher sicher geleitet. Nein, sie konnte sie nicht im Stich lassen. Edgar würde das auch nicht wollen.

Sie wünschte sich eine Art Offenbarung, denn sie hatte keine Ahnung, was sie nun anfangen sollte.

Mit der Ebbe kam keine neue Nachricht. Das überstieg Catherines Begriffsvermögen. Alle behaupteten doch, die Reise nach Durham dauere selbst zu Fuß nur zwei oder drei Tage. Der Bote hätte doch mehrmals bei Edgar und wieder zurück sein können. Und sie konnte nichts tun, als den Prior zu bitten, noch jemanden loszuschicken.

Das Warten verbesserte ihre Laune nicht. Sie schnauzte Willa an, deren gekränkte Miene ihr noch mehr Schuldgefühle auflud. James wurde wieder unruhig, und sie war sicher, daß ihre Milch sauer geworden war.

»Warum fragst du nicht, ob du die Bibliothek der Priorei benutzen darfst?« schlug Solomon vor, da sie ihm auf die Nerven ging. »Vielleicht findest du da eine Sammlung von Predigten zum Thema ›Wie ertrage ich tapfer meine Prüfungen‹.«

Catherine hielt es für unwahrscheinlich, daß man sie in den Schriftrollen und Handschriftensammlungen schmökern lassen würde, doch Solomon beharrte darauf, sie müsse sich irgendwie ablenken. Also fragte sie Bruder Hugh, ob sie den Prior sprechen dürfe.

In ihrer geborgten Kleidung wirkte sie eher wie eine Küchenmagd, nicht wie eine Gelehrte. Doch der englische Prior hatte schon bemerkt, daß sie lieber Latein mit ihm sprach, statt sein fehlerhaftes Französisch zu goutieren.

»Alle Bücher stehen in einem Schrank neben meiner Kammer«, erklärte er. »Dort hinzugehen ziemt sich für Euch nicht. Jedoch ...« – er hob abwehrend die Hand, um ihrem Protest zuvorzukommen – »ich kann Euch durch Bruder Hugh etwas zum Lesen ins Gästehaus bringen lassen.«

»Das wäre wunderbar.« Jetzt erst wurde ihr bewußt, wie sehr ihr die Freude am geschriebenen Wort gefehlt hatte. »Habt Ihr Bedas Geschichte? Ich habe nur seine Kommentare gelesen, und ich würde gern mehr über die Geschichte dieser Gegend erfahren. Es gibt so vieles, was ich nicht weiß.«

Dieser Wunsch freute den Engländer sehr, und zu aller Erleichterung verbrachte Catherine die Nachmittage jetzt mit der Lektüre der Handschriften, um die Handlungsweise ihrer Schwiegerfamilie besser verstehen zu lernen.

Aus reiner Neugier nutzte Solomon die freie Zeit, um die Männer zu beobachten, die sich mit der Windmühle abmühten. Er mußte zugeben, daß die Idee bestechend war, doch die Konstruktionsmängel schienen unüberwindbar. Vermutlich wäre eine Mühle, die sich überall aufstellen ließ, wo Wind blies, recht nützlich, wenn sie richtig funktionierte. Doch wie konnte man hoffen, den Wind einzufangen und ihn in bestimmte Bahnen zu lenken, wie man es am Fluß mit Wehren und Dämmen konnte?

Die Männer ließen sich nicht beirren. Wenn das Öltuch der Segel riß, flickten sie es geduldig. Jeden Morgen schleppten sie die schwere Kiste mit den schwerfälligen Flügeln über die Insel, und jedesmal hatten sie daran kleine Veränderungen und Verbesserungen vorgenommen: stärkere Stützen, einen besseren Halt für die lange Stange, die die Mühle auf dem Bock drehte, bis die großen Segel zu kreisen begannen, eine leichte Veränderung des Winkels, in dem die Segel standen, damit sie sich noch schneller drehten.

»Glauben sie wirklich, dies wird einmal so gut wie eine Wassermühle?« fragte er Margaret eines Tages, als einer der Flügel einen der Männer beim Aufbauen umgehauen hatte.

»Sie behaupten es«, antwortete Margaret. »Die Leute von Wedderlie schienen zu glauben, daß sie sogar noch besser wären.«

»Aber Wasserkraft gibt es doch reichlich«, wunderte sich Solomon. »Warum mühen sie sich mit einem derart umständlichen, unsicheren Ding ab?«

Dann erfaßte plötzlich sein Geschäftssinn die Lage, und er erkannte, warum die Dorfbewohner sich damit abgaben und solch ein großes Geheimnis darum machten.

Mühlen gehörten immer dem Herrn. Nicht nur mußten die Bauern den Zehnten auf jeden Sack Mehl zahlen, sie waren auch auf die Gnade eines Herrschers angewiesen, der die Mühle schließen oder die Benutzung verbieten konnte.

Eine Windmühle, die jeder jederzeit und überall aufstellen konnte, stellte eine ebensolche Bedrohung für die Gesellschaftsordnung dar wie ein bewaffneter Aufstand.

Fünfzehntes Kapitel

In der Nähe von Bishopton, Freitag, den 1. August 1143, Tag des heiligen Ethelwold, Baumeister, Bischof, Übersetzer und leidlich guter Koch.

Innocentius e.s.s.D. dilecto in Christo filio David illustri regii Scottorum s.e.a.b. Nobilitatem tuam ignorare non credimus quod Dunelmensis ecclesia pro invasionibus W. Cumini plurimum est gravata et tam in temporalibus quam in spritualibus imminuta, unde tam ipse quam complices sui excommunicationis sunt vincula innodati . . .

Innozenz, Bischof, Diener der Diener Gottes, an David, seinen geliebten Sohn in Christo, den erlauchten König der Schotten, Grüße und Segenswünsche. Wir glauben nicht, daß Euer Hochwohlgeboren nicht weiß, daß die Kirche von Durham durch W. Cumins viele Übergriffe unterdrückt wird und so in weltlichen und geistlichen Dingen in solcher Bedrängnis ist, daß man ihn und seine Anhänger mit den Ketten der Exkommunikation behängt.

– Brief von Papst Innozenz I. an König David, um 1143, im Frühling –

Wir werden die verdammte Festung nie einnehmen«, beklagte sich Duncan bei seinem Vater. »Draußen ist der Widerstand ebenso stark wie drinnen. Meine eigenen Brüder würden mit den Verrätern konspirieren, wenn unsere Männer sie nicht so gut bewachen würden.«

»Deine Brüder bereiten mir keine Sorge. Edgar ist so gramverzehrt, daß er sich nach dem Tode sehnt, und Robert ist nur hier, damit ich ihm sein bißchen Land nicht wegnehme.« Waldeve kaute an einem Ende seines herabhängenden Schnurrbarts, ein untrügliches Zeichen für seine innere Unruhe. »Conyers hat ganze Arbeit geleistet«, räumte er ein. »Ein Dutzend Männer könnten den Bergfried von Bishopton gegen ein Heer verteidigen. Wenn wir Wedderlie wiederaufbauen, werde ich den Graben um den Erdwall verbreitern, vielleicht sogar den Fluß umleiten, um ihn zu füllen.«

»Besser wäre es, unten Brombeerhecken zu pflanzen«, schlug Duncan vor. »Dann können wir Angreifer von oben beschießen, während sie im Gestrüpp hängenbleiben.«

Er gab Waldeve etwas Zeit zum Nachdenken, dann fragte er beiläufig: »Glaubst du, du kannst den Bergfried vor Anbruch des Winters wiederaufbauen? Eigentlich ist es dieses Jahr schon ein wenig zu spät dafür.«

Sein Vater verstand die Anspielung. »Ich baue, wann es mir paßt, das Wetter schert mich nicht. Glaub ja nicht, daß du dich deiner Sohnespflicht so schnell entziehen kannst. Ich habe nicht vergessen, was man uns angetan hat. Ich kehre nicht eher heim, bis ich die Verantwortlichen für diese Grausamkeiten eigenhändig zur Rechenschaft gezogen habe«, sagte er mit Nachdruck.

»Irgendwo gibt es jemanden, der mich verhöhnt, weil ich das Meinige nicht schützen kann. Wer so etwas tut, hat sein Leben verwirkt. Du bringst mich nur dazu, Durham zu verlassen, indem du die Verbrecher aufspürst und mich auf sie hetzt.«

Das gerade hatte Duncan befürchtet. Waldeves Anwesenheit schmälerte Duncans Autorität bei seinen eigenen Leuten. Wie konnte er sich mit seinen Befehlen durchsetzen, wenn sein Vater neben ihm stand und ihm lauthals dazwischenfunkte? Nur weil die gestohlenen Pferde in Hexham aufgetaucht waren, hieß das noch lange nicht, daß sich auch die Täter auf dem Gebiet von St. Cuthbert aufhielten. Er argwöhnte, daß der Alte hauptsächlich deswegen hier war, weil er hier kämpfen und jemanden schlagen konnte, der sich wehren würde. Es brachte ihn schier um den Verstand, keinen sichtbaren Gegner zu haben.

Trotz seines Ärgers lächelte Duncan. »Hast du auch überlegt, daß dein Feind vielleicht kein menschliches Wesen ist?« fragte er. »Wieso hat denn niemand auf Wedderlie die Brandstifter erkannt? Das würde auch erklären, warum die Leichen meiner Brüder und meines Neffen nicht ausgeraubt wurden und warum die Pferde geschoren zurückkamen.«

Waldeve musterte ihn voller Widerwillen. »Wer soll's denn sonst gewesen sein? Elfen und Dämonen? *Orcneas?* Heidnischer Kram!«

Duncan ließ sich nicht beirren. »Jeder weiß doch, daß es Geister gibt, Vater. Und die Hälfte der Männer hier leidet am Hexenschuß, nachdem sie in diesem vermaledeiten Sumpf kampieren mußten. Du kannst doch nicht abstreiten, was du mit eigenen Augen gesehen hast. Das ist meines Erachtens die einzige logische Erklärung.«

Waldeve kniff die Augen zusammen. »Nein, das glaube ich einfach nicht. Ich habe doch nichts getan, um die alten Götter zu erzürnen. Ich habe sogar die heidnischen Steine stehenlassen, obwohl Bischof Ranulf wollte, daß ich sie niederreiße.« Er hielt inne. »Ich habe schon zu viele Mittsommernächte dort verbracht und weiß sie daher zu schätzen. Er aber auch, dieser Heuchler.«

»Und was wäre, wenn jemand die alten Geister beschworen hat, um dich zu vernichten?« Duncan ließ sich nicht davon abbringen. »Dann wirst du den Verantwortlichen niemals kennenlernen, nur das Werk seiner dämonischen Helfer.«

Waldeve schien zu schwanken. Doch dann schüttelte er den Kopf. »Dahinter steckt ein böser Mensch«, beharrte er. »Und ich werde ihn entlarven.«

Trotzig sah er Duncan an, ließ erkennen, daß er nicht einmal seine eigene Familie vom Verdacht ausnahm. Duncan wußte das sehr gut. Mißtrauen war die erste Lektion, die sein Vater ihn gelehrt hatte. Die Wut zu bezähmen war die zweite. Ersteres hatte ihn am Leben erhalten, letzteres ihn stark gemacht. Stärker, als Waldeve jemals sein würde. Duncan betete jede Nacht, daß der nächste Tod in der Familie Waldeves sein würde. Das hielt er für seine erste Sohnespflicht.

Wenn der Alte einfach stürbe, gäbe es für Duncan kein Aufhalten mehr.

Edgar war nach Durham zurückgekehrt und hatte Robert vor dem Tor von Bishopton zurückgelassen.

Mit jedem neuen Tag traf ihn sein Verlust härter. Er hatte ja Æthelræds Beteuerungen glauben wollen, daß James und Margaret zumindest noch lebten, doch als die Tage vergingen und keine Nachricht von ihnen kam, hatte er auch diesen schwachen Hoffnungsschimmer fahren lassen.

Nach dem ersten Schrecken traf ihn der Schmerz mit voller Wucht. Er dachte daran, nach Paris zurückzukehren. Ein Teil von ihm glaubte, er würde Catherine dort wiederfinden. Sie würde darauf warten, daß er ihre Zimmer in Huberts Haus ausbauen würde. Dann dämmerte ihm, daß das ja unmöglich wäre. Er mußte sich ausmalen, wie er seinem Schwiegervater mit der Neuigkeit gegenübertreten würde, daß alle, die jener ihm zum

Schutz anbefohlen hatte, tot waren. Und nicht nur Hubert. Er würde auch Samonie eröffnen müssen, daß Willa mit Catherine und James gestorben war. Und die Vorstellung, Eliazar und Johanna eingestehen zu müssen, daß der Neffe, den sie von klein auf erzogen hatten, wegen einer Familie sein Leben lassen mußte, mit der er gar nichts zu schaffen hatte! In einer Fehde, die ihn gar nichts anging. Das war zuviel. Nein, in Paris gab es kein Zuhause mehr für ihn. Aber wo?

Edgar stand in der großen Kathedrale. Die massiven Steinsäulen hielten die Decke so hoch über ihm, daß er das obere Ende nicht mehr erkennen konnte. Er lehnte sich an eine davon. Die Hitze des Sommers war nicht in diesen Bau eingedrungen, und das Granit war so kalt, daß er es durch seine Tunika spürte. Er wünschte sich, die Kälte würde ihn vollkommen erstarren lassen, bis er nichts mehr fühlte.

Jetzt, wo Cumin die Mönche unter strenger Bewachung hielt, war der Platz zwischen den Offizien leer. Edgar befand sich allein in der riesigen Kirche, umgeben von allen Heiligen Durhams: Cuthbert, der Schutzpatron des gesamten Gebietes zwischen den Flüssen Tyne und Tees. Neben ihm im Sarkophag ruhte das Haupt des Märtyrerkönigs St. Oswald, außerdem die sterbliche Hülle von Ethilwald von Farne und ein weiteres Haupt, das des Königs Ceolwulf, dem Beda seine monumentale Kirchengeschichte gewidmet hatte, dann der ehrwürdige Beda selbst, dessen Überreste Aelreds Großvater, der Priester Alfred Westow, zusammen mit denen der anderen Heiligen dieser Region hier zur Ruhe gebettet hatte.

Edgar hatte die Lebensgeschichte jedes dieser Heiligen gelernt, als er hier studiert hatte. Deren Tapferkeit und Heiligkeit sollte den Jungen damals als Vorbild dienen. Doch so sehr Edgar sich auch bemühte, er konnte sich nicht eines einzigen Heiligen entsinnen, der solch einen Verlust zu beklagen gehabt hätte wie er selbst. Welchen Trost könnten jene dann spenden?

Und dennoch linderte die Stille des Ortes und das Gefühl, der Außenwelt entrückt zu sein, Edgars Kummer ein wenig. Die Nähe der Heiligen hatte etwas Tröstliches, und er faßte einen Entschluß, der in ihm gewachsen war, seit man ihm die Schrekkensnachricht überbracht hatte.

Sobald die Belagerung vorüber wäre, würde er Aelred aufsuchen und über ihn den Abt bitten, ihn als Novizen in Rievaulx aufzunehmen. Vielleicht war es feige, der Welt zu entfliehen, doch er wollte sich jetzt nur noch darauf vorbereiten, mit seinen Liebsten wiedervereint zu werden.

Wenigstens würde man bei den Zisterziensern seine Begabung für Holzschnitzerei und Schmiedekunst begrüßen und nicht darüber lästern.

Edgar sah zum Licht hoch, das durch die Lichtgaden hereinfiel. Er erinnerte sich an den Tag, an dem er Catherine das Elfenbeinkreuz schenkte und ihr gestand, es selbst geschnitzt zu haben. Sie hatte mit Stolz auf seine Geschicklichkeit reagiert. Es war das erste Mal, daß jemand ihn für so etwas lobte. Sie hatte es ständig getragen. Wo es jetzt wohl war?

»Alles, was ich von jetzt an mache und herstelle, wird für dich sein«, gelobte er. »Für dein Seelenheil und den Ablaß deiner Sünden.«

Obwohl er in diesem Augenblick vergessen hatte, daß sie überhaupt welche gehabt hatte. Der Mensch Catherine lief Gefahr, sich in seiner Erinnerung in eine Heilige zu verwandeln.

Während Edgar allein hier saß und in dunkle Verzweiflung sank, schleppte sich ein erschöpfter und verwundeter Laienbruder von Lindisfarne den Berg zum Bischofspalast hinauf. Räuber hatten ihn überfallen und ihm alle seine Habe genommen, auch seine Kleider. Sie hatten ihm auf den Kopf gehauen und ihn für die Wölfe liegen gelassen, doch ein Holzsammler hatte ihn gerettet. Der Mann hatte den armen Bruder Clarence auf seinen Handkarren gesetzt und ihn in seine Hütte gebracht, wo sich der Laienbruder langsam erholte und auch sein Gedächtnis wiederfand.

Man hatte Bruder Clarence eingeschärft, wie wichtig die ihm anvertraute Botschaft sei, daher kehrte er nicht nach Holy Island zurück, sondern borgte sich von dem Bauern eine Tunika und eine Hose, sobald er reisefähig war, und schickte sich an, seinen Auftrag zu erfüllen.

Der einzige Kirchenoffizielle im Palast war Erzdiakon Ralph, einer der wenigen Kleriker, die William Cumin unterstützten. Clarence konnte die Wachen nicht überreden, ihn zu einer hochgestellten Persönlichkeit zu bringen. Wegen seiner Kleidung und des Kopfverbands hielten sie ihn für einen Bettler oder einen Einfaltspinsel. Sie gaben ihm Brot und jagten ihn davon.

Da Bruder Clarence immer noch durch seine Verletzungen beeinträchtigt war, fiel ihm nicht ein, was er als nächstes versuchen könnte. Er schlenderte auf die Kathedrale zu, weil die ihm vertraut war. Er hörte die Glocken zur Vesper läuten und folgte ihrem Ruf. So manches Mal hatte er seine Arbeit ruhen lassen und in der Kirche der Priorei seine stillen Gebete den melodischen der Mönche hinzugesellen dürfen. Sicher würde ihm hier jemand sagen, welchen Weg er einschlagen müßte.

Die Mönche standen alle auf der anderen Seite des Altars, wo den Laienbrüdern der Zutritt verwehrt war. Bruder Clarence richtete sich darauf ein, bis zum Ende der Messe zu warten. Nur noch ein anderer Mann hielt sich in der Kirche auf, ein armer müder Pilger, dem Anschein nach. Er war am Fuß einer Säule eingeschlafen, sein Kopf lag auf den Knien. Auf Clarence wirkte er wie ein Häuflein Unglück.

»Guter Mann?« Er berührte den Mann an der Schulter. »Kann ich dir helfen?«

Edgars Kopf fuhr hoch, und Clarence merkte, daß jener nicht geschlafen, sondern geweint hatte. Er hatte einen anderen Menschen bei einem privaten Akt der Reue gestört.

»Bedaure!« Er wich zurück.

Edgar wischte sich die Augen mit dem Ärmel ab. Er sah den Verband um Clarence' Kopf.

»Suchst du den Knochenflicker?« fragte er.

»Nein, ich . . . ich weiß nicht.« Bruder Clarence betastete seinen Kopf. »Mir geht's gut. Kannst du mir sagen, wo ich den Lord von Wedderlie finde?«

»Was?«

Edgar sprang so schnell auf, daß ihm schwindelte. Zu spät merkte Clarence, daß dies wohl eine seltsame Frage war. Edgar packte ihn an den Schultern.

»Herr Waldeve ist mein Vater«, sagte er. »Was willst du denn von ihm?«

»Eine Botschaft habe ich für ihn, Herr, weiter nichts!« Clarences Stimme übertönte den Gesang der Mönche. »Der Prior von Holy Island schickt mich, um ihm mitzuteilen, daß seine Familie Zuflucht bei uns gefunden hat.«

»Wer? Wie? Was?« krächzte Edgar.

»Es stand alles auf einem Papier, das der Prior mir mitgab«, sagte Clarence. »Räuber haben es mit meinen Kleidern gestohlen. Aber ich habe sie gesehen, eine Frau und zwei Männer, zwei Mädchen und einen Säugling. Da war noch eine Frau, aber sie wurde getötet. Ich habe geholfen, sie zu begraben.«

Das ständige Hin und Her zwischen Hoffnung und Verzweiflung hielt Edgar in der Schwebe. Wieder mußte er sich an die Säule lehnen. Langsam, ganz vorsichtig fragte er: »Und die lebendige Frau – weißt du ihren Namen? Kannst du sie beschreiben?«

»O ja!« versicherte Clarence eilfertig. »Ich habe ihren Namen nicht erfahren, aber sie ist dunkel wie eine Italienerin. Und der Mann auch. Ich glaube, er ist ihr Bruder.«

»Ihr Vetter«, flüsterte Edgar.

Unwillkürlich war er an der Säule heruntergerutscht und saß auf dem Fußboden. Er sah zu dem Laienbruder hoch.

»Und alle waren bei deinem Aufbruch wohlauf?«

»Ja, Herr, natürlich mit Ausnahme der Frau, die wir beerdigt haben.«

Edgars Kopf schlug gegen den Stein. Æthelræd hatte es die ganze Zeit gewußt. Sie lebten und waren in sicherer Hut. Jetzt konnte er sie wiedersehen, ohne sterben zu müssen. Das Wunder schlug wie eine gigantische Woge über ihm zusammen, es raubte ihm den Atem und die Sinne.

Clarence beugte sich über ihn. »Werdet Ihr mich also zu Eurem Vater bringen? Ich soll eine Antwort abwarten.«

»Nicht nötig«, sagte Edgar. »Die Botschaft war für mich. Und du brauchst nicht auf Antwort zu warten. Ich gehe mit dir zurück.«

Catherine hielt mit James ein Nachmittagsschläfchen, als der Bote eintraf. Sie lag auf der Seite, der Kleine in der Kuhle ihres Körpers. In seinen neuen kleinen Tuniken kam er ihr verändert, größer vor. Sie hatten ihm die Windel um die Taille und zwischen die Beinen gewickelt, und er spielte begeistert mit seinen neuerdings entblößten Zehen. Er war vor ihr aufgewacht und wedelte mit ihnen in der Luft herum, als Willa mit der Neuigkeit hereinkam.

Sie rüttelte Catherine sanft.

»Madame, ein Bote von Herrn Waldeve ist da. Er bringt eine Nachricht von Monsieur Edgar.«

Catherine stand schon auf den Beinen, bevor Willa den Satz beendet hatte.

»Geht es ihm gut?« fragte sie.

Sie eilte auf den Hof hinaus, wo sich ein fremder Soldat mit einem Mönch unterhielt. Er sah sie und den Kleinen an, der auf ihrer Hüfte saß.

»Ja, Ihr müßt es wohl sein«, rief er. »Frau Catherine?«

»Ja«, sagte sie. »Mein Mann ... ist er wohlauf?«

»Als ich aufbrach, ging es ihm gut«, sagte der Mann. »Er ist sehr erleichtert, daß Ihr dem Feuer entronnen seid, und wünscht, daß Ihr so bald wie möglich zu ihm nach Durham kommt.«

»Ich will nur schnell meine Schuhe anziehen«, sagte Catherine.

Der Bote blinzelte. »Sicherlich habt Ihr Vorbereitungen zu treffen«, sagte er. »Aber ich halte mich bereit, um Euch morgen bei der ersten Ebbe zu begleiten.«

»Morgen«, sagte Catherine. »Ich denke, so lange kann ich warten. Hat er denn gesagt, warum er uns kommen läßt? Ich hätte erwartet, daß er mit dir käme. Ist wirklich alles in Ordnung mit ihm?«

»O ja«, erwiderte der Mann. »Aber er muß Bischof William in seinem Kampf gegen Herrn Roger beistehen. Er meinte, Ihr wäret in der Festung von Durham besser vor Euren Feinden geschützt.«

»Schon möglich.« Catherine hatte Bedenken.

In dem Augenblick sah sie Solomon und Margaret von ihrem Spaziergang zurückkommen. Sie winkte sie zu sich.

»Solomon, diesen Mann hier hat Edgar geschickt«, erklärte sie. »Er will, daß wir zu ihm nach Durham kommen. Wir brechen morgen auf.«

Solomon betrachtete den Boten argwöhnisch. Er war wie ein Fußsoldat gekleidet, nur mit einer groben Lederweste und einer Kappe gepanzert. Er sprach normannisches Französisch mit englischem Akzent, was nicht leicht zu verstehen war. Er war einen Kopf größer als Solomon und hatte kräftige Muskeln. Der Mann würde Catherine und die Kinder sicher gut verteidigen, doch wäre er sicher auch ein gefährlicher Gegner, falls Solomon es mit ihm aufnehmen müßte.

»Ich verstehe das nicht«, sagte er zu dem Soldaten. »Warum will Edgar uns in Durham haben, wenn dort offener Krieg herrscht? Vielleicht sollte ich dich allein begleiten und ihn selbst fragen.«

Der Mann zuckte mit den Achseln. »Wenn Ihr darauf besteht, Herr, aber ich habe klare Anweisungen. Er erwähnte, er wolle von dort nach York und dann an die Küste und nach Frankreich.«

»Nach Hause!« Catherines Augen leuchteten auf.

Solomon war immer noch nicht überzeugt. »Hat er dir etwas Schriftliches mitgegeben oder ein Zeichen, an welchem wir erkennen, daß er dich wirklich geschickt hat?«

»Er gab mir nichts mit«, erwiderte der Soldat. »Wir waren im Marschland, als Euer Bote uns fand. Man schickte mich los und trug mir auf, Euch zu holen.«

»Wer trug dir das auf?«

»Herr Edgar.« Der Mann wurde zornig. »Ich kenne ihn wohl. Er sagte: ›Bring sie auf der Stelle zurück. Mir reicht's. Ich bringe sie nach Hause.‹«

Catherine sah Solomon an. Er hob zweifelnd die Hände.

»Mein Vetter und ich müssen das besprechen«, teilte sie dem Mann mit. »Gewiß willst du dich von der Reise ausruhen. Wir geben dir dann über unseren Entschluß Bescheid.«

Als der Bote fort war, nahm Solomon Catherines Arm und führte sie von den Häusern und allen etwaigen Lauschern weg.

»Die Worte klingen wie Edgars«, sagte er. »Aber ich habe ein ungutes Gefühl. Wieso ist Bruder Clarence nicht zurückgekehrt? Warum ist Edgar nicht mitgekommen? Ich hätte gedacht, sein erster Impuls wäre, dich zu sehen und sich zu vergewissern, daß du wirklich in Sicherheit bist.«

»Vielleicht hat sein Vater das unterbunden.« Catherine fühlte sich zwischen Vorsicht und Wunsch hin und her gerissen.

»Nein, Catherine.« Solomons Entschluß stand fest. »Wir können es nicht riskieren. Wir sind in einem fremden Land, wo die meisten Menschen unsere Sprache nicht verstehen. Wir wissen wenig über die Sitten. Ich möchte den Mann mit einer Botschaft in deiner Handschrift nach Durham zurückschicken.

Schreib sie in Latein. Teil Edgar mit, daß du hier sicher bist und erst von hier weggehst, wenn er dich holen kommt.« Catherine dachte darüber nach. Vielleicht würde das Edgar erzürnen, aber mit größerer Wahrscheinlichkeit würde er verstehen, daß sie zögerten, ihr Leben einem Fremden anzuvertrauen.

»Ja, du hast recht«, sagte sie. »Edgar fehlt mir so furchtbar, daß ich nicht mehr klar denken konnte. Danke, Vetter.«

Der Mann war wenig erfreut. Er jammerte, daß es ihm übel ergehen werde, sollte er ohne sie zurückkehren.

»Nicht, wenn du meinem Mann diese Nachricht übergibst«, versicherte Catherine. »Die Mönche hier haben uns freundlich aufgenommen. Wir bleiben hier, bis er uns abholt, um nach Frankreich zurückzukehren.«

Dem Boten blieb nichts anderes übrig, als mit dem Brief abzuziehen, was er auf der Stelle und in übler Laune tat.

»Wir haben richtig gehandelt«, sagte Solomon, als der Mann einen letzten Blick zurückwarf und im Davonreiten Verwünschungen ausstieß.

»Ja, das glaube ich auch«, antwortete Catherine. »Aber jetzt habe ich noch mehr Angst als vorher. Wir wissen ja immer noch nicht, ob Edgar gesund und munter ist. Wir wissen nicht, ob er das gleiche von uns weiß, ja, schlimmer noch, wir haben überhaupt keine Ahnung, wer sonst diesen Mann geschickt haben könnte und warum.«

Solomon legte den Arm um sie. »Das scheint mir eine gute Zusammenfassung der Lage. Und wenn man nicht weiß, wohin man springen soll, bleibt man besser stehen, solange man noch Boden unter den Füßen hat.«

»Auf dieser Insel dürfte dieser Zustand wohl nicht lange anhalten.«

Catherine sah das Meer über die Straße rollen, die der Soldat gerade genommen hatte, wie es sie vom Festland abschnitt. Nach Catherines Wünschen könnte das auch so bleiben, wenn nur Edgar sicher auf dieser Seite des Wassers wäre.

Edgar hatte mit seinen eigenen Enttäuschungen zu kämpfen. Sein Onkel hatte ihn in seinem Zelt gefunden, wie er für die Reise nach Lindisfarne packte. Ein erster Fehler war gewesen, Æthelræd zu bestätigen, daß er sich nicht geirrt habe.

»Holy Island? Da sind sie sehr gut aufgehoben.« Æthelræd strahlte. »Wirst du jetzt endlich an mein zweites Gesicht glauben? Weiß gar nicht, welchen Unfug man dir in jenen Schulen beigebracht hat, daß du mir mißtrauen konntest.«

»Verzeih mir, Onkel«, sagte Edgar. »Hätte ich dir geglaubt, wäre mir der schwärzeste Augenblick meines Lebens erspart geblieben. Ich verspreche, daß ich nie mehr an dir zweifeln werde, so unglaublich deine Geschichte auch klingen mag.«

Æthelræd grunzte. »Das zeugt zwar nicht für viel Vertrauen, doch mag es hingehen, nach allem, was du durchgemacht hast.«

»Hoffentlich finde ich den Weg nach Lindisfarne noch«, fuhr Edgar fort. Er stopfte seine Siebensachen in eine Ledertasche. »Ob ich in Wearmouth wohl Stoff bekommen kann? Bruder Clarence sagt, sie sind nur mit dem angekommen, was sie auf dem Leib trugen. Arme Catherine, all die schönen Kleider, mit denen sie meine Familie beeindrucken wollte, sind in Flammen aufgegangen.«

»Halt, Neffe!« Æthelræd versperrte Edgar den Weg. »Du willst doch nicht etwa dorthin allein aufbrechen, nachdem du mir gerade erzählt hast, daß nicht einmal ein armer Mönch sicher hier angelangt ist?«

Edgar stieß Æthelræd beiseite. »Ich nehme mir ein Pferd und bewaffne mich gut. Und ich werde nicht ruhen und rasten, bis ich dort ankomme.«

»So, so!« spöttelte Æthelræd. »Du setzt also auf Schnelligkeit, um die Tatsache zu kaschieren, daß du deine Waffen nicht zu gebrauchen weißt!«

»So ist es!«

Edgar packte weiter. Æthelræd kaute an seinem Schnurrbartende, womit er wieder einmal bewies, daß er mehr mit Waldeve gemeinsam hatte, als er zugeben wollte. Endlich fiel ihm ein anderer Punkt ein. »Es klappt einfach nicht, Edgar«, sagte er. »Banditen werden dich überfallen, wenn sie meinen, daß du dich nicht wehren kannst. Aber in der ganzen Gegend patrouillieren auch Soldaten. Und die wiederum greifen dich nur an, wenn sie dich für eine Bedrohung halten.«

»Cumin und Conyers werden mir sicheres Geleit geben«, behauptete Edgar, doch Æthelræd hörte bereits eine gewisse Unsicherheit heraus.

»Au fein, dann schnappt man dich ja mit Schutzbriefen zweier unversöhnlicher Feinde. Einerlei, welche Seite dich aufgreift, sie wird dich für einen Spitzel halten und dich auf der Stelle aufknüpfen.«

Wutentbrannt schleuderte Edgar sein Bündel zu Boden. »Was soll ich denn tun, Onkel?« schrie er. »Ich hielt sie für tot. Ich muß mich selbst überzeugen, daß sie wirklich noch am Leben sind. Ich kann nicht einfach hier bleiben und Däumchen drehen. In Durham habe ich ja nichts weiter zu tun, als meinen Bruder zu ärgern. Und darauf verstehst du dich viel besser als ich.«

»Das stimmt allerdings.« Sein Onkel lachte. »Doch ich glaube, du erfüllst hier schon einen Zweck, aber nicht den, dich im Kampf oder auf der Straße abschlachten zu lassen. Wie sollte ich das denn deiner Frau erklären, wenn ich dich in deinen Tod reiten ließe?«

Dieses Argument zog, denn Edgar dachte an seinen eigenen Horror davor, Catherines Vater die Nachricht von ihrem Tod überbringen zu müssen. Er gab sich also geschlagen und versetzte der Tasche einen Fußtritt, daß sie gegen die Zeltwand fiel und Kleidungsstücke und Münzen in alle Richtungen flogen.

»Aber es muß doch eine Möglichkeit geben, ihr wenigstens eine Nachricht zuzuspielen«, brummte er, während er sich bückte, um alles wieder einzusammeln. »Schade, daß sie nicht deine Gabe besitzt.«

»Bei den Augen wundert mich das eigentlich«, bemerkte Æthelræd.

Erstaunt sah Edgar ihn an.

»Ja, ich bin alt, mein Junge«, fügte sein Onkel hinzu. »Aber tot bin ich noch lange nicht, besonders nicht beim Anblick eines blauen Augenpaars, das bis auf den Grund meiner Seele zu schauen scheint.«

»Eine Nachricht«, erinnerte Edgar ihn.

»Gib mir Zeit zum Nachdenken.« Æthelræd drehte sich abrupt um, ging hinaus und ließ Edgar mit der Frage allein, wann er seine Familie wiedersehen würde.

Auch Catherine fand die unfreiwillige Untätigkeit zermürbend.

Es gab nichts für sie zu tun, außer Kinder zu hüten und solche Bücher zu lesen, die der Prior für passende Lektüre hielt – überwiegend das Leben der Heiligen, das sie bereits kannte. So blickte sie ständig auf die Straße, die mal verschwunden und dann wieder sichtbar war, und fragte sich, ob Edgar diesen Weg jemals gehen würde, um sie zu holen.

Sie wußte, daß Solomons Rat klug war. Doch wären James, Willa und Margaret nicht, dann hätte sie sich längst ein Paar *Brais* geborgt, sich die Zöpfe um den Kopf gewunden und wäre losgeritten.

Obwohl sie eigenen Sorgen nachhing, entging es Catherine nicht, daß sie nicht die einzigen Flüchtlinge auf Holy Island waren. Menschen kamen und gingen bei jeder Ebbe, doch die, die blieben, schienen am meisten gebeutelt. Sie hungerten schon seit Monaten. Manche waren versehrt oder verwundet. Zuerst hielt Catherine sie für Pilger auf der Suche nach Heilung, doch dann merkte sie, daß sie aus dem gleichen Grund hier waren wie sie. Der Krieg hatte ihre Wohnstätten zerstört und die Ernten vernichtet. Sie hatten mit dem fliehen müssen, was sie mit Händen tragen konnten, und hatten ihr Vieh vor sich hergetrieben.

Margaret erzählte, daß viele der Frauen und Mädchen vergewaltigt worden waren, und die nüchtern-sachliche Einstellung des Kindes schockierte Catherine über die Maßen.

»Männer tun so was, sooft sie nur können«, belehrte Margaret sie und entsetzte Catherine noch mehr. »Mama hat mir das vor langer Zeit erklärt. Meine Brüder haben beim Essen darüber gelacht. Sie fanden das spaßig, aber ich glaube, mir würde das nicht gefallen.«

»Nein«, brachte Catherine stotternd hervor. »Bestimmt nicht. Und mir auch nicht.«

Abends erzählte sie Solomon von dieser Unterhaltung.

»Was hat dieses Kind nur für ein Leben gehabt?« fragte sie zornig. »Ich wußte in dem Alter nichts dergleichen.«

»Das brauchtest du auch nicht, Base«, sagte Solomon. »Du warst jeden Augenblick behütet. Wenn dein Vater dich mit auf die Jahrmärkte nahm, waren immer Männer damit betraut, auf dich aufzupassen. Was mußte ich mir anhören, damit du nicht zu Schaden kommen solltest!«

»Du?« fragte Catherine ungläubig. »Du hast mich doch ständig geärgert.«

»Nun, wie würde es dir denn gefallen, auf ein dummes Christenmädchen aufzupassen, wenn du selbst ein bißchen Spaß haben willst?«

So hatte Catherine das noch nie betrachtet.

»Nun denn«, sagte sie. »Ich verstehe, daß ich besser behütet war als die meisten Kinder. Ich hätte wohl dankbarer sein sollen.«

Solomon gab ein respektloses Geräusch von sich.

Catherine gab ihm einen sanften Tritt und fuhr fort.

»Aber wir sprechen von Margaret. Ich verstehe, warum Adalisa nicht wollte, daß sie zu ihrem Vater zurückkehrt. Wenn Edgars Brüder mit solchen Dingen in ihrer Gegenwart prahlen konnten, wer weiß, wozu sie sonst noch fähig wären? Besteht die Hoffnung, daß ich sie zur Familie ihrer Mutter zurückbringe?«

»Nach allem, was ich von Adalisa erfahren habe, nein.« Solomon zuckte in Erinnerung an das traurige Gesicht zusammen, das ihn nur eine Nacht lang angelächelt hatte. »Sie war eine uneheliche Tochter des Grafen von Blois, vor der Zeit seiner Heirat. Ihre Mutter war eine Edelfrau aus Pontieu, darum mußte er sie anerkennen, doch da der Graf fromm wurde und ihre Mutter sich verheiratete, waren alle froh, als Adalisa einem Lord am Rand der Welt gegeben wurde.«

»Graf Thibault ist ihr Vater?« Catherine war verblüfft. »Sie hatte so gar nichts von ihm, nur vielleicht seine Tapferkeit. Ob er wohl um sie trauern wird?«

Solomon scherte das nicht. »Margaret ist Edgars Schwester«, sagte er. »Er kann auch ihr Vormund sein. Ich bezahle für ihre Erziehung.«

»Beim dreifenstrigen Turm der heiligen Barbara!« rief Catherine aus. »Du erbietest dich, für ein ›dummes Christenmädchen‹ zu sorgen?«

»Sie ärgert mich nicht, so wie du damals«, antwortete Solomon. »Sie ist aufgeweckt und lebhaft, und ich will nicht, daß sie in einem Kloster eingesperrt oder an einen Lümmel verkauft wird, der sie mißhandelt wie ihr Vater Adalisa.«

»Ich werde dir natürlich beistehen«, sagte Catherine. »Meine einzige Bedingung ist, daß Margaret in ein Kloster eintreten darf, wenn sie es selbst wünscht.«

Solomon rang mit seinem Gewissen. Endlich gab er seufzend nach.

»Aber wirklich nur auf eigenen Wunsch. Und nicht bevor sie achtzehn ist und weiß, was sie will.«

»Sei's drum.« Catherine gab ihm die Hand. »Jetzt müssen wir nur noch Waldeve überreden, sie aufzugeben.«

»Eins nach dem andern.« Solomon gähnte. »Und als nächstes gehe ich in mein einsames schmales Bett.«

»Erwarte bloß kein Mitgefühl von mir.« Catherine gähnte ebenfalls. »Meins ist ebenso einsam oder aber voller Kinder, die schlecht geträumt haben.«

Sie wünschten sich eine gute Nacht. Catherine war versucht, James zu wecken und ihn noch einmal zu stillen, in der Hoffnung, er würde sie dann schlafen lassen und nicht zur Mette vor Hunger brüllen. Doch er schlief so süß, daß sie es nicht übers Herz brachte.

Doch der nächste Tag brachte Neuigkeiten, die alles veränderten. Solomon erschien im ersten Morgengrauen an der Tür zu ihrer Kammer. Gerade erst war er von seinem Rundgang um die Insel zurückgekehrt.

»Wir müssen sofort von hier weg«, sagte er frei heraus. »Die letzte Gruppe von Bauern hat das Fleckfieber eingeschleppt.«

»O mein Gott.« Catherine bekreuzigte sich. Sie hob James auf, der durchgeschlafen hatte. »Margaret, Willa, ihr wart doch nicht etwa in der Nähe dieser Leute?«

Die Mädchen setzten sich im Bett auf und rieben sich die Augen. Willa antwortete: »Nein, Madame. Wir waren gestern den ganzen Tag auf der anderen Seite der Insel und vorgestern bei euch.«

»Der Jungfrau sei Dank! Brechen auch andere auf?«

»Die Mönche fordern alle zum Gehen auf, die keinen Umgang mit den Neuankömmlingen hatten, besonders, wenn sie Kinder haben. Sie haben Reiter nach Jarrow geschickt, um zu fragen, ob man uns dort aufnimmt.«

»Ich packe auf der Stelle«, sagte Catherine. »Aber das dauert ja nicht lange. Was ist mit Lazarus?«

»Bruder Hugh meint, der ist hier gut aufgehoben«, erwiderte Solomon. »Lazarus bleibt im Kloster, wo man ihn umsorgt. Wir können ihn abholen, wenn die Gefahr vorüber ist.« Catherine faltete schon die wenigen Kleidungsstücke, die man ihnen gegeben hatte, zusammen mit Kämmen und Windeln. »Mädchen, helft mir bitte. Wir müssen schon wieder flüchten.«

Sechzehntes Kapitel

Vor den Toren Durhams. Freitag, an den Iden des August (13. August), Tag der heiligen Radegunde: Gefangene, Königin, entlaufenes Eheweib, Diakonin, Friedensstifterin

With hwostan: nim huniges tear 7 erces sæd 7 diles sæd. Cnucan tha sæd smale, mæng thice wih thone tear 7 pipera swithe. Nim ðhry sticcan fulle on nihstig.

Bei Husten: Man nehme einige Tropfen Honig und Samenkörner von Sellerie und Dill. Man zerquetsche die Samen, vermenge sie mit den Tropfen und Pfeffer zu einer dicken Paste. Man nehme davon drei Löffelvoll nach dem nächtlichen Fasten.

– Altenglisches Rezept –

Man sagt, William von Saint-Barbe soll gezwungen werden, gewaltsam seinen Bistum in Besitz zu nehmen«, sagte Duncan lachend. »Das wird Bischof Cumin rasend machen.«

Urric lächelte, wie es sich für einen guten Feldwebel auf die Bemerkung geziemte, doch er fand das gar nicht lustig. Anscheinend hatte Gott sich von ihnen abgewandt. Urric erinnerte sich nur zu gut an den Kampf um das Banner vor fünf Jahren, als die Schotten zwar mehr Männer und Waffen besaßen, die Northumbrier jedoch mit den Reliquien ihrer Heiligen aufmarschiert waren und sie vollkommen in die Flucht geschlagen hatten. Manche hatten behauptet, Ursache der Niederlage sei der Umstand, daß man den Leuten aus Galloway den ersten Angriff überlassen habe, obwohl sie am schlechtesten gerüstet waren. Andere sprachen von unklugen Einsätzen und Flügelkämpfen zwischen denen, die König David nach Süden gefolgt waren, doch Urric und die meisten anderen Berufssoldaten wußten sicher, daß durch die Fürbitte seitens St. Cuthberts und seiner Mitheiligen die Schotten besiegt worden waren.

Diesmal hatte Urric geglaubt, St. Cuthbert auf seiner Seite zu haben, obwohl der Bischof von York die Exkommunikation verkündet hatte. Jetzt war er sich nicht mehr so sicher.

Er war nicht der einzige. Die meisten Peers, die Cumin den Treueid geschworen hatten, waren desertiert. Das Land im Umkreis eines Tagesritts war so verwüstet, daß sich ein unternehmungslustiger Fußsoldat kaum daran schadlos halten konnte. Das Murren in den Reihen der Soldaten wurde lauter. Duncan und Waldeve hielten ihre Leute durch Drohungen in

Schach, doch es zeichnete sich ab, daß William Cumin sich einen starken Verbündeten würde suchen müssen, wenn er seinen Sitz im Bischofspalast behalten wollte.

Edgar, dessen Fluchtversuche aus Durham alle fehlgeschlagen waren, hoffte, daß alle Anhänger Cumins desertieren würden und daß das Ende bald käme. Während des letzten Angriffs wollte er sich unter den Mönchen verstecken. So unsympathisch Bruder Lawrence ihm während seiner Studienzeit auch gewesen war, so glaubte er doch nicht, daß der Geistliche ihn jetzt verraten würde.

Doch wie fast immer wurden Edgars Hoffnungen auf eine rasche Niederlage zunichte gemacht. An jenem Nachmittag ritt eine Schar zum Palast hinauf. Sie wurden von Trompeten, einer feierlichen Zeremonie und William Cumin persönlich begrüßt.

»Wer ist jener Mann?« fragte Edgar Robert, den nur ein Hexenschuß von seinem Posten hatte vertreiben können. Außerhalb des Marschlandes hatte er sich rasch erholt und dachte genauso eifrig an Flucht wie Edgar. Robert fixierte den Anführer der Schar.

»Ich würde sagen, das ist Alan, der Graf von Richmond«, meinte Robert. »Sieht wie sein Banner aus. Falls Cumin den für sich gewonnen hat, können wir uns auf einen langen Krieg einrichten. Der unterhält eine Privatarmee.«

»Verdammt«, sagte Edgar. »Mein Sohn wird erwachsen sein, bevor ich ihn wiedersehe, wenn wir nichts unternehmen.«

»Vorschläge werden gern entgegengenommen«, bemerkte Robert.

Edgar schlug mit der Faust auf den Baum, unter dem sie standen. »Hätte ich welche, wäre ich nicht hier«, stieß er hervor.

Robert lehnte sich an den Baum. Zu seinen Füßen schlief die dreibeinige Lufen. Robert achtete darauf, sie nicht zu stören. »Edgar, warum hat Vater uns überhaupt hierhergeschleift?« fragte er.

»Damit wir die Mörder von Alexander, Egbert und dem kleinen Edgar und die Verunstalter der Pferde finden«, antwortete Edgar. »Obwohl Vater in der Beziehung keinen Finger gerührt hat, seit wir hier sind.«

»Genau.« Robert nickte heftig. »Ich habe eine Theorie dazu.«

Edgar wartete ab.

»Ich glaube, Vater weiß, wer unsere Brüder getötet hat.« Robert beobachtete Edgars Reaktion.

Edgar hob skeptisch eine Braue. »Und worauf gründest du diese?«

»Auf sein Benehmen, seit wir herkamen, und auf seinen Charakter, wie wir ihn kennen«, antwortete Robert. »Und außerdem auf einen dir nicht bekannten Umstand: Vater und Alexander haßten sich.«

»Robert, keiner von uns liebt Vater abgöttisch und umgekehrt auch nicht.« Edgar blieb unbeeindruckt.

»Dies hier ist schlimmer«, sagte Robert. »Ich habe sie alle miteinander streiten hören, Duncan war auch dabei. Sie hatten irgendwem irgendwas gestohlen, und Alexander drohte, die Sache auffliegen zu lassen.«

»Was war es denn?« Edgars Interesse war geweckt.

»Das weiß ich nicht. Sie hielten inne, als sie mich sahen. Aber Vater und Alexander hatten ihre Schwerter gezogen, als ich eintrat.«

»Du glaubst im Ernst, unser Vater ließ seine beiden ältesten Söhne und seinen erstgeborenen legitimen Enkel meucheln, weil er das Aufdecken eines Diebstahls fürchtete?« Edgar fand die ganze Idee immer noch absurd.

»Ich glaube, das war erst der Anfang«, sagte Robert. »Er will, daß wir alle tot sind, nur Duncan vielleicht nicht.«

»Dann glaubst du also auch, daß er den Bergfried niederbrannte? Nur um die Illusion eines mythischen Feindes aufrechtzuerhalten?«

»Nein, ich glaube, er wollte sicher sein, daß du und er beide Witwer wärt.« Roberts Stimme wurde hart. »Adalisa hatte nur eine Tochter und dann kein Kind mehr. Ich glaube, der alte Bock will wieder von vorn anfangen, vielleicht sogar ein paar seiner Bankerte als legitim anerkennen.«

»Robert, du bist von Sinnen«, rief Edgar lachend. »Ich wünschte fast, du hättest recht. Dann wäre die Sache hier für mich erledigt. Vater könnte zur Rechenschaft gezogen werden, und ich würde meine Frau und meinen Sohn holen und heimkehren. Obwohl mir nicht wohl bei dem Gedanken wäre, das Blut eines derart widernatürlichen Monsters in mir zu haben.«

Er hielt inne, fragte sich, welcher Anteil seines Vaters wohl jetzt in den Adern seines eigenen Sohnes floß. Obwohl Roberts Theorie unsinnig war, beurteilte er Waldeve immerhin so treffend, daß es Edgar beunruhigte.

Robert bückte sich, um seinen Hund aufzuheben, und sah seinen Bruder an. »Irgendwer will uns alle sterben sehen«, sagte er ruhig. »So sehr, daß er sogar unsere Liebsten tötet. Aber Vater wurde nicht überfallen. Und er unternimmt auch nichts weiter, um die Suche nach den Mördern fortzusetzen. Denk mal darüber nach. Gibt es eine andere Lösung?«

Er ging fort, und Edgar war entschlossener denn je, von hier wegzukommen, koste es, was es wolle.

Die Flüchtlinge konnten bei klarem Wetter das Kloster in Jarrow erreichen, obwohl ein scharfer Wind blies. Die Mönche waren auf sie vorbereitet und hatten für alle Strohsäcke aufgetrieben. Catherine und die Mädchen fanden eine Nische für sich im Gästeschuppen, für Solomon machte man Platz in einem hastig leergeräumten Vorratsraum, in dem man die Männer schlafen ließ. Man gab ihnen Brot und eine dünne Gemüsebrühe zu essen, mehr hatten die Mönche nicht anzubieten. Für viele war es die beste Mahlzeit seit Wochen.

Später versorgte Catherine James und half den Mädchen, ihr

Lager herzurichten. Solomon folgte den anderen Männern, die sich auf die Bänke vor dem Kloster gesetzt hatten. Sie hatten Aussicht auf einen Meeresarm, der sich hervorragend für die Landung von Plünderern eignen würde. Solomon erwähnte dies gegenüber einem Mann, der französisch sprach.

»Ja, er eignet sich bestens«, bestätigte der Mann. »Das fanden auch die Nordmänner. Haben ihn jahrelang benutzt. Sieh nur, wo das Feuer die Steine beschädigt hat.« Er deutete auf die dunklen Streifen an der Kirchenfassade. Da gab es kleine Kiesel, die von der Hitze der Flammen fast zu Glas geworden waren. »Die Mönche flohen oder kamen bei den Invasionen um. Sie sind noch nicht lange wieder da.«

Eine Lederflasche mit Bier ging herum. Solomon setzte zum Trinken an. Doch dann hielt er inne. Es wußte nicht recht warum. Er hatte die meiste Zeit seines Erwachsenenlebens nichtkoschere Speisen gegessen und alles Alkoholische getrunken. Doch als er die Flasche weiterreichte, fing er den Blick eines Mannes am anderen Ende der Bank auf.

Der Mann war blond und gutgebaut, noch so hell wie ein Angelsachse, aber offensichtlich nordisch. Er war muskulös, als ob er jahrelang schwere Gegenstände geschwenkt hätte. Solomon hoffte, er wäre ein Schmied und kein Krieger. Jedenfalls würde er lieber einen Bogen um ihn machen.

Es beunruhigte ihn daher nicht wenig, als er aufstand, um sich zu erleichtern, und der Mann ihm folgte.

Solomon wanderte am Strand entlang, in der Absicht, das Wasser in der salzigen See zu vermehren. Der Mann stellte sich neben ihm auf, band sich die *Brais* auf und lüpfte die Tunika. Solomon geriet in Panik. Seit Jahren hatte er nicht mehr mit diesem Problem zu kämpfen gehabt, nicht seit einer seiner ersten Reisen nach Spanien. Er versuchte, der goldenen Fontäne auszuweichen, die der Mann ins Wasser spritzte. Er wollte den Blick von ihm abwenden, doch zufällig sah er hinunter. Sein Herzschlag setzte aus.

Der Mann war beschnitten.

Der Mann beendete sein Geschäft und band sich die *Brais* wieder zu. »*Chaver!*« grüßte er Solomon grinsend in hebräischer Sprache. »Das schien mir der beste Weg, dir begreiflich zu machen, daß ich ein Bruder bin.«

Solomon musterte den Mann. Als flämischer Kaufmann oder englischer Bauer mochte jener wohl durchgehen, doch nie und nimmer als Jude.

»Bist du ein Konvertit?« fragte er.

Lachend antwortete der Mann: »Ich heiße Samson. Und meine Eltern waren gute Juden in London. Meine Großeltern kamen aus Rouen. Auch sie waren gute Juden. Was davor war, wage ich nicht zu erraten. Die Nordmänner waren auch in unserm Teil der Welt nicht untätig.«

Erst jetzt merkte Solomon, wie einsam er ohne seinesgleichen gewesen war. Beinahe hätte er Samson umarmt, dann fiel ihm ein, warum er an den Strand gegangen war. Samson wartete auf ihn und schlug dann vor, sich ein Plätzchen zu suchen und eine Flasche mit ihm zu teilen, die er von daheim mitgebracht hatte.

»Die anderen werden denken, daß wir unkeusche Handlungen begehen«, meinte Solomon.

»Solange sie nicht glauben, daß ich Christen verführe, soll's mich nicht stören«, lachte Samson. »Glaubst du das etwa?«

»Nein«, befand Solomon. »Aber heute nacht schlafe ich mit dem Rücken zur Wand.«

»Das ist immer sicherer«, meinte auch Samson.

Als sie das von Samsons Frau gebraute Bier getrunken hatten, begann Solomon, Fragen zu stellen.

»Ich wußte nicht, daß wir so hoch im Norden Geschäfte tätigen«, eröffnete er das Gespräch.

»Viel bringt es nicht«, sagte Samson. »Obwohl man davon spricht, eine Gemeinde in York zu gründen. Der Krieg zwischen Stephan und Matilda hat alle aus dem Tritt gebracht. Nimmt man den Kampf des schottischen Königs und die allgemeine Anarchie hinzu, lohnt sich der Handel nicht. Warum bist du denn hier?«

»Ein christlicher Freund von mir wollte in seine Heimat, und meine Onkel wollten erkunden, ob es sich für uns lohnt, etwas vom Wollhandel zu erhaschen, bevor die Flamen alles an sich reißen.«

»Ein christliches Haus hat dich empfangen?« Samson schien überrascht.

Solomon rutschte verlegen hin und her. »Die Familie meines Freundes hält mich für einen Christen.«

»Dafür werde ich dich nicht verdammen, es sei denn, du hättest ihre Götzen angebetet«, sagte Samson. »Doch ich hielt die Frau in deiner Begleitung für deine Ehefrau. Ich fand es merkwürdig, daß du mit ihr reist.«

Solomon schüttelte den Kopf. »Es dauert zu lange, das alles zu erklären. Sie ist nicht meine Frau, sondern meine Base und Christin. Ihr Vater ist einer von uns und mußte als Kind die Taufe durch die Soldaten Christi über sich ergehen lassen. Ich bitte dich, uns nicht zu verraten. Unser beider Leben könnte auf dem Spiel stehen.«

Samson gab Solomon die Hand. »Wir haben es schwer genug, unter den Edomitern zu leben, ohne uns zu streiten.«

»*Todah robah*«, bedankte sich Solomon. »Bist du schon lange von London fort? Ich hoffte, dort Nachricht von unseren Leuten in Paris zu bekommen. Die Dinge standen bei meiner Abreise nicht zum Besten.«

»Es schmerzt mich, das zu hören«, sagte Samson. »Ich hielt Paris immer für eine Zufluchtsstätte, nicht wie Narbonne oder Toledo, aber sicherer als England.«

»Dann weißt du also nichts?« drängte Solomon.

Samson runzelte die Stirn und dachte angestrengt nach. »Vor ein paar Wochen war da was. Ein entfernter Verwandter von uns wurde vor den Bischof zitiert, weil er zu freundschaftlich mit seinem christlichen Teilhaber verkehrte. Doch ich glaube, er konnte seine Unschuld beweisen. Wenigstens war keine Rede von Vertreibung oder Hinrichtung.«

Solomon merkte, daß er die ganze Zeit den Atem angehalten hatte, als er seinen eigenen Seufzer der Erleichterung hörte. »Das war wohl mein Onkel. Ich glaube, er hat mich fortgeschickt, um mich vor der Gefahr zu schützen, der alte Narr.«

»Dann sind wir nicht nur Brüder, sondern auch dieselbe Mischpoke.« Samson reichte Solomon das Bier. »Falls ich dir irgendwie helfen kann, sag es mir.«

»Nur wenn du einen sicheren Weg für meine Base weißt, auf dem sie ihren Mann in Durham erreichen kann.« Dankbar trank Solomon von dem Bier. Samsons Frau braute hervorragend.

»Durham?« Konsterniert blies Samson die Backen auf. »Keiner geht mehr dorthin. Selbst der neue Bischof ist wenig erpicht auf einen Besuch. Aber ich werde sehen, was ich tun kann. Ich spreche das Englisch des Südens, aber die meisten hier verstehen mich, und ich erwähne nicht immer meinen Glauben. Wie du kann ich vorsichtig sein, falls nötig. Aus irgendeinem Grund glauben die Leute hier, wir Juden hätten Hörner wie ein Widder. Daher kann ich mich leicht für einen der Ihren ausgeben.«

»Hörner? Das ist ja was ganz Neues!« Solomon beschloß, Catherine oder Margaret gelegentlich danach zu fragen. »Wie kommen sie bloß darauf?«

»Keine Ahnung«, erwiderte Samson. »Ich weiß nur, daß zu der Zeit, als meine Familie sich hier ansiedelte, die Angelsachsen behaupteten, wir könnten keine Juden sein, weil in ihren Büchern stand, daß alle Juden Hörner haben.«

»Na, das wird wohl eher keine Anspielung auf sexuelle Kraft gewesen sein«, bemerkte Solomon nachdenklich.

»Fürchte ich auch.« Samson grinste wieder.

Sie gingen zum Kloster zurück und ignorierten die verstohlenen Blicke der anderen Männer.

Der Strohsack war hart, und um Solomon herum schnarchte

alles, doch er schlief in dieser Nacht besser als jemals zuvor in diesem Land. Er hatte sich nicht eingestanden, wie fremd er sich unter diesem Menschen vorkam. Samson war eine Offenbarung. Er war unverkennbar Engländer und zweifellos Jude. Er fühlte sich in Britannien so wohl wie Solomon in Franzien. Das sollte nicht viel heißen. Nirgendwo war es ganz sicher. Doch es beruhigte Solomon ungemein, jemanden bei sich zu haben, der die Sprache und die Sitten des Landes kannte. Jetzt rechnete er sich bessere Überlebenschancen aus.

Catherine konnte seinen Optimismus nicht teilen. Sie war krank vor Sorge und des Reisens überdrüssig, vor allem aber erschöpft, weil sie ständig Nahrung für ihren stets hungrigen Sohn produzieren mußte. Sie spürte, daß auch Willa überfordert war. Das Mädchen war in den letzten Wochen gewachsen. Sie war abgemagert und hatte gleichzeitig Kurven bekommen, die Catherine beunruhigten. Willa war fast eine reife Frau. Männer würden sie mit Sicherheit als Frau und – da sie eine Magd war – als leichte Beute betrachten.

Catherine lehnte den Kopf an die Wand und schloß die Augen. Sie erinnerte sich an all die Male, als ihre Eltern ihr verboten hatten, irgendwohin zu gehen, und wie sie das empört hatte, besonders die Ermahnungen, sie solle nicht allein herumwandern. Sie gelobte, gleich nach ihrer Rückkehr ihrem Vater Abbitte zu leisten.

In diesem Augenblick allerdings drohte Willa keinerlei Gefahr von lüsternen Männern. Sie schlief mit Margaret in der Ecke, in Löffelchenmanier, um sich gegenseitig zu wärmen, so wie Catherine auch mit ihrer Schwester Agnes früher geschlafen hatte. Willas Zopf war wie ein Seil über Margaret gefallen und band sie zusammen. Ab und zu wachte sie halb auf, hustete und schlief weiter.

Catherine war erschöpft, konnte aber noch nicht schlafen. Sie beobachtete die anderen Frauen im Raum, die ihre Kinder beruhigten und die Decken ausbreiteten, um ihr Terrain abzustekken. Auch Catherine hatte das getan, wie ihr jetzt auffiel.

Wie seltsam, dachte sie. Selbst ohne Wände müssen wir uns eine Art Heim schaffen.

Catherine wußte, daß nach ein, zwei Tagen der kleinste Raum seine eigene Persönlichkeit herausbilden würde und die Wesensart der Frau enthüllen würde, die darüber herrschte. Sie hätte sich gern mit ihnen unterhalten. Sie merkte, wie fremd sie ihnen vorkam, und wußte, daß sie neugierig über die beiden Mädchen in ihrer Begleitung waren, die so offenbar nicht ihre eigenen waren, und über den Kleinen, der so offensichtlich ihrer war. Die Neugier könnte leicht in Angst und Feindseligkeit umschlagen, falls eine von ihnen das Fieber hier eingeschleppt hätte. Die Masern konnten ein Kind töten oder es erblinden oder ertauben lassen und ihm hundert andere bleibende Schäden zufügen. Catherine machte sich nichts vor über das, was sie jemandem antun würde, der ihren James in solche Gefahr gebracht hätte, und hatte auch keine Illusionen über das, was diese Frauen ihr antun würden, wenn sie annähmen, daß Catherine ihre Familie angesteckt hätte.

Willa hustete immer noch, als der Morgen kam. Catherine küßte sie auf die Stirn und war erleichtert, daß sie sich kühl anfühlte. Die beiden Pickel in ihrem Gesicht waren jene, die mit dem Wandel vom Mädchen zur Frau einhergehen.

»Mir geht es gut«, behauptete Willa. »Mutter hat gesagt, ich hätte die Masern gehabt, als mein Bruder starb. Wenn man sie überlebt, bekommt man sie nie wieder. Mein Hals tut mir nur vom vielen Husten weh.«

Catherine beschloß trotzdem, einen Arzt im Kloster zu suchen.

»Schwester Melisande hat uns immer ein Tonikum gegen Husten gemischt«, sagte sie zu Willa. »Vielleicht hat jemand hier so etwas?«

Im Kloster hatte niemand etwas, man schickte sie aber mit

Willa und Margaret zu einer Frau, die in dem Ruf stand, sich auf solche Dinge zu verstehen.

Die Frau hackte gerade ihren Garten. Sie war nicht viel älter als Catherine und hatte einen Säugling, der ein wenig kleiner war als James und neben ihr in einem Korb auf dem Boden schlief. Margaret schilderte das Problem. Die Frau legte ihre Hacke weg, klopfte sich die Hände an der Schürze ab und winkte Willa zu sich. Sie bedeutete ihr, den Mund zur Sonne hin zu öffnen.

Willa hustete erneut, als sie Luft in den Hals bekam. Die Frau horchte und untersuchte Willas Mund. Dann sagte sie etwas zu Margaret und ging ins Haus.

»Sie sagt, es sieht nach einem trockenen Husten aus, der vom Staub oder von Windgeistern herrührt. Sie holt etwas dafür.«

Die Frau kehrte mit einem kleinen zugedeckten Tontopf zurück. Sie gab ihn Catherine und erklärte Margaret alles.

Endlich sagte Margaret zu Catherine: »Sie sagt, du sollst ihr einen Löffelvoll am Morgen und am Abend geben. Dann sollst du ihr ein Kreuz auf die Stirn malen und etwas sagen – was war das noch?«

Die Frau sang ihr etwas vor. Margaret lauschte und wiederholte: »›Matthäus, Markus, Lukas und Johannes, zerstreut die Geister in alle vier Winde und heilt dieses Kind.‹ Dann sprichst du ein Vaterunser.« Catherine hörte zu und nickte. »Das kann ich mir merken. *Thanc ðe*«, bedankte sie sich bei der Frau, die lächelnd nickte.

Catherine öffnete den Topf und schnupperte. Honig mit Kräutern, ein scharfer Geruch. Ähnlich wie das Mittel, das sie als Kind bekommen hatte.

»Wir haben nichts, um sie zu bezahlen«, sagte Catherine zu Margaret. »Aber ich kann für sie hacken, wenn ihr das als Bezahlung genug ist.«

Margarets Augen leuchteten auf. »Darf ich helfen? Das macht bestimmt Spaß!«

Die Bezahlung wurde für ausreichend befunden, und die Frau kehrte in ihr Haus zurück, während Margaret und Catherine hackten und jäteten. Willa nahm die Medizin ein und bekam den Auftrag, sich hinzusetzen und James zu hüten.

Diese Beschäftigung beruhigte Catherines strapazierte Nerven und erinnerte sie an die Tage, als jemand anders für sie verantwortlich war. Sie fand auch Trost darin, daß ihr diese Arbeit so vertraut war. Fast bedauerte sie es, als sie fertig war. Die Frau schenkte ihnen zum Abschied noch eine dicke Scheibe reifen Käses.

Sie kehrten ins Kloster zurück und fanden dort Solomon im Gespräch mit seinem neuen Freund Samson und einem anderen Mann. Margaret erkannte den Neuankömmling und rannte jubelnd auf ihn zu.

»Alfred!« rief sie, als sie sich ihm in die Arme warf. »Hat Vater dich geschickt? Kehren wir jetzt heim? Ist alles wieder gut?«

Der alte Mann erwiderte ihre Umarmung mit einiger Verlegenheit.

»Ich freue mich, Euch zu sehen, mein Fräulein«, sagte er. »Obwohl mich die Nachricht vom tragischen Tod deiner Mutter zutiefst betrübt. Zum Glück starb bei dem Überfall niemand aus dem Dorf, obwohl es einige Verwundete gab. Ich erzählte Solomon gerade, daß man mich auf die Suche nach deinem Vater geschickt hat. Viele würden es gern sehen, wenn er unsere Männer heimbrächte, damit wir noch vor Wintereinbruch alles reparieren können.

Solomon wies Catherine auf einen Schmutzfleck auf der Nase hin. Sie rieb sich mit dem Ärmel darüber, und er erklärte ihr, was Alfred in Jarrow vorhatte.

»Er geht mit einer Schar von König David nach Durham, die unterwegs nach York ist. Wir könnten ihn begleiten, das wäre ein sicherer Weg.«

»Ach, Solomon!« Catherine strahlte. Sie ließ den Kleinen auf ihrer Hüfte wippen. »Hast du das gehört, *mon doux?* Jetzt finden wir endlich deinen Vater wieder.«

James schenkte ihr ein breites, zahnloses Lächeln. Sie war sich sicher, daß er jedes Wort verstand.

In Paris saßen Catherines Onkel Eliazar und seine Frau Johanna allein in ihrer Kammer. Draußen hörte man lärmende Menschen, die den warmen Sommerabend auskosteten. Aus einer nahegelegenen Schenke drangen laute Flüche und die Geräusche einer beginnenden Prügelei. Johanna legte Eliazar die Hand aufs Knie.

»Du brauchst dir nicht solche Sorgen zu machen«, sagte sie. »Dies geht wieder vorbei, wie immer.«

»Nicht immer«, antwortete er.

»In Rouen oder Speyer, nicht in Paris«, widersprach sie, doch ihre Stimme klang unsicher.

»Die Zeiten haben sich geändert, seit König Ludwig letztes Jahr die Kirche in Vitry niedergebrannt hat«, murmelte er. »Die Menschen brauchen einen Vorwand, um ihm zu verzeihen. Schließlich ist er der König. Es gab schon immer Leute, die meinten, er und sein Vater seien den Juden gegenüber zu nachsichtig gewesen.«

Johanna schnaubte. »Wir bezahlen ihn für seine Nachsicht. Wie sollte er sonst seiner kapriziösen Frau all die Klunker kaufen, die sie haben will?«

»Meine Liebste«, schnitt Eliazar ihr die Rede ab. »Die Wahrheit spielt hier keine Rolle. Hubert und ich haben uns auf Glatteis bewegt, seit wir Partner wurden. Es war nur eine Frage der Zeit, bevor uns jemand Fragen stellen würde.«

»Aber er war doch schon zweimal deswegen im Palast des Bischofs und konnte alle Zweifel zerstreuen.«

»Diesmal, ja.« Eliazar seufzte. »Johanna, meine Perle, vielleicht müssen wir Paris verlassen, zu unser aller Wohl, zu Solomons, Huberts und Catherines und ihrer Familie. Du weißt, unsere Freunde haben sich auch schon beklagt, daß wir zuviel Zeit mit diesen Christen verbringen.«

Johanna sah sich in dem Haus um, das sie dreißig Jahre lang bewohnt hatte. Dann betrachtete sie ihren Mann und versuchte zu lächeln. »Ich bin deine Frau«, sagte sie. »Mein Heim ist dort, wo du bist. Und bis der Tempel wieder aufgebaut wird und Jerusalem wieder frei ist, ist jeder Ort so gut wie jeder andere.«

Eliazar küßte sie. Dann seufzten beide. Jetzt würden sie einen Ort suchen müssen, wo man sie aufnähme.

»Vielleicht sagt uns Solomon nach seiner Rückkehr, ob sich England eignet?« Eliazar fuhr sich durch den Bart. »Ich habe von neuen Siedlungen im Norden des Landes gehört.«

Johanna schauderte. »Ich weiß, wir haben viele Freunde, die aus der Normandie dorthin gegangen sind, aber wenn Solomon nicht sagt, es sei ein zweites Eden, dann würde ich lieber irgendwo hin, wo es nicht ganz so viele Blonde gibt.«

Nun, da Cumin die Unterstützung des Grafen von Richmond hatte, wuchs die Zuversicht unter den Soldaten; es gab auch mehr Aktivität. Widersprüchliche Gerüchte schwirrten herum. Wenn Edgar allen geglaubt hätte, dann hätte er erwartet, ein vieltausend Mann starkes Heer zu sehen, angeführt von dem Earl, König David und seiner Nichte, der Kaiserin Matilda, die über die Brücke marschierten, ihnen voraus der Erzengel Michael, der ein Flammenschwert schwang, und die Nachhut hätten vielleicht alle Ritter von König Artus' Tafelrunde gebildet. Man munkelte sogar, Cumin besäße eine Wundersalbe, die seine Männer vor den Pfeilen der Elfen und dem Sumpffieber schütze, das sie seit Beginn der Belagerung plagte.

»Ich will eine Salbe gegen menschliche Pfeile, bevor ich in diese Armee eintrete«, maulte Robert.

Er saß wieder mit Edgar in der Schenke bei der Burg. Durch die offene Tür konnten sie so viel von dem Treiben da draußen beobachten, wie sie nur wollten.

Edgar stand auf, um seine Schale nachzufüllen. Wenigstens war das Bier immer noch so köstlich wie früher. Er hatte sich nie an die Aromen gewöhnt, mit denen die Franzosen ihr Bier würzten. Er steckte seine Zunge in den Schaum und sah plötzlich ein lebhaftes Bild von Catherine vor sich aufsteigen, wie sie mit dem Zipfel ihres Ärmels die Kräuterteilchen herausfilterte und was sonst noch in ihrem Bier herumschwimmen mochte. Das war eine ihrer eher irritierenden Angewohnheiten. Im nachhinein fand er sie beinahe liebenswürdig-erotisch.

Die Ankunft seines Vaters riß ihn aus seinen Gedanken. Edgar und Robert waren sofort hellwach. Waldeve hatte sich noch nie die Mühe gemacht, hinter ihnen herzugehen. Er ließ sonst einfach nach ihnen schicken, und wehe dem Sohn, der sich nach dieser Aufforderung Zeit ließe.

»Vater?« Edgar rang sich ein Lächeln ab.

»Endlich könnt ihr euch nützlich machen«, knurrte Waldeve. »He, du da! Bier her! Sofort!« rief er über die Schulter zurück.

Die Schale befand sich in seiner Hand, sobald er sie ausgestreckt hatte. Waldeve leerte sie in einem Zug und hielt sie zum Nachschenken hin. Wieder trank er, ohne abzusetzen. Dann lenkte er sein Augenmerk erneut auf Robert und Edgar.

»Ich habe dem Bischof gesagt, daß ihr beide für ihn Botschaften nach Bishopton bringen würdet. Saint-Barbe soll sich dort aufhalten, und die Peers des Bezirks überschlagen sich, um ihm als erste zu huldigen. Sie haben dort Vertrauen zu euch, Gott weiß, warum. Sie werden euch glauben.« Waldeve wischte sich den Mund ab und gab ein Zeichen, daß er mehr Bier wünschte. »Glaubt ja nicht, daß ihr Heldentaten vollbringen könnt. Ich schicke euch Wachsoldaten mit, nicht nur zu euerm Schutz.«

Robert erhob sich. »Vielleicht möchte ich nicht dein Page sein, Vater«, sagte er mit Würde.

Waldeve funkelte ihn böse an. »Vielleicht möchtest du lieber den Rest deines Lebens ohne Zähne und Zunge essen.«

Robert ließ sich nicht einschüchtern. »Mit dir bin ich fertig, Vater. Ich gehe jetzt meiner Wege. Ich verkaufe das Haus in Berwick, das Mutter mir vererbt hat, und gehe ins Hochland, um Ackerbau zu betreiben.«

Edgar wunderte sich, in Waldeves Miene Panik aufflackern zu sehen. Es ging schnell vorüber.

»So, so«, sagte er. »Dann stelle ich dich vor eine andere Wahl. Du tust, was ich sage, oder dein verkrüppelter Köter soll vom Dachvorsprung baumeln, gemeinsam mit William Cumins Widersachern.«

Robert blickte nach unten. Lufen war verschwunden. Sie hatte noch vor kurzem ein Mauseloch in einer Ecke untersucht. Waldeve rückte zur Seite, und Robert sah, wie ein Soldat die Hündin unter dem Arm hielt. Dem Anschein nach noch einer von seinen Halbbrüdern. Er wollte sich auf seinen Vater stürzen, doch Edgar konnte ihn aufhalten, bevor er in das flink gezückte Schwert des alten Mannes fiel.

»Robert, er weidet sich an deinem Haß«, zischte er seinem Bruder ins Ohr. »Sieh ihn nur an. Du kannst ja sehen, wieviel Kraft er daraus schöpft.«

»Wenn du Lufen auch nur ein Haar krümmst, schneide ich dir mit Freuden die Kehle durch«, drohte Robert, während er versuchte, Edgar abzuschütteln.

Waldeve lachte. »Ich bin beinahe froh, daß Æthelræd mich daran gehindert hat, dich zu erschießen. Das heißt ja wohl, daß du mir gehorchen wirst. Und du, Edgar, willst du mir nicht auch trotzen?«

Edgar ließ die Schultern sinken, als er Robert losließ. Er blickte seinen Vater müde an. »Wenn es dazu beiträgt, diese Hölle zu beenden, dann tu ich alles, was du willst«, sagte er. »Wenn wir hier fertig sind, kehre ich mit meiner Familie – meiner richtigen Familie – nach Frankreich heim und bete, dich nie wieder zu sehen oder von dir zu hören.«

Edgars matte Verachtung schien Waldeve mehr zuzusetzen als Roberts Aufbrausen. Er öffnete den Mund zu einer höhnischen Bemerkung, doch es kam nichts. Statt dessen biß er die

Zähne zusammen und schnitt Edgar mit einem Blick, der schärfer war als sein Schwert.

»Sei's drum«, verkündete er. »Finde dich im Morgengrauen am Tor zum Palast ein.«

Er wirbelte herum, kippte dabei noch eine halbleere Schale mit Bier um und stolzierte hinaus. Seine Männer folgten, mit der jaulenden Lufen in den Armen ihres Häschers.

Robert stand noch lange mit geballten Fäusten da. Endlich nahm er wieder Platz. Edgar hatte ihm mehr zu trinken geholt. Er leerte die Schale mit der gleichen Geste wie Waldeve.

»Ich glaube, ich schneide ihm doch nicht die Kehle durch«, sagte Robert ruhig und versonnen. »Gift wäre besser. Das dauert Jahre und läßt sein Leben langsam aus seinem Arschloch entweichen. Ja, das wäre schön. Oder ich finde einen Weg, ihn mit Aussatz anzustecken.«

Edgar beobachtete ihn vorsichtig, wußte nicht, ob es Tollheit war oder der familientypische Galgenhumor.

»Ich habe von einem Zauber gehört, der einem Mann den Lümmel abfallen läßt«, sagte er im Plauderton. »Der zerbröckelt einfach. Dauert Wochen.«

Robert schürzte die Lippen. »Das gefällt mir. Wo finden wir diesen Zauber?«

»In Irland«, antwortete Edgar. »Wie alle starken Zauber.«

Robert schüttelte den Kopf. »Ich habe keine Zeit, ihn zu suchen. Dann nehme ich lieber Dünnschiß und Aussatz.«

»Fein«, sagte Edgar. »Aber was machen wir jetzt?«

Robert stand erneut auf und ging zur Tür. Edgar folgte ihm.

»Wir übermitteln Botschaften an die alten *naddrenes* und versuchen, meinen Hund zu retten«, sagte er, als sie auf die Straße hinaustraten. Edgar sah wehmütig gen Nordwesten und malte sich aus, Catherine käme auf einmal auf ihn zu. Doch keine von den Frauen hier ähnelte ihr. Was für ein Los die Frauen von Durham wohl treffen würde oder schon getroffen hatte? Gut, daß die Seinen auf Holy Island in sicherer Hut waren.

In diesem Augenblick versuchte Catherine zu verhindern, daß ihr der Mantel im Küstenwind wegflog.

»Wie weit ist es noch?« schrie sie Samson zu, der nur einen Schritt vor ihr ging.

»Wir kommen bald ins Binnenland«, rief er zurück.

James zappelte in seinem Tragetuch. Er schien in den letzten Tagen viel schwerer geworden zu sein. »Bald!« rief sie zu ihm hinunter.

Was hatte sie eigentlich an der Wallfahrt nach Compostella so beschwerlich gefunden? Da war sie im Kreise ihrer Familie und vieler anderer Pilger gereist, auf einem Pferd geritten, und sie hatte meist in einem warmen Bett und mit heißem Wasser übernachtet. Selbst die morgendliche Übelkeit auf der Rückreise war nichts im Vergleich zu dem endlosen Stapfen zwischen Sand und Baumvegetation und dem kalten Wind, der unablässig von der Nordsee her blies. Sie mußten sich einmummeln wie im Januar, obwohl doch Mitte August war.

Endlich nahm der Anführer der Schar eine schmale Straße von der Küste weg in die Wälder.

Das Heulen des Windes rauschte noch eine ganze Weile in Catherines Ohren weiter. Dann durchdrang die frühabendliche Wärme langsam ihren Mantel, so daß sie ihn erleichtert auszog.

»Samson«, fragte sie in normalerem Ton, »wann kommen wir nach Durham?«

»Morgen irgendwann«, sagte er. »Die Mannen des Königs passieren im Osten der Stadt, aber für euch wird es nicht weit in die Stadt hinein sein, wenn sich eure Wege trennen, und Alfred kennt den Weg.«

Catherine beugte sich über James und flüsterte: »Morgen, *leoffæst,* werden wir wieder bei deinem Vater sein.«

James spuckte etwas saure Milch. Catherine wischte ihm das Gesicht ab und beschloß, es nicht als seinen persönlichen Kommentar zu nehmen. Nur noch ein Tag. Das schaffte sie. Morgen wäre die Welt wieder in Ordnung.

Siebzehntes Kapitel

Die Straße von Durham nach Bishopton, 18. August 1143, Tag der heiligen Helena: Mutter, fromme Konvertitin, Pilgerin, Finderin des Wahren Kreuzes, aber keine Britin, trotz allem, was Geoffrey von Monmouth dazu sagte.

Recole nunc, ut dixi, corruptiones meas cum exhalaretur nebula libidinis ex limosa concupiscentia carnis et scatebra pubertatis, nec esset qui eriperet et salvum faceret. Verba enim iniquiorum prevaluerunt super me, qui in suavi poculo amoris propinabant mihi venenum luxuriae . . .

Gedenke, wie ich Euch erzählte, meiner Verderbheit, als eine Wolke der Wollust dem dunklen Sumpf meiner leiblichen Begierden und der brodelnden Leidenschaften meiner Jugend entwich. Und niemand wollte mich erretten. Die Worte der Ungerechten ließen mich straucheln; mit dem süßen Trank der Liebe reichten sie mir das Gift der Wonne . . .

Aelred von Rievaulx
Rat an eine Eremitin (seine Schwester)
Teil 32

Ich glaube einfach nicht, was ich hier tue«, murmelte Edgar immer wieder. »Was ist bloß los mit mir? Ich hätte mir ein Pferd nehmen und mich schon am ersten Tag aus dem Staub machen sollen. Ich glaub' es einfach nicht.«

Robert, der an seiner Seite ritt, hoffte, daß Edgar Gebete vor sich hin murmelte. Sie konnten jetzt göttliche Hilfe gut gebrauchen. Er dachte dabei keineswegs an die Reaktion der Leute von Bishopton auf die trotzigen Botschaften, die sie übermitteln sollten, sondern an die Möglichkeit, daß Lufen dem Zorn seines Vaters zum Opfer fallen könnte. Mehr noch fürchtete und hoffte er zugleich, er würde unter den Anhängern von William Saint-Barbe Aelred finden. Vielleicht hätten sie sogar ein paar Minuten für sich allein. Robert brauchte mehr als die armselige Notiz, die man ihm geschickt hatte, um ihm mitzuteilen, daß sein allerbester Freund der Welt entsagt habe und er ihn nie wiedersehen würde.

Der Ritt von Durham nach Bishopton verlief in unnatürlicher Stille, sah man von Edgars leisem Schimpfen ab, während Robert seinen Gedanken nachhing. Selbst die Soldaten in ihrer Begleitung, unsicher, ob sie als Eskorte oder Wache gedacht waren, enthielten sich ihres sonst üblichen Geplänkels.

Edgar hatte einige Schwierigkeiten vorausgesehen, zu Roger de Conyers und dem Bischof zu gelangen, doch als sie ankamen, fanden sie die Tore, die sie wochenlang zu durchbrechen versucht hatten, weit offen, und ein Schwarm von Menschen bewegte sich heraus und herein.

Robert richtete sich im Sattel auf und versuchte, ein Gesicht in der Menge zu finden.

»Gibt es jemanden, den du kennst?« Edgar wurde plötzlich munter.

»Ich sehe ihn nicht«, antwortete Robert ausweichend, dann zwang er sich wieder zu seiner Aufgabe. »Ja, ich erkenne einige von ihnen. Da ist Geoffrey Escolland im Gespräch mit Bernard de Balliol, und ich glaube, daß die Standarte Aschetin von Worcester gehört. Anscheinend haben die Barone von Durham sich entschieden, welchen Bischof sie unterstützen wollen.«

»Jetzt, nachdem Saint-Barbe gewählt und geweiht wurde, sehe ich nicht, daß Cumin etwas anderes übrig bliebe, als sich zu ergeben«, sagte Edgar. »Das müssen die Barone auch wissen.«

Robert schüttelte den Kopf. »Solange Cumin das Siegel des Ordenskapitels und die Kontrolle über die Silberminen besitzt, hat er eine Chance. Saint-Barbes Weihe ist nur ein kleineres Hindernis. Vergiß nicht, daß das Amt eines Bischofs nur so lange gilt, wie er lebt.«

Sie mischten sich unter den Pulk, der durch die Tore hineindrängte. Fast sofort wurde Robert von einem alten Freund begrüßt, bald darauf von einem weiteren. Einer der Mannen von Bernard de Balliol entdeckte ihn und kam herübergerannt, umarmte ihn stürmisch beim Absteigen.

»Robert! Wo hast du nur gesteckt?« rief er. »Wir haben alle gehört, du bist ein Einsiedler geworden oder nach Dänemark gefahren, um Jagdhunde zu kaufen.«

»Schön, dich zu sehen, Erik.« Robert fuhr fort, die Gesichter im Burghof zu mustern. »Keins von beidem. Dies hier ist mein kleiner Bruder Edgar.«

Erik reichte Edgar die Hand. »Ich erinnere mich nicht an dich. Bist du etwa derjenige, der nach Franzien gegangen ist und ...« Er hielt errötend inne.

»Ja, der bin ich.« Edgar nahm die ausgestreckte Hand. »Und es hat mich nie gereut, besonders nicht das ›und ...‹«.

»Na schön!« sagte Erik. »Seid ihr gekommen, um den Bischof zu unterstützen?«

Die Frage war an Robert gerichtet, der aber immer noch nach Aelred Ausschau hielt. Edgar antwortete für beide.

»Wir werden ihm beistehen, soweit es möglich ist«, sagte er. »Doch in erster Linie haben wir die Pflicht, Botschaften von William Cumin an Bischof William zu überbringen. Weißt du, an wen wir uns wenden sollten, um eine Audienz bei ihm zu bekommen?«

»Hm, laß mich mal nachdenken.« Erik legte sein Gesicht in Falten. »Es gibt hier keine richtige Rangordnung, aber ich würde mal sagen, daß Erzdiakon Ranulf derjenige ist, der euch zum Bischof bringen kann. Ich hoffe, Cumin ergibt sich. Ich möchte nämlich zu meinem Weib zurück nach Hause. Wir sind erst seit vier Monaten verheiratet.«

Edgar zuckte zusammen. »Ich bin nur der Überbringer«, sagte er zu Erik. »Aber ich bin bei dir. Ich will auch meine Frau wiedersehen, und wir sind seit vier Jahren verheiratet. Kannst du mich zum Erzdiakon führen?«

Erik geleitete ihn durch den belebten Burghof zu einer noch betriebsameren Versammlungshalle, so neu, daß die Fußbodendielen noch klebrig vom Saft des grünen Holzes waren, aus dem sie gehobelt waren. Edgar hatte bald Strohhäcksel und Blätter an den Stiefelsohlen kleben. Robert rempelte Edgar wiederholt von hinten an, wenn jener stehenblieb, um sie sich abzustreifen.

»Hörst du endlich auf zu gaffen und konzentrierst dich mal auf deine Aufgabe?« beschwerte sich Edgar, als es zum drittenmal geschah.

»Wenn du weitergehen würdest, würden wir nicht zusammenstoßen«, fauchte Robert ihn an.

Kaum hatten sie ihre Würde wiederhergestellt, als Erik sie in eine Ecke brachte, die durch einen Vorhang abgeteilt war. Er steckte den Kopf hinein und sagte etwas Unverständliches zu dem Menschen dahinter.

Der Vorhang wurde aufgezogen, und der Erzdiakon erschien.

»Edgar! Gut, dich wiederzusehen!« Er lächelte sie beide an. »Wir dachten schon, die Drachenhöhle in Durham hätte dich verschlungen!«

»Das war auch so.« Edgar erwiderte das Lächeln nicht. »Und wir müssen zurückeilen, sobald wir die Antwort auf die Botschaften erhalten, die wir übermitteln sollen.«

»Ihr habt euch dem Feind angeschlossen?« fragte Ranulf stirnrunzelnd.

»Wir stehen auf St. Cuthberts Seite«, antwortete Edgar. »Doch unser Vater hat seine Männer mit uns geschickt, um sich unseres guten Benehmens zu versichern, und mein Bruder hat eine Geisel im Bischofspalast lassen müssen, damit wir zurückkehren.«

Neben ihm gab Robert einen überraschten Ausruf von sich. Rasch wandte er sich an den Erzdiakon: »Edgar wird Euch alles sagen, was Ihr wissen müßt«, sagte er. »Ich bitte Euch, mich zu entschuldigen. Es ist sehr wichtig.« Ohne auf Erlaubnis zu warten, verschwand Robert in der Menge und verfolgte eine Gestalt mit einer Kapuze und einer schlichten weißen Kutte. Ranulf zog eine Braue hoch und schaute Edgar an.

»Verzeiht«, sagte Edgar, »aber Robert hat recht; ich kann Bischof William selbst die Botschaft überbringen. Wann wäre er wohl bereit, mich zu empfangen?«

Der Erzdiakon kam näher an Edgar heran und senkte die Stimme: »Unter uns gesagt, er wäre sehr froh, dich überhaupt nicht zu sehen, es sei denn, du überbrächtest ihm Cumins bedingungslose Kapitulation.«

Erwartungsvoll schaute er Edgar an.

»Hätte ich auch nicht gedacht«, fuhr er fort. »Nun, ich bin bereit, zu tun, was immer notwendig ist, um meine Heimat und St. Cuthbert vom Usurpator zu befreien. Wie du wohl siehst – und melde dies unbedingt deinem Herrn – kommen jeden Tag mehr Barone von Durham und leisten uns den Treueschwur. Selbst David von Schottland will nichts mehr mit Cumin zu schaffen haben. Wie lange glaubt er, noch durchhalten zu können?«

Edgar, eingedenk der Tatsache, daß Urric unmittelbar mit gespitzten Ohren hinter ihm stand, zuckte nur mit den Achseln. »Ich gehöre nicht zu Cumins innerem Kreis«, erwiderte er. »Er hat mich nicht in seine Pläne eingeweiht.«

Er versuchte, das Problem mit seinen Augen zu vermitteln. Erzdiakon Ranulf nickte verständnisvoll. »Sehr wohl«, erwiderte er. »Ich werde den Bischof von deinem Kommen in Kenntnis setzen. Gewiß wird er in Kürze nach dir schicken. Es gibt Wasser zum Waschen im Trog bei dem Tor, und du bist mit deinen Leuten willkommen zu Speis' und Trank, gemeinsam mit unseren anderen Gästen.«

Edgar verbeugte sich und trat rückwärts aus dem Alkoven. Er wirbelte herum, schnell genug, um mit Urric Nase an Nase zu stoßen.

»Sag den anderen, sie können sich waschen und essen«, wies er ihn an. »Und laß Robert in Ruhe. Er wird niemanden verraten. Ihm ist dieses Gezänk herzlich gleichgültig.«

»Das ist offensichtlich«, antwortete Urric. »Duncan hieß mich, bei euch zu bleiben.«

Edgar war nicht überrascht.

Robert hatte den Grund ihres Kommens vergessen. Das einzige, was für ihn die Welt bedeutete, war der Mann, der sich schnell von ihm entfernte. Er wollte seinen Namen rufen, befürchtete aber, daß Aelred dann verschwinden könnte, so wie er es in vielen von Roberts Alpträumen getan hatte.

Endlich war er nahe genug, um Aelreds Kutte zu fassen. Er packte die Falten des Tuchs an der Schulter, so daß die Kapuze herunterfiel. Der Mönch blieb stocksteif stehen. Dann senkte er resigniert den Kopf und drehte sich langsam um. Robert merkte, daß nach Jahren der Planung, was er sagen wollte, ihm einfach die Worte fehlten.

Die beiden standen eine Ewigkeit da, vergaßen alles um sich herum. Endlich sprach Aelred. »Robert, verzeih mir.«

Robert öffnete den Mund, schloß ihn wieder, schluckte und versuchte es noch einmal.

»Nein«, sagte er. »Nicht, bis du mir den Grund gesagt hast. Dein Brief sagte nichts, nur ein grausames Lebewohl. Was habe ich getan, daß du mich so behandelt hast? Was für einen Grund mag ich dir gegeben haben, vor mir zu fliehen?«

»Ach, Robert!« Aelred wollte ihn berühren, hielt aber im letzten Augenblick inne. »Ich bin nicht vor dir, sondern zu Gott geflüchtet.«

Robert ergriff seine Hand. »Ich glaube dir nicht. Wer bin ich denn, etwa der Leibhaftige? Du hättest nie zwischen Gott und mir wählen müssen. Wenn du mich in deine Pläne eingeweiht hättest, wäre ich doch mit dir gekommen.«

Aelred versuchte, seine Hand loszureißen. »Robert, du verstehst mich nicht.«

Robert verstärkte seinen Händedruck. »Dann erklär es mir. Das bist du mir schuldig. Was für ein Gottesmann ist denn aus dir geworden, daß du einen Freund allein in der Dunkelheit der Verzweiflung zurückläßt?«

Die letzten Worte kamen als tränenerstickter Schrei heraus. Aelred biß sich auf die Lippe, beugte dann den Kopf über Roberts Hand.

»Ja«, sagte er weich. »Ich war selbstsüchtig. Ich habe einen Weg zum Frieden gefunden, und vielleicht zur Erlösung. Es war falsch von mir, dich mit meinem alten Leben fortzuwerfen. Triff mich heute abend. Es gibt einen Findling draußen vor dem Gelände, den man nicht von der Stelle bewegen konnte. Darauf ist ein gemaltes Kreuz, und ich gehe des Abends dorthin, um zu beten. Dort werde ich auf dich warten. Jetzt laß mich bitte gehen. Ich sehe deinen Bruder auf uns zukommen.«

Edgar wollte vorbeigehen, ohne sie zu stören, aber Aelred rief ihn an und begrüßte ihn herzlich.

»Hast du irgendwas über den Tod deiner Brüder erfahren?« fragte er.

»Nicht genug«, sagte Edgar. »Robert hat eine Theorie, die mir zweifelhaft scheint, aber die anderen haben nicht einmal das. Bist du schon hier, seit wir aus Rievaulx gekommen sind? Ich bin überrascht, daß dich der Abt so lange bleiben ließ.«

»Ich bin gekommen und gegangen und wieder gekommen«, erwiderte Aelred, dabei sorgsam Roberts Blick vermeidend. »Ich mußte nach meinen Schützlingen sehen. Wir haben ein paar Novizen, die ohne geistliche Führung in ihrem Glauben schwankend würden. Ich bin gerade wiedergekommen, um Rievaulx in einer Angelegenheit zu vertreten, für die wir Bischof Williams Beistand erhoffen.«

Edgar fand dies seltsam. »Meinst du nicht, es könnte warten, bis der arme Mann seine erste Nacht im Bischofspalast geschlafen hat?«

»Durham war zu lange in Anarchie«, sagte Aelred vorwurfsvoll. »Die Arbeit muß jetzt getan werden, wenn Bischof William noch etwas zu regieren haben soll. Außerdem ist dies etwas, das ich persönlich weiß, dank meines Rombesuchs im letzten Jahr. Es muß darüber entschieden werden, bevor ich in meine neue Abtei in Lincoln gehe.«

»Was?« platzte Robert heraus.

Aelred sah ihn immer noch nicht an. »Ja, William von Roumare hat Land und Mittel für ein Tochterhaus in Revesby gestiftet. Ich werde dort Abt sein.«

»Das ist ja wunderbar, Æthelr ... Aelred!« sagte Edgar. »Und du hast kaum die Dreißig überschritten. Müssen wir dich jetzt als ›Euer Ehrwürden‹ anreden?«

»Nur, wenn ihr wollt, daß ich nicht antworte.« Aelred nahm Edgars Arm und führte ihn dorthin zurück, wo man Tische aufgebaut hatte, um Platz für alle Gäste der Abendmahlzeit zu schaffen. »Aber, Edgar, ich muß dich um einen Gefallen bitten. Und dich auch, Robert.« Der Blick, den er Robert zuwarf, war kurz und flehentlich. »Wenn es dir gelingt, deine Eskorte heute abend auf Distanz zu halten, gebe ich Robert eine Botschaft von Bischof William an die Mönche in Durham mit. Er wird sie auswendig lernen müssen, aber ihr beide solltet sie kennen, falls nur einer von euch zu ihnen vordringt. Wir haben schreckliche Geschichten darüber gehört, wie man dort mit ihnen umspringt.«

»Ich werde tun, was in meiner Macht steht«, versprach Edgar. »Ich darf gelegentlich das Kloster betreten. Wir werden den Mönchen deine Nachricht übermitteln, wenn es menschenmöglich ist, nicht wahr, Robert?«

»Aelred weiß, daß man mich mit jeder Aufgabe betrauen kann, die er mir stellt«, antwortete Robert.

»Danke.« Aelred sah Robert an. »Dank euch beiden.«

Als er fort war, ließ Robert sich auf die nächste Bank fallen. Edgar betrachtete ihn voller Mitgefühl.

»Warum gehe ich nicht einfach etwas Bier holen?« schlug er vor.

»Das hilft auch nichts«, sagte Robert.

»Das weißt du erst, wenn du's ausprobiert hast!« Edgar ging an das Faß der Gemeinde und zapfte zwei Becher voll. Einen davon hielt er seinem Bruder hin. »Meine Kehle ist voll roten Staubs und meine Laune nicht die beste. Dies hier wird beidem abhelfen.«

»Ich dachte, wenn ich ihn nur sähe, würde alles so sein wie früher.« Robert seufzte und leerte den Becher in einem Zug.

»Er hat sich verändert, Robert«, sagte Edgar leise. »Ich habe es bemerkt, wie ich ihn zwischen den Mönchen sah. Ich weiß zwar nicht, ob er jemals in seinem Leben vollkommen glücklich wird, aber vielleicht findet er Frieden hinter Klostermauern.«

Robert wollte sich nicht überzeugen lassen. Er setzte den Becher ab und stand auf.

»Ich glaube einfach nicht, daß er jemals Frieden oder Glück ohne meine Freundschaft finden kann, und das werde ich ihm heute abend sagen.«

Edgar gab auf und ging mehr Bier holen. Sein Bruder und sein Freund würden allein einen Weg aus diesem Dickicht finden müssen. Er jedenfalls wußte jetzt keinen Rat mehr.

Abgesehen von der Schwierigkeit, mit den Männern zu Roß Schritt zu halten, verlief für die kleine Schar aus Wedderlie, zusammen mit Samson, die Reise ins Binnenland ereignislos.

Abseits der Küste war der Tag kühl, aber frostfrei. Der Weg führte durch die Wälder. Hie und da passierten sie durch Lichtungen, wo Bauern Hütten errichtet hatten. Sie stellten Holzkohle her, bis sie genug von den Bäumen verbrannt hatten, um Feldfrüchte anzubauen. Die Bewohner hielten in ihrer Arbeit inne, wenn sie näherkamen, um sie zu begrüßen und die neuesten Nachrichten aus aller Welt auszutauschen. Catherine und Solomon blieben dabei zurück, da sie nicht abschätzen konnten, ob man Ausländer willkommen heißen würde.

Ein paar Meilen östlich von Durham trennten sie sich von den Kurieren des Königs, und eine viel kleinere Gruppe hielt jetzt auf die Stadt zu.

Ansiedlungen tauchten jetzt öfter auf. Manche erreichten fast den Status von Dörfern. Aber es gab auch Anzeichen für kürzlichen Krieg, verbrannte Gebäude, halbzertrampelte Felder, Türen, die mitten am Tag fest verschlossen waren. Obwohl die Reisenden harmlos wirkten, kam niemand auf sie zu. Alle beobachteten mit unbewegter Miene, wie sie vorbeizogen, und packten zu Hacke oder Sichel wie zu einer Waffe.

Ab und zu schickte man die, die Englisch beherrschten, vor, damit sie nach dem Weg und Neuigkeiten fragten. Sie taten das stets aus sicherer Entfernung und mit offensichtlich leeren Händen.

Samson kam von einer dieser Begegnungen beunruhigt zurück.

»Diese Leute sagen, daß alle Brücken über den Fluß Wear gesperrt sind, und das einzige Landtor ist geschlossen und mit

Steinen und Abfallhaufen verbarrikadiert«, teilte er ihnen mit. »Nur wer einen Passierschein hat, wird in die Stadt eingelassen.«

»Wie bekommen wir einen Passierschein?« fragte Catherine.

Samson verzog das Gesicht, versuchte, den besten Weg zu finden, es auszudrücken. »Anscheinend . . .«, begann er behutsam, »bekommt man nur dann einen Schein, wenn man zuerst drin war, und zwar wird er gleich beim Verlassen der Stadt ausgestellt.«

»Was?«

»Das sagen sie«, verteidigte sich Samson. »Offenbar dürfen nur Cumins Vertraute hinaus und wieder hinein.«

»Dann müssen wir die Wachen anweisen, Edgar aufzusuchen und ihn für uns bürgen zu lassen«, sagte Catherine. »Wir haben doch nicht so viel durchgemacht, um uns am Tor abweisen zu lassen.«

Solomon mußte heimlich schmunzeln. Catherine zog Edgar meist wegen seines Hochmuts auf, auch wenn er ihn nicht oft zeigte. Aber sie war die Tochter eines reichen Kaufmanns und die Enkelin eines Angehörigen des niederen Adels aus Blois. Da stand sie nun auf der Straße, in geborgten Kleidern, mit ausgetretenen Schuhen und zerzaustem Haar und nahm eine Haltung ein, die nur Leuten von Stand zukam – ein scharfer Kontrast.

»Wir werden es dir überlassen, diese Anordnung zu geben«, sagte er. »Schade, daß du deine Krone und dein Zepter in Paris gelassen hast.«

Wenn man Durham vom Osten her erreichte, wirkte die Stadt nicht so hoch und imposant wie für diejenigen, die sich ihr von Westen oder Süden her näherten. Doch der erste Anblick der Kathedrale und der Festung auf dem Steilhang war immer noch furchteinflößend genug, um Catherine mehr einzuschüchtern, als sie zugeben wollte. Es schien, als ob die beiden Gebäude aus dem Felsen wüchsen und sich einfach den Schmutz von den goldbraunen Steinen gebürstet hätten.

»Hier hat Edgar einmal gelebt?« wandte sie sich staunend an Solomon.

»Vier Jahre lang, nicht?« Solomon versuchte, sich auszumalen, wie es wohl wäre, in diesem Stein gefangen zu sein. Ihn schauderte, dann fügte er hoffnungsvoll hinzu: »Also wird er auch alle möglichen Wege nach draußen kennen.«

»Das ist wohl wahr.« Daran hatte Catherine noch nicht gedacht. »Aber mich interessiert jetzt nur, wie wir einen Weg hinein finden.«

»Ich vermute, jetzt ist es Zeit, daß du die Kaiserin Matilda spielst«, meinte Solomon.

»Deine spöttischen Bemerkungen kannst du dir jetzt sparen«, versetzte Catherine. »Vielleicht sprechen sie auch kein Französisch?«

Das stellte sich als wahr heraus. Entweder das oder, wie Catherine vermutete, es paßte ihnen ins Konzept, Unkenntnis zu heucheln. Alfred und Samson bemühten sich nach besten Kräften, die Soldaten dazu zu bringen, Nachricht an die Burg zu schicken, daß die Familie des Herrn von Wedderlie eingetroffen sei. Diese Ankündigung wurde ungläubig und mit Späßen quittiert, die Catherine entsetzt hätten, wenn sie sie hätte verstehen können.

Die Gesten waren klar genug, um sie in Zorn zu versetzen. James, der ihre Stimmung spürte, wachte plötzlich auf und schrie vor Angst. Der Anblick des Säuglings sorgte für noch mehr Belustigung bei den Torwächtern. Das brachte sie noch mehr in Rage.

»Ihr Schweine!« brüllte sie. »Ihr häßlichen Esel!«

Sie lachten immer noch, diese grinsenden, hochmütigen Biester! Catherine zeigte mit dem Finger auf sie, kniff die Augen zusammen und verkündete laut: »*Ut bufones evolent ex ano tuo quandocumque bumbulum facis!*«

Solomon zog ihre Hand herunter und ignorierte die spottenden Wachen.

»Es wird sie nicht im mindesten kümmern, wenn du sie auf lateinisch verfluchst, Kusine«, sagte er.

»Schon, falls die heilige Genoveva mein Gebet erhört!« sagte Catherine unheilvoll und warf den Männern einen bösen Blick zu, der sie noch mehr erheiterte.

Solomon mußte unwillkürlich mitlachen, obwohl er wußte, in welche Gefahr er sich dadurch begab.

»Meine Liebe, ich bin entsetzt!« sagte er, James' Crescendo übertönend. »Bittest du wirklich deine Heiligen, dir bei deiner kleinlichen Rache beizustehen? Höchst unchristlich. Komm, Catherine«, fügte er leiser hinzu. »Wir können sie nicht überwältigen, wir müssen sie überlisten. Das dürfte nicht schwerfallen.«

»Wohin denn?« Catherine merkte nicht, daß sie kurz vor einem Zusammenbruch stand. Die Reise hatte an ihren Nerven gezehrt.

»Samson sagt, daß die Kirche von St. Giles ganz in der Nähe liegt. Dort gibt es ein Siechenhaus, das uns aufnehmen wird, bis wir Waldeve eine Nachricht zuspielen können.«

Solomon nahm die Zügel des Maulesels, der Willa und Margaret trug: Margaret lag fest schlafend auf dem Nacken des Tieres, und Willa paßte zwischen ihren Hustenanfällen immer auf, daß Margaret nicht herunterfiel.

Als sie sich den Toren des Siechenhauses näherten, nahmen Solomon und Samson Catherine in die Mitte.

»Kusine! Würdest du uns bitte darüber aufklären, was du den Wachen eigentlich an den Hals gewünscht hast?«

Catherine errötete, es war ein dunkles Rot, das von ihrem Hals bis in die Haarwurzeln aufstieg. »Nichts!« antwortete sie.

»Catherine?«

Sie murmelte etwas. Solomon beugte sich tiefer über sie.

Jetzt entflammte Catherine wie ein Sonnenuntergang. Sie redete zum Boden, aber beide Männer waren nahe genug, um sie zu hören.

»Ich habe gesagt: ›Mögen euch bei jedem Furz Kröten aus dem Arschloch fliegen!‹«

»Aber Catherine!«

Sie preschte vor und ließ den Türring viel härter aufschlagen, als nötig war.

Hinter ihr strahlte Solomon vor Stolz, und Samson wollte sich schier totlachen.

Auch im Burghof von Roger de Conyers Bergfried erscholl Gelächter unter den dort Versammelten. Die Herren und ihre Gefolgsleute waren zuversichtlich, daß jetzt, wo sich ein echter Bischof in Durham aufhielt, alles bald wieder gut wäre. Dann konnten sie ihr Augenmerk wieder auf den Krieg zwischen Stephan und Matilda richten, da sie wußten, daß die Steuern wieder aus dem Norden fließen würden.

Seit den Nachmittagsstunden hatte sich Edgar den Bierkrug stetig nachgefüllt und lief ernsthaft Gefahr, unter den Tisch zu fallen und morgens mit den Abfällen hinausgekehrt zu werden. Er war es leid, den Soldaten zu spielen. Ihn scherte es nicht, wer Englands Krone gewann. Er fragte sich allmählich, warum der heilige Cuthbert das Gezerre um das Bistum nicht wie in alten Zeiten mit einem Blitzschlag beendete. Er hatte irgendwann im Verlauf des feuchtfröhlichen Abends feststellen müssen, daß er sich nicht mehr an die Gesichtszüge seines Sohnes erinnern konnte. In einem Anfall von Selbstmitleid versuchte er, sein Pferd zu holen und nach Lindisfarne aufzubrechen. Er war erstaunt, als sein Körper ihm den Dienst versagte und die Füße unter dem Tisch stehenblieben.

Robert beachtete ihn nicht. Bei Anbruch des Tages verließ er die Zecher und Prasser und machte sich auf den Weg zu Aelreds Freiluftkapelle.

Den Findling entdeckte er sofort. Er lag ganz hinten, dicht an der Mauer. Es gab kaum Platz zwischen dem Stein und dem Erdwall, der an dieser Stelle als Abfallhalde diente. Der Gestank waberte durch die Nachtluft.

Aelred stand vor dem gemalten Kreuz, und Tränen rannen ihm über die Wangen, als er mit geschlossenen Augen betete. Robert zögerte, wollte seine Andacht nicht stören, brauchte aber auch einen Augenblick, um sich dieses Bild von seinem Freund für immer einzuprägen.

Mit einem leisen »Amen« beendete Aelred das Gebet und schlug die Augen auf. Er streckte die Arme aus, und Robert ging zu ihm und schloß ihn in die Arme. Er legte den Kopf auf Aelreds Schulter und schluchzte seine Einsamkeit und seinen Kummer heraus.

»Es tut mir ja so leid«, murmelte Aelred und strich Robert übers Haar. »Bitte versteh, bitte verzeih mir.«

»Aber wieso?« weinte Robert. »Wir waren unzertrennlich. Kein Streit, keine Eifersucht oder Gemeinheiten. Von allen Männern, die ich am Hof kannte, warst du der beste, edelste, treueste Freund.«

»Nein, deine Liebe hat die Erinnerung an meine Fehler verdrängt.« Aelred hob Roberts Kopf und trat einen Schritt zurück. »Nichts davon trifft zu. Ich war eitel und stolz und schwach, sehr schwach. Ach, Robert, es schmerzt mich, es dir sagen zu müssen, ich habe mich unserer Freundschaft geschämt, wegen der ... Leidenschaft, die ich für dich empfand.«

Robert richtete sich auf und reckte das Kinn. »Edgar hat mir gesagt, daß der heilige Augustinus von Hippo die Ansicht vertrat, wahre Freundschaft könne es nur unter Männern geben.«

»Das stimmt, das sagte er.« Aelred nickte. »Aber wir sind über die Freundschaft hinausgegangen, zu einer Fleischeslust, die uns versklavt hat.«

»Nein!«

»Doch!« sagte Aelred leise. »Ich konnte Gott nicht dienen,

weil ich immer nur dein Gesicht sah, weil mich nur nach deinem Leib gelüstete?«

»Warum konntest du ihm nicht gerade deswegen dienen?« fragte Robert flehentlich. »Ich dankte Gott jeden Tag, daß er dich zu mir geschickt hatte. Ich verehrte ihn um so mehr, weil er mir dich zum Freund gab.«

»Ach, Robert, ich wünschte, ich könnte deinen Glauben haben!« Aelred trat noch weiter zurück und legte eine Hand auf Roberts Schulter. »Ich kann dir nur sagen, daß ich vor Ekel und Scham verging. Aber ich habe mich selbst verabscheut, nicht dich. Du warst der selbstloseste Freund, den ich je hatte. Und ich war im Begriff, dich mit in den Höllenschlund zu reißen.«

»Falls das so ist, so wäre ich frohen Herzens mitgegangen«, unterbrach ihn Robert.

Aelred schüttelte den Kopf. »Siehst du denn nicht, daß das alles noch schlimmer macht? Bitte, mein liebster Freund, glaub mir, wenn ich sage, daß ich jetzt dafür bete, daß du mich vergißt und ein neues Leben beginnst. Ich *muß* versuchen, dich zu vergessen, oder wenigstens muß mein Leib dich vergessen, um meiner und deiner Seele willen.«

»Meine Seele soll verdammt sein!« Robert schleuderte Aelreds Arm von sich.

Lächelnd sagte Aelred: »O nein, nur das nicht, Robert. Wir werden uns im Himmel wiedersehen, wo unsere unreinen Begierden nicht länger existieren. Wenn meine Gebete und Bußen eine Wirkung haben, dann ist es das, was ich mir am meisten wünsche. Und ich wünsche es mir mit aller Macht.«

In Roberts Herzen schlug eine schwere Eisentür zu, mit einer Endgültigkeit, die ihn überraschte. Die Hoffnung, die fast zehn Jahre in ihm gebrannt hatte, war auf ewig verloschen. Er empfand keinen Kummer oder Sehnsucht mehr, nur noch eine große Leere. Dennoch wagte er einen letzten schwachen Vorstoß. »Ich könnte doch auch ein weißer Mönch werden«, sagte er tapfer. »Ich weiß, daß das Keuschheit und ein hartes Leben bedeutet, aber ich wäre zumindest in deiner Nähe. Mehr begehre ich auch gar nicht.«

»Ach, du Lieber!« Aelred wollte Robert erneut umarmen, zügelte sich aber. »Ich vermute, daß du das wirklich glaubst. Vielleicht könntest du das auch, aber ich bin noch nicht so stark. Tatsächlich setze ich mich stundenlang in eiskaltes Wasser, um mein widerspenstiges Fleisch zu züchtigen. Versteht du denn nicht, daß ich dich nicht sehen darf, gerade weil ich dich liebe und begehre? Auf lange Zeit zumindest nicht, vielleicht nie. Eines Tages mag Gott mir genug Gnade erweisen, mich neben dir sitzen zu lassen, ohne daß ich bei dir liegen will, aber der Tag ist noch nicht gekommen.«

»Aelred?«

»Noch eins, dann widmen wir uns dem gegenwärtigen Problem.« Aelred holte tief Luft. »Es betrübte mich zu erfahren, daß Edgar es vorgezogen hatte zu heiraten, statt der Kirche zu dienen. Doch sagte ich mir, er habe eben beschlossen, lieber zu heiraten, als zu brennen. Uns dagegen stand diese Wahl nie offen. Ich wußte, daß ich allein bleiben oder brennen mußte. Ich glaube nicht, daß ich es bis dahin wahrhaben wollte. Das war der schwärzeste Tag meines Lebens. Aber Gott spendete mir Trost und lehrte mich den Wert geistiger Freundschaft. Ich verdiene es zwar nicht, aber dein Segen wäre ein Geschenk für mich, das ich für immer und ewig wertschätzen würde.«

Er endete, und Robert wartete. »Bist du fertig?« fragte er endlich.

»Ja.«

»Gut«, sagte Robert trocken. »Mein Fuß ist nämlich eingeschlafen.« Er lehnte sich an den Findling und rüttelte ihn, dabei hielt er den Blick gesenkt, bis er seine Fassung wiedererlangt hatte.

»Ich kann mich mit deiner Wandlung nicht anfreunden«, teilte er Aelred mit. »Aber ich weiß jetzt, daß du es ehrlich meinst. Ich dachte lange, daß deine plötzliche Entscheidung damit zu tun hätte, daß du dich in Rievaulx in einen der Mönche verliebt hast. Jetzt weiß ich es besser. Ich werde keinen Versuch unternehmen, dich wiederzusehen. Und natürlich gebe ich dir meinen Segen, auch wenn er nutzlos ist. Ich werde dich nie vergessen, einerlei, wie sehr du dafür betest. Und ich werde nie einen anderen Freund haben, für den ich so viel empfinde wie für dich.« Er holte tief Luft und atmete langsam aus. »Was also soll ich nach Bischof Williams Willen den Mönchen in Durham ausrichten?«

Aelred war erleichtert, daß sein Freund seine Entscheidung akzeptierte, und sagte das auch.

»Du solltest eigentlich wissen, Aelred, daß ich im Haushalt meines Vaters gelernt haben, jeden Schicksalsschlag hinzunehmen«, sagte Robert. »Wir wollen nicht mehr darüber sprechen.«

»Danke, Robert.« Aelred verwandelte sich wieder in den Diener der Kirche. »Hier sind die Anweisungen für die Mönche. Die erste ist für Bruder Lawrence . . .«

Robert lauschte und prägte sich alles ein. Er wiederholte die Botschaften ohne Fehler und wünschte Aelred eine gute Nacht, ohne zu zittern. Dann ging er, zog sein Brüderchen unter dem Tisch in der Schenke hervor, klopfte ihm den Staub ab und brachte ihn ins Bett.

Im Spital von St. Giles war Catherine dankbar, ein richtiges Bett statt eines Strohsacks vorzufinden. Sie war auch erstaunt, daß es dort einen Arzt gab, der nicht Mönch war. Meister Herbert sprach gutes Französisch und schlechtes Latein, so daß Catherine beide Sprachen zu Hilfe nahm, um ihrer Sorge über Willas Husten und James' ständig wunden Po Ausdruck zu geben.

»Laßt das Kind so oft wie möglich nackt liegen und reibt die wunden Stellen mit Öl ein«, war sein Rat für die zweite Beschwerde. Willas anhaltender Husten ließen ihn sofort ernst werden.

»Ein trockener Husten«, murmelte er. »Kein Schleim. Eine rauhe Kehle. Vielleicht braucht sie einen Aderlaß.«

»Nein«, widersprach Catherine. »Sie hat das Alter der Frau erreicht, und ihre Reinigungen sind regelmäßig. Ich glaube, daß der Wechsel von ihrem heimatlichen Klima ihre Säfte durcheinandergebracht hat. Was würdet Ihr empfehlen, um die Hitze und Feuchtigkeit in ihrem Leib zu erhöhen?«

»Nun ja, vielleicht ist es das.« Herbert war an Stadtmenschen oder leidende Wallfahrer gewöhnt, von denen es niemand wagte, ihm zu widersprechen. Selbst Bischof Geoffrey hatte ihm respektvoll zugehört, bis an sein seliges Ende. Wer glaubte sie denn zu sein, etwa eine Äbtissin? Catherine beantwortete ihm diese unausgesprochene Frage schnurstracks.

»Ich habe in der Krankenstube im Paraklet assistiert«, erklärte sie. »Schwester Melisande erklärte über die verschiedenen Arten des Hustens. Wir kennen meist die kalte, feuchte Art, die mit dem Winter kommt. Aber auch dieser Husten ist mir nicht unbekannt. Honig und Kräuter lindern ihn nur vorübergehend. Sie bekommt wenig Schlaf. Meint ihr, wir sollten ihr zusätzlich starken Wein verabreichen?«

Meister Herbert dachte einen Augenblick lang nach. »Ja, und erhitzt ihn. Gebt ihr jeden Morgen und Abend eine kleine Tasse davon. Ich werde meine Bücher für weitere Möglichkeiten heranziehen. Ich weiß auch, daß sie eine Dienstmagd ist, aber sie braucht Ruhe, und man sollte sie nicht in die Nähe der Kinder lassen, bis wir sicher sind, daß dies keine ansteckende Krankheit ist.«

»Ich verstehe«, sagte Catherine. »Ich als ihre Dienstherrin bin für ihr Wohlergehen verantwortlich. Und was Euer Honorar betrifft, so werde ich es zahlen, solange es sich im vernünftigen Rahmen bewegt.«

Meister Herbert verbiß sich das Lachen. Diese verwahrloste Flüchtlingsfrau sprach wie eine Gräfin! »Ich verspreche Euch, daß mein Honorar nicht unmäßig sein wird, Madame.« Er verbeugte sich mit einer Geste, die als Spott gedacht war, aber sie reagierte so natürlich darauf, daß er sich gezwungen sah, seine Einschätzung von ihr zu revidieren. Man konnte ja nie wissen, wem man in diesen unruhigen Zeiten begegnete!

Catherine beschäftigte sich damit, sich um ihre Schützlinge zu kümmern. Die Vorstellung, ohne Willas Hilfe überleben zu müssen, war schrecklich. Sie beugte sich über das Bett des Mädchens und deckte sie sorgfältig zu. Willa versuchte, sich zu entschuldigen.

»Nein, *ma douce.*« Catherine drückte ihr einen Kuß auf die Stirn. Immer noch kein Fieber. »Es reut mich, daß ich dich in diesen Alptraum hineingezogen habe. Du warst tapfer, hast dich nicht beklagt und warst mir unentbehrlich. Deine Mutter wird sehr stolz auf dich sein.«

Willa machte Anstalten, ihr zu danken, aber der Husten hinderte sie daran. Catherine ging, um den Wein zuzubereiten, mit Honig und Weißem Andorn, stark genug, um dem Mädchen zu einer ruhigen Nacht zu verhelfen. Sie wiederholte das Gebet, das die Frau sie gelehrt hatte, während sie umrührte.

Am nächsten Morgen erwachte Catherine erfrischt und bereit, die Wachen am Tor zu bekämpfen, wenn nötig auch mit physischer Gewalt, um zu Edgar zu gelangen. Sie richtete sich im Bett auf und rekelte sich, schüttelte den feuchten Flecken, wo James gelegen hatte. Sie wickelte die beschmutzte Windel ab, zog ihm die lange Tunika aus und setzte ihn nackt auf eine Dekke auf dem Fußboden. Nach einer vollständigen Untersuchung seiner Finger, Zehen und seines Glieds, rollte er sich herum und hätte sich beinahe zum Sitzen aufgerichtet.

Catherine nahm das als gutes Omen.

Sie hatte es gerade geschafft, ihn, Margaret und sich selbst für den Tag anzukleiden, als draußen vor dem Haus Hörner ertönten. Bald hörte man das Stampfen schwerer Stiefel im Flur.

»Und nun?« Catherine seufzte.

Sie überzeugte sich, daß Willa noch schlief. Dann nahm sie

James und Margaret mit nach draußen, um nachzusehen, was da vor sich ging. Eine Menschenmenge hatte sich auf der Straße versammelt. Catherine war sich nicht klargewesen, daß sich so viele Menschen in der Stadt aufhielten. Sie bahnte sich einen Weg, bis sie Samson fand.

»Was geht hier vor?« fragte sie. »Wo ist Solomon?«

»Vor kurzem habe ich ihn noch gesehen, aber ich habe ihn in der Menge verloren. Man munkelt, daß der neue Bischof kommt, um die Stadt zurückzuerobern«, sagte Samson. »Er bringt dazu ein Heer mit. Das braucht er auch.«

Catherine merkte, daß jemand an ihren Röcken zupfte.

»Ich bekomme hier unten keine Luft«, beklagte sich Margaret. »Und ich kann auch nichts sehen.«

Samson hockte sich neben sie.

»Ich bin zwar nicht so groß wie diese Angelsachsen, aber wenn du dich auf meine Schultern setzt, kannst du wohl alles sehen. Gestattet Ihr, Lady Margaret?«

Margaret reichte ihm die Hand. »Ihr habt die Erlaubnis, mich hochzuheben.«

Schwungvoll nahm er sie hoch, und sie hielt sich an seinen Ohren fest und benutzte sie, um ihm Anweisungen zu geben.

»Vorsicht!« schrie er. »Ich bin doch kein Esel!«

»Bedaure!« sagte sie von ihrem Hochsitz herab. »Guck mal, die Pferde dort, die in goldenes Tuch drapiert sind! Welcher von den Männern ist der Bischof? Warum trägt er keine Mitra? Sind das die Soldaten, die gegen Vater kämpfen wollen? Sie sehen gar nicht so böse aus!«

So plauderte sie weiter, als die Prozession vorüberzog.

»Da sind viele. Ich sehe Bernard de Balliols Standarte. Er hat uns einmal besucht. Nun, das ist merkwürdig, diese Pferde sehen auch aus wie unsere. Glaubst du, sie stammen alle vom gleichen Hengst ab? Ich bin sicher, daß das Barnabas, Roberts Roß, ist.« Sie richtete sich auf, um besser sehen zu können. »Ja, das stimmt! Da ist ja Robert! Hier! Robert! Edgar!«

Sofort tauchte Catherines Kopf auf. »Edgar?! Wo denn?«

Margaret patschte aufgeregt auf Samsons Kopf. Robert hörte sie und entdeckte sie endlich auch. Dann wies er Edgar auf sie hin.

»Margaret!« Edgar wäre vor Überraschung fast vom Pferd gefallen. »Margaret. Wo ist Catherine?«

»Hier!« rief eine Stimme. »Aus dem Weg!«

Er sah hinunter. Eine Wellenbewegung ging durch die Menge, und daraus tauchte wie weiland Aphrodite, nur schmutziger und vollständig angekleidet, Catherine auf, mit James auf dem Arm.

Es war einer dieser Momente, wenn die Erde verstummt. Edgar nahm nichts mehr von der Prozession wahr, die er gerade angehalten hatte, auch nicht die Menschenmenge. Er glitt vom Pferd und fiel zu Boden, seine Knie versagten ihm den Dienst. Catherine kniete auch nieder und sah ihn an.

»Du lebst«, sagte er.

Sie nickte. »Ich habe gut auf unseren Sohn aufgepaßt.«

Voller Staunen berührte er James' Köpfchen. »Ich hielt dich für tot.«

»Ich habe dich auch totgeglaubt.« Ihre Augen füllten sich mit Tränen.

»Wir werden uns nie wieder trennen.«

»Nein.«

Sie kamen zusammen, zuerst Stirn an Stirn, dann die Lippen, zwischen sich hielten sie das Kind. Einige von den Zuschauern behaupteten, ein Sonnenstrahl sei über ihnen aufgeleuchtet. Später berichteten manche, ein Engel habe über der Familie geschwebt. So entstehen Legenden.

Achtzehntes Kapitel

Im Siechenhaus von St. Giles vor Durham, 20. August 1143, Tag des heiligen Oswin, des letzten Königs von Deria, der sein Heer lieber auflöste, statt Blut zu vergießen, und deshalb gemartert wurde.

I ne can ne i ne mai tellen alle the wunder ne alle the pines ðat hi diden wrecce men on this land. And ðat lastede tha xix wintre wile Stephne was king, and æure it was uuerse and uuerse... Tha was corn dære and flec and cæse and butere; for nan ne waren sum rice man. Wrecce men sturuen of hungær... And hi sæden openlice ðat Crist slep and his halechen.

Ich kann nicht erzählen all die Wunder und all die Leiden, welche jene Männer diesem Land brachten. Und es dauerte neunzehn Winter, während Stephan König war, und wurde immer schlimmer... Korn war teuer damals und Fleisch und Käse und Butter, denn niemand war wohlhabend. Elendig verhungerten die Menschen... Und man redete offen davon, daß Christus und seine Heiligen schliefen.

– Angelsächsische Chronik, 1137 –

Schließlich wurden sich Catherine und Edgar des Umstands bewußt, daß sie die Straße versperrten. Der erste Hinweis war, als Roberts Pferd Edgars Nacken anstupste, so daß er wegen der plötzlichen Kälte aufschrie. Er war furchtbar verlegen, als er alle Augen auf sich gerichtet sah. Rasch stand er auf, half Catherine hoch und nahm ihr den Säugling ab. Sie traten aus dem Weg der Prozession, und die Zuschauer wandten ihre Aufmerksamkeit anderen Dingen zu.

»Wir sind im Siechenhaus untergekommen«, erklärte Catherine. »Willa ist krank und – Edgar, es tut mir so leid – Adalisa ist tot.«

»Ich weiß«, sagte er. »Der Bruder aus Lindisfarne hat es mir erzählt.«

»Unsere Botschaft hat dich erreicht? Und du bist nicht sofort zu uns aufgebrochen?«

»Der Bruder traf erst vor wenigen Tagen ein«, erklärte Edgar. »Ich bekam keine Erlaubnis, mich zu entfernen. Ach, *carissima,* das ist eine lange Geschichte. Müssen wir uns wirklich alles jetzt erzählen?«

Sie betraten das Haus, in dem noch größeres Durcheinander als auf der Straße herrschte. Die Leute rannten geschäftig hin und her, versuchten, Schlafplätze für die Reisegesellschaft des Bischofs zu schaffen; es herrschte eine ausgelassene Stimmung. Wie die Barone waren auch die Menschen von Durham sicher, daß William von Saint-Barbe bald die natürliche Ordnung wiederherstellen würde. Edgar, der die Einstellung der Anhänger Cumins kannte, war nicht so begeistert.

Catherine bahnte sich einen Weg zu der einzelnen Pritsche, auf der Willa aufrecht saß. Sie erbot sich, James zu nehmen.

»Nein, danke, Willa«, sagte Edgar. »Ich muß ihn selbst eine Weile halten, um mich zu vergewissern, daß er gesund und munter ist.«

»Du solltest draußen an der frischen Luft sitzen, wie Meister Herbert angewiesen hat«, fügte Catherine hinzu.

Willa gehorchte, und Catherine und Edgar setzten sich auf eine harte Bank an der Wand. Catherine legte den Arm um Edgar und lehnte den Kopf an seine Schulter. Soweit es sie betraf, war die alte Ordnung schon wiederhergestellt.

Edgar hielt James an ausgestreckten Armen. Das Kind grinste vergnügt, der Speichel rann ihm über das Kinn. Seine kleinen Füße strampelten unter der langen Tunika.

»Ich kann es nicht fassen«, sagte Edgar. »Ich habe ihn wie ein Bündel Wäsche zurückgelassen, und jetzt ist er fast schon ein richtiger Mensch. Und drall noch dazu. Obwohl, wenn ich dich so ansehe, dann mußt du wohl gehungert haben, um ihn zu füttern.«

»So ist es nicht«, widersprach Catherine. »Er nimmt sich, was er braucht, und ich bekomme die Reste. Nein, es war Solomon, der für die Mädchen und mich gehungert hat. Wir stehen in seiner Schuld.« Sie hob den Kopf. »Edgar, ich muß dir so viel erzählen. Ich glaube allmählich, den Verantwortlichen für die Angriffe auf uns und deine Familie zu kennen. Es kommt mir nur unmöglich vor.«

»Da solltest du erst Roberts Lösung hören. Deine kann kaum seltsamer sein«, antwortete Edgar, ohne den Blick von James abzuwenden. »Er denkt, daß Vater das alles geplant hat.«

»Tatsächlich?«

»Seine Theorie weist hundert Schwachpunkte auf«, sagte Edgar. »Warum sollte ein Mann seine eigene Zukunft zerstören?«

»Das weiß ich nicht«, sagte Catherine langsam, »aber Edgar, genau das vermute ich auch.«

Edgar hörte auf, mit James zu spielen, und schenkte ihr seine volle Aufmerksamkeit. »Das ist doch nicht dein Ernst.«

»Das ist das einzige, was einen Sinn ergibt«, antwortete sie. »Laß mich erzählen, was geschehen ist.«

Beim Zuhören wurde Edgar zusehends stiller. Er setzte sich James auf den Schoß, damit er beide umarmen konnte. Er hatte das Feuer für die größte Bedrängnis gehalten. Gut, daß er nicht geahnt hatte, wie gefahrvoll die Reise gewesen war. Die Angst um sie hätte ihn schier um den Verstand gebracht.

»Ach, Catherine, was habe ich dir nur eingebrockt?« Er küßte sie noch einmal.

»Nichts, was ich nicht bei unserer Heirat akzeptiert hätte«, sagte sie mit fester Stimme. »Laß mich weitererzählen. Wegen der Pferde schöpfte ich Verdacht. Margaret blieb dabei, daß Adalisas Mörder Pferde ritten, die deinem Vater gehörten. Sie starb, bevor sie einen Namen nennen konnte, und als die Ebbe kam und der Strand abgesucht wurde, waren die Leichen verschwunden. Aber ich glaube, es waren Waldeves Männer. Hörst du mir überhaupt zu?«

Letzteres fragte sie, weil Edgar begonnen hatte, James mit einem von Catherines Zöpfen zu kitzeln.

»Ja, ich höre dir zu«, antwortete er. »Ich bin nur nicht sicher, ob ich es glauben kann, daß du und Robert dieselbe unwahrscheinliche Schlußfolgerung gezogen habt. Ich brauche Zeit, um es zu verarbeiten. Selbst wenn es wahr wäre, was könnte unser nächster Schritt sein? Es ist eine ernste Sache, den eigenen Vater eines solchen Verbrechens zu bezichtigen. Ich glaube, dafür gibt es noch nicht einmal ein Wort.«

»Ich weiß.« Sie legte den Kopf wieder an seine Schulter.

Lange Zeit sprachen sie kein Wort. Das wunderbare Gefühl ihrer Wiedervereinigung wich langsam dem der Geborgenheit und Vertrautheit, dem Wissen, daß sie schon immer zusammengehörten. James hatte das Ende des Zopfs gepackt und benutzte es nun, um die Stelle in seinem Gaumen zu streicheln, wo ein

Zahn durchbrechen wollte. Seine Augenlider hingen herunter, und als Edgar das nächste Mal hinsah, schlief er.

»Catherine, wie lange er wohl schläft?« flüsterte er.

Sie sah sich in der Stube um. »Lange genug, aber hier gibt es kein privates Plätzchen.«

»Draußen? In den Wäldern, auf dem Friedhof? Irgendwo!« Sie spürte seinen Atem an ihrer Wange. Catherine fühlte, wie ihr Körper dahinschmolz.

»Glaub mir, Edgar, wenn ich so einen Ort wüßte, ich würde mit dir dahin rasen.« Catherine küßte ihn von unten aufs Kinn, dann die Kehle, sehnte sich danach, die Route nach unten zu verfolgen.

»Halt, Catherine, laß das sein!« zwang Edgar sich zu sagen. »Wenn das so ist, dann müssen wir aufstehen und uns irgendwie ablenken, und zwar sofort.«

Catherine versuchte, den Atem anzuhalten. »Ja, gut. Was gibt es sonst noch? Ach, Margaret! Die haben wir draußen bei Samson gelassen.«

»Wer ist Samson?« fragte Edgar. »Ist er vertrauenswürdig?«

»Ich denke schon; er ist ein Freund von Solomon. Nur, daß er Engländer ist oder vielmehr Normanne, nein, Jude. Na ja, er sieht nach allem aus. Er spricht Englisch und Französisch gleich gut. Solomon und ich glauben, daß er ein entfernter Verwandter von uns ist, vielleicht großmütterlicherseits.«

»Catherine«, sagte Edgar. »Du brabbelst ja.«

»Entweder das, oder du gehst zu den Mönchen und sagst ihnen, daß wir einen Ort brauchen, an dem wir unsere ehelichen Pflichten erfüllen können«, konterte sie. »Oder wir tun es hier auf dem Boden und riskieren, vom Bischof ertappt zu werden.«

»Dann brabbele nur weiter, wenn es denn sein muß.« Er lächelte. »Eigentlich hat es mir ja ziemlich gefehlt.«

Sie standen jetzt, Edgar ließ den Säugling vom Arm hängen, wie es keine Frau gewagt hätte. Catherine wußte, daß sein Griff sicher war. Ihr fiel aber nichts mehr ein, was sie hätte sagen können. Sie betrachtete die beiden Menschen, die sie über alles liebte.

»Margaret«, erinnerte Edgar sie.

»Ist draußen.«

Draußen auf der Straße war niemand mehr. Nach einigem Suchen fanden Edgar und Catherine Margaret zusammen mit Solomon, Samson und Willa, die alle im Garten auf sie warteten.

»Wir dachten, ihr würdet länger dafür brauchen«, begrüßte ihn Solomon unverblümt.

Edgar knuffte ihn mit der freien Hand. »Ich fand es wichtiger, mich davon zu überzeugen, daß du durch die Schützlinge, die ich dir anvertraute, nicht zu sehr gealtert bist.« Seine Miene wurde ernst. *»Todah robah,* mein Freund,« sagte er. »Ich werde dir die Sorge, die du für meine Familie getragen hast, nie vergelten können.«

»Es ist ja auch meine Familie«, erinnerte Solomon ihn sanft. »Ich wünschte nur, ich hätte Margarets Mutter auch beschützen können.«

»Sie war die einzige Mutter, an die ich mich erinnern kann, obwohl, jetzt wo ich's mir recht überlege, war sie genauso alt wie mein Bruder Alexander. Sie wird mir fehlen. Solch einen Tod hat sie nicht verdient – geschweige denn solch ein Leben«, sagte Edgar.

»Waldeve hat sie grausam behandelt«, murmelte Solomon, eher zu sich selbst als zu Edgar.

Catherine sah ihn scharf an. Edgar fing den Blick auf und zog fragend die Brauen hoch. Sie schüttelte den Kopf.

»Da gerade von Brüdern die Rede ist«, unterbrach Edgar das Schweigen. »Hat jemand Robert gesehen?«

»Nicht, seit wir euch entdeckten«, antwortete Solomon. »Alfred ist ihm gefolgt, in der Hoffnung, an den Wachen vorbei zu deinem Vater zu gelangen.«

»Alfred?« Edgar war überrascht. »Der ist auch hier? Robert sagte mir doch, die Dörfler seien überall in der Gegend verstreut.«

»Offensichtlich war der Schaden am Bergfried größer als der im Dorf«, meinte Catherine. »Ist es in der Regel nicht genau umgekehrt?«

Edgar stieß sich plötzlich mit der flachen Hand an die Stirn. »Vater!« rief er aus. »Das habe ich ja ganz vergessen. Ich muß zu ihm und ihm Bericht erstatten. Robert weiß nicht alles, was Conyers und der Bischof mir erzählt haben. Catherine, ich verspreche dir, heute abend zurückzukehren.«

»Keine Sorge.« Lächelnd nahm sie ihm das Kind ab. »Wenn du kommst, verspreche ich dir, daß ein Plätzchen, ein lauschiges, ein verschwiegenes Plätzchen auf dich wartet.«

Beide ignorierten Solomons Pfiffe.

»Nun«, sagte Catherine, als sie fort waren. »Ihr beide könnt mir auf der Suche nach solch einem Ort behilflich sein.«

»Catherine, das käme einem Wunder gleich«, protestierte Solomon. »Jedes Privatzimmer, jedes Bett hinter Vorhängen werden die Geistlichen oder die Herren für sich beanspruchen.«

»Dann sucht mir einen Stall«, erwiderte Catherine. »Wenn das für die heilige Jungfrau gut genug war, dann auch für uns. Wir haben unsere Hochzeitsnacht in einem Heuschober verbracht.«

»Ich erinnere mich«, sagte Solomon und schnitt eine Grimasse. »Ich mußte unter einem Baum schlafen.«

Samson lächelte verschmitzt. »Das mußt du vielleicht noch einmal tun. Komm mit, mein Freund. Sicherlich ist es eine Art *Mitzvah,* die Vermehrung der Rasse zu fördern.«

»Aber nicht die der Edomiter«, grummelte Solomon.

»Wer weiß? Vielleicht sehen sie eines Tages das Licht und kommen zum WAHREN Glauben.« Samson führte den immer noch nörgelnden Solomon aus dem Garten.

Margaret und Willa hatte die Vorgänge mit Interesse verfolgt. »Willst du etwa James ein Brüderchen schenken?« fragte Margaret.

Catherine errötete. »Heute abend vermutlich nicht mehr«, seufzte sie.

»Edgar muß wohl anders sein als mein Vater«, fuhr Margaret nachdenklich fort. »Mutter hat ungern das Bett mit ihm geteilt. Sie sagte, ich solle lieber ins Kloster gehen, statt zu heiraten. Was meinst du?«

Catherine fand, daß sie nicht befugt war, diese Entscheidung für Margaret zu treffen. Darum sagte sie nur: »Gott weiß, was für dich das Beste ist. Warum wollen wir das nicht ihm überlassen?«

Damit schien sich das Kind zu Catherines Erleichterung zufrieden zu geben. Es blieb noch Zeit genug, sich um Margarets Zukunft zu sorgen. Sie wußten ja noch nicht einmal, ob sie Waldeve dazu bringen könnten, sie ihnen zu überlassen, oder ob sie überhaupt mitkommen wollte. Obwohl, durchfuhr es Catherine in diesem Augenblick, sie nicht einmal darum gebeten hatte, zu ihrem Vater gebracht zu werden. Sie fragte sich, ob er überhaupt Sorge für sie ausgedrückt hatte.

»Margaret, wie würde es dir gefallen, mit uns nach Paris zu gehen, falls dein Vater einwilligt?« fragte sie.

Margarets und Willas Gesicht leuchteten auf wie die Sommermorgenröte. Die beiden fielen sich in die Arme.

»Ach ja, bitte!« sagte Margaret. »Willa hat mir alles über die Stadt erzählt. Ich möchte so gern Schweine mit Glocken sehen und den Märtyrerhügel und den *pet du diable* und den Eselsbischof und alles.«

Catherine zog die Brauen hoch. »Es gibt noch andere Dinge in Paris«, sagte sie. »Den Königspalast, Kirchen, Schulen.« Sie hielt inne. Meine Güte! dachte sie. Ich höre mich ja genauso an wie Schwester Bertrada!

Margaret hörte ihr gar nicht zu. Sie begann, mit Willa Pläne zu schmieden, was sie als erstes in Paris unternehmen würden. Catherine ließ sie gewähren. Schließlich müßte Cumin erst einmal kapitulieren, jetzt wo der echte Bischof eingetroffen war. Und, so schrecklich es auch sein mochte, sie konnten nichts dazu beitragen, daß Waldeve für seine Verbrechen zur Verantwortung gezogen wurde, außer seinen Herrn davon unterrichten. Von Edgar konnte man nicht erwarten, daß er am Prozeß gegen seinen eigenen Vater teilnähme, oder? Sie könnten lange vor Lichtmeß wieder daheim sein.

Der bloße Gedanke daran heiterte Catherine so sehr auf, daß die stetige Furcht, die sie begleitete, seit sie Franzien verlassen hatten, etwas nachließ.

Edgar holte Robert ein, bevor der Bischof ihm eine Audienz gewährte. Er hielt sich außer Atem die Seite. »Hast du Vater gesehen?« fragte er.

»Noch nicht«, antwortete Robert. »Und wenn er Lufen ein Haar gekrümmt hat, dann ramme ich ihm mein Schwert in den Leib.«

»Die Idee mit dem langsam wirkenden Fluch gefiel mir besser«, bemerkte Edgar. »Daran hat er länger Freude. Er sieht doch andere so gern leiden. Aber ich wollte dich bitten, ihm nicht zu sagen, daß Catherine und James hier sind.«

»Warum denn nicht?«

»Je weniger sie mit ihm zu schaffen haben, desto besser«, sagte Edgar. »Und falls du recht haben solltest und er unsere Familie ausrotten läßt, einen nach dem anderen, dann soll er lieber nicht wissen, daß sie noch leben.«

»Sehr vernünftig«, erwiderte Robert. »Es ist wohl an der Zeit, daß du auf mich hörst.«

»Nun, Catherine meint, du könntest recht haben«, räumte Edgar ein.

»Tatsächlich? Dachte ich's mir doch, daß du über deine Intelligenz geheiratet hast.«

Edgar ignorierte das. Manchmal fand er das ja selbst. Statt dessen fragte er, wo Onkel Æthelræd sich aufhielt.

»Keine Ahnung«, sagte Robert. »Ich glaube, er hat alle überzeugt, daß er vollkommen von Sinnen ist. Darum lassen sie ihn nach Belieben herumwandern. Natürlich ist er auch groß genug, daß selbst Bewaffnete es sich zweimal überlegen, ob sie sich mit ihm anlegen sollen.«

»Du weißt ja, wenn er sich völlig wild gebärdet, führt er stets etwas im Schilde«, bemerkte Edgar.

»Nur zu gut!« Robert versuchte, die Erinnerung an gewisse Episoden in seiner Kindheit zu verdrängen. »Was auch immer es diesmal sein mag, ich möchte nicht hineingezogen werden.«

»Robert«, seufzte Edgar. »Anscheinend bleibt uns aber keine andere Wahl.«

Waldeve saß hinter verschlossenen Türen mit William Cumin, dessen Verwalter, seinem treuen Erzdiakon, Duncan und Alan von Richmond. Edgar und Robert wurden sofort vor ihn geführt.

»Ich habe euch ausgeschickt, damit ihr mir Conyers' Kapitulation überbringt«, herrschte Cumin die beiden Männer an. »Statt dessen bringt ihr ein ganzes Heer mit. Würdet ihr das gefälligst erklären?«

Robert schüttelte abwehrend den Kopf. »Edgar, du bist der Philosoph.«

Edgar verbeugte sich vor den Männern. Er räusperte sich nervös. »Wir haben Herrn Roger und William von Saint-Barbe Euer Ultimatum überbracht. Wir mußten jedoch feststellen, daß Saint-Barbe die Unterstützung vieler örtlicher Peers gefunden hat. Er meint, seine Position sei stark genug, um Euch zur Aufgabe Eures Bistums zu bewegen, entweder gewaltsam oder aus Angst um Euer Seelenheil. Man gab uns die folgende Botschaft mit: wenn Ihr die Schlüssel und das Siegel des Ordenskapitels aushändigt und Eure Taten aufrichtig bereut, dann werdet Ihr und Eure Anhänger unbehelligt von dannen ziehen dürfen.«

Während er sprach, hatte Edgar Schwierigkeiten, nicht in Richtung Tür zurückzuweichen. Cumins Miene verdunkelte sich vor Zorn. Er schien kurz vor dem Platzen zu stehen. Edgar wäre nicht im mindesten überrascht gewesen, wenn aus seinem Mund züngelnde Flammen geschlagen wären, als er ihn zum Antworten öffnete. Der bedrängte Bischof stand stocksteif da, seine Hand griff nach dem Kreuz auf seiner Brust, bis seine Knöchel weiß hervortraten.

»Ist das der Grund, warum William Saint-Barbe seine Residenz in St. Giles aufgeschlagen hat? Er glaubt, ich werde mich ihm zu Füßen werfen und um Gnade betteln?« Er zerrte wutentbrannt an seinem Kreuz, verbog dabei die Kettenglieder, so daß es sich löste und die Kette klimpernd auf den Steinboden fiel.

»Welche Antwort soll ich ihm bringen?« fragte Edgar voll banger Erwartung.

»Welche Antwort?« Cumin lachte. »Überhaupt keine, junger Mann. Du bist mein Herold, nicht Saint-Barbes. Duncan, verdoppele die Wachen an allen möglichen Zugängen zur Stadt. Wenn Saint-Barbe oder seine Kohorten sich von fern nähern, verjagt sie. Wenn sie das nicht aufhält, bereitet den Angriff vor. Wann wird Euer Heer frühestens hier eintreffen, Herr Alan?«

»Spätestens in ein paar Tagen, Herr Bischof«, erwiderte der Earl. »Nach dem, was mir meine Kundschafter berichten, werden wir dem Haufen, den Conyers um sich geschart hat, bei weitem zahlenmäßig überlegen sein.«

»Gut!« Cumins Gesichtsfarbe war wieder normal. »Bis dahin brauchen wir uns nur zu verbarrikadieren, damit sie grübeln, was für einen schrecklichen Ausfall wir planen.«

Edgar wollte protestieren. »Es muß doch irgendeine Protestnote geben, die ich Conyers und Saint-Barbe zurückbringen könnte«, sagte er in bittendem Ton, da er wohl merkte, wie sein Versprechen an Catherine und ihr Wiedersehen unter dieser neuen Drohung dahinschmolz.

Cumin musterte ihn voller Argwohn. »Nein, zwischen unserem Palast und den Eindringlingen wird es keine weitere Kommunikation geben. Sollen sie im eigenen Saft schmoren, bis wir bereit sind, sie wie Ungeziefer auszuräuchern. Du kannst jetzt gehen.«

Er streckte ihnen seine Hand hin, und Robert und Edgar mußten sich wohl oder übel über den nicht vorhandenen Ring beugen und sich aus dem Saal zurückziehen.

»Das ist ja gut gelaufen, nicht wahr?« bemerkte Robert. »Wir sind mit heiler Haut davongekommen.«

»Robert, ich muß hier herauskommen.« Edgar schlug sich mit der Hand in die Faust. »Ich kann es nicht riskieren, Catherine und James noch einmal zu verlieren.«

»Edgar, erst einmal gibt es keinen Weg nach draußen«, sagte Robert. »Zweitens, wenn du es schaffst und Cumin dein Fehlen bemerkt, schickt er seine Leute aus, um dich zu jagen. Und du hast ja gesehen, wieviel Achtung sie vor Frauen und Kindern haben.«

»Dann muß ich eben wieder zurückkommen«, erwiderte Edgar.

»Lieber Bruder, das kannst du nur, wenn du dir Flügel wachsen läßt.«

»Nein, es gibt noch einen anderen Weg«, sagte Edgar. »Wenn die Mönche mir behilflich sind. Wenn wir hineinkommen können, um sie wiederzusehen. Wenn sie zur nördlichen Klippe kommen können. Wenn ich nicht vor Angst vergehe, kann ich es schaffen.«

Sie erreichten die Kirchentür. Robert stieß dagegen, aber sie bewegte sich nicht. Er versuchte es noch einmal.

»Sie ist verriegelt«, rief er aus. »Reicht es denn nicht, die Mönche im Kloster einzuschließen? Müssen sie jetzt auch noch die Gläubigen von St. Cuthberts Schrein fernhalten? Gibt es denn kein Vergehen, vor dem dieser Mensch zurückschreckt?«

»Augenscheinlich nicht«, bemerkte Edgar. »Natürlich könnte

sie auch von innen verschlossen sein. Das ist sie meiner Meinung nach auch.«

Er versuchte, durch das Schlüsselloch zu spähen. Eine der Säulen versperrte ihm die Sicht auf das Kloster am anderen Ende. »Wir müssen Æthelræd finden«, sagte er. »Er hat den Schlüssel zum Nordtor der Priorei.«

»Es wird bewacht sein«, wandte Robert warnend ein.

«Æthelræd ist verrückt genug, um einen Ausweg zu finden.« Edgar hatte zumindest in dieser Hinsicht volles Vertrauen in den Charakter seines Onkels. »Besonders, wenn wir ihm sagen, daß er damit Vater eins auswischen kann.«

Nach viel Fragerei und mehreren falschen Fährten fanden sie Æthelræd schließlich friedlich unter einem Baum schlafend, nahe den Palastmauern. Sie hatten keine Hemmungen, ihn zu wecken, und wenig Geduld mit der Zeit, die es erforderte, ihm die Spinnweben aus dem Hirn zu schütteln, damit er endlich begriff, was sie von ihm wollten.

»Zuerst entschuldige dich«, verlangte Æthelræd.

»Das tu ich gern«, sagte Edgar. »Ich bitte dich, mir meine Zweifel an deiner Gabe zu verzeihen. Es hätte mir meine düstersten Stunden erspart, hätte ich dir geglaubt.«

»Hübsch formuliert – kurz und aufrichtig!« sagte Æthelræd. »Ich vergebe dir.«

»Hilfst du mir also?« fragte Edgar.

»Das hätte ich ohnehin getan«, versetzte Æthelræd grinsend. »Wenn ich damit Waldeve ärgern kann.«

»Die Kanoniker haben einen Strickstuhl und wissen, wo man ihn am besten einsetzt«, erklärte Edgar. »Robert und ich haben auch versprochen, Instruktionen von Saint-Barbe und dem Erzdiakon Ranulf denen zu überbringen, die noch in der Priorei eingeschlossen sind. Kannst du uns hineinschleusen?«

»Wenn es weniger als vier Wächter sind, dürfte es keine Schwierigkeiten bereiten«, versicherte Æthelræd.

»Aufgrund der zusätzlichen Posten an Toren und Brücken

dürfte Cumin wohl kaum mehr als zwei Männer erübrigen können«, vermutete Robert.

»Sehr wohl«, sagte Æthelræd. »Trefft mich am Nordtor, wenn die Glocken zur Vesper rufen. Aber, Edgar, willst du das wirklich tun? Ich kenne doch deine Angst vor Höhen. Schließlich mußte ich dich mehr als einmal vom Baum holen, wenn du hinaufgeklettert warst und nach unten gesehen hattest.«

»Daran brauchtest du mich nicht zu erinnern, Onkel.« Edgar sah jetzt schon krank aus. »Aber mein Versprechen gegenüber Catherine reicht aus, um meine Angst zu überwinden.«

Æthelræd drückte seine Meinung darüber in einem Wort aus, dann setzte er hinzu: »Stell dies nicht als Ehrensache hin, mein Junge. Du meinst doch nur, daß du bereit bist, dein Leben für ein Tandaradei zu wagen. Wenigstens vermute ich, daß sie dir das beschert.«

Edgar runzelte die Stirn, weil alle feixten. »Von dieser Sache verstehst du nichts, Onkel. Ich brauche sie für viel mehr als das. Schon immer. Ich gehe nicht, um eine Hure zu besuchen, sondern, um bei meinem Weib zu liegen.«

Æthelræd ließ sich nicht beeindrucken. »Nenn es, wie du willst; ich weiß trotzdem, welcher Körperteil dich steuert.«

Edgar gab den Kampf auf. Er war auf die Hilfe seines Onkels angewiesen. Und er wußte, daß es zwecklos war, von jenem zu erwarten, Verständnis für etwas aufzubringen, das er selbst nie gefühlt oder sich gewünscht hatte.

Æthelræd richtete sich darauf ein, sein Schläfchen fortzusetzen.

Als sie ihn verließen, murmelte Edgar immer noch Verwünschungen vor sich hin. Robert unterbrach ihn.

»Gib's auf, Edgar. Der alte Bock ist Vater ähnlicher, als er zugeben will«, sagte er. »Der hat noch nie jemanden geliebt. Wie kann er denn wissen, daß ein anderer Mensch dir dein ganzes Leben bedeutet, und die Chance, ihn zu sehen, mit ihm zu reden, es wert sein kann, sein Leben aufs Spiel zu setzen?«

Edgar fühlte sich durch Roberts Mitgefühl beschämt. »Danke«, sagte er ruhig. »Wenn ich irgend etwas für dich tun kann...«

»Nein«, unterbrach ihn Robert. »Ich danke dir, aber das kannst du nicht. Niemand kann mir jetzt helfen außer Gott.«

»Catherine, wir haben das ganze Dorf durchkämmt.« Aus Solomons Stimme klang Verzweiflung. »Jeder freie Zoll, auf dem sich eine Decke ausbreiten ließe, ist bereits belegt.«

»Irgendwo wird es schon ein kleines Eckchen geben.« Catherine wollte noch nicht aufgeben.

»Nicht für die, die nicht ledig sind«, erklärte Solomon. »Es sei denn, du wolltest dich an die Soldaten verdingen. Bedaure, aber das scheinen die einzigen Alternativen zu sein.«

»Es widerstrebt mir zutiefst, Edgar zu enttäuschen«, seufzte Catherine.

»Gewiß, meine Liebe«, sagte Solomon. »So ein gutes Eheweib, das die Bedürfnisse des Gatten über die eigenen stellt.«

Catherine schloß die Augen. »Ich bin ja so müde.«

Solomon legte den Arm um sie. »Das weiß ich ja«, sagte er sanft. »Es schläft sich besser, wenn der Ehemann dich mit seinem Körper wärmt. Ich glaube, du hast keine ununterbrochene Nachtruhe gehabt, seit wir hier angekommen sind.«

»Eigentlich nicht seit James' Geburt«, erwiderte sie. »Aber das war aus Liebe. Bedauere, Solomon. Ich sollte nicht klagen. Du hast die Verantwortung für uns alle übernommen und kaum Zeit gehabt, dich um die Arbeit zu kümmern, für die man dich hergeschickt hat. Ich sollte freundlicher zu dir sein.«

»Ich würde vor Schreck zusammenbrechen«, versicherte Solomon. »Und gerade jetzt scheint der Wollhandel nicht allzu wichtig. Wenn jemand nicht in diesem Land die Ordnung wiederherstellt, ist bald nichts mehr übrig außer verbrannten Feldern und menschenleeren Städten.«

»Wenn sowohl die weltlichen als auch die geistlichen Herrscher miteinander hadern, wie könnte irgendeiner sicher sein, welche Ordnung die richtige ist?« fragte Catherine. »Als König Ludwig sich weigerte, einen neuen Bischof für Reims zu ernennen, versank die Stadt ein paar Jahre später im Chaos. Kein Wunder, daß die Kaufleute die Dinge selbst in die Hand nahmen und eine Kommune gründeten.«

»Das brachte den König aber flugs auf den Plan«, erinnerte sich Solomon. »Seltsam, daß das hier nicht geschehen ist.«

Samson hatte den letzten Teil ihres Gesprächs mit angehört. »Die einzelnen Herren sind zu mächtig«, erläuterte er. »Was wir statt dessen haben, sind hundert Könige, von denen jeder soviel Land verschlingt, wie er nur kann. Nur die Londoner haben zu bestimmen, was geschehen soll. Habt ihr gehört, wie wir Matilda vom Thron ferngehalten haben?«

»Ja«, sagte Catherine. »Man sagt, weil sie die Stadtbewohner wie Leibeigene behandelte.«

»Genau. Das lassen wir uns von keinem bieten«, erklärte Samson.

»Wir?« fragte Solomon. »Du betrachtest dich doch wohl nicht als Engländer? Ich meine, du sagtest, daß sie uns hassen?«

»In London weniger«, beeilte sich Samson zu erklären. »Es ist verzwickt. Die Engländer haßten die Juden schon, bevor wir hierherkamen, aber so wie sie Dämonen und Ungeheuer und Dänen hassen. Wir existierten nur in Märchen. Wie die Vorstellung, daß wir Hörner hätten. In London wissen die Nachbarn, daß wir einfach nur Menschen sind. Aber auf dem Land sind wir wie Sagengestalten, und die Leute lassen sich schwer davon überzeugen, daß ihre Volkssagen nicht wahr sind, wo doch die Priester sie weiterverbreiten.«

»Hörner?« fragte Catherine verdutzt. »So wie ein Hahnrei?«

»Natürlich nicht!« sagte Samson. »Eher wie ein Teufel!«

»Wie seltsam!« sagte sie. »Es tut mir leid, daß du keine hast.

Dann könntest du vielleicht jemandem solche Angst einjagen, daß er heute nacht sein Bett aufgibt.«

»Catherine, kannst du denn an nichts anderes denken als an ein Bett für dich und Edgar?« fragte Solomon.

Catherine tat, als müsse sie darüber nachdenken. »Nein«, sagte sie, »das kann ich nicht.«

Æthelræds ausgeklügelter Plan, an den Wachen an der Tür vorbeizukommen, war, einen Streit mit zwei vorübergehenden Stadtbewohnern vom Zaun zu brechen und die Soldaten mit hineinzuziehen. Während sie so abgelenkt waren, verschafften sich Edgar und Robert mit dem Schlüssel Zugang in die Priorei.

»Ich habe keinen Schimmer, auf was er verfällt, wenn wir wieder heraus müssen«, sagte Robert.

»Immer hübsch eins nach dem andern«, erwiderte Edgar. »Jetzt such mal Bruder Lawrence.«

»Das dürfte die leichteste Übung sein, da die Glocke zum Ende der Vesper immer noch läutet«, meinte Robert.

»Dann kommen sie also aus der Tür beim Chorraum.«

Jetzt waren sie drinnen, sie brauchten sich nicht zu sorgen, daß man sie sehen könnte. Robert und Edgar eilten zum überdachten Gang, wo die Mönche herausströmten.

»Bruder Lawrence!« riefen sie, woraufhin alle Männer stehenblieben. »Wir bringen Euch eine Nachricht vom Bischof.«

Sofort waren sie umringt. Ein Dutzend Männer sprach gleichzeitig und stellte dieselbe Frage: »Wann kommt er her, um uns zu befreien?«

Edgar betrachtete die Mönche, von denen einige mit ihm zusammen studiert hatten, manche waren seine Lehrer gewesen. Sie waren alle viel dünner, und ihre Kutten waren durchlöchert, hatten zerrissene Säume, was ehedem undenkbar war. William Cumin hatte geschworen, er habe nichts getan, um den Mönchen zu schaden, doch er stellte sicher, daß sie nur das Allernötigste erhielten, um zu überleben.

»William Saint-Barbe hält sich bereits in der Kirche von St. Giles auf«, erklärte Edgar. »Er führt ein Heer, um St. Cuthberts Schrein zurückzuerobern. Er schickt mich, damit ich Euch sage, Ihr sollt die Kirche wegen möglicher Verwüstungen verrammeln und ständig für seinen Sieg beten.«

»Sonst nichts?« fragte Bruder Lawrence. »Wir sind bereit, alles Notwendige zu tun, nur nicht, Christenblut zu vergießen.«

»Das würde er nie von Euch erwarten«, sagte Robert ernst. »Aber er will auch nicht, daß Ihr Märtyrer werdet. Seid tapfer und seid versichert, daß Eure Prüfung bald vorüber sein wird.«

Die Reaktion auf diese Worte grenzte an ein Wunder. Die Luft selbst schien weniger drückend, und die Gesichter der Männer leuchteten hoffnungsvoll.

»Und nun bitte ich Euch, mir den Stricksessel zu borgen, mit dem Ihr im letzten Jahr die Botschaften den Felsen hinunter geschickt habt«, fuhr Edgar fort. »Habt Ihr ihn noch?«

»Ja, aber wir durften nicht mehr hinaus, seit man ihn entdeckt hat«, erklärte Bruder Lawrence. »Wir können allerdings einen Versuch wagen, wenn Ihr es wünscht.«

»Wenn Ihr hier für ein allgemeines Durcheinander sorgt, damit wir uns davonstehlen können, würde das schon reichen«, meinte Edgar. »Mein Bruder und mein Onkel werden mich herunterlassen und mit Gottes Hilfe wieder hochziehen. Wenn Ihr mir eine Botschaft für den Bischof oder Erzdiakon Ranulf und Prior Roger mitgebt, die alle bei ihm sind, dann versuche ich, vor Sonnenaufgang mit ihrer Antwort zurückzukommen.«

Bruder Lawrence legte segnend die Hand auf Edgars Kopf. »Mein Sohn, hiermit vergebe ich dir, daß du uns verlassen hast, denn ich war darüber sehr enttäuscht.«

»Danke, Bruder«, sagte Edgar und dachte: Ich vergebe dir,

daß du mich gezwungen hast, deinen unzulänglichen Virgil-Imitationen zu lauschen. Du bist doch nicht der Esel, für den ich dich hielt.

Das allgemeine Durcheinander vor der Priorei war genauso effektiv, wie der Streit draußen gewesen war. Die Wachen bemerkten keinen Zusammenhang zwischen beiden. Viel zu bald für Edgar stand er mit Robert und Æthelræd am nördlichen Rand des Steilhangs und sah auf einen schmalen Pfad hinunter, den die Fischer in den ruhigen Tagen von König Heinrich benutzt hatten.

Er schaute zur Seite. Ihm schwindelte. Ein Teil von ihm wollte so weit von der Klippe weg wie nur möglich; der andere Teil spürte einen ungeheuren Drang, einen Schritt ins Leere zu tun.

»Du mußt gar nichts tun«, sagte Robert. »Wir werfen das Seil über diesen Ast und lassen es langsam herunter. Schließ einfach die Augen, bis du Boden unter den Füßen hast. Glaubst du, es fällt dir schwer, durch den Fluß zu schwimmen?«

»Ich fürchte mich vor Höhen, nicht vor Fisch«, antwortete Edgar. »Und die Strömung ist zu dieser Jahreszeit schwach. Los, vorwärts!«

Gern hätte Edgar die Augen geschlossen gehalten, doch bald entdeckte er, daß er mit beiden Händen und Füßen gegensteuern mußte, um nicht ständig gegen die Felswand zu stoßen. Er versuchte, sich streng darauf zu konzentrieren. Die paar Male, die er es vergaß und nach unten sah, ließen ihn den Strick mit beiden Händen packen und beten, sein Magen möge Ruhe geben, bis alles vorüber wäre. Dann fiel er plötzlich noch ein paar Zoll tiefer und blieb mit einem Ruck stehen. Blankes Entsetzen lenkte ihn von seiner Übelkeit ab.

Als er festen Boden unter den Füßen spürte, dauerte es einen Augenblick, bis seine Knie ihn trugen. Er wußte, daß er die Übung auf dem Rückweg wiederholen mußte. Doch beim nächsten Mal würde es hoffentlich besser werden.

Es war schon fast dunkel, als er nach St. Giles kam, aber niemand schien ins Bett gehen zu wollen. Der Ort war von Soldaten umstellt. Er war nur in der Lage vorbeizukommen, weil Catherine ihn beobachtet hatte, die Soldaten schamlos beiseite schubste und sich auf ihn warf.

»Geliebter!« schluchzte sie laut. »Ich dachte schon, du hättest mich meinem Schicksal überlassen nach all den süßen Worten. Wie könnte ich meinem Vater erzählen, daß du die Treue gebrochen hast?«

Sie zerrte ihn auf das Kirchengelände. Die Wächter hielten ihn nicht an, glaubten sie doch, er würde eine schlimmere Strafe erhalten, als sie selbst ihm erteilen könnten.

»Was sollte das denn bedeuten?« fragte er, nachdem er sie herzhaft geküßt hatte.

»Die Gesandten, die der Bischof an Cumin schickte, wurden entweder geschlagen oder davongejagt«, erklärte sie. »Die Soldaten haben Order, alle, die aus Durham kommen, auf die gleiche Weise zu behandeln. Warum bist du denn so naß?«

»Ich bin durch den Fluß geschwommen«, sagte er geistesabwesend. »Du meinst also, Cumin will nicht einmal mit dem Bischof verhandeln?«

»Offensichtlich nicht«, antwortete sie. »Sie bereiten sich auf den Kampf vor.«

»Sie wollen die Zitadelle angreifen? Das ist unmöglich«, erwiderte er.

»Das glaube ich auch, aber mich hat niemand gefragt«, gab Catherine zurück. »Ich weiß nur, daß hier Tollheit herrscht, und es gibt nicht eine Menschenseele im ganzen Ort, die uns ein Bett für die Nacht überlassen will.«

»Ach, *carissima!*« stöhnte Edgar.

»Genau, was ich fühle«, lamentierte Catherine. »Es tut mir so leid.«

»Einerlei«, versuchte er, sich und sie zu überzeugen. »Wir haben ja noch den Rest unseres Lebens. Nun denn, dann kann ich ja auch einem Verantwortlichen mitteilen, daß ich den Mönchen gesagt habe, sie sollen sich auf die Rettung gefaßt machen. Ich hoffe nur, ich habe sie nicht unnötig ermutigt.«

Er ließ Catherine an ihrem Platz auf der Frauenseite im Spital. Bedrückt richtete sie sich aufs Warten ein.

Edgar kam ein paar Minuten später mit Solomon und Samson zurück, mit einer merkwürdigen Miene.

»Catherine«, sagte er. »Es scheint, daß Meister Herbert, der Arzt, sich überreden ließ, uns heute nacht seine Kammer zu überlassen.«

»Was?« Catherine stockte der Atem. Sie könnte es nicht ertragen, wenn das ein Scherz wäre. »Wie ist denn das möglich?«

Samson zuckte mit den Achseln. »Es ist erstaunlich, was man in diesen verkommenen Zeiten mit klingender Münze bewirken kann.«

»Aber wir haben doch kein ... ach, Samson! Danke. Wir werden dich entlohnen, mit Zinsen, das verspreche ich dir!«

»Solomon und ich haben das arrangiert«, erklärte Samson. »Wir treiben keinen Wucher mit Verwandten. Ich bitte euch nur, wenn einmal eine Zeit kommt, in der mein Volk Hilfe benötigt, ihr euch eurer Schuld erinnert.«

»Gewiß«, sagte Edgar. »Catherine, hol James und deine Sachen.«

»Warum laßt ihr ihn nicht in der Obhut einer Frau hier?« schlug Solomon schmunzelnd vor. »Wir wollen doch nicht, daß er euch die ganze Nacht wach hält.«

»Er wird nicht schuld sein, wenn wir nicht schlafen können«, sagte Edgar.

»Wir werden uns nie wieder trennen«, fügte Catherine hinzu.

Meister Herberts Kammer war luxuriös ausgestattet. Doch so erfreulich Laken mit frischem Lavendelduft und Matratzen aus dicken Gänsedaunen auch sein mögen, Edgar und Catherine war es nur wichtig, endlich allein zu sein.

»Ich konnte mich nicht so oft waschen wie sonst«, warnte Catherine ihn vor, als sie sich auszog.

»Ich auch nicht«, sagte Edgar, als er mit den quatschnassen Lederstiefeln kämpfte. »Mein einziges Bad in den letzten vierzehn Tagen war das heute nachmittag im Wear. Ich werden den Geruch ertragen, wenn du meinen erträgst.«

»Libenter.« Catherine stand vor ihm, trug nur die Bänder in ihren Zöpfen. Sie steckte die Arme nach ihm aus.

Edgar warf einen Blick in den Kasten, in dem James lag und am Daumen nuckelte.

»Er wird bald schlafen«, sagte Catherine lächelnd. »Worauf wartest du noch? Ich sehe doch, daß du bereit bist.«

»Mehr als bereit«, antwortete er und schloß sie in die Arme.

Einen Augenblick später fielen sie mit solcher Begierde auf das Bett, daß sich die Matratze bog und eine Wolke von Lavendelsamen und Federn aufsteigen ließ.

Catherine wußte, dies mußte der Vorgeschmack auf den Himmel sein.

Neunzehntes Kapitel

Durham, 24. August 1143, Tag des heiligen Bartholomäus, des Apostels, der bei lebendigem Leib geschunden und deshalb Schutzpatron der Gerber wurde.

Sainte Nicholas, godes druth
tymbre us faire scone hus.
At thi burth, at this bare
Sainte Nicholas, bring us wel thare.

Lieber, heil'ger Nikolaus,
zimmre uns ein schönes Haus.
Geleite uns dorthin
an deinem Fest.

– Hymne von Godric von Finchale –

Glaubt ihr, daß Edgar sicher dort angekommen ist? Seit Tagen habe ich nichts von ihm gehört.« Catherine hatte Solomon und Samson an der Mauer am Fluß gefunden. Vor und über ihnen ragte die Burg empor. Catherine schien es, als würde das Bauwerk selbst trotzig auf sie herabsehen. Es erschien ihr wie eine Art schlafender Leviathan, in dessen Eingeweiden Menschen lebend gefangen waren.

Solomon grinste ihr zu. »Er schwankte, als wir ihn an jenem Morgen sahen, aber wir haben beobachtet, wie er den Fluß überquerte, bevor sich der Nebel lichtete. Wenn sein Bruder und sein Onkel bereitstanden, um ihn hochzuziehen, dürfte er mühelos wieder hineingelangt sein. Natürlich wird er sich noch von der Nacht erholen müssen. War es recht von dir, ihn so hart dranzunehmen, Base?«

Catherine hatte an diesem strahlend schönen Tag keine Händel mit irgend jemandem. Der Himmel war klar, und Edgar würde bald zurückkehren. Sie fühlte sich wunderbar. »Ja, das mußte sein«, sagte sie selbstgefällig zu Solomon. »Er war mit seinen ehelichen Pflichten auch weit im Rückstand.«

»Lüsternes Weib!« erwiderte Solomon lachend. »Wie weit du dich doch vom Kloster entfernt hast!«

»So weit nun auch wieder nicht«, versetzte Catherine. »Mutter Heloïse sagte, wenn ich heirate, sollte ich mich dieser Aufgabe mit der gleichen Inbrunst widmen, mit der ich Gott gedient hätte.«

»Wenn das so ist, dann hat euer Gott eine eifrige Jüngerin verloren.« Samson lachte verhalten.Es war nie klug, sich über den Gott der Christen lustig zu machen.

»›Ein jeder dient auf seine Art‹«, zitierte Catherine. »Jetzt wird es wohl nur noch wenige Tage dauern, bis wir heimkehren können, oder? Die Männer des Bischofs packen bereits. Cumin hat sich offenbar ergeben?«

Beide Männer wurden sofort ernst.

»Wie kommst du darauf?« fragte Solomon. »Aus Durham sind keine Neuigkeiten gedrungen, soweit wir unterrichtet sind.«

»Nicht, daß wir als erste davon erführen. Aber ich werde mich darum kümmern.« Samson eilte zum provisorischen Quartier des Bischofs.

Catherines heitere Stimmung verpuffte. »Sie planen doch nicht etwa, gegen die Stadt vorzurücken?« fragte sie.

Solomon runzelte besorgt die Stirn. »Das bezweifle ich. Gestern munkelte man, daß eine große Anzahl von Männern, sowohl zu Pferde als auch zu Fuß, nur wenige Meilen von hier aufgetaucht sei. Niemand wußte, in wessen Dienst sie stehen. Jetzt ist es offensichtlich.«

»Cumin hat sich ein frisches Heer besorgt, das willst du doch sagen!« Catherine wurde kreidebleich. »Ach, heilige Genoveva und heiliger Dionysius, könnt ihr uns nicht mehr beschützen? Solomon, ich dachte, wir wären endlich in Sicherheit. Wohin sollen wir uns jetzt wenden?«

Solomon schüttelte den Kopf. »Ich weiß es nicht«, gab er zu. »Sich auf die Straße zu wagen käme einem Selbstmord gleich. Wer weiß, wo wir hineingeraten würden? Wir scheinen von einer kleinen Familienfehde in einen riesigen Regionalkonflikt verwickelt worden zu sein, und es gibt noch einen größeren Krieg, der den Rest des Landes spaltet. Es tut mir leid, Catherine. Ich bin es nicht gewöhnt, mich um andere Menschen zu kümmern. Meine eigene Haut zu retten ist das einzige, wozu ich tauge.«

Catherine rieb seinen Kopf zärtlich, wickelte die Locken um ihren Finger.

»Da bin ich aber froh«, sagte sie. »Das mußt du auch weiterhin tun, sonst würde ich dich schmerzlich vermissen. Nun, wir sollten einen Plan ausarbeiten. Da wir beide so wenig über dieses Land wissen, müssen wir jemanden um Hilfe bitten.«

»Samson spricht die Landessprache, aber er kennt sich nicht in Durham aus.«

»Na, ich dachte auch eher an Edgars Freund, den Mönch«, sagte Catherine. »Der ist doch in dieser Gegend aufgewachsen. Wenn es einen Zufluchtsort für uns gibt, dann würde er es wissen.«

Solomon verzog das Gesicht. »Wenn wir ihn aufsuchen, dann mußt du mit ihm reden. Ich bin zwar an den Umgang mit Benediktinern gewöhnt, doch Zisterzienser machen mich nervös.«

Catherine versicherte, daß sie keine Angst vor den Weißen Mönchen habe, und machte sich allein auf den Weg zu Bruder Aelred.

Anders als Solomon vermutete, hatte Edgar keine Gelegenheit gehabt, sich von seiner schlaflosen Nacht zu erholen. Æthelræd und Robert hatten es geschafft, ihn die Klippe hochzuziehen, und begrüßten ihn mit Gähnen und derben Späßchen.

»Was man nicht alles tut, um dem heiligen Cuthbert zu dienen«, sagte Robert. »Habt ihr dem Bischof von Alan von Richmonds Heer erzählt?«

»Ja, Bruder, als allererstes«, sagte Edgar. Er war erleichtert, daß es hinauf tatsächlich einfach war, weil er im Nebel nicht hatte sehen können, wie tief unten der Fluß lag. Dennoch zitterte er immer noch am ganzen Leib.

»Hat er genug Leute, um Cumin abzuwehren?« fragte Æthelræd.

»Das weiß ich nicht«, sagte Edgar zähneklappernd. »Sie haben mich nicht zu ihrer Krisensitzung eingeladen. Könnten wir vielleicht irgendwo hineingehen? Ich bin klatschnaß und friere.«

Er schlief ein paar Stunden, nachdem er heißen Wein getrunken und trockene Kleider gefunden hatte, doch das war für die nächsten beiden Tage das letzte Mal. Als er aufwachte, erfuhr er, daß jemand Cumin informiert hatte, daß die Kanoniker einen Weg gefunden hatten, mit William Saint-Barbe zu kommunizieren, und danach wurden die Höllenhunde auf die Kirche von St. Cuthbert gehetzt.

»Die Mönche haben alle Türen zur Kirche verrammelt und verriegelt«, sagte Robert, noch bevor sich Edgar den Schlaf aus den Augen reiben konnte. »Ich bin überrascht, daß dich die Glocken nicht geweckt haben.«

Jetzt hörte Edgar sie schon, ein ständiges Gebimmel, das nicht die Männer zum Gebet, sondern zur Verteidigung ihres Patrimoniums rief.

»Cumin wollte doch nicht in die Kirche eindringen«, sagte Edgar.

»Eben jetzt haben die Soldaten Posten bezogen, damit niemand hinein- oder herauskommt«, antwortete Robert. »Sie warten nur auf Order, die Türen aufzubrechen. Es ist gut, daß du nicht versucht hast, wieder ins Kloster hineinzukommen.«

»Robert!« Edgar rieb sich die Stirn. »Erinnere mich, wie uns das alles geschehen ist. Ich saß fröhlich am Fenster in Paris. Dann tauchtest du auf und brachtest mich und meine Familie nach Schottland, um einen Mord zu rächen. Einen ganz normalen Mord, nichts Besonderes. Nur eine kleine Fehde zwischen zwei Familien. Wir bringen uns schon seit Generationen gegenseitig um. Stimmt's?«

»Kann schon sein«, antwortete Robert, der nicht sicher war, worauf er hinauswollte.

Edgar packte Robert am Kopf und zog dessen Gesicht zu sich herunter. »Also«, sagte er, »wann genau bin ich in diesen Weltuntergangskampf hineingeraten?«

Robert befreite sich aus Edgars Griff und hielt ihm die Stiefel hin. »Nach ein paar Bieren wirst du dich besser fühlen.«

Doch das erwies sich als falsch. Der Tag wurde immer schlimmer und der darauf folgende noch ungemütlicher. Cumin hatte die letzten drei Jahre einen Machtkampf gegen die Kanoniker geführt. Er hatte sie schikaniert, beschwatzt, bedroht und bestochen, wußte er doch, daß er ohne deren Unterstützung nie Kontrolle über das Bistum erlangen würde. Jetzt schien er vollkommen aufgegeben zu haben.

Edgar dachte an die Freunde, die er drinnen hatte. Keiner von ihnen besaß eine Waffe. Sie hatten die ganze Zeit nur dank ihres Glaubens und ihrer Sturheit überlebt.

Am nächsten Tag begaben sich Duncan und Waldeve mit ihren Mannen auf einen Raubzug. Edgar und Robert wurden nicht zur Teilnahme eingeladen.

»In St. Giles sind sie sicher«, sagte Edgar, um sich zu beruhigen. »Der Bischof und seine Leute sind dort.«

»Wer ist sicher? Catherine?« Robert saß in der Schenke und hatte Lufen auf dem Schoß. Sie teilten sich Speis' und Trank. Lufen schien munterer zu sein als ihr Herrchen. »Keine Bange, selbst wenn sie das Spital stürmen, wird Vater sie erkennen.«

Beide dachten darüber nach. Edgar erhob sich.

»Ich muß hier heraus!« sagte er.

Er stürzte aus der Schenke in einen Haufen Soldaten, die alle die Straße entlang über das Grün auf die Wachen vor der Kathedrale zurannten.

»Was geht hier vor?« schrie er den Mann in unmittelbarer Nähe an, als die Woge ihn mitriß.

»Endlich werfen wir die Mönche raus!« brüllte der Soldat zurück.

»Was?!« Edgar war entsetzt. »Aber die Kirchentüren sind doch verriegelt.«

»Wer braucht denn Türen?« meinte der Soldat lachend.

Bald konnte sich Edgar überzeugen, wie recht jener damit hatte. Irgendwie hatte er gedacht, gebührende Achtung vor den Heiligen würde die Angreifer bremsen, bevor sie Schaden anrichteten. Doch die Heiligen schienen gerade nicht daheim zu sein.

Die Glocke schlug immer noch, so wie sie es in den letzten paar Tagen getan hatte, aber als sie näher kamen, konnte Edgar auch den Gesang der Mönche hören, vermischt mit Angst- und Schmerzensschreien.

»Sie sind doch wehrlos und Männer Gottes!« rief er. »Ihr könnt sie doch nicht töten wollen!«

»Befehle.« Der Mann zuckte fröhlich mit den Achseln, bevor er im Gewühl verschwand.

»Nein«, flüsterte Edgar. »Nein«, setzte er lauter nach. »Sankt Cuthbert, Sankt Beda, wo zum Teufel seid ihr denn? Nein!« schrie er jetzt aus Leibeskräften.

Selbst später noch war Edgar davon überzeugt, daß die Macht der Heiligen auf ihn übergesprungen war, aus geheimnisvollen Gründen, die er nicht hinterfragen durfte. Wie sonst hätte man seine Handlungsweise erklären können.

Er entriß einem Soldaten einen Spieß und folgte der Horde, die in die Kirche einbrach. Nicht durch die Türen, die unversehrt blieben, sondern durch die prächtigen Fenster. Edgars Kunsthandwerkerherz verkrampfte sich, als er das Glas klirren hörte und die Soldaten ins Innere der Kirche kletterten. Er tat es ihnen nach.

Drinnen bot sich ihm eine unglaubliche Szene. Sankt Cuthberts heiliger Schrein war von Mönchen umringt, die vor ihm auf den Boden ausgestreckt lagen und die Hilfe ihres Schutzpatrons herbeiflehten, während die Soldaten auf sie zustürmten. Andere Mönche versuchten, sich den Eindringlingen in den Weg zu stellen, wurden aber rüde beiseitegestoßen. Einer der Männer zückte sein Schwert und packte einen widerspenstigen Mönch unterm Kinn.

Edgar durchbohrte ihn mit dem Spieß.

Der Soldat stürzte, heulte vor Wut und Schmerz auf. Edgar ließ die Waffe los und starrte entgeistert auf seine eigenen Hände.

»Gratis tibi ago, Edgarde«, bedankte sich der Mönch, bevor er zu seinen Brüdern an den Schrein eilte.

Der Soldat schrie immer noch, was Edgar dazu brachte, zwei Dinge zu bemerken. Erstens, daß er es fertiggebracht hatte, einen Spieß in einen Menschen zu rammen, ohne ihn tödlich zu verwunden. Zweitens, daß dies derselbe Mann war, dem er und Onkel Æthelræd an ihrem ersten Tag in Durham begegnet waren. Er überließ ihn seinen Freunden und hoffte inständig, ihn nie wiederzusehen.

Es herrschte heilloses Durcheinander. Die Soldaten ergötzten sich daran, alles kurz und klein zu schlagen, sie brachen sogar Stücke von den Schnitzereien ab und hieben Kerben in die Säulen. Die Mönche wurden an Händen und Füßen vom Schrein weggezerrt, immer noch betend. Starr vor Entsetzen über dieses Sakrileg blieb Edgar stehen.

Bruder Lawrence wurde an ihm vorbeigeschleift. Die Augen des Mönchs waren fest geschlossen, und Edgar glaubte, ihn die Worte des Psalms *»Miserere mei«* murmeln zu hören. Sofort warf er sich auf den Mann, der die Füße des Mönchs gepackt hielt. Dumpf plumpste Bruder Lawrence hin, da auch seine Träger mit ihm zu Boden gingen. Der, den Edgar angegriffen hatte, schlug mit dem Kopf auf, doch der andere sprang sofort auf die Füße. Die Augen des Soldaten leuchteten auf, als er jemanden sah, bei dem er ohne Hemmungen zuschlagen durfte. Edgar starrte wie gebannt auf die Faust, die in seinem Gesicht landete.

Und er hörte das Wutgeheul des Mannes, der von hinten unter den Armen gepackt und durch das zerbrochene Fenster hinausgeworfen wurde.

Edgar befühlte seine Nase. Sie hatte noch ihre ursprüngliche Form. Keine Spur von Blut. Er sah hoch. Onkel Æthelræd stand hoch über ihm, das Gesicht lebhafter, als Edgar es je gesehen hatte.

»Ein glorreicher Tag!« schrie Æthelræd und warf schon den nächsten Soldaten über die Schulter.

»Onkel, wir können es nicht mit allen aufnehmen«, gab Edgar zu bedenken, als ihm Æthelræd aufhalf. »Manche von Vaters Leuten sind auch meine Brüder, wie du weißt.«

»Schlimmer noch, manche sind meine Söhne«, klagte Æthelræd. »Glaube ich zumindest. Wer ist denn deine Mutter, mein Junge?« rief er einem hochgewachsenen Rotschopf zu, der sich vor ihm aufbaute.

Entgeistert ließ der junge Mann von ihm ab.

»Ach, du liebe Scheiße«, sagte er und ließ das Schwert sinken. «Æthelræd, sie bringt mich um, wenn ich dir ein Leid zufüge. Mach, daß du hier rauskommst. Ich habe zu tun.« Er ging weiter.

»Du siehst, was ich für Schwierigkeiten habe«, seufzte Æthelræd. »Ich muß das Land verlassen, um einen guten Kampf zu haben. Komm mit.« Er packte Edgar am Arm und führte ihn weg.

»Onkel, du mußt dem hier Einhalt gebieten!« brüllte er über den anschwellenden Lärm hinweg.

»Zu spät!« brüllte Æthelræd zurück. »Die Mönche werden evakuiert. Die brauchen uns jetzt. Sankt Cuthbert muß sich selbst um seine Knochen kümmern.«

Sie kletterten aus den zerbrochenen Fenstern und ließen die johlenden Soldaten hinter sich, die die Kirche in Besitz nahmen. Vor ihnen wurden die Mönche über das Grün und den Hügel hinuntergetrieben. Sie sahen, wie ein älterer Mann stürzte und voller Schmerzen sein Knie festhielt. Grob wurde er hochgerissen und auf die Füße gestellt, doch er sackte erneut zusammen. Edgar und Æthelræd eilten zu ihm hin. Edgar hielt ihm eine Schulter zum Anlehnen hin, während sein Onkel sich die beiden Soldaten vorknöpfte, die ihn gepeinigt hatten, und stieß jene mit den Köpfen zusammen. Sie fielen zu Boden.

»Verblüffend!« sagte Edgar. »Von so etwas habe ich in hundert *gestes* gehört, doch hätte ich es nie für möglich gehalten.«

»Ich auch nicht«, räumte Æthelræd ein. »Aber ich hab's schon immer mal ausprobieren wollen. Nun, Bruder«, wandte er sich an den Mönch. »Weit kannst du nicht humpeln. Laß mich dich tragen.«

In St. Giles kamen alle auf die Straßen hinausgelaufen, als die Glocken anschlugen. Catherine hatte Bruder Aelred noch nicht ausfindig gemacht, doch die Reaktion der Leute um sie herum ließ sie nur noch daran denken, James zu holen.

»Was ist denn los?« fragte sie den ersten besten Passanten.

Sie erntete einen verständnislosen Blick.

Niemand schien Französisch zu verstehen. Sie eilte in den Schlafsaal, wo sie Willa fand, die die paar Habseligkeiten gepackt hatte und mit Margaret und James schon auf sie wartete.

»Ach, Willa!« sagte Catherine. »Was würde ich ohne dich anfangen?«

Sie nahm den Säugling, und alle vier folgten dem Pulk, um den Grund für das Glockengeläut zu erfahren.

Sie wurden in der Menge hin und her geschubst. Die Leute des Bischofs eilten nach vorn, um zu sehen, was vor sich ging, und die Stadtbewohner wichen zurück, entweder in ihre Wohnungen oder das, was noch davon übrig war, oder in die Wälder, um sich dort zu verstecken. Catherine und die Mädchen kamen kaum vorwärts.

»Haltet euch an meinen Röcken fest«, wies Catherine sie an. »Laßt bloß nicht los, sonst finden wir uns vielleicht nie wieder.«

Sie mußte ihre ganze Kraft aufwenden, um James festzuhalten. Der Lärm ängstigte ihn, und er schrie aus Leibeskräften. Catherine versuchte, sich selbst zu beruhigen, indem sie ihm gut zuredete, doch es nützte nichts. Bald würde sie sicher auch anfangen zu schreien.

Margaret zupfte sie von rechts. »Hier entlang«, sagte sie.

Catherine konnte nicht sehen, wohin sie gingen, aber sie sah, daß eine Hand Margarets hielt. Hoffentlich war das die Hand eines Freundes.

Man führte sie hinter dem Spital über den Friedhof und auf einen Waldweg. Dort ebbte der Strom der Menschen endlich ab, und Catherine sah das Gesicht ihres Retters.

»Ach, Bruder Aelred!« sagte sie erleichtert. »Ich könnte dich küssen. Gott sei Dank, daß er dich zu uns gesandt hat. Hast du meinen Cousin gesehen? Weißt du vielleicht, wo Edgar ist?«

Der Mönch winkte sie beiseite, abseits vom Strom der flüchtenden Familien.

»Ich habe nichts von ihm gehört«, erwiderte er. »Noch habe ich deinen Vetter gesehen. Herr Roger sagte mir, daß die Soldaten die Barrikade am Nordtor abbauen. Zuerst hofften wir, daß Freudenglocken läuteten und die Zeit der Prüfung vorüber sei, doch das Läuten war unregelmäßig, als ob ein anderer weiterläutete, wenn einer fiel. Dann hörte es ganz auf.« Er blickte in Richtung Durham, aber der Wald drumherum war zu dicht. »Ich kann mir nur ausmalen, was mit der sterblichen Hülle des Heiligen geschehen mag. Und mit den Männern, die sie bewachen. Ich wollte gerade zum Tor, als ich dich sah.«

»Danke, daß du angehalten hast«, sagte Catherine.

Aelred antwortete nicht sofort. Er sah immer noch in Richtung der Kathedrale. »Mein Vater war Priester von St. Cuthbert«, sagte er. »Und mein Großvater und so weiter, so weit sich meine Familie zurückerinnert. Von einer Generation zur nächsten oblag es uns, den Heiligen zu schützen. Das war unsere heilige Pflicht. So etwas gibt man nicht so leicht auf. Als die Glokken läuteten, dachte ich als erstes daran, Cuthbert zu retten.« Lächelnd sah er Catherine an. »Dann sah ich deine arme kleine Schar und wußte, als spräche eine Stimme zu mir, daß es Vorrang hätte, für eure Sicherheit zu sorgen. Cuthbert hätte nicht gewollt, daß einer seiner Diener die Not der Lebenden mißachtet.«

Margaret hielt die ganze Zeit seine Hand. Jetzt ließ sie sie los und streckte sich, bis er sich bückte und sich von ihr einen Kuß auf die Wange geben ließ. Aelred drückte sie und strich ihr übers Haar.

»Ich werde jeden Abend beten, daß der heilige Cuthbert dich segnen möge«, sagte Catherine. »Kannst du mich zu meinem Mann bringen?«

»Nein, so wie die Dinge augenblicklich stehen, würde er das nicht wollen«, erwiderte Aelred entschlossen. »Doch wenn ihr mitkommen wollt, ich kenne einen Ort, der in diesem unserem traurigen Land einigermaßen sicher ist. Godric ist ein Freund von mir und Edgar. Er wird euch alle aufnehmen. Folgt mir. Der Weg ist steil, aber nicht weit.«

Er führte sie durch den Wald hinauf und wieder hinunter. Sie durchwateten Stein um Stein über rauschende Bäche und dann durch dichtes Unterholz, wo Catherine nie einen Pfad vermutet hätte. Schließlich erreichten sie eine Lichtung, die auf drei Seiten von einem reißenden Wildbach umflossen war. Auf der anderen Seite des Flüßchens erhoben sich steile Felsen. Vereinzelte Holz- oder Lehmhütten standen hie und da wie hingetupft. Außerdem gab es einen Gemüsegarten und auch zwei richtige Häuser, eins aus Holz, das andere aus Stein, verbunden durch einen strohbedeckten Laubengang aus einem Geflecht von Haselruten.

Aelred ging zum Eingang des Steinbaus und läutete eine Glocke, die dort hing.

»Dies hier ist Godrics Kapelle«, erklärte er. »Sie ist Johannes dem Täufer geweiht. Ihr dürft sie betreten. Das andere Haus ist sein Oratorium und privat.«

»Ich verstehe«, sagte Catherine, obwohl das nicht stimmte.

Auch andere Leute waren da. Sie schienen in Familienverbänden zu sein, meist die Alten und die Jungen, mit mehreren Frauen mittleren Alters und zwei, drei Männern. Ihren müden Mienen nach zu urteilen, hatten auch sie Zuflucht hier gesucht.

»Bist du sicher, daß wir hier willkommen sind?« fragte sie. »Vielleicht sind hier schon zu viele Mäuler zu stopfen.«

»Godric sorgt schon dafür, daß ihr alle satt werdet«, versicherte Aelred. »Er würde niemanden abweisen. Ach, da kommt er ja. Hoffentlich ist dies nicht einer von seinen Schweigetagen.«

Catherine machte ganz runde Augen, als ihr der Eremit vorgestellt wurde. Sie sah einen kleinen alten Mann, älter noch als der uralte Vater ihrer Mutter und viel stämmiger. Seine Hände waren knotig, und die Arme hatten dicke Muskeln. Sein Gesicht war halb verdeckt von einem dichten weißen Bart und buschigen Augenbrauen. Er trug nur ein langes härenes Gewand, und Catherine kämpfte mit sich, um nicht vor dem Gestank zu fliehen. Die nackten Füße waren voller Schwielen und Narben, die Augen freundlich, von sanftem Blau.

Aelred sprach kurz mit ihm. Catherine glaubte, Edgars Namen herauszuhören. Godric sah sie die ganze Zeit unentwegt an. Einmal berührte er James mit seinem schmutzigen Finger.

»Povre enfes«, sagte er.

Der Akzent war stark, aber Catherine verstand ihn. *»Godes man?«* fragte sie.

Er lächelte breit. *»Ic treow.«*

Catherine sah Aelred fragend an.

»Er sagt, er hofft, daß er ein Gottesmann ist«, erklärte der Mönch. »Ich glaube es schon. Er wird Platz für euch schaffen, bis Edgar euch abholen kommt.«

»Dank ihm bitte in unserem Namen«, bat Catherine. »Sag ihm, daß wir seit Wochen umherirren und für ein sicheres Plätzchen dankbar sind.«

Aelred entsprach ihrem Wunsch. Godrics Miene wurde ernst. Er sprach eine Zeitlang. Als er endete, wandte sich Aelred wieder an Catherine.

»Er hat mich daran erinnert, daß diese Einsiedelei zwar von vielen als heiliger Ort betrachtet wird, es aber auch solche gibt, die Heiligkeit nicht respektieren. Schon des öfteren wurde er seiner wenigen Habseligkeiten beraubt und zusammengeschlagen. Vor fünf Jahren haben ihn marodierende Soldaten für tot gehalten und liegenlassen. Sie dachten, daß die Leute aus der Umgebung ihre Schätze bei ihm aufbewahrt hätten.«

»Ich verstehe«, sagte Catherine zum zweitenmal, und dieses Mal entsprach es der Wahrheit. »Bitte sag ihm, daß mir schon klar ist, daß es keinen Ort gibt, der vollkommen sicher ist, aber daß ich Gott vertraue und annehme, was immer ER schicken mag. Frag ihn auch, ob wir ihm irgendwie behilflich sein können, damit wir ihm nicht so sehr zur Last fallen.«

»Das kann ich dir sagen, denn er wird es nicht tun«, antwortete Aelred. »Respektiert seine Privatsphäre. Er ißt und betet allein. Sonst könnt ihr euch alles aus dem Garten und den Fischreusen holen, was ihr braucht. Er hilft euch auch, wenn nötig. Und jetzt zeigt euch Godric, wo ihr schlafen könnt. Ich werde nach Durham zurückkehren und hoffentlich entweder Edgar oder deinen Vetter aufspüren.«

»Danke, Bruder Aelred«, sagte Catherine. »Wir stehen in deiner Schuld.«

Der alte Mann führte sie in eine der Hütten. Sie hatte weder Fenster noch Feuerstätte, aber es gab frisches Stroh am Boden und eine Tür, die sich von innen verriegeln ließ. Catherine wollte lieber nicht daran denken, wie leicht eine Fackel die Hütte in Brand setzen konnte. Sie war warm genug und bot Schutz vor dem Wetter. Sie nickte ihm dankbar zu und ging mit den Mädchen hinein.

Als Solomon sah, wie die Mönche aus der Stadt vertrieben wurden, war seine erste Reaktion ungläubige Freude. Doch dann dämmerte ihm, was hier eigentlich vor sich ging.

»Samson«, sagte er, »das ganze verdammte Heer kommt auf uns zu!«

Er bekam keine Antwort. Solomon drehte sich um. Samson war fort, aber eine Reihe von Wachsoldaten aus dem Troß des

Bischofs stand da. Solomon winkte ihnen mit beiden Händen zu, die offensichtlich offen und leer waren. Er schenkte ihnen ein seiner Meinung nach wohlwollendes Lächeln.

»Gute Arbeit, die ihr da leistet«, sagte er, während er sich einen Weg durch die Reihen bahnte. »Armbrust schußbereit, die Klingen frisch geschärft. Ich setze volles Vertrauen in euch.«

Sie nahmen keine Notiz von Solomon, was ihm nur recht sein konnte.

Einwohner, die panikartig flüchteten, hielten ihn auf, so daß er das Siechenhaus erst erreichte, nachdem Catherine schon fort war. Eine fremde Frau saß auf Willas Bett und stillte einen Säugling, ein zweites Kind schlief zu ihren Füßen. Sie beobachtete Solomon argwöhnisch.

Draußen suchte er das Gebiet hinter der Absperrung der Soldaten ab. Erst als er sich vergewissert hatte, daß sie sich in keinem der Gebäude aufhielt, gönnte er sich eine kurze Verschnaufpause und lehnte sich an einen Baum. Kurz darauf schlug er mit der Faust an den Stamm, daß es schmerzte.

»Ich kann's nicht fassen«, rief er aus. »Jetzt habe ich sie schon wieder verloren.«

Ein Dolch kam über die Pflastersteine geschlittert und traf Edgar am Fuß. Er bückte sich danach. Vor ihm ging Æthelræd und trug den Mönch. Die beiden bildeten eine Art Nachhut zwischen den schwarzen Kutten und den Soldaten. Vor ihnen befand sich ein schmaler Durchgang, in den die Mönche jetzt hineingestoßen wurden. Am anderen Ende erwartete sie das Exil, und sie protestierten heftig, während man sie vorantrieb. Für Edgar bedeutete es die Freiheit. Er war entschlossen, sie zu erringen.

Jemand kam von links auf ihn zu; Edgar fuhr herum und stach in Richtung des Angreifers.

»Herr Edgar! Nein! Bitte nicht. Ich bin's doch – Alfred!«

Edgar ließ das Messer sinken. »Bedaure, Alfred«, sagte er. »Was gibt's? Beeil dich, sonst verliere ich den Anschluß.«

Er zog den alten Mann mit sich fort, der bei dem Versuch, Schritt zu halten, taumelte. Æthelræd und seine Last befanden sich schon im Durchgang. Die Menge schloß sich hinter ihnen. Edgar kam sich vor wie der letzte Israelit, der sich beeilte, durch das geteilte Rote Meer zu schlüpfen, bevor es wieder zusammenfloß.

»Herr Edgar!« schrie Alfred.

»Jetzt nicht, Alfred.« Edgar drängte vorwärts. Fast hätte er es geschafft, da traf ihn ein Schlag von hinten. Einen Augenblick lang blieb er im Gedränge aufrecht stehen, dann sank er sang- und klanglos in sich zusammen.

Als er die Augen wieder aufschlug, sah er über sich das zarte Grün der Blätter. Der Wind raschelte darin und ein Sonnenstrahl fiel hindurch, so daß er sich stöhnend die Hand vors Gesicht hielt.

Roberts Stimme war viel zu nah und laut. »Na, sind wir wieder wach?«

Edgar nahm die Hand herunter. Sie befanden sich wieder am Rand des Palastrasens. Der Kampf schien vorüber. Aus der Kirche erklang ein Lied, das ursprünglich eine Hymne an die Jungfrau gewesen war. Die Worte konnte er nicht verstehen, aber hier wurde offenbar eine ganz andere Dame besungen.

»Verdammt«, sagte er. »Fast hätte es mich erwischt. Wie bin ich denn hierher zurückgekommen?«

»Alfred hat dich gebracht«, sagte Robert. »Sonst hätte man dich totgetrampelt.«

»Und was geschieht jetzt?« fragte Edgar. »Hat Æthelræd es geschafft?«

»Alfred sagt ja«, erwiderte Robert. »Ich bin in der Schenke geblieben, bis sich der Lärm legte. Vater hat sich mit seinen Leuten Cumin angeschlossen, und als letztes hörte ich noch, daß sich William de Saint-Barbe auf dem Rückzug nach Bishopton befindet. Wahrscheinlich wünscht er sich, er könnte bis nach York zurückweichen.«

»Heißt das, daß wir jetzt auch gehen können?« Edgars Stimmung hob sich merklich.

»Im Prinzip, ja«, antwortete Robert bedächtig. »Aber zwischen uns und allen Ausfallstraßen sind fünf Schwerbewaffnete postiert. Alle geben sich Mühe, uns nicht direkt anzusehen. Ich kenne jeden einzelnen. Es sind nicht nur Vaters Gefolgsleute; sie stammen auch aus Wedderlie.«

»Ob wir wohl an ihren Familiensinn appellieren könnten, damit sie uns laufen lassen?« fragte Edgar.

Robert faßte sich an den Kopf. »Warum sollten sie uns denn helfen? Wir sind legitim, sie nicht.«

»Aber als Kinder haben wir doch miteinander gespielt«, sagte Edgar. »Damals war das unwichtig.«

»Nein, Edgar, das war es nicht«, widersprach Robert. »Es hat schon immer eine große Rolle gespielt. Robert von Gloucester könnte jetzt König von England sein, wenn seine Mutter die Ehe abgewartet hätte. Statt dessen unterstützt er jetzt den Anspruch seiner Halbschwester. Meinst du nicht auch, daß er gelegentlich einen Groll gegen sie hegt? Diese Männer hier haben noch viel weniger Grund, uns zu helfen. Von uns können sie nicht einmal Protektion erwarten.«

»Aber was bezweckt Vater denn nur damit, daß er uns jetzt noch bewachen läßt?« Edgar wurde allmählich wieder munter. »Wir haben doch keinerlei Informationen, mit denen wir ihn verraten können. Er hat klar zu verstehen gegeben, daß wir für ihn keine militärische Bedrohung darstellen. Er ahnt doch nicht etwa, daß du ihn verdächtigst?«

»Natürlich nicht«, versetzte Robert. »Glaubst du, daß er uns deswegen nicht getötet hat, weil wir ihm nicht gefährlich werden können? Vielleicht ist dann ja alles vorbei. Er wollte Duncan zum Erben einsetzen. Und jetzt ... nein, dann würde er uns doch gehen lassen. Du hast recht, es ergibt einfach keinen Sinn.«

Behutsam richtete Edgar sich auf. Sein Kopf hämmerte, ihm

war übel. Er schwor sich, falls er je nach Paris zurückkehren sollte, es nie wieder zu verlassen, und daß er Catherine und James auf lange Zeit nicht aus den Augen lassen würde.

»Ich werde hier nicht herumhocken und Unwägbarkeiten diskutieren«, sagte er. »Vater mag uns gefangenhalten wollen, aber ich warte nicht ab, was er mit uns zu tun gedenkt. Ich muß nach St. Giles und Catherine finden.«

»Edgar, dort ist sie nicht.« Robert stützte Edgar, als jener aufzustehen versuchte. »Die Bevölkerung dort wurde evakuiert. Wahrscheinlich ist sie bei den anderen Dorfbewohnern, oder Solomon hat sie mitgenommen.«

Damit mußte Edgar sich vorerst zufriedengeben.

Doch Robert war die Lage durchaus nicht so gleichgültig, wie Edgar glaubte. »Wir können hier herauskommen und deine Familie suchen«, sagte er. »Aber wir müssen die Wachen abhängen.«

»Wie denn?« fragte Edgar.

»Ich arbeite an einem Plan«, sagte Robert.

»Gibt es Einwände dagegen, ihn in der Schenke auszufeilen?« erkundigte sich Edgar.

»Ganz und gar nicht – wenn sie uns lassen«, stimmte Robert zu. »Vielleicht wäre das sogar hilfreich.«

»Dann laß uns gehen«, sagte Edgar. »So weit tragen meine Beine mich noch.«

Ihre Wächter folgten ihnen, wie es schien, nicht ungern.

»Catherine, guck doch mal, was James schon kann!« Stolz trat Margaret beiseite, um zu zeigen, daß der Kleine sitzen konnte, nur von einer zusammengerollten Tunika gestützt.

Selig grinste er sie an und präsentierte den gerade durchgebrochenen Zahn dabei.

Catherine, die gerade zwischen zwei Steinen Korn zermahlte, blickte hoch. Mit ihrem offen herunterhängenden Haar wischte sie sich den Schweiß von der Stirn und lächelte die Kinder an.

Sie wunderte sich, daß sich alle drei Kinder prächtig entwickelten, trotz der primitiven Lebensbedingungen. Als Godric Willa husten gehört hatte, brachte er ihr ein Büschel Kräuter mit einer übelriechenden Flüssigkeit. Willa schluckte sie unter Würgen hinunter, und binnen weniger Stunden wurde der Husten schwächer. Sie schienen sich tatsächlich an einem heiligen Ort zu befinden.

Catherine machte sich wieder an die Arbeit. Wegen der Hitze trugen alle Anwesenden nichts außer der Tunika. Von den kleineren Kindern liefen manche nackt herum, ihr blasser nördlicher Teint bräunte sich allmählich. Der Gastgeber erschien nur von Zeit zu Zeit, doch seine Stimme hörte man oft, wenn er in seinem kleinen Oratorium betete oder sang. Catherine fragte sich, ob auch die anderen es so tröstlich fanden, daß sie Teil seiner praktizierten Frömmigkeit waren.

Sie bückte sich über die Steine, um die Ausbeute eines ganzen Vormittags zu untersuchen. Es war kaum mehr als ein paar Handvoll Mehl, und zwar ganz grobes. Godric hatte ihnen allen ein Faß mit Getreidekörnern gegeben. Warum es wohl keine Mühle in der Nähe gab? Der Fluß konnte doch ausreichend Energie liefern. Vielleicht war die Gegend zu unsicher. Bei diesen hohen Klippen käme es wohl leicht zu Überschwemmungen.

Ihre Gedanken wanderten zu der windbetriebenen Mühle, mit der sich die Männer in Lindisfarne abgemüht hatten. Die Konstruktion war zwar unpraktisch, doch wenn es gelänge, sie fester im Boden zu verankern, so daß sie sich trotzdem noch bewegen ließ, um den Wind einzufangen – sie strich sich das lose Haar wieder zurück –, dann wäre es doch ein wahrer Segen für die Frauen, die immer noch das Korn von Hand mahlen mußten.

Catherine erkannte, daß Sonntag war, weil der Priester kam, um in der Kapelle die Messe zu lesen. Der Mann schien sich von der großen Zahl der Anwesenden eingeschüchtert zu fühlen und verhaspelte sich mehrmals, einmal drehte er die Reihenfolge der Liturgie um. Catherine war versucht, ihn zu berichtigen, hielt aber den Mund. Mit dem Alter kommt die Weisheit.

Der Priester brachte auch Nachrichten von der Außenwelt mit. Saint-Barbe war nach Bishopton zurückgedrängt worden und Durham wieder eine offene Stadt. Auf die Kunde hin machten mehrere Leute Anstalten, heimzukehren.

Catherine wußte nicht recht, wie sie sich verhalten sollte. Bei diesem ganzen Hin und Her wüßte Edgar nicht, wo er sie finden sollte. Und wo war er überhaupt? War er in Bishopton oder noch in Durham? Wenn Aelred ihm ihren Aufenthaltsort gesagt hatte, bliebe sie dann nicht besser hier? Man konnte sich so leicht verpassen.

Es war später Nachmittag, bevor sie sich zum Bleiben entschloß, Godrics Einverständnis vorausgesetzt, als Alfred auf der Bildfläche erschien. Margaret lief ihm entgegen und sprang ihm in die Arme. Er trug sie zu Catherine.

»Alfred sagt, daß Edgar und Robert uns in Durham erwarten«, sagte Margaret. »Wir sollen sofort kommen.«

Catherine dankte dem Mann mit ihrem bißchen Englisch und begann, alle Sachen einzusammeln und sie in einen Sack zu stopfen, um mitzugehen.

Godric war nicht erreichbar, darum ließen sie eine Nachricht für ihn bei den Leuten im Ort, um ihm zu danken und auszurichten, wohin sie unterwegs seien.

Alfred führte sie durch das Dickicht auf eine Straße.

Die Sonne sank allmählich. Catherine hatte das Gefühl, schon lange gewandert zu sein. Sie fragte sich, ob Alfred wohl eine belebtere Strecke gewählt hatte. Endlich begann sie, sich Sorgen zu machen.

»Margaret«, sagte sie. »Würdest du Alfred fragen, ob wir auch ganz sicher auf der richtigen Straße sind?«

Margaret stellte ihm die Frage, und dann geschah es. Vier Männer tauchten aus der nächsten Straßenbiegung auf, und

Alfred zog sein Messer. Catherine wollte davonlaufen, denn Alfred würde es nicht mit vier jungen Banditen aufnehmen können.

Margaret stöhnte auf und schrie vor Entsetzen. Und Catherine sah, daß Alfreds Messer auf Margarets Kehle gerichtet war.

Zwanzigstes Kapitel

Ein Lager im Wald in der Nähe von Durham, 31. August 1143, am Tag des heiligen Aidan, des Missionars und Gründers von Lindisfarne, Freund von Königen, deren Gebete die Richtung des Windes ändern konnten

Maledictus sit ubicunque fuerit, sive in domo, sive in agro, sive in via ... sive in silva, sive in aqua, sive in Ecclesia. Maledictus sit vivendo, moriendo, manducando, bibendo ... Maledictus sit in totis viribus corporis. Maledictus sit intus et exterius. Maledictus sit in capillis, maledictus sit cerebro.

Verflucht sei er, wo immer er sich aufhalten möge, zu Hause, auf den Feldern, auf der Straße ... im Wald, auf dem Wasser oder in der Kirche. Möge jener verflucht sein, sei er am Leben, im Sterben, beim Essen oder Trinken ... Möge jener verflucht sein in jedem Teil seines Leibes, innen und außen. Verflucht sei er im Blut, verflucht im Hirn.

– Exkommunikationsformel aus dem zehnten Jahrhundert –
Capitularia regum Francorum

Catherine verwünschte ihre Dummheit nach Kräften. Wieso hatte sie außer acht gelassen, daß dieser freundliche alte Mann ein Leben lang in Waldeves Diensten stand? Sie hatte jedem Fremden mißtraut, war sich ihres Urteils so sicher gewesen. Und jetzt würden sie alle sterben, weil sie nicht genug Verstand besessen hatte, einfach an Ort und Stelle zu bleiben und abzuwarten.

Sie wußte nur nicht, warum sie nicht schon alle tot waren. Es gab noch einen kleinen Hoffnungsschimmer, daß man sie als Geiseln genommen hatte, doch das ergab ja keinen Sinn, denn Waldeve war der einzige in Britannien, der ein Lösegeld hätte zahlen können.

Wenigstens versuchte niemand, ihnen etwas anzutun, obwohl ein paar Männer Willa Blicke zuwarfen, die in Catherine den Wunsch weckten, zum Messer zu greifen, um das zu verhindern, was sie offensichtlich in Gedanken taten.

Sie wünschte, Margaret würde ihnen sagen, worüber die Männer sprachen, doch das Mädchen hatte sich in sich selbst zurückgezogen. Das Entsetzen darüber, daß ihr alter Freund sie mit dem Tode bedrohte, und der Mord an ihrer Mutter waren mehr, als das Kind ertragen konnte. Sie lag in Willas Armen, lutschte am Daumen und schluchzte laut vor sich hin. Niemand störte sie dabei.

»Madame?« fragte Willa über Margarets endloses Wehklagen hinweg. »Glaubt Ihr, jemand wird uns retten kommen?«

»Das weiß ich nicht, Willa«, antwortete Catherine. »Ich wüßte auch nicht wie, da niemand weiß, daß wir hier sind. Mag sein, daß Alfred Befehl hat, uns einfach nur aus irgendeinem Grund hier festzuhalten. Vielleicht bringt man uns nach Durham oder nach Wedderlie zurück.«

»Aber warum hält man uns überhaupt hier fest?« fragte Willa. »Sind wir denn so wichtig? Ich meine, Ihr und Margaret und James?«

»Das glaube ich eigentlich nicht.« Catherine hatte versucht, das zu ergründen. »Es sei denn, Waldeve beabsichtigt, ein Lösegeld von meinem Vater zu erpressen. Es tut mir leid, aber ich verstehe dies genausowenig wie du. Jetzt können wir wirklich nur noch eines tun.«

Willa nickte. »Seit wir in Britannien sind, habe ich ohne Unterlaß gebetet.« Sie seufzte. »Glaubt Ihr, die französischen Heiligen sind zu weit weg, um uns zu hören?«

»Gewiß nicht, du Dummerle. Im Himmel können sie uns hören, einerlei, wo du betest.« Catherine war sich ihrer Sache ganz sicher.

Willa fühlte sich getröstet, doch Catherine hatte kein ganz reines Gewissen. Vielleicht hatte sie etwas getan, daß sie nicht die Fürbitte der Heiligen verdiente? Ihr fiel aber nichts Schlimmes ein, wofür diese unschuldigen Kinder hätten büßen sollen.

James strampelte in ihren Armen. Da er jetzt ins Krabbelalter kam, wurde es immer schwieriger, ihn ruhig zu halten. Catherine wurde gewahr, daß sie ihn vor ihre Brust gepreßt hielt, wie einen lebenden Schild. Die Vorstellung, daß diese Männer ihnen kein Leid zufügen würden, weil sie einen Säugling hatte, war unvernünftig. Sie wußte nur zu gut, daß die Leichen von Frauen und Kindern wie Unrat liegen blieben, wenn ein Heer durchgezogen war.

James begann zu krakeelen. Catherine sah sich zu den Männern um. Sie versuchte abzuschätzen, ob Gefahr drohte, falls sie ihn hinlegte.

Ihre Wärter beobachteten sie nicht allzu scharf. Alfred behielt sie im Auge, während er Anweisungen für die Zubereitung des

Abendessens gab. Ein kalter Lufthauch erinnerte daran, daß der Sommer seinem Ende zuging.

Sie setzte den Säugling zwischen sich und Willa auf den Boden. Sofort rollte er sich auf den Bauch und dann auf Hände und Knie und schaukelte wie ein Hund, der an der Leine zerrt. Alfred stand auf und kam auf sie zu. Catherine schnappte sich James und barg ihn, zu seinem größten Unmut, sicher in ihrem Schoß.

Der alte Mann sah mit mitleidiger Miene auf sie herab. Das ängstigte sie weit mehr als ein bösartiger Blick. So musterte man sein Lieblingskalb, bevor man es ans Messer lieferte.

Er zog sich den Mantel aus und legte ihn für James auf den Boden. Dann entfernte er sich wieder.

Willas Gebete nahmen die gleiche Intensität an wie Margarets schrilles Schluchzen.

Catherine fragte sich, ob eine von beiden bis zum nächsten Morgen wieder bei Verstand sein würde.

In der Schenke schob Edgar die Bierschale von sich weg. Böse sah er Æthelræd an, der ohne Neuigkeiten von Catherine zurückgekehrt war.

»Es ist zwecklos«, sagte er zu Onkel und Bruder. »Wir können sie nicht unter den Tisch trinken. Da lande ich vor allen anderen.«

»Das dünne französische Bier hat dich verdorben, Edgar.« Æthelræd schüttelte betrübt den Kopf.

Sie saßen an einem Tisch auf dem Dachboden der Schenke. Unter ihnen schienen die Wachen ihrer Pflicht das Beste abzugewinnen und leerten eifrig das Faß, das der Schankwirt am frühen Morgen herangerollt hatte. Dennoch machte keiner bisher einen angeschlagenen Eindruck.

Edgar hatte gerade sein Haupt auf den Tisch gebettet, als Algar hereinkam. Er grüßte die Wachsoldaten.

»Seid ihr schon den ganzen Tag hier? Was ist denn nur los mit euch? Großvater wäre sehr zornig auf euch, ganz zu schweigen von Herrn Waldeve. Heißt das etwa, daß Großvater noch nicht zurückgekehrt ist?«

Einer der Männer versuchte, ihn zum Schweigen zu bringen, doch ohne Erfolg, denn Algar war sehr erbost. »Er wollte doch schon gestern abend aus Finchale zurückkommen. Was, wenn dort etwas geschehen ist?«

Edgar hob den Kopf. Wieso war Algars Großvater denn nach Finchale gegangen? Alfred hatte doch gar nichts mit Godric zu schaffen, soweit er unterrichtet war. Was führte sein Vater jetzt schon wieder im Schilde?

Er wollte eine Frage hinunterbrüllen, aber Æthelræd hielt ihm rasch den Mund zu.

»Algar weiß doch nicht, daß wir hier sind«, flüsterte er Edgar zu. »Warte! Mal sehen, ob er noch mehr ausplaudert, bevor sie ihn zum Schweigen bringen.«

Genau das versuchten die Männer unten immer noch. »Setz dich, Algar. Trink etwas Bier«, sagte einer.

»Nein, du Esel«, erwiderte Algar. »Großvater ist vielleicht unter die Räuber gefallen und hat sich ein Bein gebrochen. Ich verstehe nicht, warum nicht einer von euch an seiner Statt gehen konnte.«

»Ich hab's versucht«, murmelte ein anderer, etwas schleppend. »Aber diese Metze hat mir nicht über den Weg getraut.«

»Widsith, du Dummbart!« Sein Nachbar versetzte ihm eine Kopfnuß, woraufhin Widsith vom Schemel rutschte und auf den strohbedeckten Boden fiel.

»Was redet er da?« fuhr Algar die anderen an.

»Er ist trunken; es hat nichts zu bedeuten«, sagte der erste Mann.

Dann sah er zum Boden hinauf, und Robert winkte ihm zu. Algar folgte seinem Blick. Er hielt inne und verbeugte sich.

»Herr Robert«, sagte er in sanfterem Ton. »Ich ahnte nicht, daß Ihr hier seid. Sind diese Männer Eure Begleiter?«

Robert schüttelte den Kopf. »Ich wollte nur ein, zwei Bierchen trinken, zusammen mit meinem Bruder und meinem Onkel und Lufen natürlich.«

»Habt Ihr meinen Großvater Alfred gesehen?« fragte Algar.

Einer der Männer senkte den Kopf und ließ ihn auf den Tisch fallen.

»Heute noch nicht«, antwortete Robert. »Er ist also nach Finchale gegangen? Ihr wißt doch, daß die Straßen nicht sicher sind.«

»Ja«, sagte Algar. »Aber Großvater wollte das nicht wahrhaben. Er meinte, dort seien Leute aus Wedderlie, mit denen er sich treffen müßte. Doch jetzt müßte er eigentlich zurück sein. Ich sollte mir wohl besser jemanden suchen, der nüchtern ist und sich mit mir auf die Suche macht.«

»Ach, das kannst du dir sparen; wir helfen dir, oder?« sagte Robert.

Eifrig bekundeten Edgar und Æthelræd ihre Bereitschaft, Algars Großvater aufzuspüren.

Die Soldaten unternahmen einen letzten Versuch.

»Du darfst die Herrschaften nicht damit behelligen«, sagte der Anführer. »Die haben Besseres zu tun.«

»Mitnichten.« Æthelræd kletterte schon die Leiter hinunter. »Wir durften ja nicht mit Saint-Barbes Heer nach Bishopton jagen. Ein kleiner Ausflug kann uns nicht schaden. Hast du ein Pferd, Algar?«

»Ja, es steht bei den anderen im Stall«, antwortete Algar.

»Dann nichts wie weg.« Æthelræd legte einen Arm um den jungen Mann. »Gewiß werden wir ihn unterwegs finden. Vermutlich läßt er sich bei diesem schönen Wetter Zeit mit der Rückkehr.«

Sie verließen die Schenke. Drinnen begannen vier Soldaten den fünften, der bewußtlos am Boden lag, mit Püffen zu traktieren. Sie wollten lieber nicht daran denken, was geschehen würde, wenn Edgar entdeckte, was Alfred plante.

Gerade eben lag Alfred auf Händen und Knien vor Margaret und wollte sie in die Welt zurückrufen.

»Swetnes«, bettelte er. »Ich hätte dir doch nichts getan, *deorling*. War der alte Alfred denn nicht immer nett zu dir? Bitte, bitte, komm wieder zu dir, Margaret. Ich brauche dich, damit du für mich mit der Dame redest.«

Margaret nahm keine Notiz von ihm, ihre Augen waren vor Kummer getrübt. Willa hielt sie schützend an sich gedrückt.

Catherine verstand zwar nicht die Worte, aber den Tonfall, der sie noch mehr verwirrte. Offenbar wollte er Margaret oder sonst jemandem nichts tun. Aber warum hatte er sie dann bedroht? Warum hielt er sie hier fest?

»Bitte, heilige Katharina, heilige Muttergottes, bitte laßt sie nicht darauf warten, daß Waldeve kommt«, betete sie inbrünstig. Noch mehr fürchtete sie allerdings, Duncan könnte kommen, dieser Bruder, der nach Edgars Aussage ein noch größeres Ungeheuer war als sein Vater. Was für eine Familie erklärte sich selbst den Krieg? Na ja, wenn es um eine Krone ging oder um Besitz oder ... herrje! Bei näherer Betrachtung war Krieg unter Verwandten doch auch in Frankreich an der Tagesordnung.

Catherine verstand endlich, warum Edgar mühelos einen abtrünnigen Christen als Schwiegervater akzeptiert hatte. Sein eigener Vater benahm sich ja, als ob es keine göttliche Gerechtigkeit gebe.

Alfred wandte sich seufzend von Margaret ab und versuchte, Catherine durch Zeichensprache zu erklären, daß er auch ihr nichts antun wolle. Sie solle nur geduldig sein, dann komme sie bald wieder nach Hause.

Catherine wurde allerdings aus seinem Herumgehüpfe und seiner Gestik nicht klug.

»Madame?« Willas Stimme ließ Alfred seinen Tanz abbrechen. »Madame, könnt Ihr Margaret jetzt nehmen, wo James schläft? Ich muß mich erleichtern.«

»Gewiß.« Catherine streckte die Arme nach Margaret aus.

»Geh hinter den Baum dort drüben. Wenn einer von jenen Unmenschen sich rührt, schreie ich so laut, daß die Vögel von den Zweigen fallen.«

Willa hatte weniger Mühe als Alfred, ihre Bedürfnisse klar zu machen. Er nickte. Willa verschwand im Gebüsch hinter dem Baum, und Catherine fixierte die Männer mit drohendem Blick.

Die Zeit verstrich. Margaret schlief ein, James wachte auf. Willa kehrte nicht zurück. Catherine begann, sich Sorgen zu machen. Sie zählte die Männer. Doch, alle waren noch da.

Willa konnte nicht weit gekommen sein. War ihr übel geworden und lag sie vielleicht bewußtlos da? Oder war sie fortgelaufen, um Hilfe zu holen? Obwohl das ein wenig hoffen ließ, wünschte sich Catherine, daß Willa nicht so leichtsinnig gewesen wäre. Ein junges Mädchen allein auf der Straße, unkundig der Landessprache, würde eher den Tod als Hilfe finden.

Schließlich bemerkte auch Alfred Willas Abwesenheit. Er befahl einem der Männer, nach ihr zu suchen. Dann fügte er einen weiteren Befehl hinzu, der das begierige Grinsen in seinem Gesicht erlöschen ließ. Er ging in das Gebüsch, in dem Willa verschwunden war.

Wieder verging die Zeit. Die Sonne ging langsam unter. Margaret wachte auf. Sie gab keinen Laut mehr von sich, rollte sich nur wie ein Embryo auf dem Mantel neben James zusammen. Der Säugling patschte ihr auf die Nase, aber sie reagierte nicht. Auch der Mann, den Alfred ausgeschickt hatte, kehrte nicht zurück. Das beunruhigte Catherine um so mehr und schließlich auch Alfred. Mit einem kräftigen Fluch schickte er die drei anderen Männer auf die Suche.

Man hörte einen überraschten Aufschrei, dann nichts mehr. Catherine warf sich über die Kinder. Alfred hob seinen Stab auf und stellte sich vor ihnen auf. Ob er sie beschützen oder am Weglaufen hindern wollte, blieb Catherine unklar.

Das Strauchwerk hinter dem Baum raschelte und wurde zur Seite gedrückt. Alfred erhob den Stab.

Algar betrat die Lichtung.

»Was zum Teufel machst du denn hier?« wollte Alfred wissen.

»Ich bin gekommen, um dich zu suchen«, sagte Algar. »Was machst du denn da mit dieser Frau?«

»Das geht dich überhaupt nichts an«, versetzte Alfred.

»Doch, Großvater«, erwiderte Algar.

Es raschelte erneut.

»Catherine!«

Catherine hob langsam den Kopf. Auf dieses Wunder war sie nicht gefaßt.

»Catherine!« Diesmal war es lauter und ganz nah. Sie sah hoch.

»Edgar!«

Alfred erblickte ihn, ließ den Stab fallen und sank schluchzend zu Boden. Edgar stieg über ihn hinweg und half Catherine auf.

»Es tut mir so leid. Ich hätte nie . . .«, begannen beide wie aus einem Mund.

»Bist du wohlauf?« fragte er.

»Niemand ist verletzt, aber Willa ist weg«, sagte Catherine.

»Wir haben sie gefunden. Jetzt ist alles in Ordnung«, sagte Edgar. »Ich nehme dich mit nach Durham. Dann gehen wir nach Wearmouth und nehmen das nächste Schiff nach Hause.«

»Und Margaret nehmen wir mit, Edgar«, sagte Catherine.

»Ja, gewiß, wenn sie möchte.« Edgar hätte allem zugestimmt.

Catherine vergrub das Gesicht in seiner muffigen Tunika. Sie roch nach Feuchtigkeit und Schimmel und nach Edgar. Sie sog den Geruch tief ein. Dann zwang sie sich, sich der Lage zu stellen.

»Was ist aus Alfreds Männern geworden?« fragte sie.

»Sie liegen verschnürt auf den Pferden«, antwortete er. »Robert und Æthelræd bewachen sie.«

Alfred weinte immer noch in den Armen seines Enkels. Algar sah sie bittend an.

»Ich bekomme kein vernünftiges Wort aus ihm heraus«, sagte er. »Er sagt immer wieder, daß ich ihn ins Sanktuarium bringen soll.«

»In welches Heiligtum denn?« fragte Edgar. »Etwa das in Durham? Da wimmelt es von Soldaten. Dort findet keiner Zuflucht. Erzähl ihm doch, Algar, daß ich ihn nicht bestrafen will. Er handelte ja nur auf Anweisung meines Vaters, und alle sind unversehrt. Meinetwegen braucht er nicht den Schutz der Kirche.«

Die Worte bestärkten Alfred nur in seinem Kummer. Er krallte sich an Algars Ärmel fest.

»Sie sollen mir sicheres Geleit nach Hexham geben«, bat er. »Ins Sanktuarium dort, dann werde ich ihm alles erzählen.«

Algar sah Edgar an, der mit den Achseln zuckte.

»Nun denn«, sagte er. »Aber ich bringe meine Familie jetzt nach Durham. Mein Onkel und mein Bruder können dich nach Hexham begleiten.«

»Nein!« Alfred wandte sich jetzt direkt an Edgar. »Ihr dürft nicht dorthin gehen! Die Gefahr ist zu groß. Ihr wißt ja nicht, was sie mit euch vorhaben.«

Edgar riß der Geduldsfaden. »Dann sag es mir!« befahl er.

Alfred stellte sich auf die Hacken. »Im Sanktuarium«, beharrte er.

Edgar erklärte Catherine, was der alte Mann gesagt hatte. »Alfred hat sicher große Angst vor dem, was mein Vater mit ihm anstellen wird«, schloß er. »Aber ich werde dich nicht noch eine Nacht im Freien verbringen lassen, nur weil es Alfred gefällt.«

»Wir könnten ja heute nacht nach Finchale zurückgehen«, schlug Catherine vor. »Godrics Kirche ist doch auch eine Art Heiligtum? Der Weg dorthin wird uns nicht schaden. Bisher ging es ganz gut. James kann jetzt aufrecht sitzen. Und Willas Husten ist fast verschwunden. Alfred findet Durham gefährlich, und ich stimme ihm zu. Dein Vater und dein Bruder Duncan wollen dich vielleicht aus dem Hinterhalt überfallen.«

Edgar dachte nach. »Ja, der Plan scheint mir am vernünftigsten«, befand er. »Algar, sagst du es den anderen?«

Ein Schrei zu seinen Füßen ließ Edgar hinuntersehen. Margaret hatte ihren Arm um James gelegt, damit er nicht wegrollte, und er leistete heftigen Widerstand.

Edgar hob ihn hoch.

»Der scheint ja nicht verhungert zu sein«, meinte er. »Danke, daß du auf ihn aufgepaßt hast, Margaret. Margaret?«

»Sie ist in diesem Zustand, seit Alfred das Messer gezogen hat«, erklärte Catherine leise. »Sie spricht nicht mehr mit uns. Sie will nichts essen. Ich glaube, sie sollte auch nicht nach Durham gehen. Der Einsiedler hat Willas Husten kuriert. Vielleicht weiß er etwas, das das kranke Gemüt deiner Schwester heilt.«

»Nimm du das Kind«, sagte Edgar. »Ich werde Margaret tragen.«

Er bückte sich. »Margaret? Ich passe jetzt auf dich auf. Catherine und ich lassen nicht zu, daß dir jemand etwas tut.« Er hob sie auf und wickelte sie in Alfreds Mantel.

»Alfred hat ihr dies angetan? Dann braucht er wirklich Kirchenasyl. Wenn ich es ihm nicht versprochen hätte, würde ich ihn noch heute abend dafür zur Rechenschaft ziehen.«

»Edgar, jetzt nicht. Wenn alles klar ist, können wir die Schuldigen zur Rechenschaft ziehen«, erwiderte Catherine. »Es gibt zuviel, das wir nicht durchschauen. Er wollte dies bestimmt nicht tun, ganz sicher nicht.«

In diesem Augenblick, als seine Schwester schlaff in seinen Armen lag, interessierte sich Edgar wenig für Alfreds Absichten. Nur das Ergebnis zählte.

Sie folgten Algar und Alfred zu der Stelle im Wald, wo Robert und Æthelræd mit Willa warteten. Die vier Männer, die Alfred begleitet hatten, waren auf die Pferde gebunden, Hände und

Füße mit Stricken gefesselt, die unter den Pferdebäuchen zu Schlingen geknüpft waren, um sie zu halten.

»Sie wurden ganz grün im Gesicht, als sie uns sahen«, rief Robert lachend. »Ich glaube kaum, daß sie auf einen Kampf eingestellt waren.«

Æthelræd war nicht so heiter. Er ging immer wieder um die Männer herum und schüttelte den Kopf.

»Ich kenne sie zwar nicht, aber sie sind alle von unserem Blut«, sagte er. Er stieß einen von ihnen in die Seite. »He, du Bastard! Hat mein Bruder dir Wedderlie versprochen, wenn er stirbt?«

Der Mann stöhnte nur.

»Vielleicht war es Duncan«, mutmaßte Edgar. »Alfred, sind dies die Männer, die Adalisa getötet haben?«

»Im Sanktuarium«, sagte Alfred. »Ich erzähle Euch alles, was Ihr wissen wollt. In der Kirche von Hexham.«

Als sie aufbrachen, fiel Catherine die wichtigste Frage wieder ein, die sie Edgar stellen wollte.

»Was ist denn aus Solomon geworden?«

Solomon und Samson waren mit dem allgemeinen Exodus aus St. Giles fortgeschwemmt worden. Sie fanden sich in der unangenehmen Gesellschaft mehrerer Mönche und weltlicher Kirchendiener, die nach Bishopton vorausgeschickt wurden mit Haushaltswaren und Rechnungsbüchern. Sie landeten dort im Hof, sicher, aber unfähig, den Ring der Angreifer draußen zu durchbrechen.

»Edgar bringt mich um, wenn er erfährt, daß ich seine Frau schon wieder verloren habe«, sagte Solomon zum wiederholten Male.

»Es ist doch nicht deine Schuld, wenn sie ständig davonläuft«, beharrte Samson. »Ich kann es kaum glauben, daß man sie überhaupt hat mitreisen lassen. Unsere Frauen bleiben zu Hause und kümmern sich ums Geschäft, statt wie ein liederliches Weibsstück auf der Straße herumzulungern.«

»Als wir abreisten, schien es sicherer zu sein, als sie in Paris zurückzulassen«, erklärte Solomon. »Wir dachten, sie hätte die meiste Zeit hier Steinmauern um sich herum.«

»Wenn ich sie richtig einschätze, dann müßten die Mauern schon tür- und fensterlos sein, damit sie drinnen bleibt«, schnaubte Samson.

»Allerdings. Doch um ihr Gerechtigkeit widerfahren zu lassen, sie hat mit Ausnahme der Überfahrt sich nie über die Strapazen der Reise beklagt. Sie sieht sich gern neue Orte an.«

»Vielleicht wird diese Reise sie davon kurieren«, sagte Samson. »Siehst du ihren Mann dort unter den Soldaten? Alle diese Leute sehen für mich gleich aus.«

Solomons Blick fuhr prüfend über die Menge. Er erwartete nicht, Edgar unter den Verteidigern zu sehen. Hoffentlich besäße sein Freund genügend Vernunft, hinter den Scharen zu bleiben, die aus Durham ausgefallen waren, um Conyers und Saint-Barbe auf dem Rückweg nach Bishopton nachzusetzen. Unter den Leuten war kein bekanntes Gesicht.

Halt! Jener Mann dort.

»Samson, weißt du, wer das ist?« fragte er. »Nicht der bei den Packpferden, der auf der anderen Seite, der sich offenbar vor uns verstecken will.«

»Den habe ich, glaube ich, noch nie vorher gesehen«, sagte Samson und kratzte sich durch den Bart am Kinn. »Irgendwie kommt er mir aber bekannt vor. Warum?«

»Das ist der Mann, der mit uns auf dem Schiff war«, erwiderte Solomon. »Ich sah ihn vor wenigen Wochen in Berwick.«

»Na und?«

»Ich weiß nicht recht«, antwortete Solomon. »Angeblich wollte er nach York, aber ich glaube, er beschattet mich.«

Das brachte Samson auf den Plan. »Du bist als Christ gereist«, sagte er. »Was werden die wohl mit dir anstellen, wenn sie herausfinden, daß du einer von uns bist?«

»Das weiß ich nicht«, sagte Solomon. »Man hat mich noch

nie enttarnt. Mich beunruhigt mehr, was mit Catherine und meinem Onkel Hubert geschieht, wenn dieser Mann die Information nach Frankreich zurückgibt.«

»Verschlechtert sich denn die Lage?« fragte Samson.

»In Paris gärt und brodelt es«, erklärte Solomon. »Seit der König Krieg mit dem Grafen von Champagne führt, verdächtigen die Menschen ihre Nachbarn leicht sämtlicher Verbrechen von Diebstahl bis zur Ketzerei. Wir brauchen einen starken Herrscher, und Ludwig ist nicht stark.«

»Na, wenigstens wißt ihr, wer über euch herrscht«, brummte Samson. »Wir haben heute einen König und morgen eine ›Herrin über England‹. Kein Wunder, daß die Leute mit dem Gedanken spielen, Münzen mit ihren eigenen Konterfeis zu prägen. Wie sollen wir uns denn nun gegenüber diesem Mann verhalten?«

»Ihn einfach nur im Auge behalten«, beschloß Solomon. »Und hilf mir, die Illusion aufrechtzuerhalten, daß ich ein Edomiter bin.«

Samson schnitt eine Grimasse. »Willst du mich anspucken? Das würde ihn überzeugen.«

»Vielleicht«, sagte Solomon. »Aber ich glaube, es wäre noch besser, mich von dir zu trennen und mich mit den Mönchen gemein zu machen. Ich sehe Edgars Freund dort, den Catherine suchen wollte. Vielleicht weiß er, wo sie ist. Laß unseren Freund da bitte nicht aus den Augen. Ich möchte wissen, wie er reagiert, wenn ich mich in Bewegung setze.«

Solomon schlenderte zu Aelred hinüber, der sich mit einem anderen Zisterzienser unterhielt. Er wartete, bis man ihn bemerkte, dann stellte er sich vor und erkundigte sich nach Catherine.

»Um die brauchst du dir keine Sorgen mehr zu machen«, sagte der Mönch. »Ich habe sie persönlich zur Einsiedelei in Finchale gebracht, bevor wir St. Giles verließen. Inzwischen sollte sie mit Edgar in Durham sein. Ich habe seinem Vater gesagt, wo sie sich aufhielt.«

»Was hast du getan?« fragte Solomon entsetzt. »Wo hast du denn Waldeve überhaupt getroffen?«

»Ich war weit hinter der Schar des Bischofs und wurde von Soldaten angehalten«, erklärte Aelred. »Mir wäre es übel ergangen, wenn Waldeve und Duncan nicht gekommen wären. Sie haben für mich gebürgt. Ich habe ihnen die Informationen für Edgar mitgegeben. Was ist denn los?«

Letzteres sagte er, weil sich Solomons Miene plötzlich verfärbte.

»Der Teufel ist los«, antwortete Solomon. »Aber das konntest du ja nicht ahnen. Vielleicht hast du Catherine in den sicheren Tod geführt.«

Er legte ihm ihre Vermutung dar, daß Waldeve oder Duncan gegen den Rest der Familie intrigierten und für die Morde verantwortlich waren. Aelred war erschüttert darüber, welche Folgen seine Hilfsbereitschaft zeitigen könnte.

»Wir müssen auf der Stelle nach Finchale zurück«, sagte der Mönch. »Ich bete, daß wir nicht zu spät kommen.«

»Tu das«, sagte Solomon, als er zu seinem Pferd ging.

Er erzählte Samson, was er vorhatte.

»Da draußen steht ein Heer«, warnte ihn Samson. »Beide Seiten könnten dich töten.«

»Ich weiß«, erwiderte Solomon, »aber ich reise unter dem Zeichen des Kreuzes.«

»Wie kommst du darauf, daß dir das hilft?« knurrte Samson. »Übrigens, jener Mann beobachtet dich wahrhaftig. Dein Gespräch mit dem Zisterzienser hat ihn offensichtlich irritiert. Ob er wohl dumm genug ist, dir jetzt auch zu folgen?«

»Hoffentlich«, sagte Solomon.

Der Mönch hatte nicht vergessen, wie man auf einem Schlachtroß reitet. Er war ja nicht nur ein Mann Gottes, sondern ein ehemaliger Beamter am Hof des Königs – ein bescheidener Mann, der gleichzeitig Autorität auszustrahlen vermochte. Er erinnerte Solomon an Abt Bernhard in Frankreich.

In Finchale erfuhren sie nur, daß Catherine schon wieder verschwunden war.

»Aber Edgar und seine Familie waren noch einmal mit ihr hier«, berichtete Godric. »Und ich habe Herrn Waldeve und seinen Mann hinter ihnen hergeschickt. Die werden sie schon gut beschützen.«

Solomon und Aelred wechselten einen Blick, dankten dem Eremiten und brachen nach Hexham auf.

Alfreds Weigerung, irgendwas zu sagen, bis sie sich innerhalb des Sanktuariums von Hexham befänden, galt auch für die Männer in seiner Begleitung. Einerlei, wie oft Edgar ihnen versicherte, er würde sie nicht für das verdammen, was sie im Auftrag seines Vaters getan hätten, einerlei, wie oft Æthelræd ihnen drohte, keiner wollte reden.

Edgar hielt Margaret auf dem Pferd vor sich, während Æthelræd Catherine und den Kleinen nahm. James war entzückt über das volle Haar seines Großonkels, an dem er nach Herzenslust ziehen durfte, und genoß den Ritt mehr als alle anderen.

Es war schon spät am Tag, als sie in der Stadt ankamen. Alfred wankte vor Erschöpfung. Der Pförtner Meldred kam heraus, um nach dem Rechten zu sehen.

»Großvater!« rief er aus. »Was hat man dir angetan? Warum bist du gefesselt? Algar, was hat das zu bedeuten?«

Æthelræd setzte Catherine ab. »So ein durchtriebener alter Bock«, dröhnte er. »Nun, jetzt wissen wir, warum er unbedingt hierherkommen wollte.«

Meldred kümmerte sich um Alfred, und die anderen Männer wurden von ihren Fesseln befreit und in den Kirchhof geführt. Jemand ging den Prior holen.

»Ja, ich gewähre ihnen die traditionellen siebenunddreißig Tage Kirchenasyl«, sagte der Prior, nachdem man ihm die Sachlage erklärt hatte. »Ist allen klar, daß sie während dieser Zeit das Kirchengelände auf gar keinen Fall verlassen dürfen?«

Alfred nickte. Er stützte sich auf Meldred. Auf dem Weg in die Kirche beugte sich Meldred über ihn und flüsterte ihm zu: »Was ist denn schiefgegangen, Großvater? Ich dachte, es liefe alles nach Plan?«

»Vielleicht gelingt es auch noch«, antwortete Alfred. »Aber wir müssen ein Opfer bringen, und ich selbst stelle mich zur Verfügung. Ich wünsche keinerlei Einmischung von dir. Das ist mein Wunsch und mein Befehl. Die anderen sind eingeweiht, und du sollst mir gehorchen wie jene. Hast du das verstanden?«

»Ja, Großvater«, sagte Meldred. »Ich will es im Interesse der anderen tun, aber es schmeckt mir gar nicht.«

»Edgar«, sagte Catherine, als sie die Kirche verließen und sich nach einem Schlafplatz umsahen. »Meinst du, wir könnten ein Bad und ein Bett ohne Flöhe finden?«

Edgar schmunzelte ungläubig. »Warst du etwa deshalb so still? Ich dachte schon, du sinnst darüber nach, wie du mich am besten loswirst, nach allem, was du meinetwegen durchstehen mußtest.«

»Natürlich nicht.« Catherine seufzte. »Ich weiß, es ist frivol, aber ich kann an gar nichts mehr denken, wenn ich mich so fühle wie jetzt. Mich juckt es überall, und mein Haar ist seit Wochen nicht gewaschen worden. James ist der einzige von uns, den wir die ganze Zeit gehegt und gepflegt haben. Aber frag bloß nicht, womit wir ihn alles einreiben mußten. Übrigens glaube ich auch, daß es Margaret guttun würde.«

Edgar besah sich das zusammengerollte Bündel in seinen Armen.

»Falls ich irgendwo in Hexham eine leere Tonne auftreibe, werde ich sie für dich in einen Badezuber umfunktionieren, das verspreche ich dir.«

Doch zu Catherines Erleichterung brauchte er kein Bierfaß zu requirieren. Es gab ein kleines, aber feines Badehaus dort.

Der Betreiber überließ es ihnen zum alleinigen Gebrauch und hielt vor der Tür Wache, während Catherine und Willa sich und James wuschen und dann behutsam Margaret entkleideten, badeten und wie einen Säugling einrieben und massierten. Ihre Muskeln entspannten sich zwar unter ihren pflegenden Händen, doch sie schien sie weiterhin nicht wahrzunehmen.

»Können wir denn gar nichts für sie tun?« fragte Willa, als sie den satten, warmen James in ihren Armen wiegte.

»Sie braucht wohl noch Zeit«, sagte Catherine. »Ich wünschte, Monsieur Herbert könnte sie sehen. Vielleicht hätte er eine geeignete Medizin für sie.«

»Nie hätte ich für möglich gehalten, daß ich das Kind eines Adligen bedauern würde«, sagte Willa. »Gewiß behauptet meine Mutter, daß ich selbst eins sein könnte, aber das zählt ja wohl nicht, oder?«

»Wohl kaum«, stimmte Catherine zu. »Ja, es ist schon seltsam. Genauso haben die Leute von Wedderlie sie behandelt, als ob sie zu bedauern sei. Ich dachte, es sei wegen ihres schrecklichen Vaters, aber jetzt kommen mir Zweifel.«

»Meint Ihr etwa, sie ist gar nicht Herrn Edgars Schwester?« fragte Willa.

»Doch, das schon«, beeilte Catherine sich zu sagen. Unwillkürlich fiel ihr Solomon ein, und sie fragte sich, ob er wohl als erster Adalisas Treue auf die Probe gestellt hatte. »Aber seit wann sind die Leute dort wohl in dieses Komplott eingeweiht?«

»Daß Edgars Bruder Margaret töten will?«

»Ich weiß es nicht.« Catherine ließ reichlich Wasser über den Fußboden schwappen, als sie Margaret aus dem Zuber hob und sie abrubbelte. »Margaret? Kannst du uns verstehen?«

»Bedaure«, sagte Willa. »Ich habe nicht nachgedacht.«

Sie setzte den schlafenden Säugling in eine Truhe mit Linnen, während sie Catherine half. Ihr zitterten die Hände, als sie an der Halskordel von Margarets *Chainse* nestelte. Plötzlich bemerkte Catherine, wie dünn und ausgezehrt Willa war.

»Ach, Willa, du armes Ding!« rief sie aus. »Was wird deine Mutter zu mir sagen, wenn ich dich so abgemagert wieder mitbringe?«

»Willkommen daheim, wird sie sagen.« Willa lächelte wehmütig. »Verzeiht mir, Madame, aber ich hoffe, es wird bald sein.«

»Ach, Willa, das hoffe ich auch.«

Irgendwie war es Edgar gelungen, ein Bett ohne Flöhe, dafür aber mit Vorhängen aufzutreiben.

»Meldred hat es gefunden«, erklärte er Catherine. »Er will mich wohl gnädig stimmen, damit ich für Alfred eintrete.«

»Reine Laken sind ein wirksames Bestechungsmittel«, meinte Catherine anerkennend und kuschelte sich an ihn, während sie ein Bein um ihn schlang.

Eine Weile blieben sie stumm, hielten sich nur in den Armen. Ausnahmsweise sprach Edgar als erster. »Nichts an der Geschichte ergibt irgendeinen Sinn«, sagte er.

»Da hast du recht.« Catherine küßte ihn auf die Schulter. »Aber Gott hat dich mir geschenkt, und ich will das nicht in Frage stellen, wenn du es auch nicht tust.«

Er küßte sie auf den Scheitel und sog den Duft des Rosmarinwassers ein, mit dem sie den Seifenschaum ausgespült hatte. Mit einer Hand langte er hinunter und kitzelte sie.

»Edgar!«

»Gleich!« Er hinderte ihre Hand daran, sich zu revanchieren. »Ganz ernsthaft – von Anfang an fehlte hier die Logik. Wenn da irgendwer Rache an meiner Familie üben will, dann nicht nach den mir bekannten Regeln. Wenn man über einen anderen Mann triumphiert, soll er das auch wissen. Ja, ebenso unlogisch ist die Annahme, mein Vater könnte ein derart ausgeklügeltes Komplott schmieden, um sich mißliebiger Familienangehöriger zu entledigen. Wozu sollte er mich heimholen? Er wußte doch, daß ich nichts mehr mit ihm zu schaffen haben wollte. Irgend etwas stimmt da doch nicht.«

Catherines Finger kreisten auf seiner Brust, während sie darüber nachdachte. Edgar schloß die Augen.

»Edgar?«

»Hm?«

»Was würdest du denken, wenn ich dir jetzt sage, daß ich mich vermutlich geirrt habe?«

»Daß ein neues Jahrtausend anbricht.«

»Dann halte dich fest«, sagte sie. »Ich glaube, dein Vater ahnt nichts von alledem. Ich hatte zuerst Duncan im Verdacht, aber er hatte ja gar keinen Grund, den Bergfried niederzubrennen. Ich denke, die Sache ist viel verworrener. Und Lazarus ist vermutlich der Schlüssel.«

»Lazarus? Wer ist das denn?«

»Der Junge, den dein Vater in der Vorratskammer in Ketten hielt.«

»Beim Elend des heiligen Mungo!«

Catherine drehte das Gesicht zu ihm herum.

»Du wußtest doch nichts davon, oder?«

»Aber natürlich nicht«, sagte Edgar. »Warum hätte er so etwas tun sollen?«

»Ich bin mir nicht sicher«, sagte Catherine. »Zuerst dachte ich, man wolle Lösegeld für ihn haben, doch dann hätte es keinen Grund gegeben, das vor mir geheimzuhalten. Ich glaube jetzt, daß er eine Art Geisel war.«

»Und wozu?« fragte Edgar.

»Das ließe sich leichter beantworten, wenn wir wüßten, wer er ist. Aber wahrscheinlich wollte man sich mit ihm der Mithilfe der Leute von Wedderlie oder einer bestimmten Person von dort versichern.«

»Meinst du jemanden aus der Burg?«

»Nein, von den Leuten, von den Dorfbewohnern«, erwiderte Catherine. »Ich weiß, es klingt verrückt, aber all die Steinchen scheinen sich zusammenzufügen, wenn man das Verhalten der Bauern berücksichtigt.«

»Aber das ist widernatürlich!« entgegnete Edgar. »Die wissen doch, was mit denen geschieht, die sich gegen ihren Herrn erheben.«

»Natürlich wissen sie das«, stimmte Catherine zu. »Darum hat sich ja auch niemand damit gebrüstet. Ich verstehe nur nicht, was sie damit bezweckten.«

Edgar war nicht überzeugt. »Ich kann ja nachvollziehen, daß sie meinen Vater oder meine älteren Brüder loswerden wollten, aber warum Adalisa töten? Warum Margaret etwas antun?«

»Das weiß ich nicht«, antwortete Catherine. »Aber ich hoffe, daß Alfred es uns sagt, jetzt, wo er sich auf dem Territorium der Kirche befindet. Ich komme morgen natürlich mit.«

»Ich hätte nicht im Traum daran gedacht, daß du es nicht tun würdest«, sagte Edgar wahrheitsgemäß.

»Das ist die richtige Antwort, *discipule.*« Catherine rollte sich auf ihn. »Was hättest du gern als Belohnung?«

»Die hier reicht mir vollkommen«, seufzte Edgar.

Einundzwanzigstes Kapitel

Hexham, Sonnabend, den 4. September 1143. Zum Gedenken an die Übersetzung des heiligen Cuthbert, wobei unklar ist, um welche Übersetzung es sich handelt. Schließlich kam er viel herum.

Parum etenim proderit peccatori a peccato cessare, nisi studeat ieiuniis et orationibus elemosinisque commissum deflere, et sicut existiterat operator malicie, ita quoque efficiatur post penitentium cultor iustitie.

Denn einem Sünder nützt es wenig, hinfort nicht mehr zu sündigen, wenn er nicht in tätiger Reue fastet, betet und Almosen gibt, auf daß er nach der Buße Gerechtigkeit übt.

Das Leben des heiligen Rumwold
Teil 10

Prior Richard hatte beschlossen, Alfred einen Tag ausruhen und beten zu lassen, bevor er Edgar und seine Familie träfe. Æthelræd grummelte deshalb, meinte, dann habe jener um so mehr Zeit, sich Lügen auszudenken, doch der Prior hatte das letzte Wort.

Leider gab es auch Waldeve Zeit, Hexham zu erreichen.

Robert war unterwegs zur Priorei, als Waldeve und Duncan einritten, gefolgt von einem Dutzend ihrer Spießgesellen. »Wenn ihr euch verteidigen wollt, dann ist es zu spät!« brüllte Robert. »Wir wissen alles!«

Waldeve hielt sein Pferd ruckartig an. Er sah auf seinen Sohn herab, als ob eine Schlange seinen Weg kreuzte.

»Ich verteidige mich nur mit dem Schwert, Junge«, sagte er. »Und ich werde lange in der Hölle sein, bevor du etwas weißt. Wo ist denn mein *unbryce* Bruder?«

Da sah er Æthelræd aus der Schenke kommen.

»Was faselt dieser *flitere* denn da?« rief Waldeve.

Æthelræd kam in Hörweite. »Was dich betrifft, Bruder«, sagte er, »so hat Alfred sich uns ergeben und wird alles sagen, was er über deine Pläne weiß, die Familie auszurotten. Und bemüh dich nicht, ihn zum Schweigen zu bringen. Er ist sicher in der Kirche.«

»Was für Pläne? Seid ihr denn alle von Sinnen?« Waldeve stieg ab. »He, du!« Er zeigte auf einen seiner Männer. »Kümmere dich um mein Pferd.«

Duncan tat es ihm nach. Robert sah von einem zum anderen. Waldeve schien ehrlich überrascht über den Vorwurf. Es muß doch Duncan gewesen sein, dachte er. Ein derart raffinierter Plan entsprach mit Sicherheit eher seinem Stil.

»Was, glaubst du, hat unser Vater getan, um die Familie zu ruinieren?« fragte Duncan. »Abgesehen davon, daß er dich nicht gleich nach der Geburt ertränkt hat? Und was hat Alfred damit zu schaffen?«

»Das weißt du sehr gut«, erwiderte Robert. »Es reichte dir nicht, dich selbst an die Stelle des Ältesten zu setzen, du mußtest auch noch versuchen, mich loszuwerden. Ich werde dir nie verzeihen, was du Lufen angetan hast.«

Duncan legte eine Hand auf Roberts Stirn. »Fieber hast du nicht, also sprichst du nicht im Delirium«, sagte er. »Daher muß ich wohl annehmen, daß du den Verstand verloren hast.«

Æthelræd kam Roberts Erwiderung zuvor. »Heute nachmittag, nach der Terz«, sagte er. »Kommt in die Kirche. Prior Richard ist willens, Alfred die Beichte abzunehmen und die Angelegenheit der zuständigen Gerichtsbarkeit zu überantworten.«

Endlich begriff Waldeve zumindest teilweise, wovon die Rede war. »Wenn Alfred etwas darüber weiß, was mit meinen Pferden und meinen Söhnen geschehen ist«, sagte er, »dann bin ich dafür zuständig, und er wird sich nicht ewig hinter den Rökken der Mönche verstecken können.« Er legte die Hand an sein Schwert.

Robert war nicht überzeugt. »Wer außerhalb der Familie hätte denn gewußt, daß ich allein in meinem Gemüsegarten arbeite? Wer brandschatzt schon eine Burg und läßt das Dorf ungeschoren? Denk darüber nach, Vater. Du hättest es klüger anfangen sollen.«

Waldeve wandte sich angewidert von ihm ab.

»Vollkommen närrisch«, murmelte er. »Edana muß einen Fehltritt begangen haben. Der hier kann nicht von mir sein. Also schön, Æthelræd. Wie lange müssen wir denn noch auf Alfreds Anschuldigungen warten? Es sollte ihn einschüchtern, daß ich hier bin, um ihm seine verlogene Zunge herauszuschneiden.«

»Daran ist gar nicht zu denken, Bruder«, sagte Æthelræd warnend. »Du kennst die Buße für die Verletzung des Kirchenasyls. Alfred hat *deop friðsocne* erreicht. Er steht unter dem Schutz von Gott und dem heiligen Wilfried.«

»Eben gerade wird auf dem Grabmal von Sankt Cuthbert mit Würfeln gespielt«, höhnte Waldeve. »Der große Heilige konnte nicht einmal seine eigenen Mönche beschützen. Was hätte ich da schon zu befürchten?«

»Meinen Zorn, Bruder. Nur meinen.« Æthelræd lächelte.

Edgar fand beim Aufwachen Catherine an seiner Seite, James nuckelte friedlich an ihrer Brust. Einen Augenblick lang glaubte er, wieder daheim zu sein. Dann hörte er englische Stimmen rufen, und er fand in die Wirklichkeit zurück.

Catherine blinzelte. »Einen kleinen Augenblick noch«, flüsterte sie. »Er ist gleich fertig.«

»Ich habe keine Eile«, sagte Edgar. »Einerlei, was heute beschlossen wird, es betrifft mich nicht. Ich will nichts von Wedderlie oder meiner Verwandtschaft.«

»Wir brauchen ja nicht völlig mit ihr zu brechen«, sagte Catherine. »Dein Onkel darf uns gern besuchen, wann immer es ihm gefällt. Ich glaube, Vater würde ihn mögen. Und Robert gefällt mir auch immer besser. Margaret gehört jetzt zu uns, nicht?«

»Das hoffe ich«, sagte er. »Vater wird wohl keinen Einspruch erheben, so krank, wie sie zur Zeit ist. Er konnte Schwäche noch nie ertragen. Aber was wird dein Vater wohl sagen, wenn wir ihm noch ein Kind mit ins Haus bringen?«

»Wir nehmen sie in unserem Haushalt auf, Edgar«, sagte Catherine bestimmt. »Sie ist eine Verwandte. Vater wird keine Einwände haben.«

»In meiner Familie scheint Verwandtschaft keine große Rolle zu spielen«, erwiderte Edgar. »Ich wünschte, ich könnte Zorn auf Alfred haben, doch ich kann mir nicht helfen, vermutlich hatte er einen guten Grund für das, was er getan hat.«

»Ich könnte mehr Wohlwollen für Alfred empfinden, wenn ich sicher wäre, daß er nichts mit Adalisas Tod zu tun hätte«, sagte Catherine.

»Es sieht immer noch sinnlos aus, die Familie seines Herrn zu töten, es sei denn, ein anderer Herr steckt dahinter.« Edgar streichelte James' Wange und dachte, daß er seinem Sohn nie einen Anlaß geben würde, ihn so zu hassen, wie er selbst Waldeve haßte. »Was könnten sie dadurch gewinnen? Und wozu sollte der Tod meiner Stiefmutter gut sein?«

»Ich weiß es nicht«, antwortete Catherine.

Edgar rollte dicht an sie heran. »Solomon scheint ihretwegen betroffener zu sein als du.« Er ließ es wie eine Frage klingen.

Catherine wollte Edgar alles erzählen, was sie vermutete, aber sie brachte es nicht über sich. Adalisa war ja seine Stiefmutter gewesen. Wieviel Toleranz würde er ihr gegenüber aufbringen? Außerdem hatte sie ja keine Beweise. Es war Solomons Geheimnis, nicht ihr eigenes.

»Ja, das glaube ich auch«, antwortete sie. »Adalisa half ihm bei seinen Geschäften. Sie wurden Freunde. Und ich glaube, er fühlt sich immer noch schuldig, weil er sie nicht retten konnte.«

»Nach deiner Darstellung hätte er nichts tun können. Ich werde ihm sagen, daß ich ihm nichts vorwerfe«, versprach Edgar. »Ich wünschte, ich hätte diesen Lazarus sehen können, den ihr in Lindisfarne gelassen habt. Du willst ihn doch nicht etwa auch adoptieren?«

»Die Mönche scheinen anzunehmen, daß er bei ihnen glücklich wird und vielleicht seine Sprache wiedererlangt«, sagte Catherine. »Aber ich wünschte, ich wüßte, wer er wirklich ist und warum dein Vater ihn so lange in Ketten hielt.«

»Wir können ja Vater fragen.« Edgar gähnte. »Obwohl ich bezweifele, daß er darauf antwortet. Nun erzähl mir mal von der Maschine, die du auf Holy Island gesehen hast.«

»Ach, die Windmühle. Die hat mich überhaupt dazu gebracht, über die Dörfler nachzudenken«, sagte Catherine.

»Gut.« Edgar hegte Zweifel. »Ein Haus mit Segeln, die an einem Mast hängen? So eine Maschine kann ich mir nur in der Geschichte eines Barden vorstellen!«

»Ich habe sie nicht gut beschrieben. Ich weiß, sie würde dir gefallen«, meinte Catherine. »Aber der springende Punkt ist doch, daß die Leute von Wedderlie daran glauben. Und daß sie nicht wollen, daß jemand davon erfährt. Warum? Nein, unterbrich mich nicht. Ich will es dir sagen. Weil sie mit einer Windmühle das Korn nicht mehr in die Mühle deines Vaters bringen müssen. Dann müssen sie nicht den Zehnten zahlen. Es ist ein Schritt vorwärts, um sich von seinem Joch zu befreien.«

»Aber sie haben noch hundert andere Abgaben«, argumentierte Edgar. »*Sac* und *soke,* Hochzeitsgebühren, viele andere. In Wedderlie stehen die Dorfbewohner nur eine Stufe über Leibeigenen, manche von ihnen sind es sogar. Sie besitzen kaum mehr als den eigenen Leib.«

»Und die Frauen nicht einmal den, wenn die Gesichter der Männer deines Vaters auf irgend etwas schließen lassen«, sagte Catherine. »Würdest du dir das von deinem Herrn gefallen lassen?«

»Gewiß nicht!« sagte Edgar. »Wer bin ich denn?«

»Ich weiß, wer du bist, *carrissime.* Ich frage mich, was *sie* dabei empfinden. Du weißt, was für Sorgen sich dein Freund John über die Lage hier in England macht?«

»Natürlich. Seine Familie in Salisbury wurde ja auch von Kriegen gebeutelt.«

»Es ist nicht wegen persönlicher Dinge«, entgegnete Catherine. »Er weiß, daß das ganze System ins Wanken gerät, wenn die Ordnung an der Spitze der Gesellschaft gestört ist. In Britannien herrscht Gesetzlosigkeit, und könnte das gemeine Volk auf die Idee kommen, sich sein eigenes Gesetz zu machen.«

»Aber das wäre Anarchie!« erwiderte Edgar erschrocken.

»Ich weiß«, sagte Catherine. »Aber das ist das einzige, was ich sehe, seit wir hier sind. So wie die Kommune in Reims. Die Bürger hätten sich nie zusammengeschlossen, wenn König Ludwig nicht die Steuern aus dem verwaisten Bistum hätte eintreiben wollen. Die Stadt hatte keinen Bischof als Oberhaupt, darum waren die Menschen gezwungen, sich selbst zu regieren.«

»Mein Vater war immer da, um zu herrschen!« sagte Edgar.

»Aber wie gut?« fragte Catherine. »Wenn der Herrscher korrupt und schlecht ist, dann bricht er seinem Volk die Treue. Er hat die Pflicht, den Tyrannen zu stürzen.«

»Das alles hat dir John erklärt?« fragte Edgar.

»Wir haben uns letzten Winter sehr gut und lange unterhalten, während du geschnitzt hast«, sagte sie. »Ihm schmeckt meine Suppe.«

»Theoretisch klingt das alles recht nett.« Edgar versuchte, aus dem Bett zu steigen. »Doch ich bezweifele, daß Alfred von Johns Ideen gehört hat.«

»Nein«, gab Catherine zu. Sie nahm ihren Sohn von der Brust und zog sich eine *Chainse* über den Kopf. »Aber vielleicht ist ihm das von selbst in den Sinn gekommen.«

Falls Alfred und die anderen vier Männer von der sie umringenden Familie eingeschüchtert waren, ließen sie sich nichts anmerken. Er saß auf dem Stein des heiligen Wilfried, dem *Friðstol*, neben dem Altar, und sie saßen links und rechts von ihm auf dem Boden. Seine Enkel – Algar, der Soldat, und Meldred, der Mönch – standen auf einer Seite.

»Warum habt ihr mich nicht eingeweiht?« flüsterte Algar seinem Vetter zu.

»Du bist nicht von ihrem Blut«, antwortete Meldred. »Wir waren nicht sicher, wem du die Treue halten würdest.«

»Schwachköpfe«, murmelte Algar. »Ich werde die Vergeltung mit euch erdulden müssen. Ihr hättet mich auch an der Schuld teilhaben lassen können.«

Prior Richard trat ein und nahm auf einem Klappstuhl Platz. Er bedeutete Alfred zu beginnen.

»Erzähl mir alles, was er sagt, Edgar«, bat Catherine.

Alfred holte tief Luft. »Als erstes gestehe ich, daß mich allein die Schuld trifft für alles, was geschehen ist.«

Seine Freunde wollten protestieren, aber er brachte sie mit einer Geste zum Schweigen.

»Der Plan war von mir«, fuhr Alfred fort. »Wenn er scheiterte, wenn Taten geschahen, die ich nicht wollte, dann befolgten die Männer, die sie begingen, immer noch meine Anordnungen. Ich will nicht, daß sie bestraft werden.«

»Ein Mann wie du hat kein Recht, mir zu sagen, wen ich zu bestrafen habe«, höhnte Waldeve. »Ich werde jeden verdammten *Neyf* auf meinen Ländereien hängen, wenn ich Lust dazu habe.«

Prior Richard gebot ihm Schweigen. »Vielleicht ändert sich Eure Einstellung noch, wenn Ihr den Rest seines Geständnisses hört«, wies er Waldeve zurecht. »Ich erinnere Euch nur noch einmal, daß dies ein heiliger Ort ist und ich keine Gewalttätigkeiten in Worten oder Taten in der Kirche dulde. Verstanden?«

Widerstrebend nickte Waldeve.

In diesem Augenblick war draußen ein Scheppern zu hören. Alle drehten den Kopf zur Tür, als der Türhüter noch zwei Leute hineinbrachte.

Robert seufzte tief auf. »Aelred!« rief er. »Gott sei Dank, daß du gekommen bist!«

Der andere zögerte, die Kirche zu betreten.

»Solomon«, rief Catherine. »Nur dieses eine Mal, bitte!«

Widerstrebend kam er zu Edgar und Catherine herüber. Aelred verbeugte sich vor Prior Richard, der ihn herzlich begrüßte.

»Ich freue mich, dich hier zu haben, um hierüber zu beraten, einerlei, welchen Grund du für deinen Besuch hast«, sagte er zu dem Mönch. »Meldred, hol noch einen Hocker für Bruder Aelred.«

Sie ließen sich wieder nieder. Aelred lächelte Robert aufmunternd zu. Der Prior nickte Alfred zu, damit er von neuem begönne.

Der alte Mann beobachtete die gespannten Mienen vor sich. Dann begann er zu sprechen, klar und langsam genug, so daß Edgar alles lückenlos übersetzen konnte.

»Wenn ich's mir recht überlege«, sagte er, »dann fing es vor langer Zeit an, bevor ihr alle geboren wart, nur Lord Waldeve und ich waren schon da. Er verführte meine Schwester und machte ihr ein Kind. Meine Mutter hätte sie deswegen beinahe umgebracht. Schließlich eröffnete sie meinem Vater, daß meine Schwester nicht seine, sondern die Tochter von Waldeves Vater war, daß das Kind meiner Schwester die Frucht einer doppelten Sünde wäre.«

Waldeve schmunzelte. »Gutes Zuchtmaterial. Doppelt gesegnet, würde ich eher sagen.«

Außer ihm lachte niemand. Prior Richard sah Waldeve stirnrunzelnd an, und Waldeve verstummte.

Alfred fuhr fort: »Meine Schwester brachte sich und das Kind um. Wir begruben sie bei den aufrecht stehenden Steinen, und ihr Geist spukt seitdem dort herum, gemeinsam mit den Seelen zu vieler anderer Opfer Eures Zorns oder Eurer Wollust.«

Böse sah er Waldeve an, der nur mit den Achseln zuckte.

»Es gibt tausend andere Geschichten von Lord Waldeve, seinem Vater und seinen Söhnen«, fuhr Alfred fort. »Sie haben die Macht mißbraucht, die Gott ihnen gab. Sie haben aus Übermut vergewaltigt und gefoltert. Sie haben uns verhungern lassen und ertrinken lassen, nie erfüllten sie ihre Pflicht, die, welche in ihrem Dienst standen, zu beschützen.

Herr, Eure Söhne und Euer Enkel starben, als sie menschliche Wesen über die Felder jagten, sie peitschten sie, bis sie davonliefen, und durchbohrten sie, wenn sie hinfielen, als ob sie Wild wären. Sie hatten das Pech, ihre Opfer in die Wälder zu jagen, wo die Vogelfänger ihre Netze spannten. Als diese die

Hilfeschreie hörten, kreisten sie die Jäger ein und warfen ihre Netze über sie. Eure Söhne und Euer Enkel wurden von den Pferden gezerrt. Ich glaube, es war blinde Wut über ihre Taten oder vielleicht Furcht vor ihrem Zorn, daß die Bauern sie schlugen und in Stücke hackten.«

Waldeve bebte nun seinerseits vor Zorn. »Das glaube ich nicht!« schrie er. »Kein niedriggeborener Dreck hätte meine Söhne ermorden können. Sie waren Krieger!«

Alfred beachtete ihn nicht. »Als herauskam, wer die Männer waren, benachrichtigte man mich in Wedderlie. Die Bauern waren entsetzt, aber ich versprach ihnen, sie zu decken. Ich war derjenige, der beschloß, ihnen die rechte Hand abzuhacken. Mein eigener Stolz wollte der Welt mitteilen, daß jene Männer nicht besser waren als gemeine Strauchdiebe. Gemeinsam entfernten wir die Leichen. Danach war es, als wäre das ganze Dorf zum Leben erwacht. Menschen wie wir mußten uns von denen befreien, die uns unterdrückten. Ich dachte, wir könnten im gleichen Stil weitermachen.«

»Und meine Pferde?« grollte Waldeve. »Was hatten die euch denn getan?«

Catherine war verwundert, als Edgar ihr Waldeves Frage übersetzte. Er hörte von einem Komplott, das seine ganze Familie ausrotten sollte, und er dachte immer noch über die Schmähung seiner Pferde nach?

»Ihre Schweife und Mähnen hatten sich in den Netzen verhangen«, sagte Alfred müde. »Nur so konnten wir sie schnell befreien. Ich schickte sie nach Hexham, damit die Spur nicht zu uns führen würde.«

»Edgar«, sagte Catherine. »Frag ihn doch, warum sie den Bergfried angezündet haben. Welchen Schaden hätten wir übrigen denn anrichten können?«

Das wollte Edgar selbst gern wissen.

Alfred schloß die Augen und rieb sich die Stirn. »Da fing alles an, schiefzugehen.« Er seufzte. »Zu viele von uns haben Entscheidungen getroffen. Wir hofften ja, daß es Waldeve davon abhalten würde, zurückzukehren. Die Frauen sollten nicht sterben, es sollte nur so aussehen, als ob ein starker Feind versuchte, euch zu vernichten. Aber das Feuer breitete sich schneller aus als erwartet. Ich habe in den Flammen mehr verloren als alle anderen.«

»Und Lazarus?« fragte Edgar. »Der Junge in Ketten, wer ist das?«

»Fragt *ihn*!« Alfred sah seinen Herrn mit haßverzerrter Miene an.

Aller Augen richteten sich auf Waldeve. »Lazarus? Mein Gefangener? Wer hat ihm denn den Namen gegeben? Der kann sich schwerlich aus seiner Asche erheben. Du meinst also, unser Pakt ist beendet, weil der Junge in den Flammen starb? Das enthebt mich lediglich der lästigen Pflicht, ihn endlich hinzurichten.«

Er erklärte es den anderen. »Ich habe den Jungen im Wald erwischt, wie er die Fallen öffnete, die wir für Wölfe und Wild aufgestellt hatten. Ich hätte ihn auf der Stelle töten können. Er hatte die Arbeit eines ganzen Monats zunichte gemacht. Aber er war Alfreds Jüngster, darum habe ich ihn mitgenommen.«

»Er war unschuldig!« brach es aus Alfred hervor. »Einer von Gottes Auserwählten. Er verstand die Gesetze des Waldes nicht; er konnte nur nicht ansehen, wie ein Lebewesen litt. Und Ihr habt ihn zum Faustpfand gemacht, daß ich meine eigenen Leute verrate.«

Jetzt reagierten seine Männer. Alfred wandte sich ihnen zu, flehend die Hände gefaltet.

»Ich sollte euch alle in Schach halten, jedes Anzeichen für Rebellion melden«, gestand er voller Scham. »Er wußte schon, wie sehr man ihm seine Eskapaden verübelte. Ich tat es für meinen armen Kenelm. Ich tat es, weil ich schon alt war und ein Leben in Furcht vor diesen Männern verbracht hatte. Aber nicht länger.«

Wieder wandte er sich an Waldeve. Durch eine Laune der Natur fielen die Strahlen der Nachmittagssonne durch die hohen, schmalen Fenster nur auf Alfred und Waldeve, als ob jene schon in eine andere Welt entrückt wären und kein Sterblicher ihnen noch etwas anhaben könnte.

Stolz richtete Alfred sich auf. »Ich bin ein Mann«, sagte er. »Geschaffen nach Seinem Bilde, genau wie Ihr. Ich werde weder als Verräter an den Meinen sterben noch, ohne die Schande meiner Familie gerächt zu haben.«

»Aber du bist des Todes!« brüllte Waldeve. »Und ich werde jeden einzelnen deiner Angehörigen aufknüpfen, bis hin zum Säugling, der gestern geboren wurde, und ihre Leichen werden zwischen den Bäumen verrotten wie das Obst, das die Würmer fressen.«

Er zog sein Schwert und holte zum Schlag aus.

Ein Augenblick lang regte sich niemand. Edgar faßte sich als erster.

»Nein, Vater!« schrie er. »Nicht in der Kirche!«

Er warf sich auf Waldeve, versuchte dessen Arm daran zu hindern, den Bogen auszuführen. Das schwere Schwert fiel herunter, durch Edgars linkes Handgelenk und tief in Alfreds Hals.

Edgar starrte auf seinen leeren Arm, aus dem das Blut heraussprudelte.

»*Nein*!«

Dieser Schrei kam nicht von ihm, sondern von Catherine. Sie warf sich gegen den reißenden Blutstrom und fühlte Edgars Leben, als es gegen ihren Bauch spritzte, ihre Kleidung durchtränkte und ihr an den Beinen herunterlief.

»Nein!« schrie sie wieder. »Macht sie wieder dran! Macht sie wieder dran!«

Edgar krallte sich mit der rechten Hand an ihr fest. Er kreischte jetzt vor Schmerz. Sie sah ihm in die Augen, sah das Licht in ihnen verblassen, wollte sein Leben festhalten.

Jemand riß einen Ärmel ab und band Edgars Arm ab, um den

Blutfluß zu dämmen. Ein anderer schrie nach Feuer. Es dauerte einen kurzen Augenblick, bevor Catherine dämmerte, wofür.

»Nein, nein, nein«, sagte sie. »Nur das nicht. Sie müssen sie wieder dranmachen. Er braucht sie doch. Das dürft ihr nicht tun. Macht sie ihm wieder dran!«

Jemand nahm sie an den Schultern und brachte sie fort, während andere Edgar auf den Boden legten und seinen Armstumpf abbanden.

»Catherine.« Solomons Stimme war tränenerstickt. »Catherine, das geht nicht. Es ist unmöglich. Die Wunde muß kauterisiert werden, sonst stirbt er.«

»Nein, nein!« weinte Catherine an seiner Brust. Sie sah sich um. »Wohin bringt ihr ihn denn?«

»Auf die Krankenstube, Catherine.« Solomon hielt sie fest.

»Laß mich!« Sie riß sich von ihm los. »Ich gehe mit ihm. Er wird nicht sterben.«

Prior Richard sah sie vorbeiziehen. »Wir dürfen keine Frau dort hineinlassen«, sagte er, sich das einzige herauspickend, was er von der Ereignissen der letzten paar Minuten verstehen konnte.

Aelred, der Edgar an den Beinen hielt, drehte ihm den Kopf im Vorbeigehen zu. »Wir dürfen sie nicht aussperren. Sie hat das Recht, bei ihm zu sein.«

Der Prior wandte sich ab, gezwungen, die Szene in der Kirche zu begreifen. Das Querschiff war ein einziger roter See, in dem sich das Sonnenlicht spiegelte. Alfreds Leiche lag darin, der Kopf war beinahe vollständig abgetrennt. Seine Enkel knieten neben ihm nieder, weinten und beteten.

In einer zweiten Lache lag Edgars abgetrennte Hand, die Finger noch gespreizt, die Handfläche nach oben gerichtet gen Himmel, als ob sie um Gnade flehen wollte.

Waldeve stand regungslos da. Die Sonne war weitergewandert und ließ ihn im Schatten zurück. Alle starrten ihn an, als ob sie sich fürchteten, einen so Unreinen zu berühren.

»Verdammter Junge«, sagte Waldeve leise. »Immer bist du da, wo du nicht sein sollst.«

Er ließ das Schwert fallen.

Das Geräusch befreite die anderen aus ihrer Starre. Æthelræd beugte sich über die grausige Mordwaffe und hob sie auf.

»Legt ihn in Fesseln«, befahl er. »Prior, gibt es einen Ort, wo wir den Gefangenen hinbringen können?«

»Den Gefangenen?« schrie Waldeve. »Ich bin der Herr! Ich habe nur mein Recht wahrgenommen. Es steht mir zu.«

Æthelræd trat zur Seite.

»Du hast vor dem heiligen Altar einen Mord begangen, an einem Mann, dem Kirchenasyl gewährt wurde.« Er sprach laut, so daß alle ihn hören konnten. »Du hast dein Leben verwirkt.«

Waldeve bespuckte ihn. »Scher dich zum Teufel mit deinem heiligen Gesetz, du *heoruwearg.* Du hast damit noch nie mehr im Sinn gehabt als ich. Männer, sattelt die Pferde. Wir reiten noch heute nach Wedderlie, und ich werde das Versprechen halten, das ich Alfred gegeben habe. Ich wünschte, er hätte noch lange genug gelebt, um es sich mit anzusehen! Los jetzt!«

Niemand rührte sich von der Stelle. Waldeve starrte seine Leute an und erkannte seinen Fehler zu spät. Duncan hatte ihn aus der Ferne beobachtet, ohne eine Gefühlsregung zu zeigen. Jetzt gab er Urric ein Zeichen, der vortrat und Waldeve am Arm packte. Æthelræd schnappte sich den anderen, und gemeinsam banden sie Waldeves Handgelenke mit dessen eigenem Gürtel, während der Herr von Wedderlie Unflätigkeiten in die Versammlung schrie.

»Ihr seid alle mein Fleisch und Blut, jeder einzelne Bastard! Ihr verdankt mir euer Leben! Verratet mich, und ihr fallt der ewigen Verdammnis anheim, und eure Kinder und Kindeskinder!«

Seine Söhne, Neffen und Enkel, alle Bankerte, halfen, ihn abzuschleppen.

Die Mönche halfen Meldred und Algar, Alfreds Leiche hinauszuschaffen.

Æthelræd und Robert blieben allein zurück. Sie blickten zu Boden.

»Wir können sie nicht hier liegen lassen«, murmelte Robert.

»Ich weiß. Ist ja schließlich ein Teil von Edgar«, pflichtete ihm sein Onkel bei.

Keiner von beiden machte Anstalten, sie aufzuheben.

»Er war so geschickt mit seinen Händen«, sagte Robert. »Ständig hat er irgend etwas geschnitzt. Was wird er jetzt anfangen?«

Æthelræd schüttelte den Kopf. »Leben, Herrgott noch mal. Laß ihn leben und danach – was das Schicksal bestimmt.«

Catherine sah zu, wie der Infirmar das Metall über glühenden Kohlen erhitzte. Die Lappen, die um Edgars Arm gewickelt waren, färbten sich hellrot. Sein Gesicht war bleicher denn je, selbst seine Lippen waren beinahe weiß. Ein Segen, daß er die Besinnung verloren hatte.

Sie saß auf dem Boden neben seinem Lager. Hin und wieder wollte sie seine Hand nehmen, und dann fiel es ihr wieder ein. Jedesmal war sie von neuem entsetzt.

»Lebe«, wiederholte sie immer wieder. »Du mußt leben, sonst sterbe ich auch. Edgar, verlaß mich nicht. Du darfst mich nicht allein lassen.«

Sie hätte beten, die Heiligen anflehen, mit Gott ringen sollen. Doch sie konnte nur an Edgar denken, und nur von ihm erflehte sie eine Antwort.

Solomon kniete neben ihr. Er hielt sie fest, als sie beide Edgars unregelmäßigen Atemzügen lauschten.

»Catherine, du mußt eine Weile hinausgehen«, flüsterte er. »James weint nach dir. Er hat Hunger.«

»Bring ihn mir her«, erwiderte Catherine, ohne den Blick von Edgar abzuwenden.

Solomon sah, daß der eiserne Kauter fast glühendrot war. Seine Stimme wurde schrill. »Nein, Liebes. Du mußt zu ihm gehen. Das hier ist kein Ort für einen Säugling.«

Catherine sah ihm direkt in die Augen. Was er in ihrer Miene laß, ließ sein Herz entsetzt pochen.

»Ich gehe nicht hinaus, Solomon«, sagte sie. »Ich weiß, was sie tun werden, und ich werde ihn dabei nicht allein lassen.«

»Catherine . . .«

Solomon machte dem Infirmar eine Geste der Hilflosigkeit.

Entschlossen kniff der normannische Mönch die Lippen zusammen. »Ich kann nicht zulassen, daß sie im Weg ist. Was, wenn sie versucht, mich aufzuhalten? Wenn sie schreit und ohnmächtig wird?«

»Ich werde nicht im Weg sein«, sagte Catherine dumpf. »Nur so kann man ihn retten.«

»Und sie wird nicht in Ohnmacht fallen«, fügte Solomon hinzu. »Sie ist stärker, als Ihr glaubt.«

Der Mönch blieb fest.

»Aber sie ist seine Frau«, fügte Solomon hinzu. »Sie hat das Recht dazu.« Er küßte Catherine auf die Wange. »Willa kann James etwas Brühe einflößen. Ich bringe ihn dir, wenn alles vorbei ist.«

Catherine nickte, zu beschäftigt, ihren ganzen Mut zusammenzunehmen, um ihn klar zu hören.

Brummig wies der Infirmar seine Helfer an, den Verband zu lösen und den Patienten ruhigzuhalten. Er stocherte in den Kohlen und zog das Kautereisen heraus.

»Weib, wenn du nur einen Mucks von dir gibst, dann riskierst du, für den Rest deines Lebens Narben davon zu tragen«, warnte er.

»Ich habe verstanden«, sagte sie.

Sie mußten die letzten Verbände abschälen. Catherine sah den blanken Knochen in den durchtrennten roten Teilen von

Fleisch, Muskeln und Nerven. Sie sah zu, wie das glühende Metall immer näher herankam und schließlich mit einem entsetzlichen Zischen in die offene Wunde stieß, mit einem Geruch, den sie nie vergessen würde.

Edgar schrie auf und verstummte.

Catherine wollte nach ihm greifen.

»Nicht rühren, habe ich gesagt!« Der Infirmar zog das Eisen heraus. Er schwitzte heftig. »Er ist nicht tot, falls du das fürchtest. Sein Schmerz wird bald nachlassen.«

»Wird er durchkommen?« Das kam als Krächzen aus ihrer trockenen Kehle.

»Ich weiß es nicht«, sagte der Mönch etwas sanfter. »Ich habe Menschen mit schlimmeren Verletzungen überleben sehen. Es gibt Hoffnung.«

Das eine Wort brachte Catherines letzten Rest von Stärke zum Schmelzen. Sie brach neben dem Lager zusammen und weinte hemmungslos.

Als Solomon mit James kam, hatten sie ihr das Gesicht abgewischt und starken Wein mit Honig und Eisenkraut zur Beruhigung gegeben. Der Infirmar schaute erstaunt auf den Säugling.

»Das wußte ich nicht«, sagte er. »Ja, sie sollten alle zusammensein. Die Brüder sollen in der Ecke noch ein Bett mit einem Vorhang für sie aufstellen. Aber nur, bis er transportfähig ist.«

»Wann wird das sein?« fragte Solomon.

»In ein paar Tagen«, sagte der Infirmar. »Entweder kommt er dann in den Gasthof oder auf den Friedhof. Man kann nicht sagen, wohin.«

Solomon machte sich auf die Suche nach Aelred, dem einzigen Menschen, der ihm unter all diesen Ausländern helfen konnte. Ausgerechnet einen Weißen Mönch um Hilfe zu bitten! Er hoffte, seine Freunde würden es nie erfahren.

Aelred saß im Empfangszimmer des Priors. Æthelræd und Robert waren bei ihm.

»Wie geht es ihm?« fragten sie.

»Die Blutung hat aufgehört«, antwortete Solomon. »Darüber hinaus weiß nur der Allerhöchste wie es ihm geht. Was geschieht mit Waldeve?«

»Er denkt, er kann sich an William Cumin wenden und ohne Folgen freigelassen werden«, sagte Aelred. »Er scheint vergessen zu haben, daß Hexham eine Dependenz von York ist, und Erzbischof Thurston wird keine Nachsicht walten lassen. Natürlich kann er an König David appellieren, aber ich glaube, ich kann den König überzeugen, daß seine Gnade in diesem Fall unangemessen wäre.«

»Aber Alfred gab doch zu, daß er sich gegen seinen Herrn verschworen hat und daß er die Männer ausschickte, die Adalisa töteten«, erwiderte Solomon.

»Das tut nichts zur Sache«, sagte Prior Richard barsch. »Ein heiliges Asyl ist unantastbar. Alfred und die Seinen begingen zwar eine Todsünde und einen Affront gegen die Obrigkeit. Doch was Waldeve tat, war eine Beleidigung Gottes. Er muß dafür bezahlen.«

»Mit seinem Leben?« fragte Solomon hoffnungsvoll.

»Auf gewisse Weise«, erklärte Aelred. »Das mindeste, was er tun könnte, ist, für Alfred das Wergeld als Sühne für den Mord zu zahlen, aber da jener nur ein Bauer war, ist das nicht sehr viel. Doch könnte er auch zu lebenslänglicher Gefangenschaft verurteilt werden oder, was ich vorziehe, zu einem Leben als *Grithman.*«

»Als was?« Solomon zog die Brauen hoch.

Prior Richard lächelte. Es verhieß nichts Gutes für Waldeves Zukunft. »Das heißt, er wird ein Sklave der Kirche. Er muß bis ans Ende seiner Tage hierbleiben. Wenn er geht, ist sein Leben auf der Stelle verwirkt.«

»Das ist ja teuflisch«, sagte Solomon anerkennend.

»Das ist Gerechtigkeit«, verbesserte ihn der Prior.

»Aber dann bekommt Duncan immer noch Wedderlie«, meinte Solomon.

»Bis sein ältester Neffe alt genug ist, um mit ihm darum zu kämpfen«, sagte der Prior. »Auch das ist gerecht.«

Catherine hatte nicht bemerkt, wie viel von Edgars Blut auf sie geflossen war, bis sie begann, James zu stillen, und merkte, daß sie es abwaschen müßte. Doch es dauerte bis zum nächsten Tag, bevor Willa mit einer Frau aus der Stadt, die Französisch sprach, sie überreden konnte, mit ihnen zu kommen, um sich reinigen zu lassen.

»Ich muß bei ihm bleiben«, widersprach sie. »Was, wenn er aufwacht?«

»Er wird nicht aufwachen«, sagte der Infirmar. »Nicht mit dem Betäubungsmittel, das ich ihm unter die Nase gehalten habe. Geh nur. Du stinkst und beleidigst meinen Schönheitssinn. Keine Angst, ich werde dich wieder einlassen.«

Catherine blinzelte im hellen Sonnenlicht. Im Kirchhof bauten die Mönche gerade einen Tisch auf, den sie mit Altardecken behängten.

»Wozu soll das dienen?« fragte sie.

»In der Kirche kann man keine Messe abhalten, bis sie gereinigt und neu geweiht ist«, erklärte die Frau aus der Stadt. »Denkt jetzt nicht daran.«

»Wo ist Edgars Hand?« Catherine blieb stehen. »Was haben sie damit gemacht?«

»Ich habe keine Ahnung, meine Liebe.« Die Frau schob sie auf das Tor zu. »Es ist besser, nichts darüber zu wissen.«

»Aber ich muß es wissen«, beharrte Catherine. »Ich muß Prior Richard danach fragen.«

»Jetzt nicht, es ist Sonntag.« Wieder gab sie Catherine einen sanften Stupser. »Ein schöner Aufzug, so vor den Herrn zu treten, mit den Kleidern, die am Leib kleben, und das Haar unbedeckt.«

»Bitte, Madame«, bettelte Willa. »Kommt doch mit. Wenn Ihr Euch sehen könntet, würdet Ihr nicht widersprechen.«

Erst als später Catherines Kopf aus dem warmen Wasser auftauchte, fiel ihr ein, nach Margaret zu fragen.

Vergnügt sagte Willa: »Sie ist wieder bei sich. Solomon hat uns gestern abend besucht. Als sie seine Stimme hörte, schlug sie die Augen auf und streckte die Arme nach ihm aus. Ob er wohl noch ein paar Jahre wartet, bis sie mannbar ist und sich dann ihr zuliebe taufen läßt?«

»Es scheint unmöglich, aber es sind schon größere Wunder geschehen«, erwiderte Catherine. Dann wurde sie wieder nüchtern. »Wenn uns doch jetzt nur eins gewährt würde.«

Am späten Abend kam Edgar endlich wieder zu Bewußtsein. Er spürte als erstes stechende Kopfschmerzen, als Folge des Betäubungsmittels. Dann spürte er den pochenden Schmerz in seinem Arm und seiner Hand. Er hob den linken Arm und schlug die Augen auf. Er sah die Verbände am Ende seines Arms und daß etwas fehlte.

»O Gott, nein«, sagte er und ließ den Arm fallen. »Ich dachte, das war ein Alptraum. Ist es auch. Ich muß daraus aufwachen.«

Sofort war Catherine bei ihm, murmelte tröstende Worte ohne Bedeutung und wischte ihm das Gesicht mit einem kühlen Tuch ab. Er versuchte, ihr die Finger zu küssen, als sie über seinem Mund waren, dann fiel er wieder in einen Dämmerzustand.

Langsam wachte Edgar auf, allerdings ohne Lebensmut. Als ihm klar wurde, daß er eine bleibende Verletzung hatte, verfiel er in eine Apathie, aus der nicht einmal James ihn herausholen konnte.

»Bitte, Edgar, nun iß doch etwas«, bettelte Catherine. »Du mußt zu Kräften kommen, damit wir heimkehren können.«

»Wozu?« fragte Edgar lustlos. »Wem bin ich jetzt noch nütze?«

Catherine versuchte es mit Betteln. Mit gutem Zureden. Sie

versuchte es mit Wut und Verführung. Nichts schlug bei ihm an.

»Ich weiß nicht, was ich sonst noch tun könnte«, sagte sie weinend zum Infirmar. »Wenn er nicht uns zuliebe leben will, wofür denn dann?«

Besorgt schüttelte der Mönch den Kopf. »Solche Fälle habe ich schon erlebt. Manchmal faßt der Patient selbst den Wunsch nach Heilung, bei anderen ... nun, es ist noch früh. Er ist jung und hat eine Familie, die ihn abgöttisch liebt. Das würde den meisten Männern reichen.«

»Er ist ein Handwerker«, erklärte Catherine. »Am glücklichsten ist er, wenn er etwas schnitzen oder Schmuck anfertigen kann. Siehst du das Kreuz, das er für mich geschnitzt hat?«

Sie zog es aus ihrer Tunika. Das Elfenbein mutete wie ein Stück aus weißer Spitze an mit den geschnitzten Schwänen und Schnörkeln. Es war ein Werk der Kunst und der Liebe. »So etwas kann er nie wieder anfertigen«, sagte sie.

Den Infirmar beeindruckte das wenig. »Ein Mann von seiner Geburt sollte so etwas ohnehin nicht tun.«

Eines Nachmittags kam Robert in die Krankenstube und erbot sich, bei Edgar zu sitzen, während Catherine mit Solomon und Margaret etwas frische Luft schnappen sollte.

»Du bist noch bleicher als er«, sagte Robert zu ihr.

Catherine wollte ihn nicht verlassen, aber Edgar winkte sie fort, mit einer Geste, die sie zutiefst verletzte. Also ging sie doch hinaus.

Robert setzte sich, und Edgar drehte den Kopf zur Wand.

»Wenn du mir einen Vortrag über Selbstmitleid und die Sünde der Verzweiflung halten willst, kannst du auf der Stelle wieder gehen«, warnte er Robert. »Das kenne ich alles schon.«

»Eigentlich wollte ich dir von Lufen erzählen.«

»Lufen?« Nun war Edgar doch ein wenig beleidigt. »Nun gut, wie geht es deiner Hündin, Robert?«

»Sie hat sich so gut erholt, wie es nur geht«, sagte er. »Manchmal stolpert sie, und sie kann auch nicht mehr die Treppe hinaufstürmen wie früher. Und natürlich wird sie nie wieder auf die Jagd gehen können.«

»Hört sich ziemlich nutzlos an«, bemerkte Edgar.

Nachdenklich schürzte Robert die Lippen. »Für die meisten Menschen schon. Duncan hätte sie an ihrer Verletzung sterben lassen. Aber ich konnte das nicht. Weißt du auch, warum?«

»Weil du nicht ganz bei Trost bist und ein weiches Herz hast«, antwortete Edgar, der schon wieder eine Moral witterte.

»Das auch«, gab Robert zu. »Aber ich hatte einen viel selbstsüchtigeren Grund: Sie liebt mich. Ich glaube, sie ist das einzige Wesen, das mich liebt. Um dieser Liebe willen trage ich sie die Treppe hinauf und hinunter und hebe sie auf, wenn sie fällt. Solange sie lebt, kümmert mich nicht, ob ich je wieder auf die Jagd gehe. Ich wollte nicht, daß sie um ihrer selbst willen lebt, sonder für mich.«

»Ich verstehe, was du damit sagen willst, Robert«, seufzte Edgar. »Aber Lufen ist nur ein Hund. Ich bin ein Mensch.«

»Genau das meine ich ja, Edgar. Lufen ist nur ein unverständiges Tier, und doch würde ich ohne ihre Liebe sterben. Du bist ein Mensch. Denk daran, wieviel mehr du zu bieten hast.«

Edgar blieb lange stumm. Er dachte an Catherine und wie wenig er ihr seiner Meinung nach noch zu geben hatte. Wie sehr es ihm zuwider war, von ihrem Vater abhängig zu sein. Dann betrachtete er die Lage von ihrer Warte aus. Wie könnte sie denn allein nach Paris zurückkehren, mit einem kleinen Kind? Nein, er kannte sie besser. Falsche Bescheidenheit war jetzt unangebracht. Er wußte genau, was er ihr bedeutete, konnte sich die Wirkung auf ihr Gemüt nur zu gut vorstellen, wenn er stürbe.

»Ach, Robert!« sagte er. »Was bist du doch für ein Esel!«

»Hat man mir schon mal gesagt«, erwiderte Robert lächelnd.

Edgar spürte, wie ihm ein Stein vom Herzen fiel. Er erwiderte Roberts Lächeln und ließ sich auf sein Kissen fallen.

»Na schön, geh und freu dich«, sagte er. »Geh und sag meiner Frau, daß ich zu dem Schluß gekommen bin, sie sei es wert, daß ich für sie lebe.«

»Das habe ich schon die ganze Zeit vermutet.« Und Robert lief, um sie zu holen.

Epilog

Paris, im Hause Hubert LeVendeurs, des Kaufmanns. Freitag, den 23. Juni 1144, in der Johannisnacht.

Forð ic gefare, frind ic gemete . . .
Bidde ic nu sigeres god godes miltse
siðfæt godne, smylte and lihte
Windas on warothum . . .

Ich fahre fort und werde Freunde gewinnen . . .
Jetzt bete ich zu dem Gott des Sieges zu Gottes Gnade, daß die Reise gut verlaufe, mit einem sanften, leichten Wind vom Strand . . .

Ein Reisezauberspruch
MS 41 Corpus Christi College
(Exeter-Buch)

Edgar wurde nicht über Nacht gesund. Es war keine Wunderheilung. Die Genesung schritt langsam voran, und es gab viele Tage voller Verzweiflung. Mitte Oktober brachen sie von Hexham nach Berwick auf. Robert einigte sich mit Duncan, daß er sein Haus in der Stadt zurückbekam, das William Cumin illegal überlassen worden war. Sie ließen sich dort mit Margaret und Willa nieder, um das Ende des Winters abzuwarten. James machte seine ersten Schritte in Schottland, und sein erstes Wort war »Cuddy«, wie man im dortigen Dialekt die Möwen nannte, die sich jeden Morgen im Garten einfanden.

Solomon verließ sie bald, um nach London zu reisen. Margaret war untröstlich.

»Du kommst auch bestimmt zurück?« fragte sie.

»Ich verspreche, daß ich im Frühling wieder hier bin und wir alle gemeinsam heimsegeln«, sagte er.

In der Nacht vor seiner Abreise hatte er ein langes Gespräch mit Edgar.

»Mein Freund Samson hat eine Nachricht geschickt«, erklärte Solomon. »Der Mann, der mit uns von Frankreich herübergekommen ist, der Schreiber, von dem ich vermutete, daß er mich beschattete, scheint sich jetzt für Samson zu interessieren. Der Mann wurde in London gesehen. Man sagt, er habe Fragen über Samsons Verbindungen zu den Franzosen gestellt. An der Sache ist etwas faul, und ich glaube, das hat nichts Gutes für die Juden zu bedeuten.«

»Gibt es eine Nachricht von Hubert?« fragte Edgar.

»Nicht direkt, sonst hätte ich es dir gesagt«, erwiderte Solomon. »Aber ich habe gehört, daß Onkel Eliazar mit der Gemeinde in Troyes Kontakt aufgenommen hat, um sich dort vielleicht anzusiedeln. Ich fürchte, die Verbindung mit Onkel Hubert ist zu verdächtig geworden.«

»Und was wird dann aus dir?« sorgte sich Edgar. »Wirst du auch wegziehen?«

»Ich weiß es nicht«, sagte sie. »Ich kann das Leben meiner Angehörigen nicht für meine Freunde aufs Spiel setzen. Vielleicht kommt es nicht dazu.«

»Margaret würde dir nie verzeihen«, gab Edgar zu bedenken.

»Paßt gut auf sie auf«, bat Solomon. »Laßt sie Kind sein.«

»Das dürfte nicht schwer sein, wenn Catherine in der Nähe ist«, sagte Edgar. »Die vergißt oft genug, daß sie selbst keins mehr ist.«

»Ein Grund mehr, warum ich sie liebe.«

Als Edgar allein war, hob er geistesabwesend den linken Arm, um sich am Ohr zu kratzen. Es war immer noch ein Schock, wenn der lederüberzogene Stumpf sein Fleisch berührte. Beinahe meinte er, die fehlenden Finger zu spüren. Prior Richard erzählte ihm, sie hätten die Hand begraben, so daß sie beim Jüngsten Gericht zu seinem wiederauferstandenen Leib gelangen könne. Das tröstete ihn allerdings wenig.

Erst viel später war er so weit wiederhergestellt, daß er fühlte, er könne Catherine wieder lieben. Ihre Geduld war arg strapaziert. Endlich packte sie eines Nachts seinen linken Arm und ließ das Ende an ihrem nackten Leib auf- und abfahren.

»Da!« sagte sie. »Ich ekele mich nicht. Ich bin nicht abgestoßen. Du etwa? Stimmt etwas nicht mit mir? Bin ich so sehr gealtert? Findest du meine geschwollenen, hängenden Brüste so widerlich? Dein Sohn gewiß nicht. Edgar, ich kann nicht länger warten. Liebst du mich denn nicht mehr?«

Voller Verzweiflung sah sie ihn an.

Edgar wußte nicht, was er darauf antworten sollte. Dann merkte er, daß das nicht nötig war. Sein Körper besorgte das für ihn. Auch Catherine bemerkte es. Sie grinste in freudiger Erwartung.

»Ach, Edgar. Du hast mir so gefehlt.«

»Tut mir leid, *leoffest.*« Er zog sie an sich. »Ich werde nie wieder fortgehen.«

Solomon kam im Frühjahr aus London zurück und sah beunruhigter aus, als Catherine ihn je gesehen hatte. Auf ihre Frage sagte er nur, in der Stadt Norwich habe es Unruhen gegeben, aber sicherlich sei das ein vereinzelter Vorfall gewesen. Er wollte sich nicht darüber auslassen, sondern widmete sich den unterbrochenen Geschäftsverhandlungen mit Robert, wobei er Margaret, so wie vor ihr ihre Mutter, dolmetschen ließ.

Es war gar nicht so schwierig, Margaret mit nach Frankreich zu nehmen, wie Catherine befürchtet hatte. Waldeve war zu sehr damit beschäftigt, das Urteil des Erzbischofs von York anzufechten, daß er ein Sklave von Hexham werden und den Rest seines Lebens in Buße für das doppelte Verbrechen verbringen solle, seinen eigenen Sohn verstümmelt und Mord an einem heiligen Ort verübt zu haben. Er fühlte keine Schuld, nur Wut. Ihn interessierte nicht, was mit seiner Tochter geschah.

Duncan als ihr ältester überlebender Bruder war heilfroh, sich der Verantwortung entziehen zu können.

»Dann mußt du also auch für ihre Mitgift aufkommen«, sagte er zu Edgar. »Ich will nicht, daß du mich um Mittel bittest, um sie zu verheiraten.«

Er kehrte nach Wedderlie zurück, um die Burg mit Erlaubnis des Königs wiederaufzubauen. Im Winter 1144 war sogar Duncan zu der Einsicht gelangt, daß William Cumins Sache hoffnungslos war. Es war nur noch eine Frage der Zeit, bevor jener sich gezwungen sähe, die Schlüssel zum Palast an William von Saint-Barbe zu übergeben. Duncan beschloß, in dem Gebiet zu bleiben, dessen er sicher sein konnte.

Er versuchte, sich Roberts Hilfe zu versichern.

»Den Dorfbewohnern traue ich nicht. Die könnten mir ein Messer in den Rücken jagen«, meinte Duncan. »Du taugst zwar nicht viel, aber wenigstens würdest du mich nicht im Schlaf ermorden.«

»Nur weil du nicht die Mühe wert bist«, antwortete Robert. »Nein, das sind jetzt deine Untertanen. Halt du sie in Schach. Ich bleibe lieber auf meinem eigenen Land. Ich will über niemanden herrschen. Ich kann ja nicht einmal meine eigene Seele beherrschen.«

Angewidert verdrehte Duncan die Augen. »Bei der blutigen Sense des heiligen Sidwell! Man sollte dich an Vaters Stelle zum Sklaven von Hexham machen. Dir würde der Unterschied gar nicht auffallen.«

Er kehrte zu den Ruinen von Wedderlie zurück, fest entschlossen, dort allen Menschen das Leben schwerzumachen. Die Dorfbewohner beabsichtigten das gleiche mit ihm.

Niemand erzählte Duncan je von der Windmühle, und in den nächsten zwanzig Jahren wunderte er sich darüber, daß die Abgaben aus seiner Wassermühle so mager ausfielen.

Es war beinahe Sommer, als sie an Bord des Schiffs gingen, das sie nach Frankreich zurückbringen sollte. Catherine verbrachte die ganze Reise mit dem Kopf über einem Eimer, aber diesmal argwöhnte sie, daß ihre Magenprobleme durch morgendliche Übelkeit verstärkt sein könnten. Der Zeitpunkt schien ihr allerdings nicht geeignet, um Edgar davon zu erzählen. Sie wollte damit warten, bis sie sicher und wieder daheim wären.

Hubert war in einem Brief von Catherine vorgewarnt worden, was Edgar widerfahren war. Er behielt seine Bedenken für sich und hieß sie willkommen, offensichtlich froh, seinen Enkel gesund wiederzusehen. Er zeigte sich Edgar gegenüber mitfühlend, aber keineswegs gönnerhaft.

»Seit eurer Abwesenheit wurde nicht mehr am Anbau gearbeitet«, brummte er statt dessen. »Ein ganzes Jahr schon ist der hintere Teil des Hauses eine Baustelle. Meinst du, du kannst es fertigstellen, bevor dieses Jahr die Regenfälle einsetzen?«

»Ich werde sehen, ob die Männer, die ich anheuerte, noch zur Verfügung stehen«, versprach Edgar. »Wir können noch diese Woche mit den Arbeiten beginnen. Bist du denn sicher, daß du den Wiederaufbau willst? Ist hier alles geregelt?«

Hubert schürzte die Lippen. »Der Bischof schien zufrieden, daß die Gerüchte um meine Person üble Nachrede waren, von meinen Konkurrenten ausgestreut«, sagte er. »Aber Eliazar und Johanna haben die Erlaubnis bekommen, sich in Troyes anzusiedeln, und das wollen sie auch tun. Es bekümmert mich zutiefst, aber vielleicht ist es besser so. In Paris ist die Lage zu unsicher. Man spricht sogar davon, daß König Ludwig das Kreuz nehmen und ein Heer für einen Feldzug ins Heilige Land aufstellen will, um für das Feuer zu Vitry Buße zu tun.«

Edgar wußte, was Huberts Familie zugestoßen war, als das letzte Mal ein Heer für die Rückeroberung Jerusalems aufgestellt worden war. Er konnte die Erinnerung darin gleichsam in Huberts gehetzten Augen lesen.

»Nun denn«, sagte Edgar, »heimkehrende Wallfahrer bringen oft einen Geschmack für ausländische Waren und Gewürze mit. Das Geschäft dürfte expandieren.«

Hubert lächelte. »Ich werde Hilfe benötigen, weißt du. Ein Händler braucht schließlich nur seine rechte Hand. Sei deshalb nicht gekränkt. Du kannst nicht kämpfen und auch – Gott sei Dank – keine Spielsachen mehr schnitzen, aber du kannst einen Handel per Handschlag besiegeln und die Hand zum Schwur erheben, daß du dein Versprechen halten wirst. Vielleicht glaubst du, keine große Zukunft vor dir zu haben, aber wenn du nur willst, kannst du mir von Nutzen sein.«

Edgar dachte einen Augenblick nach und nickte. »Ich habe alle Verbindungen zu meiner Familie abgebrochen, nur nicht zu meiner Schwester, die jetzt in meiner Obhut ist. Um ihretwillen, und auch für meinen Sohn, nehme ich dein Angebot an.«

Er hielt Hubert seine gesunde Hand hin, die jener feierlich schüttelte.

Margaret wurde wohlwollend aufgenommen und kannte bald alle Winkel von Paris fast so gut wie Willa. In manchen Nächten wachte sie immer noch auf und weinte um ihre Mutter. Catherine erkannte, daß es für Margaret ein Leben lang solche Nächte geben würde. Aber die Freude, an einem Ort zu leben, wo alle ihr und einander zugetan waren, halfen dem Kind, sich zu erholen. Catherine und Edgar sorgten sich um seine Zukunft, doch gegenwärtig genügte es, die Wunden heilen und Margaret Kind sein zu lassen. Alles war in bester Ordnung, abgesehen von Eliazars bevorstehendem Umzug in die Champagne. An jenem Abend wollte Catherine James in die Wiege legen und stellte fest, daß er herausgewachsen war.

»Wir legen ihn erst einmal in eine offene Truhe«, sagte sie zu Edgar. »Aber bald mußt du ihm ein neues Bett zimmern. Ach, es ist schön, wieder zu Hause zu sein.«

Lange nachdem sie eingeschlafen war, lag Edgar noch wach und sann über ihre unbedachte Bemerkung nach. Noch vor einem Jahr konnte er ein Kinderbett an einem Tag bauen. Jetzt aber ... jetzt gab es die einzige Arbeit, die ihm Freude machte, für ihn nicht mehr. Er hörte die Glocken von Paris, die die Mönche und Kanoniker zu den Stundengebeten riefen. Schließlich schlüpfte er leise aus dem Bett und in den Garten hinter dem Haus.

Da stand es immer noch in einer Ecke. James' Trojanisches Pferd. In einem Korb daneben lagen ein paar getrocknete Walnüsse. Edgar setzte sich auf seinen Schemel und starrte das Pferd lange an.

Schließlich hob er es mit seiner gesunden Hand auf. Es entglitt ihm, und er hielt es mit dem Stumpf. Er fluchte. Dann schob er mit dem Fuß den Korb mit den Nüssen über den Fußboden. Er setzte sich wieder auf den Schemel und klemmte sich das Pferd mit dem linken Arm an die Brust.

Er hob eine Walnuß auf und begann, das Holz zu schmirgeln, während ihm die Tränen über die Wangen liefern.

NACHWORT

Dies ist eine erfundene Geschichte. Catherine, Edgar und ihre Familien sind meiner eigenen Phantasie entsprungen. Doch die Welt, in der sie leben, ist real, ebenso wie viele Ereignisse und Personen. William Cumin versuchte tatsächlich damals, das Bistum Durham an sich zu reißen, und die Geschichte ist viel komplizierter, als ich sie in diesem Buch hätte darstellen können. Alan Young hat eine umfassende Geschichte Cumins geschrieben, die im Borthwick Institute in York erschienen ist.

Aelred war 1143 Mönch und wurde später Abt von Rievaulx. Seine Geschichte ist in seinen eigenen Schriften und einer faszinierenden Analyse von Brian Patrick McGuire mit dem Titel *Brother and Lover* bei der Crossroad Press (1994) überliefert. Godric von Finchale lebte als Einsiedler über ein halbes Jahrhundert lang in der Nähe von Durham und starb im Alter von über hundert Jahren. Leider gibt es meines Wissens keine gute Übersetzung seiner Lebensgeschichte.

Weitere Informationen über die obenerwähnten Bücher und eine Bibliographie der anderen Quellen dieses Buchs erhalten Sie von mir über die Adresse des Verlages. Meist benutze ich weniger als zehn Prozent meiner Recherche für die Geschichte, und ich würde Interessierte gern auf das übrige Material hinweisen. Doch mein Ziel ist wie immer eine gute Unterhaltung. Wenn mir das gelungen ist, dann hat es sich auch gelohnt, mich durch die Lektüre von Lawrence von Durham zu quälen. Danke.

Sharan